"温馨巴士杯"
第七届交通运输
优秀新闻作品集

第七届交通运输优秀新闻作品集编委会 编

人民交通出版社股份有限公司
北京

内 容 提 要

本书由第七届交通运输优秀新闻作品汇集而成，包括消息类、通讯类、评论类、副刊类、论文类5大部分内容，共收录2017年和2018年发表在《中国交通报》《中国海事》《中国救捞》《广西交通》等交通报刊上的优秀作品123篇。

本书可供交通运输行业新闻工作者及相关从业人员学习使用。

图书在版编目(CIP)数据

"温馨巴士杯"第七届交通运输优秀新闻作品集 / 第七届交通运输优秀新闻作品集编委会编. — 北京：人民交通出版社股份有限公司，2020.12
ISBN 978-7-114-16238-1

Ⅰ. ①温… Ⅱ. ①第… Ⅲ. ①新闻—作品集—中国—当代 Ⅳ. ①I253

中国版本图书馆CIP数据核字(2020)第009904号

Wenxin Bashibei Diqijie Jiaotong Yunshu Youxiu Xinwen Zuopinji

书　名：	"温馨巴士杯"第七届交通运输优秀新闻作品集
著　作　者：	第七届交通运输优秀新闻作品集编委会
责任编辑：	林春江　刘永超　石　遥
责任校对：	孙国靖　魏佳宁
责任印制：	刘高彤
出版发行：	人民交通出版社股份有限公司
地　　址：	(100011)北京市朝阳区安定门外外馆斜街3号
网　　址：	http://www.ccpcl.com.cn
销售电话：	(010)59757973
总 经 销：	人民交通出版社股份有限公司发行部
经　　销：	各地新华书店
印　　刷：	北京市密东印刷有限公司
开　　本：	720×960　1/16
印　　张：	32
字　　数：	503千
版　　次：	2020年12月　第1版
印　　次：	2020年12月　第1次印刷
书　　号：	ISBN 978-7-114-16238-1
定　　价：	90.00元

(有印刷、装订质量问题的图书，由本公司负责调换)

"温馨巴士杯"
第七届交通运输优秀新闻作品集
编 委 会

编委会成员：李咏梅　李占川　刘永康　王　利
　　　　　　李书杰　张　超　初晓波　梁宗盛
　　　　　　姚　锋

主　　　编：姚　锋
副 主 编：宁剑波　宋丽芳
编　　　辑：李国栋　董景舜

CONTENTS 目录

◎ 消息类 ◎

一等奖

"悬崖村"有了无人机邮路 ················· 何勤华(3)
中国造:西非首条城铁启程 ················· 刘英才(5)
国家水上应急救援重庆长航队三天三夜全力以赴
"10·28"重庆坠江公交车打捞出水 ·········· 敬基学　陈春旭　皮志高(7)

二等奖

上海打捞局连续奋战590天
"世越号"沉没近三年后重见天日 ················· 单　兴(9)
港珠澳大桥正式通车运营
　　习近平接见公司员工在内的大桥建设者并称赞:
　　你们功不可没,劳苦功高! ················· 刘志温(11)
中铁一局四公司承建
我国高海拔地区首座转体桥梁合龙
　　——格库铁路格东特大桥"跨越"青藏铁路 ········ 史飞龙　黄　建(13)
铁四院启动福厦铁路56个智能化项目、25项科研课题研究
智能化设计引入全国首条跨海高铁 ················· 刘新红(15)
中欧班列服务再升级　集装箱实现全程监测
　　——连云港箱厂为汉欧国际安装首批集装箱定位装置
　　·································· 李　琳　掌　磊(17)

和田皮西那乡首个扶贫车间开工了！

让留守妇女家庭解困是脱贫攻坚战的重中之重、坚中之坚，

女工激动哽咽：感谢南航和人民政府 …… 安韵婷　张思维　夏迪力(19)

三等奖

"中国制造"开启东非铁路交通新里程

肯尼亚蒙内铁路正式建成通车

　　——二航局承建全程约四分之一的路段 …………………… 黄伟锋(21)

我国首次生产使用F级桥梁钢

　　——黑龙江大桥可耐零下60℃极寒温度 ………… 狄　婕　陈晓光(23)

生态施工：建海上"移动防护网" ………… 牛荣健　第五明辉　樊其正(25)

天津南港打通京津冀燃气输送通道 ………………… 李悦来　赵小康(27)

中铁一局承建的新疆第一铁路长桥

格库铁路台特玛湖特大桥贯通

　　………………… 黄　斌　王　维　李创新　王　伟　雷　昊(29)

"可算找到'娘家'了！"

　　——482名农民工加入杭临城际铁路车辆段项目工会 ……… 汪　顺(31)

亚洲最大绞吸挖泥船"天鲲号"成功下水 …………… 张政民　赵小康(33)

我省融入"一带一路"建设再获重大突破

　　——龙运集团成我国首批参与TIR国际道路运输企业 ……… 陈晓光(36)

小鸟儿，请自由自在地飞翔吧 …………………………… 程　娣　简　敏(38)

省内最大乘用车充电站建成使用

可同时满足42台纯电动乘用车充电需求，日充电400辆车次

　　……………………………………………………… 詹海林　林振钟(40)

严格执行"实名制购票"　长途车驾驶员协助警方揪出嫌犯 … 张文杰(42)

路遇火情　四次冲入火海 ……………………………………… 邵月珍(44)

◎通讯类◎

一等奖

大会战！决战韩国西南海

　　——"世越号"整体起浮作业纪实 …………………………… 单　兴(49)

万人大转运:一场生命的接驳之旅 ………… 吴 丹 梁晓明 朱姜郦(55)
芦苇花儿会唱歌
　——记江苏省淮安市洪泽区地方海事处马浪岗海事所
　………………………………………………… 周献恩 施 科(60)
4856个"夫妻桩"撑起云中高速 ………………… 田 园 周爱娟(68)
邓艾民:用自己的命挽救十四名乘客 ……………………… 黄 博(71)
身受重伤还安全转运12名乘客
好司机赵双用生命诠释"以人民为中心" …………………… 赵学康(75)
世纪工程里的"交通担当" ……………………… 梁宗盛 龙 巍(82)

二等奖

党员先锋　勇往直前　不忘初心　无畏挑战
　——四勇士26分钟"桑吉"轮生死搜寻 …………………… 董权慧(87)
云上筑路旅游兴　四海友人赏黔景
　——"黔"程似锦系列报道之一
　………… 林 芬 马士茹 韩 璐 姜久明 李黔刚 刘叶琳(93)
争分夺秒的26分钟
　——记"桑吉"轮火场救援中的中国打捞人 …… 潘洁沣 胡 逢(97)
选线穿过7个5A级景区、50多个4A级景区、10多个国家级森林公园
绿色设计为杭黄高铁"深度美颜" ………… 刘新红 陈桂芳 孙樱齐(101)
为路而生:沙漠中的"骆驼刺"
　——记吐小高速工程建设项目指挥部指挥长邓长忠 ……… 汪 玚(105)
使命,当日必达
　——邮政助力《人民日报》十九大开幕喜讯传遍全国
　……… 吕 磊 杜 芳 韩静桦 李青芳 梅 雪 孙亚南(111)
精准扶贫的"水文章" ………………… 朱 婧 张 龑 王 强(115)
铁路正在改变安哥拉 …………………………………… 庞曙光(119)
为乘客"终身"一线"牵"
　——"高考热线"承载乘客"终生嘱托"20年 ……………… 韩 菁(122)
当"红色热土"遇上"绿色邮政"
　——江西邮政电商扶贫"星火"渐"燎原" ………………… 范云兵(126)

勇于担当　主动作为
　　——广东海事公安侦办"10·15"船撞西江大桥案纪实
　　　　　　　　　　　　　　　　　　　　　　　张建林　何武锋(130)
任何成功都是天人合一的结果
　　——访上海振华重工集团原总裁管彤贤 …………………… 林　芬(135)
劈开"山门"、打通"出路",构建全域通畅的综合交通网络
　　平昌县:路好带来百业旺 ……… 白能国　张　力　李洁心　扎西美朵(140)
"我喜欢出发"
　　——访中国交通建设股份有限公司总工程师林鸣 ……… 廖西平(144)

三等奖

大漠深处有绿荫
　　——邮储银行甘肃省张掖市分行信贷员速写 …………… 张　焯(149)
怒放的生命定能创造奇迹
　　——记贵州省交通脱贫攻坚队队员吴秀实
　　　　　　　　　　　　　　　　　刘叶琳　潘先阳　张家富(153)
中美贸易战对航运业的影响 …………………………………… 张　涛(159)
营销委加德满都办事处党支部
在喜马拉雅山谷书写党员故事 ………………………………… 王　丹(164)
是取消省界收费站,更是重构管理体制! ……………………… 冯　涛(167)
大凉山邮路变迁:从无人"天路"到无人机"天路"
　　　　　　　　　　　　　　　　　付　嘉　付莉丽　彭　辉(172)
人回乡、钱回流、企回迁,"归雁经济"规模日增
　　安徽"四好农村路"引得游子归 ……………………………… 吴　敏(177)
追忆驻俄罗斯工作15年的无悔青春,见证改革开放和南航的发展变化
　　我看过太多的赴俄倒爷和票据　走过无数次伊尔库茨克的夜雪地
　　　　　　　　　　　　　　　　　　　　　　徐晓彤　侯　芳(180)
客从五洲来　欢聚进博会 ……………… 杨　雷　王晓萌　马士茹(183)
一张薄薄的"纸片"让多方共赢 ………………………………… 陈　忠(186)
手工版"导航神器"诞生记
　　14本绝版"手抄本"见证40年来出租汽车调度室的变迁

……………………………………………………… 张灵芝　韩　菁（190）

钢铁之路的现在和未来 ……………………………… 谢博识　刘传雷（194）

越来越"短"的回家路 ………………………………… 梅宁生　米宁平（207）

绿动八闽路
　　——福建省20年建设生态高速公路速写 ………………… 池舒婕（210）

守护好一草一木
　　——写在张承高速荣获"2017年度国家水土保持生态文明工程"称号之际
　　……………………………………… 邢莫冉　郭文辉　田　洲（213）

中国海事：改革中前行　探索中奋进
　　——记中华人民共和国海事局成立20周年 ……… 崔乃霞　林泊舟（217）

2018，京秦大决战！ ……… 陈　露　徐广德　史　诗　张　雷　刘　芳（223）

砥砺奋进40年　交通先行谱新篇
　　——改革开放40年宁夏公路交通运输事业发展成就不凡
　　…………………………………………………………………… 毛永智（234）

发扬蹈厉　踵事增华　谱写航海保障事业高质量发展新篇章
　　……………………………………………………………………… 张孟熹（239）

荣耀：像恋爱一样去工作 …………………………… 陈克锋　习明星（246）

PPP模式为宁海城乡公交一体化注入新活力 ……… 祁　娟　熊燕舞（253）

前车之覆　后车之鉴
　　——保护公交方向盘　防范万州悲剧重演 …… 韩光胤　郭一麟（258）

28公里的"生命速递" ………………………………………… 李红红（262）

龙江交通　镌刻加速度的时代坐标 ……………… 狄　婕　陈晓光（264）

交通精准　井冈山先行脱贫"摘帽" …………………………… 黄　金（269）

人品　产品　作品 …………………………………… 杨　燕　王仁忠（272）

海岸，因坚守而青春
　　——记那些扎根海岛的舟山中远海运重工年轻人 …… 孙臻稷（279）

蓝湾筑梦绘锦绣，木兰风情入画来

港口坝上情线牵
　　——集团驻张北县精准脱贫工作纪实 ……………………… 肖　瑶（283）

"互联网+"思维下的高速之路

——聚焦智慧高速公路 ……………………………… 王　虹(287)
2017,造船业决战去产能 ……………………………… 胥苗苗(292)

◎评论类◎

一等奖

携手画好中非合作"工笔画"
　　——中非合作论坛北京峰会系列评论之二 ……… 付涧梅(299)
温暖春运回家路 ……………………………… 施　科　朱　海(301)
技术趋势,本质上是人的潜在需求 …………………… 刘传雷(303)

二等奖

先守规则,再谈苦衷 …………………………………… 潘永辉(305)
在变革中前进 ………………………………………… 王丽梅(307)
快起来和慢下来 ……………………………………… 王林水(309)
改革铸桨　开放扬帆
　　——庆祝新中国成立69周年 ………………………… 周国东(311)
改革开放天地宽　砥砺奋进正当时
　　——纪念改革开放40周年 …………………………… 张　涛(313)
涓滴意念汇成河 ……………………………………… 谢博识(315)

三等奖

PPP模式"婚恋障碍" …………………………………… 赵晓夏(317)
40年奋斗谱华章 ……………………………… 施　科　王海燕(319)
无人船的时代展望 …………………………………… 张建林(321)
邮政具有"颠覆性"力量 ……………………………… 王楚芸(323)
"防劫板"与"玫瑰之盾" ……………………………… 陈　忠(325)
贵州水运人的"通江达海"之梦 ……………………… 马格淇(326)
从"云公交卡"看智慧公交未来 ……………………… 祁　娟(328)
高质量发展需要工匠精神
向"时代楷模"张黎明同志学习 ……………………… 徐秋萍(330)

城市拥堵排名对不开车的人不公平 ……… 路红芳　张　蕊　孙　静(332)
今天，请为"她"礼赞 ………………………………………… 胡如月(334)
新时代，我们筑梦前行 ……………………………………… 赵诗雯(336)
经验主义要不得 …………………………………………… 赵庆富(338)

◎ 副刊类 ◎

一等奖

高原邮路阻且长 …………………………………………… 蔡玉贺(343)
雪域云天映初心 …………………………………………… 薛彩云(351)
山安水延　圣地新颜 ……………………………………… 林　芳(356)

二等奖

百岁老人与指甲花 ………………………………………… 孔文婕(361)
闲话赣州水运史之码头风云 ……………………… 罗　帅　刘　航(364)
苟富贵，勿相妒 …………………………………………… 吴　烨(371)
家门口的国际竞争 ………………………………………… 程志虎(376)
速度中看变化　变化中显速度 …………………………… 吴　敏(380)
一个邮递员的记者梦 ……………………………………… 郭建国(383)

三等奖

走在奋进的路上 …………………………………………… 马建忠(386)
"家庭成分"的变迁 ………………………………………… 草　坪(399)
等你回家 …………………………………………………… 方　坚(402)
忆江南 ……………………………………………………… 陈章良(404)
半个世纪的守候 …………………………………… 何振男　宋盛君(406)
大港口 ……………………………………………………… 杨晓光(409)
与驸马长江大桥的心灵对话
　　——报告文学《一座桥　一群人》创作体会 ………… 陈洪胜(413)
遇见"12328"叔叔 ………………………………………… 师苛馨(417)
西港怀想 …………………………………………………… 李海成(419)

"老王头"的"党员情怀" ………………………………… 王俊玲(421)
匆匆交院 …………………………………………………… 李燕汐(423)
媳妇儿到工地来探亲 ……………………………………… 康三虎(427)

◎论文类◎

一等奖

小行业呈现大情怀的路径选择 …………………………… 陈克锋(431)
"三驾马车"推进媒体转型发展 …………………………… 施 华(436)

二等奖

政务微信公众平台运营策略分析与借鉴
　　——以"重庆交巡警"微信公众号为例 ………………… 李素琴(441)
交通新闻舆论工作的现状及建议 ………………………… 潘庆芳(445)
以信息化建设为抓手　实现江西交通运输转型升级 …… 雷茂锦(450)
发挥党的"喉舌"作用　助推交通事业发展
　　——浅谈行业新闻宣传在思想政治工作中的作用 …… 刘 静(456)

三等奖

学哲学　用哲学　把握工程管理方法论 ………………… 何 光(459)
"红色引擎"引领乌鲁木齐公交跨越式发展
　　——乌鲁木齐市公共交通集团有限公司40年发展纪实 … 陈 卉(466)
发挥企业文化引领作用　谱写"筑梦景婺黄"新篇章 …… 陈本华(479)

◎附录◎

"温馨巴士杯"第七届交通运输优秀新闻作品及优秀编辑推选结果
……………………………………………………………………… (485)

消息类

获奖名次:二等奖
标　　题:《东海"开渔节"千帆竞发》
作　者:沈　磊
原刊于:《中国海事》2018 年第 10 期

获奖名次：二等奖
标　　题：《风雪中的坚守》
作　　者：李贵江
原 刊 于：《贵州交通》2018年第1期

获奖名次：二等奖
标　　题：《患病渔民被吊运上直升机》
作　　者：王克
原 刊 于：《中国交通报》2017年7月11日2版

获奖名次：三等奖
标　　题：《雄安新区造林项目再创"中交速度"》
作　　者：刘天野
原 刊 于：《天航报》2018年4月21日1版

一等奖

"悬崖村"有了无人机邮路

本报讯 "起飞!"1月3日11时,四川省凉山彝族自治州昭觉县支尔莫乡阿土列尔村("悬崖村")山脚,凉山州邮政分公司副总经理邓伟通过点击手机App按钮,一架装有首批党报党刊的无人机直升天空,向"悬崖村"飞去,这标志着"悬崖村"邮政无人机邮路正式开通。

"已经起飞了,请做好降落和接收的准备。"起飞后,昭觉县邮政分公司总经理胡建军打电话告诉山上的邮政代办员。当天,送上山的党报党刊包括《人民日报》《农民日报》《四川日报》等。

从起飞点到山上的接收点,海拔高差近1000米,普通人通过钢梯爬上"悬崖村"需要两三个小时,而无人机只用了9分钟。村民贾巴达铁抢在前面领了一份报纸,他说:"上个月中旬也有人用无人机给我们村送过药,今天中国邮政又用无人机给我们送来报纸,太好了,以后我们可以通过看报纸了解国家政策了。我们虽然有手机有网络,但手机上看新闻一晃就过了,还是报纸方便保存。"村民阿子惹哈莫今年71岁了,她听说家门口有无人机要降落,便早早地等候着:"之前听说村里有飞机来过,但没能亲眼见着,这次一定要看看。我都一大把年纪了还没见过飞机呢。"

据了解,"悬崖村"邮政无人机可载重5公斤,除了运送报纸,还便利了山上村民将农产品外销。村民们可以通过联系村里的邮政代办员,将核桃、花椒等农产品用无人机运送下山,再由邮政寄递至目的地。

原刊于《中国邮政报》2018年1月6日1版

中国造:西非首条城铁启程

刘英才

本报尼日利亚阿布贾7月13日讯 当地时间7月12日上午10时30分,尼日利亚第一辆城铁列车从首都阿布贾城市中心站发出。

由中国铁建中土集团承建的阿布贾城铁一期工程正式通车运营,西非没有城市轨道交通的历史就此终结。

尼日利亚总统布哈里挥旗下达发车命令后,健步登上列车,"车很平稳!感谢中国铁建中土集团对尼日利亚基础设施特别是轨道交通的贡献!在中尼双方的共同努力下,我们拥有了第一条现代化铁路,现在更有了现代化城铁。"

尼日利亚是非洲第一人口大国和最大经济体。尼日利亚轨道运输始于英国人在19世纪末修建的窄轨铁路,因年久失修,尼日利亚对公路的依赖超过99%。但由于公路路况和治安不佳,交通渐成经济发展掣肘。

2016年7月27日,阿布贾通往北部重镇卡杜纳的阿卡铁路通车,这是中国铁路标准首次扬帆出海,由中国铁建中土集团建设并提供运营服务。

今天,采用中国技术标准的阿布贾城铁再次给这个西非大国的人民带来惊喜。

跟其他人一样,试乘首趟列车的尼日利亚国家电台记者阿卜杜拉不停拍照:"这一切太棒了!舒适、凉爽,简直不敢想象!"

城铁项目咨询公司经理瓦伦对城铁数据如数家珍。阿布贾城铁一期工程全长45.245公里,最高时速100公里/小时。阿布贾早晚高峰进出城堵车,从机场到市中心打车要40分钟,花费3000奈拉,城铁只需20分钟,初定价600奈拉。

中国铁建中土集团利用同时实施城铁、机场航站楼和阿卡铁路3个项目的机会,与3个不同的政府业主部门反复沟通,最终使阿布贾城铁无缝连接机场、干线铁路，实现了立体综合交通体系建设，改变了当地出行方式，让中国智慧在西非大地扎根。

该项目总经理孔涛表示，将带领团队为阿布贾城铁提供3年零7个月的城铁运营技术服务，为尼日利亚培养第一批城铁运营和维护专业人才。

原刊于《中国铁道建筑报》2018年7月14日1版

国家水上应急救援重庆长航队
三天三夜全力以赴

"10·28"重庆坠江公交车打捞出水

敬基学　陈春旭　皮志高

本报讯　10月31日23时18分,在重庆长航救助打捞工程有限公司总经理罗小云全程指挥下,"长江救捞二号"吊索缓缓提升,万众牵挂的重庆万州坠江公交车被成功打捞出水。

10月28日10时08分,重庆万州区发生一起公交车与私家车碰撞后公交车坠江的道路交通事故。11时40分,重庆长航救助打捞工程有限公司接到事故信息后,立即启动应急救援预案,全力参与救援。

重庆长航救援队快速集结,成立了以公司总经理罗小云、支部书记方元康为组长的应急抢险工作小组。首批应急抢险人员12人,携带水下声呐、彩色电视摄像仪和潜水装备乘坐3辆工程救险车从重庆火速赶赴现场,同时调集救援船舶从奉节、秭归等地向事发地集结。救险车队于当日16时抵达万州,成为首支到达现场的国家应急救援队。

抵达现场后,他们连夜开展搜救工作。在长江航道局多波束声呐扫车的基础上,他们采用水下摄像机等设备,克服三峡库区水深、车身为合金体磁铁难以探测等困难,经过近20小时的搜寻,于10月29日12时发现一长约11米,宽约3米的物体,并成功捕捉到"公交"二字和车身黄色装潢,经公交公司确认,基本确定为坠江公交客车。

按照现场救援指挥部指令,在第一阶段扫车定位期间,现场所有救援力量,由重庆长航救援队统一调度指挥。交通运输部上海打捞局深潜队分批次进行坠江公交车遇难遗体打捞和坠江公交车下方吊索的安装。重庆长航救援队共出动40吨浮吊一艘、潜水专用车辆2台、其他救援车3台，投入专业深潜队员5名、专业氦氧潜水员10名、其他救援人员10名，担负坠江公交车的探摸和起吊工作。他们在"长江救捞二号"上加固4根直径32毫米的专用起吊钢缆，拟分别拴套在公交车大梁前后左右四个位置，确保在起吊过程不发生倾斜，为事故公交车编织一个安全网。

潜水员最后一次确认事故车姿态后，起吊工作于10月31日21时31分开始。随着罗小云"开始起吊"指令的发出，"长江救捞二号"浮吊司机陈恳双手紧握操作杆，双眼紧盯吊钩，缓缓起吊。20分钟后，罗小云发现起吊钢缆有一点偏离，立即通知陈恳调整吊机位置。经过2个多小时紧张而精心的操作，坠江公交车整体出水。

重庆长航救援队在万州的应急救援牵动着各级领导的心！招商局集团副总经理王宏指示"关注现场救援情况，确保救援人员安全"。长航集团董事长张锐指示"请重庆公司应急救援队全力以赴搜寻落水乘客"，并多次打电话询问现场情况。

原刊于《寰球物流报》2018年11月2日1版

二等奖

上海打捞局连续奋战590天
"世越号"沉没近三年后重见天日

单 兴

经过上海打捞局590天连续奋战,沉没于韩国西南海域的"世越号"于3月25日下午被成功整体起浮,该船沉没近三年后重见天日。

韩国"世越号"渡轮船长145米、宽22米、型深14米,空船重6113吨,载重量3794吨,排水量9907吨。

2014年4月,"世越号"在全罗南道珍岛郡附近水域沉没,导致295人遇难,9人下落不明。

2015年7月,在全球19家实力最强的打捞公司共同参与的国际商业竞标中,上海打捞局以整体实力和"钢梁托底"的人性化打捞方案中标,与韩方签署了打捞合同,并于同年8月12日赴韩实施打捞任务。

"世越号"沉船整体起浮采用驳船抬浮方式完成,包括抬浮提升出水、拖航移位、移放半潜驳和整体起浮出水四个作业环节。沉船整体出水后,在作业现场进行绑扎,随后运往韩国木浦新港进行最终的滚卸上岸。

历时590天的打捞作业中,上海打捞局共投入作业船舶3000余艘次,施工作业人员2170人次。其中,作业所占比重较大的潜水作业累计完成逾6000人次,水下作业总时间近1.3万小时,工程时间之长、任务之艰巨创造了世界之最。"世越号"打捞的成功出水,在世界打捞史上创造了奇迹,体现了中国救捞的实力。

原刊于《中国救捞》2017 年第 3 期

港珠澳大桥正式通车运营

习近平接见公司员工在内的大桥建设者并称赞：你们功不可没，劳苦功高！

刘志温

本报天津讯 一桥连二地，天堑变通途！10月24日9时，公司参与建设长达8年的港珠澳大桥正式通车运营。23日上午，港珠澳大桥开通仪式在广东省珠海市举行。中共中央总书记、国家主席、中央军委主席习近平出席仪式，宣布大桥正式开通并巡览大桥，代表党中央向参与大桥设计、建设、管理的广大人员表示衷心的感谢、致以诚挚的问候。

中共中央政治局常委、国务院副总理韩正出席仪式并致辞。

公司建设者代表赵传林、李一勇、宿发强、孟凡利参加开通仪式。在东人工岛，林鸣、樊建华、陈礼黎、管延安等20名建设者代表受到总书记亲切接见。

开通仪式在珠海口岸旅检大楼出境大厅举行。10时许，习近平走上主席台，宣布："港珠澳大桥正式开通！"全场响起热烈掌声。开通仪式结束后，习近平等乘车从珠海口岸旅检大楼出发巡览港珠澳大桥。伶仃洋上，云开日出、烟波浩渺、海天一色、秋风徐来，港珠澳大桥如同一条巨龙飞腾在湛蓝的大海之上。

习近平等乘车来到东人工岛，登上西侧平台眺望大桥，结合图片、模型详细了解大桥建设情况，并会见了大桥管理和施工等方面的代表，同他们一一握手、亲切交谈。

习近平指出，港珠澳大桥是国家工程、国之重器。你们参与了大桥的设计、建设、运维，发挥聪明才智，克服了许多世界级难题，集成了世界上最先进的管理技术和经验，保质保量完成了任务，我为你们的成就感到自豪，希望你们重整行装再出发，继续攀登新的高峰。

习近平强调,港珠澳大桥的建设创下多项世界之最,非常了不起,体现了一个国家逢山开路、遇水架桥的奋斗精神,体现了我国综合国力、自主创新能力,体现了勇创世界一流的民族志气。这是一座圆梦桥、同心桥、自信桥、复兴桥。大桥建成通车,进一步坚定了我们对中国特色社会主义的道路自信、理论自信、制度自信、文化自信,充分说明社会主义是干出来的,新时代也是干出来的!对港珠澳大桥这样的重大工程,既要高质量建设好,全力打造精品工程、样板工程、平安工程、廉洁工程,又要用好管好大桥,为粤港澳大湾区建设发挥重要作用。

2009年12月15日,港珠澳大桥工程开工建设。2017年7月7日,主体工程全线贯通。大桥在设计理念、建造技术、施工组织、管理模式等方面进行一系列创新,标志着我国桥岛隧设计施工管理水平走在了世界前列。

从1983年香港企业家胡应湘提出兴建连接香港与珠海的跨海大桥至今已经35年;从2003年中国交建参与大桥的论证与设计,已历15年;从2009年大桥破土动工到通车已近9年。

作为唯一全面参与桥岛隧三大核心工程的施工企业,公司建设者栉风沐雨,在伶仃洋上坚守奋战8年,以超常的智慧与付出书写了世界奇迹。如今,粤港澳三地人民多年的梦想终于圆了。大桥让珠海到香港的时间从船程1小时到车程40分钟,且24小时通行。大桥将粤港澳三地纳入"一小时生活圈",三地人民"你中有我,我中有你",形成一家亲,成为一家人。

原刊于《筑港报》2018年11月1日1版

中铁一局四公司承建

我国高海拔地区首座转体桥梁合龙

——格库铁路格东特大桥"跨越"青藏铁路

史飞龙 黄建

本报青海格尔木讯 5月8日,青藏铁路建设的主力军中铁一局再次在高原创造新纪录:由四公司负责施工的格库铁路格东特大桥转体梁横跨青藏铁路成功转体合龙,这是我国在海拔2500米以上首座采用转体法施工的连续梁。

青藏铁路公司副总经理江泽海及所属各单位相关负责人,中铁一局副总经理罗田郎,四公司总经理孔凡强,中铁一局建安公司格库铁路指挥部负责人,新华社、中央电视台、《青海日报》等20余家媒体见证本次转体。

格东特大桥位于青海省格尔木境内,施工海拔2850米,之所以连续梁采用转体法施工,是为了保证青藏铁路的运营安全。

格东特大桥梁体属于曲线连续梁,位于半径800米曲线上,属于小半径转体施工,梁体在横向和纵向均存在不平衡配重问题。需转体的连续梁与既有青藏铁路夹角29°,连续梁全长177.8米,梁顶宽7.5米,梁底距青藏铁路12.1米,距接触网承力索1.28米,自重3100吨。转体时两个梁体分别需逆时针旋转23°和32°。

"在这里施工,因为海拔高,空气含氧量低,施工机械工效仅为平原地区的70%。"中铁一局四公司格库铁路项目负责人全锐讲道。此外,建设者还面临着大风黄尘、干旱缺水、高寒天气时间长等恶劣的自然环境。

60年前,中铁一局员工参加了青藏铁路一期工程建设,将铁路从西宁修到了格尔木。十多年前,中铁一局人再上高原,参加了青藏铁路二期工程建设,从格尔木出发,翻越了唐古拉山,将铁路修到了拉萨。在青藏铁路施工过程中,中铁一局人总结提炼出了"艰苦不怕吃苦、缺氧不缺精神,海拔高追求更高"的青藏铁路精神。

"今天,我们将踏着前辈的足迹,又参加了格库铁路建设,将铁路从格尔木修到新疆的库尔勒。作为一名中铁一局员工,我会带领项目员工不忘初心、牢记使命、继续前行。"仝锐说。

格库铁路格东特大桥转体梁转体历时110分钟。该转体梁的成功转体,为2018年年底格库铁路青海段开通运营奠定了坚实基础。

原刊于《铁路建设报》2018年5月9日1版

铁四院启动福厦铁路56个智能化项目、25项科研课题研究

智能化设计引入全国首条跨海高铁

刘新红

本报武汉10月29日讯 新建福州至厦门铁路是福建省第一条设计时速350公里的高铁,也是全国第一条跨海高铁。日前,记者从智能福厦铁路科技创新研讨会上了解到,铁四院已经开展了56项智能化项目、25项科研课题,将智能化设计引入福厦铁路。

近10年来,中国高铁迅猛发展,现已建成"四纵四横"的庞大高铁网络,而"八纵八横"的雄伟蓝图也呼之欲出。统计数据表明,截至目前,中国已开通2.5万公里高铁线路,占世界高铁总量的三分之二。"交通强国,铁路先行"的理念,不仅要在路网规模上领先,还要在智能化发展道路上体现。在中国铁路总公司统一部署下,智能铁路的一系列建设技术正在京张高铁、福厦高铁等前沿项目先行先试,更加方便、快捷、温馨的高铁出行正离我们越来越近。

智能高铁是指通过云计算、物联网、大数据、人工智能、移动互联网、BIM等先进技术,推动铁路从数字化向智能化、智慧化发展。铁四院正在开展的智能福厦高铁设计研究,涵盖"智能建造""智能装备""智能运营"3个部分。

建造智能化,精细施工保质量。通过BIM(建筑信息模型)、CIM(计算机集成制造)等技术的融合运用,实现桥梁、隧道等工程的精细化施工,确保从蓝图到建成的全过程质量管控和追溯管理。在福厦高铁泉州湾大桥设计中,铁四院已经先期开展了"桥梁配合施工三维协同管理系统"等研究,完成了BIM建模,实施大桥制、运、架施工全过程作业状态监控。

装备智能化,提高效率促发展。目前,我国已在珠三角莞惠、佛肇两条时速

200 公里/小时的城际铁路开通了自动驾驶列车。中国正努力填补世界上时速 300 公里/小时至 350 公里/小时高铁自动驾驶技术的空白，并将在福厦、京张首批智能高铁上运用。同时还将采用我国自主研发的北斗卫星导航系统，为高铁安全正点运营保驾护航。

运营智能化，细节改变惠民生。未来福厦高铁通车后，将通过大数据动态掌握客流变化，以更加精准的"一日一图"运输组织模式，实现更加灵活高效的运营组织。而车站票务的自助化管理、同步安检、车站 Wi-Fi 站内导航系统等设计，网络购票、订餐、购物、宾馆预定和"高铁＋共享汽车"等种种更为人性化、科技化的服务，不仅让中国铁路迈向智能化发展的新阶段，对旅客们来说，更意味着一个个令人惊喜的福利。

福厦高铁全长 277 公里，2017 年 9 月全线开工，建设工期 5 年。2017 年 11 月，铁四院成立福厦铁路"精品工程 智能高铁"研究工作组，在桥梁、地质、接触网、测量等方面先期开展研究。铁四院有关设计负责人表示，福厦高铁建成后，将实现福州至厦门一小时内通达，同时这条高铁的工程质量、设备装备、运营管理、服务品质都将达到一流标准，将"以全新的姿态，引领铁路出行新风尚"。

原刊于《中国铁道建筑报》2018 年 10 月 30 日 1 版

中欧班列服务再升级　集装箱实现全程监测

——连云港箱厂为汉欧国际安装首批集装箱定位装置

李琳　掌磊

本报讯 "好，收工！"伴随着工程师一声吆喝，8月29日，中远海运发展所属连云港箱厂生产的首批20台印有"汉欧国际"专属集装箱的GPS定位装置安装工作全部顺利完成。

随着"一带一路"建设的不断推进，近年来中欧班列货运量迅猛增长，货主、第三方物流、箱东、政府监管部门等各方对集装箱货物运输过程中的管控需求越来越强烈。武汉汉欧国际供应链管理有限公司箱管部副部长胡飞告诉记者："在造箱时安装上这套新开发的GPS定位装置是我们提升中欧班列运输服务的重要举措之一，这套系统能真正实现全程定位及监控箱内温度，甚至是在高原、极寒地带等以往的监控盲区也能实现定位及监控。"应汉欧国际委托，在中国航天四院行云科技公司的指导下，连云港箱厂顺利为其完成此次首批20套GPS定位装置安装工作。该套定位系统的应用是航天四院与汉欧国际合作在"行云工程"天基物联网卫星民用方面的首次推广尝试，用以确保铁路集装箱货物的安全运输。

上述合作是连云港箱厂多渠道、多层面不断融入"一带一路"建设的一项重要举措。汉欧国际物流作为武汉汉欧班列平台公司，在中欧班列（武汉）开行以来，已经形成以德国和俄罗斯为重要支点，建成了包括新欧亚路桥、中蒙俄以及中国—中亚—西亚国际经济走廊等多条双向常态化运行线路。据胡飞介绍，自2014年合作以来，连云港箱厂总计为汉欧国际建造逾4000TEU高品质铁路用箱，双方合力为促进"一带一路"沿线国家贸易畅通做好运输服务。此批新造的装有新型GPS定位装置的集装箱充实到中欧班列的运行队伍中，将为客户提供更优质的物流服务。

今年是国家推进"一带一路"建设的第五个年头,作为中远海运旗下集装箱制造企业,连云港箱厂立足产业特性,主动作为,积极融入国家"一带一路"建设。五年来,该厂已累计为各类客户量身订造超过 1.2 万 TEU 铁路用标准集装箱,中远海运的装备制造产品通过铁路"投身"到"一带一路"沿线的物流运输中,为沿线国家的发展建设贡献着自己的力量。

原刊于《中国远洋海运报》2018 年 9 月 7 日第 A01 版

和田皮西那乡首个扶贫车间开工了！

让留守妇女家庭解困是脱贫攻坚战的重中之重、坚中之坚，女工激动哽咽：感谢南航和人民政府

安韵婷　张思维　夏迪力

"我很想出去打工学本领见世面，但因为老公在外打工，只能在家照顾孩子。现在好了，不用离家就能上班学技术，也可以增加家庭收入，我真的很感谢南航，感谢人民政府。"11月17日，皮山县伟泰明珠公司皮西那乡首个扶贫车间揭牌开工。皮西那乡布拉克贝希村32岁的如孜尼沙·玛木提因上过高中，被聘为领班，负责翻译和初级管理工作，收入比原来翻了一倍。

快！筹备3个月开业

这个扶贫车间筹备3个多月就迎来了开业。这是因为新疆分公司落实"以市场带产业促就业"的扶贫招商思路，通过协调南航采购，整合劳保手套订单，为首个扶贫车间托底。伟泰明珠老板张金堆说："是南航的招商思路和市场托底给我吃下了定心丸。"

作为皮西那乡首家产业扶贫落地项目，伟泰明珠一期承接南航每年79万双劳保手套、总价值达223万元的订单，可直接帮助全乡7个村28个农民实现就业，带动120余人脱贫。而这仅仅是产业扶贫落地项目的第一阶段。根据规划，第二阶段乡里将引进企业创办劳保毛巾厂，年产值400万元，可创造就业岗位45个；第三阶段创办年产值6000万元的服装企业，可创造就业岗位150个。

喜！用双手改变命运

开工当天，如孜尼沙·玛木提作为女工代表上台发言，几次激动到哽咽：

"我的父母在我 14 岁和 18 岁时先后因病去世。之后我一直和哥哥一起生活,家里很穷。通过自己双手改变命运、改变家乡是我的梦想。"

目前,和田 60.99 万贫困人口中,有 29 万为妇女。其中,布拉克贝希村留守人口就有 589 人,18 岁以上的村民中女性占六成,绝大多数文化水平偏低。因此让留守妇女家庭解困成为脱贫攻坚战的重中之重、坚中之坚。新疆分公司总经理富璞岩表示,通过产业落地引导广大妇女从家庭走向社会、从家门走向厂门,彻底转变观念,把妇女活力充分激发出来,就能提高打赢脱贫攻坚战的胜算。

车间开工初期将以技能和安全培训为主,为期约 3 个月,期间伟泰明珠将提供必要的生活补贴。3 个月后实行计件制,工资可达 1500~2000 元。

目前,鸡鹅生态养殖基地、菌类大棚、蔬菜大棚、阳光南航惠民巴扎、阳光南航育肥羊养殖合作社、阳光南航杏林羊等一批南航扶贫项目正在推进或已落地。围绕扶贫车间做文章,微小扶贫产业园正在逐渐成形。

原刊于《南方航空报》2018 年 11 月 20 日 2 版

三等奖

"中国制造"开启东非铁路交通新里程

肯尼亚蒙内铁路正式建成通车

——二航局承建全程约四分之一的路段

黄伟锋

当地时间5月31日11时10分,随着一声嘹亮的汽笛声,肯尼亚蒙巴萨—内罗毕标轨铁路(蒙内铁路)首趟客运列车从蒙巴萨西站缓缓驶出,标志着蒙内铁路正式建成通车。

当天,通车仪式在蒙内铁路客运起点蒙巴萨西站举行,中国国家主席习近平特使、国务委员王勇,肯尼亚总统肯雅塔和副总统鲁托等出席仪式并致辞。

蒙内铁路是非洲第一条全线采用中国标准的标轨铁路,也是首条采用中国标准、中国技术、中国装备制造和中国管理建造的国际干线铁路。

作为中非合作、"一带一路"建设的重点项目,蒙内铁路是肯尼亚实现2030年国家发展愿景的旗舰工程。该铁路连接东非第一大港口城市蒙巴萨和肯尼亚首都内罗毕,是肯尼亚独立以来的最大基础设施工程,也是该国近百年来修建的首条新铁路,是中国为肯尼亚、乌干达、卢旺达、布隆迪、刚果(金)、南苏丹等国建设的"东非铁路大动脉"的第一段。

于2014年12月正式开工建设的蒙内铁路全长约480公里,沿线共开通33个站点,设计年运输能力2500万吨,合同金额38.04亿美元,由中国交通建设股份有限公司所属中国路桥承建，二航局承担了长 123 公里的第四标段的施工。

项目开工时，肯尼亚人曾认为工期至少需要 5 年。但仅仅两年多的时间铁路就开通运行，肯尼亚人民感叹这条铁路创造了惊人的"中国速度"，同时也体现了"中国质量"。肯尼亚交通与基础设施部长詹姆斯·马查里亚 5 月 30 日在蒙内铁路移交仪式上称赞说，"曾经被认为是白日梦的铁路规划已经呈现在肯尼亚人民眼前，蒙内铁路的质量毋庸置疑，铁路建设还为当地人创造了大量就业机会并培训了大批本地技术人才。"

最新数据显示，蒙内铁路项目在建设期间，为肯尼亚累计创造 3.8 万个工作岗位，推动肯尼亚 GDP 增长 1.5%，当地雇员占总员工比例约 90%。项目建成后，肯尼亚物流成本可以降低 40%。

通车仪式上，王勇在致辞中表示，蒙内铁路建成通车对促进肯尼亚和地区国家发展、加快非洲工业化进程、推动"一带一路"走进非洲腹地具有重要意义。中方愿同肯方一道，将蒙内铁路打造成为肯尼亚繁荣发展之路和中非合作转型升级新样板。

肯雅塔在讲话中感谢中国长期为肯尼亚国家建设所作贡献，表示愿以蒙内铁路通车为契机，不断深化两国全面战略合作伙伴关系。

随后，肯雅塔带领各界代表踏上蒙内铁路首趟旅客列车，到二航局承建的埃马力中间站进行了揭幕和剪彩。

据悉，蒙内铁路客运最高时速 120 公里/小时，目前每天在蒙巴萨和内罗毕之间运行两趟，其中一趟直达快车单程只需 4 个半小时，实现一天内往返。

原刊于《二航人》2017 年 6 月 10 日 1 版

我国首次生产使用 F 级桥梁钢

——黑龙江大桥可耐零下 60℃ 极寒温度

狄 婕　陈晓光

本报讯 钢梁焊接火花四射,顶推施工热火朝天,在黑龙江大桥施工现场,中俄两岸的施工热潮为冬日里的龙江再添源源活力。随着大桥主体下部结构全部完工,上部结构的钢梁拼装正在稳步推进中。而黑龙江大桥上部钢梁材料采用我国首次生产并使用的 Q420F 级耐候钢,可抵抗零下 60 摄氏度极寒温度。

在大桥的拼装平台,焊接技术负责人林志带领八名焊接工人进行丰桥纵梁、横梁与纵梁的对接焊。他告诉记者,目前他们实行 24 小时两班倒工作制,为了保证明年 3 月份大桥的顺利合龙,整个冬天都不停工。黑龙江大桥公司总工程师刘双告诉记者,大桥全线建设在高寒地区,黑河市有气象记录的历史最低温度为零下 53 摄氏度。为了保障百年大桥的建设质量,保证钢材的使用力学性能,黑龙江大桥采用了 F 级耐候钢,它可以抵抗零下 60 摄氏度的极寒低温。

在黑龙江大桥之前,我国并没有生产使用过这种等级的钢材,为此项目部在全国范围内进行了考察筛选,通过招标最终选择了鞍钢集团。鞍钢集团高度重视并成立了攻关组,设计充分考虑高寒地区钢板的耐候性、焊接性、长期服役性等高标准要求,依靠强大的科研储备,设计出一套具有优异的低温韧性、高耐候性且焊接性能优良的工艺标准。中铁山桥集团有限公司理化中心主任顾晓勇告诉记者,钢材大规模生产之前,进行了大量的实验验证,出厂、进场时,每个批次都进行了检验,工艺标准远远高于俄罗斯桥梁结构钢标准,桥梁钢板的创新带动了焊材、螺栓等配套材料及焊接方法的创新,填补了国家空白。

据悉,截至目前,黑龙江大桥已经完成 106 米的钢梁拼装焊接工作,江中临时墩完成一座,另一座完成一部分,预计下月初进行钢梁顶推。大桥项目整体累计完成投资 17.3 亿元,占整体总投资的 72.1%。

大桥预计明年 3 月实现合龙,明年 10 月交工贯通。黑龙江大桥项目总经理黄云涌告诉记者,黑龙江大桥建成后,将形成新的国际公路大通道。同时,中俄双方还将建立临桥、临港经济区,通过大桥国际共管段形成跨境经济合作区,加快形成全方位对外开放新格局。

原刊于《黑龙江交通》2018 年 12 月 4 日 1 版

生态施工：建海上"移动防护网"

牛荣健　第五明辉　樊其正

本报厦门讯 5月27日，厦门地铁三号线中铁一局施工的厦门本岛至翔安过海通道将穿越1100米的海域，而该区域为国家一级保护水生野生动物——中华白海豚的自然保护区核心带。为了减小对白海豚的影响，中铁一局城轨公司雇佣渔船，在施工期间全天候巡逻，用竹竿绑扎在船帮敲击，运用声波原理，在海上拉起了一道道"移动防护网"。

记者乘船抵达城轨公司托管施工的厦门本岛至翔安过海通道工程土建施工总承包项目二工区，只见大海里有两条作业船正在紧张作业，在作业船的周围，有12艘船呈扇形分布，其中6艘气垫船缓慢向远处航行，船员不时地敲打着船舱边一排竹竿。"这是在驱赶白海豚。"项目安质部部长党驰说。

原来，该项目在过海工程中，要对过海线路进行预处理。为了减小对白海豚的影响，项目部按照厦门市海洋与渔业局的要求，租用了具有专业资质的4艘警戒船、2艘观察船和12艘驱赶船，对作业区域进行警戒和驱赶白海豚，在海里拉起了一道无形的移动安全防护网。

现场技术员韩岐指着远处标有"警戒"字样的船只说："那4艘就是警戒船，他们在作业中心直径200米的地方呈扇形排开，对过往船只进行警戒。"

从事了十多年海上白海豚驱赶等工作的厦门海钧海洋服务有限公司董事长陈镇，亲自现场指挥此次白海豚驱赶任务。他说：目前有20多人在这里作业。驱赶以施工作业船为中心，分别在上、下游观察瞭望白海豚活动情况。12艘驱赶船呈扇形由里往外推1500米，每艘船配备两名经过专业培训的船员，船舱边设置了一排7根间隔0.3米的竹竿,竹竿插入水里1米多,在前进的时候按照顺序不间断地敲击竹竿,制造不规则的噪声,每次持续45分钟不间断作业,确保把白海豚驱赶出作业区域。

原刊于《铁路建设报》2017年5月31日1版

天津南港打通京津冀燃气输送通道

李悦来　赵小康

本报讯　2月6日,首艘液化天然气(LNG)船中能"北海"轮靠泊天津南港LNG码头,标志着天津南港大港港区10万吨级航道初步具备通航条件,京津冀天然气海上运输通道顺利打通。

2017年,为打赢蓝天保卫攻坚战,河北、天津等地大力推进"煤改气"工程。进入采暖期,京津冀局部地区出现天然气供应不足,包括部分学校、医院等重点单位,冬季采暖面临巨大挑战。中央和地方政府相关部门联动,决定紧急抢通天津南港大港港区10万吨级航道,确保南港LNG码头采暖期内投产,保障京津冀地区天然气供应。

天津港南港10万吨级航道全长44.2公里,受原渤西管线未完成切改影响,尚有2公里"卡脖子"地段未能竣工。航道最浅处水深仅6.5米,大型LNG船无法通航。经测算,完成渤西管线切改及全部疏浚工程正常需三个月。然而天气不等人,必须开展超常规会战!

12月9日,中交天津航道局接到有关部门通知,要求紧急投入疏浚力量,快速抢通南港航道。可在天津地区,天航局没有适合航道疏浚的大型耙吸挖泥船。

没有时间讲条件,天航局上下迅速动员起来,组织力量用了10天时间完成管线调运安装、泥塘围堰加固等系列浚前准备工作,同时一道道调船令紧急发往全国各港口:12月20日,"通恒"轮从京唐港开赴南港;21日,"通程"轮从深圳西部航道抵达施工现场……短短十余天,6条大型耙吸挖泥船云集天津南港10万吨级航道,累计调遣总里程超过2200海里。这是天航局120年历史上第一次集中6条大型耙吸挖泥船同时在一条航道上施工。

会战的重点是抢通2公里"卡脖子"航道。因地域狭小，6条大船频繁交叉作业，加之大风寒潮常常不期而至，船舶安全风险巨大。天航局从全局抽调富有耙吸船施工经验的船长、轮机长组成现场指挥小组，驻船蹲点指挥。每出一次测图结果，每一场大风，现场指挥小组都会动态调整船舶施工计划，确保施工组织理解一致，船舶操控执行一致，生产节奏把握一致，既要发挥各船最大施工效率，又要确保船舶安全。

一个多月时间，累计挖泥680万立方米，2公里"卡脖子"航道抢通了。2月6日，载有5700万立方米天然气的"北海"轮顺利靠泊天津南港中石化天津液化天然气接收站，将有效缓解京津冀地区天然气紧张局面。

据悉，这条10万吨级航道工程全部完工后，天津南港的LNG码头将成为天津最大液化天然气接收站，项目建设规模为年接转LNG300万吨，供气能力达每年40亿标准立方米。天然气将输送至天津、河北、山东、河南等地，保障京津冀及周边地区天然气供应。

原刊于《天航报》2018年2月11日4版

中铁一局承建的新疆第一铁路长桥

格库铁路台特玛湖特大桥贯通

黄斌 王维 李创新 王伟 雷昊

本报新疆若羌讯 8月17日,在新疆维吾尔自治区若羌县格库铁路铺架现场,中铁一局新运公司施工人员克服重重困难,历时120个昼夜的艰苦奋战,架通了新疆第一铁路长桥,同时也是格库铁路最长大桥的台特玛湖特大桥。

新华社、中央电视台、《人民铁道报》、新疆电视台、《新疆日报》等11家媒体对大桥架通进行了现场采访报道。

格库铁路东起青海省格尔木市,沿昆仑山北、柴达木盆地南缘西行,西抵新疆南疆重镇库尔勒市,全长1213.7公里。中铁一局新运公司承担格库铁路新疆段717公里的铺轨架桥任务。

台特玛湖生态十分脆弱,曾因上游大量取水用于灌溉农田,造成了湖面的干涸断流。尽管近十年来的生态补水让台特玛湖重新恢复了生机,但植被不足的台特玛湖抵御风沙的能力仍然十分有限。

假如以路基的形式建造路段,很可能对风沙形成阻挡堆积,导致湖区一分为二,对台特玛湖生态再次造成破坏。格库铁路指挥部在建设初期,就将方案几经修改,最终决定以造价更高的桥梁建筑结构进行建设,便形成了全长24.558公里的新疆第一铁路长桥,这样一来,风沙得以顺利通过,避免了新的生态破坏。

新运公司格库铁路新疆PJS标项目负责人黄克军介绍:为尽早架通台特玛湖特大桥,项目部优化施工组织方案,采取由两边向中间同时架设的方案,缩短了架梁工期;针对桥梁二次倒运运输距离长、架梁效率不高的情况,项目部首创桥梁龙门吊底盘新工法，极大减少了运梁时间，缩短架桥机架梁工期约90天；项目部还开展了"工程创优质、信用争第一、铺架安全，挺进女儿国"劳动竞赛，充分发挥党员示范带动作用，掀起了施工大干高潮。

  在大桥的架设过程中，项目部坚持绿色施工理念，现场生活和施工垃圾全部回收、统一处理，避免破坏台特玛湖生态环境。

  格库铁路建成后，将成为兰新铁路和哈额铁路之后的新疆第三条出疆铁路，同时从格尔木乘火车到库尔勒仅需12个小时左右，极大地促进西部开发及与内地的交流。

原刊于《铁路建设报》2018年8月22日1版

"可算找到'娘家'了!"

——482名农民工加入杭临城际铁路车辆段项目工会

汪 顺

本报杭州讯 "太好了,从此以后我也是工会成员了!"11月3日,杭临城际铁路车辆段项目工会会员第一次代表大会在项目驻地举行,蹇继光作为协作队伍中的工会会员代表激动地说道。

50岁的蹇继光是来自四川的一名隧道施工带班,去年5月,他跟随协作队伍一起来到集团公司杭临项目务工。当得知所在项目部要和当地街道办工会组建联合工会,并有意将协作队伍员工一并纳入工会系统时,蹇继光动了心,第一时间递交了入会申请,成为项目工会的首批会员。

杭临城际铁路车辆段项目工会是临安区首家当地单位与项目部联合组建的工会。项目部借助成立联合工会的契机,在协作队伍中发布入会号召,此举得到了大家的纷纷响应。"以前项目部就为我们设立了职工夜校,还组织我们体检,现在又让我们一起加入工会,真正把我们当成了'家人'。"高兴之余,老蹇还将自己入会的消息发在了朋友圈,让朋友分享他的喜悦。"入会就等于进家。我们要让大家以后处处感受到'家'的温暖,从劳动合同到工资福利,从岗位培训到兴趣发展,从安全生产到劳动争议,这是大家最关心、最直接、最现实的利益问题,也都是我们作为'娘家人'要操心的事儿!"在会员代表大会上,该项目工会主席苏宝良的讲话引得大家阵阵掌声。

据悉,此次入会活动,项目部共有482名协作队伍员工加入了项目工会,成为该项目的首批工会会员。

把协作队伍员工纳入工会系统,是该项目贯彻落实中国工会十七大精神的一项重要举措,就是要让广大农民工兄弟感受到工会"娘家人"的温暖。此次协作队伍员工进行集体"入会",旨在最大限度地把协作队伍农民工吸收到工会组织中去,发挥其工作积极性,更好地实现自身价值。

原刊于《中铁上海工程》2018年11月10日8版

亚洲最大绞吸挖泥船"天鲲号"成功下水

张政民　赵小康

2017年11月3日，由公司投资并联合中国船舶工业集团公司第708研究所设计，上海振华重工建造的6600千瓦铰刀功率重型自航绞吸挖泥船"天鲲号"在江苏启东成功下水。中国交建副总裁、党委副书记陈云，中交疏浚总裁康学增，公司董事长、党委书记钟文炜，上海振华重工董事长、党委书记朱连宇，以及天津市河西区、中国船级社等单位领导共同为"天鲲号"下水仪式触摸启动球。中国交建内兄弟单位、合作企业共计160余名嘉宾参加仪式。

陈云副总裁在致辞中指出，强大的装备制造业是实体经济的根基，高端核心装备则是国家参与并赢得国际竞争的"重器"。"天鲲号"的立项、设计和建造体现了中国交建在海洋重工和港口机械制造领域的核心优势，也将借此加快形成中国交建装备业务在海洋、岸边、陆地"三足鼎立、互为支撑、整体协调"的产业结构。今年恰逢天航局成立120周年，作为中国交建旗下历史最悠久的企业，天航局的历史浓缩了中国现代疏浚业120年的光荣与梦想。而"天鲸号"铁血担当、建工国防的壮举让世界为之侧目，这是我国民族装备制造业和海洋综合开发的实力和底气的真实写照。"天鲲号"顺利下水，标志着我国自主设计和建造重型疏浚船舶设备的科技创新体系、系统工程管理体系、内部分工协作体系等重大系列创新进一步经受了实践检验，中国交建有信心有能力有干劲踏上加快转型升级、建设"世界一流企业"的新征程。中交疏浚要发挥国内疏浚行业主力军的作用，在党的十九大精神指引下，扛起振兴中国疏浚业的大旗，最终实现我国由疏浚大国向疏浚强国的转变。

中交疏浚总裁康学增在致辞中指出，作为疏浚核心装备国产化的重要标志，"天鲲号"真正实现了设计、研发、建造全周期的"中国化"。按照党的十九大报告提出的"科技强国""质量强国""交通强国"的目标,在新时代要开启疏浚事业的新征程和新篇章,完成从疏浚大国向疏浚强国的华丽转身。一是要继续坚定不移地完成"天鲲号"的建造使命,做好调试、试航、试挖等每一环节,使之成为名副其实的国家重器。二是要继续坚定不移地建设中交疏浚一流船队,重点推进船舶建造、船舶管理、船舶使用、船员队伍建设的统筹安排。三是要继续坚定不移地推进重型装备国产化,坚持以国家科技战略为指引,增强自主创新能力,不断巩固并扩大自主化成果。四是要继续依靠"天鲸号""天鲲号"这些大国重器,坚定不移地肩负起民族疏浚企业的重任,一如既往地履行建设国家海疆的使命。

公司董事长、党委书记钟文炜在致辞中指出,党的十九大为新时代我国各项事业发展擘画了宏伟蓝图,特别是就加快建设创新型国家、制造强国、海洋强国作出新的部署,为疏浚企业发展进一步指明了航向。天航局将始终矢志不移地以发展壮大我国民族疏浚产业为己任,深度融入和有效遂行国家战略,在助力海洋强国,维护国家安全和发展利益的征程中迈出新步伐。

"天鲲号"建成后将成为亚洲最大、最先进的绞吸挖泥船。该船长 140 米,宽 27.8 米,最大挖深 35 米,总装机功率 25843 千瓦,设计每小时挖泥 6000 立方米,绞刀功率 6600 千瓦。根据地质条件,配置通用、黏土、挖岩及重型挖岩 4 种不同类型的铰刀,可以开挖单侧抗压强度 50 兆帕以内的岩石。

"天鲲号"绞吸挖泥船是国家工信部立项的重点科研项目。由公司牵头研制,历时 5 年,完成全部研发任务,于 2015 年 12 月 11 日在上海振华重工启东造船厂正式开工建造。"天鲲号"为全电力驱动、双定位系统、全球无限航区的重型自航绞吸挖泥船,具有以下特点:第一,技术标准高,全船布置的柔性钢桩台车系统等技术国际先进,三缆定位系统、航行视线问题解决等技术国际领先;第二,装备水平高,装备了亚洲最强大的挖掘系统、最大功率的输送系统和当前国际最先进的自动控制系统,泥泵输送功率达到 17000 千瓦,为世界最高功率配置,且其远程输送能力 15000 米,为世界之最,可实现自动挖泥、监控及无人操控,将极大提高作业效率;第三,环保要求高,船上专门配备了低硫转换装置、具有自主知识产权的新型泥泵封水泵、智能海水冷却系统,达到节能环保的要求;第四,设计人性化,该船上层建筑与主船体的连接安装了主动气动减振装置,可以有效减少和隔绝船舶施工期间低频振动对上层建筑的影响,保证船员居住生活的舒适和设备的安全运转。

　　此次"天鲲号"下水仪式得到了媒体的广泛关注,新华社、《人民日报》、中新社、《环球时报》《中国青年报》《工人日报》、中央电视台、天津卫视、东方卫视,人民网、环球网、澎湃新闻《现代快报》等30余家媒体从多个角度进行了报道。

原刊于《天航报》2017年11月11日1版

我省融入"一带一路"建设再获重大突破
——龙运集团成我国首批参与 TIR 国际道路运输企业

陈晓光

本报讯 5月18日一大早,标有 TIR 标示牌、满载 80 吨苹果的龙运集团货运车辆从大连港启程,经黑龙江的大庆、齐齐哈尔后从满洲里口岸出境进入俄罗斯赤塔、乌兰乌德、伊尔库、克拉斯诺亚尔斯克,最终将抵达俄罗斯的新西伯利亚。这是目前中俄双边运行距离最长、途经城市最多、通达程度最深的线路。黑龙江省交通运输厅副厅长张志权出席启动仪式。

这标志着根据国家"一带一路"建设,中华人民共和国交通运输部、中华人民共和国海关总署、俄罗斯联邦交通部共同组织的中俄国际道路运输试运行暨中国 TIR 运输正式启动。龙运集团成我国首批参与 TIR 国际道路运输企业,中国运输企业首次使用国际公约直达俄罗斯内陆城市。

《国际公路车辆运输规定》简称 TIR 协定。1959 年,在联合国欧洲经济委员会主持下制定《TIR 协定》,欧洲有 23 个国家参加,并于 1960 年正式生效。该协定曾于 1975 年进行修订,同年 3 月 20 日生效。TIR 协定组织的公路运输承运人,由发运地到达目的地,在海关签封下,中途可不受检查、不支付关税、也可不提供押金。黑龙江龙运集团总经理刘少波告诉记者,这条线路是中华人民共和国交通运输部和俄罗斯联邦交通部共同确定的,它的运行标志着我国正式加入 TIR 协定,龙运集团也成为我国具有 TIR 资质的首批企业。与传统的中俄国际道路运输相比,此次采用了从产地直达超市的门到门运输,中间无须换装、倒装,所经国家海关无须再次查验,运输时效可以提高 2 至 3 天,运输成本得到了极大的降低。8 至 10 天后,苹果将运抵新西伯利亚。返程时再装载俄罗斯特色冰激凌和啤酒,运抵哈尔滨。沈阳威云果品有限公司段杰说:"这次的试运行给我们带来很大的方便,直接通关了,通过我们产地直接可以到超市的配送中心,这样更加方便快捷,也更加省力,减少更多损耗,这样的成本就更低了。"俄罗斯环球车集团执行经理杰尼斯说:"中国作为'一带一路'的重要国家,在对外开放方面一直做得很好。这条线路开通以后,能促进中俄贸易的发展。"

据悉,龙运集团参与 TIR 国际运输项目,是省委省政府、省交通运输厅搭建全省对俄国际运输集、疏、运的一项重要举措。TIR 国际运输的顺利实施,将促进我省国际道路运输能力达到新高度。同时,也标志着中国道路运输正式接轨国际化运输组织,使我国在长距离跨境运输中简化通关程序,促进贸易与国际道路运输的便利化与安全化,有效提升我国道路运输企业核心竞争力。

原载于《黑龙江交通》2018 年 5 月 29 日 1 版

小鸟儿,请自由自在地飞翔吧

程 娣 简 敏

12月3日,央视新闻移动网发布"全球首例全封闭声屏障为'小鸟天堂'降噪保生态"的视频新闻,报道了中铁四局建设的广东深(圳)茂(名)高速铁路拱形全封闭声屏障为保护小鸟自由飞翔通道的做法,备受社会各界关注。

"小鸟天堂"景区是广东省的一个闻名中外的旅游风景区,也是全国最大的天然赏鸟乐园之一,栖息着夜鹭、池鹭、牛背鹭和小白鹭等40多种鸟类共3万多只,构成了一个蔚为壮观的"鸟的世界"。著名作家巴金游览后写出了经典散文《鸟的天堂》。这里还有一株550多年历史的奇特的大榕树,独木成林,与数不清的小鸟构成了童话乐园。

途经于此的深茂铁路是我国沿海铁路大通道的重要组成部分。该铁路位于广东省南部沿海地区,东起深圳枢纽西丽站,途经广州南沙、东莞虎门、中山、江门、阳江,终达茂名站,全长约390公里。由中铁四局承建的深茂铁路2标位于广东省江门市新会区境内,穿越著名的"小鸟天堂"景区。

工程建设中,为有效保护"小鸟天堂"一带的生态环境,该段建设方案引起了有关部门反复论证,几经修改完善,一度延后了开工时间,导致比其他标段晚进场一年。为了最大限度地降低噪声,不让高速行驶的列车撞上小鸟,中铁四局联合铁四院、华中科技大学、武汉理工大学、西南交通大学积极开展技术攻关,最终确认采用2公里全封闭式声屏障施工。这段全封闭式声屏障全长2036米,也是全球首例高速铁路拱形全封闭声屏障,填补了该领域世界空白。通过进行试验段施工,技术人员充分考虑到列车减少迎风面面积,能够有效降低雨雪荷载及风荷载,探索设计出由拱形钢构架和金属吸、隔声板及ECC混凝土吸声板等降噪技术,形成外形美观独特的全封闭声屏障,能够最大限度减少高铁对沿线环境的声、光污染,确保鸟类自由翱翔。

施工中,中铁四局建设者有意识避开 3 月至 7 月鸟类繁殖期,并采用低噪声设备和设置临时声屏障,最大程度减轻了工程建设对景区内鸟类的惊扰。

原刊于《铁道建设》2017 年 12 月 6 日 2 版

省内最大乘用车充电站建成使用

可同时满足42台纯电动乘用车充电需求，日充电400辆车次

詹海林　林振钟

巴士讯　1月28日，山东省内最大的纯电动乘用车充电站——交运超级充电集群建成运营，占地面积1.2万平方米，可同时满足42辆纯电动乘用车的充电需求。昼夜可充电400辆车次，最高时可昼夜充电800辆车次，解决了周边居民的纯电动乘用车充电需求。

山东最大电动乘用充电站运营

在海尔路6号充电站，院子一侧的一排时尚建筑非常惹眼，42个充电桩一字排开分布在下面，正在充电的电动汽车把充电站挤得满满当当。据工作人员介绍，充电桩分为绿色和白色两种颜色，绿色为慢充，充满一辆电动汽车需要5至7小时；白色为快充，采用大功率柔性智能充电模式，单桩最大功率可达150kW，最快充电时间仅需1小时左右。充电站建有30个大功率快充电桩及12个小功率慢充电桩，现为山东省最大乘用车充电站，可同时满足42辆电动汽车的充电需求，减少车主充电等待时间，解决了周边居民充电难的问题。

智能充电全程手机监控

集团自主研发了"交运快充"App，使充电站实现智能充电管理，车主可通过该平台进行充电并完成支付，且具备查询空余桩位、实时充电电量等功能。工作人员拿出手机，打开"交运快充"App，上面每台车充电状态一目了然，直观显示着车辆充电量还剩多长时间可充满。通过手机App，市民可以了解到充电站有多少空桩，可以有选择性地来充电，防止出现排队和扎堆现象。

将陆续开发建设更多的充电站

随着青岛市纯电动乘用车数量不断增长,充电桩日益难于满足车主需求,一些充电站出现需要排长队充电的现象。为解决市民的充电难题,后期,公司将在青岛多个区域进行项目模式的快速复制,重点依托集团场站资源,自主开发的"交运快充"充电平台,加快建设中心城区 5 公里充电服务圈,满足电动汽车用户出行快速补电需求。

原刊于《温馨巴士》2018 年 2 月 21 日第 2 版

严格执行"实名制购票"
长途车驾驶员协助警方揪出嫌犯

张文杰

交运讯 11月13日,东方公司收到了一封来自山东省内某市公安局发来的感谢信。工作人员从信中得知,11月4日,一名杀人嫌犯乘坐该公司黄城至青岛的班线车,当班驾驶员严格执行"实名制购票"规定,并尽量拖延到站时间,协助警方将杀人嫌犯抓捕。

"现在是实名制购票,您必须到站上买票!"

11月4日下午,东方公司所属青岛至黄城班线客车正在执行返青任务,行驶至龙口市海岱车站时,一名50多岁、中等身材、腿部有残疾的男子想直接上车,驾驶员让其出示车票,男子不说话也不出示车票。驾驶员按照惯例,严格执行"实名制购票",让其到站内售票窗口购买车票。男子犹豫了一下,便转身去站内用身份证购买了去往青岛的车票。驾驶员检查了车票后让该乘客上了车。

据驾驶员回忆,当时他驾驶的是47座客车,男子上车时,车上有20多名乘客,男子上车后在车厢最后一排靠右的角落里坐下。驾驶员察觉到此人有些异常。

"你车上有逃犯,看不见警车一定不要停车!"

车辆行驶到休息区时,车上不少乘客都下车休息,驾驶员注意到,可疑男子并未下车。下午19点左右,天已经黑了,在车辆驶过青岛汽车北站,马上要驶入环湾路时,驾驶员接到了车辆委托经营人的电话:"你的车上有一名杀人嫌犯,你要尽量拖延时间,不要让嫌犯下车,到青岛长途汽车站附近的四方大酒店时,看不见警车一定不要停车!"

原来,在龙口市海岱车站上车的可疑男子便是这名杀人嫌犯,他在驾驶员的坚持下用身份证购买车票后,被警方发现信息,便与车站联系,得到车辆委托经营人的电话,并让其通知到当班驾驶员,此时距离车辆正常到站只有十几分钟的时间了。随后,当地警方又与青岛警方取得联系,请求协助抓捕。

"15分钟的路程我们跑了半个多小时"

此时车上还有30多名乘客,驾驶员并没有害怕,心想一定要想办法协助警方,并确保其他乘客的安全。为了拖延时间,给警方留出布控抓捕的时间,他将车速放慢,并尽量绕行较远的线路,原本15分钟的路程,足足开了半个多小时。

当车辆来到了与警方约定好的四方大酒店时,驾驶员沉着冷静地将车辆停好,早已在此等候的四辆警车、20多名警察直接将客车围了起来,驾驶员配合警方抓住了杀人嫌犯,并全力保障了车内其他乘客的安全。配合警方了解情况后,20点20分左右全部乘客下车,驾驶员这才放下心来。

事后,当公司向驾驶员了解此事时,该驾驶员表示:"配合警方执法是公民的义务。既然我接到了通知,就应该想方设法不让嫌犯下车逃走,若嫌犯跑了咱有责任。"

原刊于《交运·崛起》2018年11月4版

路遇火情　四次冲入火海

邵月珍

经营二部29路1720号车驾驶员沙拉木·艾合买提危急关头，不顾个人安危，四次冲入火海，与社区安保人员、居民一起奋力扑救，控制住火情，避免更大灾难发生的感人场景在3月份传为佳话。

3月10日凌晨5:50时左右，沙拉木像往常一样，准备乘坐交通车上班。当路过水韵·康居苑小区单元楼门前时，看见二楼一居民窗户内有火光闪出。沙拉木赶紧跑去通知小区保安，随即迅速拿起灭火器跑向着火的居民楼。此时楼道内浓烟弥漫，屋内火势已经蔓延开来，一片浓烟。沙拉木不顾危险拿着灭火器就往屋里冲，仅一小会儿，就被呛得喘不过气来，眼睛也睁不开，火势还在蔓延……情况万分危急，他赶紧跑出来使劲敲响单元内其他居民的门，大声喊着"着火了！着火了！快出来救火！"凌晨时分，大家都还在睡梦中，他的高声呼喊惊动了左邻右舍，越来越多的人加入救火当中……

经过大伙儿的共同努力，大火终于被控制住了。被沙拉木救出来的居民激动地拉着他的手说："太谢谢你了，谢谢你，如果不是你及时发现火情，四次冲入火海救火，恐怕我们的生命就有危险了。"

"灭火时，你就没想到自己的生命有危险吗？"事后，有人问沙拉木。他笑着说："公司经常教育我们要多做好事，弘扬正能量。当时的情况也来不及多想，只想赶紧灭火，救人要紧。"

同事张海波听了他的事迹，还专门附了一首《我的好兄弟》点赞沙拉木·艾合买提，发布在驾驶员微信群：儿子娃娃沙拉木，群众利益放心上。路遇险情挺身上,烈焰毒气无所惧。奋不顾身冲在先,见义勇为美名扬。学习榜样添动力,雷锋精神代代传!

原刊于《乌鲁木齐公交》2017年3月20日3版

通 讯 类

获奖名次：二等奖

标　　题：《仁怀市高大坪乡银水村美如画》

作　　者：刘叶琳

原 刊 于：《贵州交通》2017年第3期封底

获奖名次：三等奖
标　　题：《舟山海域围堵套牌内河船》
作　　者：刘继波
原 刊 于：《中国海事》2018年第5期

获奖名次：三等奖
标　　题：《"天鲲号"成功完成首次海试》
作　　者：黄少康
原 刊 于：《天航报》2018年6月21日1版

获奖名次：三等奖
标　　题：《风雪公路人》
作　　者：韩琦富
原 刊 于：《安徽交通运输》2017年4月

一等奖

大会战！决战韩国西南海
——"世越号"整体起浮作业纪实

单 兴

3月26日上午9时，距离"世越号"整体起浮仅仅10个小时，正在"White Marlin"号半潜驳甲板上实地勘察沉船整体出水情况的项目总工程师陈世海，久久凝望着附着满满海生物的船体若有所思，回忆起刚刚过去的72小时"世越号"整体起浮作业，陈世海说："就好像做了一个梦"。

打捞总监王伟平在微信中留言：591个日日夜夜，我们给韩国人民一个交代，我们给世界一个答复。"世越号"我们送你回家了。此时此刻，压在他心中近两年的担子终于放下了。

而在另一边，在这片韩国西南海上连续作业590天，在度过了极度紧张和高强度作业的三天三夜后，两艘抬浮驳甲板上的水手们，拖着疲惫的身躯进入了最后的冲刺作业。

艰难的抉择

经历了一个冬季的准备，3月6日至3月8日，德意轮和华铭轮拖带着仅用不到一个月时间就完成设备改装的两艘抬浮驳——重工一号和重工三号，以及潜水作业支持船"沪救62轮"相继抵达作业现场，这也标志着距离"世越号"整体起浮的总攻时间越来越近了。

随后的几天，打捞现场围绕抬浮驳作业物资驳运准备和布场展开。3月9日、10日，重工三号和重工一号相继完成作业物资倒驳作业。3月11日，抬浮驳进入作业水域，当日晚间布场作业结束。

与之前的两个作业阶段相比，整体起浮包括提升出水、拖航移位、移放半潜驳和整体抬浮四个作业环节。所需要的作业力量更多，作业点多面广，不仅考验着设计方案的科学严谨、团队的协作，更考验着指挥员的临场协调和随机应变。

船舶、人员、物资此时像一股股涓涓细流般，从四面八方一点点聚集到打捞作业现场这个"大水池"。

3月14日，作业现场人员集结完毕。3月15日，局长洪冲亲赴作业现场参与指挥。

3月16日，辅助拖轮沪救17轮和18轮，以及"White Marlin"号半潜驳抵达现场，所有作业船舶就位。

"世越号"沉船整体抬浮阶段的作业，累计需要一周的作业时间窗口，与之前的作业相比，对现场的气象和水文等外部环境的要求更高。作业方案要求只能在每月仅有的两个流速较慢的小汛作业时间窗口且风速小于6级的天气中进行。

作业现场通过气象和潮汐条件分析，确定3月20日起，作业现场将进入小汛作业窗口，该作业窗口将维持到26日前后。

"为了把最佳作业条件让给整体起浮作业。整体起浮前最后一项准备工作——抬吊钢缆和钢绞线的连接作业必须赶在潮汐转换期间流速并未完成减缓时完成。"现场潜水作业指挥郭杰说。

郭杰回忆说："此时作业窗口还处于大汛期，潜水作业时间非常有限，对潜水员身体、作业技能都将是极大的考验，好在我们的潜水员小伙子们都挺过来了。"

3月18日，所有的33组起吊钢索与钢绞线提升系统连接到位，所有准备工作就绪。

韩国西南海上的冬春两季，正是南北冷暖气团最活跃的时节，气象条件随时会发生变化。正当作业现场一线打捞将士们摩拳擦掌，跃跃欲试之际，大风的来袭考验着之前的部署,气象预报显示3月20日、21日作业现场风力将增大至7级,阵风8级,25日晚间,作业现场也将起风。原本一周的作业窗口瞬间被挤压得所剩无几。

"真正能够实施整体起浮的好天气只有三天,这意味着,原本需要一周的工作量将被压至三天内完成。如果继续实施起浮,万一中间某一个作业环节出现问题,整整两年的辛苦作业将付诸东流。但如果错过了这个时间窗口,后面的天气情况仍是个未知数。"

是继续前进还是观望等待,这个决定让现场所有指挥人员犹豫不决。

压力面前,局长洪冲保持着总揽全局的定力和气度,技术出身的他深知这个决定的重要性。

在作业现场,洪局长一面和项目组指挥员们对每个作业环节方案进行优化,一面紧紧盯住每天三次的气象分析,收集各方意见。

19日、20日、21日。煎熬的三天终于过去了,眼看着不断向好的流速与不间断的大风袭扰,所有人的内心都是矛盾和纠结的。抢不抢这个窗口,所有人都在等待现场统帅的最终抉择。

这是一个庞大的系统工程,每一步都不容有失,一旦开弓就没有回头箭。"我们21日中午看一看气象分析再做最后的决定。"洪冲局长决定。

21日下午14时,经过最后的讨论,项目组终于发出总攻指令。要求21日晚上所有作业人员进入各自岗位。

1073天的等待,"世越号"破水而出

22日凌晨,长152.5米,宽60米的重工三号船首,由两个集装箱搭建起的简易帐篷里,正中间摆放着两组桌椅,正前方的一块大屏幕上,显示着一个"世越号"沉船的图样,图上堆积着密密麻麻的参数数据,显示着沉船提升系统的受力分布和提升状态。

主屏幕右侧的一个柜子上,放置着两个小的监控显示器,用于显示流速、沉船姿态,这里是提升抬浮的主监控室。

22日1时05分,项目组所有指挥员、韩国业主和第三方代表都聚集于此,这里已不仅是主控制室,也成了"世越号"提升抬浮的作战指挥中心。

1 时 10 分，作业人员接到指令，现场开始对抬浮驳进行横倾调平。根据提升方案，作业现场将抬浮驳调平后，视作业现场天气情况，开始缓慢提升抬浮。

1 时 23 分，现场浪高 1 米，风速 23 节，抬浮驳调平作业仍在继续。4 时 10 分，现场波高 0.8 米，距离项目经理蒋岩副局长确认的 0.7 米的波高仅差一步之遥。

6 时 15 分，项目现场打捞总监王伟平发出提升指令，提升系统开始平均加载提升力，提升起浮作业正式启动。

此次提升抬浮"世越号"的提升系统，是采用液压提升的原理设计而成的，共 66 组，每组系统由液压泵站、提升油缸、31 根提升钢绞线等部件组成。据了解，目前钢绞线提升装置的应用在陆域上使用较为广泛，而在海洋工程中使用不多，在打捞工程中使用更是屈指可数。其中最著名的当属库尔斯克号潜艇的打捞。在此次"世越号"打捞过程中，上海打捞局设计团队在对钢绞线提升技术中新增加了缓冲功能的应用，以适应水下作业的要求。

项目总工程师陈世海介绍，"世越号"在提升抬浮过程经过了：离底、出水、为出水沉船带缆绑扎和提升至出水至设计高度四个重要作业节点，这个过程将历时近 20 个小时，提升过程中保持钢梁的水平是这个过程的关键，因此在提升时，只能逐步加力，缓慢提升。

10 时 40 分，提升系统加载提升力到 30%。10 时 45 分，开始逐步加载至 50%。12 时 20 分达到系统设定的 100% 提升力，此时抬浮驳上原本松弛的钢缆，如同偾张的血脉，一根根绷得紧紧的。

15 时 07 分，作业现场确认"世越号"沉船离底。23 日凌晨 2 时许，在聚光灯的照耀下，两艘抬浮驳之间的水面上开始间断着翻腾起了水泡，大家的心情也变得急迫起来。3 时 45 分，沉没 1073 天的"世越号"右舷减摇鳍率先破水而出。作业人员向海面播撒了朵朵白色的纸花，表达了中国打捞人对逝者的尊重。紧接着旋梯、整个右舷、球鼻艏一个个没在水中的轮廓，渐渐清晰起来。

7 时 07 分，作业现场将沉船抬浮出水面 2 米。完成一系列绑扎带缆作业后，现场继续提升作业。24 日 8 时 30 分，现场确认"世越号"右舷出水到达设计位置 13.5 米，提升总吨位 11500 吨。

整体起浮的四个作业环节环环相扣，根据作业计划，完成提升后的两艘抬浮驳抬着沉船由拖轮整体绑拖移位至1.6海里外的半潜驳上,最后由半潜驳将沉船整体抬浮出水,整个过程需要一气呵成。

作业现场确认提升高度后,24日9时39分,在业务处孙彪处长、袁国民老船长,两位资深船长的指挥下,华铭轮和海洋石油697轮开始为两艘抬浮驳起锚,当日下午4时45分,华铭轮主拖,另4艘拖轮辅助,如同八抬大轿般将"世越号"缓缓向已沉放到位的"White Marlin"号半潜驳右舷驶去。

在"世越号"整体起浮方案中,将"世越号"通过绞缆移船的方式移进半潜驳甲板,是一项极具技术难度的作业。

项目经理蒋岩曾表示,如果说"世越号"提升出水环节顺利完成,标志着工程成功50%的话,半潜驳移船进档作业一旦完成,将预示工程成功了90%。

据现场工程师金桐君介绍,"世越号"船长145米,而"White Marlin"号半潜驳甲板空间的长度也只有158.4米,沉船放置在半潜驳后,前后留出的设计间距仅有2.7米,这对移船进挡的位置精度要求非常高,说是镶嵌进去一点也不为过。

指挥半潜驳移船作业的浦玉林介绍说:"整个作业过程中,半潜驳和抬浮驳船组都处在动态环境下,极易受风和水流影响。"

在移船进档过程中团队配合也显得尤为重要,要完成半潜驳和抬浮驳船组之间的带缆、机动艇的引缆、辅助拖轮的进退车协作、主拖轮的解缆和各位置的锚车绞缆等一系列作业。

作业前,指挥人员被分成多个小组,两艘抬浮驳上分别由龚晓明和徐军林两位队长指挥,拖轮由孙彪和袁国民指挥,半潜驳前后浮箱,分别由张建国、顾德章、张品宏和王峰四位队长坐镇。

24日20时45分,抬浮驳船组抵达半潜驳右舷指定水域,移船进档作业正式展开,两名甲板组人员操控着机动艇,在半潜驳与抬浮驳之间如同飞针走线般地完成着引缆作业。

20时48分,抬浮驳船组一寸寸地向半潜驳移去。抬浮驳上已连续作业了两天两夜的甲板组人员,丝毫没有疲态神情。在胜利的曙光面前,他们玩命般奔跑带缆。潜水组、工程师等所有参与作业人员都参与到甲板作业之中。一时间船舶声、高频声、机器声、呼喊声、震天的号子声混杂在一起,在西南海上鸣奏出中国打捞人最响亮的乐章。

抬浮驳抬浮着"世越号"在绞缆机的带动下，一米、一米地向目标移动，一寸、一寸地前行。

半潜驳上的韩国业主和第三方工程监理人员被这一幕画面深深地打动了。在国外接触过很多打捞工程，也接触过全世界知名打捞公司的 TMC 董事长史蒂芬连用三个"最"表示他当时的心情："你们的潜水员是我见过的最好的潜水员，你们的甲板组是我见过的最牛的甲板组，你们的员工是我见过的最棒的员工。"

晚上 11 点 20 分，抬浮驳被精准地移入半潜驳。

作业现场随后对"世越号"沉船进行了绑扎固定等作业后，于 25 日 18 时 30 分半潜驳开始排水抬浮。21 时 15 分，"世越号"整体出水。22 时，半潜驳主甲板出水。23 时，作业现场宣布全部排载结束，这场持续了三天三夜的大会战，终于以上海打捞人所代表的中国救捞力量的完胜而告终。

在作业现场与一线打捞将士一同奋战了三昼夜的洪冲局长感慨地表示："世越号"打捞最大的难点就是为了尽可能保护好 9 具遇难者遗体，业主要求必须要维持沉船左倾 90°下沉的原始状态，并不破坏船体结构，为此采用了海底托底钢梁整体起浮技术。我们的职工在困难面前永不低头，历经艰辛、攻坚克难，克服了水流湍急、海底水深等恶劣环境，船底岩石巨大的困难，通过对设备的发明改进，对技术的不断创新，实现了"世越号"打捞的成功出水，从技术、实力等方面，在世界打捞史上创造了奇迹，真正处于了世界技术的领先地位，体现了中国救捞的实力和国力。

原刊于《中国救捞》2017 年第 10 期

2017年8月8日21时19分,四川九寨沟县发生7.0级地震。正值旅游旺季的九寨沟,数万人滞留,尤其是2万多的散客和外来务工人员,急需应急运力转运。灾区游客的安危,时刻牵动着四川交通人的心,一场阿坝、绵阳、成都的接驳运输就此展开。

万人大转运:一场生命的接驳之旅

吴 丹　梁晓明　朱姜郦

"终于平安到达了,谢谢你们。"8月11日凌晨2:30,两台应急客车运载着33名乘客安全抵达成都东站汽车客运站,一名乘客难掩激动之情说道。随着这33人的抵达,全省调集应急运力大规模疏运灾区游客和群众的任务圆满完成。全省应急调用620辆客车,开行1164辆次,采用接驳方式累计疏散出九寨沟灾区2万余人(主要为散客和外来务工人员)。再加上旅游包车和自驾等其他转运方式,短短2天多时间,6万多滞留人员全部疏运完毕,堪称奇迹!

在这场转运"史诗巨制"中,滞留游客始终是人们关注的"主角",而保证这场转运圆满落幕的却是默默奉献的四川道路运输人,他们才是这场生命接驳之旅的"总导演"。为了确保游客快速、安全转运,他们无眠无休,一直在路上……

运政人员:为生命护航

"妈妈,我要给爸爸送安全帽。"当刚上幼儿园的小儿子得知龚锐正在平武转运前线奋战时,小小的他不由得为爸爸担心,孩子已经快两天没看到爸爸了。

龚锐,绵阳市运管处客运科副科长,此时的他还不知道儿子正在担心他。他也没有时间想这些,巨大的转运压力让他透不过气来。

2万多人的应急转运,四川道路运输系统还从未遇到过如此艰难的任务。但滞留群众的安危不容商量,四川道路运输人默默承担起这份沉甸甸的担子。地震后,九寨沟县城—平武—绵阳—成都的九环线东线受地震影响较小,道路畅通,因此,这条线成为游客转运的重点。在应急转运的2万多散客和外来务工人员中,走这条通道的就有11700多人。为了加快转运速度、确保安全,四川省交通运输厅运管局决定采取接驳运输的方式,在东环线,转运车辆首先到达平武客运站,简单休整后,游客再换乘接驳车辆,分别前往绵阳平政客运站、成都东站汽车客运站和茶店子客运站。

平武一下子成为这场大转运的中转枢纽,压力可想而知! 8月9日一大早,接到转运任务后,绵阳市运管处领导亲自带队,一行10多人紧急赶往平武客运站,这其中就包括龚锐。

从接到任务到把最后一批游客从平武客运站送走,他和前线的同事们一样,三十多个小时几乎没合眼。"2008年汶川地震的时候,我大儿子上幼儿园,这次地震是小儿子上幼儿园了。"说到两个儿子,龚锐略微轻松的语气有点颤抖,"我的小儿子挺懂事的,听说我在做转运工作,还要给我送安全帽。"

为了急需转运的游客能早日回家与亲人团聚,龚锐与同事们将对家人的亏欠深深埋入心中,这是责任,更是使命。

龚锐毕竟是年轻人,身体还顶得住,年龄大一点的身体都出现了"预警"。杜友国,平武县运管所副所长。50来岁的他是个"老运政"了,从1991年参加工作开始,从未离开过。两鬓冒出来的银发、眼睛里的血丝、下巴上拉碴的胡须、说话时嘶哑的嗓音,他显得格外疲惫。

8月8日下班前,杜友国已经请好假,准备第二天回老家去看望80多岁、躺在病榻上的老父亲。但地震发生后,他忘记了请好的假,转身投入到转移灾区游客的工作中。

8月9日凌晨1时许,杜友国已经按照救援指示,调集2辆客运汽车,运送民兵前往九寨沟灾区参与救援。凌晨5时许,杜友国下令全县班线停运,调集符合要求的24辆应急运力,车上准备好了食物、水、药品,等待第一批从九寨沟地震灾区转运出来的乘客。上午11时许,从灾区转运出的第一批600余名游客到达平武客运站,杜友国和同事们指挥客运站做好后勤保障,30分钟后,经过休整的游客在这里接驳,分别前往绵阳、成都。16时15分,第一批转运游客平安到达成都东站汽车客运站。听到这个消息,杜友国悬着的心总算暂时放下了。

在经历了8月9日上午的暴晒和下午的暴雨后,杜友国感冒了。就是这样,他还一直奋战在转运的第一线。

"虽然经历了地震,但四川人民和绵阳人民是好样的,一路上交通畅通,提供的服务很周到,让我们身在外地也有家的感觉。"在绵阳机场,一位上海游客感激地说道。

客车驾驶员:逆行的勇士

"涂师傅,你好!我们已经到达成都。这几天感谢你的帮忙,让我们在突发的灾害面前免去了惊慌和迷茫。祝你工作顺利,阖家幸福!"这是一位名叫黄虹的散客发给绵阳富临运业驾驶员涂志军的感谢短信。

地震发生时,他正在九寨沟。涂志军和同车导游一起,第一时间找齐了游客,将他们带到酒店广场宽阔的地段,安抚他们的情绪,并买来食品和饮用水。

涂志军带了21位游客进去,转运出来的,却是23位。这2位并不属于他旅游团的游客,是他"捡"上车的。原来,这两位游客是到九寨沟旅游的散客,当时看起来很无助。"别怕,跟我走吧!"涂志军就这样把她们"捡"上了车。发现她们穿得很单薄,涂志军还把自己的厚衣服给了她们。"她们曾经想给我钱,我拒绝了,我能带她们离开,这就是我该做的。"涂志军话锋一转。

当"捡"来的2名散客平安到家后,其中的一名黄虹女士专门给涂志军发来了感谢短信。

宁可车等人,不让人等车。李兴明是参与这次游客转运工作的大巴车驾驶员之一。8月10日凌晨2时许,等待了近4个小时的李兴明迎来了他的7位乘客。为了让7位乘客不延误飞机早日归家,李兴明驾驶着这辆只有7位乘客的大巴车出发了。平武县到绵阳南郊机场有160多公里的山路,而此时,离这7位乘客飞机起飞的时间只有5个多小时。尽管李兴明开了20多年的大巴车,但平武到绵阳南郊机场这条路是他第一次跑,路况不熟悉,弯道又多,并且是夜间驾驶,他开得非常谨慎,既要保证速度,更要保证安全。最终,在清晨5点10分,飞机起飞前2小时,顺利抵达绵阳南郊机场。

这次大转运能够这么迅速,参与其中的驾驶员功不可没。除了涂志国、李兴明,最近千佛旅游运业有限责任公司的驾驶员刘文武在绵阳客车驾驶员的圈子中很"出名"。地震来袭的时候,刘文武和其他旅游大巴驾驶员一样,第一时间寻找自己的游客,并耐心进行安抚。8月9日凌晨2点,刘文武驾驶着客车开始由沟口向九寨沟县城艰难进发。短短40多公里路他开了3个小时。沿途不时有塌方,刘文武利用车灯,时刻关注着山体,谨慎驾驶,终于在凌晨5点抵达九寨沟县城,并最终在14点抵达绵阳。看着离去的游客,从"鬼门关"走了一遭的刘文武本可回家休息了。然而此时,在平武集结的应急运力出现紧张,他主动请缨,毅然决然地投入到接驳运输的战斗中。疲惫的他,终于在天黑前抵达平武客运站。10日凌晨1点左右,他拉着一车乘客,开始自己的第二段"旅程"。清晨6点半,一车人终于顺利抵达成都。在酒店休息了两三个小时后,他在中午前驾车回到绵阳。

"作为驾驶员,转运旅客义不容辞,只要一声令下,我还会加入战斗!"刘文武的一句话,道出了所有客车驾驶员的心声。

客运站:这里就是温暖的家

从8月12日开始,平武客运站陆续开始恢复客运班线,与前几日的人头攒动相比,显得有些冷清,作为日均运送旅客约1000人次的小站,这也许才是它应有的模样。

平武是个宁静的小城,全县人口不到20万,然而却是东环线距离震中九寨沟最近的县。从8月9日开始,小城的宁静被打破了,一辆辆满载乘客的大巴车在这里进行接驳转运,去往绵阳、成都。8月9日凌晨到8月10日傍晚,平武客运站迎来了开站史上最多的车流量和人流量。人车的暴增,并没有让平武客运站变得混乱,在转运期间没有投诉事件发生,更没有安全事故发生。

"今年6月底,平武县运管所举行了一次不打招呼、无预案的应急演练,由于集结时间超过了应急预案的要求,我们被狠狠批评了一顿。"平武客运站站长、通力运业龙州公司总经理王成感慨道,正是有了那一次的教训,这一次车站在运力集结和后勤保障方面才能承受住如此大的考验,而批评他的正是杜友国。

8月8日22点多,平武客运站就开始忙碌起来,各项应急准备工作有序展开。龙州公司迅速集结运力20台,加上外调的4台,24台应急运力第一时间在站内集结完毕,随时待命。

除了准备应急运力外,客运站还面临一大难题,作为中转站,必须提供必要的生活保障。于是,8月9日清晨不到6点,平武客运站的三位普通员工——高梅、蒲敏、张菜华,便忙碌着熬粥、蒸馒头。高梅忘记了自己是身患胃癌的病人,只希望第一批从灾区转运出来的人能吃上热乎的馒头、喝上温暖的粥。从8月9日清晨到10日傍晚最后一批游客离开。平武客运站的馒头没有间断过,粥也从来没有凉过。很多乘客在接过热乎乎的粥时,眼泪"唰"地就流出来了。

李黎,是平武客运站的一个年轻"孕妈"。从转运工作开始,她就一直负责着车辆协助调配、出站登记的工作。上午还炎热无比的平武,午后下起了大雨。李黎看到一位独自带着小孩的母亲从车上下来,举着伞就走上前去,牵着小朋友的手走到客运站候车厅避雨。午后的雨很大,小朋友的身上一点也没被淋湿,李黎自己却湿了大半个身子。

王成带着这支"娘子军",连续奋战2天多时间,不仅确保游客不滞留,更为他们提供了优质温馨的服务。"这里很温暖,像家一样!"山东游客刘峰说出了心里话!

在平武客运站为转运游客提供如家般的服务之时,成都的东站汽车客运站和茶店子客运站也在紧张地忙碌着。两个客运站24小时开启,专门设置转运旅客接待点和休息安置区,向旅客发放饮水食品,组织工作人员及志愿者有序引导旅客换乘飞机、铁路、地铁、公交和班线客运,同步打开多条安全出入通道,保证旅客有序安置和疏散。

8月10日晚上,龚锐回到家,小儿子一下扑进了他的怀中。

8月12日一早,杜友国匆匆赶回距离平武县城几十公里外的老家,看了一眼正在休养的老父亲后,又匆匆赶回。临走时,父亲那饱含泪水的双眼让他无法释怀。

8月13日,难得的星期天,李黎宅在家里,一个新生命正在孕育中……

一次转身、一次逆行,折射出的是人性的伟大,更是"四川交通精神"最好的诠释。在抢通保通现场,在转运路上,在需要帮助的地方,处处都是交通人的身影,处处都是温暖的感动。

原刊于《四川交通》2017年8月总272期

芦苇花儿会唱歌
——记江苏省淮安市洪泽区地方海事处马浪岗海事所

周献恩　施　科

编者按

221步,是绕洪泽湖中一座孤岛一圈的步数,岛上的几位海事人不知道绕了多少回。

这个孤岛位于淮河进入洪泽湖的入湖口,四面环水,距洪泽县城约30公里,距最近的集镇8公里水路。

这座小岛,是洪泽湖水上交通安全监管最前沿阵地——江苏省淮安市洪泽区地方海事处马浪岗海事所所在地。

这里日常只有9人(其中4人常驻,5人随海巡艇轮值),自1987年起担负着入湖船舶控制管理、航道防堵保畅、水上险情应急救援以及服务船民等多项重任。

破冰、拖浅、防堵、保畅,他们屡创奇迹,无数次将遇险船民从生死线拉回。31年,共抢救遇险船舶近2万艘,遇险船员近8万人次、遇险货物600多万吨,挽回经济损失近亿元。

在富庶的东南沿海地区,他们甘守清贫,坚守孤岛,以服务为使命、安全为天条,视船民为亲人,被过往船民亲切地称为"大湖卫士"。

不折不扣的"悬湖",海事监管第一线

跑船到过洪泽湖区的人都知道,这里清明节前后突风多。这种风,来得快,刮得猛,就连现代气象也很难预报。

风,让马浪岗海事人更加紧张起来。

"湖区的天说变就变,风雨说来就来。"马浪岗海事所所长施坤介绍说,洪泽湖底平均海拔10.5米,超过其东部里下河地区海拔近2米,是不折不扣的"悬湖"。"悬湖"之上,风刮起来无遮无拦、又急又大。

"洪泽湖的浪很'硬',打到身上生疼!"

"最怕遇到大风,尤其是西北风,狂风掀起的巨浪会让湖水往船舱倒灌,导致翻船或沉船事故。"

"湖水常常是旱涝交替,冷热循环,很容易形成船舶搁浅、堵航等险情。"

......

采访中,谈起我国五大淡水湖之一的洪泽湖,船民和海事人员都透出复杂的表情。

洪泽湖面积2069平方公里,连接淮河、京杭大运河、盐河、金宝湖和苏北灌溉总渠,不仅是周边省、市水运交汇中心和重点物资运输通道,也是南水北调工程东线的调水湖。

这里日均船舶通过量达450艘次。然而,船舶并非可以满湖跑,湖中3条主航道只有三级,航槽只有80米宽,丰水期6~7米,枯水期只有3米左右,有的年份湖中浅滩都能走人。

一旱一涝、一冷一热,疾风、骤雨、浓雾、冰冻……使日出斗金的洪泽湖险情多发。这里自然成了海事安全监管的第一线。

2017年盛夏,洪泽湖先后两度进入枯水期,历史罕见。湖区浅滩裸露、航道变窄,船舶通行严重受限。马浪岗海事人战酷暑、斗高温,将船舶原本需要7~10天的过湖时间减少到2~3天,累计疏导船舶5000余艘次,排除搁浅险情300余次。而到了夏秋交替之际,洪泽湖又旱涝急转,水位一直在警戒水位线以上,而在湖区水利部门开闸泄洪期间,泄洪急流过往船舶极易搁浅,他们又坚守在拖浅护航第一线。

2016年严冬,洪泽湖遭遇30年一遇的恶劣冰冻天气,湖区大面积封冻,船舶航行受阻。马浪岗海事人冒着严寒破冰护航,安全护送船舶500余艘,破冰1000余公里。

2015年5月10日上午,洪泽湖突起8级偏北大风,湖区45艘船舶遇险。

他们在风浪中救助遇险船员117人,创造了近年来全国内河海事单次救助人数最多的纪录……

日常只有9人(其中4人常驻,5人随海巡艇轮值),却每年护佑着20万艘船舶安全过往洪泽湖,守卫着湖区安全、船民安康。

"救人多了,就舍不得离开"

31年,海事抢险救助的故事一箩筐。

湖面突然刮起9级大风,风雨交加,巨浪滔天,一艘重载货船在洪泽湖金宝线航道蒋坝附近被巨浪吞没。危难之际,一艘海巡艇在伸手不见五指的湖面上破浪搜救。一小时、两小时过去了……经过4个多小时的艰难搜寻,终于发现遇险货船。

"快看,前面有个黑点!"不知是谁先发现目标。探照灯下,船主夫妇和两岁多小孩正趴在摇摇欲坠的沉船顶棚之上,瑟瑟发抖。

海巡艇的到来,给了一家三口恍若重生的欣喜。当冻僵的双脚刚刚踏上海巡艇的甲板时,夫妇二人便扑通一声跪倒,双唇颤抖着蹦出了一句肺腑之言:"救命恩人啦……谢谢……谢谢你们!"

这是2012年4月10日晚,马浪岗海事所一次普通救助的场景。31年来,这样惊心动魄的抢险救生经历了很多很多,多到马浪岗海事人都记不清经历了多少次。

据不完全统计,自1987年至今,马浪岗海事人共抢救遇险船舶近2万艘次,抢救遇险船员近8万人次,抢救遇险货物600多万吨,挽回经济损失近亿元。

不仅顶着狂风巨浪救人,有时更是冒着生命危险救人。

2017年5月7日15时25分,一支船队(1轮12拖)的船头失火。接到报警后,海巡艇迅速到达现场时得知,失火机舱内有超过10吨的柴油,而洪泽湖是南水北调的调水湖!

面对随时可能爆炸的危险,面对稍有不慎就会形成大面积污染的风险,他们顾不了许多,先对失火机舱注水,待机舱水位没过主机时,换用干粉灭火器灭火。最终,失火轮船转危为安,现场无人员伤亡,未发生水体污染。

"很多失火的船上都有煤气罐,一旦引爆……真的不敢想象!"施坤说,每一次回来后真的很后怕,但抢险救助时根本想不了那么多。

"从小到大,奶奶叮嘱我最多的,就是长大了不要'到水上'。没想到的是,从1984年我成为海巡艇驾驶员开始,在洪泽湖上却干了一辈子。"去年刚退休的海巡艇老船长高世俊说,奶奶之所以这样叮嘱,是因为父亲、爷爷都因为行船淹死在了洪泽湖。

为什么不选择在岸上工作?记者有些不解。

"救人多了,就越舍不得离开!"从1987年马浪岗建站(马浪岗海事所前身)开始,31年一直驻守在这里的海事员孙成斌解释道。

内河船民大多以船为家,来往这里的很多是河南、安徽的家庭船,家人的生命财产都在船上。

"有了火情,老百姓盼着'119'来;水上有了险情,船民就盼着海事来。救一条船,就是救一个家呀!"说起这些时,孙成斌透出一种坚毅的眼神。

暴风骤雨中把一名一名船员从水中救起,风雪中海巡艇破冰引航,一米一米向前延伸,不是亲人,胜似亲人。

船民说"这里有家的感觉"

风灾莫测,水火无情。为有效防范风灾事故、保障船舶船员安全,马浪岗海事所不断尝试新办法、新举措。

他们实施了《远方二级调度方案》,每天根据湖区的洪泽、蒋坝船闸待闸区船舶停泊情况决定船舶放行数量,以有效缓解航道压力。为防范风灾,一天中多次和气象局反复沟通。

"如果3～5个小时没有大风,才可以放船的!"施坤说,每年平均对船舶实施控制50多次,控制船舶数万余艘次。而一旦有船舶搁浅等险情,必须及时拖离,否则,极易造成航道堵挡和碰撞事故。

但应对特殊天气、航道条件的行动,并非每次都被船民理解。

"天气预报没有风,怎么不让人走?"这是2016年9月特大枯水期时,马浪岗海事所对航道进行限航管制时,船民的质问。

当时,洪泽湖水位跌破11.50米"死水位",为缓解通航压力,海事采取了限航管制、单向排号放行等措施,并全力安抚待过湖船员。然而,9月25日晚,30余名船民聚集在海事所驻地的小岛上"理论",至深夜方才离去。第二天早晨,不顾劝阻,欲强行通过湖区,并于当日下午再次聚集马浪岗海事所。

"把我们的晚餐都'抢'着吃了,还有人抱着煤气罐扬言要自尽。"孙成斌说。面对船民的不理解和焦虑的心情,海事人员一方面安抚,一方面耐心地给船民讲解旱情。最终,7名船员代表当场检讨,后来还给所里送来锦旗,以示感谢。

既严格管理,又及时应对每一个突发情况。31年来,严寒中为受困船舶破冰护航,盛夏枯水期战酷暑、斗高温,洪水期持续坚守在拖浅护航第一线……每逢此时,他们一方面防堵保畅,一方面免费为被堵受困船员送去食品和饮用水。日常中,他们会把实时天气、水位等重要安全信息发送给每一位过往船民,每年发送信息20余万条;积极为船民提供机器维修,或为船民提供常用药物针线等物品。

"叔叔!是您呀,这么多年,又见到啦。"一次孙成斌外出办事,老远就听到一个大小伙子跟他打招呼。原来,这是当年被孙成斌救上来的小男孩。当时,小男孩家的船在洪泽湖沉掉后,父母回家筹钱打捞船舶,而才几岁的他就被寄养在岛上,被悉心照顾了一个多月,走时都舍不得离开。如今,小男孩他长大了,还结了婚……

"这里有家的感觉!"30多年来,到过马浪岗海事所的船员都由衷地发出类似的感慨。

31年矗立在洪泽湖的风吹浪打中,用朴实的行动,朴实的爱心,马浪岗海事人为风浪中的船队、船民撑起一个温暖的港湾。

守护职业的那一份神圣

"在湖心小岛办公,多惬意多浪漫啊!"初次到马浪岗海事所的人都会冒出这样的想法。但是,如果在岛上待上两三天,就肯定不这么想了。

"我工钱不要了好不好,求你赶紧渡我走吧!"去年,马浪岗海事所粉刷办公楼外墙,包工头带着工人和材料进场后,第三天就开始"求饶"。

这里说是岛,不过是围起来的一个水塘,四面环水,芦苇丛生。三层办公就建在塘中水面上,少量陆地就是围堤,绕堤一圈221步。

"现在好多了,尽管一周才乘船一次到十公里之外的集镇,但比起最初驻守在趸船上不知要好多少!"孙成斌说,当时就一条趸船,喝的是地下水,用的是风电,住的是每人活动面积不足2平方米的狭小空间,一日三餐要自己动手。

夏天热得要命,蚊子用手一撸一大把,叮起来的大包又疼又痒。往往是蚊香把人的头都熏晕了,蚊子还在嗡嗡叫。到了冬天,湖风刮到脸上,生疼。

采访中记者发现,马浪岗海事所的办公楼是没有窗纱的。

难道现在就没有蚊子啦?

"俗话说,'林子大了什么鸟都有',而在这里,'水面大了什么蚊虫都有'。我们倒是很想装呢,可尝试了好几种样式的纱窗,都没有用——总有蚊虫能爬进来,最后就干脆不装了。"孙成斌说,为了防蚊,他们夏天早早地把宿舍门关上,"马上就要进入夏季,又要遭受蚊虫的攻击了!"

夏天与蚊虫做伴,冬天与寒风对峙。这还不算什么,更难耐的就是寂寞。白天望湖水,晚上数星星。几个月能上一次岸逛逛街、看看人,就算是开心的事了。

"所里就那么几个人,在一起那么多年了,能聊的早聊光了,有时整天不说几句话。"海巡艇船长贺再明说,这种寂寞,甚至"传播"给了一个特殊成员——德国黑贝犬赛虎。当初赛虎高大、威猛,可如今已"沉默寡言"多年,平时不跑不跳也不叫,整日里懒洋洋的。

自己守岛,家里的老人和孩子自然很难管到。

"老孙(成斌)的儿子从小是在亲戚家寄学、'吃百家饭'长大的。他和妻子吕瑞兰几十年守岛,儿子多年都不愿与父母说上几句话。"贺再明说。

如果仅仅是为了糊口,这些收入并不高的海事人早就离开了。在富庶的东南沿海地区,在岸上不愁找不到挣钱的地方。

"这么些年,也想过离开,同学有搞运输生意发财的,有到其他部门的,都挺好。"

"哪怕开个小面馆呢,日子也比现在宽裕。"

……

采访中,海事人员不时地讲述着自己的"不情愿"。但真的有时休假回到家里,反而不踏实睡不着了。住在岛上,他们感觉一切情况可控,感到充实:每次救人或破冰保畅通,看到被救船民无助的眼神时,真的觉得自己是一个少不得的人,由衷地感到海事工作的重大意义!

"这种充实,是再多的钱也买不回来的!"孙成斌说。

与大湖为伴,与风浪相偎,忍受这份孤独与寂寞,却依旧守护着岗位带来的那份神圣。

最开心的事,是事故逐年减少

"我现在很幸福啦!"作为马浪岗海事所的元老,孙成斌说。

这一来是他如今当上爷爷了,小时候"发誓"不理自己的儿子也开始理解他,并能让他拍拍肩亲近了,如今儿子也"子承父业",成为一名海事人员。

更让他感到幸福的,是近几年来,洪泽湖遇险船舶及死亡率正逐年大幅降低。

"幸福是奋斗出来的。这些都是众多同事共同奋斗的结果!"孙成斌表示。

记者了解到,以前由于气象科技水平有限,天气预报无法足够精准,孙成斌自己摸索出了气象预判办法:早看东南,晚看西北,春秋天,三场大雾必有一场风……如今,气象观测点在湖中有很多个。

为提高湖区管理效能和救援能力,如今湖中主航道附近建起了两处避风港,重要航段、重要位置都设立了实时电子监控眼。特别是2014年11月底,VTS(船舶交管中心)系统的投入使用,让海事部门监管如虎添翼。系统由高清视频、雷达、电台、船舶自动识别等子系统组成,实现了船舶信息的动态掌握,加上先后建立的十多项联动管理机制,形成了"预防、预控为主,救助为辅"的防控体系,实现从"被动救助"到"防治结合""预控为主"的转型。

"再也不用像没头苍蝇一样四处找船了。坐在办公楼,便可掌握湖区船舶的数量和位置情况。"孙成斌说,以前天气不好的时候,3~4级风就要注意了。如今提前管控,恶劣天气时湖中没有船舶,危险就少多了。通过装在湖区不同地点的智慧感知"触角",甚至能在航船求救前就发现险情。

理念创新,科技投入,牢牢掌握主动权,使洪泽湖水上安全监管水平实现质的飞跃,沉船事故逐年减少。自2015年起,已连续多年保持"零死亡"纪录。

春天来了,小岛周边的芦苇默默地吐出新绿。随处可见的芦苇,就这样年复一年地在水底发芽,在水中生长,经历夏天的洗礼,到了秋天便开花,却不结果实,而是把洁白的花絮和着秋风起舞、高歌,仿佛诉说着马浪岗海事人不忘初心、忠于职守的故事。

噢!会唱歌的芦苇花儿……

原刊于《中国交通报》2018年4月9日3版

4856个"夫妻桩"撑起云中高速

田园　周爱娟

在河南西部山区,尧栾西(尧山经栾川至西峡)高速公路正在打通天堑,建成后的公路沿途风景如画,将串起豫西北伏牛山区,带动周边贫困山村脱贫致富,拉动当地产业发展。因公路需穿过伏牛山腹地,桥隧占比达到六成多,受地形限制等因素影响,超八成的桥梁孔桩需要人工来挖,这离不开一线劳动者的付出。当地独特的建设条件,产生了一群"特殊组合"劳动者,他们把汗水洒向大地,修建起了一条条桥梁隧道。

不仅考验手艺还要情感支撑

在郁郁葱葱的白云山景区,嵩县车村镇尧栾段5标的工地上,建设者们正在进行孔桩作业。在孔桩旁,宁选存一只手扶着吊机,小心翼翼地向井下望去。她望着的是正在井下作业的丈夫袁新云。井下,袁新云正在清理爆破后留下的碎石渣。当把碎渣装满铁桶,他抬起头,看了一眼宁选存,妻子就立即按下吊机开关,吊机将装满碎渣的铁桶吊起。井上井下作业,夫妻一个眼神就能传达意思。天亮起作、日落而歇,三天时间也只挖了三米多深。

这手艺不仅考验施工者的技术,还需要有情感支撑。采访当天,向云桥正在12米深的井下作业,由于看不清井下的情况,他的妻子孙桃凤站在井口听着下面传来的声音。

向云桥说:"做我们这行的,很多人都喊人工打孔桩是夫妻桩、兄弟桩或者父子桩。我看到的操作人员大多是夫妻搭档。"

"为啥子要喊老婆守到井口呢?"向云桥说:"图个安心呗!到几十米的井内作业,别说操作,人在里面几乎转身都很难,知道井口有一个最亲的人在守着自己,喊一声可以听到熟悉的声音,就会觉得很心安。"

说到这里,妻子孙桃凤笑了。

建设者夫妻俩一个在深井中作业,一个在井口守望,井下人员的安全依赖地面的配合。这种夫妻搭档成为河南山区高速公路建设的特色。由夫妻二人共同挖建的孔桩有一个美丽的名字,叫"夫妻桩"。腾架在深山里的高速公路,离不开这些"夫妻桩"的一寸寸深挖。

保质保量把路建好

"这条高速公路修通后,山里的农产品就能随时运送出去,周边的景点就有更多人来游玩,村民们也能富起来。"袁新云说。

中铁大桥局郑西高速公路尧栾段6标项目经理部的郭少山说:"我们刚来到豫西的山区时,很多农产品滞销,群众出行不方便,这几年,河南交通建设发展越来越快,建设者作出了巨大的贡献。广大人民是最好的见证者,也是受益者,要保质保量把高速公路建好。"

"来这里一个多月,已经挖了一口井。"宁选存指着对面一座山的半山腰处,那是他们最近刚挖好的。30多米深的井,他们用了一个月的时间。

宁选存说,挖到深处时,特别考验两个人的默契,她必须要时刻盯着井下,与丈夫的沟通必须时刻"在线",同时还要盯好井周围的情况。这关乎袁新云的生命安全。一个信号、一个眼神、一声吆喝、一个动作,是"夫妻桩"建设者们的交流方式。在井里用风镐打孔时,井上要保证风管通风,否则风镐不能运行,地上的空气送不下去,井下工作就可能产生危险。井下在清理石渣时,井上要看着里面的情况、听着里面的动静,随时对来自井下的"信号"作出回应。"要随时看着周围的石头,即便一个非常小的石子,掉到几十米的深井也会砸伤他。"宁选存说,这个时候,宁选存就是袁新云的"卫士"。

"早上六点多起床、七点工作,中午吃完饭接着干,到下午五六点结束。"袁新云说,"每天都在打孔、挖土、出渣。"这些工作让他每天在井里待六七个小时,而他待多久,他的妻子就要在井口守多久。

郭少山说:"每天的班前会上,会有专业人员向建设者讲解当天的施工内容、注意事项。"施工过程中,安全员巡查工地及工人的安全状况时,也时刻叮嘱建设者系好安全绳、戴好防护面罩等，加强安全保护意识。记者在5标、6标的工地看到，每个井口都有铁栅栏围蔽着，防止杂物坠落下去，栅栏上贴着安全警示标志和操作规程。

特殊地质造就"夫妻桩"

提起人工打孔桩，不少年轻的建设者可能都没见过。"前几年人工打桩在工地还能见到，现在不多了。"有着多年施工经验的向云桥说。人工挖孔桩井下作业条件差、风险大、环境恶劣，现在不少地方甚至已经取消这种打桩方式。尤其是随着旋挖机的大面积使用，操作简便、安全系数高，如今工地打桩，大多使用旋挖机。

"尧栾西高速公路的绝大多数孔桩'悬'在半山腰，坡面陡场地窄，机械很难进去。山体岩石质地较硬，机械挖桩的效率远不如人工的效率。如果用机械挖桩，会产生大量泥土，对白云山景区的生态环境造成影响，只能采用爆破后人工作业的方式进行。"中电建路桥集团有限公司郑西高速公路尧栾段5标的项目负责人范超杰说。

向云桥夫妻从事这项工作有8年了。向云桥说："人工挖孔桩是个考手艺的苦差事，要求高，必须垂直打桩，决不能歪。"

"尧栾西高速穿越山区的地方，目前还大多使用人工来打桩，技术水平过硬的建设者很受欢迎。"郭少山说，"现在'夫妻桩'的建设者之间建立了微信群，哪里有活，或者出现了难以突破的难题，他们之间会相互请教。"

在山区高速公路建设中，还有很多这样的夫妻，仅尧栾西高速公路尧栾段就有341对。尧栾段有7个标，每个标都有几十对夫妻。他们要用双手一点一点地挖下4856个孔桩，撑起河南山区高速公路的一个个桥梁。

原刊于《中国交通报》2017年11月3日3版

邓艾民:用自己的命挽救十四名乘客

黄 博

6月13日,湖北省委书记蒋超良就邓艾民同志先进事迹批示:邓艾民同志舍己为人、忠于职守,用生命诠释了一名客运司机的责任与担当,要认真组织好邓艾民同志先进事迹学习宣传活动,引导全社会大力弘扬和践行社会主义核心价值观,让更多人受到教育和激励。湖北省总工会追授邓艾民湖北五一劳动奖章,号召在全省职工中开展学习宣传活动。宜昌市追授邓艾民同志"宜昌市道德模范特别奖"。

一时间,邓艾民的名字传遍荆楚。这位英勇的司机,在生命的最后一瞬间,用尽最后一丝力气拉住手刹,将客车停在悬崖边,14名乘客得救,自己却不幸遇难,享年54岁。

"他在生命最后瞬间救了我们大家"

6月10日,一辆从神农架开往宜昌的客车,在209国道遭遇意外:山上滚落的大石砸穿客车前挡风玻璃,54岁的司机邓艾民不幸遇难。悲剧背后,一个细节震撼人心,催人泪下——大石砸中邓艾民后,他用尽生命最后一丝力气拉住了手刹,客车最终在悬崖边稳稳停住,14名乘客安然无恙。

来自山东的王长春今年68岁,他和爱人刘姝美10日从神农架旅游返程,当时,两人就坐在驾驶座后面一排。王长春回忆,客车8点30分从木鱼镇出发。司机年纪较大,开车很稳,客车以60公里/小时左右的速度行驶。大约行驶十几分钟后,从山上开始滚下石头,落在客车前方。突然,传来一声巨响,前挡风玻璃被砸得粉碎,车子往右偏离。短暂失去意识后,王长春才看清,一块特别大的石头砸在客车前部。司机趴在方向盘上,一动不动,头紧挨着石头。

客车擦着悬崖边,停了下来。如果当时司机不减速,不急打方向盘,大石就有可能砸中客车中部,伤到更多乘客。如果司机没有在自己生命受到威胁时,紧急踩下刹车、拉起手刹,客车一定会冲下悬崖。"我们知道是司机把车紧急停下的,虽然不知道具体怎么操作,但他在生命最后瞬间还不忘停车,是他救了我们大家……"王长春伤感地说。

"他用生命诠释了司机的职业担当"

事故发生后,湖北合众运输有限责任公司总经理沈文强第一时间赶到现场。忆起当时情形,沈文强眼含热泪:"他用生命诠释了一个司机的专业精神和职业担当,我为有这样优秀的职工自豪。""他的面部、胸部、腹部受伤严重,尤其是左上肢,多处骨头外露。"参与抢救的神农架林区中医院外科主治医师李兆林说。医生和乘客们还记得,客车的前挡风玻璃被砸穿一个洞,驾驶室的整个仪表盘都被砸烂了。虽然邓师傅全身被玻璃碎渣覆盖,他的左手臂手腕处被砸得露出骨头,但还是紧紧握着"断气刹"操作杆。李兆林说,每个人对疼痛感的承受能力是不一样的,但在那种情况下还有毅力拉下手刹,确实很难得,很令人敬佩。

"早上我还陪着邓师傅吃早饭。"合众公司负责后勤的肖亮说,邓师傅总是会提前一个小时到车站检查客车情况。"断气刹一拉,客车就会停下。正常情况下拉断气刹也要用力。严重受伤的邓师傅肯定是用尽生命最后一丝力气将断气刹拉住,车才没有掉下悬崖。"肖亮说,木鱼至兴山的路段规定时速不能超过60公里/小时,如果没有拉住断气刹,客车由于惯性将冲向209国道钢丝栏,百分之百会冲下悬崖。肖亮的手机里,有一张血淋淋的照片。那是邓艾民的左手,手腕处被大石砸得露出骨头,令人不忍直视,"就是这只几乎断掉的手,拉住了客车手刹,让车辆平稳停下。"

同事们对邓艾民的牺牲都感到无比悲痛和惋惜,回忆起工作中的点点滴滴,和邓艾民共事了十多年的秭归凤凰汽车客运公司安全员周立虎说,在他的记忆里,邓师傅最自觉,是标杆。"他常说,摸方向盘的客运司机要把客车弄成流动的安全岛。"到神农架工作之前,邓艾民曾在秭归凤凰汽车客运公司工作十年多。邓艾民是枝江江口人,1984年拿到驾照后,他的第一份驾驶工作就是在江口一家贸易商行当大巴车司机。从1984年起，邓艾民先后跑过宜昌至秭归、仙桃、武汉等线路的客运。33年来，他出车近万次，轻微碰擦类的交通事故都没发生过。他总是提前一小时到车站，检查车辆状况，细致到每个重要的零部件，而且从无例外。强烈的安全意识、良好的职业习惯，使邓艾民多次被评为公司优秀驾驶员。

"他心地善良，爱帮助别人"

"说好星期天不出车，给我们炖腊蹄子火锅的，哪里会想到……"回想起岳父出事前一晚，一家人还计划着周末的生活安排，女婿张威泣不成声。邓艾民夫妇和女儿、女婿、外孙住在宜昌市内一套80多平方米的房子里。邓艾民烧得一手好菜，在家总是亲自下厨。他的妻子1998年下岗后，一直四处打零工。"我血压高，大哥出事前一天晚上还给我打电话，说给我买了一盒降压茶，谁曾想，就发生了这样的事……"邓艾民出事后，二弟邓艾斌一直忙着张罗后事。

邓艾民在家排行老大，平日里，无论是对年逾古稀的四位双亲，九十高龄的外婆，还是对弟妹子女，都照顾有加。逢年过节，他总张罗着一大家子人聚会。痛失大哥，邓艾斌说，家里一下没了主心骨。"大哥是个好人，他心地善良，喜欢帮助别人。"邓艾斌说，有一年下大雪，邓艾民的车从武汉回宜昌后，车上有个孩子没能赶上从宜昌到长阳的最晚班车，"那时大哥在宜昌还没有买房，自己租房住，就把孩子安顿到我家，给孩子父母打电话让他们放心。第二天一早，又亲自把孩子送到车站。"

彰显道路运输人的大爱和情操

英雄闪光，乃一刹之间；滴水穿石，非一日之功！危难之际，他所做的这些动作，全是本能，全是舍己救人！如果，他有一丝的畏惧，如果，他不是为了旅客的安危，他的本能动作很可能会选择跳车逃生！邓艾民的这一刹那，折射出当代英雄临危不惧、舍己救人的高尚品格！邓艾民的选择让无数人感动，也值得所有人学习。在人民深切缅怀、追思英雄的同时，湖北省总工会向全省广大职工发出向邓艾民同志学习的倡议：学习他追求精湛、完美专注的敬业精神；学习他心地善良、助人为乐的友爱精神；学习他临危不惧、舍己救人的高尚品格。

湖北省运管物流局党委书记、局长陶维号指出，邓艾民的不幸离世让人痛心，他的先进事迹让人深受感动和鼓舞。邓艾民是道路运输行业践行社会主义核心价值体系的楷模，是道路运输行业职工的优秀代表，他忠于职守、心系旅客的朴实追求，敢于担当、舍己救人的崇高境界，爱岗敬业、无私奉献的高尚情操，具有强大的精神力量和鲜明的时代特征。

　　邓艾民的英勇事迹不仅在道路运输行业内引起强烈反响，整个社会也为他的敬业精神感动。网友"众里寻她"说，一只残缺孱弱的手便挽救了十几条生命，这是心中有他人的责任感，这是大爱常记心间的无私精神！网友"月亮映梅花"说，其职业使命，给他一万个点赞不足以表达我的敬意。网友"纳兰"说，泪，是因为感叹英雄的离世；激动，是因为他的精神将永远温暖神州大地！

原刊于《中国道路运输》2017年7月星海栏目

身受重伤还安全转运12名乘客

好司机赵双用生命诠释"以人民为中心"

赵学康

云南,地处云贵高原,山高谷深,地质条件复杂。特殊的地形地质,造成雨季经常发生坍方、滑坡、泥石流等自然灾害。为了千家万户的幸福团圆,为了经济社会发展中的人员交往,数以万计的云南司机,每天驾驶客车奔波在阴雨不断、灾害频发的丛山峻岭中。他们用自己娴熟的驾驶技巧、安全至上的发展理念和勇于担当的敬业精神,在认真贯彻习近平总书记提出的以人民为中心的发展思想。其中,今年8月16日被滚石砸成重伤还安全转运12名乘客的昭通好司机赵双,就是他们中的杰出代表。

10分钟绽放最美司机

进入8月以来,昭通市境内暴雨不断。8月16日上午9点46分,一辆从昭通开往镇雄母亨、牌照为云C30625的客车,行驶至G85渝昆高速水麻段龙坪服务区附近时,直径30多厘米的大石头突然从山坡上滚下来,砸穿客车前挡风玻璃右侧,再重重砸在司机赵双胸口。随后,砸在车门上反弹飞出的大石头又击中赵双颈部、头部。整个过程不到4秒钟,有的乘客甚至还没反应过来。直到大石头滚落到车厢地板上,才明白怎么一回事。

被砸成重伤的赵双,顿时感到眼冒金星、呼吸困难,承受着锥心之痛,已无法正常驾驶。坐在前几排的乘客看到这恐怖而痛心的一幕后,纷纷体贴地劝赵双停靠急救。当时,雨下不停,滚石不断。赵双想到,一旦紧急停车,很可能被继续滚下的山石砸中,还可能造成多车追尾。"车上还有12名乘客,不能停!

千万不能停!"强忍着剧痛,不顾自身安危,赵双一手捂着剧烈疼痛的胸口,一手努力控制着转向盘。车速从61公里/小时下降到30公里/小时,行车位置从靠山脚一侧安全靠向公路中间,赵双努力将客车安全驶离危险地带。大约10分钟后,客车安全停靠龙坪服务区,车上12名乘客惊魂未定,但毫发无损。而这10分钟,是赵双驾驶生涯中最难熬、最艰难的10分钟。

到达龙坪服务区后,赵双仍然不顾自身安危,赶紧向昭通交通运输集团公司报告事故情况,积极协调同方向客车前来分流转运12名乘客。近半个小时里,赵双强忍剧痛,一心想着乘客和单位,把自己的生死置之度外。直到大关县人民医院的急救车到来,才血淋淋地离开现场。后经诊断,赵双4根肋骨骨折、右肺挫伤、全身多处皮肤软组织擦挫伤……

乘客回忆惊魂一刻

因为回镇雄老家,张平经常乘坐昭通开往镇雄的班车。他说,班车经过的路段山高谷深,雨季经常发生坍方、落石。8月16日这天,张平恰好乘坐赵双驾驶的昭通开往镇雄母亨的班车。未曾想到,路上果然遇上了滚石。

当天,张平就坐在副驾驶位上,目睹了滚石砸在车厢里的惊魂一幕。他回忆说,当天早上九点多,阴雨不断,班车刚过大关县城附近进入水麻高速公路,一块从山上滚下来的大石头,"嘭!"的一声砸在挡风玻璃上。当时他在睡觉,等他惊醒时,大石头重重砸在发动机舱盖上又滚落到车门旁。整个过程只有几秒钟,好多人都没反应过来,直到看见大石头"咚咚"几声砸在车厢内,才知道是客车被滚石砸中。紧接着,他看见司机赵双极度痛苦,一手捂着肚子、一手努力控制转向盘,车速也明显下降。发现赵双受伤后,大家关切地劝他靠边停车休息,但赵双没敢停。他强忍着疼痛,眼睛紧盯着前方,安全地把客车驶离危险地带。大约七八分钟后,班车到达龙坪服务区,12名乘客无一受伤,顺利到达安全地带。但赵双没有休息疗伤,仍然强忍着疼痛协调分流转运车上乘客。

"在被石头砸成重伤的情况下,赵师傅仍然把乘客放在第一位,他这种舍身忘我的职业精神,非常让人敬佩,他就是我们身边的中国好司机。有这样的好司机,乘客安全会更有保障。希望其他司机都向他学习,希望媒体多多传播这样的正能量。"张平感慨地说。

赵双：我要为乘客负责

赵双的英雄事迹,经过中央电视台新闻频道、人民日报微博、新华网微博、云南日报、云南电视台等报道后,得到网友的大量点赞。

网友小雪 MEBELL:我体验过这种直击心脏的痛处,司机大哥真的了不起。

网友尖兵-班班花:看着好疼啊！感觉最后把乘客送到旁边用了很大的力气。

网友爱你正能量:为司机的责任感点赞。祝福！网友单飞驰 Boswell:人民英雄,早日康复！网友泡澡的蚂蚁:何为责任？这就是。网友紫衣天使:中国好司机应该评给他。网友小米:责任心非常强,救了全车人的性命。网友城南旧梦:这种冲击力造成的伤害非常痛,为师傅的忍耐力和责任感点赞！

赵双在接受媒体记者采访时说,当时是首先砸到肺部,根本喘不过气来,疼得不行,无法呼吸的那种感觉。经常跑这一段路,知道那些地方随时会有落石的可能,当天雨也比较大,也不敢停,怕后面有车追尾,就是再痛也要开到安全地带。

记者8月24日在昭通市人民医院见到正在治疗的赵双时,他已经可以下床轻微活动。经过一周多的治疗,他感觉胸部没前几天疼了。根据诊断情况,他无须手术,需要保守治疗一段时间。

面对大家的赞扬,赵双一脸淡然。他说,自己对这段高速公路很熟悉,知道不远处就有服务区。即便没有服务区,坚持半小时左右也就能到下一个出口。当时雨很大,落石不断。他被落石砸中后,又有一块落石砸在前方车辆的车顶上。当时没有别的选择,宁可自己受伤,也要坚持开车把乘客运送到安全地带。

他告诉记者,乘客选乘他的车,就是把命交给他,他必须为大家负责。自己再难受,也要尽最大努力把大家送到安全地带。他只是做了该做的事,换成别的司机也会这样做的。

妻子眼中的赵双"一根筋"

赵双每天出车,总有一个人在背后提心吊胆。这个人就是赵双的妻子刘娟君。每次赵双出车,刘娟君都会叮嘱他"慢一点,慢慢开!"刘娟君并不是担心赵双的技术,而是沿途经常会发生坍方和落石。

"这是他的职责,换作别的司机也会这样做。从事服务工作,他坚持把车开到安全地带也是应该。"说起赵双的英雄事迹,同样在服务行业工作的刘娟君,非常理解和支持丈夫在危难时刻把乘客放在第一的做法。她认为赵双做事历来很执着,按赵双"一根筋"的性格,一定会坚持把车开到安全地带的。每当从手机里看到有关赵双的报道时,刘娟君总是百感交集。12名乘客安然无恙,丈夫也在慢慢康复,她觉得这是不幸中的万幸。

那天接到赵双说被石头砸伤的电话后,刘娟君心急如焚地赶往大关县人民医院。看到赵双血淋淋的、一动不动的样子,刘娟君极力控制着情绪,努力做到不哭。考虑到回昭通陪护更方便一些,赵双于当天下午转往昭通市第一人民医院治疗。经医生进一步诊断,4根肋骨骨折、右肺挫伤、肺部感染、头皮挫裂、全身多处皮肤软组织擦挫伤。足见赵双当时承受着多大的痛苦。

刘娟君和赵双是在学车时认识的。据刘娟君介绍,在学车过程中,她感受到赵双是个热心人,喜欢帮助人,还是个有责任心的人,后来才选择嫁给他。在刘娟君看来,赵双还是个"一根筋",做事很执着。只要决定要做的事情,不管多大困难都要向前走。8月24日下午,12岁的儿子赵杰和9岁的女儿赵静涵,在病房陪护赵双。赵杰说,为了抚养他和妹妹,爸爸工作很辛苦,每天一大早就出门,第二天五六点钟才回来,一年到头也休息不了几天。听说爸爸的事迹后,他很佩服爸爸的坚强和责任心。正在病房写作业的女儿赵静涵认为爸爸很了不起,救了12个人的命,要学习爸爸的勇敢、坚强和责任心。

日常生活中的赵双热情负责

赵生彪也是昭通交运集团的一名驾驶员,平时开昭通至昆明的班车。在日常生活中,他和赵双交往有三四年时间。在他的印象中,赵双为人豪爽,有爱心,责任心强。对工作认真负责,还热心助人。"如果朋友家有红白喜事之类的,他都会去热心帮忙。有时候,碰到同事的车在路上出问题,他会积极主动帮忙。"据赵生彪介绍,赵双开车遵章守法,平时认真负责。

"赵双从业以来,每次都能圆满完成任务,已经平安运送旅客45000多人。"

昭通交运集团客运运营中心安全部经理张秋认为,今年33岁的赵双成长进步比较快,平时积极参加各项学习,自觉遵章守法。在发车前等待顾客上车时,赵双会热情周到做好引导工作。碰到行李包大的旅客,他还会去帮忙提行李。遇上高温天气,赵双还会自己掏钱给乘客买水。

昭交集团副总经理左顺余认为,赵双为了乘客的安全,把生死置之度外,诠释了昭交集团"行于大道,成人达己"的企业核心价值观。赵双不仅是一位好司机,更是人民群众的一位贴心人,是昭交集团的骄傲。赵双在危急关头,在生死未卜的情况下,为了群众的安全,置个人安危而不顾,不是偶然,而是必然。因为昭交人一直坚守"行于大道,成人达己"的企业核心价值观,一直用这一核心价值观育人固本。对一个人来说,什么最重要,生命最重要。对一个乘客来说,什么最重要,安全最重要。因此,安安全全把每一位乘客送达目的地,是昭交人长期坚守的底线,也是昭交人风雨兼程60年恪守的诺言。作为一个昭交人,要向赵双同志学习,立足本职岗位,心里装着群众,脑里想着群众,关键时刻站得出来,危难时刻豁得出去,自觉成为出行群众的安全保险锁,生命守护神。

既是偶然,也是必然

8月24日走进昭交集团客运运营中心,有关安全的各种提示、规章制度图文并茂地呈现在眼前,安全管理已经形成浓郁的安全文化,渗透到每名驾驶员的职业素养中。

据客运运营中心安全部经理张秋介绍,昭交集团平时的新入职培训、服务质量培训、操作技能培训等都抓得很严。其中,安全管理是重中之重。为了汛期安全行车,他们要求驾驶员碰到塌方要细心观察通行,不能贸然停车,要快速果断安全通过。

昭通市道路运输管理局副局长童艺江认为,昭通自然灾害多发,有关道路运输安全行车的各项管理规定已经形成一种安全文化,渗透到每名驾驶员的职业素养中。2007年以来,昭交集团狠抓安全管理,积极健全完善各项安全管理制度,安全生产形势平稳向好。赵双的壮举,既是偶然,也是必然,是昭交集团的文化底蕴和安全文化长期熏陶的结果。

昭交集团公司总经理陈怀品认为，在昭交集团，赵双是践行"顾客至上，安全第一"发展理念做得最好的一个。他的应急反应能力和责任心，以及把人民放在第一位、不顾个人生死的品质和精神非常值得学习。他的敬业、担当和团队精神，值得同龄人认真学习。赵双的壮举，也是昭交集团认真抓安全管理的集中体现。多年来，昭交集团一直坚持"顾客至上，安全第一"的发展理念。全集团专职抓安全管理的员工多达280人，每年投入高达数百万，狠抓健全规章制度、教育培训、借助科技手段等各项工作。为了保障安全行车，昭交集团建立奖励机制，奖励家属举报驾驶员出车前一天晚上醉酒、熬夜打麻将等危险行为。还在客车上装安全卫士监控系统，对驾驶员打电话、抽烟、超速等行为进行及时警示。

服务无止境，交通勇担当

"康复以后，我还会继续从事客运服务工作，它已经成为我生命中不可或缺的一部分。每次把旅客平安送达目的地，我都倍感欣慰。从没有家到成家，我担起了养家糊口的重任，对生活、对工作，更加充满责任心。"还在医院治疗的赵双谈及将来，依旧满怀热情和责任感。

"我们将组织宣讲团，广泛宣讲赵双爱岗敬业、勇于担当、舍身忘我的职业精神。"昭交集团公司总经理陈怀品8月24日表示。连日来，昭通交通运输集团以及昭通市道路运输管理局、昭通市交通运输局等多家单位，纷纷掀起了向赵双学习的热潮，号召干部职工学习他在生死关头把乘客放在第一的无私品格，学习他爱岗敬业、默默奉献的高尚情操，学习他临危不乱、处变不惊的专业精神。8月24日，受云南省交通运输厅党组书记、厅长王云山委托，云南省交通工会、省道路运输管理局，代表云南省交通运输厅，赶赴昭通市人民医院看望慰问了昭通好司机赵双，向他表示由衷的敬意。同一天，受昭通市委书记杨亚林委托，昭通市委常委、常务副市长陈真永代表市委、市政府，到昭通市第一人民医院看望慰问了赵双。陈真永说，赵双在身受重伤的危急时刻，依然把群众安全放在第一位，是全市上下学习的榜样。

云南省道路运输管理局近日发出通知，对赵双舍身忘我的职业精神给予全省通报表扬，号召全省道路运输客货从业人员向赵双同志学习，要求各级运管机构和运输企业牢固树立"以人为本、安全第一"的意识,在运输服务中切实把保护人民生命财产安全摆在第一位,努力做好道路运输安全运输工作。

服务无止境,交通勇担当。还会有更多的"赵双",用生命践行"以人民为中心"。

原刊于《云南交通》2018年8月31日3版

世纪工程里的"交通担当"

梁宗盛　龙　魏

"港珠澳大桥正式开通！"10月23日上午10时，中共中央总书记、国家主席、中央军委主席习近平出席港珠澳大桥开通仪式。这是一座连起世界最具活力经济区的大桥，是"一国两制"框架下粤港澳三地首次合作建设的大型跨海交通工程，也是世界上最长的跨海大桥工程。从此，香港、澳门特区开启了融入国家发展大局的新篇章。

港珠澳大桥从勘察、设计、施工、验收到交付，历时整整10年，大桥终于在改革开放四十周年之际正式通车，而其长达15年（含前期可行性研究）的建设历程更是饱含为之奋斗一生的工程师、管理者的心血和梦想。在建设过程中所遇到的问题，往往没有先例可以借鉴，中国交通的建设者与守护者们发挥自己的聪明才智，克服了一个个困难，创造了一个又一个建桥历史上的奇迹，让这座跨海巨龙，终于展翅腾飞。

建设世界级的跨海通道

"我们就是要用中国人的勇气和智慧，在'唯一'中创造'第一'。"2010年以来，中交港珠澳大桥岛隧工程项目总工程师林鸣率领由数千名建设者组成的岛隧建设大军奔赴伶仃洋，在全球最繁忙的航道上书写了建设奇迹。

港珠澳大桥项目包括海中桥隧主体工程、香港接线及香港口岸，以及珠海、澳门接线和珠海澳门口岸，总长约55公里，设计使用寿命120年。建设者们在前期就确定了"建设世界级的跨海通道"目标。

1. 世界级的设备

港珠澳大桥的参建单位依托项目的宽广平台，研发了一大批具有国产自主产权的新材料与新装备。建设期间，先后研发了世界最大、国内第一的用于外海隧道深水基础施工的核心装备——深水碎石整平船，可在40m水深条件下作业并达到整平精度±35mm；研制了深水无人沉放对接系统，80m深度挤密砂桩、4000t超大型龙门吊、4000t及3200t大型浮吊等先进装备系统，并且全部实现国产化。

2. 世界级的材料

为确保质量，建设团队对部分原材料或构件进行了全球采购。在桥梁工程方面，建设团队还自主研发了用于深水区预制墩身连接的直径75mm预应力粗钢棒、用于桥梁减隔震的高阻尼橡胶支座以及用于预制墩台的高性能环氧树脂涂层钢筋及不锈钢钢筋等新型材料。大桥120年的设计使用寿命以及高要求的技术标准，极大促进了工程材料产业的技术开发与创新。

3. 世界级的技术

建设世界上最长的跨海通道，需求引导设计，科研先行、自主创新是唯一可遵循的、可行的解决办法。2010年，"港珠澳大桥跨海集群工程建设关键技术与示范"正式列入"十一五"国家科技支撑计划，由交通运输部组织实施，研究参与单位包括21家企事业单位、8所高等院校，形成了以企业为龙头，产学研用相结合，覆盖桥、岛、隧工程全产业链的"智囊团"，科研队伍人数超过500人，共设5大课题、19个子课题、73项课题研究。到目前为止，项目创新工法31项、创新软件13项、创新装备31项、创新产品3项，申请专利454项等。

"作为地标性的超级工程，港珠澳大桥国内首次采用120年设计使用年限，应该采用更加可靠的设计方法。建立起设计使用年限与耐久性设计指标之间的定量关系，是实现这一目标的关键。"港珠澳大桥地处高温、高湿、多盐的华南海洋环境，集桥、岛、隧三种结构于一体，这三种完全不同的结构形式，却有一个共同的要求：120年寿命必须保证。

中交四航工程研究院工程耐久性技术团队在该院总工王胜年带领下，利用多年开展海洋环境耐久性研究的成果，联合港珠澳大桥管理局、清华大学、四航局、同济大学组成产研发课题组，历经7年研究，建立了一整套港珠澳大桥耐久性保障技术体系。经专家组鉴定，课题成果总体达国际领先水平。

根据港珠澳大桥管理局的数据，大桥建设创新成果获得省部级特等奖3

项、一等奖8项、二等奖3项,形成专著18本、技术标准60册。一系列的研究成果大范围应用于项目实践,解决了工程推进中的重点难题,有力支撑了港珠澳大桥工程建设,对我国大型跨海通道工程技术进步发挥了重要推动作用。

用忠诚护航国家名片

"广东海事局认真履行职责,构建安全生产责任链,为推动港珠澳大桥安全生产、科学施工创造了条件。力争实现零伤害、零污染、零事故的目标,加强海事系统的'三化'建设,建设人民满意的中国海事。"这是交通运输部党组书记杨传堂对广东海事局工作的肯定,更是对服务世纪工程港珠澳大桥全体建设者的殷切嘱咐。

珠江口,被称为"华南地区经济社会发展生命线",每天有4000多艘次船舶经过,500多艘次粤港澳高速客船通行,是世界上最繁忙的贸易航段之一,也是全国"六区一线"水上安全监管重点区域之一。在过去的三千多个日日夜夜,广东海事忠诚服务国家名片——港珠澳大桥建设,实现了港珠澳大桥建设水上交通安全"零事故、零污染、零伤害"的目标,用实际行动诠释了广东海事人的"敬业精神、工匠精神、团队精神"。这些守护者经历了太多太多的艰辛,留下了很多很多的记忆。大桥,见证了他们工作和生活的点点滴滴……

港珠澳大桥核心控制工程,包括两个面积为十万平方米的人工岛和一条长达6.7公里的海底沉管隧道,为国内首条外海沉管隧道,也是当今世界上最长、埋深最深、综合技术难度最高的沉管隧道。这些最艰巨的工程施工区,正处于广州海事局辖区。从2013年5月2日首节8万吨如巨型航母般重的E1沉管开始,浮运安装,到2017年5月2日最终接头安装,每一次沉管隧道浮运安装,广州海事人都以"团队精神"排除万难,全力保障,实现了大桥34次震撼人心的"深海之吻"世界纪录。守护是最长情的告白,七年的承诺与担当,让长桥飞贯伶仃洋。广州海事人将永不停步,继续弘扬"三种精神",在履行守护港珠澳大桥水域水上交通安全的重要使命中"扎根大海,服务大桥,确保平安,茁壮成长!"

珠海海事局对参与大桥建设施工的每日数百艘船舶,航经辖区的每日4000多艘次船舶,以及穿梭于粤港澳及多个岛屿间的高速客船每日近千个航班,实施全天候覆盖、全方位监管,大桥建设期间珠海海事局共出动船艇 5292 艘次、人员 82193 人次,巡航 5975 次,巡航里程 123478 海里,成为大桥建设伟大成就的守护者。

港珠澳大桥工程共涉及大型构件水上运输作业近 800 航次,其中从中山基地运出至桥梁施工现场的共计 615 航次,这就意味着,有七成以上的大桥构件由"中山制造"。中山海事局作为大桥构件水上运输安全保障的主要单位,始终坚守护航保障"绿色通道＋24 小时待命"、施工船舶管理"一对一"两大工作原则,全程参与并实施大桥构件的水上运输安全护航工作。据统计,大桥建设期间,中山海事部门历经 3 年,先后完成了 615 航次大桥构件的运输安全保障,期间共出动执法船艇近 3000 艘次、执法人员 15000 人次,护航里程累计近 19000 海里,约计 36000 公里,为世纪工程建设提供了海事保障。

港珠澳大桥有 72 个桥墩是在东莞制造,单个桥墩最重可达 3510 吨,为大桥打下了坚实基础。东莞海事局专门制定了《港珠澳大桥建设 CB03 拖带项目平安水域"我担当我尽责"活动方案》,以"零事故、零污染、零伤亡"为目标导向,采取精准监管措施,确保了东莞辖区内参与港珠澳大桥建设的船舶没有发生一起险情事故。据统计,预制墩台拖带项目自 2013 年 6 月 18 日于 2015 年 9 月 21 日结束,东莞海事局共出动船艇 663 艘次,执法人员 1764 人次,护航时间 1105 小时,护航里程 1060.8 海里,圆满完成了 221 次水上监护任务,保障了 CB03 标段大型构件的水上安全拖带。

天堑变通途三地共赢开新篇

"港珠澳大桥的开通,改变了香港与澳门、珠西地区、粤西区域甚至东盟等区域货物流转的方式,也给跨境运输物流行业带来新的发展机会。"10 月 24 日,广东省交通集团下属威盛运输企业有限公司货运部总经理王国良在接受记者采访表示,该公司的货车是第一台在港珠澳大桥过关的货车车辆。

"作为沟通珠江口东西岸的关键性工程、建设世界级城市群的重要环节,港珠澳大桥的建成将对香港、珠海、澳门三地产生最直接的交通影响,珠澳陆路前往香港的平均出行时间将从三小时缩短为半小时,必将促进三地的沟通往来、融合发展。港珠澳大桥一桥连三地,实现了粤港澳大湾区的互联互通,影响范围将以粤港澳三地为中心,辐射至珠三角、内陆地区乃至世界。"港珠澳大桥管理局相关负责人表示。

据介绍,以往没有港珠澳大桥的时候,从香港运货到珠江西岸城市,路程就像走在一把弓箭的弓上,绕从深圳经东莞再到珠西片区,要经由7条高速公路,通过大小十几座桥梁才能到达。现在港珠澳大桥开通,就像走在弓箭的弦上,只要经过这座跨海大桥就可到达珠江西岸城市。

以一辆货柜车从香港国际码头运货到珠海斗门为例,以往是从深圳经虎门大桥前往,往返里程是436公里;现在走港珠澳大桥,走一个单往返为212公里,减少里程224公里。原来行车时间,双程约为6个小时;走港珠澳大桥,全程约80分钟,往返160分钟左右,节约时间3个多小时。走港珠澳大桥,往返一趟可降低成本1250元。

回顾港珠澳大桥前期筹建经验及建造过程,从方案提出、前期工作、设计实施等至今已超过15年的时间,粤港澳三地的制度多样性、互补性给三方合作带来了共同利益,在工程实践中取得的"一国两制"框架下三方协同决策、协调发展、协商解决争端的许多经验,特别是成功创立的完整的大桥工程决策体系,对未来大湾区整体基础设施建设都是极为宝贵的财富。珠澳大桥管理局局长朱永灵表示,这座全球最长的跨海大桥,集三地之力、融三地之智、便三地之民,是粤港澳大湾区建设的代表性工程。"三地优势互补、互利共赢,在大桥建设过程中体现得淋漓尽致。大桥必将成为连接粤港澳大湾区的重要枢纽。"

如今的伶仃洋上,青州航道桥"中国结"熠熠生辉,江海直达船航道桥"海豚"塔栩栩如生,九洲航道桥"风帆"塔扬帆矗立。从高空俯瞰,港珠澳大桥犹如长虹卧波,蛟龙出水,在云卷云舒的海天之间,形成了一道亮丽的风景。

港珠澳大桥是改革开放40年国家繁荣发展的缩影,它"就高不就低"的技术标准彰显了"中国制造"的实力;丰硕的科研创新成果是劳动者智慧的结晶;粤港澳三方共建是国家团结发展的见证,是"四个自信"的生动诠释。中国交通人的智慧,必将随着"港珠澳大桥"这张展示我国基础设施建设实力的"新名片"和"一带一路"倡议的实施而走向世界。

原刊于《中国水运报》2017年10月26日1版

二等奖

党员先锋　勇往直前　不忘初心　无畏挑战
——四勇士26分钟"桑吉"轮生死搜寻

董权慧

上海是中国救捞的发源地。上海打捞局继承着中国救捞的衣钵,自20世纪50年代诞生以来,为了保障国家航道畅通,守望祖国蓝色海疆的绿色安全,一代代救捞职工克服困难,顽强拼搏,用责任和担当践行了"把生的希望送给别人,把死的危险留给自己"的救捞精神。66年来,无畏风雨、不惧险阻,救捞的精神代代相传。2018年初,徐军林、徐震涛、卢平、冯亚军四位党员同志在"桑吉"轮救援中,用26分钟的壮举,生动诠释了新时代的中国救捞精神。

快速响应,救捞队伍冲向一线

2018年1月6日20时许,巴拿马籍油船"桑吉"轮与香港籍散货船"长峰水晶"轮在长江口以东约160海里处发生碰撞,导致"桑吉"轮全船失火。"桑吉"轮载有凝析油约11.13万吨,由伊朗驶往韩国,船上32人处于失联状态,情况万分危急。

在交通运输部党组的高度重视和坚强领导下,在部海上搜救中心的统一指挥和部救捞局的统筹协调下,救捞系统迅速行动,上海打捞局接到救援指令后,快速响应,立即组织"深潜号""德深"轮、"德意"轮和"华吉"轮等救助船舶,在第一时间赶赴事发海域。

此时的"桑吉"轮因碰撞正在持续燃烧,现场浓烟滚滚,爆燃声此起彼伏,浓浓烟雾直插云霄。难船人员下落不明、生死未卜。人命关天,只要有一丝希望就需百倍努力。不顾难船随时爆炸的危险,现场救援人员一次次接近事故船只,冒着巨大的生命危险和安全威胁,近距离实施喷洒泡沫灭火作业,全力去拯救一个个生命。

我是党员,我有责任带头上
我们是党员,危险时刻就要冲在前面

救援行动进行到 13 日,根据事故应急处置进展,难船起火爆燃位置及海况,现场指挥部决定登轮搜救。此时的"桑吉"仍在燃爆,虽然指挥中心做了科学详细的登轮搜救预案,但登上难船犹如踩到炸药包上,危险无时不在。

谁先上?

"我是党员,我有责任带头上!"

"深潜号"工程监督徐军林说。"我们是党员,危险时刻就要冲在前面"。潜水员徐震涛、卢平、冯亚军跟着说。

党员先上!

誓言铮铮,上海打捞局的职工平时就是这么说的。关键时刻也就是这么做的!

党员,这是一个由钢铁般意志组成的坚强群体。上海打捞局是一支平时拉得出、关键时刻打得赢的钢铁队伍,党员群体身先士卒,在福建平潭"阿波丸"打捞、南沙永暑礁观测站建设、渤海湾"大舜"轮打捞、长江航道"东方之星"客船打捞、韩国"世越号"打捞等一个个重大工程中,发挥了先锋表率作用。徐军林 23 年党龄、徐震涛 13 年党龄、卢平 8 年党龄、冯亚军 2 年的党龄。4 名党员主动请缨,获得了指挥部的同意后,迅速组成搜救小组准备登船。

勇往直前,26 分钟生死搜寻

徐军林、徐震涛、卢平、冯亚军,作为几十年的潜水弟兄,历经上百次急难险重的救援作业,执行此次任务所面临的艰巨性和危险性,四兄弟心知肚明。但是,危险不足惧,明知山有虎,偏向虎山行,救捞人的使命与责任早已在他们心中深深扎根。这一刻,四兄弟再次荣辱与共,彼此拍打肩膀相互鼓劲。行动前,四勇士针对方案实施,预案落实,装备熟悉,搜救动作,难船结构,反复探讨。他们配合默契、极度信任。

13日7时许,现场救援人员和吊机等设备处于待命状态,高速救助艇海面就位,4名潜水员全部着装待命,救生圈、救生衣、信号绳备妥。"深潜号"甲板组人员分别对呼吸器装备、气体分析仪、对讲机、救生衣、红外线测温仪、安全绳、头灯、潜水刀等做了最后的检查与确认。

8时,搜救小组4人开始着装,佩戴空气呼吸器。难船区域烟雾弥漫,熊熊火焰危机四伏,出征前队友为他们留下了一张合影。在这张无畏又沉重的照片中,他们神情从容,默默地做好了充足的准备,也做了最坏的打算。

8时35分,指挥部一声令下,登轮救援行动开始。徐军林、徐震涛、卢平、冯亚军组成的搜救小组登上吊笼缓缓上升,面向数百米高的火焰和滚滚浓烟,他们的身影逐渐模糊,这向火而行的一瞬间被历史所铭记。在274米长的难船反衬下,他们的身影是如此瘦小。但在现场所有救援人员的心目中,他们的身影却又显得如此伟岸。在风浪中"深潜号"缓缓靠近难船,克令吊精确地将吊笼在浓烟中缓缓下降,慢慢地到达难船艉部甲板上方。在接近甲板时,他们首先对难船的甲板用点温计进行测温,显示28℃,可以登船。8时37分,吊笼精确落到难船船尾,来不及多想,他们登上了随时都有可能燃爆的船尾甲板。难船正在挥发和燃烧着有毒气体,他们顾不上了。

难船正在猛烈燃爆随时有沉没的危险,他们顾不上了。

只要有万分之一的生存希望,就要尽力争取。他们只有一个动作,火速冲向指定目标进行巡视和检测,分工协作,搜寻可能存在的生命。

按照指挥部制定的登轮手册的要求,徐军林检查难船船尾的应急拖带钢缆和缆桩的状态,确认比较完好,可以使用。冯亚军对右舷预定进入机舱的舱门进行了观察,发现有滚滚浓烟从门缝处夺门而出,右侧甲板火势汹涌,确认无法进入。此时,卢平找到了另一可以进入安全舱室的尾部机舱逃生孔舱盖。徐军林随即进行抵近检查,用点温计测量舱盖温度,显示35℃。当即决定打开逃生通道的舱盖。他们慢慢拧松舱盖上的螺栓,此时便有烟雾从舱盖缝隙逸出,打开舱盖以后立即有较浓的烟雾从舱口冒出,通过点温计测得舱口处温度为45℃,慢慢从舱口外向下观察,发现通道内充满烟雾,无法看清,配备的两个气体分析仪同时报警。徐军林用手势告诉大家,从左舷侧生活楼的舷梯搜索前进。此刻,对讲机里传来指挥部保持队形和注意安全的指令。他们沿左侧生活区外发烫的楼梯,逐层向上搜寻。由于船体右倾严重,每前进一步都艰难万分。

经过紧张的搜寻,他们在救生艇甲板处发现2具遇难船员遗体,随即通过对讲机向指挥部进行了汇报。

紧张搜救继续进行,徐军林和徐震涛两人爬上驾驶台,发现驾驶台内部已经全部烧毁并部分坍塌,未发现遇难人员。此时,卢平和冯亚军两人直奔驾驶台顶部,攀爬至顶部后发现VDR(黑匣子)处于右舷下风侧,一阵阵爆燃产生的浓烟似乎要把VDR吞噬。根本没有时间商量,也没有时间迟疑,冯亚军、卢平冲进烟雾,迅速拉开保险,两人合力将VDR拽了下来,并迅速按原路撤离。搜救过程中,周围有阵阵热浪,但时间紧迫,刻不容缓。他们在撤离途中对生活区能进入或能观察到区域进行逐层搜索,发现生活舱室内遭到过非常严重的燃烧,墙壁和顶部均严重倒塌,室内一片狼藉,未发现遇难者,深入舱室后明显感觉温度更高,当即用点温计再次进行测量,读数为89℃。随即报告指挥部,指挥部要求尽快撤离生活楼舱室,并将两具遇难者遗体带回。

他们沿着楼梯撤离至左侧主甲板汇合。冯亚军先将VDR搬到登船点,徐军林、卢平、徐震涛3人回到遇难者遗体处,冯亚军配合默契,迅速奔向船尾拿裹尸袋等物品。徐军林、卢平两人合力轻轻地分别将两具遇难者遗体放入裹尸袋内,并把散落在旁边的遗骨一点不漏地放入袋中。徐震涛和卢平嘴里念道"兄弟,我们来送你回家,你的亲人在等你回家。"他们小心翼翼地将两具遇难者遗体移至船尾,慢慢地抬进吊笼,并护送两具遇难者遗体返回"深潜号"。此时,风向转变,难船燃烧的毒烟向船尾扩散,呼吸器也开始报警。9时03分,在冒着生命危险搜救26分钟后,他们带着两具遗体以及VDR设备,通过"深潜号"吊车,安全返回,完成本次搜寻任务。现场船舶和人员继续抵近"桑吉"轮进行灭火。

不忘初心,牢记使命,践行国际人道主义精神

14日16时45分,"桑吉"轮突然发生爆炸,经过剧烈燃烧后沉没。

15日"桑吉"轮海面大火熄灭,现场开始进入海面清污和常规搜寻作业。看到难船一点点沉没,徐震涛首先想到的就是:还好,把两具遇难者遗体带回了,还好伊朗人没有登轮搜寻,否则就危险了。在整个搜寻作业过程中,难船的前甲板大火持续、燃爆不断,难船的后甲板、驾驶台区域烟雾弥漫,搜寻作业环境极其险峻。搜救小组在极为有限的时间内,在全船基本被烧毁,火油连续燃爆导致浓烟和有毒气体的情况下,抓住稍纵即逝的时机,冒着难船随时可能爆炸的巨大生命危险,抢在沉船沉没之前,毅然登上油气高温灼热的难船进行搜寻,凭借丰富的抢险救援经验和对现场局势的精准判断,成功进入难船,从浓烟中找到VDR设备,为后续事故调查提供了关键性依据,发扬国际人道主义精神,带回两名遇难者遗体,确认防海盗安全舱内无人生还,尽最大限度告慰了遇难者家属,用令人震撼的行动践行了不忘初心、牢记使命,在关键时刻发挥了关键作用。

这是一次震惊全球的国际大救援,遇难者家属、船籍国政府、全世界目光,聚焦到了东海海域的救援现场。面对难船持续爆燃及散发有毒有害气体的危险挑战,面对现场恶劣气象海况及离岸距离远、补给不方便等诸多困难,救援队伍迎难而上,通宵达旦,连续奋战在最前线、最危险的救援现场,高效稳妥地开展了一线人员搜救,船舶消防灭火,溢油清除等工作,出色完成了ROV水下探测和饱和潜水水下探明货舱剩油和燃油舱剩油及燃油舱泄漏点封堵等其他人无法完成的关键作业。充分发挥了国家海上应急处置主力军的重要作用,展现了救捞队伍良好的职业素养和过硬的作风,诠释了"把生的希望送给别人,把死的危险留给自己"的救捞精神,彰显了上海打捞局讲政治、顾大局、讲奉献、敢担当的政治站位。

1月17日,伊朗劳动、合作和社会福利部部长拉比伊就"桑吉"轮事故向中国驻伊大使发来亲笔签名的感谢信,感谢冒着巨大生命危险、不顾毒气和爆炸威胁,竭尽全力参与救援的中国人员,并强调中国政府和人民在事故中给予伊方的支持和人道主义援助,将永远被全体伊朗人民所铭记。

26分钟有硬度，26分钟有温度

上海打捞局的潜水员们，从来不和家人说他们的工作多么危险。每次遇到抢险救助任务的时候，只有简单的一声"我出差了"，就奔向了一线。徐震涛的妻子看到新闻报道后，认出了自己的丈夫，随即发来短信"看到你背影了。今天，你惊心动魄了一回"。徐震涛却说"什么情况啊，不是我啊，我在值班呢"。爱人回复："新闻上看到了，别装傻充愣了"。冯亚军爱人事后也感叹："真危险啊，万一爆炸呢！"

徐军林、徐震涛、卢平、冯亚军四位勇士对待家人也会"装傻充愣"，只有安全回来后才向家人报个平安。但在每次任务中他们却又担当果敢，他们的想法很简单，在危险面前尽快完成任务是他们唯一的信念，共产党员就应该冲锋在前，他们是这么说的，而且在几十年的救援生涯中也一直是这么做的。

26分钟有硬度。在生死考验中，他们向世人展现了牢记使命，听党指挥、献身使命的崇高品格，舍生忘死、冲锋在前的英勇气概。

26分钟有温度。在和平和使命的守望中，他们让世人感受了尊重生命、心系救捞的职业操守，努力践行构建人类命运共同体理念的国际人道主义精神。

他们牢记使命，无畏艰难险阻，近距离战斗在最危险的现场，在危难中不忘初心，在战斗中彰显本色，用坚毅与果敢，展现出了新时代中国救捞人的社会正能量！

原刊于《中国救捞》2017年第10期

云上筑路旅游兴　四海友人赏黔景

——"黔"程似锦系列报道之一

林　芬　马士茹　韩　璐　姜久明　李黔刚　刘叶琳

车行平均海拔 1000 米的黔东南苗族侗族自治州丹寨县,白云相随,蓝天相伴。一群欧洲人沿着弯弯绕绕的盘山公路,寻访南皋乡石桥村的"古纸"艺术。"现在平坦的公路修到了家门口,来这里的外国人比中国人还多。"国家级非物质文化遗产项目古法造纸术的传承人王兴武笑着说。

"近年来交通对贵州经济的带动作用明显,特别是对旅游业的发展。"贵州省交通运输厅总规划师龙平江介绍,"县县通高速"为唯一没有平原支撑的贵州打造出"高速平原",便捷交通拉动旅游,百姓增收实实在在。年底,贵州即将实现 100% 建制村通沥青(水泥)路、通客运车辆。这将进一步打通瓶颈,让更多百姓实现致富梦。

"若问这路通向哪？梦想最深处"

"多彩贵州路,这头在云端,那头入峡谷。若问这路通向哪？梦想最深处……"一首歌,道出了大山深处百姓的渴望。

在黔东南州西南部的雷山县,由 10 余个依山而建的自然村寨相连而成的西江千户苗寨,是我国最大的苗族聚居村寨。公路见证了这里翻天覆地的变化。

2008 年,郎利至西江公路建成通车,西江至黔东南州府凯里的乘车时间从 2 个半小时减为 40 分钟。2015 年,西江至凯里的高速公路通车,进而将时间缩短到 20 分钟。

与此相对应,2008 年之前,西江人均年收入只有 1700 元。2009 年,西江千户苗寨仅门票收入就超过3000万元,2016年超过2亿元,当地村民人均纯收入达1.6万元,千万元户已超过10户,百万元户已超过100户。

"路一通,旅游的人就来了。"雷山县副县长蒋云生告诉记者,用好民族文化和生态环境"两个宝贝",做好山地农业和山地旅游"两大姐妹篇",这一切都离不开交通支撑。

"黔中各郡邑,独美于铜仁。"今年"十一"黄金周,铜仁共接待游客582万人次,门票总收入占全省重点监测旅游景区门票总收入的23.2%。除了梵净山等热门旅游目的地,就连曾经资源枯竭的万山区朱砂古镇景区门票收入也达3822万元,位列全省景区门票收入第三。

"从'十一五'期至今,铜仁可谓'十年磨一剑',历史性打破了交通瓶颈,基本建成了现代综合交通格局,为旅游业的'井喷式'发展奠定了扎实的基础。"铜仁市交通运输局局长李世凡说,"十二五"末,铜仁市高速公路通车里程从"十一五"末的28公里增加到596公里。今年,铜仁启动农村"组组通"公路行动,打通农村交通"最后一公里"。

"坐大巴可以到任何我想去的地方"

公路成网,让许多对贵州古村寨感兴趣的游客轻而易举就能到达。小众旅游,并没有破坏村寨的传统气息,反而让来自四面八方的人们在这里与传统文化"相遇相知"。

雷山县郎德上寨共有100多户人家,吊脚楼依山而筑,鳞次栉比,错落有致。法国摄影师丹尼尔·马刺已经在这里住了30多天。他告诉记者,这里原始的风光和淳朴的民风更能激发自己的创作灵感。

76岁的孙仁莲对这些外国人已经见怪不怪,说起过去的交通,她感慨:"没有通路前,出门赶集'两头黑'。"所谓的"两头黑"是指天还没亮就出门,天黑了才到家。

王兴武是丹寨县石桥村古法造纸专业合作社的社长。在他的工坊内,来自芬兰的游客安娜饶有兴致地观摩古法造纸。

"我和丈夫10年前来过贵州,但是那个时候交通不方便。"安娜说,现在芬兰首都赫尔辛基有了到重庆的直飞航班,经过8个多小时,她就能从北欧的风雪中来到中国温暖的山城。"下了飞机坐大巴可以到任何我想去的地方。"

"县县通高速"以及"村村通"沥青(水泥)路工程为贵州的全域旅游发展带来机遇。在贵州省公路局局长张胤看来,贵州公路本身就是一种旅游资源。"如果没有交通先行,就没有旅游的大发展,对于有着秀美自然风光和多彩民族文化的贵州,路之所通,景之所达。"张胤说。

"有了路,回乡创业的人多了"

桃源深处在铜仁。来源于梵净山原始森林孕育,印江河穿朗溪镇而过,一河南北岸,十里花果园。

11月初,铜仁市印江土家族苗族自治县的金香橘迎来了丰收。在朗溪镇昔蒲村的电商便民服务站,负责人田如春向记者展示他的"战果":"今天收到来自贵州助农联盟的订单,1800件!"一年前,他辞去了在外省鞋厂的工作,回乡加入电商创业大军。"有了路,回乡创业的人多了。"他说。

在紫薇镇,茂润的水土滋养着1400年的紫薇树王。瞻仰神树,隐居团龙,越来越多的外地人沿着环梵净山公路来到团龙村。村里184户农家开起了农家乐,周末游客一天能达到四五百人。镇里还成立了茶叶协会,对茶叶进行统购统销,茶农年均收入可达10多万元。

在木黄镇凤仪村,木耳"喝"着梵净山的泉水。村民创造性地将农业和旅游结合起来,吸引城里人来体验亲手栽培采摘木耳的快乐。在田间,他们正计划给木耳装上监控装置,顾客可远程通过互联网"关心"自己栽培的木耳是否茁壮成长。

路通了,为乡村振兴带来新思路。木黄镇镇长安益志说:"今天的发展,以前想都不敢想。"

路通了,为乡村治理注入新动能。在缠溪镇周家湾村,村民们自发养护公路。如何利用村民自治解决通组公路养护问题,是印江县委常委、副县长萧子静最近在思考的问题。"充分发挥群众智慧和力量,依托淳朴乡风,借助乡规民约,形成长效机制。"萧子静说。

龙平江坦言,现在人们出行方式逐渐从以前的"快游"变成了现在的"慢游""深度游",这对交通运输的发展提出了新的要求。"为满足人民对美好生活的需要,下阶段,贵州将全力推进农村公路'组组通',做好全省旅游公路规划,不断创新,释放'交通+旅游'的更大活力。"龙平江说。

原刊于《中国交通报》2017年11月28日1版

争分夺秒的 26 分钟
——记"桑吉"轮火场救援中的中国打捞人

潘洁沣　胡　逢

1月6日19时51分左右,巴拿马籍油船"桑吉"轮与中国香港籍散货船"长峰水晶"轮在长江口以东约160海里处发生碰撞。

顷刻间,船体爆炸,烈焰冲天,难以预测的爆炸和难船不断发出的有毒气体直接威胁着生命安全……尽管如此,来自上海打捞局的四位"猛将"徐军林、徐震涛、卢平、冯亚军仍然冒着氧气瓶随时耗尽的巨大危险,毅然决然登上难船,26分钟内从烈火中"抢"回VDR设备(黑匣子),并带回两具遇难者遗体。

短短的26分钟,是一场时间和生命的赛跑,是一场牵动着全世界的突击行动,中国打捞人以勇于担当的政治品格、高效快捷的救援行动、英勇无畏的战斗精神,在长江口打响了一场争分夺秒、扣人心弦的救援战。

时刻准备
打捞队伍随时待命

碰撞发生后,"桑吉"轮一直在燃烧,不时发生爆燃,船体右倾20°。其火势猛烈,浓烟较大,船体温度很高,挥发和燃烧产生的有毒气体对人体危害大,加上气候恶劣,现场救援工作的难度巨大。

直到11日,由于"桑吉"轮仍有燃爆现象并有较大浓烟,随时都有沉没危险,救援船舶只能实施喷洒泡沫灭火作业。

几天之中,上海打捞局专业救助打捞船"深潜号"逐步向"桑吉"轮船尾靠近。1988年7月参加工作,现任"深潜号"工程监督的徐军林说,上船之前大家做了充分的准备,在"桑吉"轮燃烧的这几天里,他们一直通过观察船体的细微变化进行救援评估,做好了登船预案,对相关设备进行调试。登船之前,四位勇士处在随时待命的状态。

远处滚滚浓烟和不断喷涌的火蛇并没有吓退中国救捞人。在"桑吉"轮前,徐军林、徐震涛、卢平、冯亚军四名勇士在"深潜号"上拍下合影,虽然并没有说出口,但他们都默默做好了最坏的准备。

抢抓时机
迅速组织登船救援

转机终于在 13 日出现。虽然现场风力依然有 5 级,但根据事故应急处置进展、"桑吉"轮起火爆燃位置及海况,现场指挥部决定登轮搜救!

四位勇士面对恶劣海况,心中还牵挂着"桑吉"轮船员,多次冒着巨大的生命危险和安全威胁接近事故船只,近距离实施搜救作业。"人命关天",不到最后一刻,决不放弃生的希望。中国打捞人是这么想的,也是这么做的。

救援行动进行到 13 日,按照指挥部计划派员登船。徐军林、徐震涛、卢平、冯亚军 4 人自告奋勇,组成救援小组请求登船。

虽然风浪变小,登上烈火中的"桑吉"轮仍然危险重重。由于载有十几万吨凝析油和航行使用的重型柴油,"桑吉"轮随时有可能发生燃爆,作业船几次因为燃爆被迫后退。

当日上午 7 时,上海打捞局"深潜号"专业救助打捞船逐步向"桑吉"轮船尾靠近。通过和其他救援人员事先的对策讨论及协调配合,8 时 37 分,吊臂将佩戴空气呼吸器的 4 名救助人员吊送至"桑吉"轮船尾甲板,紧张危险的搜寻开始。

勇往直前
在烈焰中寻觅

"登船之后,第一感觉是甲板非常灼热,船头不时发生燃爆,四处可见卷曲变形的钢板,我们按照分工迅速开展救助工作。"卢平说。四位勇士分为两组行动,徐军林和徐震涛一组,卢平和冯亚军一组,一组进入生活舱搜寻人员,一组进入驾驶室寻找黑匣子。每组一人在前方探寻,一人在后方观察周围环境和电子信号。

8时40分,救助人员在"桑吉"轮救生艇甲板发现两具遇难船员遗体。随后,救助人员进入船舶驾驶台。3分钟后,两具遗体在"桑吉"轮救生艇甲板被发现。紧接着,搜救小组进入驾驶台,但未发现遇险船员。

"进入驾驶室搜寻黑匣子着实难度不小,我和卢平弓着身子,是贴着滚烫的舱壁一点一点爬进去的,连上下梯子这种简单的行为都变得异常困难。"冯亚军说。

时间紧迫!搜救小组迅速取下"桑吉"轮的"黑匣子"后,救助人员试图进入一层生活舱,但检测发现生活舱内温度高达89摄氏度,无法进入。

紧急撤离
早日让逝者"回家"

情况危急!"桑吉"轮燃烧的毒烟向船尾扩散。搜救小组顾不上有毒气体带来的危害,顾不上船舶随时燃爆沉没的危险,只想将生的希望送给别人,将死的危险留给自己。

但受条件限制,搜救小组不得不携带遗体与"黑匣子"紧急撤离。9时3分,在冒着生命危险搜救26分钟后,搜救小组4人被"吊"回"深潜号"。

"因为船已经燃烧了很多天,现场非常惨烈,也是第一次看到和感受到这么高的火和烟。在船上时只想着尽快完成任务。我们刚离开船不久,氧气瓶警报就响了。"徐振涛说。

16时50分,"东海救117"轮运送两名遇难船员返航对遗体进行安置,至17时,"桑吉"轮已漂到事发地约150海里之外。

就在一天后,"桑吉"轮突然发生爆燃,剧烈燃烧的火焰高达800米至1000米左右。14日16时45分,"桑吉"轮已经沉没。

抢在难船沉没之前,救助人员冒着巨大的生命危险和安全威胁及时取回"黑匣子",为后续调查提供了宝贵资料。

逆向前行
英雄的内心独白

15日,《中国水运报》记者采访了登上"桑吉"轮取回"黑匣子"的四位勇士,道出了这场"火海救援"背后的故事。

"我就是去出个差。"出发临行前,卢平这样告诉自己的妻子。入职上海打捞局二十多年来,他从来不详细说自己去执行什么任务,就是为了不让家人担心。每当发生海上事故时,所有过往船舶都会按照指令避航或抛锚,只有海上救助卫士要迎难而上。

然而,火海中的"桑吉"轮给救助人员带来了不同于以往的挑战。踏上船,脚底灼热;用手摸,船体滚烫;就连呼吸间,气管都仿佛要灼烧起来。

"我们两个人紧紧结伴,一前一后,不停互相提醒,注意观察前后状况,同时也注意对方的呼吸气瓶上有没有发出信号。"潜水员徐军林说,"这么多年互相配合,已经非常有默契了。"

队员们都坦陈,出发前有些忐忑,但踏上热浪滚滚的船体那一刻,一切都被抛到了脑后。按照既定计划搜寻,尽快完成任务,是唯一的信念。"执行完任务后,躺在房间里仿佛虚脱了一般。"卢平说。

"前两天我妻子发了一张新闻图片给我,里面拍到了我的背影。她问我说,这是你吧?"徐振涛说,"我赶紧回复她说,不是不是,怕妻子担心我。"

据了解,徐军林等4人进入上海打捞局以来,参加了数百起急难险重的救助打捞工程,他们凭借自身丰富的工作经验和扎实的业务技能,以及艰苦的海上生活所磨炼出的坚韧意志在风口浪尖上履行着打捞人的神圣职责。

原刊于《中国水运报》2018年1月17日1版

选线穿过7个5A级景区、50多个4A级景区、10多个国家级森林公园

绿色设计为杭黄高铁"深度美颜"

刘新红　陈桂芳　孙樱齐

12月25日,由铁四院总体设计,中铁十一局、中铁十五局、中铁二十四局、中铁建设集团等单位施工的杭(州)黄(山)高铁建成通车。这条全长265公里的铁路,不但让"人间天堂"西湖与"人间仙境"黄山牵手,而且被当作生态铁路标杆工程在全路推广。

中国铁建用绿色设计呵护美丽杭黄,用高质量高铁"升级"长三角一体化,在规划、设计及建设过程中有哪些"发力点"?请看杭黄高铁建设"幕后"的故事。

选线6年,踏勘1500公里
只为选出一条最环保线路

早在2009年,杭黄高铁的勘测工作就已经展开,但直到2014年9月才全线开工。而几乎同期开始勘测工作的合福高铁2010年4月就已经全线开工。

"选线6年,只为在美丽的山川选出一条最优线路。"铁四院杭黄高铁总体设计负责人张必武说。

杭黄高铁沿线经过西湖、西溪湿地、千岛湖、绩溪龙川、古徽州文化旅游区、黄山和西递宏村7个5A级景区,以及50多个4A级景区和10多个国家级森林公园,这些景区对环保的要求非常严格。杭黄高铁建设要在尽全力保护环境的同时,将这些景区最大限度地串联起来。因此,整个选线过程非常坎坷。其中最难的是经过千岛湖地区的线路设计。

翻开杭黄高铁线路示意图，你会发现杭黄高铁的走向非常有意思，它并非是一条直线，而是一条"之"字形折线。"折线的走向主要就是为了照顾千岛湖地区，虽然增加了线路长度，却能更好地服务这个地区。"张必武说。

按照广义的千岛湖地区来看，建德和千岛湖两个站都属于这个地区，也就是杭州市的西南区域。在建德和千岛湖设置两个站点，对于更便捷地串联一山（黄山）两湖（西湖、千岛湖），带动杭州市区、富阳、桐庐、建德、淳安等沿线旅游文化做优做强具有重要意义。

但是这样一来，就给铁路以最优方案通过"两江一湖"（富春江、新安江、千岛湖）风景名胜区带来了挑战。由于景区范围非常大，在适当考虑投资的情况下，在避绕核心区域的前提下，局部线路穿越景区外围区域，如何加强环保措施和景观设计，成为摆在设计者面前的一道难题。

为了找到杭黄高铁265公里正线线路的最佳方案，铁四院共计完成了1000公里的初测、补充初测以及500公里定测、补充定测任务。经过6年的评审和完善，设计方案最终得以敲定。杭黄高铁终于在2014年开工。

艰苦的努力支撑起杭黄高铁这条世界级旅游黄金线。据统计，杭黄高铁绕避了大奇山国家森林公园、龙川胡氏宗祠、棠樾牌坊群等16处重要生态敏感目标，线路经由杭州西部的富阳、桐庐、建德、淳安及安徽歙县三阳镇并设站，引入合福高铁已建成的绩溪北、歙县北、黄山北站，最大限度地串联了杭州至黄山沿途客流量较大的城镇和风景名胜旅游点。

逐点设计，处处如画
杭黄高铁绿化标准上升为国家标准

遵循"四季常绿、三季有花、乔灌结合、错落有致、因地制宜、体现特色、安全可控、科学管养"的绿化原则，杭黄高铁项目部实现了绿化效果与周边景色的融合统一，让隧道进出口绿化展现出"一洞一景"的景象。

铁四院杭黄高铁环评专业设计负责人许阳介绍，建设者在施工过程中共移植树龄200年以上的古树名木10余株、富阳区罗汉松200余株。他们在桐庐隧道施工时，优化施工方案，改明挖为暗挖，成功保护了隧道上方80余株古桑树。

受中国铁路总公司委托，铁四院等单位编制完成了以"稳固边坡、保持水土、改善环境、防御灾害、美化路容"为目的的《铁路工程绿化设计和施工质量控制标准》，填补了全国铁路工程绿化建设标准空白，标志着杭黄高铁绿化建设已上升为全国标准。

严格规范弃渣场选址也是环保设计的重点。铁四院在杭黄高铁实现了弃渣场"一场一图"的设计，并采取优化调配、市场拍卖等新举措，大大减少弃渣场数量，有效保护了生态环境。

杭州千岛湖为国家一级水体，铁四院和施工单位一起对碧波之上的杭黄高铁进贤溪大桥采取"清水成孔"工艺，从源头上杜绝泥浆排放，水中墩采用高桩承台，减少水中开挖，守护了千岛湖的青山碧水。

杭黄高铁建设中，桥梁基础施工对水体影响最大的潜在污染物是泥浆和钻渣，防止泥浆渗漏是一大考验。浦阳江特大桥是全线跨度最大、长度最长的一座特大桥，中铁二十四局浙江公司副总经理茅欢明介绍说，他们投入100多万元，搭设标准化水上栈桥，在栈桥周围安装钢管防撞墩，用薄膜灌袋收集水下桩基施工产生的近13.5万方泥浆，有效防止了污水外溢到江中。

一站一景
打造全国最美景区式高铁站

乘火车从杭州到黄山，尽管只有265公里的路程，最快只需一个半小时，但沿途所经富阳、桐庐、建德、千岛湖、绩溪、歙县，每一处都是人们心目中经典的烟雨江南。

杭黄高铁不仅沿线风景如画，这条线路上的车站也宛若颗颗璀璨珍珠，一站一景致，成为全国最美景区式高铁站。

"突出人文设计、人性化设计，我们注重交通功能、时代特征和地域文化的有机融合，努力打造一批精品站房。"铁四院建筑专业设计负责人刘妤介绍。

在元代画家黄公望的《富春山居图》中，80%的山水在桐庐。中铁建设集团承建的桐庐站、富阳站就像美丽杭黄线上的两颗明珠，为富春江畔增添了新的亮丽风景。践行精益建造、绿色建造、智慧建造、人文建造的理念，中铁建设集团采用BIM技术、智能引导系统、喷绘手法、玉石般加工工艺等新技术新工艺，合理增加平行作业空间，有效提升了施工速度和质量。

三阳镇地处皖浙交界处,坐落于美丽的国家级自然保护区清凉峰脚下,被著名文学家郁达夫、林语堂喻为"东方小瑞士"。站台高40多米的三阳站,是杭黄高铁由浙江省进入安徽省的第一个车站,也是全国唯一的乡镇级中间高架、两端进洞的高铁站。

因为地理条件特殊,三阳站也是此次杭黄高铁建设过程中最为艰难的工点之一。"站房长度更短,铁路到地面的高差有40多米,站房又非常小,我们甚至在隧道里面都设立了布置区。"刘妤说,将站台进洞、高墩桥、连续梁这些综合到一起,三阳站也因此成为全线最有特点的一个站。

千岛湖站位于千岛湖东北角,南有青石湾山地公园,北有萝卜山屏障,潭头溪穿站而过。风光旖旎的千岛湖距站房200米左右。特殊的地理位置造就了别具一格的千岛湖站。

铁四院在杭黄高铁站房设计中突出了融合性。全线多个车站通过高架广场、换乘廊道、风雨廊桥等,与其他交通方式实现同站换乘。千岛湖站打造沿溪亲水景观平台,成为全国唯一与5A级景区游船无缝换乘的车站,实现了与市政配套的深度融合。

原刊于《中国铁道建筑报》2018年12月27日1版

在祖国大西北的沙漠和戈壁中,像老邓一样饱含骆驼刺精神的中国交通建设者们,不断攻克一个个挑战,打通一条条墨色血脉。

为路而生:沙漠中的"骆驼刺"
——记吐小高速工程建设项目指挥部指挥长邓长忠

汪 玚

在炎热干旱的戈壁滩或沙漠中,普通植被难以存活,一种落叶灌木却能在阳光下焕发着生命活力,从而成为戈壁滩和沙漠中骆驼唯一能吃的、赖以生存的草。因其茎上长着刺状的很坚硬的小绿叶,故名骆驼刺。

长约20米的根系,使其可以从沙漠和戈壁深处吸取地下水份和营养,同时,它的存在与生长,对维护生长地脆弱的生态环境有着积极重要的价值。

有这样一群人,他们像骆驼刺一样,扎根沙漠戈壁,在极为严苛的环境中,用自己的青春与热情不断延续着中国交通发展的脉搏。

本期大国工匠,我们来聊一聊连云港至霍尔果斯国家高速公路(G30)新疆境内吐鲁番至小草湖段公路(以下简称"吐小高速")工程建设项目指挥部指挥长兼指挥部支部书记邓长忠,这个为路而生的交通人。

扎根新疆的川汉子

明为项目指挥长,熟悉的人却常亲切地称他"老邓"。

老邓并不老,1974年生人的他不过43周岁,身形匀称。不笑的时候似乎挺严肃,聊起天来谈吐风趣,还带着一丝"江湖侠气"。看上去有点黑,袖口的原肤色却暴露出这是多年在酷热中暴晒的缘故。

能和新疆维吾尔族兄弟聊一些维吾尔语的老邓并非土生土长的本地人,而是一名"川汉子"。

1995年从重庆交院毕业后来到新疆,老邓在施工单位摸爬滚打了15年,从技术员、项目经理一步步实干。2017年,是他担任指挥长的第六个年头,也是他来疆的第22载春秋。在这22年中,老邓几乎走遍全新疆,吐小高速是他参与的第16个工程项目。

正如他评价的骆驼刺,"根扎得深"。

酒瓶厚的镜片背后,是一颗睿智、严谨、踏实的心。

在老邓看来,比起高超的技艺,修建公路更重要的是责任心。采访期间,记者曾多次听他谈及。"修路不是造原子弹,要认真仔细,始终如一。""路修得好坏,是态度的问题。""要能干事,要干成事。"

也正因为这样的责任心,在他参与、负责的16个项目中,优良工程比比皆是。

吐小高速地处有"火州"之称的吐鄯托盆地,每年7~9月地表温度可高达60~70℃,晚上也可达40℃! 全年日均40℃以上气温则可达100天! 而K3548+000—K3566+756.63段位于新疆"三十里风区",全年8级以上大风天气将近100天! 每年10月开始下雪,次年4月才化冻,冬季冰雪期也达100天!

"三个100天"是当地严酷环境的真实写照。在这里,莫说筑路,用当地人的话说,"待着都是贡献"。

而就是在这样的条件下,吐鲁番—托克逊快线(以下简称"吐托快线")、吐小高速两个项目通过全面开展"全国交通基础设施重点工程劳动竞赛",创新管理方法和手段,积极创建"标准化施工"示范项目,圆满完成了2016年吐小高速8亿元的资金计划及吐托快线提前一年通车的建设任务。

用老邓的话说,"刚来新疆的时候,环境比现在还艰苦呢! 项目部附近买不到什么菜,以前天天只有萝卜、土豆吃,现在什么都有了。"

在祖国大西北的沙漠和戈壁中,像老邓一样饱含骆驼刺精神的中国交通建设者们,不断攻克一个个挑战,打通一条条墨色血脉。

为路而生的"路痴"

在老邓的指挥室中,停放着一辆山地自行车,来往工地现场的骑行如今几乎是他唯一的爱好。

"曾经热爱滑雪,游泳也玩得不错"的老邓,如今将自己的爱好全部投身公路。

至少每周"跑一圈"现场,对工地情况不用看数据,老邓都存在脑子里。他笑称自己,"不是指挥长,是个导游。"

多年先进工作者、优秀党务工作者、优秀共产党员、优秀项目管理人员、全国交通基础设施重点工程劳动竞赛先进个人、2016年度自治区交通运输工作突出个人。老邓的荣誉称号从处级、区级,拿到了中国海员建设工会全国委员会,这些荣誉背后,除了他的执着和付出,更有家人的支持。

不同于谈及公路时的炽热,说到家人,老邓的目光温柔而抱歉。

在家人眼中,老邓是一名不折不扣的"路痴"。对公路的热爱让他放弃了太多与家人相伴的时间。妻子称他根本是"为路而生"。

2016年,老邓因身体原因住院手术,年中在家住了不到一个星期,手术后又回到了工地上。上小学4年级和6年级的两个女儿为此可是生了老爸一通气。"她们也不知道指挥长是多大的官儿,就是一看天天在工地跑。"

老邓坦诚地说:"这个(事)有点自私,但我回去了这边(工地)没人照看,也确实放不下心来,还不如直接就到工地来。"

为此,妻子并非没有抱怨。时间长了,也对老邓有了更多的理解。

用他的原话说,"我的时间不完全是由自己支配的。"

指挥长是个综合性的工作,在吐小高速上,老邓主要负责项目的工程技术、质量管理、安全生产、合同管理、环境保护、水土保持等管理工作,里里外外都要协调,几乎事事操心。

或许正因为如此,老邓的眼镜片越来越厚,发际线开始靠后,皮肤也被风沙侵袭得粗糙了许多。"你看我头发黑,都是焗的。"

如此艰苦的环境,是什么让他坚持了22载?

对此,老邓说,修路干的就是这个活,干到后面就是一种兴趣。

为了3000多棵古树,坚持公路改道

吐托快线可以说是老邓工作生涯中最难忘的路。

每次走到这儿,老邓几乎都要停上一会儿。"情绪低落的时候看看,心里踏实一点。"

吐托快线由主线、连接线和三条支线组成，总长57.628公里。主线为S202线，全长50.868公里；连接线及支线工程为城市主干道，全长6.76公里。道路主线起点位于吐鲁番北侧，终点与托克逊县北侧的广场路相接。连接线为吐鲁番市南环路，起点与主线相接，向东与吐鲁番市规划的东环路终点相接。3条支线分别与吐鲁番市现有西环路、高昌路、东环路相接。

实际上，现在看到的吐托快线与原设计并不相符。

按照最初的设计，连接线及支线工程的多个路段断面均以严格对称规划机动车道、绿化带、非机动车道和人行道，按照二级公路结合城市规划设计，这样的设计本没什么问题，但在涉及的一些路段两侧生长有近3100棵古树，如要按照设计图，这些古树几乎全部要连根拔起，或丢弃，或移至他处！

党的十八大报告中提出，要把生态文明建设放在突出地位，融入经济建设、政治建设、文化建设、社会建设各方面和全过程，努力建设美丽中国，实现中华民族永续发展。

托克逊是三十里风区的核心区，坊间流传有三怪：老爷爷的胡子歪，小男儿的鸡鸡歪，地上的树木歪，全是大风惹的祸，加上干旱少雨，要栽活一棵树相当不易。老邓坚信，不破坏就是最大的保护。

为此，他坚持修改图纸，调整了绿化带的宽度和非机动车辆的宽度来保留绿化带的树木，让公路为古树让路。同时，在施工中严格控制开挖和回填界限，严禁工程破坏植被，对临时用地随撤随恢复，才有了现在两侧葱郁的吐托快线。在艾丁湖乡两侧道路上，行车道和非机动车道被一排树木隔开，而这种不对称，非但没有影响道路环境的美观，更形成了独特的风景线。

据悉，原需移植的大树多为桑树及榆树，树龄大多为四五十年，处于生长旺盛区，由于树木长期生长形成完整的护路林，一旦移植需要至少3年才能恢复原来的树势，还不能保证百分百成活。

而这一设计的改变，仅比原设计多花了4.1万元。

在吐托快线路旁，记者看到一个小小的城市公园在那里诞生了，多棵树木已被吐鲁番市绿化委员会和园林管理局挂上了古树名木保护牌，其中一棵桑树截至2008年已有121年历史，属于国家三级古树。而据估算，一棵树龄在80~120年的古树，其价值就不止4万元。

在老邓看来,倡导绿色生态交通,打造低碳环保公路,与每一位公路人息息相关,它不仅是推动资源节约型、环境友好型社会建设的需要,更是公路人践行绿色低碳,打造美丽公路,造福人类的社会职责。"绿色生态交通,最美低碳公路,对我们来讲,就是要建、管、养好生态公路,就是要力求实现对自然'最低程度的破坏'和'最大程度的恢复',将生态、绿色、环保、人文景观融入公路的设计、施工、管养等环节上。"

老邓的坚持,成就了吐鲁番市的首条环保示范路。

既搞工程,又做研究的指挥长

很多从事公路建设的人,因为常年与自然和设备打交道,风吹日晒,较为辛苦,休息的时间就更显得弥足珍贵。

老邓却似乎是个例外。对他这个"路痴"来说,休息似乎只是熬不住时的充电时间。

常常刚从工地上下来,老邓就一头扎进了指挥室,总结施工过程中的重点问题,开展专题研究。吐托快线项目的《新疆典型区域沥青路面长期使用性能研究》、吐小高速项目的《新疆典型区域沥青路面长期使用性能研究》和《新疆三十里风区高速公路防风设施关键研究及工程示范》课题研究,并主持编著了由人民交通出版社出版的《新疆干旱大风地区高速公路标准化建设——路基桥涵篇》。

除此之外,他还先后在国内省级刊物发表了《浅谈公路施工企业项目成本管理》《浅谈钻孔灌柱桩塌孔及预防措施》《浅谈强夯施工》《浅谈水稳过冬裂缝的防治》、"河北交通科技"2009第六卷第一期发表《冻融条件下盐渍土迁移规律研究》、"公路建设与交通信息化技术"发表《盐渍土公路工程融陷性研究》、"公路与自然"发表《风积沙工程性质试验研究》《浅谈视频监控技术在连霍G30吐小高速施工现场管理中的应用(互联网+高速公路的应用)》《施工中对古树的保护措施——浅析S202线老路改造施工中常见问题浅析》等多篇文章。

在爱钻研的老邓的带领下,吐小高速项目创新点频现,多个"全疆首次"引人瞩目:首次采用光谱指纹识别仪,保证了沥青质量;首次在全线引进全套中大机械"四合一铁搭档",提高了施工效率和公路质量;首次运用视频监控,只要有网络的地方就可以查看施工现场，提高了监管效率，更确保施工安全。

闲不住的老邓，既为自己留下了工作总结，又为从事新疆公路建设的同行们留下了很多宝贵的经验。

这就是老邓，一位根植新疆、以路为生的公路建设者；一位既有原则，又能变通的公路管理者；一位既搞工程，又做研究的学者。

原刊于《交通建设与管理》2017年4月刊

使命,当日必达

——邮政助力《人民日报》十九大开幕喜讯传遍全国

吕 磊 杜 芳 韩静桦 李青芳 梅 雪 孙亚南

10月19日6:05,随着报纸传送带的轰鸣启动,一份份记录着中国共产党第十九次全国代表大会胜利召开消息的《人民日报》被传送到位于人民日报社新印务中心内的北京市报刊发行局报纸分发一科的处理台席。从这一刻起,这份"沉甸甸"的《人民日报》被交到邮政人手上,开启了邮发之旅。它们将通过邮政渠道被送达十九大代表驻地、北京全市及周边地区。

"终于等来了。"话音未落,报纸分发一科新厂早报班副班长丁雪辉就以百米冲刺的速度奔波在各处理环节,并再次提醒工作人员做好准备,为《人民日报》的及时发运争分夺秒。与此同时,在各地的《人民日报》分印点内,邮政人也在全力以赴,快速处理,装车待发。

将党的声音及时传递,这是中国邮政的光荣使命。随着中国邮政"党报党刊县级以上城市党政机关当日见报达标活动"的开展,截至9月底,全国已有北京、天津、山西、辽宁、上海、山东、江苏、浙江、安徽、江西、河南、湖南、广东、海南、重庆、贵州、宁夏、福建这18个省(自治区、直辖市)县级以上城市党政机关党报党刊实现了当日见报。尽管当天《人民日报》的开印时间比以往要晚,但各地邮政人齐心协力、全网各环节密切配合,还是以最快的速度把十九大开幕喜讯传遍中国。

第一现场:紧张有序

10月19日,对于报纸分发一科早班班组的20多名员工来说,本来是很普通的一天,但因为要处理刊登十九大开幕消息的《人民日报》而变得意义非凡。

工作了8年,经历了多次刊登重大历史事件的报纸处理工作的丁雪辉也变得不淡定了,反复叮嘱各环节的工作人员要谨慎小心、全神贯注。

"快准备,马上就出来了。"

6:00,报纸分发一科副科长王娜从印刷车间跑出来,冲着丁雪辉喊起来。不用动员,第一批发往十九大代表驻地和北京市读者的7000余份《人民日报》仅用时26分37秒,就走完了收报、分发等6个处理环节,比平时快了近5分钟。与此同时,一份份发往天津、河北、山东等地的《人民日报》也整装待发。

在2000多公里外的贵州省贵阳市,同样的场景也在上演。

"来了,来了!"7:50,随着一阵嗒嗒嗒的拖车声,贵阳邮件处理中心本报班的赵小兵从《贵州日报》印刷厂印刷车间拖来了发往贵阳市的《人民日报》。听到声音,等候已久的分发员王旭东立刻迎上前,一刻不停地开始整理、分发等工作。报纸总算来了,他心里既踏实又紧张。"今天的报纸非同寻常,一定要确保及时发运!"近万份《人民日报》要分拣到贵阳市16个投递部,王旭东在心里给自己加油,头上的汗珠一颗颗地落下,但他却顾不上擦。

8:15,王旭东顺利完成分发任务,与各投递部前来接报的投递员交接。他算了一下时间,比平时缩短了15分钟。

第一时间:争分夺秒

从事市内报刊邮运工作的北京邮区中心局驾驶员李德旺3:30就开车来到了人民日报社新印务中心,比平常提前了将近半个小时。"今天的《人民日报》可不一般,上面印着十九大开幕的内容,我不敢掉以轻心,早出来,早到达,心里有谱。"这个一脸憨厚的"80后"小伙子是单位的生产骨干和业务能手,工作经验十分丰富。但由于报纸编印延迟的原因,等待了3个多小时后,李德旺驾着车穿梭在北京早高峰的滚滚车流中,载着那7000余份《人民日报》向北京市报刊发行局西部集散点驶去。在那里,这些《人民日报》要迅速进行分拣处理,第一时间送到十九大代表驻地和北京市民手中。

也就是前后脚的功夫,李瑞国驾驶的邮车也上路了,很快就消失在大雾里。出发前,这浓浓的大雾让李瑞国泛起了嘀咕:"天气不好,我得更小心啊。"他的目的地是河北省承德市,车里装的是9703份《人民日报》。

"我这心里的石头啊,总算落地了。"看着经北京市报刊发行局市内发行科大会报专发班组分拣的《人民日报》被发车交运,班长郭团结总算松了口气。让人不可思议的是,处理这7000多份《人民日报》,大会报班组只用了3分钟。作业现场内,各环节处理人员在各自的岗位上热火朝天地忙着。没有人在走路,因为他们都在跑;没有人注意到记者的到来,因为他们都在专注于自己的作业环节。交运完最后一份报纸,所有人就跟打了胜仗一样振臂高呼。那一刻,唯有认真与用心是对他们最好的诠释。

11:30,当北京市民陆续收到《人民日报》的时候,李瑞国驾驶的邮车安全抵达承德市邮政分公司。这一刻,他心里的石头也落地了。

11:46,承德市分公司网络运营中心的转运员开始从邮车上卸下报纸,一份份放到皮带传送机上,运送到下一环节。11:50,分拣员将报纸进行码堆,把发往各区(县)的报纸分好,用打包机打包扎实,放到指定位置。12:25,发往承德市区的《人民日报》开始陆续装车发运。做完自己的工作,姜建明拿起一份《人民日报》,让同事给拍张合影。他是网络运营中心的老员工了,在这里工作了20余年,码堆、分发、打包等报纸处理工作早已技艺纯熟。"今天的这期《人民日报》非常重要,想到能够通过我的手传递到千家万户,我觉得特别自豪。"姜建明说着,脸上露出憨憨的笑容。

第一读者:感慨万千

"嘀嘀嘀!"8:52,熟悉的喇叭声在贵阳市中华南路投递部门口响起。"报纸到了!"犹如一声军令号,投递部全体人员赶紧投入到《人民日报》等党报的卸车分拣中。9:10,投递员林继东载着省委片区的《人民日报》出发了。9:15,段道上的第一个用户省纪委办公厅到了。"邮政真棒,我们正迫切地需要《人民日报》组织学习呢,感谢邮政,感谢你们及时将党的声音传递给我们!"纪委工作人员白帆高兴地接过《人民日报》,并竖起了大拇指。

"十九大报告催人奋进,其中的新判断、新概念、新部署都令人迫不及待地想要深入学习。《人民日报》一直是我最好的老师!你们就是党的声音的最好传递者!"家住贵阳市区的78岁的孙奎年老人摩挲着《人民日报》红色的报头大字,拍拍林继东的肩膀,笑得很开心。

第一时间阅读《人民日报》的快乐从贵阳蔓延到承德。

14：30，承德市分公司投递员袁桂莲带着《人民日报》和信件出发。义盛禾羊汤店是袁桂莲负责的片区中的一家商户，老板王先生非常关心国家大事，长年订购《人民日报》。

"昨天十九大开幕的时候，我们和顾客一起看直播，大家越看心里越高兴，觉得咱国家真好。"前台服务员于莉一边接过报纸一边说，"今天就拿到了十九大开幕的报纸，邮政的速度可真快，谢谢你们！"

发往承德市委、市政府的《人民日报》是由投递员陈国良专门负责的，15：00，他将报纸分发包好，装车送到政府大院。"中国邮政的服务快、准、稳，及时投递报刊，让我们365天天天都有新报读。我们的日常工作要求严谨，网上资讯虽然快捷，但始终没有报纸来得妥当、权威、踏实，十九大昨天开幕，今天《人民日报》就到手了，能在这么短的时间内读到报纸，对于我们的工作大有益处。对邮政，我要点个赞！"拿到《人民日报》后，承德市委改革办法规科科长杜金明对邮政的服务赞不绝口。

10月19日，从北京到河北，从山西到浙江，从黑龙江到贵州……《人民日报》在全国各地的读者间传递。

一份《人民日报》很轻，但它所记录的历史事件却重于泰山。邮政的处理环节没有什么惊天动地的大事件，但没有邮政人使命必达的忠诚和严谨，这份厚重就难以及时呈现在读者面前。

原刊于《中国邮政报》2017年10月21日1版

精准扶贫的"水文章"

朱婧　张龑　王强

连日来,湖南省慈利县南山坪乡梁山村的村民忙着将农家自产的山货通过不同渠道销往山外,数着到手的钱,个个脸上乐开了花,连连称赞湖南省水运管理局驻村帮扶工作队是全村群众的"财神"。

梁山村坐落在大山深处,基础设施薄弱,交通瓶颈制约严重,群众生产生活较为困难。自扶贫工作队进村以来,引导村民发展特色产业,投入资金解决交通困难、争取各种惠农政策,为当地开了一剂脱贫致富的良方。

梁山村的现状正是交通水运系统落实国家政策,谱写精准扶贫"水文章"的缩影。

水运工程筑起脱贫桥梁

贵州剑河县柳川镇,在当地约定俗成的赶场日子这天,清水江三板溪库区柳川码头格外热闹,客船来来往往,商贩们竞相吆喝,身着民族服饰的旅客肩挑背驮,呼朋引伴……

一大早,从四里八乡乘船赶来的钩藤种植户络绎不绝,他们纷纷将自己的钩藤鲜条交到收购商王光芝的手中。"今年我们的价格高,老百姓很积极,今天我就收了一万多斤。"王光芝介绍。一旁的村民吴祥则高兴地说:"按现在这个价格下去,以后种钩藤就是我的主业了,连种粮都算外业了。"

"因为没有客运船,以前要赶个场,要么翻山越岭,要么划船过湖,但无论用什么方式到乡场上都得用1个小时以上。"村民袁忠义说。

交通脱贫是贫困地区打赢脱贫攻坚战的基础性和先导性条件。据悉,三板溪库区面积11051平方公里,周边分布着1城6镇7乡93个村,居住着45.9万苗族、侗族的群众,出行以坐船为主。2012年6月,航道部门在建设三板溪库区航运工程时,结合群众生产、生活需要,修建了柳川、南加、八受、三板溪4个大型码头,以及革东等34个中小型停靠点。2014年10月工程竣工后,水路客运量节节攀升,2015年达280万人次。

据停靠在码头的"贵黔东南客0183号"客船船主谢世海介绍,"水库周围有几十万人出行靠船,从柳川到南加,汽车走盘山公路,绕道多、弯道多、坡道也多,一路颠簸也多,车时需要4～5个小时,车票要50～60元,而且车内空间小,携带的行李物品受到限制。坐船的人很多家就在水边上或距水边不远的村寨,上下方便,船票只有40元,船航行在水上是直线距离,航行时间只有3小时或3小时多一点,坐船平稳,携带的物品可大可小,不受限制。还是水上客运快捷实惠。"

"在贵州山区实施库区航运建设,可以极大地解决两岸群众的区间客货运输,提升水运在贫困地区公共服务均等化的能力水平,促进当地经济发展。"贵州省航务管理局局长徐仕江说。

如今,随着当地水运设施和条件不断完善,清水江畔的乡村旅游日益兴盛,其他生态产业也迅速发展。依托一江碧波,清水江沿岸正青山绿水遍地生金。

"船员经济"搭建就业通道

扶贫必扶智。不仅要让脱贫人口能够"站起来"而且要能够"走得远"。因此加强对贫困家庭劳动力的技能培训,帮助其掌握专业技术,增强致富本领才是"授之以渔"的长远之道。

2017年新春伊始,武汉航运交易所组织10余家船员用工企业分别赴大悟、武穴、建始三地开展船员"春风行动"招聘会,带去600余个职位,受到当地群众的欢迎。

武汉航运交易所于去年推出船员专项工程,与航运主管机构、人社、扶贫机构、船员培训机构、船东和船员服务机构合作以及船员用人单位等形成紧密的战略联盟,打造船员"招(招聘)""学(学习)""考(考证)""工(工作)""养(福利)""保(社保)""护(维权)"的一条龙服务,为船员提供从就业推荐到法律维权等全方位的贴心服务。一年来,已在大悟、武穴、建始三地建立了船员招募基地,陆续合作开展了多项船员招募活动,使社会再次认识船员这一职业,也为贫困地区带去新的脱贫致富的途径。

"基本都是低门槛,现在基础船员结构性短缺,市场需求很大,学员经过短期培训即可上岗实习、工作,目前像水手、技工等岗位月净收入可达到6000元或以上。"武汉长航国际船员管理有限公司总经理杨玉平介绍。招聘现场人流络绎,来自大悟县各乡镇的青年们争相咨询着与船员相关的信息,大悟东新乡青年小吴表示今年他刚从中专毕业,本打算去广州打工,看到政府来组织这场船员招聘会,也听说船员待遇不错,就立即报名了。对此,大悟县就业局局长李新国表示:"大悟县'精准扶贫'中'就业扶贫'是一重要通道,此次与武汉航运交易所联合,通过前期大量宣传工作,普及了船员基础知识,为大悟县适龄劳动青年的就业开辟新路子。"

据悉,武汉航交所已与大悟县人社局签订长期战略合作协议,大悟县已成为武汉航交所建设"中国中西部船员招募中心"的试点之一。针对船员招募、就业、保障一条龙服务,武汉航交所将出台多项针对船员的优惠政策,例如,通过武汉航交所人才服务平台,船员在武汉海事职业学院进行培训,将有5%～10%的学费减免。

特色产业增强"造血"功能

精准扶贫,根本在于因地制宜,发展致富产业,增强"造血"功能,使困难群众持续增收。

"2017年的目标是散养1600只土鸡,按照一只土鸡50元,可以卖出近8万元,去掉成本也能收入3万元。"近日,安徽枞阳县陈瑶湖镇后河村的周三伢跟扶贫队长王涛掰着手指头盘算着,想着即将开张的土鸡养殖场,嘴角不禁扬起了笑容。

周三伢是陈瑶湖镇后河村的贫困户,三个孩子都在读书,自己又无一技之长,家里生活十分拮据,连孩子的读书费用也没着落。

周三伢虽有挣钱的念头,因没有路子和资金,眼看别人家日子越过越红火,他却越过越贫穷,只能在家干着急。去年4月,芜湖海事局铜陵海事处的王涛开始担任陈瑶湖镇后河村扶贫队长兼第一书记。驻村后的前两个月,他认真开展调查摸底工作。当他了解到周三伢的情况后,便多次来到他家促膝谈心。周三伢告诉他,邻居家养鸡都挣了大钱,我也想弄个养鸡场,就是没这个勇气。根据周三伢想脱贫的欲望,王涛决定帮他开办养鸡场,并为此量身定制了散养土鸡的"菜单式"帮扶方案。

办养鸡场,首先要建造鸡舍和通水通电。说干就干,去年10月份开始建厂房。随后,王涛到镇上专门请来了电力公司安装师傅,埋设电线杆架设电线。因埋设的电线杆占到其他村民的田地,扶贫队和村两委又积极出面协调。同时,因怕养鸡脏臭吵,附近的村民又来阻挠养鸡场建设,经过扶贫队长和村两委多次沟通协调和书面保证,养鸡场总算有条不紊建设好了。为提高养鸡水平,铜陵海事处还专门邀请畜牧专家到周三伢养鸡场进行技术培训和家禽防病现场指导。

阳春三月,万事俱备,周三伢的小鸡苗就要捉回家了。就在这个节骨眼上,周三伢又为没有资金犯愁了。他没想到,扶贫队考虑在前,早已提前为周三伢申请了扶贫信用小额贷款,就等着农商行的工作人员来养鸡场核实情况放贷款了。周三伢激动地哽咽道:"王书记,我想了多年的养鸡梦,你一来就给我办成了,你真是我们贫困户的贴心人。"

不久,特色养殖业政府补贴2500元很快拨下来,铜陵海事处也表示将对周三伢养鸡场的资金、鸡苗、销售等环节提供全过程帮扶。随后,在扶贫队的帮助下,同村的贫困户瞿双平、瞿国平两兄弟各抓了600只鹅苗,也兴办了老鹅养殖。现在,这些黄绒绒的小鹅都放到田里散养,长势良好,过些日子就能上市卖了,村里已是鸡鹅声声、笑语阵阵,到处洋溢着脱贫致富的喜悦。

原刊于《中国水运报》2017年3月29日1版

铁路正在改变安哥拉

庞曙光

"现在,我们从奎托乘火车,向东可到边境城市卢奥,往西直抵洛比托港,比乘汽车要快很多,也更实惠。"安哥拉比耶省副省长若泽·费尔南德·沙都维拉表示,本格拉铁路建设以来,从多个方面改变了安哥拉。

"中国标准值得信赖"

2017年7月,中铁二十局与本格拉铁路局签署移交协议,标志着历时10余年建设,这条连接大西洋港口城市洛比托和东部边境城市卢奥的铁路完成全部建设任务。

全长1344公里的本格拉铁路,设计时速90公里/小时,项目总投资约18.3亿美元,是安哥拉有史以来修建的线路最长、速度最快、规模最大的现代化铁路项目。

2002年,长达数十年的战乱结束,安哥拉政府重启铁路建设。竞标时,综合排名并不靠前的中铁二十局,凭借比其他建筑商更加合理的工期、造价和质量承诺,拿到了合同订单。

在本格拉铁路建设过程中,采用中国标准还是欧洲标准的争论一直未断,中铁二十局的建设团队将安哥拉交通部长邀请到试验室,进行现场对比试验,以此消除了政府官员对中国标准的怀疑。

在铁路设计中,中铁二十局以中国铁路设计标准,对全线114处小转弯半径进行改造,使列车运行时速从30公里/小时提高到90公里/小时,安全性能也大大提升。参与铁路试运营的时任安哥拉国家铁路局局长若理奥·邦古现场表示:"本格拉铁路不仅让我们认识到中国标准值得信赖,也改变了我们对铁路的认识。"

本格拉铁路局负责人介绍,以前安哥拉铁路管理部门是没有维养概念的,也没有类似中国的工务部门。2017年,在本格拉铁路建设任务完成后,本格拉铁路局又将铁路全线维养任务交到中铁二十局手中,边运行边维养的新模式,将极大地延长铁路寿命,提高使用效能。

铁路改变经济结构

本格拉铁路不仅从设计到施工全部采用中国铁路建设标准,而且钢轨、水泥等建筑材料,以及通信设备、大型机械等全部采购自中国。铁路建成后投入运营的机车、车辆等也全部由中国企业提供。

若理奥·邦古介绍,2011年本格拉铁路客运量为12.5万人次,2018年仅上半年就达到58.4万人次,预计到年底将突破120万人次。货运方面也已经从2011年的7000吨左右,增加到2018年上半年的21万吨,全年预计能达到50万吨规模。

"铁路中断45天,省会城市卢埃纳每公斤土豆价格就由500宽扎飙升到了2000宽扎。"2014年担任莫希科省副省长的弗朗西斯科·冈巴古对媒体表示,本格拉铁路的开通,不仅改善了交通状况,也改变了该省经济格局。如今,作为内陆省份的莫希科省也开始发展外向型经济,各种资源通过铁路运送出去,来自港口的丰富物资也在该省找到了市场。

"互联互通"成为现实

2018年3月7日下午,一列从刚果(金)始发,满载1000余吨锰矿石的货运列车,经本格拉铁路抵达大西洋畔的洛比托港。这是时隔34年后,刚果(金)的矿产资源再次通过这条南部非洲唯一的陆海通道实现"铁海联运",由中铁二十局承建的本格拉铁路帮助安哥拉重启了中断多年的铁路国际贸易。

由葡萄牙殖民者修建的本格拉铁路,一度作为刚果(金)、赞比亚等国家铜、锰矿产资源输出的重要通道,但受铁路设计标准较低、安哥拉内战等因素影响,这些国家的出口货物不得不绕道南非或坦桑尼亚等国的港口,致使出口成本剧增。如今,随着本格拉铁路全线建成并通车运营,这些国家出口矿产资源有了一条更为便捷的出海通道,对推动当地经济发展有着巨大作用。

安哥拉铁路部门负责人介绍,今后随着本格拉铁路与安赞铁路、坦赞铁路及周边国家铁路网接轨,整个南部非洲铁路将互联互通,共同构成大西洋直通印度洋的国际铁路大通道。

"授人以渔"影响深远

宽敞明亮的教室里,来自奎托车站的员工加布里埃尔正跟着中国师傅学习铁路通信技术应用及维护知识。

为了缓解该国技工人才短缺的问题,中铁二十局主动联系本格拉铁路局创办技术学校。2018年5月,这所位于本格拉的铁路职业技术学校正式挂牌成立。加布里埃尔和其他16名铁路员工成为学校第四期培训班的学员。

学校占地2500平方米,按照计划,中铁二十局将以免费培训的方式,每年培养并输送铁路行车调度管理、线路维养等方面的铁路技能人才500名。

"建设这条铁路,对安哥拉影响最为深远的,莫过于培养了一大批具有专业技能的产业工人。"中铁二十局董事长、党委书记邓勇表示,过去10多年,他们先后聘用了近10万人次当地劳务工参与铁路建设,通过实践培训和导师带徒,已有2万多名当地工人逐步成长为电焊、机械操作、通信电务等不同专业的技工。

日前,安哥拉交通部也已明确表示,将为这所学校的培训资质提供行业认证,今后,学员将直接获得由铁路部门颁发的职业技能资格证书。

原刊于《中国铁道建筑报》2018年9月3日2版

为乘客"终身"一线"牵"

——"高考热线"承载乘客"终生嘱托"20年

韩 菁

高考前夕,为了方便考生及家长出行,上海四大骨干出租汽车企业强生、大众、海博和锦江等的电话调度中心,于6月2日零时起,受理高考送考用车预订。

从1999年,第一条高考热线开通至今,已进入第20个年头。虽然每年只有短短3天的时间,但上海的4条"高考叫车服务热线"不仅让无数考生享受到了出行无忧的服务,也成为上海出租汽车行业的一大服务品牌。

忆往昔,"高考热线"为何而出现,又如何为考生及家长称道的?

"高考热线"预约火爆

1999年7月1日零时,上海出租汽车行业第一条"高考热线"在强生出租正式亮相。时任强生"62580000"调度中心值班长的高扬,对于当年情形,依然记忆犹新。

20世纪90年代末,上海的地铁、公交还不像今天那样四通八达,许多家庭由于动迁等原因,搬离了中心城区,许多孩子每天上下学需要换乘好几辆公交车。与此同时,第一代独生子女逐渐高中毕业,高考成为当时每个有考生的家庭的重心。高考之日,许多家长不想让孩子在赶考路上因为乘坐公共交通而耽误时间,影响情绪,从而影响考分。于是,预约一辆出租车送考成为当时最为靠谱的办法。

为此,1999年,强生出租汽车公司率先推出了"高考热线",接受考生赶考车辆的预定,承诺只要有考生的家庭预约出租车成功,公司就必须确保万无一失将孩子送到考场。

"没想到,一推出就火爆了,当天中午,原定推出的 2500 车次预约量就全部订满了。三天高考中,仅 8 月 8 日 8:00 这一时段中,就有 200 多差,9 日也达到 170 余差,平均每半分钟就得派一辆车。"

三年后的 2002 年 6 月 6 日,锦江出租也开通了"高考热线"。当年,高考用车预约半小时内就被预订一空,共调派了 2200 余车次。几乎同时,大众出租推出了"高考热线"。2007 年 6 月,海博出租公司"高考热线"正式上线。

至此,沪上四大骨干出租车企业全部以"高考热线"的方式,加入这项"爱心"工程。

调度员驾驶员"如履薄冰"

其实,"高考热线"是门"技术活",为了确保每单业务万无一失,不仅热线的调度员早要详细记录和了解接送情况,还要求驾驶员提前上门踏勘,事先准备工作非常多。

时任强生出租的调度员刘雯说:"如果我们在供车服务中出现差错,而引起考生的任何思想情绪,造成考试失常,客人是要怨我们一辈子的。"

2001 年 7 月 6 日,正是当年高考前一日,值班长张成发和韩莉妹在复查中发现,根据"预约单"上记录,一位外地来沪参加高考的张同学住在博雅宾馆 506 房间,要前往行知中学考试。但经多次联系都找不到此人。当天深夜,他们再次致电宾馆服务台,得到的回答却依然是:"查无此人"。

本着对每个考生负责的职业精神,次日一早 7 时就派车在宾馆门口等候。约一小时后,驾驶员发现,有位学生正在四处寻找"送考车辆"。经询问核对,原来张同学住在 509 房间。原来,由于考生的一时疏忽,误把"509"报成了"506",差点误了大事!确认无误后,他坐上了车辆赶赴考场。调度员在接到驾驶员的信息后,在心头悬了一夜的石头总算落了地。

每逢高考,考生家长都会显得特别紧张和敏感,生怕一丝丝的问题都会影响到孩子的考试。刘雯回忆:"就连送考车辆的车牌号都要'吉利'的数字。个别家长格外'挑剔',不要'4''0''6'(和沪语'落'谐音),不仅车牌尾数不能出现这些数字,即使是车牌中间也不要这些数字,他们认为'不吉利'。"

对驾驶员而言,接送考生则是另一种"考验"。记者几经周折,找到了1999年第一批参加送考工作的李爱祥。李爱祥是"高考送考小组"的组长,每天必须确认7名组员是否将考生安全送达考场。

"当时,公司要求我们把送考当成是自家孩子的事"。老李回忆道,当年他接的一位考生家离考场鞍山中学有7、8公里路程,1999年的高考是周二至周四3天,他和搭班老祁两个人提前一周,在同一时间段进行踩点,把途经路线开了好几圈,就是为了确保送考路上万无一失。李爱祥告诉记者,高考前,强生修理厂还必须对"高考专用车辆"进行提前保养,托架、底盘、准时皮带都要仔仔细细检查一遍,确保车辆安全。

特殊考生"喜笑颜开"

"高考热线"开通后立即成为当时社会热议的话题。但并不是每个有需求的考生家庭都能订到车,也不是每个家庭都能负担得起这笔费用,当时一部分残疾考生和有特殊需求家庭的诉求,引起了这些出租车公司的关注。

2000年起,强生、大众、锦江、海博四大企业相继推出了对残疾考生实行免费接送服务。

2007年6月7日,家住西泰林路的考生小曹早早起床,抓紧时间进行最后的复习。而此时,一辆锦江"高考专用车"已悄悄停在了楼下。

小曹幼年失去了一只脚。十天前,父母致电锦江出租公司,预订三天出租车接送。让父母意外的是,没过几天锦江就派专人上门探望,为了让小曹一家放心,锦江还特地调派全国出租行业服务明星、市劳动模范、优秀驾驶员郭忠荣前来送考。

7时10分,在郭师傅搀扶下,小曹坐进车里。郭师傅向小曹送上一只装有学习用品、清凉用品的礼品袋。到了洋泾中学考场,郭师傅将小曹扶进考场。

"高考热线"在特殊时期的一些服务举措,至今依然成为美谈。

2003年的高考正值"非典"流行的特殊时期,强生推出了对本市收治"非典"定点医院的医务子女,实行全程免费送考服务,期间共为43名医务人员参考子女免费送考305车次。

2004年,强生推出了为全国劳模、上海市劳模子女免费送考服务。这一年,强生"高考热线"共调派了 4200 车次,成为历史之最。截至 2017 年,强生"高考热线"用车共调派了 43080 车次。

2008 年高考期间,锦江为本市奔赴抗震救灾前线工作人员子女高考提供免费用车服务。自 2002 年"高考热线"开通以来,锦江为 1.1 万余名考生提供了此类服务。

坚持的背后是责任更是信任

在公共交通工具如此发达的今天,出租车企业为何还能坚持 20 年"高考热线"送考服务?

大众出租办公室主任戴建华告诉记者:"我们会将'高考热线'一如既往地做下去,这是企业的社会责任和担当。"

家住松花江路辉河路的小沈是澄城中学的一名高三学生,考场在瑞虹路上的华师大一附中,母亲陈女士就等着 6 月 2 日零时"高考热线"开通。她说:"预约高考专用车辆,我们有安全感,放心!"

今年高考期间,沪上四家出租车骨干企业仍继续统一推出"为市级以上劳模子女和残疾考生免费送考"等人性化服务举措,确保考生安全、顺利赴考。为了及时妥善应对突发事件,2018 年本市高考用车服务将设置多个临时应急点,每个点配备一定数量的出租车和维修车。四家企业的电调中心也将对"高考用车"实施全过程监控。

令人欣慰的是,这份默默坚持的背后,是企业的责任,更是百姓的信任。

原刊于《上海交通》2018 年 6 月 6 日第 3 版

当"红色热土"遇上"绿色邮政"

——江西邮政电商扶贫"星火"渐"燎原"

范云兵

"现在日销量有200多公斤,邮政车辆每天下午5点来装货。"12月6日下午,在江西省瑞金市叶坪乡华屋村,50多岁的华水林一边向《中国邮政快递报》记者介绍情况,一边忙着准备当天要发出的蔬菜。

自从与邮政合作以后,华水林与合作社的农户再也不用每天凌晨两三点钟骑着摩托车、三轮车到镇子上赶圩。"我有8亩蔬菜大棚,目前进城的蔬菜超过2万公斤,净收入大约有5万元。"

与此同时,在距离华屋村约20公里的叶坪乡凤岗村,20多名工人正在洗蛋、裹泥、蒸煮、包装。这里是大名鼎鼎的"廖奶奶咸鸭蛋"制作工厂。"今年前11个月大约销售90多万枚鸭蛋,销售额达到300万元。"廖奶奶咸鸭蛋专业合作社负责人张扬告诉记者,目前每天通过邮政电商销售的鸭蛋在3000枚左右。

江西,这片为新中国作出了卓越贡献的红色热土,目前还有不少人没有脱离贫困。而随着寄递网络的完善以及电商普及率的提高,越来越多的农民在邮政电商的帮助下,走上脱贫增收之路。

寻味　发掘本地特色农产品

"现在,华屋蔬菜不愁销路,但以前可不是这样。"瑞金市邮政分公司华屋蔬菜项目组相关负责人范良智告诉记者,最初,没有人相信能在网上卖菜。

"前几年我们有一个寻味计划,就是每天上山下乡寻找当地特色农产品,并通过邮政电商销售出去。"范良智介绍,他们找到华水林时,对方却并没对网售蔬菜抱有多大希望。

华水林说，前几年他结束了在外打工生涯，回乡种植蔬菜。每天下午摘菜，次日凌晨骑三轮车到圩上售卖，价格不稳定，销路不畅时菜就会坏掉。"2015年，邮政公司找到我，我也是抱着试试看的心态，他们当初将我的菜卖出去，我还有些不敢相信。"

两年前，李克强总理来华屋村视察，这里的蔬菜进城项目由此为国人熟知。该项目每天保持200多公斤的销量，主要销往当地企事业食堂。

88岁的廖秀英老人更是没想到全国人民都可以品尝到她腌制的咸鸭蛋。2014年，瑞金邮政分公司工作人员找到廖奶奶，进行站点装修改造、产品设计包装、线上宣传推介、市场营销培训等工作。"廖奶奶咸鸭蛋"腌制手法独特，一经包装、上网，迅速走红，最多的一天销售了1万多枚。原来一个咸鸭蛋只能卖1元，现在平均3.5元。"我16岁开始腌制咸鸭蛋，那时还要步行到3公里外的集镇上去卖，没想到现在网络就能将鸭蛋卖到全国。"廖奶奶开心地说。

"江西生态环境优良，物产丰富。囿于信息闭塞、流通不畅，许多高品质农产品'长在深山人未识'，许多农民守着'聚宝盆'过着穷日子。我们要全面聚焦精准扶贫，重构农产品从田间山头到居民餐桌的流通体系。"江西省邮政分公司相关负责人说。

整合　集中力量为农民办大事

优质农产品一经推出，很快受到消费者欢迎，邮政企业和农户也迎来另外一个难题——供不应求。

以"廖奶奶咸鸭蛋"为例，由于土鸭蛋货源有限，加上腌制时间长，时常出现断货现象。凤岗村养鸭户不少，但都不成规模。一边是市场反响热烈，产品供不应求；另一边却是几十户养鸭专业户找不到买家，优质产品销路不畅。2016年1月，江西省邮政分公司整合乡村资源，吸引养鸭户加盟，扩大咸鸭蛋的生产加工规模，带动周边群众抱团发展，"廖奶奶咸鸭蛋合作社"应运而生。最初吸收了32户贫困户，现在增加到94户，业务覆盖面甚至延伸到了80公里以外的乡镇。

合作社成立以后，以合作社为担保，当地邮储银行向农户发放40多万元贷款，用于养鸭的前期投资。"每年利润的8%～10%给社员分红，我们加工厂的

20多名工人也都来自贫困家庭。"张扬说。

"每一户种植的蔬菜品种有限，因此要推动当地贫困户抱团发展，让他们提供更丰富的菜品。"范良智说，目前华屋蔬菜进城项目由华水林负责对接16户贫困户，接收订单并向种植户收购。范良智补充说，"我们每天下午5点装车，次日一大早就能派送到位。"

距离华水林蔬菜收寄点几十米之外，是该村的火龙果种植合作社。今年7月是火龙果上市高峰，该村7000件火龙果通过邮政电商走出去，金额达到18万元。

目前，江西邮政分公司已经对接和扶植产业合作社400多个，建成电商扶贫站点1400多个，覆盖近一半贫困村，上线农产品3800余款，辐射服务100多万户贫困户。

拓展　向更深产业链延伸

"廖奶奶咸鸭蛋"的原材料问题解决了，加工又成了新问题，现已80多岁高龄的廖奶奶难以亲手腌制那么多咸鸭蛋，而且鸭蛋的腌制周期在40~60天，产品销售开始出现断档。幸好在当地政府20万元资金的扶持下，合作社对生产车间进行了升级改造，扩大了生产规模，日出蛋量提升了1倍。

品质化与品牌化，是产业升级的方向。为保证产品质量，当地政府投100万元建立了可追溯体系。江西邮政的品控与策划人员定期来到库房检测产品，走访合作社社员，了解蛋鸭养殖情况；定期在邮乐网上线新产品、策划新活动，依托"廖奶奶咸鸭蛋"品牌优势，拓展白莲、糯米酒、大米等产品。

邮政企业不仅帮助贫困户销售蔬菜，还充分利用当地红色资源优势办起乡村旅游。在华屋村，通过苏区精神教育及绿色农家乐两大板块，联动蔬菜进城项目，促进电商与乡村旅游的结合，进一步拓展农产品电商市场。华屋是有名的红军村，当年17名男丁参加红军，其中就有华水林的爷爷，走之前每人在村后栽种1棵松树。悲壮的是，万里长征人未还，现在只有17棵昂扬挺立的松树见证历史洪潮。

走在华屋村，一侧是明砖亮瓦的新楼房，一侧是老百姓祖辈居住的旧房屋，泾渭分明。祖屋早已经开发为旅游资源，新屋的家电一应俱全。华水林说："是邮政电商改变了我们的生活,希望邮政电商帮我们卖更多的蔬菜。"

原刊于《中国邮政快递报》2018年12月19日7版

一起船撞桥事件,造成经济损失高达4033万元,如何认定肇事船员责任?广东海事公安局广大干警勇于担当,积极作为,圆满完成了"10·15"案件的侦办任务。

勇于担当 主动作为
——广东海事公安侦办"10·15"船撞西江大桥案纪实

张建林 何武锋

2015年10月15日,一起船撞西江大桥的重大水上交通事故,让肇庆这座城市受到社会各界的高度关注。该案件造成的经济损失巨大,社会反响热烈。广东海事公安局经过不懈努力,最终厘清了"10·15"案的责任,落实了监管职责,捍卫了法律权威,维护了公平正义。2018年9月27日,广州市海珠区人民法院以过失损坏交通设施罪判处2名涉案船员有期徒刑2年。

"我们是海事警察,忠诚事业责任大,公平正义传天下……"《广东海事公安之歌》里面的这句歌词,充分体现了勇于担当、主动作为的广东海事公安精神。侦查此次案件的时间紧、任务重、困难多、压力大,广大干警顶住压力,迎难而上,发扬敬业、工匠、团队精神,以事实为依据,以法律为准绳,以守护江海为己任,以饱满激情和昂扬斗志投身案件的侦办。

广东海事公安局局长曾志的话掷地有声,"此案是对广东海事公安的一个巨大挑战,也是展示海事公安的绝佳机会,必须坚信海事公安有决心有能力打赢这场攻坚战!"

案件:经济损失4033万元

2015年10月15日,肇庆市高要水务局扣押了涉嫌盗采河砂的"粤佛山工2038"船,并聘请两名船员将该船沿西江从高要区禄步镇开往端州。17时50分,该船航行到肇庆西江公路铁路两用大桥通航孔,船上安装的吸砂管龙门架撞到大桥底部的横梁上。龙门架倒下插入水底,船舶无法动弹,通航孔堵塞。大桥横梁底部受损严重,支撑结构上的X形钢柱变形扭曲,铁轨上拱33毫米,方向偏离15毫米。造成三茂铁路大面积停运,至少58对列车或折返、或停运、或调整区段运行,造成经济损失高达4033万元。

该事故被中央电视台等主流媒体和网络媒体跟踪报道,引起社会高度关注。中共中央政治局委员、时任广东省省委书记胡春华,时任广东省省长朱小丹等领导都作出重要批示,要求全力做好善后处置工作。

受命:勇于担当

船撞桥事故安全危害大,向来备受社会各界关注。"10·15"案发生后,舆论压力汇聚集中,人民群众希望能够彻查。为此,肇庆海事局第一时间启动了水上交通事故调查。调查中发现,发生事故时,该肇事船舶并非处于正常的运营状态,而是被肇庆市高要区水务局扣押。该事故是在地方政府采取行政强制措施过程中发生的,并且聘请的两名船员也没有持有合格的驾驶证件,案件情况较为复杂,还涉及管辖权争议,案发以后,多个执法部门都介入了调查。

2016年12月,肇庆市中级人民法院以犯玩忽职守罪判处高要区水务局2名工作人员有期徒刑三年六个月。肇事船舶驾驶员林某洪未持有相应船员适任证书驾驶机动船舶(大船小证)、陈某阳未持有船员适任证书驾驶机动船舶(无证),2015年11月,对无证驾驶的2名船员行政拘留15日。2017年3月,广东省公安厅指定广东海事公安局对这2名涉案船员立案侦查。广东海事公安局以高度的使命感和责任感,不畏艰难、勇于担当,抽调精干警力组成"10.15"专案组,由局长挂帅担任组长,全力以赴开展侦办工作。

行动:10天立案

如何厘清责任?如何依法侦办?如何取得突破?如何完成任务?2017年3月20日,广东省公安厅指定由广东海事公安局侦办后,上述问题都摆到了广东海事公安局面前。

为了圆满地办理此案,完成上级交给的任务,给人民群众一个满意的答复,广东海事公安局成立专案组后,立即与广东海事局相关职能部门进行沟通,主动到肇庆海事局核实有关情况,收集调取《肇庆市"10.15"采砂船碰撞西江大桥事故调查报告》及相关证据材料,并先后4次召开专题会议,研究分析案情,厘清基本犯罪事实。于3月31日,从领受任务到立案侦办,广东海事公安局仅用了10天时间。对一个时间跨度这么长,案件事实如此复杂,调查取证单位部门这么多,法律关系错综复杂,在这么短的时间内立案,实属不易。

侦办:厘清办案思路

思路决定出路,格局决定结局。最初,本案以交通肇事罪立案侦查,后以过失损坏交通设施罪提请检察院批准逮捕,最后,法院以过失损坏交通设施罪判决,罪名几经反复,足以说明案情之复杂。

本案中,船员存在明显过错,理应受到追究。但是,两名船员的过错和行政执法的过错相互交织,对于造成的损失,各自承担多少责任?两名船员一人在驾驶室负责驾驶船舶,一人在轮机舱负责操作机器,两人的事故责任如何划分?在实践中,一般不把轮机员认定为驾驶人员,在本案中,对轮机员又应当如何认定责任?这些问题不调查清楚,就无法对本案定罪。特别是本案以交通肇事罪批准逮捕后,上述责任的划分和对无能力赔偿金额的认定,就必须有一个明确的说法。因为在没有造成人员伤亡的交通肇事案件中,只有当无能力赔偿金额达到30万元时,才构成犯罪。

可是,肇庆市的调查报告并未对船员的过错和行政执法的过错予以明确划分,两名船员各自应负什么责任也没有明确认定,但已经对广铁集团进行赔偿,却一直没有明确两名船员应赔偿的金额,也没有启动追偿程序。因此,没有办法认定两名船员的无能力赔偿金额。面对这样一起案件,案件如何突破?侦办要点是什么?如果不厘清思路,案件就无法侦办。

海事公安局领导及时召集民警认真研究、集思广益,最后明确,必须尽一切努力收集能够证明两名船员具体责任的证据,确定两名船员在事故中应赔偿金额,再结合两名船员自身财产情况证实他们有没有能力赔偿。本案的关键,就是要在法定期限内,尽快收集到证据。

但是,这些证据的收集又谈何容易。责任的认定需要合法、权威,需要遵照法定程序,这些都需要耗费大量时间。可是,没有任何一个单位有现成的证据,而且需要协调的单位多达几十个。并且办案时间特别紧,逮捕船员后,只有两个月办案时间,民警的每一天都是掰着手指头过,每过去一天,心里就着急一分。

办案民警先后联系走访了肇庆海事局、检察院、财政局、法制局、公路局和高要区水务局、法院等单位,收集了关于事故情况和损失情况的大量证据材料,但仍缺乏最关键的责任认定和追偿金额的证据。最后,局领导亲自拍板,直接发函到肇庆市政府,要求提供责任认定和追偿金额的证据材料。肇庆市政府给予了大力支持,在多个部门的共同努力下,相关证据得以完善。在办案过程中,局领导多次带队与检察机关交流沟通,认真组织研究检察机关对证据收集的意见、建议和要求,确保了案件办理合法合规,证据收集及时有效。

专案组民警不仅脑子累,身体也累。由于警力少,侦办手段比较单一,他们只能用脑勤、手勤、腿勤来弥补。他们没有现成的技术手段掌握嫌疑人在哪家银行有存款,而又必须证明嫌疑人的财产情况,就只能逐个银行、逐家金融机构去跑、去核实。每家金融机构的查询结果都不能立即获取,等上十天半个月是常有的事,有时来回折腾几趟还是劳而无功。可是,时间不等人,而收集证据的进度又不能完全由自己掌握,每一天民警都心急如焚,他们开玩笑说,现在总算是明白时间就是生命的道理。除了银行、金融机构外,他们科学规划,加班加点,跑房管局、跑村委会,多方收集,全面掌握嫌疑人财产情况。

他们收集调取证据材料多达3000多页,制作讯问询问笔录多达100多页,仅是填写制作的法律文书、公函等就有几十份,这些材料必须逐页核实,大量涉及金额的材料甚至要逐字核对,办案民警常常刚刚出差回来就要静下心来看材料、对数字、填文书。白天夜晚连轴转,内勤外勤不分家,在车上打个盹、在办公室椅子上合个眼、咬上几口方便面都是家常便饭。功夫不负有心人,按照清晰的办案思路,经过持之以恒的努力,案情得以水落石出。经侦查证实,犯罪嫌疑人林某洪在犯罪嫌疑人陈某阳许诺支付人民币3000元的情况下,明知自己不具有驾驶"粤佛山工2038"船的适任证书,仍然参与驾驶该船,在没有了解该船相关资料、龙门架高度等信息,不掌握肇庆西江大桥水线上净空高度的情况下,轻信不会发生危险,操纵船舶航行,在通过通航孔前,未做到加强瞭望,谨慎驾驶,造成了交通设施被严重损坏的后果。犯罪嫌疑人陈某阳在肇庆市高要区水务局工作人员承诺支付 6000 元的情况下，明知自己没有取得任何与船舶相关的资质，没有任何船舶驾驶知识，仍然接受聘请，并主动邀约不具备该船适任资质的林某洪与其配合驾驶最低配员 10 人的"粤佛山工 2038"船，没有预见会发生一切可能发生的危险，最终造成交通设施被严重损坏的后果。

抓捕：科学稳妥

将两名涉案船员成功抓捕归案，是本案成功终结的关键。"我们只是临时帮助水务局开船而已，没有犯罪。"在案件侦查阶段，两名涉案船员都没有认识到自己已经触犯刑律，所以，一直都存在抵触情绪，不愿配合侦办。在制定抓捕方案前，办案民警到两名涉案船员居住地进行了实地踩点摸查，掌握了他们活动轨迹和生活规律。民警表示，如果抓捕前走漏了风声，他们有可能会逃匿。另外，村民不了解情况，如果贸然行动，可能不利于抓捕，这样既对我们开展工作不利，也可能对两名嫌疑人的后续量刑产生不利影响。所以，在采取的抓捕方式，一定要确保科学稳妥，既不能打草惊蛇，又要避免冲突。为此，海事公安局制定了三套详细的抓捕方案，经过对每套方案的利弊进行分析，最终采取了"以事故调查名义，请海事部门通知两名涉案船员到达指定地点，出其不意实施抓捕"的方案。

2017 年 5 月 19 日，民警实施抓捕时，两名船员情绪激动。但民警进行了耐心的法制教育，通过摆事实、讲道理，摆证据、讲法条，使他们认识到自己的行为已构成犯罪，愿意配合公安机关。当天，两人被送往广州第一看守所，押送过程平稳顺利。

原刊于《珠江水运》2018 年 9 月刊

任何成功都是天人合一的结果

——访上海振华重工集团原总裁管彤贤

林 芬

"可乐要冰的吗?"问记者这句话的,不是餐厅服务生,而是管彤贤三结合工作室的同济人学研究生。

喝冰可乐,吃冰激凌,早晨7点之前就到工作室办公,周六也不例外……85岁的管彤贤充满"热情"。7月14日8点半,记者来到位于上海振华重工(集团)股份有限公司办公楼21层的管彤贤工作室时,他已经工作了1个多小时。同一间办公室里,10多位同济大学机械与能源工程学院的师生,在电脑前聚精会神地忙碌着——小到创新踏步式单脚扶梯设计,大到研制世界首创2500吨座底式打桩船……这里是管彤贤退而不休的"创新基地"。

见到记者,管彤贤热情地打着招呼,非常慈祥,笑起来额头上、浓眉间布满了一道道深深的皱纹。

天人合一、独门武器,市场之道、诚信之基,诗词之美、知识之舟……短短3个多小时,管彤贤力求从多个维度解读"振华传奇",还分享了面对磨难的人生智慧。

振华是改革开放的产物

人生不言老!1992年,59岁的管彤贤即将从中港总公司船机处处长的岗位上退休,毅然决定和志同道合的朋友们一起,在交通部的支持下,从零开始创办振华港机公司,用10年左右光景,让振华成为世界港机业公认的"领头羊"。

如今,振华港机走进了100多个国家的市场,占据了世界港机市场份额的80%,实现了创业时的誓言:"世界上凡是有集装箱作业的码头,都应有上海振华重工生产的集装箱机械在作业"。

回顾自豪的往事,管彤贤用"天人合一"4个字来解读——任何成功、成就,必然是两方面因素的结合,一个是"天",一个是"人"。

"'天',是讲大环境大气候,是人力不能左右的社会力量,不是迷信。"管彤贤解释。振华的"天"有4个方面:改革开放,外贸大发展,集装箱运输改变世界,小平同志视察南方。

"振华是改革开放的产物。没有外贸大发展提供的市场,就没有振华的乘势崛起。我国真正外贸大发展是小平同志1992年南方谈话之后。同时,小平南方谈话也为我创造了一个继续工作的大气候。那时,我已经59岁了,但没有人再挑剔从业者年龄大小了。振华1992年年初成立,我一气干了18年。"管彤贤说,小平同志提出的一系列指示:发展就是硬道理,尊重知识尊重人才,空谈误国、实干兴邦……成为振华前进的指路明灯。

"世界外贸格局发生了大变化,这也是我们后来才意识到的。"管彤贤说,"柏林墙倒塌",世界原本分裂的两个市场合成一个统一的市场,成立了WTO(世界贸易组织),越来越多的国家加入WTO,消除贸易保护主义。外贸大发展为振华提供了巨大的集装箱机械市场。

"一个20英尺❶的集装箱可以装1万件衬衫,从中国运到美洲,最便宜时每件运费只要0.2美元。南美的水果运到上海来,再转运到西藏、新疆,让一生从未见过热带水果的同胞一饱口福,这是冷藏箱的功劳。现在,走进自动化集装箱码头,一个装卸工人也看不到,照常运转,当惊世界殊!"管彤贤说。集装箱用自己顽强的生命力,改变着世界的运输面貌。他归纳了集装箱的十大优点:一是比传统件杂货装卸效率高30至50倍;二是全天候24小时作业,不怕风雨;三是标准化的标尺;四是可派生出"冷藏箱";五是不需要仓库;六是可多次重复使用;七是实现"门到门"运输;八是防盗;九是防止货损货差;十是可以实现自动化。

集装箱大发展,船舶大型化,码头原有的设备不能用了,就出现了超巴拿马型起重机。"上海振华一马当先,走在最前面,由于它能短周期准时交货,赢得港口用户信任,订单如雪片一样飞来,逼得我们扩建再扩建,促使我们高举创新

---

❶ 1 英尺 ≈ 0.305m

大旗,最多的时候一年生产300台集装箱岸桥(日本三菱重工一年只生产10台,其他各家也差不多)、600台场桥。"回忆起来,管彤贤的脸上洋溢着兴奋、自豪之情。

近三十项独门武器"与强争锋"

管彤贤一直没有自己的独立办公室,直到今天,工作室也是与十多人共享,接受记者采访的办公室是"借别人的"。

创业之初,振华公司的办公室非常狭小,资料柜钉在墙上,不占地。没有车间就向兄弟单位借,没钱买新设备就买二手货,1996年以前,振华没有买过一台新机床;买不起小汽车,就用借来的小汽车接送宾客⋯⋯

创业艰难,振华拿什么与雄踞世界市场的制造业巨头竞争?

"有了市场,市场会帮助你招揽人才;市场会帮助你得到资金;市场会帮助你获得技术;市场会帮助你进行改革⋯⋯"在管彤贤眼里,市场就是企业的天。

振华选择哪个市场打响第一炮?管彤贤说:"先敲哪扇门,先找难的进!"

当时,在国内,买进口港机产品是"天经地义",要占领国内市场都不容易,管彤贤却毅然决定,直接去敲第一世界港口的大门!然而在新加坡,振华投标五次、五次不中,困境中,管彤贤并没有气馁。"搞企业,不会一帆风顺,要有勇气'自强不息'。"终于,1992年,振华在加拿大温哥华港成功试水,紧接着目标瞄准全球最大的集装箱机械市场——美国。国际市场有个"公平"原则,只要你"好",就有人要,产品就是活广告,之后客户纷至沓来。同样,欧洲市场,振华首先征服起重机的故乡德国。在德国汉堡、不来梅的码头上,屹立着ZPMC的产品。"德国记者问我:德国有强大的机械制造业,为什么要买中国振华的产品?我说:问题提得好,但是我们是卖方,这个你要问买方德国的码头公司。"管彤贤的回答礼貌又幽默。

管彤贤说,振华有近30项"独门武器":世界首创侧装式整机运输船;2800人的强大设计研发队伍;既重软实力又重硬实力(例如重型码头重型车间、大型浮吊等),经常"离经叛道";至于与职工分享公司蓬勃发展的成果,不断改善职工的物质文化生活更不在话下⋯⋯

世界首创侧装式整机运输船是管彤贤非常得意的"作品"。"拥有整机运输船队是振华大幅度缩短交货期、保证准时交货的重要手段。这也是振华成立伊始力排众议、自主决定的首件大事。至今世界无第二家重型制造企业有自己的运输船队,殊不知,这正是他们败北的重要原因。"管彤贤说。当时可以提供集装箱起重机整机运输的只有荷兰的一家公司,价格贵,且运输时间得不到保证。振华公司运到温哥华的第一台岸桥运费要 90 万美元,第二台马上涨到 130 万美元。要进入世界市场,必须有自己的独门武器"整机运输船",否则只能"关门大吉"。

"管理艺术"探新路革旧疾

振华员工最多时有 4.5 万人,怎么管理?"我在国企工作过,深知铁饭碗、大锅饭、铁交椅是国企的固有弊端。成立振华就是要走新路,革除这些旧毛病。"管彤贤说。

科技创新奖、英语优秀津贴,20 年长期无息贷款解决购房、买车、治病问题,蓝领家属宿舍,蓝领沐浴房洗衣房……这些大大小小的激励措施,都是管彤贤"管理艺术"的一部分。管理之道,来自对人的了解,也来自从不知到知的探索。管彤贤举了一个小例子,当年为了丰富蓝领工人的精神生活,公司引进了电影放映,与市区电影院同步播放新片,每场电影只要一元钱。"结果没人看,后来改为一分钱也不收,还是没人看。蓝领白天工作累了,晚上希望好好休息;有余力的工人,宁愿去加班多挣钱,也不愿去看电影,这是他们的'需要'。"此外,公司对白领(研发管理人员)实行聘用制,数万蓝领实行承包制。这在当年的国企内亦是创新。

公司还提倡见义勇为,举办职工义捐。"毫无疑问,只有具有高尚情操的人,才能成为优秀工匠和优秀干部。"管彤贤说。

门口的保安,食堂的服务员,管彤贤都亲切地打招呼。结束采访,记者一行到食堂吃饭时已过中午 12 点,他对加班的服务员说了两遍"辛苦了"。

人生沉浮知识为舟

"福祸相依,人受些折磨不一定是坏事!我的经历犹如一个掉入水中的葫芦,几次按下去,又浮起来。不是我有什么特异功能。最合理的解释是我有知识,有进取心,有壮志,很希望为社会、为国家做点有益的事。主要还是因为我尚有可作贡献的知识。"管彤贤1955年毕业于北京工业学院(现北京理工大学),分配到交通部任技术员。1957年被错划为右派,开除公职,送北大荒"劳动教养",之后农村十年、工厂十年饱经磨难,直到十一届三中全会恢复名誉。如今,回想人生沉浮,他最感慨于知识对人生的引领和塑造。

2009年年底从上海振华重工公司总裁的位子上退下来后,管彤贤选择了传道授业,到同济大学开了一门课"现代机械工程师理论基础"。他兢兢业业,经常花20个小时准备一堂课,还要带学生们去十几个工厂参观,当了两个学期的大学教授。

如今,管彤贤虽85岁高龄,退而不休,重操工程师旧业,组建了振华的产学研三结合工作室。在炎炎夏日,与即将走向社会的几位同济大学研究生一起喝着冰可乐,一起研讨攻关振华新产品中的难题,享受创新的乐趣。他说:"他们都是百里挑一的高才生,不少是从农村出来的,能吃苦、肯学习,能钻研,思路活泼,经过工作室一年半的锻炼培养,前途无限。"

正在设计制造的世界首创海上风电2500吨座底式打桩船的模型,在电脑屏幕上旋转着,荧屏的光照亮学生们青春朝气的脸庞,也照亮管彤贤充满自信的笑容。

原刊于《中国交通报》2018年8月28日1版

劈开"山门"、打通"出路",构建全域通畅的综合交通网络

平昌县:路好带来百业旺

白能国　张　力　李洁心　扎西美朵

"修通了这条路,我们村发展就驶入了'快车道'!"6月18日,在平昌县三十二梁至白衣古镇、县城快捷通道通车仪式上,板庙镇大石村支书王万平在发言中说的这句话,道出了沿线群众心中的喜悦。

修通一条路,打开一扇门。近年来,平昌县以"四好农村路"建设为目标,以保障民生需求和脱贫攻坚为切入点,把农村公路建设作为"两化"互动的支撑和引擎、统筹城乡的先导和基础,全力以赴加快农村公路建设,劈开"山门"、修通"出路",畅通内循环,对接外向大通道,构建起全域通畅的综合交通网络,促进了乡村剧变和县域经济裂变。

一条路吸纳5亿产业资本落户大山深处

"今天通车的快捷通道,加上前年通车的柳朱公路,彻底打开了我们三十二梁片区的'山门',对整个云笔镇片区的带动非常大,成为20多万群众发家致富的'黄金道'。"作为企业代表参加通车典礼的蔡方儒说。

蔡方儒是平昌县秦巴云顶山茶叶种植专业合作社理事长,和合作伙伴在云台镇龙尾村建有2800亩的省级茶业科技示范园。蔡方儒提及的"柳朱公路"起于石垭乡柳树店,止于邱家镇朱家湾,途经石垭乡、云台镇,是云笔镇片区20多万群众上巴达高速的快捷通道。

"没修通柳朱公路前,我们龙尾村真是闭塞啊!"龙尾村土生土长的蔡方儒介绍,以前村子四面都是山,到云台镇要走3个小时,到鹿鸣乡要走一个半小

时。这里的年轻人要想改变家庭环境,只好出去务工。他也一样,当初当民工背着个"蛇皮袋"出门,几个小时的山路走下来,累得筋疲力尽;后来当老板了,车开不回家,得爬上几个小时的山路,"如今好了,柳朱公路和今天的快捷通道联网,我们那一大片数万人到镇上、到县城的道路畅通无阻,办什么事都方便。"

"这些农村公路的修建,不仅方便了群众,更极大地带动了地方的发展。"云台镇党委书记李正彬介绍,2013年8月他初任云台镇党委书记,到龙尾村调研,其贫穷落后令以前一直在机关工作的他难以想象,公路不通、产业全无,360多户900多人的村,已有700多人去外面务工、购房,村里只剩下150多名老人留守,小孩都少。"如果没有大通道、兴办不起产业,过不了几年,这个村就会消失。"当时的李正彬不无担心。

柳朱公路的修建,打开了"山门",龙尾村迎来了大发展的机遇。蔡方儒,20多年来,一直在西安做建筑、装修工程,年收入两三百万,柳朱公路的修建,让他看到了家乡发展的希望,他毅然停掉西安的生意,回到家乡投资300多万元,因地制宜组建起平昌县秦巴云顶山茶叶种植专业合作社,带领乡亲种植起了2800多亩茶树。

柳朱公路的开建,吸引到的精明人不止蔡方儒这样的本地人,更吸引了陕西紫阳盘龙富硒茶叶有限公司总经理孙文军、雅安市名山区种茶世家王浩等客商的目光,他们来平昌投入巨资发展茶叶产业。王浩一家更是祖孙三代迁居三十二梁片区发展茶产业,如今共栽植有3万多亩的茶园,注册成立秦巴云顶茶叶科技有限公司、秦巴茗兰茶叶科技有限公司,生产、加工、销售一条龙发展。

柳朱公路的修建,不仅带来三十二梁片区茶叶产业的发展,还带来其沿线巴药、养殖等产业的发展,沿线的青凤镇龙井村、红宝村,引进资本,采用"公司+基地+合作社+农户"模式,建设起5000亩中药材种植基地。据统计,近几年三十二梁片区投资概算超过5亿元,产业集群初具规模。

一条路带动2万贫困群众如期脱贫摘帽

"涵水禅林—西兴皇家山道路建设,为皇家山茶产业基地快速扩张创造了有利条件。"平昌县皇家山茶业科技有限公司董事长王明贤介绍,位于西兴镇的皇山村20世纪70年代便大力发展茶叶种植,所产名茶"皇山雀舌"屡获国际农博会金奖。但囿于交通建设滞后、运输不便,茶园面积一直维持在1000亩左右,伴随2015年禅林—皇家山快捷通道的建设,皇山村及周边村茶园面积迅速扩张,目前有机茶园已近万亩,名茶'皇山雀舌'畅销全国,茶产业已经成为这一带百姓脱贫奔康骨干产业。

同皇山村一样,得益于禅林—皇家山快捷通道的建设,曾因磴子河阻隔,交通不便、贫困落后的白衣镇蒿坪村,融入片区发展,脱贫底气足、小康路子宽。

"我家原住在4社的'寨碥里',做啥都不方便!"白衣镇蒿坪村村民刘国宪介绍,寨碥里是个干碥,吃水要跑2里多路才挑得到;横竖2里多没别的人家,打米磨面要到3里多外……刘国宪家的一切不便都结束在禅林—皇家山快捷通道通车后,村里精准脱贫,易地搬迁建新居聚居点,23户同刘国宪家一样地处偏远、生存条件恶劣的村民,搬离了原先居住的地方住进快捷通道旁的聚居点。

搬离原先居住的地方,土地远了,这些贫困户的生产咋搞呢?生活又咋办呢?

"我们主要在庭院经济上做文章。"村支书刘国恒介绍,搬迁户远的土地流转给业主规模发展特产"平昌青花椒",采取"园中园、业中业"的模式,大园区套小园区、大产业带小产业、能人带动贫困户,带动搬迁户近的土地用来发展自家的小椒园。据了解,禅林—皇家山快捷通道沿线已发展起3万余亩脱贫攻坚骨干产业特产"平昌青花椒"。

同青花椒产业的发展一样,路通财来,得益于"四好农村路"建设,运输方便了,吸引众多平昌在外成功人士回乡二次创业,发展起茶叶、花椒、核桃、中药材、水产、莲藕等六大特色产业75万亩,促进了脱贫攻坚工作。2016年,该片区8个乡镇14个贫困村摘帽、4973户2万余人脱贫,脱贫攻坚首战告捷。

一条路催生4个AAAA级景区喜迎八方来客

春夏,绿荫匝地;秋冬,满道金黄。四季景不同,四季景宜人,配上远处山势的变幻,车行其间,如在画中行……年年都有大批游客自驾前往平昌县城—驷马—得胜—元山环线公路,体验乡村旅游的乐趣。

平昌县城—驷马—得胜—元山这条乡村旅游环线有佛头山、驷马水乡、南天门、巴灵台4个国家AAAA级旅游景区,宛若美丽的彩线串起的"珍珠",熠熠生辉;宛若天公巧作的旖旎画廊,让人流连忘返。2014年至2016年,这条环线连续3年承办"环中国"国际公路自行车赛,被誉为"最美赛道""皇后赛道"。

同平昌县城—驷马—得胜—元山乡村道路的建设一样,平昌县把农村公路作为统筹城乡的重要纽带和乡村旅游的精品走廊来建设,围绕佛头山、巴灵台、驷马水乡、南天门、三十二梁5家国家AAAA级旅游景区及白衣古镇、皇家山茶场、镇龙山国家森林公园、双滩库区、江口水乡等得天独厚的旅游资源,集中加大项目投放,高质量、高水准建设乡村旅游公路360多公里,串联起绿色县城、风情小镇、精品旅游村、田园风光,打造出驷马—得胜—五木—灵山—元山、双滩库区—喜神—牛角坑—三十二梁、白衣古镇—皇家山—友谊水库3条乡村旅游环线。

畅达的旅游通道,扮靓了乡村活了经济。平昌县3条乡村旅游环线上,老百姓开办的农家乐、淘宝店达1300多家,节假日家家生意火爆。在省级乡村旅游示范村当先村,村民开办的农家乐达16家,近9成村民捧起"金饭碗",吃上了"旅游饭",63岁老人徐绍富一家开办的"水岸人家"农家乐,年纯收入达二三十万元。

据统计,2016年平昌县实现旅游综合收入33.52亿元,依托旅游通道发展起来的乡村旅游产业正逐步成为夯实底部基础、加快县域经济发展的先导产业。枫香村、马垭村、龙尾村等18个村荣获2016年度省级"四好村"称号。

原刊于《四川交通》2017年7月总第271期

"我喜欢出发"
——访中国交通建设股份有限公司总工程师林鸣

廖西平

从1978年考上大学到2017年完成港珠澳大桥岛隧工程建设,林鸣经历了中国改革开放整整40年的沧桑巨变。

在这40年间,从科员到总工程师,他的头衔随着工作的调整不断地变化。这背后对应着一个个交通基础设施工程,折射出我国桥隧建设发展的轨迹。

摸着石头过河 挫折中得到历练

听说是回顾改革开放40周年这个话题,林鸣爽快地接受了采访。这一代人对改革开放、特区建设有着特殊的情感,改革开放对于他们来说意义之重,如同雨露肥料之于庄稼。

就在强台风"山竹"登陆广东的那个早晨,在港珠澳大桥中交联合体营地,记者如约见到了林鸣。

话题是从难忘的1977年开始的。当时林鸣在县里的一家国营化肥厂工作,那一年他被送到西安交通大学进行化工方面的培训。培训结束时,学校组织学员返程前游北京,从天安门广场上的广播里他听到了全面恢复高考的消息,兴奋得几宿没有合眼。

回到厂里,林鸣一边工作一边复习。1978年,他考入了交通部下属的南京航务工程专科学校,从此步入了如今为之奋斗大半生的交通建设领域。

1981年,林鸣毕业后来到交通部第二航务工程局(简称二航局)。20世纪80年代中后期,国内港航工程建设疲软,地处内陆的二航局举步维艰。时任交通部副部长的黄镇东指出,交通施工企业必须在大型桥梁建设领域有所建树,才能在今后快速发展的交通基础设施建设中站稳脚跟。之后不久,真正意义上的由交通人自己承建的第一座跨江公路桥——湖北黄石大桥动工兴建,第一、二公路工程局及二航局都参与了此桥的建设。而当时的林鸣作为"第三梯队"的后备干部在局组织部担任副部长,与黄石大桥建设擦肩而过,这也成为林鸣此生最大的遗憾。

20世纪90年代初,二航局在严酷的水工市场竞争中被逼得走投无路,弃水登陆。二航局以工程分包商的身份来到改革开放的前沿——珠海经济特区,参与珠海大桥的建设。林鸣清楚地记得自己第一次来到特区的经历:在广州,他和一位同事上了个体户的车,被"转卖"了多次……最终被扔在了拱北口岸。一打听,离自己要去的磨刀门码头还有很远的距离,他们在路边小店吃了一盘豆腐、一盘青菜,就花了十几元钱!最后好不容易听懂了当地人的训解,分乘两辆摩托车到达了目的地。

在他的职业生涯里,第一次担任项目经理所负责的工程就是珠海大桥。"当时那个紧张啊!"林鸣说。为了完成现在看来完全是"小儿科"的水下2.2米桩基,局长领着全局10位教授级高工到现场开了三四次会议研究……在一边摸索一边学习中,林鸣团队完成了这座珠海人民至今仍引以为傲的、连接珠海西部的重要控制性工程,创造了他人生中的第一次辉煌。

但是,在接下来的珠海经济特区第二座跨海大桥——淇澳大桥的建设中,他遭受了自己职业生涯里的"滑铁卢"。

珠海大桥首战告捷,让二航局在珠海迅速赢得了声誉。1992年年底,珠海淇澳大桥设计施工总承包招标时,在政府有关方面的支持下,二航局变成了总承包联合体牵头人,并一举中标。林鸣作为项目总经理,酬志满怀。

但人生很难一帆风顺,淇澳大桥工程非常不顺利。由于受当时对跨海大桥施工经验缺乏、技术装备落后、工期延长、资金短缺等因素影响,工程持续了8年时间。作为这个项目的第一任总经理,准备不充分、没有开好头,让林鸣一生都感到内疚。

在这个过程中,时任二航局局长的肖志学与他有过一次谈话。他对林鸣说,工程如同战场,在战场上是胜负论英雄,干工程是以成败论英雄。

知耻后勇,卧薪尝胆。20年后在同一地点,林鸣实现了他人生中最大的辉煌。

紧跟时代脚步　成长为大国工匠

20世纪90年代中后期,民营资本介入交通基础设施建设此起彼伏。被称为首例民营资本BOT项目的泉州刺桐大桥开工兴建,林鸣担任施工方领导小组组长指导二航局四公司承建。这个项目让他元气恢复,斗志倍增,他们仅用了16个月就完成了大桥主体施工,让二航局上下对这位年轻的项目经理刮目相看。

之后,他更是在担任武汉三桥项目经理期间展露才华。那是他第一次在跨越长江的大型桥梁工程里担任负责人,面对跨度600米的斜拉桥项目,他认认真真,谨小慎微。

在遇到了诸多闻所未闻的技术难题时,林鸣对自己的团队说:"我们要以此为起点,走到长江下游去,拓展更大的市场、承揽更大的工程!"他带着团队骨干驱车东进到江苏考察学习,车过江苏界时,他感到车子立马变得平稳、舒适,这对林鸣的触动很大:为什么人家的路面、桥头不跳车?人家的施工理念先进在哪里?

参观江阴大桥,林鸣带着大家从模板开始,一直看到桥面现浇防护墙,他仔细地问,认真地学。在江苏的学习直接影响到后来他在润扬大桥的工程实践。也就是在润扬大桥北塔施工中,林鸣和他的团队真正成熟了起来。

回想起那160米高的主塔爬模施工,林鸣说,当时最头疼的是找不到高空作业的工人。因为北方的水工施工人员很少在这样的高空作业,不要说干活,就是站上去头都晕。

他们主动向德国人请教,花费700万元,创新性地采用液压模板获得了成功,时任交通部部长黄镇东得知后非常高兴。这标志着中国的桥梁建造技术上了新的台阶。"要感谢黄部长,从江阴大桥开始,黄部长就要求锻炼中交自己的队伍,提高交通建设主力军的市场竞争力。今天看来,英明决策啊!"林鸣说。

进入新世纪,林鸣应邀担任南京三桥的副总指挥、工程总监、总工程师。角色的转换,使林鸣对桥梁施工管理有了更加全面的认识,他的工程把控能力进一步加强,为其日后指挥超级工程建设奠定了基础。

2005年，他担任中国路桥集团总工程师，同期开始了港珠澳大桥的前期工作。2011年，港珠澳大桥岛隧工程开工，历经7年苦战，林鸣率领4000多中交建设者施展本领，倾心报国，成就伟业。他本人获得了"2014年感动交通十大年度人物"称号、全国劳动模范等殊荣，成长为一名真正的大国工匠。

攀越桥隧巅峰
得益于40年的技术积累

回顾自己走过的路，林鸣对知识积累、经验积累、实践积累的感悟尤甚。他认为，中国由桥梁弱国变为桥梁大国，进而成为世界桥梁强国不是一朝一夕的事情，是中国工程界几代人努力的成果。改革开放以来，我国桥梁建设从内陆走向沿海，从江河走向海洋，每一座大桥都是一座技术积累的里程碑，是一座座大桥、一滴滴经验、教训之水汇集成了我国40年桥梁成就的浩瀚海洋。

站在淇澳岛上远眺如龙出海的港珠澳大桥，林鸣感慨万千。20年前，一场天文大潮摧毁了淇澳大桥主墩的30多根护筒桩。如今超强台风正面袭来，岛隧工程岿然不动。很显然，港珠澳大桥肯定是改革开放40年来桥梁史上一座重要的里程碑。

与沉管技术发达的美国、荷兰和日本相比，中国直到1993年才建成一条珠江隧道，用了20年时间。但是中国工程技术人员勤于思考，不耻下问，敢于创新，用了7年时间把6.7公里的沉管隧道深埋海床20米以下，并且滴水不漏。

荷兰沉管隧道专家汉斯·德维特在见证了港珠澳大桥最后接头安装后说："我的结论是，港珠澳大桥沉管隧道超越了之前任何沉管隧道项目的技术极限。因为港珠澳大桥沉管隧道的建设，中国从一个沉管隧道建设技术的相对弱国发展成为国际沉管隧道技术的领军国家之一。"

林鸣常说，这个时代的中国工程师是幸福的。中国交通发展到了一个可以选择的时代，可以选择一起跑，可以选择领跑，也可以跟着跑。经历了40年的曲折、探索、提升，现在中国的交通建设已经处于领跑的位置。

7年中，港珠澳大桥岛隧工程历经坎坷，突破众多的系统性技术屏障，遭受了诸多的质疑、责问，终获功德圆满。"为什么要做这件事情？"在跟踪报道此项工程过程中记者曾反复问过他。

林鸣说,他喜欢汪国真的那首诗《我喜欢出发》。"很多时候我们是被时代推着走到这一步的。创新往往是很痛苦的,许多技术上的创新可以说是被逼的,是新时代让我们攀上了世界桥梁建设巅峰。"这是一个交通建设者发自心底的声音。

从珠海大桥到港珠澳大桥,林鸣和他的团队已经深深植根于珠江三角洲这块改革开放的热土。从连续刚构桥到大跨径斜拉桥、悬索桥到深海沉管隧道,再到他现在倾心研究的海下悬浮隧道,林鸣的脚步没有停歇。他的桥梁生涯为我们清晰地勾画出了一条中国交通建设发展的轨迹。

采访结束了,但是林鸣在中央电视台《朗读者》节目里朗诵的诗句在记者的脑海里始终挥之不去:"我喜欢出发。凡是到达了的地方,都属于昨天……世界上有不绝的风景,我有不老的心情。"

原刊于《中国交通报》2018年10月15日1版

三等奖

大漠深处有绿荫
——邮储银行甘肃省张掖市分行信贷员速写

张 焯

4月20日,正值大江南北百花争艳的时节,在西北大漠深处、祁连山脚下的甘肃省张掖市却刚下完一场雪,这里昼夜温差大,天气多变,下雪天可以持续到6月。都说"人间最美四月天",在张掖我们看到了这个季节最美的风景——邮储信贷员,他们常年与风沙泥雪做伴,穿行于高低海拔间,却能对每笔业务、每位客户都兢兢业业。他们用最朴素的坚持,绘出了平凡岗位上的风景。

信贷领头人

翻开介绍材料可以看到,杨海峰是邮储银行张掖市临泽县支行信贷客户经理,他在日常工作中注意学习国家的金融政策,了解市场行情,以准确把握信贷资金的投向;通过分析比对借款申请人的道德品行、经济实力、信用观念和项目可行性等风险因素,以更好地规避涉农贷款风险。从事信贷工作至今,他累计发放各类贷款2195笔、15360万元,其中,不良贷款率仅为0.42%,成为信贷队伍中的佼佼者。材料中处事老练、细致,多年在信贷一线摸爬滚打的形象,很难让人与面前这位身材高大却略带羞涩的汉子联系在一起。但随着采访中接触的增加，记者逐渐感受到他沉稳、踏实的一面。

在临泽县京沙食品公司，企业主蔡旭福带着杨海峰和记者参观了他新更换的厂区。杨海峰轻声地与蔡旭福聊着企业现在的经营情况和市场行情，感觉就是极熟悉的朋友。因为获得了邮储 48 万元的贷款支持，目前蔡旭福的厂区面积已达到 1.3 万平方米，还引入了新的产品加工生产线，企业赢利能力正在持续提升。

随后，记者跟随杨海峰来到了一个种植园。2014 年，底鸭暖乡小鸭村种植户闫天波原计划将自己 400 余亩大田玉米转为苗木种植，可突然遇到了树苗价格的一次大幅上涨，面对资金缺口，他想到了邮储银行的贷款。在杨海峰的及时调查审核下，一笔 45 万元的家庭农场贷款解了他的燃眉之急。如今，不但苗圃面积已扩大到 650 亩，而且他又包下了 3000 亩的集体土地。在闫天波的苗木基地，已经赚到"第一桶金"的他，充满自信地和杨海峰谈起他准备展开的苁蓉种植事业。看得出，之前愉快的合作已让他们之间建立了信任，相信未来他与邮储会有更多交集。

山 丹 的 路

一大早，我们来到邮储银行山丹县支行，这家 2008 年 5 月才挂牌成立的支行地处张掖市的东大门，也是邮储银行在该县唯一的分支机构，现有职工 17 人，服务面积却达到了 5402 平方公里。让人想不到的是，这个县级支行的营业大厅宽敞、明亮，从装修到设施完全不输大城市的金融网点，自助服务机具一应俱全。多年来，山丹县支行紧紧围绕地域经济特点不断创新，至 2016 年底支行信贷结余 2.55 亿元，自 2014 年以来多次被地方政府授予"支持地方经济建设先进单位"荣誉称号、"县长金融奖"；就在我们到达之前，他们刚又获得了县级精神文明建设"文明单位"称号。

当记者提出想跟随信贷员"体验生活"的要求后，支行长黄秀琴稍显犹豫地说："今天天气不错，不过路不太好走噢，昨天下了雪，有的地方可能还没化呢。""那正好，我们就是想看看你们平时怎么工作的。"记者后来才知道那是一条怎样"不好走"的路。

迎着高原强烈的阳光，记者一行出发了，祁连山高大浑厚的"身影"一直在记者的视线中,雪山在阳光下格外耀眼,两旁,植被稀疏,不时暴露出白色的盐碱地面。不久,就来到位奇镇周姓客户的仓库。这位客户以收购葵花籽、粗加工并销往全国各地为主,自己也种植1500亩的作物。去年他申请了两年期40多万元的贷款,年底按期偿付了利息,今年进入了贷款本金偿还期。信贷员孙晓艳和周辉涛这次做贷后访问就是为了了解他目前的经营情况。"现在葵花籽价不好,农户都不愿卖呢,我们收的也少。"客户一边带着我们看他的仓库、机器设备,一边和信贷员聊起了行情。"去年天不好,许多种植户都赔了钱。"孙晓艳悄悄告诉记者。但她也依然温和地鼓励客户:"上一期贷款咱们还得挺好的,今年还要继续呀,这样才不会影响以后贷款。"客户也默默点头。看得出,对于许多这样经营确实遇到困难的客户,信贷员的贷后维护和催款真不是件容易的工作。

离开仓库,记者一行开始向下一站——山丹军马场进发,那里有该支行的许多客户。谁能想到100多公里的路程,硬是开了4个小时,一路上除了"炮弹坑"就是砂石路,两旁车窗外高耸入云的雪山伴着苍茫的大漠扑面而来。当大家戏称"肠子都颠出来了"时,孙晓艳却告诉记者,幸而当天天气好,有时他们一天要经历风、雨、雪甚至冰雹等"洗礼",常常是"一会儿太阳把人晒得个焦蛋蛋,太阳一过又把人冻得个冰蛋蛋"。"幸运"的我们看着两名信贷员年轻却已被晒得发黑的面庞,心里既佩服又心疼。

终于,在下午1点多,一行人赶到了在场站的客户家,看着低矮的房舍,记者暗自庆幸颠簸告一段落。谁知孙晓艳和客户略谈了两句之后,开心地跑过来说:"走吧,我们去他家的牛圈看看,天不好的时候得骑摩托,今天车可以开过去。"记者乘坐的车于是再次向着雪山进发,心里在想谁家会把牛圈修在离家这么远的地方。20多分钟的车程后,在刺眼阳光和凛冽寒风的"奇妙"组合下,山丹军马场一场的员工余有刚带着记者走进了他家的牛圈。说是"圈"其实是放养牲畜的草场,他家的草场面积达1300亩。在这里,黑色长毛几乎及地的牦牛成群地从人身边跑过,看牛人骑着摩托在牛群中忽前忽后跟着。余有刚高兴地告诉记者,去年一头牛大概能卖2000多元,今年可以卖到3000多元,还贷款应该不成问题。阳光下,寒风让这位西北汉子缩起了脖子,但黝黑的脸上泛着快乐。

调查结束,两位信贷员带着我们踏上归途,没有多余的话语,风刮着沙子打在人脸上生疼,一张口就是满嘴沙。这就是他们日复一日平凡工作中的一天,记者在颠簸中品味了一路。

原刊于《中国邮政报》2017 年 4 月 27 日 4 版

怒放的生命定能创造奇迹
——记贵州省交通脱贫攻坚队队员吴秀实

刘叶琳　潘先阳　张家富

"秀实、秀实、秀实、秀实,真由村村民盼你早日康复""快点回来,我们想你!"……2月11日,在黔东南州人民医院ICU重症监护病房门口外,真由村9名村民代表手里高举着几张写着村民"心里话"的A4纸,焦急地在病房外等候,时不时往病房里张望。此刻,贵州省交通运输厅驻从江县加勉乡脱贫攻坚工作队队员吴秀实因长期疲劳成疾引发脑出血,正在抢救,他的安危牵动着真由村418名村民的心。

"请转告乡亲们,不要担心我,我没事,让他们放心,我一定会回去的。"4月24日,在生病倒下的第73天,吴秀实依然心里挂念着真由村的村民们。在和笔者交流时,吴秀实多次表示:等病好了,他还要回到村里,把未做完的事情一一完成,带领村民们一起脱贫致富。他的心里,时时刻刻牵挂着真由村村民。

你们担心我,我想着你们。一年多来的驻村帮扶,吴秀实与真由村乡亲们结下了深深的情谊。

争取资金　打通致富路上的"毛细血管"

2016年9月,贵州省委、省政府研究决定,由省交通运输厅定点包干黔东南州从江县加勉乡脱贫攻坚。

贵州高速公路集团凯里南收费站站长吴秀实得知消息后,主动请缨,第一时间报名,并迅速深入到加勉乡真由村真蹲实驻,成为贵州高速集团派驻加勉乡脱贫攻坚队的第一批"扶贫人"。

2016年10月17日,吴秀实第一次来到加勉乡。从从江县城到加勉乡,道路在月亮山里盘旋,九曲十八弯。120公里盘山路,越野车在烂泥路里艰难"爬行"了3个多小时。

交通的封闭,把加勉乡"深锁"在贫困中。2016年,全乡20个行政村全部为贫困村;全乡8674人,95%是苗族,贫困人口4933人,贫困发生率56.87%。在全省20个极贫乡镇中,加勉乡贫困程度排名第三。真由村是加勉乡下辖的一个贫困村,距离加勉乡政府还有9公里的路程,可以说是极贫乡里的极贫村。

在村里走访时,吴秀实实实在在地了解并体会到由于串户路泥泞不堪,严重影响了村民的出行。吴秀实立马收集整理相关情况,报告上级单位高速集团营运中心党委,请求资金支持。2016年11月底,营运中心筹集资金为真由村修建1860米串户路,并于2016年12月15日建成完工。

脱贫攻坚,交通先行。串户路修通了,想要打通贫困的血管还要做好通村路的修建。地处大山深处的真由村,通往加勉乡仅有一条狭窄的毛坯土路,全长近9公里,村民出行基本靠走,一个单边就要两个多小时。

看在眼里、急在心里。吴秀实迅速和攻坚队一起向交通运输厅前线工作队汇报,向责任单位贵州高速集团汇报,并迅速对接乡政府,组织协调修建通村水泥路。2017年10月,这条寄托着真由村全村村民增收致富希望的致富路建成完工,彻底改变了真由村"晴天一身灰,雨天一身泥"的历史。

"骗"了村民"赢"了民心　带领村民发展产业奔富路

拔穷根,"根"在产业。在整个加勉乡片区,群山环抱,耕地稀少,经济作物寥寥无几,发展什么产业,让吴秀实颇为头疼。为了不影响村民们白天劳作,吴秀实白天整理资料、学习政策,结合真由村实际情况和攻坚队一起剖析致贫原因;晚上,他挨家挨户走访、调研。最终,决定在真由村发展香猪养殖。

一年多下来,帮扶贫困户与非贫困户销售了100多头香猪,为真由村百姓主动参与脱贫致富注入了一剂强心剂。

了解到真由村盛产木姜子,于是他鼓励村民上山采集。以高于当地收购价两倍多的价格收购,自己运送到凯里,让年迈的母亲带着妻子、儿子到市场叫卖。

木姜子这样的季节性农作物保质期很短,如果不及时卖出去,就会很快坏掉。第一次由于缺乏经验,200多斤木姜子拖到凯里时,几乎全部坏掉。为了不打击村民的积极性,吴秀实"骗"了村民,告诉村民木姜子都卖了,结果却是他自己掏了600元补上。

第二次吸取经验,吴秀实利用真空包装将400多斤木姜子拖到凯里,再次发动全家老小齐上阵。这一次木姜子卖出了好价钱,高于吴秀实的收购价。然而,吴秀实一分不留,把多挣的钱全部给了村民。

一个善意的谎言,足以看到吴秀实对村民的真心。

引导村民就业 变"要我脱贫"为"我要脱贫"

真由村山高坡陡、耕地稀少,农作物产量,产业发展路子狭窄。作为高速集团脱贫攻坚队就业组组长,吴秀实和攻坚队通过深入摸排调研,决定把"转移就业"作为真由贫困家庭脱贫的主要举措,并向贵州高速集团驻村帮扶工作队汇报。

充分考虑加勉乡村民的文化水平特征,贵州高速集团放宽培训条件、降低就业门槛,针对加勉乡籍贫困户,多次组织开展"收费员""养护工""保安保洁员"等岗位招聘工作。

38岁的潘春桥和妻子就是"夫妻岗"的受益者。2015年,迫于生计,潘春桥和妻子远走河南打工,每天风吹日晒,收入还不稳定,两年下来,夫妻俩除了奔波劳累并没有存下余钱。

2016年底,由于所在工厂关闭,潘春桥和妻子回到了老家。听闻潘春桥的情况,吴秀实主动上门联系。在征求潘春桥的意愿后,为其联系到了榕江收费站,让潘春桥到收费站做安保,让潘春桥的妻子做保洁,包吃包住,两人一年的工资收入还有四万多,远远超过了贫困线。

在榕江收费站,潘春桥指着远处了一辆小车笑着告诉记者:"那辆车是我们今年贷款买的,付了4万元的首付,都是这一年多我俩的工资存下来的。"

一年多来,吴秀实成功动员了真由村110人就业,其中68人外出务工,42人在交通运输系统内部就业。

在吴秀实的引导下,真由村贫困群众参与脱贫的内生动力得以不断激发,思想枷锁逐渐被打破,全村正通过就业扶贫这条重要途径,慢慢实现从"要我脱贫"向"我要脱贫"这一方向的重大转变。2017年,真由村顺利脱贫30户112人。

建立教育帮扶资金　　自费接送全村小学生

扶贫先扶智、治贫先治愚。真由村没有村小学,孩子们上学得到9公里外的加勉乡,走一趟就要3个多小时。吴秀实看在眼里,疼在心里。每逢周五和周日,他便开着自己的面包车在学校门口和村委会门口义务接送孩子们上学、放学,所有的油费全都自己承担。

村民潘老丽有三个孩子,平常上下学都是坐吴秀实的车。"孩子们坐小吴的车,我们放心,他人蛮好,希望他赶紧好起来。"现在,村民们早已不拿吴秀实当外人,村里人都亲切地喊他一声"小吴"。

同样牵挂吴秀实的还有11岁的蒙祝英和10岁的潘丽萍。这一年多来,都是吴秀实接送他们。"吴叔叔好吗?我们想他。"见到记者,潘丽萍赶紧问道。

"自从秀实来到真由村后,给我们做了很多实事,为我们贫困百姓操碎了心,村里在产业、就业、教育等各方面发展都有了较大的改善,让村里的贫困户得到了很大的实惠。"真由村村支书潘晓术感激地说。

由于整个加勉乡都没有一家照相馆,想要一张照片对于村民们来说,就等于二十多公里崎岖不平的山路,因此很多村民家里连一张合照都没有。了解到这个情况后,吴秀实在村里建了照相点,自己掏钱买来打印设备,挨家挨户给村民免费照相。

村里开展民族活动受场地限制,吴秀实便联系帮扶单位帮忙打造文化广场,添置体育健身器材,丰富全村老少的业余活动……

平日里,谁家有点事,吴秀实能帮上忙的,也要去搭把手。在真由村,似乎哪里有需要,哪家有难处,哪里就会有吴秀实奔波的身影。

因过度劳累引发脑部出血　　村民自发捐款5200元

事无巨细,倾力而为。来到真由村的一年多时间里,吴秀实成了"大忙人""工作狂",常常一两个月不回家。

天有不测风云,连续驻村工作22天,因过度劳累,2月10日上午,吴秀实倒在了真由村村委会办公室的地板上,引发脑部出血深度昏迷。

得知吴秀实摔倒昏迷在工作岗位上,村民们闻讯赶到村委会守护着他,当医护人员把他送上急救车时,在场的村民哭成一片。有的村民立刻回家拿着米和猪肉再次赶回村委会,用当地的土方法为吴秀实祈求平安。

在吴秀实转到黔东南州人民医院后,村民更是坐立不安,纷纷要求去看望。考虑路途遥远,最终推选了7位村民作为代表。这时,有村民主动提出要捐钱给吴秀实。

5元、10元、20元……有的村民在吃不饱饭的情况下,"鼓捣"要捐,"钱不多,但这是我的心意。"在半小时的时间里,真由村村民自发捐赠了5200元钱,交由7位村民带到医院。

"秀实,真由村村民盼你早日康复""早点回来!我想你"……一句句用苗语喊出的朴实温暖的话语回荡在黔东南州人民医院的探视区。吴秀实病倒之后,真由村的干部和村民们感觉没了主心骨,他们都期盼那个每天出现在村里的"小吴同志"早点"回家",带领大伙儿一起脱贫致富奔小康,一句句真诚的呼唤让在场的人感动不已。

奇迹生还 "病好了我一定要回去!"

在抢救时,吴秀实的脑干出血大概在7毫升左右,参与抢救的医生说,吴秀实生存的希望只有百分之一。然而,奇迹发生了,经过两个星期的努力和不放弃,吴秀实终于转危为安,虽然目前四肢仍然无法用力,全部恢复还需要一个漫长的复健过程。但吴秀实每天都在努力做康复治疗。

吴秀实受伤时,他的妻子彭樱已怀有9个月的身孕。4月3日,彭樱平安产下了他们的小女儿。吴秀实为女儿取名"吴依然"。"我想说,我心未变,等我好了,就回真由村,我还有好多事没有做。"虽然刚从鬼门关走了一遭,但吴秀实的心里,始终放不下真由村的村民。

"村民们5200元的捐款,心意我领了,但是钱我不能用,他们不容易啊,等我好了,我再以其他方式把这笔钱返还给他们。"每每提到村民,吴秀实总是忍不住地掉眼泪。

在加勉乡驻地,面对吴秀实空荡的办公室,看着他写下的密密麻麻的扶贫资料,一起共事过的脱贫攻坚队队员每每想起身带疾病却仍然坚守岗位直至病倒的吴秀实,心里就特别难受,眼眶湿润。"我们一起走进来,直到圆满地完成任务再凯旋!"

吴秀实病倒后,贵州省交通运输厅、贵州高速集团高度重视,安排专人陪护和全面协助做好救治工作,协调省、州、县各级医疗专家集中对吴秀实会诊并商量救治方案。

　　2月28日,吴秀实脱离危险期,从ICU重症监护病房转入普通病房;3月7日,吴秀实醒过来,并恢复意识;4月初,开始进行康复治疗……

　　"目前,吴秀实已经进入后期的康复治疗阶段,根据各项检测指标,两个月左右就可以出院回家修养了。"吴秀实主治医生介绍道。

　　在离开病房前一刻,吴秀实用还不那么灵活的手拉着笔者,"请转告乡亲们,不要担心我,我没事,让他们放心,我一定会回去的!"

原刊于《贵州交通》2018第2期

中美贸易战对航运业的影响

张 涛

2018年3月8日,美国宣布对进口钢铁和铝分别课以25%和10%的重税,同时暂时豁免对欧盟、阿根廷、澳大利亚、巴西、加拿大、韩国等经济体的钢铝关税至5月1日;3月23日,美国总统特朗普签署对华贸易备忘录,宣布将对从中国进口约600亿美元商品大规模加征关税,并限制中国企业对美投资并购。调查重点在中国企业是否"涉嫌侵犯美国知识产权和强制美国企业作技术转让,以及美国企业是否被迫与中方合作伙伴分享先进技术"等议题。2018年3月23日,中国商务部发布针对美国进口钢铁和铝产品232措施的中止减让产品清单并征求公众意见,拟对自美进口的约30亿美元产品加征关税。

中美贸易战走向如何还需等待政策实施并观察,虽然远东至北美太平洋集装箱航线的主要货种并不在此次涉及名单内,但受此影响,中美贸易未来存在诸多变数,值得航运业警惕,多位业内外人士对此发表了看法,对贸易及港口航运提出了建议。

班轮公司高度关注积极应对

中美是目前世界排名第一、第二的重要经济体,作为联通中美的远东—北美航线(美国航线),十几年来一直表现出强劲的增长势头,排名前列的班轮公司均高度重视该航线的运力布局,沿线港口码头的扩容投资也一直保持良好趋势。据上海航运交易所3月发布的中国出口集装箱运价指数,美东航线906点,与上月比增长10.6%,美西航线643点,与上月比增长3.9%。

贸易波动影响首当其冲的就是班轮公司。3月23日,全球最大的集装箱运输公司马士基航运便在微信平台发布了一份"幽默诙谐"的问卷调查,提问:"面对中美贸易战您要如何应对"？（多选）提供的选项包括转攻出口墨西哥、转攻出口加拿大、转攻出口欧洲、转攻出口一带一路重点发展国家、避免出口涉及关税的商品、开拓本土内销市场、加强提高商品质量及提价。此投票获得了网友的积极参与，也间接展现了业内对中美贸易的关注度。

3月24日，由国务院发展研究中心主办的中国发展高层论坛在北京钓鱼台国宾馆举行，马士基集团首席执行官施索仁出席时表示，中国市场对马士基来说非常重要，贸易订单的减少将对马士基的物流业务产生不利影响。施索仁表示，美国和中国之间有着很大的贸易量，每天、每周都可以看到大量的集装箱在运输。因此，贸易订单的减少将意味着运输量的降低，由此会对马士基的业务产生不利影响。

从三大联盟公布的太平洋航线情况来看，海洋联盟（OCEANAlliance）共布局20条航线，投入约135艘船、130万TEU运力，其中远东—美东/美湾航线7条。THEAlliance提供15条航线，其中远东—美东航线5条。2M提供11条航线，其中美东航线5条。此外，以星航运部署美东航线1条，并投放新巴拿马型船。

3月23日，中远海运国际举行2017年年度业绩发布会，中远海运国际主席王宇航在发布会上表示，如贸易保护主义继续发酵，肯定对整个航运业有负面影响，令航运市场供需失衡，对公司业务间接形成一定程度的挑战。王宇航认为，一是要高度关注。虽然说冲击不会马上波及，但都要高度关注。二是要认真研究，双方提出来的这些相关的政策、策略，都要认真地分析它可能产生的包括对于航运业、和航运业之后对于整个航运服务业的切实影响。三是要积极应对，中远海运董事总经理刘刚表示应对的具体措施尚在研究当中，对今年全年业绩的平稳发展充满信心。

全球价值链对贸易战说："不"

在人类社会发展历程中，许多重大历史事件的发展、突变，新观念革命都与贸易相关。贸易将世界各地的不同民族、不同文明的人联结在一起，贸易促成了全球化，贸易改变了各地的自然世界、社会世界。从某种程度上说，是贸易打造了今日的世界格局。经济学研究认为，在国际贸易领域，自由贸易迫使买卖双方专注从事于对自己最有利可图的活动,同时使创造出的总体财富极大化,会使双方都得利。所以保护自由贸易,维护贸易正常秩序,才能实现互利双赢。

1930年,美欧就由于经济危机而爆发过广泛的贸易战,包括互相提高进口商品关税税率等简单措施,最终贸易战并没有使得欧美逃脱经济大萧条的冲击,相反全球贸易的大幅衰退使得经济衰退日益沉重。从1929年到1933年,由于各国纷纷提高关税,美国进口降低66%的同时,出口也降低了61%,全球贸易规模缩减2/3。直至二战结束,新的全球治理体系与经贸体系才得以建立。

当全球经济陷入需求萎缩,而货币政策又无能为力时,贸易保护往往成为各国政府无奈的选择。但在"全球化"已经深入人心的今天,我们还不能笼统地把今天的"贸易战"进行类比。在目前全球协同发展的大趋势下,"全球价值链重塑"已经成为现实课题。

在中国发展高层论坛2018年会上,国务院发展研究中心副主任隆国强提出,全球价值链是全球化竞争中一个重要的现象,不同的国家比较优势不同,在价值链中占据不同位置,形成相互依赖的过程。现在的海关统计并没有跟上全球分工的变化,很多海关数据让人困惑,比如说在中美贸易的不平衡问题上,海关统计数据夸大了实际情况。他指出,全球价值链是经济全球化的结果,同时会推动和深化全球化进程。不同国家在全球价值链中也在努力提升自己的地位,这既是一个学术问题也是重大的政策问题,对每个国家在全球化中吸引投资、开展贸易有重大影响。

原商务部部长、海峡两岸关系协会会长陈德铭认为:第一,全球价值链是指全球贸易中价值在各个经济体中的分布和链接,它是经济全球化高度发展,跨国公司着手全球布局,并且以中间贸易品为主导形态下出现的机制反应。第二,科学发展、社会进步促进了经济全球化的进程,也推动了全球价值链的形成。反过来,全球价值链的发展又促使科学技术爆炸性的增长和重大突破。第三,跨国企业的中间品的贸易和服务贸易是全球价值链的一个重要的特征。第四,以规则为基础的国际贸易和多边的贸易组织,是全球价值链能够发展根本的保证。第五,由美国引发的全球经济危机,造成了全球价值链发展的趋缓。第六,全球价值链的重塑,必须在多边贸易体制下以规则为基础来展开磋商。

陈德铭表示,大国之间的贸易摩擦和博弈将会严重影响全球增长,应该把大国之间的贸易回归到多边贸易机构来磋商,如果脱离了世界贸易组织的惩罚性的关税,就会容易引起贸易战,历史已经证明并且继续证明这样的做法会损人害己,最后谁也不是赢家。他表示,现在是传统时代和数字时代交织的时刻,目前世贸组织规则依旧适合世界经济发展,中国将坚定维持这个规则。

航运业应加强风险防控

2018年集运供需面展望并不算乐观,面对复杂多变的国际贸易环境,更放大了航运经济的风险,航运企业亟须加强自身建设,进一步提升风险管理和防控能力。

据分析,美国对中国征税领域分布在高性能医疗器械、生物医药、新材料、农机装备、工业机器人、新一代信息技术、新能源汽车、航空产品和高铁设备。根据招商证券的测算,从中国行业受到贸易保护负面影响程度的排序,钢铁行业首当其冲,接下来是化工、其他金属制品等;按照对美出口敏感度排序,将是电子设备>机械设备>服装制造>金属制品。

而中国商务部发布的针对美国进口钢铁和铝产品232措施的中止减让产品清单,暂定包含7类、128个税项产品,按2017年统计,涉及美对华约30亿美元出口。第一部分共计120个税项,包括鲜水果、干果及坚果制品、葡萄酒、改性乙醇、花旗参、无缝钢管等产品。第二部分共计8个税项,包括猪肉及制品、回收铝等产品。(目前此清单尚在征求公众意见阶段)

而从2017年的中美进出口商品货种结构来看,中国对美国4298亿美元的出口额中,商品排名前五位的大类分别为机电设备(46.2%)、玩具(11.9%)、纺织品(9.8%)、贱金属(5.2%)、运输设备(4.6%)。中美进出口商品货种结构:中国对美国4298亿美元的出口额中,商品排名前五位的大类分别为机电设备(46.2%)、玩具(11.9%)、纺织品(9.8%)、贱金属(5.2%)、运输设备(4.6%)。

通常而言,中国对美国的大部分出口货物以集装箱形式存在,因此本次中美贸易摩擦或将影响集运行业中跨太平洋的美线。天风证券研究所交运团队认为,整体而言,本次中美所谓贸易战,美方主要针对的商品品类为高新科技产品,其特点在于货值高但体积、重量较小,因此对于我国对外运输企业的影响实际较小。

　　短期来说,影响在于贸易战对美线货主及货代所造成的心理冲击,若对中短期的货量信心有所降低,可能会影响二三季度的价格谈判,进而影响班轮业在旺季的联合提价。对港口来说,中国出口集装箱港主要集中在东南沿海区域,拆分对美出口金额以及出口商品数据,从货值看,受到影响的对美高科技产品出口货值占比在个位数百分点,而由于该类产品体积与重量较小,因此预计实际所占箱量比重更小,整体影响较低。

　　对于港口航运及相关产业,有业内网友建议,首先要紧盯政策面,分析中长期影响;其次多和业内人士及货运代理沟通,保持对短期风险的防控;最后就是和上下游产业链各环节企业紧密协作,共同应对。也有专家指出,中美贸易未来是否有进一步的限制货种将是潜在风险,具体影响应持续观察以应对市场变化。

原刊于《中国水运》2018年第4期

营销委加德满都办事处党支部

在喜马拉雅山谷书写党员故事

王 丹

在世界最高峰喜马拉雅山脉南麓的山谷里,扎根着南航最基层的一个党支部——加德满都办事处党支部。该支部仅有4名党员,但每名党员都是一面旗帜,他们兢兢业业,同心协力,带领着办事处员工攀越了经济倒退、基建落后、缺水短电、余震不断等各种困难,谱写着奋斗的篇章,擦亮了南航的品牌。

李林:

为推介会,走10多个小时山路

李林是加德满都办事处党支部书记兼总经理。6月11日,为拓展尼泊尔客货市场,李林带领销售团队前往东部城市 Biratnagar 召开推介会。尼泊尔境内基本是山路,路况差,且随时有山体滑坡的风险,他们沿着崎岖的山路跋涉了9个多小时,即将接近目的地,却遇到警察封路,一打听,原来是激进分子在路边埋了炸弹。为了不耽误推介会的召开,他们没有丝毫犹豫,决定从乡村小路绕道,多走了两个多小时的路,最终顺利举办了推介会。

李林说:"南航为中尼两国人民友好往来架起了一座空中桥梁,办事处党支部就是这座桥梁的桥头堡,我们时刻不能忘记自己的责任。"

邢静:

让机场延迟2小时关闭

站长邢静是一位党龄近18年的老党员。去年4月1日晚,因受雷雨天气影响,CZ3068 航班备降勒克瑙,无法在加德满都机场宵禁前飞抵。为了 200 多位旅客正常出行,也为了公司的经营效益及品牌形象,邢静带着场站团队前往机场协调。凭借着韧劲,说服机场将关闭时刻延长了一个小时。备降航班落地后,场站又接到公司要求,尽可能让 CZ3067 继续飞回广州。邢静立即启动快速过站保障程序,同时一路小跑到机场办公室与准备下班的员工进行沟通。对方被邢静的执着打动,同意将关闭时刻再延迟 1 小时。经过与时间紧张赛跑,航班仅用了短短的 34 分钟过站,邢静眺望着顺利起飞的航班,此时已接近凌晨 03:00。

王伟:
一碗泡面成"新年大餐"

王伟是办事处的财务经理。1月1日元旦,王伟像往常一样,忙着月初关账的"战斗"。这已是他连续第四年在新年第一天加班。

正午时分,办公室突然停电了,屋漏偏逢连夜雨,备用电瓶的 UPS 设备也坏了。因为尼泊尔本地网络连接南航国内内网速度非常慢,所以王伟要求自己每月比总部提前一天完成相关工作。为了能及时关账,王伟只好守在办公室耐心等待,6个小时后电力终于恢复了。王伟决定当天完成报账系统所有工作,一直奋战到深夜 02:00。关上电脑,他才发现肚子已经饿得咕咕直叫,一碗泡面成为他独特的"新年大餐"。

代荤:
冒雨为旅客取回 iPad

代荤是加德满都办事处的航务经理,他既是加德满都最年轻的党员,也是南航最年轻的高级签派员之一。

8月4日,CZ6068 航班一名旅客登机后焦虑地询问乘务员,她女儿前几日到加德满都,入住酒店后才发现 iPad 遗忘在飞机上,不知能否寻回。乘务长立即跟正在保障航班的代荤说明情况,代荤迅速查看场站遗失物品登记相册,发现此物品保存于机场办公室。此时距航班起飞还有 40 分钟,考虑到航班保障时间充裕,代荤决定冒雨跑到候机楼外的机场办公室为旅客取回 iPad。十几分钟后,已被雨水淋得透湿的代莘箭一般冲上客梯车,气喘吁吁地把保存完好的 iPad 交给旅客。旅客意想不到遗失的 iPad 还能失而复得,激动地拿着 iPad 不停地重复着:"太感谢了!太感谢了!"

原刊于《南方航空报》,2018 年 8 月 28 日要闻版

行业再次迎来巨大变革！在这个关键节点,我们是否可以说:未来已来？

是取消省界收费站,更是重构管理体制！

冯 涛

5月16日,国务院总理李克强主持召开国务院常务会议,确定了多项进一步降低实体经济物流成本的措施。比如从今年7月1日至2021年6月30日,对挂车减半征收车辆购置税,取消4.5吨及以下普通货运从业资格证和车辆营运证等。在这些措施中,有一条消息引爆了高速公路从业者的朋友圈:推动取消高速公路省界收费站!

两次发声,勾勒变革轮廓

一石激起千层浪,"推动取消高速公路省界收费站"的消息在行业内和社会上均引发广泛关注和热烈讨论。

国务院提出如此重大的变革,交通运输部自然会积极响应。5月18日,交通运输部公路局副局长孙永红在接受新华社采访时表示,要推动取消省界收费站,利用高速公路电子不停车收费(ETC)等新的信息技术,通过提高车辆通行效率,达到降低物流成本的目的。

孙永红介绍,我国高速公路在发展过程中,由于受分段建设、管理体制、技术条件等因素影响,各地都在高速公路主线上设置了一些收费站。随着高速公路网逐步完善和ETC等新的信息技术的推广应用,交通运输部指导各地主动取消了省内设置的高速公路主线收费站,部分地区还取消了一些省界收费站。孙永红坦承,从全国来看,目前省界收费站仍然较多,对车辆通行效率造成一定影响。

他表示,交通运输部将按照国务院的决策部署,深入调查研究,制定具体方案,大力做好ETC等新的信息技术的升级和推广应用工作,积极研究解决重大技术和管理难题,不断提高服务能力和水平,推动取消省界收费站。

不到一周,交通运输部再次发声。5月24日上午,在交通运输部5月份例行新闻发布会上,交通运输部新闻发言人吴春耕重申,推动取消省界收费站的工作,主要是利用高速公路电子不停车收费(ETC)等新的信息技术,替代人工收费的方式,进一步提高车辆通行效率,达到降低物流成本的目的。

由于我国公路建设和管理实行以省为主的管理体制,各地高速公路的收费政策、收费系统和清分结算系统建设,都是基于这一体制而设计的。吴春耕直言道:"取消高速公路省界收费站,在一定程度上,是对高速公路收费管理体制机制的重构,需要做大量的基础性准备工作,特别是在车辆和通行路径识别、收费系统运算处理能力、收费系统网络安全保护、跨省服务协调机制等方面,都需要按照新的要求进行调整或强化。"

即使困难重重,交通运输部还是制定出了专项工作方案,积极推动落实工作。吴春耕介绍,交通运输部将组织有关科研单位,加强技术攻关,深入研究论证技术方案和配套政策制度,制定具体实施方案,指导各地加强联网收费及相关系统升级改造,包括研究一些相关的新技术和新的工作机制来提高工作效率,修订完善相关政策制度,选择条件较好的地区开展试点,在总结经验、完善制度的基础上进行推广。

多方讨论,澄清公众误解

可以说,"推动取消高速公路省界收费站"是本年度交通行业最大的舆情事件之一,各方媒体纷纷聚焦高速公路,多方观点激烈碰撞,反映了社会公众的普遍诉求。

很多人都热切期待省界收费站的取消。不可否认,站在社会公众的角度,省界收费站确实是对高速公路大通道的人为分割,容易造成严重拥堵,客观上降低了物流效率,不利于资源的快速流动。上海金融与法律研究院研究员傅蔚冈认为,省界收费站造成了邻省交界处的屏蔽效应,甚至可以说是区域分割的一个缩影。

因此,取消省界收费站是实实在在的利民、便民措施,值得大力推进。也有人呼吁尽快出台相关的时间表和路线图。

然而,讨论中也有一些借题发挥、不切实际的声音混淆了视听,部分张冠李戴的论证更是加深了社会公众对高速公路行业的误解,有必要冷静辨析。

四大问题,找准发力方向

关于"撤销省界收费站"的讨论其实已经在全国两会上进行了多年。例如2016、2017连续两年有人大建议提出"撤销京津冀区域高速公路主线收费站",2017年人大建议第5433号更是直接提出"取消高速公路省界收费站"。

交通运输部依据当前法律法规,积极回复了这些议案,也提出了4方面主要问题。

1. 路径难识别

撤销省界主线收费站之后,在相同出入口之间会出现多种路径组合的可能性,要实现车辆行驶路径的精确识别需要新的技术系统加以支撑。

2. 标准不统一

虽然全国绝大多数省份执行高速公路货车计重收费政策,但少数省份对货车或者集装箱运输车辆执行按车型分类进行收费的政策,撤销省界主线收费站,将导致从计重收费省份到按车型分类收费省份的货车无法正常交费通行。

3. 事权需协调

收费站的设置属于省级人民政府事权,撤销省界主线收费站需要充分征求行业主管部门、公路企业的意见,特别是要取得省级人民政府的共识。

4. 机构待设置

撤销省界主线收费站后,需要建立一个全国性的执行机构,完成跨区域和区域内的联网收费相关工作,涉及机构撤并调整等问题。

从这个角度来看,交通运输部接连发声提出的推动取消高速公路省界收费站的路径——主要是利用高速公路电子不停车收费(ETC)等新的信息技术,替代人工收费的方式,应该是当前直接可行的方式。

那么,除此以外,取消高速公路省界收费站还有其他途径吗?川渝两地的计划可谓另辟蹊径。6月7日,重庆市与四川省共同签订《深化川渝合作深入推动长江经济带发展行动计划(2018—2022年)》,在这份行动计划中,推动取消高速公路省界收费站成为一大亮点,双方将力争尽快实现两地高速公路收费一卡通,这一举措被解读为或将实现跨省联网收费。

未来展望,形势错综复杂

交通运输部提出的 4 方面问题都是宏观视角下的清晰认识。在具体落地实施过程中,高速公路行业也面临着复杂的情况。

从战略经营层面来看,撤销省界收费站并不会影响运营管理单位的通行费收入,同时精简了工作人员,提升了信息化水平,因此,撤销省界收费站可看作是行业的"利好"消息。

从逃费治理层面来看,撤销省界收费站后,将会出现多个省份的高速公路通行费一次性收取的情况,数额比较可观,偷逃通行费的情况有可能抬头。因此,亟须总结更有效的逃费治理办法,同时加大"信用交通"的建设力度和联合惩戒的处罚力度,进行严密防范和严厉处罚。

从人力资源角度分析,收费人员的工作将从重复体力劳动为主逐渐转向智力劳动,岗亭服务将逐渐减少甚至消失,设备维护及特情处理将成为主要工作内容,岗位普遍后台化,以司乘的角度看则是收费站无人化。

从技术推进角度来看,高速公路信息化程度将显著提升。除了 ETC 技术进一步发展外,精确路径识别、精细账目清分、跨省信息共享、大数据"打逃"等诸多方面都将有长足进步。

从品牌特色角度来看,随着省界收费站的取消,高速公路服务品牌的触点将减少,司乘将更多从道路运行状况、路容路貌、服务区经营、信息服务等方面感受服务品牌的特色。因此,未来的品牌建设将打通高速公路的各个环节,在途服务将显得更加重要。

其他方面,部分省份在省界收费站设有公安检查点,以便路警联合维护社会治安和省界秩序,取消省界收费站后,需要探索新的方式实现治安维稳的功能。

▶▶ **链接**

误解一:取消高速公路省界收费站就是取消收费

事实上,"取消省界收费站"和"取消收费"几乎没有直接联系。取消省界收费站仅仅是消除跨省时的收费行为,即将以往通过高速公路跨越省界时,每个省收取一次通行费,更改为一次性收取全程的通行费。将按省分段的收费方式简化成一次性收费,其本质是一种高速公路通行服务质量的提升行为。而影响单车收费标准的因素主要是车型、重量和里程,取消省界收费站并不会对其中任何一个因素产生重大影响。此次国务院常务会议也并未释放降低通行费标准的信号。因此,取消省界收费站既不会带来免费,也不太可能带来较为明显的降费。

更何况,我国公路建设一直存在着巨大的资金缺口,特别是高速公路发展仍然需要发行专项债券筹措资金,通过征收车辆通行费的方式逐年偿还。"取消收费"的说法既无依据,也不现实。

误解二:人员安置是取消高速公路省界收费站最大的阻碍

有部分人认为,收费站工作简单、福利待遇好,收费人员不愿意撤销收费站,因而政策推行面临巨大的阻力。其实,高速公路收费人员不仅会有大夜班、节假日加班等普遍情况,薪资待遇普遍不高,而且存在较高的员工流失率。据本刊 2017 年一项调查显示,近 9 成收费人员月工资在 4000 元以下,约 2 成收费人员月工资不足 2000 元。在这样的现实下,人员安置方面的阻力不会有想象中那么大。

此外,撤销省界收费站后的人员安置早已有了比较成熟的经验:"十二五"时期,通过逐步有序取消政府还贷二级公路收费,共撤销收费站 2438 个。

原刊于《中国高速公路》2018 年第 6 期

大凉山邮路变迁：
从无人"天路"到无人机"天路"

付 嘉 付莉丽 彭 辉

从传递政策、百姓家书的邮路，到助力产销、招财进宝的致富路；从壑大沟深、险峻孤寂的马班陆路，到操作简单、便利迅捷的无人机"天路"—改革开放40年，大凉山邮路变迁的背后，是一段党和政府团结和带领各族人民群众追求美好幸福生活的发展史、奋斗史。11月底，《快递》杂志记者深入四川省凉山彝族自治州的大凉山腹地实地采访改革开放40年来邮政业发展和邮路的变迁。

飞到"悬崖村"

初冬，大凉山深处，山风不时吹过。行人站在阿土列尔村的山脚下仰望，要用双手紧紧捂住帽子才能勉强看到高耸于道旁的绝壁顶端。

壁立千仞，一段段钢梯蜿蜒曲折，沿壁而上。阿土列尔村隶属于凉山州昭觉县支尔莫乡，它还有一个广为人知的名字—"悬崖村"。2017年全国两会召开期间，习近平总书记到四川代表团参加审议时曾提到"悬崖村"的出行问题。

从"悬崖村"所在的山顶到山脚，海拔高度差距约800米。村民为何要在如此险峻的环境中生活？据当地人介绍，"悬崖村"古老相传的历史可追溯到200年前。那时，该村因地理位置特殊，不受匪患战乱侵扰，土地肥沃，自给自足，生活富庶，堪称世外桃源。时移世异，与世隔绝的"悬崖村"没有跟上现代社会快速发展的步伐，渐显贫穷落后。

驻村第一书记帕查有格告诉记者，以前村民上下山靠藤梯攀爬，路途艰险异常，单程要花费两三个小时。2016年11月19日，由当地政府建设的钢梯工程竣工，共用钢管6000根、120吨，共有梯步2550级。2017年6月23日，通信铁塔建成,"悬崖村"实现通信讯号无缝覆盖。2017年7月,昭觉县至"悬崖村"的邮路开通,"悬崖村"有了村邮站和代办员,开通了函件、包裹、印刷品和汇兑等业务。

现实和虚拟"天梯"的建成使"悬崖村"村民的生产生活面貌发生了根本性变化。村子里的年轻人开始网购。但包裹无论大小,也还要靠人背到山顶。钢梯虽比原来的藤梯安全便利了许多,但和一般山路上的阶梯相比,依然十分险峻,需要手脚并用,每上一步,都要小心翼翼,雨天更是湿滑。今年1月,昭觉县邮政企业开通了悬崖村无人机邮路,将原先两三个小时的步班邮路缩短为半小时的飞行距离。

吉伍尔洛面容清秀,说话时眉眼间满是笑意。她是第一个嫁进"悬崖村"的大学生,并选择留在村里当幼教老师。说起无人机邮路开通给村民生活带来的变化,吉伍尔洛一边抱着虎头虎脑的儿子,一边笑着说:"现在学生的书本、书包和一些轻便的生活用品都能用无人机运上山。"下山办事的村民木西阿惹则已习惯网购。据他介绍,以前村民买东西要靠自己扛上山,现在一些小件物品可以通过无人机送上山,给他们的生活带来了极大的便利。

昭觉县邮政企业负责人阿俄友尔说:"在大凉山区,与传统投递方式相比,利用无人机送报刊和小件包裹,在投递成本、安全和效率等方面均有明显优势。"

和"悬崖村"同样地处大凉山深处的凉山州喜德县则约乡同样开通了无人机邮路。汽车运邮需要半小时,无人机只需7分钟。喜德县邮政企业负责人付世雄告诉记者,从20世纪60~70年代走路送包裹,到80~90年代的自行车,再到现在的汽车和无人机,交通工具在变革,邮路用时在缩短,工作效率在提高,人民群众用邮的满意度在提升。

据凉山州邮政管理局局长邵建洲介绍,凉山州目前已开通6条无人机邮路航线,覆盖6个乡镇及建制村,从今年3月试点至今,已经飞行826架次,总里程2016公里,运送各类邮件2000公斤。

建起村邮站

凉山腹地的道路狭窄,九曲回肠。受自然条件限制,即便是S307这样的省道,对向车辆在会车时也要减速慢行。据常走此道的司机回忆称,在省道修通前,车辆在会车时要提前停车,先由其中一个方向的车辆集中通过,确保车辆不会滑入道旁的深沟。

道路尚且如此,邮路更加艰难。

邵建洲1991年进入邮政系统工作,亲历了凉山邮路的巨大变化。他说:"全国劳动模范、乡邮员王顺友走过的马班邮路就在凉山州木里县,自然条件恶劣,道路艰险难行。那时走一趟来回至少需要14天。"在许多对王顺友的新闻报道中,都有这样的描写:"在绵延数百公里的木里县雪域高原上,一个人牵着一匹马驮着邮包默默行走。"

邵建洲曾和王顺友走过数次马班邮路。"每走一次都想写遗书。"邵建洲说。他告诉记者,很多人以为马班邮路是乡邮员骑着马运邮。其实,马是用来驮邮包、干粮、白酒(御寒用)和饲料的,乡邮员只能牵着马走。据邵建洲回忆,很多时候,王顺友会带上一条狗。

为什么带着狗?"因为孤独。"邵建洲说。

2014年,凉山州的马班邮路从2013年时的27条减少到1条。2017年,随着木里县三桷垭乡公路的开通,凉山州从此结束了马班邮路的历史。记者从凉山州邮政管理局了解到,从2013年到2016年,随着基础交通条件的改善,凉山州陆续补建了476个乡镇邮政网点和1526个村邮站。这些网点不仅为群众提供邮政基本服务,更成为乡村的综合服务网点。

昭觉县竹核乡距离凉山州州府西昌市大约3小时车程。正逢乡上赶集,道路两旁人来人往,好不热闹。邮政所前的空地上也来了不少村民。

该邮政所正是凉山州补建工作的成果之一。它覆盖竹核乡所辖8个村的将近2万人。负责人贾巴伍惹告诉记者,这里不仅可以办理基本邮政业务,还叠加了生活用品销售和便民服务,可以代购电费、代缴电话费等。贾巴伍惹还会帮着村民在网上销售农特产品。

火洛村村邮站是竹核乡邮政所对接的村邮站之一。记者在该村看到,村邮站设在村支部。这里还承担着幼教点、文化活动室、农民夜校、农家书屋、脱贫攻坚作战室等诸多功能。据村支书勒伍九石介绍,2017年3月,村邮站开通包裹寄递服务,为在外务工人员向家里寄递物品提供极大便利。

卖起了土特产

"小康不小康,关键看老乡"——这是记者在采访路上看到最多的脱贫攻坚宣传语之一。

改革开放40年来,特别是邮政体制改革实施以来,邮路的内涵也在不断扩大。随着我国快递业的快速发展,通达国内外的快递网络也成为邮路的重要组成部分。越来越多贫困地区的快递从业者通过快递网络推动当地农产品行销全国,带动农民致富,为脱贫攻坚工作注入新的市场活力。

荣获"最美快递员"称号的中通西昌市区六部和凉山州天生食材有限公司负责人孙光梅就是其中的典型代表。

2008年,孙光梅成为西昌某快递企业客服人员。仅仅干了3天,她就决定承包一个快递网点自己干。回忆创业维艰,孙光梅感慨地说:"我在那3天接了来自全国各地的电话,发现快递是一个崭新的行业。入行不久就遇上'双11',为了使快件不留仓,全家齐上阵。晚上,我带着孩子一起在门市分拣,困了就随便找个角落躺下,身上盖的是装快件用的编织袋。"

说起销售农特产品,据孙光梅介绍,凉山州地处河谷地区,光热资源充足,雷波脐橙、盐源苹果、月华油桃等农特产品过去因为山林环绕、道路崎岖难以走出大山,加上农户种植生产观念较为僵化,滞销情况很多。产品往往只能以低于市价一半的价格卖给外地采购商,甚至腐烂在田地里或充当饲料。

孙光梅说:"有一次,我在老家会东县的地里随手刨出几颗土豆,当地人叫'七彩土豆',学名是紫罗兰马铃薯。这土豆市面上卖十块钱一斤,我们这里的牛一天要吃三四十斤。"牛饱了口福,农户的日子却越来越难过。面对这样的情况,孙光梅看在眼里,急在心里,总想着能做点儿什么。

2015年,孙光梅开始二次创业。在经过市场调研后,她利用所在企业在西昌地区快递网络的覆盖优势,组建电商团队,开始帮助农户销售各类农特产品。

多番尝试后,孙光梅总结出了一套通过电商平台和快递网络销售农特产品的经验。她说:"一是深入农户了解真实需求;二是通过收取定金、预购等方式获得农户信任;三是因地制宜,推出符合农户需求的代售服务。"

几年下来,孙光梅及其团队成绩斐然,2016年共销售土特产超过20万斤,

2017年上半年共销售土特产超过4万斤,2018年助农销售滞销番茄超过3万斤、蒜苔超过1万斤、莲白超过1万斤。"虽然今年的销售还没结束,但各类农特产品的销售量都已经超过往年。"孙光梅说。

原刊于《快递》2018年第12期

人回乡、钱回流、企回迁,"归雁经济"规模日增

安徽"四好农村路"引得游子归

吴 敏

"梧高凤必至,花香蝶自来。"这句词用在安徽农村公路上再贴切不过。近年来,随着安徽"四好农村路"的延伸,在外务工者纷纷返乡创业,这正是"好路引得游子归"。

农村公路是农村地区特别是贫困地区的发展短板。"推进脱贫攻坚,持续改善农村发展条件,首要就是从改善农村交通基础设施条件发力。近年来,安徽始终将'四好农村路'作为服务全面建成小康社会、实施乡村振兴战略、提升人民群众获得感幸福感安全感的重要载体,取得了实实在在的发展成效,为全省脱贫攻坚打下了坚实的基础。"安徽省交通运输厅有关领导说。

"吸引我回乡创业的,是门前这条路"

新年第一场雪后,皖北平原银装素裹,孕育着盎然生机。

1月10日,冰雪初融,记者沿着整洁的沥青路走进了亳州市齐庄生态农庄,透明的厨房内厨师们忙得热火朝天。"我们现在虽然已有200多间房,但一到节假日,房间不够住。"刘详是这家农庄庄主,同时也是一名返乡创业农民工。

"不瞒您说,吸引我回乡创业的还真是门前这条路。过去,这条路是土路,别说在这里创业,一提到回家,头皮都发炸。"刘详直言,2011年春节回家,看着村口宽阔笔直的水泥路,心头就萌发回乡发展的念头。目前,他已经流转了1800多亩土地,生态农业项目开始发挥效益。随着政府加大投入,农村路网的不断完善,当地的发展条件持续改善,他开始筹划建设田园综合体,投资规模超

过 2 亿元。

截至 2017 年年底,亳州市已有 1.2 万多名返乡人士成功创业。"农村道路的加快建设,确实为亳州农村带来了人气、财气。"亳州市交通运输局局长刘建说,近年来,亳州市把"四好农村路"建设作为脱贫攻坚的重要载体和抓手,通过实施"交通扶贫+"系列工程,有效带动了农村产业经济发展和贫困群众的增收致富。

作为安徽脱贫攻坚任务较重的地区之一,亳州"四好农村路"建设为该市农村地区发展注入蓬勃的生机,彰显了安徽省近年来加快农村公路建设步伐,大力推进农村道路畅通工程的富民惠民成就。

据统计,2013 年至 2017 年,安徽农村公路建设累计完成投资 711 亿元,成为安徽农村公路建设发展史上投资最大的时期。截至 2016 年年底,安徽农村公路总里程达 18.12 万公里,较 2012 年年底增加 2.98 万公里,增幅达 19.7%;农村公路密度达到每百平方公里 130 公里。

如今,安徽省交通运输基本公共服务正向农村逐步延伸,全省乡镇和具备条件的建制村公路通畅率达到 100%,人民群众出行获得感、幸福感显著增强。

"这头连扶贫车间,那头连欧美超市"

在界首市顾集镇扶贫就业创业园希捷仿真花卉公司内,几十名专业工人忙得如火如荼。前来参观、学习和领材料回家制作仿真花的村民络绎不绝。

"咱厂子这头连着我们皖北农村的就业扶贫车间,那头连着欧美的超市哩。"界首市顾集镇农村村民张伟是这家"生产车间"遍布全镇、"兼职员工"多达 2000 人的公司的老板,也是返乡创业的农民工之一。

2000 年,张伟到上海外滩卖小商品和旧书,凑齐学费,进入上海旅游职业技术学院园林专业学习插花艺术。经过摸索和打拼,在仿真花生产销售领域,他经历了从四处摆摊到在义乌开设工厂,从白手起家到现在工厂资产近亿元,成为拥有多项发明专利的企业家。

随着创业普惠政策的出台,交通等基础设施的完善,2015 年,他把义乌工厂制作仿真花的材料打包寄回老家,教村民制作方法,试点生产。2016 年 9 月,在镇政府的帮助下,他正式将工厂落户顾集镇扶贫就业创业园,仅 3 个月就实现产值450万元。"我要利用便捷的交通运输网,在老家打造出仿真花生产的产业链。"张伟对未来充满信心。

作为传统劳务输出大省,安徽每年有1300多万名农民工外出务工。2015年,安徽省政府实施返乡农民工创业工程,鼓励农民工回乡创业。2016年以来,安徽进一步改善了农村交通基础设施和创业环境,引导更多有技术、有资本、会经营、懂管理的农民工返乡创业,带动农村富余劳动力就近转移就业。

"人回乡、钱回流、企回迁","归雁经济"规模日增。截至2017年年底,安徽共有52.4万名农民工返乡创业,创办就业实体15.3万个,带动近300万人就业。

当年,农民工惜别故土、闯荡南北,如今,四通八达的农村公路网使得越来越多的人回到家乡创业就业,在各项优惠政策的帮助下,在亲人身边,用勤劳和汗水追寻着人生梦想。

原刊于《中国交通报》2018年1月24日1版

追忆驻俄罗斯工作15年的无悔青春,见证改革开放和南航的发展变化

我看过太多的赴俄倒爷和票据
走过无数次伊尔库茨克的夜雪地

徐晓彤　侯　芳

"青春亦如流水和细沙,在不经意间就从指间滑落",我,徐晓彤,1969年出生,1992年求学于大连外国语学院俄语系,毕业进入原北方航空公司工作,现在是南航北方分公司市销部国际业务室的一员,工作至今已达26年。其中在俄罗斯驻外15年,亲历了改革开放3个重要历史节点:1998年、2008年以及2018年,目睹了近30年来航空运输业的变化与发展。

航班上好多"倒爷"

1993年,参加工作不久的我因为工作需要,被公司派驻到俄罗斯哈巴罗夫斯克(伯力)办事处工作。

刚踏上异国他乡的几日,我满脑子蒙圈,既听不懂,又说不出,夜夜辗转反侧,就想着怎样才能尽快适应环境,好在有办事处前辈领我回"家",帮助我快速地融入工作中。

20世纪90年代正值改革开放中期,中俄原始贸易恰值高峰,办事处每周2班哈尔滨—伯力,几乎班班爆满,大部分是所谓的"倒爷""背包客",他们源源不断地把中国的轻工业商品运往俄罗斯境内。

与当时蓬勃发展的中俄贸易和充足的客源相比,民航客货营销工作显得相当落后。办事处上上下下没有一台电脑,每天卖票都像农村大队会计记账一样。

因为纸质客票、货运单据全部需要手工填开，所以每天我都背着满满一包票据迎着朝阳去上班，又伴着夕阳西下，带着一摞摞票款和财务联往宿舍走，就这样我在这条既陌生又熟悉的道路上往返了1460多天。

每晚睡觉我都提心吊胆

20世纪90年代的俄罗斯社会治安非常不好，每隔几天社会新闻就会播报中国公司或中国公民在俄被偷、抢、杀的事件。因为外币管制非常严格，票款（美元）根本存不进俄罗斯的银行，所以只能锁在办事处出纳的卧室保险柜里。当时的我身兼翻译、商务员、出纳和司机等数职于一身，最多时屋里存放过21万美元，每晚睡觉我都提心吊胆，精神总是高度紧张，练就了睡觉也能竖起耳朵观察动静的本领。房间的门后、床下全都藏着防身用的刀具，被窝里我总是死死抱着办事处配备的电棍，不过这些年我没有电过他人，也没误伤自己。

首次4年驻外，经历了太多的风雨，虽然出现过2次办事处住所被盗，1次车辆被偷，但办事处全体人员的人身安全和钱款安全还是得到了较好保证。

"鬼龇牙"的雪夜让人难忘

再次踏上俄罗斯领土已经是2006年，彼时，我前往伊尔库茨克办事处工作。相较10年前的驻外经历，进入新世纪的民航业早已发生了翻天覆地的变化：南航、北航、新疆航联合重组，客货营销电子化、信息化已经兴起，电子客票、BSP客票取代了原始的纸质手工票，订座控制系统日趋完善，操作更加规范，风险管控能力逐步加强。

进入21世纪的伊尔库茨克办事处不但具有在当地工商税务注册的正常手续，在银行也有自己的外汇账户，可唯一遗憾的是飞往伊尔库茨克的航班已经停航多年。当年，沈阳—伊尔库茨克航线可是北方航空公司开通的第一条国际直达航线啊！

为早日恢复该条航线，办事处人员做了大量筹备工作：通过市场调研，分析客源，不断走访当地代理人、旅行社，积极与国内沟通。经过大家不懈努力，终于在2007年5月，沈阳—伊尔库茨克航线复航。记得复航的第一个航班飞抵伊尔库茨克，那南航标志"木棉花"掠过机场上空时，办事处全体人员就像久别的游子又见到了母亲一样激动万分,大家的手紧紧攥在一起,在互相拥抱中流下热泪两行!

沈阳—伊尔库茨克航线的复航给死气沉沉的伊尔库茨克航线注入了一剂强心针,不久,东北地区另外几个城市也相继开通了到伊尔库茨克的季节性航班。客流高峰时,小小的伊尔库茨克机场每周有 8 架南航飞机起降。

随着航班量的增加,办事处员工的工作量也成倍增长,冬季航班保障(伊尔库茨克冬天长达 6 个月)成了我们最大的困难。南航在伊尔库茨克的航班多在半夜零点至早晨 5 点起降,这是一天中最冷的时段,当地人生动地称之为"鬼龇牙"。伸手不见五指的黑夜,天上飘着鹅毛大雪,走在零下 40 多度的雪地上,我们不管穿多厚的防寒服都瞬间被寒风打透,眉毛、胡子结满长长的冰霜。每次送完航班回到室内,尽管眼镜立刻凝满小水珠,可就算看不见,大家也都不敢马上摘下眼镜,因为一着急,眼镜就会粘着脸皮撕扯一片肉下来,本就被冻肿的脸就这样破了相。

这次,我在伊尔库茨克一待就是 11 年,4000 多个日夜。

熟悉的航线,再次由我来管控

弹指一挥间,我已从 20 多岁的懵懂青年步入知天命的中年。驻外工作 15 年,我把青春和人生最美好的时光大半留在了异国他乡的土地上。

今天,中俄两国在政治、经济和文化等方面交流更加紧密。响应国家"一带一路"倡议,南航也相继开通了多条直达俄罗斯、中西亚的国际航线,2018 年 6 月 28 日,沈阳—伊尔库茨克航线再次复航,熟悉的航线,再次由我来管控,虽然这次我人在国内,但说实话我的内心还是无比自豪。我亲身见证并参与了中国民航的蓬勃发展和巨大变化,没有什么比这更值得骄傲!

原刊于《南方航空报》2018 年 8 月 21 日要闻版

客从五洲来 欢聚进博会

杨 雷 王晓萌 马士茹

千百年前,番国商人赶驼队、驾舟船,跋山涉水来华贸易。而今,丝绸之路上的驼铃声荡穿千年,化作今日引擎轰鸣。来自130多个国家和地区的商品搭乘飞机、集装箱班轮、中欧班列……相聚上海。其中,首次进入中国的产品达到5000余件。

11月5日,以"新时代,共享未来"为主题口号的首届中国国际进口博览会(简称进博会)拉开帷幕。作为世界上第一个以进口为主题的大型国家级展会,接下来的5天,重达200吨的"金牛座"龙门铣、能跑又会飞的汽车等来自全球各地五花八门的展品将在这里亮相。它们的中国旅行故事,从搭上交通工具的一刻,便已开始。

芬兰生物概念车捷足先至
备用方案护航"会飞的汽车"

9月11日,进博会首位"客人"光临中国。这位远方来客是一辆名为Biofore的芬兰生物概念车,车身所使用的材料绝大部分为可再生、可循环材料,其制造商UPM集团希望借此展示未来环保创新的无限可能。

东方航空物流有限公司(简称东航物流)承担Biofore生物概念车的地面运输服务。如此稀罕贵重的概念车裸装而来,给地面运输带来了不小挑战。

"通行道路符合条件,我们的特种车司机也都受过专业培训,能够保证运输安全。"东航物流货站事业部西区货站负责人说,"航班到港后,我们挑选经验丰富的员工进行货物操作,在场地上开辟专用区域,单独对生物概念车进行存放。"

同样在展会前就备受瞩目的,还有来自斯洛伐克的"会飞的汽车"Aeromobil。它的最大亮点是能"变身",当汽车切换到飞行模式时,车门可逐渐变形为更长的机翼,汽车尾部变成竖立的尾翼,俨然一架小型固定翼飞机。

山遥路远,这辆"会飞的汽车"没能展翅,而是搭乘比利时航空公司航班飞抵上海。原计划于10月18日4时30分到达的3V801航班,实际到港却晚了近2个小时。

航班延误,东航物流早有准备。"我们在航班起飞前就密切关注航班信息,提前进行工作部署。"西区货站负责人说,团队启动备用方案,重新调派人员,从飞机货舱卸机、拖运、送至货运代理仓库,一气呵成。

汽车是大件展品,可依靠机械运输。出自捷克工艺品大师之手的精美玻璃酒具,美丽而易碎,同样考验着东航物流的运输实力。

东航物流货站事业部北区货站进港操作处负责人说:"我们对玻璃酒具展品的信息流转、单证处理、货物操作均开设绿色专用通道,指定专人指挥、专人负责。"最终,这批展品在航班落地后2.5小时内完成了驳运理货。

巨无霸漂洋过海亚洲首秀
最远集装箱满载巴巴多斯风味

占地面积达200平方米、总重近200吨的德国"金牛座"龙门铣将实现亚洲"首秀"。别看它体型庞大,却不笨拙,做起精细活儿来是一等一的高手。微米级的精度代表了世界最高标准,它能够加工各种复杂零件,在汽车行业、航空航天领域都可适用。

如此庞然大物该如何运输?"金牛座"龙门铣被拆分为26件,装入12个集装箱。9月8日,"金牛座"龙门铣搭乘中国远洋海运集团有限公司(简称中远海运)旗下大型集装箱船从德国汉堡正式起运。经过45天的海上之旅,"金牛座"龙门铣顺利抵达上海港洋山港区冠东码头。

从码头至展馆的陆地运输,由上海依佩克国际运输有限公司负责。考虑到超高设备的特殊性,该公司安排低平板车实施道路运输,并提前设计制作专用吊装工具,最终将这个大家伙顺利安置到展馆内。

最远的展品来巴巴多斯。巴巴多斯是加勒比海岛国之一,距离中国路途远,并且到 9 月初才备好包括巧克力、酒等在内的展品。这给中远海运出了个难题——按照进博会要求的到港时间计算,这批展品 8 月底必须起运。

怎么办？中远海运集运物流服务组组长谢国松立刻联络中远海运中南美公司,进行反复研究,与客户确定了最终运输方案——展品从巴巴多斯空运至巴拿马机场,经国际中转,在巴拿马搭乘中远海运 29 天航程海船。

当地时间 9 月 11 日,巴巴多斯展品通过空运形式离开本国,次日 5 时到达巴拿马机场,这时离中远海运船舶离港只有不到 48 个小时。空运清关、提货、海运出口报关、装箱、绑扎……谢国松至今还记得这 48 个小时里与时间赛跑的经历。最终,这批货品于 13 日下午赶到了巴拿马码头装船并顺利运出。

发力国际物流
可持续发展共赢未来

在这场世界级的博览会上,3000 多家企业签约参展。其中,世界 500 强和行业龙头企业达到 200 多家。预计国内外专业采购商将达到 10 多万家。这为物流商带来了前所未有的可持续发展机遇。

招商局集团"呼朋唤友"来参展,邀请了来自"一带一路"沿线 7 个国家的 8 个合作伙伴。其中,既包括优质高效的集装箱码头运营服务商,也有传统大型的散杂货客户物流综合服务企业。

中远海运集装箱运输有限公司推出专业化订舱平台,专门为参加进博会的境外参展商搭建定制化的展品运输服务绿色通道。参展商只需以参展编号注册并登录该平台,便可进入快速订舱流程,短短数分钟之内,就能为其远在千里之外的大大小小展品开启走进进博会的美妙之旅。

东航物流加入了进博会"6 + 365 天"一站式交易服务平台专区,将借此展示品牌形象、资源能力、产品服务、社会责任以及企业动态等方面内容,并提供集线上线下、常年展示和交易支付于一体的一站式服务,让全球更多企业与组织记住东航物流品牌。

原刊于《中国交通报》2018 年 11 月 5 日 1 版

一张薄薄的"纸片"让多方共赢

陈 忠

在我国交通行业,乘飞机有机票、乘火车有火车票、乘公交车也有手撕车票。但凡是乘过邮轮的游客都知道,乘坐世界一流设施的邮轮,却没有船票。

自2006年市场起步,我国邮轮旅客运输量年均增长为4%以上,2017年达到243万人,成为经济增长新亮点。而长期以来,邮轮产品主要以旅游产品的形式在市场上销售,旅客与旅行社签订旅游合同,邮轮船票被"隐形化"。没有船票的准确统计,一艘万吨级的大型邮轮,管理部门却无法确切知晓旅客的数量,一旦发生突发事件,其后果不堪设想。

2017年11月,在交通运输部水运局指导下,上海市交通委员会牵头,正式启动"上海邮轮船票试点工作"。经过十个多月的试点,邮轮船票制度在安全管理、服务质量、通关登船效率、游客权益、销售模式等方面都取得初步成效。

隐形船票隐患多

实行邮轮船票制之前,邮轮产品主要以旅游产品的形式在市场上销售,旅客都是与旅行社签订旅游合同,邮轮船票被"隐形化",邮轮公司与乘客之间旅客运输合同的关系也随之被淡化。

邮轮码头的管理涉及管理部门众多,有港口的交通组织、海事、边检、公安、检验检疫等诸多管理部门,由于没有船票的准确统计,相关政府部门无法确切知游客的数量。可以想象,一艘万吨级的大型邮轮,动辄数千游客。

交通组织、通关,等等,遇上恶劣气候,一旦游客积压,安全秩序的维护让政府管理部门担着极大的压力。

游客想参加邮轮旅游,都必须通过旅行社。在办理了相关的手续和缴纳费用后,只能在出行当天到码头,找到带队的导游。

船舱的席位,也只能通过旅行社和船方通过的广告略知一二,船舱位于邮轮的几楼、窗口是否有救生艇遮挡等都无法知晓。

由于没有与游客直接的沟通,船方也无法通过有针对性的宣传邮轮旅游知识,提升游客在邮轮上的体验感。

皇家加勒比国际邮轮中国和北美区总裁刘淄楠透露,他们统计,有90%的游客是第一次参加邮轮旅游,对于邮轮上的设施等,游客知之甚少,有些游客直到最后一天才知道在金碧辉煌的餐厅用餐是免费的。

最为要命的是,由于缺乏准确的游客信息,"靠天吃饭"的邮轮一旦因为气候等各种原因无法准时启航,就会造成大量游客在港口积压,对港区的公共安全带来极大的危险。

更有甚者,一些心怀不轨的旅行社或者导游,恶意侵占游客的钱款,收钱不办事。吴淞口国际邮轮港就曾经发生过300多名外地游客到港后被告知组团的旅行社根本没有为他们办理旅游手续。

据统计,邮轮旅游出现的投诉绝大多数是由于相互间法律关系不明确,造成职责不清,邮轮公司与旅行社之间相互指责扯皮推诿,而作为消费者的游客往往投诉无门。也造成了游客"霸船"事件屡屡出现。

船票让邮轮行业步入正道　各方受益呈多赢状

如何让我国的新兴邮轮经营市场井然有序,是我们发展邮轮经济的基础。《关于促进我国邮轮经济发展的若干意见》指出:研究建立邮轮船票制度,明晰邮轮运输合同各方权利义务和责任。

上海市交通委认真贯彻落实交通运输部水运局2017年10月31日《关于在上海实施邮轮船票试点工作的复函》的要求,在吴淞口邮轮港先行先试,全面开展邮轮船票试点工作。2017年12月23日,市交通委、市旅游局和上海边检总站联合发布了《关于上海试点邮轮船票制度的通知》。

由于实施邮轮船票试点工作涉及方方面面,因此,宝山区政府、市旅游局行管处、市口岸办浦江站、浦江边检站、长航公安局上海分局、市文化执法大队、市交通委航运处、宝山区滨江委、国际航运研究中心、吴淞口由轮港、国客中心、上海邮轮中心,以及在沪邮轮企业都被纳入其中。

口岸办不断优化"中国(上海)国际对外贸易单一窗口"(以下简称"单一窗口"),为船票推行提供数据支撑;旅游局加大对旅行社的制度宣贯力度;边检借助"邮轮港通关便捷条码",有效提高了通关效率。

按照上海市交通委等部门的要求,邮轮船票制度2017年12月31日前,在歌诗达邮轮(上海)船务有限公司、皇家加勒比邮轮(上海)船务有限公司旗下上海港出发的母港邮轮航次试行;到2018年3月31日,上海港出发的所有母港邮轮航次全面实行邮轮船票制度。

上海市交通委航运处副处长胡敏表示,2018年1月1日起,吴淞口国际邮轮港全面启用格式样张的"上海港邮轮船票凭证"。4月1日起,在沪从事母港航线的所有邮轮企业,已100%使用统一格式的船票凭证,游客人手一票。

上海国际邮轮旅游服务中心有限公司总经理高艳辉表示,凭证上的信息,基本涵盖了当次邮轮旅游的全部信息,游客可以清晰地在凭证上看到包括开船时间、航线和舱位信息以及应该注意的事项。

上海国际邮轮旅游服务中心有限公司副总经理陈丞演示了"上海港邮轮船票凭证"的生成全过程,旅行社将游客的基本信息提供给邮轮公司,通过"单一窗口"经有关部门审核通过,再发往"邮轮公共信息平台"或旅行社。

按照邮轮船票制度试点工作要求,邮轮公司需在航班开航72小时之前完成所有流程,游客在登船前72小时,可以在"邮轮公共信息平台"或旅行社提供的网站,输入相关个人信息并通过验证后即可获取"上海港邮轮船票凭证"。

据上海市交通委提供的资料显示,目前信息报送提前量最多的已达到80小时,最少的也是72小时;信息准确性也从4月份75%的平均率提升到了目前99%的平均率。

从上海市交通委了解到,实施"上海港邮轮船票凭证"后,带来的直接好处就是港区的秩序得到了保障。今年7月13日,吴淞口国际邮轮码头迎来了"盛世公主号""诺唯真喜悦号"和"地中海辉煌号"三船同靠,21万余人次乘客、700余辆车进出港区。由于港区有了确切的游客信息和实施了"车辆预约制",当天整个港区秩序井然有序,公共安全得到了有效的保证。

宝山区副区长苏平坦言,实施"上海港邮轮船票凭证"后,游客手上的"上海港邮轮船票凭证"是与邮轮公司间的契约凭证,基本厘清了邮轮公司、旅行社和游客三者的法律关系。2017 年,因为旅行社与船公司的票款纠纷、可能导致游客不能上船的预警有 17 次,2018 年只有 4 次。

通关速度提升　旅客体验感佳

对游客来讲,除了自己的合法权益得到有效保障外,由于凭证上有了"认证码",进出关只需扫一下即可通关,大大提升了通关速度。从浦江边检站统计的数据反映,目前中国旅客入境查检的时间由传统的 30 秒大幅减为 3 秒。

记者在吴淞口国际邮轮码头通关现场看到,检查人员拿着仪器对着游客凭证上的条形码一扫,游客就能过关,基本没有停留。

实施邮轮船票制度后,因船票信息中包含游客联系方式,当因恶劣天气等特殊情况导致登船时间变化时,邮轮企业可通过信息化手段迅速告知游客,方便游客合理调整出行时间,避免抵达码头现场后等待时间过长。

"吴淞口国际邮轮港的通关成为全球邮轮港最快通关港口之一。"浦江边检站有关人士是这样描述的。

从刘淄楠处了解到,国外也有类似的船票,只不过它有更多的内容,"就像一本旅游合同,把游客和邮轮公司各种的义务和权益都详细地表述出来"。他认为,这样双方就可以在规则约定下,充分享受各自的权益。交通运输部水运局副局长杨华雄 10 月 16 日在沪调研此项工作时表示,"上海实施邮轮船票试点工作"与今年 9 月由交通运输部等十部门联合印发《关于促进我国邮轮经济发展的若干意见》中关于"研究建立邮轮船票制度,明晰邮轮运输合同各方权利义务和责任。支持扩大邮轮船票销售渠道,推动向多样化船票销售模式发展。鼓励企业构建邮轮综合信息网络,提升邮轮信息化智能化水平"的意见高度契合。对健康发展我国邮轮经济将起到极为积极的推动作用。交通运输部在明年适当的时候将在全国国际邮轮港口推行此项工作。

原刊于《上海交通》2018 年 10 月 24 日 2 版

手工版"导航神器"诞生记

14本绝版"手抄本"见证40年来出租汽车调度室的变迁

张灵芝　　韩　菁

如今，出门找路 GPS 导航仪十分便捷。但您否知道，40 年前，出租车驾驶员是如何准确无误地接送乘客到目的地的？近日，本报记者有幸见到了当年的手工版"导航神器"。

"这是上海道路的'老皇历'了"，工作了 40 年的原强生出租调度中心主任高扬拿出强生出租调度室珍藏至今的 14 本"手记本"，这些厚薄不一的本子历经岁月沉淀，泛黄的纸上密密麻麻地记载着 20 世纪 70 年代至 90 年代上海马路、地标的地理位置。这是无数调度员们的"心血"，是调度室里的"传家宝"，它们承载着改革开放 40 年长河中，上海出租汽车行业那段弥足珍贵的调度记忆。

14本"手记本"是"跑出来的"

谈及这些"手记本"的由来，高扬告诉记者，这还要从"跑马路"说起。

20 世纪六七十年代的调度室没有道路电子显示图，调度员必须通过实地"跑马路"，熟记上海每条马路的门牌号码，这是一名合格的调度员必须经历的一关。

"当时，出租汽车乘客中大多是从外地来出差的，他们对上海的地形不熟悉，约车时往往报不清上车地点，全靠对道路了如指掌的调度员及时反应，才没有耽误乘客的出行。有时候，调度员还需指导驾驶员从哪条路走。"

高扬回忆，他做学徒的时候，常常与同事们利用业务"淡季"或双休日"跑马路"，两人一组，拿着纸笔，一个跑单面，一个跑双面，记录下马路结构，每个地标位置,在哪条路上,靠近哪幢建筑物、交叉口,以及对应的门牌号码。每次一跑就是一整天。

"三伏天里,我们从外滩一路走到虹桥机场,16公里路'跑'下来,汗衫前胸后背都看得见'白盐',这样的'跑马路'不是几天工夫,而是日积月累。"高扬如是说,"平时上班,我们还要对记录的内容进行班组学习,并熟记背诵,尤其对旅馆、医院、居民区这类乘客经常用车的地方更要熟记于心。为了检验记忆效果,我们还有业务知识考试。"

路在脚下,汗水虽有点"咸",但也很快尝到了甜头。有些外地乘客来上海就诊,报路名时常会出差错,告知调度员:"我要去淮海中路空军医院看病。"而熟悉道路的调度员往往能明察秋毫,立刻想到空军医院在淮海西路338号,并不在淮海中路上,为此立即纠正乘客的口误。不然非但驾驶员做不成生意,也会耽误乘客出行。

高扬的"高徒"之一调度室值班长邓玉燕神采奕奕地告诉记者:"'跑马路'虽然累,但也很开心,像春游一样,我可以兜遍上海的大街小巷。"

后来,调度员们把"跑马路"记录在纸的各类信息整合在一起,编写成了14本"手记本",便于日常工作翻阅、查询、反复记忆。此后,这些"传家宝"就被代代相传。

记者看到,这些本子的封面上分别标着"1~3""4""7""14以上"等阿拉伯数字,数字下方排列着中文字。

高扬说:"数字代表相应本子中记录的路名首字的笔画数,而中文字就是路名的首字。比如,封面上标有'4'和'太'的本子中包括了以'太'为首的马路名,如太原路、太仓路,以及其他首字笔画为四画的字,如方浜东路、云南中路等。"

翻开"手记本",映入眼帘的是"目录"页,纸上整齐地排列路名与对应的页数。记者选了"新闸路",按照目录,翻到指定页,即看到了新闸路上的地标、相应的门牌号码,以及与新闸路相交叉的马路。

"是不是像字典一样?"高扬笑道,"除了文字以外,这些手记本中还有波浪、弧形等图案,它们分别代表了河流、桥梁等重要地标。"

记者好奇,本子上还记录着电话号码。"这些是公用电话亭的号码",高扬如是说。驾驶员送完一单业务后,在就近的电话亭打电话给调度员,询问附近是否有业务。如果恰好有预约单,调度员会提醒驾驶员"你去某某地方接客。"倘若暂时没有预约单,那么驾驶员会在电话亭附近"抛车"等候。如此一来,可以节约成本。当乘客使用公用电话来约车,细心的调度员会核对公用电话亭的号码,以确定乘客是否在相应的地点,避免驾驶员因"回票(放空)"而造成损失。

这14本"手记本"几乎涵盖了20世纪70年代上海所有的马路。"当年南市区老城厢里的大小街巷道路约有400多条,它们就像乌龟壳的纹路一样纵横交错。不过,'手记本'中都记录得清清楚楚。"高扬自豪地告诉记者。

那么是否有了"手记本"后,新学徒就无须"跑马路",而可以通过翻阅"手记本"来记忆上海的马路呢?高扬摇摇头,"在'手动抄单、电话调派'的时代,'跑马路'有助于调度员更直观地了解每一条主干道的走向规律、标志性建筑特征。而相当于'储存库'的'手记本'则是用来巩固这些业务知识,以及日后查询的工具。"

上海马路有"噶西多""花头精"
调度员成"活地图"

调度员们在常年"跑马路"的过程中,发现了不少上海马路的秘密。

高扬的"高徒"之一调度中心办公室主任刘雯一边翻阅手记本,一边说:"上海的路名最大特点就是名字大多取自全国各行政区和名山大川,比如南京东路、四川北路、江苏路、黄河路、华山路等,并发展出路名与全国版图对应的有趣现象。浦东新区对应东部,道路多见山东地名,如崂山路、潍坊路、德州路;虹口、杨浦两区对应东北,多见内蒙古和东三省地名,如赤峰路、海拉尔路;徐汇区对应西南,则多广西地名,如桂林路、百色路、钦州路等等。一般南北走向的马路是省的名称,如江苏路、福建路、陕西路。而东西走向的马路则是省以下的市、地区、县的名称,如南京路、延安路、福州路。当然也有特例,如广东路是横向的;成都路它是纵向的。还有许多稀奇古怪的路名,比如张江地区有一些以中外科学家名字命名的道路,如李时珍路、牛顿路、蔡伦路。以食物命名的面筋弄、火腿弄、外咸瓜弄等。"

此外，上海马路的门牌号码也有许多"花头精"。"一般道路两侧都有门牌。门牌号码按自然数的奇偶分列道路两侧，左单右双。门牌号码由大到小，连续不断，且两侧号码大小基本对应。当然，也有特例，比如陕西南路、南昌路两侧门牌双号差异较大，西湖路、沙泾港路门牌只有双号无单号等。"刘雯在"手记本"上比画着向记者介绍。

发现路名的规律不仅为"跑马路"的工作增添了乐趣，还能帮助调度员记忆路名。如今，这些经历过"跑马路"训练的调度员们都成了"活地图"。

调度室更新换代
"手记本"成"老古董"

据高扬介绍，强生出租紧跟改革开放的步伐，不断提升调度技术。20 世纪 90 年代后，公司先后六次对调度室进行了改造，调度方式进入了数字化时代，发生了翻天覆地的变化。乘客电话一进来，电脑屏幕能立即显示出乘客的地址在哪里，大幅提高了工作效率。调度员们再也不用通过"跑马路"来熟悉道路了。"手记本"也渐渐淡出了调度员们的视线，只有偶尔碰到电脑未覆盖的道路时，调度员们才会"请"出"手记本"，让它"答疑解惑"。

2005 年，强生出租公司启用了 GPS，调度业务采用了卫星定位语音合成，计算机自动匹配取代了人工读报订单，相当于划了个圈子，圈子里的人听得到，圈子外的人听不到。这次升级是一次飞跃，提升了调派速度和准点率。

如今，强生出租已将原先单一的出租汽车调度室改造成了集车辆调度、道路实时车速与方位采集、管理与运用三位一体的出租汽车信息化服务平台，使之成为中国出租汽车行业的典范。

高扬在欣喜之余露出了怀念的神情，他望着桌上 14 本"手记本"，说："尽管我们工作中已经用不到这些本子了，但它们记载着这座城市发展变迁中不可替代的片段，也珍藏着我们老一辈调度员职业生涯中的诸多美好回忆，是我们对调度工作热爱与付出的印记。无论时代如何变迁，科技如何进步，我们出租汽车行业电调工作者'日夜服务，随叫随到'承诺不会改变。"

原刊于《上海交通》2018 年 8 月 29 日第 456 期

钢铁之路的现在和未来

谢博识　刘传雷

导语：有关钢桥，这次我们不谈过去，说说现在和未来。

现在，交通行业和钢铁行业亟待协同解决的问题并不是缓解供给侧矛盾，而是节能环保和可循环、可持续；现在，公路钢结构桥梁实现高端发展的必经路径不是设计领先，而是材料、设计、施工、运输、养护、回收这个系统工程的各个环节要并行发展；现在，钢桥发展并不缺乏政策性的导向，而在于体制上的体系式创新，打破现有体制对市场化、产业化、规范化和科技创新等的束缚。

把握现在，才能真正实现钢结构桥梁标准化设计、工厂化生产、装配化施工、信息化管理，从而走向钢桥的未来——绿色发展、循环发展、低碳发展、高端发展。

四个共识

小导语：近年来，国内特大跨径桥梁一般采用钢结构，受工期、桥梁净空严格限制以及受力复杂的桥梁，也应用了钢结构桥梁，钢结构桥梁建设技术日益成熟。随着我国经济实力、技术能力的增强以及钢铁产能的增加，公路桥梁建设具备了加快应用钢结构的物质基础和技术条件。

共识一：我国已经具备推广钢结构桥梁发展的基础条件

港珠澳大桥装配化率达95%

正在建设的港珠澳大桥，为了应对和解决港珠澳大桥工程技术、施工安全、环境保护的挑战，建设高品质长寿命的跨海大桥，提出了"大型化、工厂化、标准化、装配化"的创新建设理念，核心是工业化。港珠澳大桥装配化率达95%以上。

比如,实现装配化墩台施工。将高大的墩台沿垂直方向、按一定模数、水平分成若干构件,在桥址周围的预制场地上进行浇筑,通过车船运输至现场,起吊拼装。该技术将预制基础的承台全部埋入海床,能降低桥梁阻水率、缩短施工工期、减小环境影响,且工程造价低。

实现 BIM 技术与通用图一体化

先设计后建立 BIM 模型,贯穿于施工阶段和运维阶段,用于指导钢结构工厂加工及现场安装是否与设计一致,以减少错误,保证工程质量;同时为未来检修维护提供依据。

基于同一协同设计平台,创建了基于设计基础数据的全桥 BIM 模型及桥梁构件管理库和云平台,实现了用"搭积木"的方法进行工程设计,完成了包括钢筋和预应力图纸的大桥施工图设计文件。经过推广使用,可以极大保证设计的协同性和可靠性,加强桥梁设计能力。

自主研发桥梁三维非线性分析软件

桥梁三维非线性分析软件(OSIS)是集桥梁和沉管隧道分析功能为一体的结构非线性分析软件。适用于梁桥、斜拉桥、悬索桥等多种桥型。沉管隧道分析模块是适用于柔性管节、刚性管节和半刚性管节结构体系。OSIS 软件的特点鲜明——快速高效地进行参数化建模。实现设计分析数据向 BIM 数据库的有效传递。在工程需要时可立即加入特殊分析功能。采用模块化分阶段迭代开发。具备丰富的单元和材料库、可自主定义的截面库、多样的边界和钢束输入方式,丰富的荷载作用等。精确进行特大跨度斜拉桥及其他各类桥型的成桥分析及施工全过程分析等。

OSIS 桥梁三维非线性和沉管隧道分析模块在昭君黄河大桥、榕江特大桥、虎门二桥、深中通道主航道桥和沉管隧道、大连湾通道沉管隧道等得到验证。

已具备耐不同大气环境高性能桥梁用钢的稳定供货能力

高性能耐候桥梁钢具有优良的耐候性、焊接性能,高的低温韧性,良好的抗脆性断裂和抗疲劳及蠕变性能等,在国外已经发展为无涂装耐候钢桥的主流钢种,对我国桥梁建设具有重要意义。

对于不同的大气环境,所用耐候钢的成分应当有所不同。国内大型钢铁企业如鞍钢、宝武钢铁等,已经具备了系列高性能耐候桥梁钢的供货能力。比如,鞍钢系列高性能耐候桥梁钢低温韧性优良,韧脆转变温度 FATT50 在 −54℃ 以下,能够满足我国境内任何地区对钢板低温韧性的要求。

桥梁用钢中厚板产量总体供大于求

目前,我国拥有中厚板(桥梁用钢的主要钢种)产线约 78 条(不包括项目搁浅以及暂未完工的),设计产能 9242 万吨/年,中厚板产线产能利用率 74.9%,2016 年中厚板产量达 6919.08 万吨。中厚板总体供大于求。

我国 4 米以上轧机产能 3075 万吨,占中厚板总产能的 33%,这部分产能装备相应较好,具有生产高端桥梁用钢的基本条件,中厚板轧机轧制的钢板约占总量的 8%。

推广钢结构对于缓解钢铁业供给侧矛盾的力量有限,最关键的还是去产能。

百年钢桥不会因腐蚀造成承载力下降

目前,国内钢铁企业生产试制的高性能耐候钢在广州、青岛、江津、鞍山、沈阳、二道白河等具有不同气候特征的地区进行了大气暴露试验。经大量数据回归分析证明,Q690qNH 的耐大气腐蚀性能最好,是传统高 P 耐候钢 09CuPCrNi 的 1.8~2.2 倍,其 100 年腐蚀深度小于 0.5 毫米,已达到日本耐候钢桥梁设计规范规定值。因此,在大气环境中裸露使用且能够形成稳定锈层的正常环境条件下,使用 100 年不会因为腐蚀造成桥梁承载能力的下降。

"高性能桥梁用钢项目"已纳入"十三五"国家重点研发计划

"十三五"及今后一段时期,钢结构桥梁发展迎来战略机遇期。"十三五"及之后,钢铁行业、交通行业和科技领域高度重视钢结构桥梁推广应用。交通行业提出:新建大跨、特大跨径桥梁以钢结构为主,新改建其他桥梁的钢结构比例明显提高。钢结构行业"十三五"规划中提出:2020 年,全国钢结构用量将比 2014 年翻一番,达到 8000 万吨~1 亿吨,重点发展的领域涉及建筑钢结构、桥梁钢结构、能源钢结构、军工钢结构等,在中小跨度桥梁中推广应用钢结构、钢筋混凝土组合结构、装配化钢结构等。与此同时,由宝武股份牵头的"高性能桥梁用钢项目"已经作为 2017 年度国家重点研发计划立项。

共识二:推广钢结构桥梁尚需做大量基础性工作

尽管基础条件已经具备,但是钢结构桥梁的推广是一个系统工程,涉及材料、设计、施工、养护和回收等多个环节,且我国在此方面的研究和工程实践经验并不多,还不成体系。因此,真正要实现高质量发展,仍需要做大量基础性工作。

基础性工作的各个环节有待强化

对于交通行业,基础性的工作涉及公路建设管理体制、市场建设及投资观念、科技投入及创新观念、设计标准规范、设计技术、施工标准规范、施工技术、施工管理、施工装备研发制造、监理机制体制等多个方面。以设计为例,我国在混凝土桥梁的设计方面世界领先,但是在钢结构桥梁的设计方面,各省级设计单位,包括国字号的一些设计单位技术实力有待进一步加强。

桥梁用钢的功能化和高强化尚有差距

在用钢方面,我国桥梁钢在功能化和高强化等方面还与国外有较大差距。高强化是桥梁钢板的重要方向之一,美日欧等在2000年左右就开发出690MPa级桥梁钢,并实现应用。我国桥梁钢最高强度级别是500MPa,且其应用比例偏低。同时,高强度桥梁钢普遍存在钢板屈强比偏高,焊接接头强韧性匹配的问题。

标准化体系尚不完善

我国在钢结构桥梁的标准化制造方面基础尚弱,企业针对性研发专业化的智能制造流水线,实现模块化生产,更好地提升钢桥的制造水平,来保障产品质量和降低施工成本,提高生产的效率。

我国钢结构桥梁的设计标准并不完善,由此造成了一系列问题。例如,由于钢结构桥梁的标准不统一,导致钢结构企业的工艺技术和设备无法规范化,自动化和智能化的水平也受到一定的影响。因为企业的制造工艺技术和设备都是根据目前的钢材制造标准,统一规划布局的。为了满足大多数钢桥制造的标准要求、适应钢桥制造对新技术的需求,需要在钢结构制造标准方面进行升级,有助于钢桥的制造企业进行工艺技术和设备布局的总体规划。

此外,有利于推广钢结构桥梁等为代表的先进理念的体制机制尚未形成,部分体制机制甚至成为推广成熟新技术、新理念的障碍。

共识三:吸收国内外经验和教训,严防无序低端发展

钢结构桥梁在所有桥梁中所占比例方面,通常能看到这样一组数字:我国不足1%，日本约占41%，美国占35%，法国更是高达85%，以此说明我国的差距之大。但是，同时应该考虑到钢桥发达国家的钢桥发展是以其工业化进程为背景的，特别是与钢铁工业的发展历程休戚相关。此外，也应该看到国外在发展钢结构桥梁过程中的经验和教训。只有这样才能更好地分析钢桥推广的后发优势和基础劣势所在。

美国钢结构桥梁占比逐渐下降

以美国为例，其不同材料的新建桥梁座数占比是随着时代变化的。在不同的历史时期，新建桥梁材料、桥型选择有所不同。1940年以前，钢简支桥梁和混凝土简支桥梁为新建的主要桥型。1940年后预应力混凝土简支桥逐渐成为新建桥梁的主流，2015年达到43.1%，加上预应力混凝土连续结构，混凝土结构总占比达到54.1%；而钢简支桥梁占比在逐渐减少，从1920年的47.7%下降到2015年的17.0%，钢连续桥梁从1900年到1960年间逐年增长，1960年后开始逐渐减少，到2015年为8.1%。1980年之后，美国的新建桥梁中钢结构桥梁占比维持在28%左右。

我国钢桥的"结构缺陷"得到改善

2015年"结构缺陷"桥梁座数占比显示：按材料区分，超过一半的"结构缺陷"桥梁为钢桥，其中钢结构简支桥梁占比46.1%，钢结构连续桥梁占比8.7%；混凝土简支桥梁占比17.9%，混凝土连续桥梁占比7.2%；预应力混凝土桥梁占比较小，简支和连续结构占比分别为9.7%和1.2%。1980年之后的新建桥梁中，"结构缺陷"桥梁占比相对稳定，混凝土桥梁的占比维持在45%上下，钢结构桥梁占约40%，新时期的钢桥"结构缺陷"率已有显著改善。

国内的钢结构应该借鉴钢结构桥梁发达国家的经验和教训，不能一哄而上，也不能因噎废食。除此之外，我国推广钢结构桥梁时，也应当吸取公路混凝土桥梁发展的两阶段教训——早期无序发展的质量与安全教训；交通量爆发期的质量与安全教训。

共识四：推广钢结构桥梁的问题关键在于体制机制

简单低价竞标模式相对滞后

目前，现有机制具有"简单低价竞标模式"和"一般水平重复建设"特性。

由于现在钢桥制造准入门槛比较低,低价竞标的恶性竞争问题比较突出,个别的小型企业通过一些低价的恶性竞争方式,获取订单,致使目前整个钢结构桥梁材料的价格畸形,大多数钢铁企业在这个领域的利润逐年下降。同时,钢结构桥梁项目对设备和新技术要求呼声又高,导致一些大型钢企陷入两难境地。大多数项目完成后很难盈利或盈利水平很低,大大阻碍了企业在先进设备和技术方面投入的力度,严重影响了企业正常发展和技术水平、制造能力的提升,阻碍了整个产业健康的发展和技术水平的提高。更重要的是,这种情况给整个钢结构桥梁以及整个交通基础设施的质量埋下了巨大隐患。

行业高端发展受制于地方政府直接管控市场模式

目前,我国公路基本建设管理体制的主要特征是地方政府直接管控市场、主导市场,同时扮演项目业主的角色,其优越性明显:集中资源力量办大事、快速决策工程项目建设、社会经济效益高速发展等。但是,行业高端发展的制约性也很明显。比如,业主机构从业人员素质不稳定、建设技术基础性工作投入重视不足、标准规范领域分工不清、项目可行性研究规则办法僵化、前期规划研究有待深入和细致、项目建设前期规划与后期设计不协调等,导致与国际先进水平存在一定差距。

同时,地方政府作为区域经济利益的主体,它的行为模式因受制于任期、地方GDP、地方就业等因素,无可避免地出现地方壁垒和区域垄断。设计单位、材料供应和施工单位往往优先选择本地,在资质准入、市场准入和标准准入等方面,限制了优质资源的流转和配置。

现行的公路建设管理机制存在公路行业内各省市、各地区发展水平不均衡,差距较大;在建设管理的市场化、职业化机制方面,在市场准入机制、诚信机制、科学务实的投资观等方面,中国与国际先进水平还有一定的差距;现有机制具有的"简单低价竞标模式"和"一般水平重复建设"特性,将难以跨越发展过程中的"中等水平陷阱",已不适应基础设施建设"绿色发展、循环发展、低碳发展、高端发展"和建设"交通强国"的要求,不能及时有效落实行业绿色公路指导意见和钢桥指导意见,制约了公路建设与运营管理的发展迈向国际、迈向高端。

亟待实践成体系性的科技创新

政府或企业在标准规范体系、标准图通用图体系建设与升级的投入方面有待加强。社会或工程界对技术创新的认知大多数停留在集成创新和单个技术点的创新,机制创新、管理创新较少,系统性、体系性的科技创新较少。创新工作也时有偏离实际与需求的现象,例如为创新而创新、追求新奇特。

强化 QHSE 意识

QHSE(质量 Quality、健康 Health、安全 Safety、环境 Environmental)管理体系亟待形成。

中国的工程材料技术、结构构造技术、索结构技术、空气动力技术、桥梁景观技术等均已达到国际先进水平,但勘察设计领域整体水平、装备总体水平、标准化设计应用程度亟待加强;原创性理论和技术尚不充分;亟待培育更多真正具有国际市场竞争力的设计咨询企业和领军人物。应避免比拼跨度现象,避免重规模和主体结构、轻附属工程的现象,提升工程设计的精品意识、百年意识,深化设计界的 QHSE 意识。

在施工管理上,项目职业经理人的机制尚未形成、施工组织设计科学化与精细化不足、信息化水平不高,管理还没有完成粗放向精细化的过度等,导致施工进度往往前松后紧,计划随意性较大,项目质量成本管控能力不高等问题。

重要装备、核心装备等尚需从国外引进;施工装备系列化、施工专业工具系列化与国际先进水平还有较大的差距。

在监理价值导向、监理授权程度、监理工作独立性方面仍然欠缺,尚缺乏综合能力较强的桥梁工程监理团队和领军人才。

三个共性问题

小导语:推广钢结构桥梁是贯彻创新、协调、绿色、开放、共享的发展理念,深入贯彻更高质量、更有效率、更加公平、更可持续发展的行业实践。

理念问题

我国各省份或各地区市场存在壁垒,相对封闭,项目业主水平与担当意识决定了执行标准规范差异较大、国际动态与发展方向模糊、创新发展战略推进疲软、科学发展观与投资观落实滞后、全寿命周期成本理念淡薄、绿色交通与环保意识不强、公路基本建设项目功能与质量良莠不齐,有利于高端发展的新理念、新机制不多等,都阻碍了钢桥的推广。尤其是"少花钱多办事"的思维定式严重,在具体实践中带来一定的负面作用,偏低价招标导致建设成本难以管控;新兴的 PPP 与企业投资收益回报保障机制尚未形成,从而依旧延续着钢结构桥梁、混凝土结构桥梁的应用比例严重失衡的状况。

故此,推广钢桥应该理念先行。从行业存在的问题角度来讲,先进理念、高质量发展的意识和担当意识的培养,对于钢结构桥梁的推广十分必要。当前,我国正在推动交通运输行业质量变革、效率变革、动力变革,具体到钢结构桥梁的推广方面,要从业主单位、设计单位的理念入手,强调业主单位和工程师的社会责任感,强化工程的全寿命周期理念。

标准问题

目前,公路行业涉及桥梁钢结构的标准规范基本齐全。但是从实践看,尤其是对中等跨径的钢结构桥梁,经验相对比较少,而且定额测算制定得比较早,需要加以完善。

同时,政府或企业在标准规范体系、标准图通用图体系建设与升级的投入方面有待加强。具体表现为:标准落后于建设实践需求和现有技术水平。我国的主要技术标准、荷载标准、材料标准等达到了国际先进水平,但在标准化要求、设计寿命要求、高性能材料应用、钢结构抗疲劳要求、全寿命周期成本要求、结构构造细节要求等方面,与国际先进水平还有一定的差距。

配套问题

现有钢结构桥梁的技术体系之所以还存在许多问题,原因就是没有充分发挥钢结构本身的优势,克服钢结构自身的缺陷。其中,很大程度上是配套体系的问题。例如,工程项目中存在大量的现场焊接;缺乏对设计人员创新工作的激励机制;配套产品、部件性能及工艺水平还比较落后;存在为创新而创新的现象;高等院校对钢结构人才的培养比较薄弱。推广钢结构桥梁,需要结构工程与材料工程共同推进技术进步,需要材料、设计、加工、检测、养护等各环节的共同努力,来实现全寿命周期最优。

五 个 方 向

小导语:耐候钢结构桥梁的产业链已经初步形成,国内工程经验不断累积,未来趋势性方向已经明确。

全寿命周期成本：

与混凝土结构相比，钢结构桥梁平均每平方米建设成本要高约17%至25%，但养护成本每平方米要低约12%。在环保和减排等方面，钢结构优势明显，其每平方米的碳排放要低7公斤，能耗要低20万千焦耳，而且钢结构回收率高于90%。因此，按照全寿命周期的成本核算，两者成本相当，但钢结构桥梁在环保、社会效益等方面远高于混凝土桥梁。

1. 标准先行：指导性标准出台和通用图的创新编制

2017年9月，《公路桥梁用耐候钢技术标准》经中国公路学会初审通过，标准由中交公路规划院主编，鞍钢、武钢、哈尔滨焊接研究所、上海振华、中科院金属所等单位参编。适用于钢铁企业、桥梁业主、设计、制造、施工、监理单位，分为6个篇章，涉及适用环境、焊接结构用钢、高强度螺栓连接副用钢、支座材料等的分类、技术要求、工艺性能等。该标准为指导性公路桥梁用耐候钢技术指南，给予交通行业在设计选材、钢材生产、产品制造等方面的原则性指导。

国内技术水平较高的设计单位已开始了相关研究，部分单位已开展了钢结构桥梁通用图的编制，如中交公规院、河北省院、安徽省院、甘肃省院等。河北省院主要编制25～40m跨径钢筋混凝土工字组合梁和80m、120m、150m波形钢腹板PC组合箱梁通用图，安徽省院和甘肃省院主要编制中等跨径钢筋混凝土工字组合梁通用图。中交公规院已于2017年年底发布6种桥型图50套，均实现BIM参数化建模及出图。

2. 依托PPP模式创新公路建设模式与机制

探索和推进公路建设项目业主的"市场化、企业化、专业化、职业化"。项目业主位于建设市场的顶端，它决定着建设行为和建设水平。中国高速铁路的建设机制、模式是成功的，确保了高铁整体建设达到了国际先进以上水平，部分领域达到国际领先。中国高铁建设的体制是成功的，体现了国家的发展意识，值得思考与借鉴。

探索和推进"资本＋技术"为引领的全产业链服务方案机制。探索并推进以"资本＋技术"为引领的全产业链服务方案，解决交通建设的机制创新。这是推进我国公路建设与运营管理发展跨越"中等水平陷阱"迈向高端的必要路径，是交通基础设施建设"走出去"、推进"一带一路"建设的必要路径，也是与国际市场接轨的需要,更是中国公路、桥梁发展的高端路径。

探索和推进"投资+全产业链服务方案+高端对接+谈判签约"的全总包模式。在公路和独立特大桥的新建、改扩建项目以及特大型跨海通道工程的项目建设计划中,探索和推进"投资+全产业链服务方案+高端对接+谈判签约"的全总包模式,实现项目业主的"市场化、企业化、专业化、职业化"。

探索推行全产业链服务方案,包括:项目管理、融资投资、规划研究、标准规范、研发创新、材料装备、设计施工、高端制造、健康安全、环境保护、品质寿命、工程监理、运营管理、检测养护及拆除回收等全过程服务方案。

在全产业链服务方案实施过程中,政府和主管部门应致力于做好交通发展规划、全产业链解决方案审批、项目建设征地等条件保障、服务方案提供者的回报落实、工程项目竣工验收审计等。

3. 探索推进公路建设的新型评价机制

目前的评价机制更多的是针对企业等市场的信用评价制度,应搭建基于"设计使用寿命+全寿命周期成本+QHSE"的全过程评价机制,在准入、监督、二次评价等环节,实施安全为首、对标国际的评价行为,评价避免各类问题的叠加和沉淀。通过评价实现工程各环节的可控、可调、最优,也通过评价淘汰不符合钢结构桥梁发展宗旨的业主和业态。

4. 智能化的应用和普及

以智能化为主要设计建设手段的钢桥,行业普及度亟待提升。普及包括两个层面的动作:

第一个层面是明确钢桥领域智能化的程度。必须是一套制图、选型、拼接等建设各个环节的高度兼容,加载分析处理、资源匹配、深度学习、果断决策、严格执行等功能的智能化工具、项目管理手段以及成套体系。这套体系通过磨合,结合技术的不断创新,将面对不断升级。

第二个层面是智能化手段的普及与推进,比如,加速推进BIM、桥梁三维非线性分析软件等创新技术的应用。国内龙头设计企业中交公规院已经实现了BIM技术与通用图一体化,研发了集桥梁和沉管隧道分析功能为一体的三维非线性分析软件(OSIS)等,利用企业资源覆盖和贯通渠道推广应用的同时,更需要顶层在政策层面的支持,以及标准层面的推荐、指导。

5. 耐蚀钢桥无涂装

国内大型钢企大部分已经具备免涂装可确保耐蚀性钢种的生产研发及供货，锈层稳定的关键技术已经得到解决。国内耐大气环境西藏墨脱大桥、陕西黄延车行桥等工程实现了无涂装，2015年通车至今，应用良好。免涂装是降低钢桥推广应用成本的重要举措。

跨海大桥具备耐候钢不涂装应用的条件。锈蚀程度和锈层稳定性取决于桥面距离水面的高度，鞍钢在对海洋氯离子做的相关测算工作显示，距离内陆越远，氯离子含量呈几何级数下降，距离海面越远，氯离子含量呈更大的几何级数下降。可见，根据可靠数据、解决锈层稳定等问题后，跨海大桥可以采用免涂装耐候钢建造。

附表：

序号	省份	文件名	时间	重点及亮点
1	江苏	江苏省公路钢结构桥梁推广实施方案	2017.6.29	探索并创新"设计使用寿命＋全寿命周期成本"的交通建设评价机制，以PPP模式，推进大型央企集团以"资本＋技术"为引领的全产业链服务方案解决公路建设、桥梁建设的新机制
2	浙江	浙江省交通运输厅关于推进公路水运钢结构桥梁建设的实施意见	2016.10.10	探索并创新"设计使用寿命＋全寿命周期成本"的交通建设评价机制，以PPP模式，推进大型央企集团以"资本＋技术"为引领的全产业链服务方案解决公路建设、桥梁建设的新机制
3	安徽	安徽省交通运输厅关于印发《加快推进安徽省公路钢结构桥梁建设的实施方案》的通知	2016.9.26	探索并创新"设计使用寿命＋全寿命周期成本"的交通建设评价机制，以PPP模式，推进大型央企集团以"资本＋技术"为引领的全产业链服务方案解决公路建设、桥梁建设的新机制
4	福建	福建省交通运输厅关于印发实施绿色公路建设和推进公路钢结构桥梁建设工作方案的通知	2016.10.11	探索并创新"设计使用寿命＋全寿命周期成本"的交通建设评价机制，以PPP模式，推进大型央企集团以"资本＋技术"为引领的全产业链服务方案解决公路建设、桥梁建设的新机制
5	甘肃	关于加快推进甘肃省公路钢结构桥梁建设有关事宜的通知	2016.5.13	探索并创新"设计使用寿命＋全寿命周期成本"的交通建设评价机制，以PPP模式，推进大型央企集团以"资本＋技术"为引领的全产业链服务方案解决公路建设、桥梁建设的新机制

续上表

序号	省份	文 件 名	时 间	重点及亮点
6	湖北	关于印发湖北省实施绿色公路建设和推进公路钢结构桥梁建设工作实施方案的通知	2016.9.28	探索并创新"设计使用寿命+全寿命周期成本"的交通建设评价机制,以PPP模式,推进大型央企集团以"资本+技术"为引领的全产业链服务方案解决公路建设、桥梁建设的新机制
7	海南	关于印发《海南省交通运输厅绿色公路建设和公路钢结构桥梁建设工作实施方案》的通知	2017.5.30	探索并创新"设计使用寿命+全寿命周期成本"的交通建设评价机制,以PPP模式,推进大型央企集团以"资本+技术"为引领的全产业链服务方案解决公路建设、桥梁建设的新机制
8	贵州	贵州省交通运输厅关于推进绿色公路与钢结构桥梁建设的实施方案	2016.11.21	探索并创新"设计使用寿命+全寿命周期成本"的交通建设评价机制,以PPP模式,推进大型央企集团以"资本+技术"为引领的全产业链服务方案解决公路建设、桥梁建设的新机制

江苏

2018年至2020年,江苏省力争每年实施公路钢结构桥梁不少于50座。在高速公路、航道桥梁各选择2至3个项目作为典型示范工程,重点研究探索钢结构设计、生产、施工标准化。

浙江

力争"十三五"期间的钢结构桥梁用钢总量在"十二五"期间的基础上翻两番。加强技术创新和管理创新,积极应用建筑信息模型(BIM)技术,鼓励采用设计施工总承包、专业化养护发包等模式创新。

安徽

至"十三五"时期末,新改建一级及以上等级公路中,中等跨径桥梁钢结构总体应用比例达到20%以上。新改建二级及以下等级公路中桥梁钢结构比例明显提高。

福建

发挥钢结构桥梁全寿命周期成本优势,在今后设计过程和方案变更中提高钢结构桥梁方案作为比选方案的比例,加强对混凝土桥梁和钢结构桥梁方案的比选论证,适时择优选用钢结构桥梁。

甘肃

建设单位要积极推进建筑信息模型技术(BIM)在钢桥设计制造和管理养护中的应用,做到钢结构桥梁设计、加工、施工和管理环节无缝衔接,提高桥梁结构建造品质和养护水平。

湖北

以鄂咸高速公路、保神高速公路等项目为示范,摸索总结相关钢结构桥梁设计、施工经验,出台钢结构桥梁推广应用技术指南。

海南

推进钢结构桥梁在跨既有高速公路匝道上的应用,选取海口绕城公路美兰机场至演丰段公路工程作为公路钢结构桥梁建设典型示范。

贵州

到2020年,系统总结在规划、设计、施工、监理、运营以及项目后评价等项目建设全过程中推广钢结构桥梁经验,形成相关技术标准或技术指南,完善相关管理制度和定额编制,逐步在省内推广。

原刊于《中国公路》2018年第3期总第511期

越来越"短"的回家路

梅宁生　米宁平

春节越近,回家的心情就越迫切,而宁夏日趋完善的综合交通运输体系,让回家的路越来越"短"。大年二十九,记者从首府银川市跑300多公里来到固原汽车站,跟随着游子的脚步,一路回家。

固原汽车站是宁夏南部山区最大的公路客运站,每天有发往省内外的200多班长途客车。早上9点,候车大厅里就已经有不少旅客在等待回家。

10年前,李秀梅远嫁内蒙古磴口后,交通的不便阻挡了她回家的脚步。而这几年,随着直达班车的开通,李秀梅的回家路越走越轻松。李秀梅告诉记者:"我父亲一个人住在固原,每年过年的时候我从磴口回来看一次,往年来回都是先坐火车,再坐汽车,走两天才能到家里。现在的交通真是太方便,坐班车一天就到了,也就七八个小时,而且不用倒车,直接坐到家门口了。"

跟随着回家的人们,记者也登上了一辆从固原开往隆德的大巴车,今年宁夏实现了县县通高速,固原市真正实现了五县(区)一小时交通圈。这不,虽然现在还不是春运最高峰的时段,但是班车上早已装满了乡愁与思念。

记者:"小朋友,你现在要去哪里呀?"小朋友:"回老家。"记者:"老家都有谁啊?"小朋友:"奶奶、爷爷。"记者:"想爷爷不?"小朋友:"想。"

小朋友的爸爸罗浩说:"春节快到了嘛,把儿子领回去在老家过个年,团圆团圆。"记者:"是不是爷爷奶奶特想孙子?"罗浩:"对,老人们太想娃娃了。老人们常说,有钱没钱回家过年,不管怎么说,把孩子领回去让爷爷、奶奶看看。"

正在打电话的这位小伙子叫梁彦军,今年春节,他第一次要到隆德的女朋友家过年。记者:"给对象打电话呢？第一次去女朋友家。你都准备了点啥东西?"梁彦军:"准备了好酒,还有一只羊。"记者:"今年有啥愿望?"梁彦军:"今年打算把婚结了。"

记者把目光转向另一个小伙子:"你是什么时候到的固原?"小伙子:"我是今天早上 4 点 50 到的固原。"记者:"从哪里回来的?"小伙子:"广州。"记者:"回家?"小伙子:"对,回家。"记者:"做了多长时间?"小伙子:"做了 35 个小时火车,硬座,挺辛苦的,再难也要回家啊!"

小伙子名叫王岩家,是一名远在广州求学的隆德学子,虽然坐了 35 个小时的火车,但是离家越来越近的小王仍然难掩激动的心情。记者:"想家吗?"王岩家:"肯定想呀。"记者:"最想谁?"王岩家:"当然是爸爸妈妈了,其实家里每一个人都想,从昨天晚上火车过了西安之后就开始激动了。"记者:"马上到家了,现在心里面想的是什么?"王岩家:"就是早点到家,吃上一口爸爸妈妈亲手做的饭,家里做的饭确实很久没吃了,挺想念的。"

沿着宽阔平坦的高速公路,大巴车驶入了六盘山特长隧道,这是宁夏第一条双向四车道特长隧道,也是我国海拔 2000 米以上高原地区最长的公路隧道,隧道中模拟蓝天白云、海底世界的特殊灯光带美轮美奂,带给回家的人们安宁和喜悦。

罗浩告诉记者:印象中以前的六盘山老是堵车,而且一堵时间还特别长,现在隧道打通了非常方便,如果自己开车从固原到隆德也就一个小时吧。

过了六盘山特长隧道,长途车渐渐驶入隆德县城,看着乘客们都安全到站,司机的脸上露出了笑容。吃过午饭后,驾驶员还要返程驶回固原,这个春节,他将每天在两地往返中度过。司机师傅感慨地说:"我们就是干这行的,方便旅客出行么,把旅客安安全全送到家里过年么,就是把车开得稳当一点,让老百姓尽快回去过年。"

王岩家的家距离县城还有十几公里的路程,下了大巴,小王并没有像以前一样去做农村客运班车,而是来到了车站旁的公交站台。没一会儿,一辆全新的纯电动公交车就准时驶入站台,去年 9 月,在自治区财政的支持下,隆德县投资 1000 万元一次性购置了 24 辆新能源公交车,并在 2017 年 1 月 1 号正式投入运行。新公交车补充后,公交车总数达到 68 辆,公交线路由最初的 4 条拓展到 19 条,服务半径延伸到 17 公里。

王岩家:"刚下长途班车就能坐公交直接回家了,我感觉挺好的,家乡的交通工具跟一线城市发展很接近了。以前先是坐大巴,然后再坐面包客运车回去,不仅等的时间长,而且司机不拉满人不开车。现在公交车车费才一块钱,那个时候面包车要五六块,最少也的三块。"

很快,小王在家门口下了车,离家越近,心情越是愉悦,离家越近,乡愁也越是浓郁。王岩家激动地说:"我感觉农村过年要比城里面热闹,更具有人情味,比较熟悉,比较亲近。"

进了家门,王岩家的父母高兴地拉着儿子的手问长问短、问寒问暖。王岩家的妹妹则忙里忙外地给哥哥往桌上端水果和油香。望着一家人其乐融融的场面,记者提议给他们拍摄一张全家福,全家人马上来到院内摆好姿势,记者也快快对好焦按下了快门。

为了不打扰这一家人难得的快乐时光,记者给一家人送上祝福后匆匆离去。

原刊于《宁夏交通》2017年2月8日3版

绿动八闽路

——福建省20年建设生态高速公路速写

池舒婕

仲夏时节,沿着泉三高速公路、漳永高速公路等路段行驶,沿途满目青翠,行道树、生态边坡与山峦融为一体,天然雕饰多过人工打造,犹如一位位"形象大使",向过往宾客展示"绿色福建"。

事实上,在福建,这样高颜值的高速公路比比皆是。这源于福建省20年来孜孜不倦建设生态高速公路的追求。

路在绿水青山间

我省首条高速公路建成于1997年,起步虽晚,但步伐却坚实有力。历届省委、省政府在大踏步推进高速公路建设的同时,要求积极协调与生态环境的关系,"建设生态高速公路"的理念迅速传播。

福建省高速公路建设总指挥部从总指挥到工程技术人员充分意识到,高速公路建设初期的大开、大挖、大填势必破坏山区自然植被,不仅影响自然景观,还容易引起水土流失,影响山体稳定性,破坏生态平衡。

各设区市高指积极投入实践,闽东地区追求生态效益,采取各项"四新"技术,减少材料损耗;闽南地区充分利用自然资源,打造森林生态景观通道,实现路随景延;闽西北地区在有限的土地资源上大力探索绿色防护技术,减少对山体的破坏。

"过去生态环境保护意识薄弱,过分强调经济效益,现在我们认识到,绿色生态建设才是企业发展的必由之路。"施工企业也逐渐扭转了思想。

福建省高速公路建设领域自上而下刮起一阵建设生态路的清新之风。为了强化思想认识,福建于 2005 年试行高速公路建设项目环保工作管理办法,将边坡防护等环保设施建设、项目业主等相关单位职责及要求等列入管理范畴,在环保管理工作上迈出重要的一步。

生态高速公路建设实践中,福建省打造出一批又一批生态高速公路工程。

"绿色较量"渗透全过程

纵观全省各个高速公路建设项目,一场"绿色较量"进入白热化。

在布设泉三高速泉州观音山隧道时,设计人员列出了短、长隧道两种方案。项目设计负责人秦志清介绍,短隧道方案与长隧道方案相比,工程造价低,然而路线长,征用土地及拆迁房屋数量高,这意味着车辆行驶能源消耗大,占用耕地面积大。

"过去,工程造价是确定方案的重要因素之一,但在生态环保理念的引领下,我们要树立全寿命周期理念,选择社会、经济综合效益最佳的方案。"为此,泉三高速确定了与地形相适应,占用耕地面积小,对居民生产生活干扰小的观音山长隧道方案。泉三高速荣获第十四届中国土木工程詹天佑奖项,也得益于这一充满生态环保理念的实践。

泉三高速的生态理念并非孤例。长期以来,福建省坚持"地形、地质、环保选线"原则,放眼全省,龙长高速、漳龙高速九沙溪建安关高架桥、石硿山高架桥、福泉高速相思岭隧道等项目,通过合理设计路线,为生态让路,减少了对环境的破坏。

除了设计领域,"绿色较量"还渗透于招投标、施工、验收等多个环节。在泉厦漳城市联盟路段项目 A3 标段账单中,一笔主动投入的费用引起了记者的注意。"建设产生的垃圾以往多是运到弃渣场自然干化,引进这些设备后,可直接在施工场站内处理。"该标段经理王荣勇介绍,为保护当地生态环境,标段主动创新工艺,斥资引进泥浆分离器和砂石分离器,将泥浆分离成泥沙饼和清水,实现泥浆"零污染",解决了传统定点堆砌造成的环境污染、后期处理费用高等问题。此外,还能将废水、废渣、残余混凝土分离成砂、碎石、水,实现资源循环利用。

在山岭重丘区,"较量"不相上下,"土地资源保卫战"已经打响。沈海复线高速公路莆田段沿线山高林密，土地资源稀缺，为此，项目业主要求施工单位以开挖或填筑的路基作为梁场，全线8个梁场均设在路基主线上，并在技术指导下利用130万方高液限土填筑路基，仅这两项节省占地面积就达285亩。竣工前，浦南高速项目共对88处71.82公顷的取、弃土场进行全面绿化恢复，林草植被恢复率达95%，施工营地、便道等临时占地大部分已恢复或移交地方利用。

生态环保制度化常态化

2017年4月，省交通运输厅联合省高速公路建设总指挥部开展第一季度建设督查，特意将路基路面环水保情况列为专项督查内容。"与以前相比，对环保、水保的要求更加全面，更加严格了。"项目业主普遍反映，这样的改变源于福建生态环保理念的不断升华。

高速公路修到哪儿，生态路就延伸到哪儿。我省不断修订完善规章制度，要求全省所有新建、改(扩)建高速公路项目工程严格执行环保措施与主体工程同时设计、同时施工、同时投用的"三同时"制度，形成一套覆盖各个环节的约束机制。

生态环保工作不仅要推行制度化，更要走向常态化。我省率先编写高速公路施工标准化指南，要求驻地建设中应在拌和站入口处设置洗车池，确保拌和站内干净整洁；路基挖方施工时严禁破坏原地表植被，最大限度保护自然环境；桥梁工程交工前应及时处理临时用地和弃土等，保证工完场清……并将其推广至全省乃至全国。

目前，全省高速公路通车里程已达5020公里，实现县县通高速。在政府、行业、社会的监督下，高速公路沿线生态环境、水体、耕地资源得到有效保护，水土流失得到有效防治，实现了项目建设与环境保护、水土保持相协调发展，获得了世行和国内环保专家、交通运输部及外省同行的一致好评。

原刊于《福建交通》2017年第4期

守护好一草一木

——写在张承高速荣获"2017年度国家水土保持生态文明工程"称号之际

邢莫冉　郭文辉　田　洲

　　岁末年初,我省交通战线再传捷报——张承高速承德段和张家口段被水利部授予"2017年度国家水土保持生态文明工程"称号。

　　这一水土保持领域的最高奖励,用于表彰在建设和运行中认真履行水土流失防治义务,严格落实水土保持"三同时"制度,水土流失防治效果突出,具有一定建设规模,行业代表性,社会影响力大,能起到社会示范引领作用,并通过国家级水行政主管部门水土保持设施验收的生产建设项目水土保持工程。自2012年首次开展申报评选活动以来,张承高速成为我省首次获此殊荣的代表性项目。

——题记

　　张承高速是京津冀"四纵四横一环"规划中北京大外环的重要组成部分,对京津冀交通一体化、缓解首都交通压力和服务2022年北京冬奥会具有重要意义。

　　张承高速全长367.575公里,横穿张家口、崇礼、沽源、丰宁、承德,于2007年开工,2015年建成通车。经过近十年的建设,张承高速水土保持设施全部完工,完成投资10.75亿元,绿化面积1082.25公顷。在建设施工中,建设者们将工程建设与民生生活结合、工程景观与自然生态融合、工程线路与民俗文化结合、工程施工与科学研究结合,采取科学的水土保持设计和建设管理,造就了一条和谐、生态、文化、科技特色为一体的草原新天路。

大美张承之自然篇
寸土必争　守护好一草一木

张承高速穿越的冀北山地和坝上高原是京津地区重要的水源涵养地和生态屏障,区域内生态环境敏感脆弱,一经破坏很难恢复。

张承高速建设者秉持"保护原始植被,修复破坏生态,建设更美环境"的生态理念,将"山水林田湖草生命共同"的思想贯穿整个工程。无论是最初的设计,还是后期的施工,建设者寸土必争,守护好一草一木,生态环保理念在张承高速均被演绎到了极致。

张承高速承德段的千松坝隧道的施工设计就是一个典型。众所周知,大滩坝上地区是一片风光无限的大草原,更是人们夏天避暑休闲的天然牧场。然而,坝上地区因为独特的气候条件,这里的生态环境极其脆弱,如果不注重保护自然植被,水土流失将十分严重。长此以往,这里的无限风光也将黯然失色。

鉴于此,在千松坝隧道的施工设计之初,承德段筹建处就多次邀请专家,进行多方论证。为了尽量减少隧道洞口开挖对自然植被的破坏,从最初的明挖施工,确定为隧道洞身穿越风积沙层。可以说,千松坝隧道就是一条从沙土窝里穿过的隧道,沙层含水量小,结构松散,洞室稳定性差,施工技术在我省尚属空白。从后期的施工证明,这不仅是一次设计上的简单更改,其中的施工难度何止增加了百倍、千倍。

"穿越沙层施工,虽然增加了部分成本,更增加了施工难度,但看到珍贵的草原植被得以幸免破坏,这点付出也值了。"一位负责千松坝隧道施工的总工说。

为保护沿线山区生长百年以上的名木古树,张承高速承德段 TJ4 标在控制性工程喇嘛店隧道出口的弃渣场选址上,放弃就近选址的初步设计方案,不惜增加运输成本,另选较远的地方作为弃渣场,此举使本来难逃砍伐命运的 98 棵毛白杨重获新生,使当地本来十分脆弱的生态环境得到了有效保护。

众所周知的潮河、滦河是北京、天津两地的水源地。张承高速同时跨越了潮河、滦河、闪电河、牤牛河、伊逊河等多条水系河流,对水源的保护成为设计、施工中的头等重要事项。为此,在潮河特大桥、七跨滦河大桥等众多桥梁施工中,多了一项设计,在桥面上安装一根引导管。这根粗粗的管子的功能就是将流经路面的污水导入旁边的蒸发池,避免流入河流,污染水源。

大美张承之人文篇
寸土必甄　绘就最美生态路

张承高速不仅连接张家口、承德两大避暑胜地,一路上高山、深谷、林区、草原、湿地,各种景观交织成一幅幅迷人的画卷,被称为我省颜值最高的高速。

为了保护好张承高速沿途美景,建设者寸土必甄,绘就最美生态路,在桦皮岭隧道附近、大滩停车区附近、千松坝服务区附近加宽车道,设置了观景台。观景台上能够欣赏千里冰封的北国风光、牛羊成群的草甸风光、五女河湿地风光,以及紫塞明珠上的皇家园林,您可以在沿途观景台上直接停车观景拍照。同时,作为2022年冬奥会的迎宾廊道,沿线不仅可以体验千松坝服务区的满族美食、沽源的蒙古风情服务区,还可以欣赏沿线体现奥运元素的壁画和景观设计等,无一不诠释着民族文化。

在建设生态高速公路理念的指导下,路基边坡防护采取动态联动设计,减少圬工工程,增加植物防护。施工生产生活区和施工便道区都是临时占地,在使用完毕后进行土地整治,全部进行绿化和复耕,恢复原地貌。项目驻地及场站建设与新农村建设相结合,多租用当地民房、旧村委会;施工便道与农村路网改造相结合;施工临时及永久性用电与农村电网改造相结合的方式,既减少了施工扰动,为群众带来了收益,也对原有路网进行整修,切实保障了民众利益。

隧道在洞口开挖前建成排水系统,施工结束后,在洞门和洞口前的中央分隔带采取中间乔木、外围灌木和地被植物的复层绿化。桥梁互通工程实施了排水措施、拱形混凝土骨架结合植物护坡,空地区域进行景观绿化。沿线服务区、收费站等区域,设计为庭院式景观和园林小品绿化,提升了工程形象。

大美张承之生态篇
寸土必护　打好生态保卫战

在施工过程中,全线还精心算好"节能环保低碳账",建设者寸土必护,打好生态保卫战,为守护首都北京的蓝天提供保障。"高速公路建设与生态环保"这看似矛盾的一对命题却在和解。

针对工程沿线地形复杂,气候严寒,生态脆弱的情况,建设中研发应用了多项新技术、新理念,完善了山地和高寒地区水土保持生态建设技术体系。

研发山区公路巨粒土路基填筑工艺,将桦皮岭等隧道开挖出的巨粒土挖方用于填筑路基,利用弃方修筑观景平台、避险车道和拌和站,累计减少工程弃渣186.28万立方米。

为避免破坏葫芦河湿地,取消了900米路基填筑,将原设计450米的大桥变更为1458米的特大桥整体跨越湿地,保障了湿地水系生态系统的完整。

为避免破坏风积沙区脆弱的生态环境,研发隧道风积沙地层修筑关键技术,投资4.34亿元建设4.5公里长的千松坝隧道,减少开挖破坏面积13公顷。

工程建设过程中为减少对生态环境破坏,研发应用了坝上地区高速公路路基施工生态环境安全技术等6项创新技术成果,发表论文27篇,有效推进了水土保持生态建设。

在路面施工中,施工单位中均推广沥青拌和楼"油改气"技术。采用该项技术后,直接节约了能耗成本,减少了二氧化碳排放。

与此同时,张承高速承德段全线4服务区、4个养护工区、8个收费站全部配备了有"绿色空调"之称的地源热泵,供暖、制冷、提供热水,不仅一机多用,还不向外界排放任何废水、废渣。初步测算,可节约和节省运行费用40%~50%左右,与空气源热泵相比,减少40%以上;与电供暖相比,相当于减少70%以上。张承高速张家口段换热站及锅炉房内安装自动控制系统,选用变频热水循环泵,当热网循环水量发生变化时,循环泵的流量、功率可随之变化,从而达到节能的目的。

越高山,跨深谷,途经草原、湿地,穿过国家森林公园,张承高速几乎具备了所有山区高速公路的特点,也具备了某些山区高速没有的特点。

大美张承,美不胜收。七跨滦河大桥、现代立体互通、长大纵坡路段、桥隧相连、集古今风格于一体的收费站、服务区建筑……建设时期的一个个艰难险阻,在通车之后,已然成为367公里长线路上的一个个独特景观。

原刊于《河北交通》2018年1月17日2版

中国海事：改革中前行　探索中奋进
——记中华人民共和国海事局成立20周年

崔乃霞　林泊舟

1998年10月27日，中华人民共和国海事局正式成立。至今，已整整20周年。

20载风雨苍茫，海事人守望江海，砥砺前行。

20载世事变迁，海事人执着坚守，初心未改。

历史篇
忆往昔　峥嵘岁月　探索前行

中国海事，自古以来便实施以水上安全为中心的监督管理，为国家行政管理之一。

到了近代，我国的水监职能分属伪航政局和洋人把持的海关。一部中国海事近代史，就是一部半殖民地半封建社会的民族屈辱史。

中华人民共和国成立以后，1949年11月1日，新组建的中央人民政府交通部，在其下设置机构实施水上交通安全监督管理工作，仍沿用近代"航政"名称，规定其职能为船舶登记、船舶丈量、船舶进出港管理、海事处理等。

1950年，政务院首次明确航政机构为"国家主管机关"，并参照当时苏联港口的管理模式，将航政统一于航务、港务，使航政一改过去独立行使水上安全监管的全能局管理模式，变为"政企合一"港航体制下的一个职能部门。之后，历经多次演变，至1983年，初步形成中央与地方共同构成的水上交通安全管理体系、出台一系列管理法律法规规章制度，基本上涵盖水上交通安全各方面的监管工作。

1971年,我国恢复联合国合法席位。1972年9月起,交通部主管全国航政的职能机构对外正式使用"中华人民共和国港务监督局"或"中华人民共和国港务监督"名称,开展国际间的海事交流合作。

1982年7月28日,《国务院关于交通部行政机构编制的复函》同意交通部机关行政编制800人,所设机构包括水上安全监督局。当时水上安全监督局对外暂时继续沿用"中华人民共和国港务监督局"的称谓。

1984年起,国务院实施沿海港口体制改革。1984年1月1日起施行的《中华人民共和国海上交通安全法》中明确,中华人民共和国港务监督机构,是对沿海水域的交通安全实施统一监督管理的主管机关,从法律授权角度明确了海事的执法监督和行政管理职责。

1985年,国务院做出了改革水上交通安全监督管理体制的决定。按照"政企分开"的原则,建立了中央和地方分工负责的水上安全监督管理体制。沿海大港由中央管理,小港由地方管理,海区内水域秩序由中央统一管理。交通部属港监按海区分管,管辖区内地方已设有机构的小港和小港湾,仍由地方在划定的水域范围内实施监督管理。交通部按照国务院决定,将港务监督、通信机构从港务局划出,航标测量处从航道局划出,组建海上安全监督局。海上安全监督局是在交通部领导下,代表国家对所辖海区和港口的交通安全实行统一监督管理的主管机关,为部直属一级行政单位,实行交通部和地方政府双重领导,以部为主的管理体制。

这次改革将隶属于沿海各港务局的17个港务监督、15个海上无线电通信机构和3个隶属航道局的航标测量处划出,组建了14个海上安全监督局,实行交通部与所在城市政府双重领导,以交通部为主的领导体制。除北京、西藏外,全国有28个省、自治区、直辖市建立了水上安全监督机构,基本覆盖了全国水域的水上交通安全管理。

1987年,这次改革基本结束。自此,我国航政机构由企归政,纳入国家行政序列,并构成中央和地方共同管理的水上安全监管系统,海区管理范围由港区转向海区,我国水监机构的整体力量得到较大的加强,职能的发挥基本不再直接受企业的制约,是一次跨越性的发展。

改革篇
记改革　大刀阔斧　稳步推进

"政企分开"改革后形成的水监机构管理模式,在运作了一段时期后,随着国家经济体制改革大环境的变化,在计划经济时期遗留的弊端逐步暴露出来:一是港区内涉及水上交通组织和通航环境维护的职责无法划分;二是由于地方有立法权,形成不同的法规,依此争夺来本港外地船舶的管理权和收费权;三是港区外通航水域的维护管理要么双方争,要么无人管;四是随着港口和航运投资渠道的多元化,企业的经济形式再无法简单按照中央或地方企业划分,水监机构也无法再按照这种逻辑设立和划分职责。中央和地方水监机构的矛盾日渐突出,改革管理模式已势在必行。

经过前期充分的论证、调研和试点,1998年6月18日,国务院办公厅印发《交通部职能配置、内设机构和人员编制规定》,明确了水上安全管理体制改革的总体原则和基本思路:沿海(包括岛屿)海域和港口、对外开放水域及主要跨省、自治区、直辖市内河(长江、珠江、黑龙江)干线及港口的水上安全监督管理,实行"一水一监、一港一监"垂直管理体制,由交通部统一领导。合并中央与地方的水上安全监督机构,统一政令、统一布局、统一监督管理;在统一领导体制下,界定有关水域的中央与地方的管理分工。中华人民共和国船舶检验局(交通部船舶检验局)与中国船级社实行"局社、政事分开",同中华人民共和国港务监督局(交通部安全监督局)合并组建中华人民共和国海事局(交通部海事局)。海事局为交通部直属机构,局长由交通部主管副部长兼任,实行垂直管理体制,主要负责行使国家水上安全监督管理和防止船舶污染、船舶及海上设施检验、航海保障的管理职权。这标志着全国水监体制改革正式启动。1998年10月27日,中华人民共和国海事局正式成立,并于同年11月18日举行了揭牌仪式。

1999年6月,国务院办公厅转发交通部《水上安全监督管理体制改革实施方案》。方案中明确了改革的指导思想:水上安全监督管理体制改革要坚持精简、统一、效能的原则,在统一的领导体制下,明确界定中央与地方对有关水域的管理分工,实行"一水一监、一港一监",在同一水域、同一港口和同一地区不得重复设立水上安全监督管理机构。通过改革,进一步理顺关系,明确职责,统一政令、统一布局、统一监督管理,逐步建立起与社会主义市场经济体制相适应的,分工负责、运转协调、行为规范、办事高效、执法统一的水上安全监督管理新体制。

《水上安全监督管理体制改革实施方案》正式确立后,改革进入实质性阶段。此次全国水上安全监督管理体制改革实施方案的落实按照"先江后海,先易后难,先外后内"的指导思想,先后经历了与相关省(自治区、直辖市)签订协议、组织交接、设置机构建立新体制三个阶段,至2005年6月西藏地方海事局挂牌成立,宣告全面完成。在中央管理水域共设置了20个交通部直属海事机构,具体为:黑龙江、辽宁、营口、河北、上海、天津、山东、烟台、江苏、连云港、浙江、福建、厦门、广东、汕头、深圳、湛江、广西、海南、长江海事局,上述直属海事机构共设立112个分支机构。全国31个省、自治区、直辖市(不含港澳台),有27个设立了地方海事机构,广东、广西、海南、深圳4省区全部水域由交通部直属海事机构管理。

此次水监体制改革完成后,海事体制进一步理顺,一改过去"一水多监、政出多门、政令不统一"的局面,形成了水上执法"统一政令、统一布局、统一监督管理"的新局面。

发展篇
谱新篇　交通强国　海事先行

自2006年起,"三统一"水监体制全面运转,中国海事全面履行职责,海事系统紧紧围绕水上交通安全监管中心工作,稳步推进软硬实力建设,海事面貌呈现出新的历史性变化,为加快推进交通运输现代化提供了坚强保障,为服务和改善民生做出了积极贡献。

在2005年基本形成"统一政令、统一布局、统一监督管理"格局的基础上,为了更好地发挥海事职能和作用,海事系统进一步深化水监体制改革。2010年5月25日,中编办印发了《交通运输部直属海事系统人员编制和机构设置方案》,首次批复了直属海事系统海事行政机构和行政编制,首次批复了直属海事系统海事事业单位和财政补助事业编制;明确了从事海事行政管理和执法监督职责的人员核定为行政编制,从事技术支持和服务保障工作的航标、测绘、通信以及后勤管理人员核定为财政补助事业编制;明确了直属海事机构、分支海事机构及其派出机构为行政机构;首次跨区域设立北海、东海、南海航海保障中心,并明确3个中心下设航标处、海事测绘中心、通信中心等机构,和各直属海事机构及宁波海事局的后勤管理中心均为事业单位。这是直属海事系统实行"政事分开"、分类管理的标志性文件。

方案下发后,海事系统积极完成各级海事机构"三定"工作并组织开展"三定"后评估,优化行政机构设置和布局,加快推行事业单位改革制度,启动体制机制深层次研究,经过三年的努力,完成直属海事系统核编转制,行政机构纳入公务员管理,成立北海、东海、南海航海保障中心,2013年,海事核编转制工作顺利完成。

党的十八大提出了建设海洋强国的国家战略目标,这对海事服务保障航运经济能力提出了更高要求。为适应新形势下的新要求,2016年11月,交通运输部印发《深化直属海事系统基层执法机构改革方案》,开始建立"综合办公室、海事监管科+若干海巡执法大队"的海事处内设机构设置新模式,建立以海巡执法大队为基本单元的现场监管模式,推动基层去机关化,一线监管力量得以加强。

通过深入推进体制机制改革,海事系统持续深化治理能力建设,管理体制进一步优化,开创了海事发展的新局面。

党的十九大提出了建设交通强国的宏伟目标,这是新时代全体交通人为之奋斗的新使命,为了全面贯彻落实党的十九大精神,开启新时代海事发展新征程,为交通强国建设当好先行,海事系统推进海事治理体系和治理能力现代化。2017年12月,交通运输部印发《关于深化直属海事系统管理体制改革的意见》和《关于深化航海保障管理体制改革的意见》,拉开了新时代直属海事系统深化改革的新序幕。

此次改革,从完善海事职能定位、深化海事职能转变、深化海事机构改革、深化航保体制改革、深化船检体制改革、健全区域协作机制、加强班子队伍建设等七个方面入手,使海事安全监管更精、更准、更有效,海事综合保障更全、更实、更有力。目前,改革正在稳步推进,自2018年7月1日起,北海、东海、南海航保中心由原分别委托天津、上海、广东海事局管理调整为由部海事局直接管理,海事行政机构和事业单位的管理关系进一步理顺。

海事治理现代化的新征程已经开启。下一步,海事系统将持续完善海事治理体系,不断提升治理能力和治理水平,力争到 2020 年基本建成国内一流、国际先进的海事执法队伍,到 2035 年全面建成监管到位、保障有力、反应快捷、服务智能的现代海事监管服务体系,为交通强国建设提供坚强的海事保障。

20 年风雨征程,大海无言,岁月如歌。

中国海事始终在改革中前行,在探索中奋进,忠诚履职,不负使命。

云水间铸造忠诚,风浪里尽显本色。中国海事,用 20 年的岁月坚守,让这曲雄壮的《海事之歌》,唱响在祖国的每一片江海。

原刊于《中国海事》2018 年 11 月 15 日

2018,京秦大决战!

陈 露 涂广德 史 诗 张 雷 刘 芳

确保京秦高速公路大安镇(津冀界)至平安城段2018年内通车!

——这是全体京秦高速人的庄严承诺,更是数万沿线百姓的殷切期盼。

路途艰辛?谁怕!他们迎难而上,一路披荆斩棘,攻克了一个又一个建设难关。

工期紧张?无惧!他们以路为家,毫无保留奉献,始终坚持高标准、高质量施工。

悠悠黎河畔,燕赵大地间,建设者们架起一座又一座飞虹,谱写了一曲华丽的乐章。如今,一条平坦、宽阔的绿色高速公路已经呈现在我们眼前。

希望就在前方,曙光就在前方!为了心中的梦,他们未曾停歇!

2018年内通车,他们势在必得!

品质京秦,燕赵通衢
——京秦高速大安镇(津冀界)至平安城段建设纪实

全线桥面铺装工程施工完成、全线隧道路面施工完成、全线路基填筑施工完成、全线路面工程全部完成……近期,G0121京秦高速大安镇(津冀界)至平安城段(以下简称"京秦高速二期")建设前线捷报频传。随着一项又一项主体工程的完工,京秦高速二期项目即将实现通车。

这条路,将充分缓解G1京哈高速的拥堵现状,为公众便捷出行提供新选择;这条路,将加快京津冀交通一体化进程,成为三地协同发展的动脉;这条路,将为沿线群众铺就一条全面振兴的幸福大道,促进周边区域工业、农业、旅游业再发展。

京秦高速二期项目全长不足40公里，却同时具备山区高速公路和平原高速公路的特点，堪称河北省高速公路建设的"小型博物馆"。为了一个共同的目标——2018年内通车，中国交建、河北光泰路桥等单位组成的千余名筑路大军，在700多个日日夜夜里，用辛勤与汗水在广袤的燕赵大地上勾勒了一幅壮美的高速画卷。

压力空前！迎难而上保工期

作为河北省2018年必保通车项目和"双创双服"活动公共交通建设工程，京秦高速二期项目从建设之初，就受到了广泛关注。"2016年开始，项目各标段施工单位陆续进场，但受多种因素的影响，工程建设进度并不理想。"河北高速公路京哈北线管理处(以下简称"京哈北线管理处")工程科负责人坦言，"截至2016年底，只完成了工程总量的18%，想要实现2018年底通车的目标绝非易事。"

路虽远行则将至，事虽难做则必成。

2017年，京哈北线管理处以抓好征地拆迁、改善施工环境为突破口，着力解决了阻碍施工的多项难题。同时，按照"稳中求进，适度超前"的原则，编制和落实施工计划。很快，项目建设打破了僵局，走入了快车道。

进入2018年后，京哈北线管理处再下决心，全力打赢年内交工通车的攻坚战——有序开展"大干100天"劳动竞赛、"决战九月""决胜十月"等各类活动，调动大家的积极性，加快工程施工进度；

管理处全员参与搞建设，实施节假日"AB角"轮休制度，确保工作无缝衔接，管理机制始终高效运转；

坚持月检查考核制度，对施工进度落后的标段进行现场督导；

……

全体参建人员通力合作、超前策划，一个个节点任务陆续完成。京秦高速二期项目如期通车，指日可待。

建章立制！精细管理铸品质

品质公路的落成总离不开良好的管理机制。作为河北省高速公路管理局的精细化管理示范单位,在项目建设过程中,京哈北线管理处始终高标准、严要求,坚持用制度管人、管事、管资金、管工程:要求工程技术人员尊崇科学、勇于创新,恪守规范、科学指导;要求管理人员精通管理、会抓善管,铁面无私、能抓敢管;要求全线各项目部,严谨认真地推行高速公路施工标准化。

"一项优良工程,既是干出来的,也是管出来的!我这名'路长',就是要集中广大干部职工的聪明才智,把这项工程建设好、管理好!"对于精细化管理带来的益处,京哈北线管理处处长孙文进深有体会。

在孙文进的带领下,京哈北线管理处将2015年修订的10大门类92项管理制度辑印成册,作为京秦高速二期工程的管理准则。自2016年起,还修订完善了《京秦二期工程文化建设框架》《工程质量终生追究制度》《预防工程质量通病制度》《专家咨询制度》等29项制度,形成了"制度—落实—考核—提升"环环相扣的精细化管理链。

值得一提的是,在精细化管理理念的引领下,京秦高速二期工程的全体参建人员对标全国一流,不断在"精细"二字上做文章,全方位、全过程实施精细化管理,使工程质量管理水平大幅度提高。

追求卓越!工程质量"零"投诉

"百年大计,质量第一。必须一丝不苟、精益求精地抓好工程质量,努力打造出具有京秦特色的品质工程。"京哈北线管理处副处长张孟强的话掷地有声。

有了目标就有了奋斗的方向。为了打造一条品质之路,京哈北线管理处采取了一系列行动。

恪守"四严"规定

即严格把控路面材料准入关、严格进行首件工程示范、严格加强施工过程管控、严格进行质量检验。同时,还实现了现场数据传输、动态控制路面施工质量,避免了人为、材料、机械等因素造成的工程质量隐患。

应用智能监管系统

以路面压实及平整度作为路面工程质量的抓手,引入智能化管理系统,为沥青进场、拌和、运输、摊铺、压实设备加装控制设备,全过程监控工作状态。

引入第三方检测制度

通过招标引进第三方检测单位,并委托第三检测机构定期或不定期对各标段原材料、实体质量进行抽查,发现问题及时处理,保证工程内在质量。

加强施工质量考核

结合工程进展情况,及时对各标段施工单位进行月检查及季度考核,对查处的问题一并通报并落实整改,在全线营造比、学、赶、超的施工氛围。

建立质量终身责任制

印发质量终身责任制实施办法,明确勘察设计、监理、施工单位等各方的责任,并对分项工程划分质量责任,做到事事有人管、关关有人把。

今年下半年,河北省公路工程质量监督站对京秦高速二期工程进行路面专项检查,经测定,全线路面各项指标的合格率达到了100%。此外,京哈北线管理处在施工项目部、监理驻地等多处设置的工程质量投诉箱,也一直保持着"零"投诉的记录。

警钟长鸣！全力打造"平安路"

京哈北线管理处牢固树立"安全生产、党政同责"的原则,坚持"管生产必须管安全"的要求,采取"不通知检查时间、不通知检查单位、不通知检查项目、不需要施工单位陪同,直接深入工地、直接检查要害部位"的"四不二直"检查方法,突击检查沿线各标段现场施工安全,及时查处潜在的安全隐患。此外,京哈北线管理处还会根据时间、季节的变化,确定安全管理工作和隐患排查的重点。京秦高速二期项目建设期间,全线未发生一起安全责任事故。

与时俱进！科技创新显智慧

自开工建设以来,京哈北线管理处牢固树立"创新是引领发展的第一动力"的工作理念,勇于创新,攻克了管理和技术上的诸多难题,也在质量、环保、安全等方面取得了出色的成绩。

毫不夸张地说,京秦高速二期项目的路面施工质量在河北省首屈一指。目前,路面水稳施工坚持3次卸料法、沥青混合料施工坚持5次卸料法;沥青面层碾压钢轮压路机采用"甩头摆尾"方式,路面边部采用小型压路机压实……这些创新性的施工工艺,已经被河北省高速公路管理局在全局系统内推广,并取得了良好的效果。

谈及凤凰岭隧道掘进"零"弃方的秘诀,孙文进介绍,在施工过程中,建设团队改变了传统的处理方式,将隧道出渣进行工厂式加工后,重新铺筑于路面。此举不仅减少了占地和扬尘,还大大节约了建设成本。"今后,在全省高速公路建设中,凡是有条件的都应该推广。"河北省高速公路管理局领导多次对这一创新性做法给予了肯定。

"只轻轻一扫,就能立即在手机上查看该产品的所有相关信息材料。"三标段项目部廖经理介绍,在引入工程质量二维码动态管理系统后,大到桩基小到一个零部件,都有了自己的"身份证"。

一个简单的二维码,就能让原材料产品信息、进场验收信息等一目了然,切实实现了施工质量"可追溯",为打造品质工程又拧上了一道保险。

对话自然!工程建设绿意浓

如何处理好公路建设与生态环境保护之间的矛盾,是建设者必须面对的巨大考验。

黎河大桥位于一级水源保护地,跨越引滦入津的供水河流,环保工作艰巨。对此,施工单位在黎河两侧5座中大桥底部设置了污水集中收集处理系统,污水通过泄水管可以直接流入沉淀池中,最大限度保护好津唐地区"母亲河",确保引滦入津水源安全。

为最大限度地保护沿线生态,京哈北线管理处采取了各项环境保护措施:各施工单位严格遵循六个"百分百",即施工工地周边100%围挡、物料堆放100%覆盖、出入车辆100%冲洗、施工现场地面100%硬化、拆迁工地100%湿法作业、渣土车辆100%密闭运输;采取错峰施工措施,在重要时期和恶劣天气下减少扬尘性施工,在爆破作业时要求覆盖或喷水降尘。同时,要求和指导施工单位,必须做到"工完、料净、场地清",及时恢复自然地貌和植被。除此之外,京哈北线管理处还坚持绿化美化与工程建设同行的方略,搞好绿化美化工作,打造具有京秦特色的绿美景观带。

在山川与平原之间穿梭的这条京畿坦途,承载着建设者们太多的艰辛、智慧、汗水。长风破浪会有时，直挂云帆济沧海。2018，是奋斗的一年，是不平凡的一年，它将永远被刻在每一位京秦高速人的心中……

▶▶ 链接

京秦高速大安镇（津冀界）至平安城段

该项目是国家规划的京哈高速并行线G0121京秦高速的重要组成部分，起于河北省唐山市玉田县大安镇境内，止于遵化市平安城，途经2个县(市)。项目路线全长38.4公里，采用双向六车道高速公路标准建设，设计行车时速120公里。全线共建设大桥13座、中桥12座、涵洞36道、分离式立交8座、通道89道、天桥2座及隧道2585.2米/2座；设置互通式立交3处、匝道收费站2处、主线收费站1处，服务区、停车区各1处，养护工区1处，隧道管理所1处，监控通信分中心1处。

难忘的瞬间！

"跨京哈铁路分离式立交桥转体成功！"2018年5月25日凌晨3时20分，伴随着现场总指挥的一声宣告，跨京哈铁路转体桥同步逆时针旋转52.5度，双幅成功跨越京哈铁路，顺利实现转体。这个控制性工程的完工，为京秦高速二期项目年内全线通车奠定了坚实基础。

跨京哈铁路转体桥双幅转体长度122米，相当于30辆轿车首尾相连的长度，单幅转体重量达1.04万吨，宛若一艘"陆地航母"。京哈铁路是北京通往东北最重要的铁路通道，每7分钟便有一趟列车通过，施工难度大、安全风险高。为了确保春运、特殊节假日及特殊天气铁路安全，京哈北线管理处认真编制施工组织设计，合理安排工期，有效施工仅有170天，较上级要求的转体完成时间提前了5天。

建 设 印 记

从项目可行性研究报告获批到各标段陆续进场施工，再到凤凰顶隧道、跨京哈铁路分离立交桥等多项重要节点工程陆续完工……历经3年风雨，京秦高速人执着前行,一步一个脚印,用辛劳与汗水筑起了一条京畿坦途。如今,这条承载着沿线百姓期待的高速公路即将通车,回首漫长的建设历程,每一个日子都值得被我们铭记。

2015年

9月30日,国家发展和改革委员会批复了京秦高速二期项目可行性研究报告。

12月22日,京秦高速二期项目初步设计获交通运输部批复。

2016年

2月26日,京哈北线管理处部署和推动京秦高速二期项目前期工作,并提出力争下半年开工建设的目标。

3月27日,河北省交通运输厅批复了项目的施工图设计。

5月10日,河北省交通运输厅副厅长刘中林、唐山市人民政府副市长李国忠组织召开专题会议,调度迁曹高速、京秦二期项目建设工作。

11月10日,京哈北线管理处开展"大干60天,保开工、保投资"劳动竞赛活动。

11月18日,凤凰顶隧道进出口明洞及边仰坡开始开挖施工。

11月26日,陶官屯车行天桥0b-1桩基首件开工,标志着全线桥梁工程开始施工。

2017年

2月18日,跨京哈铁路分离立交桩基开始施工。

2月22日,河北省交通运输厅党组成员、副厅长刘中林到唐山市调度京秦二期等在建项目。

3月5日,全线路基工程开始施工。

7月27日,京哈北线管理处开展"大干100天"劳动竞赛。

11月20日,房建施工单位入场施工。

12月5日~6日,京津冀交通一体化重点项目建设劳动竞赛领导小组对项目劳动竞赛开展情况进行考核。

12月17日,黄家山隧道实现双幅贯通。

2018年

3月21日,京哈北线管理处制定任务目标展开图,积极部署全年工程建设管理任务。

5月7日,凤凰顶隧道实现双幅安全贯通。

5月25日,跨京哈铁路分离立交桥实现安全转体。

6月21日,河北省交通运输厅党组成员、省高速公路管理局局长杨荣博进行项目建设情况调研。

7月20日,河北省高管局召开工程建设现场观摩会,京哈北线管理处中进行典型发言和经验介绍,得到了与会人员的好评。

7月1日,跨京哈铁路分离立交桥最后一片钢箱梁架设完成,标志着京哈铁路分离立交桥全桥贯通,全线梁板架设完成。

8月28日,梨园大桥桥面铺装完成,标志着全线桥面铺装工程施工完成。

9月23日,凤凰顶隧道混凝土路面顺利完成交验,标志着全线隧道路面施工全部完成。

10月2日,全线路基填筑施工完成。

11月5日,全线路面工程全部完成。

(预计)12月中旬,京秦高速二期项目将实现通车运营。

京 秦 故 事

这条路,凝结着无数建设者的勤劳与智慧。这条路,承载着沿线群众奔向小康的梦想和希望。在这条路上,有一群执着追梦的高速人。他们甘当铺路石,奔忙在建设一线,挥洒青春热血。他们心系老百姓,为沿线群众办实事,赢得了赞誉和支持。他们一路风尘,一路高歌,不断将感动延续……

郭大叔的两亩麦

"大叔,这是您家的麦地吗?"

"废话,不是我的,还是你的啊?"

已经连续两天了,郭新庄村70多岁的郭大叔一直挡在施工车辆前面,护着自家还要半个多月才能收镰的两亩小麦。可一个多月前,郭大叔早已和当地政府签订了《拆迁补偿协议》,领取了青苗补偿。这几日任凭村干部苦口婆心劝说,他就是死活不让施工单位进场施工。

"大叔,您先消消气儿,这大中午的,您总这么晒可不行啊。有什么事您和我说,我帮您解决!"京哈北线管理处地方科的小莫说。

"这小麦眼看就熟了,损失一千多斤粮食太可惜!你们晚十几天干活儿不行吗?今天说什么也不让你们进我家的麦地!"郭大叔板着脸说。

"也是,确实有点可惜,"小莫接着郭大叔的话茬说:"不过您看,您种植的小麦、果树、蔬菜,不都领取补偿了吗?"

"那倒是。"郭大叔回答。

小莫紧接着说:"最近新闻都在播报,这条高速是国家重点工程,从省里到市里、县里的领导都特别关注,为的就是早日建成通车,实现京津冀一体化。要致富,先修路嘛!"

"你别讲这些大道理,我都懂。"郭大叔依旧一脸不悦。

"那好,咱不说这个。那您是不是认为现在收割受损失了?"小莫问道。

"那当然!"郭大叔抬头看了小莫一眼。

"那您说,是您一千多斤小麦未收的损失大,还是因为这路没有按时修通,导致大批农产品运不出去的损失大?"为了不让大叔难堪,小莫没有再次提及郭大叔已经领取青苗补偿的事实。

"那……是比我的损失大。"郭大叔低着头嘟囔。

"就是啊!"小莫说:"这条路通了,不光沿线的老百姓去北京、天津方便,农产品打入京津市场方便,来咱们这里来观光旅游的也方便,是吧?"

"……是!"郭大叔从牙缝里挤出一个字。

"我听说您儿子是中交集团的桥梁设计师,一年中大部分时间都在工地,修路建桥几乎跑遍了全国各地,非常辛苦。"小莫与郭大叔攀谈着。

"是啊,你怎么知道的?他呀,一年到头就过年回来两三天,有两年工期紧张过年都没回来。"郭大叔一脸无奈。

"所以嘛,大叔,工期一时一刻也不能耽误啊!有可能就因为拖延一两天时间,就耽误了某个关键工序的施工,荒废了大好施工季节,而使整个工期延误。不光路不能按时建成通车,还会有多少参与建设的专家、技术工人不能正常休假,甚至不能回家过年团聚啊……"

"小伙子,别说了,我现在就找人收。长到半成的小麦喂牛我没损失!"小莫话音未落就被郭大叔打断了。

"大叔,别找人了,我们帮你收!"小莫说。

"小伙子,是大叔胡搅蛮缠了。谢谢你们,不用,不用!"郭大叔笑着回答。

一场持续两天的阻工事件就这样被化解了。

"心路"

"这条路不仅方便了施工,还给我们的生活带来了便利。以前的山路太难走了,满山的苹果都得用三轮车晃晃悠悠地运下去。现如今,有了这条便道,大型运输车终于可以开上山了,这条路真是修到我们的心坎里去了!"说话间,村民张老汉脸上洋溢着笑容。

张老汉口中的这条"心路",便是京秦高速二期工程凤凰顶隧道的进出场施工便道。之前那条上山的土路不仅十分狭窄,而且路面凹凸不平。为此,京哈北线管理处积极与当地政府及国土有关部门协调,利用零散坡地、废弃地为当地百姓铺设了一条道路,在方便施工车辆进场施工的同时,也切实方便了农作物的运输和村民出行。

村民们的心结

"在这儿建桥哪行?这下全村人都出不去了啊!"村民们你一言我一语地吵嚷着。眼前的这条路,是玉田县孤树镇庄户村到香小线唯一的通道,可日前,却被桥梁桩基及墩柱占用了,出村的道路被阻断,这可愁坏了庄户村的村民。为保证村民的正常生产、生活及出行方便,村干部找到了京哈北线管理处。了解情况后,管理处地方科立即委派专人积极与当地镇政府沟通,同时与项目总工办对接,立即对原有设计进行优化,在庄户村村西新修了一条直通香小线的水泥路。新路修通了,庄户村村民的心结也打开了。

那年农忙时

"再不浇水,今年的庄稼收成可就不行喽!唉……"随着气温回暖,农民春耕正当时,玉田县小山头村的村民们都在田地里忙碌劳作,谢大爷却独自坐在门口叹气。

京秦高速二期项目首个涵洞工程就征用了谢大爷家的田地,涵洞基坑把谢大爷家的一块田分割成了两块,而且清表后无法再进行大水漫灌了。了解到谢大爷家的情况后,为了不影响整个工程进度,三标段项目部的廖经理主动为谢大爷家买了水管,还帮忙把水管通到对面的田地。谢大爷家的两块地都实现了正常灌溉,灌溉速度较以前不降反增,谢大爷对项目部和管理处的暖心举动连连称赞。

原刊于《中国高速公路》2018 年第 11 期

砥砺奋进40年 交通先行谱新篇
——改革开放40年宁夏公路交通运输事业发展成就不凡

毛永智

40年众志成城,40年砥砺奋进,40年春风化雨。改革开放以来,宁夏交通运输事业发生了天翻地覆的变化,全区公路总里程增加了六七倍,共新增3万余公里,东进西出北上南下的大通道建设加快推进,自治区与周边省区道路互联互通水平明显提高,成为宁夏经济快速发展的重要保障。

宁夏交通乘东风扶摇而上

1978年,宁夏全区公路通车里程为5227公里,多数相当于现在的三、四级公路,三分之一相当于等外路,够二级路标准的仅银川南北100余公里,低级路面(砂砾路面)2170公里,其余都是无路面的土路。"当时的路况极差,只有5条干线公路情况稍好,但也有很多'搓板路',每逢开春融冻,经常出现'翻浆'病害。其余公路都是晴通雨阻。即使是最重要的干线公路,行车平均时速也不到40公里,黄河宁夏境397公里只有一座叶盛黄河大桥,从银川到固原341公里,坐车需要用两到三天的时间"。原自治区人大常委会副主任陈敏求说。全区汽车仅有1.02万辆,远不能满足经济社会发展需要,客运班线只通到县,绝大多数乡镇不通客运班车,货运车辆不足,难以满足货物运输的需要。

改革开放使宁夏公路交通事业摆脱当时所处的严重困境,并从此翻开了崭新的一页。1980年,自治区按二级公路标准改建了国道109线、312线、211线境内段和省道101线,为配合干线公路网新建了193公里的贺兰山沿山公路。1986年和1988年建成中宁黄河公路大桥和石嘴山黄河大桥,打通区域内连接大通道。

在"要想富先修路"理念的引领下,宁夏形成了全区公路建设的热潮。1991年10月至1997年6月,宁夏启动实施了改渡为桥工程,相继建成了青铜峡、银川、中卫3座黄河公路大桥。1997年3月,国道312线六盘山隧道工程竣工通车,从此六盘山道天堑变通途。

1997年4月28日,宁夏首条高速公路——姚伏至叶盛高速公路破土动工,拉开了宁夏建设高速公路的序幕。1999年6月,宁夏首条世界银行贷款公路项目——古(窑子)王(圈梁)高速公路开工建设,同年9月和10月,石中高速公路北段73公里、南段工程相继开工。11月16日,姚叶高速公路银川段建成通车,实现了宁夏高速公路零的突破。从"八五"到"九五"期间,共有5个高速公路项目、3个一级公路项目开工建设,并建成通车银武高速公路,标志着宁夏开始进入公路现代化建设阶段。

此后几年,宁夏相继建成了古(窑子)王(圈梁)、麻(黄沟)姚(伏)、叶(盛)中(宁)、中(宁)郝(家集)、银(川)古(窑子)、等高速公路。截至2007年底,国家高速公路网规划的(北)京(西)藏公路宁夏境全部建成;青(岛)银(川)高速公路、福(州)银(川)高速公路宁夏境内的主要路段基本建成。

2010年,宁夏实现了所有乡镇及行政村通公路。高速公路通车里程突破1000公里,建成了银川绕城高速公路、银川至机场六车道高速公路,实现了所有市县在1小时可上高速,国家高速公路网在宁夏境内的主要路段基本建成。建成银川黄河辅道大桥等4座公路大桥,在黄河流经宁夏397公里的河道上,建成10座黄河公路桥,桥梁密度居黄河、长江流经省份之冠。

新时代开启交通运输新篇章

公路通,百业兴。党的十八大以来,宁夏公路交通运输行业紧紧围绕当好发展"先行官"的职责使命,认真贯彻落实新发展理念,不断深化供给侧结构性改革,着力推进综合交通、智慧交通、绿色交通、平安交通建设,宁夏公路交通行业进入高速发展时期,交通运输也呈现出由量变到质变的飞跃。

2013年,习近平总书记提出了"一带一路"倡议构想,宁夏抢抓机遇、多方筹资,加大交通基础设施投入,公路交通建设迈入快速发展的新时期。2015年,乌玛高速公路银川至青铜峡段、青兰高速公路隆德至毛家沟段、彭阳至青石嘴高速公路、黑城至海原高速公路建成通车。

2016年，随着固原至西吉、李家庄至泾河源高速公路建成通车，宁夏成为全国第11个、西部第2个实现县县通高速公路的省区，全区所有县城融入了国家高速公路网。

2017年7月3日，全长9.5公里、全国海拔2000米以上高原地区最长的青兰高速公路六盘山特长隧道建成通车，标志着青兰高速宁夏段全线贯通，也标志着"7918"国家高速公路网宁夏段全面建成。同年12月，宁夏首条"四改八"高速公路——青银高速银川至宁东段主线也建成通车。截至2018年底，宁夏公路通车里程达3.54万公里，是1978年的6.8倍。公路网密度达53公里/百平方公里，其中高速公路通车里程1678公里，每万人拥有高速公路2.5公里，处于全国领先地位。

党的十八大以来的5年，宁夏公路水路累计完成固定资产投资809亿元，相当于建国至2012年投资的1.4倍，年均增长23%。建成东毛、彭青、黑海、固西、李家庄至泾河源等高速公路，新增高速公路里程285公里，八车道高速公路57公里；完成国省道改造1300公里，加宽改造中卫、中宁、石嘴山3座黄河公路大桥，新建银川兵沟、滨河和永宁、叶盛4座黄河公路大桥，完成黄河银川、吴忠和中卫段航运工程建设140余公里。与此同时，全区运输保障能力也实现多元高效。五年来，全区累计完成公路客运量3.87亿人次、货运量17.3亿吨，在客运量下降情况下货运量逆势增长31%，营运车辆保有量12.1万辆，公路运输支撑作用更加凸显。多式联运、无车承运人、接驳运输试点工作取得积极进展，实现全区二级以上汽车客运站实名制联网售票，汽车驾校全部实行"计时培训、计时收费、先培后付"服务，春运、节假日等重要时段旅客出行有序。公交都市创建成效明显，银川、固原两市基本实现与全国"交通一卡通"互联互通，全区城市公交IC卡发售量突破百万张，覆盖城乡的道路客运一体化网络基本形成。

党的十九大绘就了全面建成社会主义现代化强国的宏伟蓝图，提出建设交通强国的宏伟目标。这是以习近平同志为核心的党中央站在党和国家事业发展全局高度作出的战略部署，是新时代赋予交通运输的历史使命，宁夏公路交通运输事业再次迎来快速发展期。

2018年,宁夏以重点项目为引领,建成通车了同心至海原高速公路、叶盛黄河公路大桥、石银高速公路平罗链接线和银昆高速公路银川机场段改线工程以及京藏高速"四改八"望远至滚泉段和麻黄沟至平罗段西半幅。同时,新开工了乌玛高速青铜峡至中卫段、国道327线彭阳至青石嘴、国道341线黑城至海原、省道311线李俊至关庄等8个国省道改造项目和一批县、乡、村公路。

铺就新时代宁夏经济快速发展之路

公路运输是宁夏经济的主动脉。地处内陆、不沿边不靠海,决定了宁夏经济从某种意义上讲就是公路经济。

交通人铺的是路,建的是站,树的是碑,连接的是心,通达的是富。

改革开放40年来,宁夏公路交通运输事业发生了翻天覆地的变化,无论从运输里程、运输量,还是从技术装备水平等方面都实现了跨越式发展,步入了纵横交错、多种运输方式共同发展的新阶段,为宁夏经济转型升级和区域之间、城乡之间协调发展提供了前提和基础。

9月8日,同海高速公路通车,从此,高速公路拉近了海原县与首府银川的距离。海原因交通不便、成本高、效率低而制约文化、经济、农业等各方面发展的现象将成为历史。

山大沟深的海原,是宁夏为数不多的半小时上不了高速公路的县之一,交通严重制约当地经济社会的发展。因为外销困难,海原县的农民常常开着三轮农用车,载着马铃薯、硒砂瓜翻越几座大山,走几十公里路才能到达同心县,耗时不说,还大大增加了运输成本。

关桥乡党委书记丁生国给记者算了一笔账:"海同高速建成后,客商进村收土豆、硒砂瓜、香水梨,将有效节约当地农民的运输成本。就拿硒砂瓜来说,从关桥乡运到同心县,如果农户自己拉出去卖,算上运输成本,1吨瓜少收入100元,20吨瓜就是2000元钱。"

"同海高速的建成,将海原县纳入全国的路网之中,向北与青银高速相连,向南与福银高速相接,向东与盐中高速相遇,大大改变了海原与交通大陆网隔绝的现状,为进一步改善全县的交通状况,方便人民群众出行,促进城乡居民增收、加快全面建设小康步伐起到积极作用。"海原县交通运输局局长李云说。

目前，宁夏高速公路、国省干道建设项目稳步推进，农村公路项目建设重点围绕尚未通公路的深度贫困地区的乡镇和农村，全区行政村已全部通了柏油路，就连村内巷道也通了硬化路。

以"蜘蛛网"状的农村公路为依托，宁夏各地还结合自身优势特点，建产业基地、旅游景区、农产品加工区、工业园区道路，实施"交通＋扶贫""交通＋旅游""交通＋产业""交通＋园区"等项目，探索一系列"交通＋"发展模式，农村公路成了脱贫致富之路、团结稳定和谐之路、奔小康之路。

"雄关漫道真如铁，而今迈步从头越。"回头看，40年成就辉煌；向前看，依然任重道远。在交通运输发展的新时代，宁夏交通运输系统将更加紧密地团结在以习近平同志为核心的党中央周围，着力推进交通运输发展质量变革、效率变革、动力变革，着力建设以快速交通为骨干、连通全国交通网络的综合交通运输体系，为实现经济繁荣民族团结环境优美人民富裕、与全国同步建成全面小康社会目标当好先行！

原刊于《宁夏交通》2018年12月25日4版

发扬蹈厉 踵事增华
谱写航海保障事业高质量发展新篇章

张孟熹

航海保障随人类水上活动而生,伴人类海洋文化发展演进,历经岁月变迁,依靠科技焕发新的活力。我国是世界上著名的文明古国之一,也是从事水上交通最早的国家之一,航标雏形——天然航标的历史可追溯至4000多年前的夏朝。航海保障事业见证了近代中国激荡变幻的历史风云,新中国成立后特别是改革开放40年来,我国的航海保障事业在数量规模、质量水平和结构层次方面都发生了翻天覆地的变化,"海洋强国""交通强国"召唤着专业、现代的航海保障体系,2012年北海、东海、南海航海保障中心在时代潮流中应运而生。

光阴诉说着一代代航保人风雨兼程、艰辛创业的故事,新一辈航保人以梦为帆、踏浪前行,将潇洒的身影留在了国际舞台,将自信的足迹印在了极地冰川,将身与名藏在了各项重大工程的背后,将对祖国深沉的爱镌刻在西沙南沙。站在历史的潮头,新一代航保人以不懈的求索奋进继续谱写事业发展的新篇章。

历史跫音 航海保障机构历史沿革

1949年以前,我国的航海保障管理机关基本处于海关、海军、交通等部门分治的状态。1949年中华人民共和国成立,沿海公用航标、港口航道测量、水运安全通信等机构统一划归交通部管理,不久沿海航标管理体制又经历了两次重大调整,形成海军、交通、水产三大部门分管的格局。

1978年底,中国共产党召开具有重大历史意义的十一届三中全会,开启了改革开放历史新时期。20世纪70年代末至80年代初,是我国对外开放起步的关键阶段,然而,中国沿海干线和开放港口航标对外公布后,国内外海员对我国航标不能满足航行需要反映强烈。在这样的背景下,经国务院、中央军委批准,1981至1983年交通部与海军司令部开展航标交接工作。经过调整,全国沿海航标划分为北方、东海、南海三个海区,分别由前期组建的天津、上海、广州航道局航标测绘处负责管理,初步建立沿海航标、测绘三大海区管理的结构体系。此间,1981年,中国港监下发通知,明确沿海各港务监督设立航行警告台,其中天津、上海、广州港务监督为航行警告分台,负责发布我国沿海分区的"沿海警告"及本港辖区的"地方警告"。天津、上海、广州海岸电台,分别负责转播北方、华东和华南沿海的航行警告、航行通告。

20世纪80年代,在改革开放的浪潮下,我国经历了空前的社会变革。1984年3月,中共中央、国务院决定对沿海的14个港口城市实行对外开放,以兴办经济特区为突破口,对外开放实现了由经济特区到沿海城市的全面开放。1984年,天津港作为港口体制改革的试点试行"政企分开",在试点取得成功后,港口体制改革全面推开。经过此次改革,国家划出原沿海港务局中的港务监督,与沿海航标测量、海上通信机构合并组建"海上安全监督局",实行以交通部为主、港口所在城市为辅的双重领导体制,集中统一行使海上安全监督管理职能,至此,航海保障三大业务整合到一处。

双重管理模式是1984年港口体制改革的产物,也造成了机构重叠、职责不清等问题。1995年,中国港监局针对双重管理模式"管人管事脱节"的弊病,分别在汕头和海南海监局进行试点,试行航标管理模式改革。水监体制改革后,2001年交通部将16个原航标区统一更名为航标处,连同新组建的北海航标处分别划归天津、上海、广东、海南海事局管理,实行人、财、物统一管理模式,形成部海事局、航标管理海区局、航标处三级垂直管理体制。此间,测绘、通信机构也发生变化,2000年交通部印发文件,确定天津、上海、广东海事局测绘处与测绘大队"处队合一"的原则;2004年,中国海事局批准天津海事局设置海测大队、航测科技中心,上海海事局设置海测大队、航海图书印刷中心、电子海图数据中心,广东海事局设置海测大队。2005年,部海事局接管中海集团管理的上海、广州2个海岸电台的公益、公众性海上通信业务,并分别移交上海、广东海事局管理,至此,沿海所有海岸电台均纳入直属海事系统管理。

为了进一步理顺海事管理体制,加快构建现代化综合航海保障体系,在党的十八届三中全会召开之际,交通运输部按照"政事分开"原则,将直属海事系统所辖航标、测绘、通信等航海保障管理机构成建制划出,分别在天津、上海、广州设立北海、东海、南海航海保障中心,为交通运输部直属副局级事业单位,委托天津、上海、广东海事局代管,分工负责各自辖区航标维护管理、港口航道测绘、水上安全通信等技术支持和服务保障工作。自2018年7月1日起,北海、东海、南海航海保障中心由原委托代管调整为由中国海事局直接管理。自此,航海保障中心在全面深化改革的宏大背景中登上了历史的舞台。

全面履职 构建综合航海保障体系

改革开放以来,我国航海保障事业取得了令人瞩目的辉煌成就,航海保障业务主管部门自觉服从和服务改革发展大局,紧紧围绕水上交通安全管理中心工作,认真履行航标建设维护、港口航道测量绘图、水上安全通信等技术支持和服务保障职责,初步建成了覆盖全面、保障及时的综合航海保障系统,在保障航运安全、促进经济发展、维护国家主权方面发挥了重要的作用。

截至2017年,中国海事局负责管理维护的沿海公用航标8466座,其中船舶自动识别系统(AIS)岸台564座,无线电指向标-差分全球定位系统(RBN-DGPS/DGBD)台站22座。近年来,赤瓜、华阳、永暑、渚碧、美济5座大型综合性灯塔的建成,填补了南沙海域导助航设施空白;西沙海域AIS基站实现了对西沙重要海域的覆盖。海事测绘已测遍我国400余万平方公里海域,覆盖我国沿海民用港口及航路,编制出版各类港口航道图。近年来,平均每年发行海图23万张、电子海图41万幅次,编制出版各类专题图近200幅。向地球的两极出发,完成逾15万平方公里扫测工作,出版发行极地航行指南、参考图集等航海图书资料。海上通信业务方面,截至目前,我国沿海设置了16座MF/HF海岸电台,基本覆盖沿海100海里水域;部分地区开放中英文海上安全信息业务(NAVTEX),覆盖我国沿海250公里水域;现有114座VHF基站和50多个VHF控制中心/分中心,基本可连续覆盖沿岸25海里水域,参见图1~图3。

与此同时,科技创新也奏响了航海保障发展前行的强音,航海保障装备更新换代,技术从进口走向国产。改革开放初期,针对沿海灯塔、灯浮标的灯光亮度不足问题,交通部提出"让航标灯亮起来"的口号。如今,经过全国航标总体布局规划和多年的建设管理,我国已形成沿海港口和航道全面覆盖、性能可靠

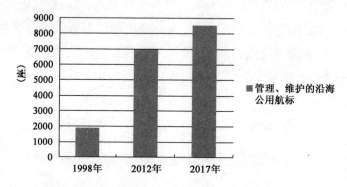

图1 受管理维护的沿海公用航标数量

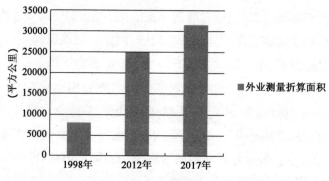

图2 航标管理外业测量业务统计

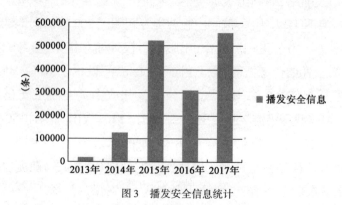

图3 播发安全信息统计

的视觉航标系统;航标助航方面实现了传统目视到数字感知、孤立运行到联网监测、传统巡检到无人巡检跨越;海上助航领域,位置服务方面实现了单模到多模、离散到组网、概略到精确跨越。

测绘装备水平不断提升,数据获取方面实现了从近海到远海、单要素到多要素、离散化到全覆盖的立体测量跨越;数据处理方面实现了从纯人工检核到计算机半自动辅助校验跨越;海图制图方面实现了单机到联网、分散到集中的一体化数据库制图工艺跨越;测绘产品服务实现了纸质向数字、二维向多维、静态向动态、单一品种向多元化跨越。

水上交通通信系统不断完善,1997年摩尔斯电报退出历史舞台,通信自动化程度大幅提高,通信手段不断创新,通信能力不断增强,实现了模拟到数字、单向到双向、管道到网络、单一到多元、低带宽到高带宽跨越,形成了以多网络互联互通为主要特点的天地一体、边界通畅、四通八达的网络平台和通信系统。

完善的法规标准体系是航海保障业务实现标准化、规范化的基础,也是海事航保事业科学发展的前提。1984年,中国港监局和国家标准计量研究所依据国际航标浮标制度,结合我国实际制定并颁布《中国海区水上助航标志》国家标准,实现了我国海区浮标制度与国际接轨(2016年又对此国标进行了修订)。此后,陆续制定和颁布了《海区浮动助航标志配布导则》《自动识别系统(AIS)航标应用导则》《历史灯塔保护规范》《海事测绘产品质量评定方法及要求》《沿海港口航道测量技术要求》等数十个国家和部颁标准。

1995年,国务院颁布第一部加强航标管理和保护航标的法令——《中华人民共和国航标条例》,航标法治化建设进入新的发展阶段,2011年又进行了修订。1996年,交通部公布《海区航标作业管理规则》,规定航标正常率达到99.6%,南海海区达到98.5%,航标维护正常率达到99.8%,南海海区达到99%,这一"规则"成为考核航标正常率、航标维护正常率的技术标准,沿用至今。此后,又先后制定实施了《海区航标应急反应管理办法》《沿海通航水域应急扫海测量管理办法》等多个规范性文件,不断提升航海保障业务规范化管理水平。

风云际会　海事航保走向国际之路

国际交流是海事航保立足中国、放眼世界的重要窗口。中国海事航保积极参与国际航标协会（IALA）、国际海道测量组织（IHO）、国际搜救卫星组织（COSPAS SARSAT）、远东无线电导航协作理事会（FERNS）、东亚海道测量委员会（EAHC）等国际和地区间组织活动，与各组织及组织成员国开展密切合作。

1971年，联合国第26届大会通过决议，恢复中华人民共和国在联合国的合法席位。1973年，中国加入政府间海上协商组织（国际海事组织前身）和相关条约，中国海事工作开始与世界海事对接。1977年，作为IHO的创建国之一，中国恢复了IHO成员国的合法席位。1972年中国在国际电信联盟（ITU）的合法权益也得到恢复，1979年中国签署《国际海事卫星组织公约》及其业务协定，参加国际海事卫星组织；1984年中国恢复参加IALA活动。历经蛰伏，20世纪70年代至80年代，中国航标、测绘、通信终于重返国际舞台。

20世纪90年代，中国全面参与IALA、IHO等国际组织相关事务，跟踪研究国际组织发展动态，消化吸收各组织的技术成果，在各领域纷纷实现突破。1994年，在美国夏威夷召开的第13届IALA大会上，中国代表首次当选为IALA理事会理事，并首次在大会上发表技术论文，实现中国航标界零的突破。1997年，经国务院批准，中国在国际搜救卫星系统内的身份由"使用国"变更为"地面设备提供国"。在此期间，中国还承办了第17届IALA理事会议、FERNS理事会等重要国际会议。

进入21世纪，充分开发和综合利用海洋资源成为世界各国进一步发展的必然要求，海洋成为世界各国竞争的主战场，中国海事局代表中国政府在国际海事组织框架内，积极参与IALA、IHO、COSPAS-SARSAT各项活动，树立中国形象，与各成员国密切合作，直接参与起草或修订国际公约、在市场准入和标准规范制定等方面维护中国航运业的根本利益。值得一提的是，2005年IHO第3次特别大会期间，经中国代表团积极争取，大会保留了船舶吨位数作为衡量海道测量利益的指标，使中国在IHO的投票权与英国等并列第一，极大地保障了中国在IHO的大国地位和影响力。此外，中国还成功阻止IHO更新其敏感出版物《海洋的名称与界限》（S-23），维护了中国核心利益。

作为世界上的航运大国和海事大国，中国海事航保在国际事务和地区性事务中发挥着越来越重要的作用，在国际海事界的影响力不断增强。2001年，中国海事局成功承办第20届国际制图大会海图展览，中国首次获得"最佳展出国"奖牌。2005年,中国在IALA航标管理委员会第6次会议上提出的《关于紧急沉船标志的建设》提案,被次年11月国际海事组织海上安全委员会第82届会议批准,成为国际标准,并于2010年纳入新版国际海上浮标制度(MBS)在全世界推广。2006年,以"数字航标"为主题的第16届IALA大会在中国上海召开,这是中国首次承办国际航标协会大会。此次会议期间,经投票选举,时任中国海事局常务副局长刘功臣被选为国际航标理事会主席,成为国际航标协会自1957年成立以来的首位中国主席。

2017年,IHO在摩纳哥召开IHO公约修正案议定书生效后的第一届大会,会上,中国成功当选为理事国。2018年,第19届IALA大会在韩国仁川召开,中国派出大型航标船"海巡153"轮参会,这是中国航标船舶在国际舞台上的首次亮相并对公众开放参观;在大会的技术交流环节,中国代表团共有12篇论文进行了现场交流,论文数量仅次于东道主,创历史新高。中国海事航保在国际的影响力不断增强,正以前所未有的磅礴气势走向世界。

韶光流转盛世如约,抚今追昔薪火相传。海洋强国,保障先行,应时代之大势、乘改革之大潮,航海保障管理体制改革在时代与国家的召唤下翻开新的篇章。以习近平新时代中国特色社会主义思想为指导,全面贯彻党的十九大精神,按照交通运输部关于深化航海保障管理体制改革的总体部署,北海、东海、南海航海保障中心将凝心聚力、提振精神,进一步解放思想、开拓进取,拓展航海保障履职空间,完善体制机制,优化资源整合,激发发展活力,推动航海保障工作全面健康发展,为交通强国建设和航运安全提供坚强的支持保障。

原刊于《中国海事》2018年10月15日特别报道栏目

> 只有满怀创新创业激情,像恋爱一样去工作,才能挖掘更大潜能,收获丰硕成果。
>
> ——荣耀

荣耀:像恋爱一样去工作

陈克锋　习明星

27岁同济大学博士毕业,36岁担纲江西省交通科学研究院隧道与轨道中心主任,受聘为重庆交通大学硕士生导师,并以丰富的工程经验与丰硕的科研成果,破格获评教授级高工,摘取"交通运输青年科技英才"殊荣……这一切,都发生在荣耀身上。

很多人觉得荣耀和他的名字一样,是个令人骄傲的天才。他却觉得,自己其实很普通。让荣耀铭记一生的,是恩师孙钧先生的一句话——像恋爱一样去工作。

做学问就像谈恋爱

2004年春,年仅25岁的荣耀进入同济大学攻读博士学位,师从我国地下工程奠基人中科院孙钧院士。

课堂之上,德高望重的孙钧先生用严肃的口吻打了一个有趣的比方。他说:"做学问、干工作跟谈恋爱一个道理,越钻研越有感情,加上持之以恒的付出,最后取得成果也就水到渠成了。"

这句话,让荣耀铭记一生。

2007年1月,被孙钧先生视为得意门生的荣耀博士毕业,进入江西省交通工程质量监督站。这是江西省交通运输厅引进的第一位全日制博士毕业生,作为稀缺、高端人才,具备过硬的专业知识和素养的荣耀,有待接受检验。

"要想搞好科研,必须扎根工程建设实践的沃土。"工程在哪里,荣耀的脚步就跟到哪里,他的眼睛就盯到哪里。从2007年到2010年,他在赣州、九江等多个高速公路工地一线驻守,风里来雨里去,吸取工程现场经验的养分,把好质量关。

施工单位认为质量没问题,监理或检测单位表示有问题,此类现象并不鲜见。荣耀觉得,身为"裁判员",要想说服人家,必须有理有据。证据确凿了,质量不行就是不行。在传统检测方法中,如发现基桩有缺陷要验证,大家会说:"直接取芯检测不行吗?"荣耀却认为,技术进步就是从实践中发现问题、解决问题,怎么样更精准地判断基桩缺陷大小和类型,减小对基桩的破坏,这是一个值得研究的工程检测实际问题。荣耀排除干扰,研发检测仪器设备,动手改装、完善,终于在两年后,为缺陷基桩开展"CT"检查。

荣耀利用专业特长,推动江西交通无损检测工作的开展。他将深厚的专业积累与工程实践结合,推动检测技术的创新与进步。2010年,荣耀主持研究的预应力管道压浆饱满度无损检测技术成功应用在鹰潭至瑞金高速公路、石城至吉安高速公路等项目。该科研项目荣获2011年重庆市科技进步三等奖。

2012年,荣耀主持研究的填方路基压实度快速检测技术,开创性地提出了运用超声波与电磁波耦合进行压实度无损快速检测的技术。该技术在大庆至广州高速公路、南昌至铜鼓高速公路等成功应用,大大减少了检测人员的工作量,降低了工程成本,后来获得2014年度中国公路学会和2015年度江西省科技进步二等奖。

此后,荣耀主持研究的桩身自反力平衡荷载测试系统获得中国公路学会科技进步三等奖。

专业还得用到实践中

荣耀怀揣梦想与激情,驻守工程建设一线,辗转多地,并不觉得苦与累。然而,人非草木,孰能无情。工地离家较远,他对亲人的思念与日俱增。当看到更多的建设者战斗在火热的建设一线,他选择了咬牙坚持。

荣耀的科研爆发力惊人,在超声波、电磁波等无损检测技术和设备的研发道路上走在了全省乃至行业的前沿,具有较高知名度。

　　2012年,江西农业大学组建交通土建系,荣耀受邀加盟。站在宽敞明亮的讲台上,曾是他年少时的梦想。而且,学院待遇优厚,这份差事令人羡慕。没过多久,他却对这种按部就班的工作产生了质疑,感觉心里空落落的。

　　荣耀想到了恩师的经历和教诲。

　　孙钧学识渊博、平易近人,经常和学生谈心。"文革"后期,他被派到安徽黄山脚下的一个小村庄负责设计建设小型水电站。白天,在坑坑洼洼的山路上搞测量,订购水轮机、发电机;晚上在煤油灯下钻研《岩石力学》,不知不觉,一看就到了深夜。水电站顺利竣工,农民第一次用上了电,群情激奋。当他离开时,村民夹道欢送到村口。告别时,突然有人喊了一声:"老九啊!我们贫下中农喜欢你们!你们一定要回来!"

　　孙钧听了这句话,泪水顿时涌上眼眶。他大声回答:"我们一定会回来,再来看你们!"当时,人们管知识分子叫"臭老九",对他却没用那个字。这该是怎样崇高的尊重和褒奖啊。除了父母去世,哪怕承受再大委屈和折磨,他从来没有掉过眼泪。这次,孙钧却控制不住地落泪了。

　　怀着服务于人民的朴实思想,孙钧克服重重困难,钻研业务,终成我国地下工程的奠基人。

　　恩师的经历让荣耀感慨万千,尤其孙钧勤勉做学问,一生痴心不改,更是让他肃然起敬。

　　孙钧语重心长地对荣耀说:"搞工程还是到一线,老捧着教科书没多少味道。"

　　荣耀听从了恩师建议,也听从了内心的召唤。2015年,他履新江西省交通科学研究院隧道与轨道中心主任,担负着在岩土及地下工程领域科技研发及开拓市场的重任。

引进的人才都是宝

　　团队是科研工作的基础,吸引更多的高端人才是隧道与轨道中心的当务之急。荣耀明白,自己不仅仅是一名科研人员,更应该成为一名拥有卓越发展眼光与规划能力的领导者。

那么,怎样才能带好团队,让每人都能充分发挥好专业特长?这是他人生中面临的又一个新挑战。

技术工程师孙洋博士回忆了自己与荣耀结识前后的经历。当时,孙洋忙着写毕业论文,无暇顾及应聘事宜。而且,毕业生对用人单位开出的待遇等并不一定全信。因此,荣耀主动给孙洋打电话:"只要你时间方便,我们就给你订票,请你过来看一看。这样,我们彼此都能更多地了解一些情况。"

荣耀的语气温和而真诚,让孙洋感觉很有诚意。孙洋欣然赴约。

第一次见到荣耀,敦厚、亲切如同邻家兄长,孙洋的心感到暖暖的。交流过程中,荣耀对科研的热爱和求贤若渴让孙洋下定决心——加盟隧道与轨道中心。

2015年秋,孙洋迫切期待购置一款高端地质雷达探测设备。以前,他们使用的是15公斤,带着笨重的大电瓶,携带不便捷,而且陈旧,数据不灵敏。犹豫再三,孙洋还是提出了这个想法。荣耀肯定地告诉他:"你只管安心工作,这事我来解决。"

荣耀这么干脆,孙洋心里其实是打鼓的。他多次上网询价比对,美国GSSI劳雷探地地质透视仪最低报价70万元,不是说买就能买的。

三个月后,一款新颖别致的美国GSSI劳雷探地地质透视仪出现在孙洋面前。看着期待已久的宝贝,孙洋的眼睛有些湿润了。这款仪器仅有2.5公斤,配有轻型充电器,灵敏度较高,便于携带着翻山越岭。而争取到这款仪器,荣耀该操了多少心啊。

与此同时,荣耀还充分利用每人专长,把精于实测的、设计的、计算的等明确分工,保证团队合力最大化。这让包括孙洋在内的所有成员都觉得,在荣耀的团队里做事很省心,心甘情愿地卖力搞科研。

很快,荣耀引进10多名高水准博硕士人才。他们的科研范围也由最初的只有隧道桩基检测,拓展到高速公路边坡、地基基坑检测和地质灾害评估与设计、隧道加固和维修、工程养护和绿化环保等。更让人兴奋的是,他们还组建了院士工作站,以孙钧院士、郑颖人院士为代表的大师们经常前来指导工作。

春风化雨般的情感互动,让大家对荣耀更加钦佩和尊重。

实习生彭世琥在福建龙岩市永定至上杭高速公路实地检测时,荣耀经常打电话嘘寒问暖,担心他不适应新环境,并细致地指导工作。彭世琥从与同期毕业的学生聊天中比较,觉得遇到荣耀是自己的幸运。因此,他更加珍惜这份缘分。

荣耀问彭世琥:"作为研究生,你除了专业书籍,还看哪些书?"彭世琥没想到他如此关心类似话题。荣耀说:"我推荐你多看看历史类的书,开阔视野,才能打开人生新格局。"

在荣耀的办公室和家中书房里,除了专业书籍,不乏《孙中山传》《明朝的那些事儿》《平凡的世界》《百家讲坛》等。荣耀还非常关注时事政治,对大家的科研思路了如指掌并及时指点。

荣耀真诚的心,像磁铁一样,把大家紧紧团结在一起。

今天飞赴上海,下午到杭州,明天又可能在云南。这似乎成为荣耀的工作常态。他常常自嘲:"家真的成旅馆了。"经过几年拼搏,隧道与轨道中心承接了多项重大科研课题和相关工程检测项目,年产值大幅度提高,部门考核连续两年名列第一,科研成果获得多项省、部级科技进步奖。

2016年,荣耀入选"江西省百千万人才计划",以丰硕的科研成果与工程经验获评教授级高工,还获得"2015—2016年度交通运输青年科技英才"荣誉称号。

高难度成就"新舞王"

2018年春节前夕,一场别开生面的文艺晚会在江西省交通科学研究院隧道与轨道中心举行。

节奏明快激昂的音乐响起,身着黑色舞蹈服的荣耀和同事闪亮登场。他踏着节拍,扭动着腰肢,灵活地移动着舞步,跳起了舞蹈,大家忍俊不禁,不由拍掌叫好。

在大家的印象中,荣耀虽然温和但很严谨。能够在晚会中选择跳舞,其实对他的挑战也不小。荣耀报名时却说:"大家来自五湖四海,一年难得一聚。既然寻开心,我就来个高难度的。"

难度最大的,是当时荣耀的伤口尚未痊愈。这是一个很多人并不知道的秘密。

那次,荣耀是忍受着伤口的疼痛,先是刻苦排练,后是圆满地完成了节目表演。他跳舞的照片传到朋友圈,很多熟悉他的人惊呼:"这是比国家大赛冠军还酷的'新舞王'啊。"

距此两年前,荣耀在一隧道洞口边坡查看时,不小心扭伤右脚。当天下午,他的脚面就肿得穿不上鞋子了。荣耀没在意。一个月后,他的右腿突然疼痛异常,豆粒大的汗珠从额头流下来。实习生当即背着他赶到医院,经拍片检查,没有发现太大异常。医生建议他保守治疗,可是吃了几个月也没见好转。

好几次,都是被人用轮椅陪送去上班。妻子心疼,批评他:"你先把病治好再去工作,年年得第一,你为啥呀!"荣耀强忍着酸痛,笑着对妻子说:"既然我干了这份工作,就得把它干好。我不能总是在家歇着吧!"

现在,经过妻子的精心照顾和调养,荣耀的伤口已经痊愈。

受荣耀影响,妻子独自带着两个孩子,凭借顽强的毅力,正在攻读博士学位。让荣耀心酸的是,自己不能经常陪孩子。后来,手机有了微信视频,妻子经常让两个孩子和荣耀视频。看着爸爸在崇山峻岭间工作,攀爬到数百米墩柱上,孩子们觉得荣耀是英雄,是个了不起的爸爸,在小朋友面前感觉很有面子。

江西省交通科学研究院党委书记舒小平评价荣耀:"智商情商都很高,专业能力强,富有亲和力,尊重领导、团结同事,是很有前途的难得的综合性高端人才。"

目前,荣耀还担任江西省交通科学研究院党支部纪检委员,在注重高级专业人才科技研发的同时,不断强化大家的党建、廉政意识,从而打造一支名副其实的"铁军"。

荣耀 1979年9月出生,江西萍乡人,博士、教授级高工,"江西省百千万人才工程"人选,交通运输青年科技英才,现任江西省交通科学研究院隧道与轨道中心主任。主持完成科研项目逾20项,发表论文40余篇,主编1本专著,参编2本专著,获授权发明专利1项,实用新型6项,软件著作权1项,获省政府科技进步二等奖1项、三等奖2项,获中国公路学会科技进步二等奖1项、三等奖3项。

荣耀博士近年来研究提出的各种技术、计算方法、评价体系和测试设备,形成了一系列成套技术和产品,如桥梁桩基 CT 无损检测装置、波电耦合路基压实度无损检测设备、隧道病害检测成套技术、边坡监测三维可视化监测平台等,为公路建设质量检测和控制提供了更加高效的技术手段,进一步助推了公路工程建设的信息化、精细化管理。

原刊于《中国交通建设监理》2018 年 9 月

PPP 模式为宁海城乡公交一体化注入新活力

祁　娟　熊燕舞

宁海县地处浙东,山水相依、海陆相连,具有得天独厚的自然禀赋。然而,在通往乡村振兴的路上,偏远村庄村民的出行难题却曾让当地主管部门头疼不已。

坐落在宁海偏远高山的桑洲镇南岭村就是一例。南岭村地处宁海、三门、天台三县交界处,因山高路远导致交通十分闭塞,不少村里的年轻人都纷纷搬下山,只留下一片"空了心"的老房子。

有的村镇虽然通了车,但仍存痛点:比如在深甽镇白岩村,村民原先出行要先步行三四公里到附近村庄的站点坐车;而地处岔路镇王爱山岗的上里坑村村民,每次外出更是要翻山越岭才能到客运站点。

为此,自 2015 年 3 月初,宁海县启动城乡客运一体化改造工程,至当年年底完成改造。其率先在全省导入 PPP 模式,通过政府和社会资本的"联姻",不仅解决了城乡客运改造的大难题,还有效加快了重大民生工程的惠民步伐。

原有 14 家松散型的客运企业整合成 8 家民营股份制城乡公交公司;平均票价从 6.02 元降到 4.29 元;车主从零收益到每月有分红;所辖 363 个建制村实现公交通车率 100%,1001 个自然村第一次开通客运线;4500 万元财政资金撬动 10 亿元社会资本……宁海县用独有的胆识和创新精神走出了城乡公交一体化的新路径。

市场散乱难发力

在城乡公交一体化改造前,宁海县的客运市场一直处于无序竞争状态。

行驶在城乡间的 84 条班线共 467 辆客运中巴车,大都为"一车一户",且以经营线路或经营区域划分,分别隶属于 13 家不同的客运企业。由于客运主体众多,加之多为私营性质,缺乏统一管理,"服务差、乱收费、任意改线"等问题屡遭乘客投诉。

据宁海县公路运输管理所(以下简称"运输管理所")负责人分析,导致这一现象主要是因为:第一,农村班线车的客源逐年减少,而运营成本却在逐年递增,城乡客运线路效益的低下严重影响了经营者的积极性,导致部分经营者擅自缩短线路,甚至放弃客流量稀少的偏远山村的营运。第二,城乡客运班线的经营主体错综复杂,名义上为公司化,实际多为个体车主联合组成,较难实现规范管理和有效监管。第三,由于经营主体的分散以及客运班线的缺陷性,农村非法营运车辆大量滋生且屡禁不止,严重干扰了正常的客运市场秩序。

"只有通过城乡公交一体化改造,改革现有农村客运经营模式,对原有经营主体由政府收购,实行国有化经营,才能充分体现公交的公益性,体现社会效益,切实解决村民的迫切需求,这是维护行业稳定、社会稳定的重要举措,也是政府的职责所在。"宁海县交通运输局有关负责人表示。

2015 年 3 月初,宁海县城乡公交一体化改造工程正式启动。经过近一年的努力,至 2015 年 12 月底,改造工作顺利完成。改造后,通过新辟、改线、延伸农村客运班线和公交化改造等方式,进一步扩大了农村客运的覆盖和服务范围,实行"定线路、定班次、定时间、定票价、定站点"的公交化运行模式,客运票价实行政府定价,保证了农村乘客出行的便捷,建成了衔接顺畅、保障有力、安全高效的城镇乡村三级客运网络。

"可以说,这是宁海县历史上最为重视的一次改革。"运输管理所负责人表示,"在改造过程中,针对可能出现的各种问题,我们一方面充分听取企业民声,在明确各公司股权分配的基础上,确定改造工作不搞'一刀切',只要一人愿意整合重组,就采取民营整合模式,由客运公司股东、经营者自主表决的形式确定改造模式,有效避免了矛盾激化;另一方面则实施企业重组和班线优化整合,比如公路运输有限公司的 40 辆运力全部以股份形式纳入城乡公交企业;原经营亏损的黄坛、水车、一市、越溪 4 家企业被国有公交收购;同时,指导企业规范经营。"

创新 PPP 模式长远机制

一般而言,政府在力推 PPP 模式中往往容易有两个误区:一是把 PPP 模式当形式,二是用政府思维推进 PPP 模式,不科学考虑社会资本的回报率。

"政府买单虽然可以一定时期内达到民生服务的要求,但也会给政府背上沉重的财政负担。"运输管理所负责人表示。

据介绍,宁海县城乡客运一体化改造之所以成功,正在于创新打造了 PPP 模式的长远机制——对原有城乡客运企业进行股份制整合重组,同时政府投入 4500 万元,撬动了 10 亿元的社会资本。经过科学测算,让社会资本的回报率达到 12% 的黄金线。

宁海是如何做到的?运输管理所负责人解释说,此次城乡公交一体化改造不是采用政府兜底,而是充分尊重市场主体,让市场机制发挥主要作用。在对县城内原有的城乡客运企业实行股份制整合过程中,鼓励民间资本通过招投标,成立新的民营城乡公交公司,打破一人一车旧制,实现股份制经营、公司化管理、营收共享、风险共担模式。

运输管理所负责人举例介绍:"比如长街镇客运公司以每股每月 5100 元的价格中标客运线路经营权,这就意味着公司每个月要按 5100 元/股的价格向股东分红。这种股份测算方法,在全国也是首创。"

在对企业实行股份制整合重组或国有收购过程中,宁海按照"便民利民、划片经营、冷热捆绑"的原则,坚持实现"四化、五定、四统一",即服务规范化、公司集约化、经营片区化、运营公交化,定线路、定班次、定首末时间、定票价、定站点,统一调度、统一售票、统一结算、统一服务标准。

为了帮助企业平稳"上路",宁海县政府还投入 4500 万元财政资金,用于冷门线路、更换车辆和票价的补贴。"正是这 4500 万元的政府投资,激起了投资者的信心,源源不断地吸引了 10 亿元的社会资本。"运输管理所负责人说。

改造完成后,宁海县实现了 363 个行政村公交全覆盖,同时,开辟通往偏远山区的冷僻线路 10 余条,1001 个自然村的公交覆盖率达 91%,整体服务质量大步提升,促进了当地城乡客运市场的可持续发展。

值得一提的是,在改造过程中,充分引入大数据思维,建立了一套以智慧交通管理为核心，以奖代罚为辅助、第三方测评考核为配合的独特监管模式。

"我们对公交管理核心考核内容实行一票否决，用数据说话，让信息化管理代替传统管理，使管理部门从庞杂的日常监管中解放出来，也让公交营运者被管得心服口服。"运输管理所负责人表示。

"政民企"多方共赢

经过一年多的运行，受益于资源整合，车辆、路线布局的优化，以及政府的大力扶持，从城区到双峰，票价从原来的 10 元降到 5 元，到马岙也从 10 元降到 5 元，到长街从 9 元降到 5 元……宁海城乡公交线路的票价降价幅度达 29%。

原来 467 辆客车减少到 359 辆，减少投放车辆 108 辆，减少比例为 23.13%。数量精减仍需满足出行需求的提升，让村民们不仅"有车坐"，还要"坐好车"。改制后的城乡客运公司，通过政府的财政补贴，淘汰了原有破旧的黄标车，购进了外形靓丽、乘坐舒适的海格客车。

海格客车市场部负责人表示，在对市场进行深入调研之后发现，城乡客运企业普遍面临一些共同难题：大车坐不满、小车坐不下，找不到合适的车型；多数线路都是窄路，车子转弯时还要先倒一把；价格低的质量难保障、豪华车型运营成本太高……"在城乡公交一体化改造过程中，车型要升级，既要满足客运服务需求，又要兼顾实际运营条件，安全性和舒适性一个都不能少。"

据了解，宁海现有海格客车 51 辆，驾驶员在驾驶之后都评价车身大小合适，转弯和爬坡过坎很利索，车厢内的空间布局也很适中。乘坐过的村民也表示，更换的新客车让乘坐体验大大提升。此外，村民们的喜悦还来自改造后的真实惠——以前每次坐车都要步行几公里，如今终于可以在家门口坐上公交车。

实际上，岂止是村民们受益，政府、新组建的客运企业以及股东们实现了多方共赢。

对政府来说，财政负担得到了大幅减轻。如果实施国有收购国有经营的城乡公交一体化改造，宁海每年将要支出 2 亿元；PPP 模式改革后，政府每年投入票价补贴 3000 万元，对山区冷僻线路补助 1500 万元。

对企业来说，虽然票价下降，但仍获得明显收益。据同运公司负责人介绍，票价下降后,营业收入反而增长了 25%,股东收益每月在 7000 元以上,驾驶员的收入也大幅提高。

运输管理所负责人指出,目前宁海的 PPP 模式也存在一些不足,比如改造不彻底,没有全部国有化,少数公司内部出现经营权之争的矛盾,等等。

"下一步,我们将继续协调解决城乡公交,尤其是城乡客运一体化改造的遗留问题。建立客运企业联系责任人制度,明确职责,责任到人。同时,督促企业落实安全生产主体责任,帮助解决城乡客运企业运营中的困难。"运输管理所负责人说。

他表示,2017 年宁海又开通了深甽大蔡至大雁、穆坑湖至黄坛等地的 5 条冷线,持续解决偏远山区村民的出行难问题。2018 年,将继续服务民生,全方位提升道路运输服务水平:

一是优化线网,不断满足乘客出行需求。结合市民出行需求及我县公交线网实际情况,加强各类新增旅游景点、偏远山区冷线线路等客流的监测,谋划好符合开通条件的线路调整方案,通过改造、调整站点、新增、延时运营和加密班次等措施,不断优化城乡、城区公交线路。

二是精准把关,加强候车亭的管理与维护,保障乘客出行候车的舒适、便捷、安全。

三是提速改造,帮助北面四家客运公司走出困境,保障北面市民出行有车可乘。

原刊于《运输经理世界》2018 年第 3 期

前车之覆　后车之鉴
——保护公交方向盘　防范万州悲剧重演

韩光胤　郭一麟

编者按

10月28日,重庆万州公交发生乘客与驾驶员激烈争执互殴,导致车辆失控坠江,造成15人殒命。车内视频公布后,引起社会广泛讨论。作为市民出行重要的交通工具,公交车如何做到安全运行?面对驾乘纠纷,公交企业和驾驶员又该如何处理?

11月9日,交通运输部办公厅发布《关于进一步加强城市公共汽车和电车运行安全保障工作的通知》(简称《通知》),提出要加强城市公共汽电车驾驶员、乘务员法律法规、安全防范、应急处置等方面考核,培养驾驶员树立"安全第一"的意识。

本期策划聚焦公交安全运营,总结各地公交安全运营实践经验,探讨目前存在的问题以及解决方案,敬请关注。

加装隔离设施　保障公交行车安全

安装隔离门、驾驶员一键报警、引入乘客监督……重庆万州公交坠江事故发生后,各地出台多项措施,积极保障公交安全。

在乘坐银川快速公交1号线时,乘客可以看到在快速公交车辆上设置了独立驾驶室,驾驶员以外的人员无法触及驾驶位的方向盘、仪表盘等控制仪器。

今年,银川新购置的500辆纯电动公交车全部安装了驾驶室安全门,还在626辆已有车辆安装了半包围驾驶室安全门。按照政府购置车辆计划,预计在

3 至 5 年内实现公交驾驶室安全门全覆盖,确保驾驶员在行车过程中不受他人干扰。

这类设施也在北京、武汉、青岛等城市得到推广,北京设有驾驶室隔离门的公交车辆已占总运营车数的 70% 以上。

记者从北京公交集团了解到,为了加强公交安全,北京于 2013 年年底开始在公交车上配备乘务管理员。目前,北京公交已实现全市运营公交车辆乘务管理员"全覆盖"。

早在 2017 年 9 月,北京市交通委、北京市公安局联合印发《首都公交地铁乘务管理员工作规范》,明确规定乘务管理员应主动防范各类危害公共安全和乘客人身安全的违法犯罪行为,遇到突发事件时,积极配合公安民警和驾乘人员先期处置。

"如果公交驾驶员在车辆行驶过程中,突发身体不适,安全门将会影响施救。"东南大学法学院副教授顾大松表示,设置安全门会将驾驶员与乘客分离,一定程度上也会影响驾驶员的工作环境。

顾大松认为,公交驾驶员是一种特殊职业,负有保障公共安全的义务,企业需要从内部管理制度细化职责。企业相应的内部管理与职业培训制度也不可或缺,从而最大程度遏制驾乘纠纷的产生,保障乘客与驾驶员的安全。

规范处理机制　防止驾乘纠纷激化失控

《通知》明确提出,各地要加强城市公共汽电车驾驶员安全意识和应急处置能力的培训教育。同时,企业还要加强驾驶员心理疏导、情绪管理,确保驾驶员心理健康。

银川公交相关负责人告诉记者,在实际工作中,驾乘纠纷屡有发生。为了保障乘客安全和驾驶员权益,银川公交出台了一系列规范和保障制度,对驾驶员处理司乘纠纷进行了严格规范。

在发生驾乘纠纷时,银川公交要求所有驾驶员应首先应劝导乘客。若无效,则不与之争辩;如果遇到乘客袭击、抢夺方向盘等突发情况,驾驶员必须在确保乘客安全的前提下紧急停车,并在第一时间报警。

在公交运营过程中,乘客与驾驶员之间难免会发生口角,非常容易引发肢体冲突酿成交通事故。针对这类情况,北京公交集团制定了完善的规范流程。

北京公交集团针对驾乘人员在运营中遇到的各类治安事件,总结制定了18条"怎么办"。第4条明确规定,驾乘人员在遭到乘客辱骂或殴打时应坚持打不还手、骂不还口,遇乘客打人,及时报警并听从民警指挥处置。

为了进一步保障公交安全行驶,北京公交正在积极利用互联网、大数据、云计算、物联网等新技术,加快公共安全视频监控系统建设,落实公交客运车辆监控、GPS、一键报警等设施建设。在遇到突发情况时,驾驶员可以及时报警,警务人员也可远程指导驾驶员规范处理。

从形式上看,各地公交公司都有一套"指引",指导驾驶员处理驾乘纠纷等问题,如克制情绪、遇到危险时停车报警。面临辱骂或者殴打,多数驾驶员都选择"忍",以息事宁人。

各地均强调公交驾驶员需要具备情绪控制能力,但创造低情绪压力工作环境往往会更加有效,这不仅对公交驾驶员更公平,效果无疑也会更好。此外,通过加强驾驶员心理疏导、强化法律法规保障,可以更好保护驾驶员权益,进而保障公共交通安全。

严格法律法规　震慑危害公共安全行为

近日,抢夺方向盘、攻击驾驶员等新闻屡屡见诸报端,重庆公交车坠江事件也给社会带来重要启示:保障乘客安全和驾驶员权益还需要完善的法律法规。

顾大松认为,完善法律法规可以先从地方开展公交立法。应针对性设置公交驾驶员保护条款,明确谩骂、攻击驾驶员的行政和刑事责任,同时可以借鉴国外经验,在公交车辆显著位置列明相关法律责任以及警示案例。

以美国新泽西州为例,驾驶员座位背后写明:袭击驾驶员,罚款7000美元并处以5年监禁。纽约曼哈顿在所有公交车门标示了侵犯公交驾驶员处以7年监禁。

在最高人民法院案例研究院召开的"案例大讲坛"上,最高人民法院大法官胡云腾建议,针对公交车上采取暴力手段危害驾乘人身安全、危及车辆安全的行为,可考虑在刑法中设立"妨害安全驾驶罪",与危害公共安全罪相关规定衔接。

重庆市委政法委相关负责人表示,对干扰、辱骂、殴打驾驶员等危害公共安全行为的报警,将会第一时间出警,对构成行政处罚的人员予以治安拘留等行政处罚,构成刑事犯罪,则依法予以处罚。

《通知》提出,要鼓励乘客参与城市公共汽电车运行安全保障,勇于制止侵扰城市公共汽电车驾驶员安全驾驶的违法行为。对于见义勇为的个人,予以褒奖,形成全社会群防群治的良好氛围。

顾大松认为,维护公共交通安全,还需要广大人民群众参与。对于乘客的见义勇为应在立法上明确奖励条款以及保障机制,鼓励乘客积极参与维护公共交通安全。

原刊于《中国交通报》2018年11月14日6版

28公里的"生命速递"

李红红

"呜哇,呜哇,呜哇……"7月9日凌晨,一阵清脆的婴儿啼哭声在新疆新源县人民医院妇产科响起,库尔班·热合曼抱着刚出生的女儿,激动、幸福的泪水流了下来。

10个小时前,库尔班·热合曼开着他的小面包车心急如焚地往新源县人民医院赶。车后排躺着他的妻子,羊水已经破了,即将临盆,剧烈的疼痛让她开始痛苦地呻吟。还有30公里就到医院了,库尔班腾出左手擦了擦汗水。就在此时,车尾部突然发出"嘭"的一声巨响,右后轮爆胎了。由于没有准备备胎,加上此地通行车辆较少,焦急的库尔班一时手足无措。

正在S316省道进行改扩建施工的工人们听见了声响,围了过来。领头的正是中交二航局S316项目安全部部长魏宝亮。库尔班连忙迎了上去,简单的几句话,魏宝亮就已经明白了情况。

没有犹豫,也没有过多的烦琐请示,一辆项目上的越野车很快就赶了过来。大家小心地把库尔班的妻子抬上车,立即往新源县方向开去。

库尔班的车爆胎的地点正位于二航局S316项目的标头,新源县县城就位于标尾,也就是说,跑完路线全长28公里,就到目的地。但这28公里却是最难走的一段路程。S316省道处于新疆伊犁河谷,暴雨、洪水、泥石流等地质灾害频发,导致该路段坑坑洼洼,车辆行走在上面像跳迪斯科一般。

目前正是雨季,没有下雨,但天空阴沉沉的,暴风雨似乎随时会来。司机尽量绕开泥坑,但车辆仍然颠簸得厉害,行进速度十分缓慢。后座上,库尔班用双臂搂护住妻子,但仍然控制不住地左摇右晃,妻子痛苦的呻吟声更大了。

这样下去不是办法。看着前面施工的队伍,魏宝亮想到了一个点子。"请各施工点注意,现在有临时紧急任务,请各工点用挖掘机、推土机等把路面尽量填平整。"经请示项目领导,魏宝亮立即通过对讲机向各工点下达了指令。

行走在提前修整的路面上,车辆平稳了许多,速度也快了起来,坐在前排的魏宝亮和司机松了一口气。

"轰隆隆……"突然,一道闪电划破了阴沉沉的天际。伊犁河谷的雨季大雨说来就来,刚填平实的路面瞬间被雨水冲刷得坑坑洼洼,积起了大大小小的水坑。公路两边,山上的泥沙和石头在风雨的挟裹下不断地滚落。此情此景让魏宝亮想起了2017年4月发生在S316路段的泥石流灾害,近30万立方米的泥石流将公路完全阻塞,项目部足足挖了70多个小时,才清理出了一条单行通道。

此时距离新源县城还有10公里,若是车辆被阻挡在此,后果不堪设想。雨越下越大,雨刷器左右不停地刮着前挡玻璃,但前方仍是模糊一片。"不好,过不去了。"司机一个刹车。原来,前方一块巨大的岩石从山上滚了下来,正好挡在才几米宽的公路中央,越野车无法绕过去。

三人立即跳下车,此时的路面已经积起了能淹没脚面的雨水。"库尔班,你看着山上,有落石滚下时,注意发声警告。我和司机搬石头。"魏宝亮简单安排后,和司机齐声发力,将那近200斤重的石头一步一步地滚到了路边。两人的鞋子、裤子、衣服全是泥水。

当看着库尔班的妻子被顺利地送进产房,魏宝亮长长地吁出一口气。

后来的安全检查报告显示,这场大雨,将新疆S316省道多处冲垮,交通再度阻断。

孩子出生后,除了维吾尔族名字,库尔班还给女儿起了个汉族小名:心心。"多亏了二航局的同胞们,我妻子才顺利为我生下了心心。心心,心心相印,民族团结心连心。"库尔班动情地说。

原刊于《二航人》2018年7月31日1版

龙江交通　镌刻加速度的时代坐标

狄　婕　陈晓光

七月，龙江大地迎来了最美的时节，一条条或笔直或蜿蜒的公路镶嵌在黑土地上，成为绿水青山间靓丽的风景线。

在黑龙江省公路勘察设计院，院长陈柯正带领科研人员用最新的 BIM 技术替代曾经枯燥的图纸、量尺实现设计的技术升级，带上 VR 眼镜就可以身临其境地走在设计好的公路上。

设计之变只是龙江交通跨越发展的一个注脚。40 年来，我省不断完善三大路网体系，技术工艺紧跟前沿步伐，龙江公路实现了从线到网、从慢到快、从人海战术到全机械化的飞跃。公路的嬗变提升着人们出行的幸福指数，前进的车轮迸发出时代的进步强音。

高速公路从无到有
打造 3 小时经济圈

20 世纪 80 年代，我省只有国道和省道。由于汽车级别不高，跑不出速度，经常可以看到各种马车、牛车、非机动车和少数机动车混行的场面。随着经济社会发展，国家根据对公路的投入和交通运输量进行了重新细分，从单一的国省道增加到国家级高速公路、省级高速公路、普通国道、普通省道四种类型。

田林，省交通运输厅综合规划处处长，作为曾在建设一线工作的交通人，他对交通的发展历程记忆犹新。"在我省的交通史中，不能不提的是哈尔滨松花江公路大桥。"田林说，为了畅顺哈尔滨江南江北之间的出行，1983 至 1986 年间，省交通运输厅举全厅之力，建设了松花江公路大桥。这是新中国成立以来我省新建的第一座跨越松花江特大型公路桥。大桥建好后，独特的剪刀造型让人们眼前一亮，也成为哈尔滨最重要的地标，并获得了全国鲁班奖。"无论是技术难度、工程规模、管理团队,在当时都是全国先进水平。"田林说经过这次建设,我省积累了宝贵的经验,并开始逐步向高等级公路发力。

56岁的省公路勘察设计院副院长刘国峰,参与设计了我省的第一条高速公路。他告诉记者,90年代初,为提高公路运输效率,我省开始启动高速公路建设。1992年,开工建设了哈尔滨至阿城全封闭、全立交四车道的一级汽车专用公路,它具备了高速公路主要功能,成为省内高速公路的雏形。

1997年,随着经济社会发展的需要,哈尔滨至大庆二级汽车专用公路扩建成高速公路项目正式启动,这也是我省境内的第一条高速公路。"为了做好设计,我们吃住在野外,条件特别艰苦,技术手段和现在没法比,全靠人工拿着皮尺、花秆,每50米测量一次,但大家一想到这是我省的第一条高速公路,干劲儿特别足"刘国峰对记者说。

虽然已经过去几十年,但肇东市安民乡大榆村70岁的姜喜德还清楚地记得第一条高速公路建成时的场面。"村里的人都去路边看热闹了,都想看看高速公路是什么样啊,确实又宽又平,车开得也快。"姜喜德笑着说。

除了宽阔平坦,哈大高速更大的意义是提高了运输效率、带动了经济发展。刘国峰说,哈尔滨到大庆只有100多公里,过去早上从哈尔滨出发,中午要在昌五镇吃顿饭,下午两三点才能到大庆,哈大高速通车后,只要1个多小时就可以抵达。与此同时,周边的节点城市,像安达、肇东等地,都开始调整城市布局,将经济开发区向高速公路方向靠拢。

而自此,我省高速公路建设正式起步。

田林告诉记者,哈大高速建成后,我省相继开工建设了哈尔滨至拉林河、哈尔滨至绥化、哈尔滨至佳木斯、哈尔滨至牡丹江等一批高速公路。到2007年年底,全省高速公路里程达到1044公里,全省13个市(地)中哈尔滨、大庆、绥化、佳木斯、鹤岗、牡丹江6个市通高速公路。2008年,省委、省政府着眼于全省经济社会发展需求,做出了公路建设"三年决战"的重大战略部署,决定用三年多时间,建设高速公路3042公里,全省高速公路建设进入跨越式发展阶段。2011年年底,累计完成投资1100亿元,相当于新中国成立以来省内公路建设投资的总和。全省高速公路总里程达到4300公里,高速公路主骨架基本形成。到2017年年底,我省高速公路4512公里,覆盖除加格达奇外的12个市(地)和36

个县(市),形成与吉林、内蒙古等邻省的 6 条省级高速公路通道,连通了绥芬河、同江、抚远、黑河等国家一类口岸,连接了五大连池、亚布力、镜泊湖、兴凯湖等重点景区,形成以哈尔滨为中心,覆盖除加格达奇、黑河以外市(地)的 3 小时经济圈。

国省干线联网成片
为一带一路再添精彩之笔

6月14日,"工匠杯"全省普通干线公路养护技能大赛在尚志市举行,养路工人们以工匠精神迎接我省第 25 届养路工人节。比赛现场,看着四通八达的国省干线,省公路局养护处处长季井满感慨良多。

回首我省交通发展历程,国省干线注定是当之无愧的主角之一。40 年前,我省有国省干线 6000 多公里,道路等级多是三级路、四级路,甚至是等外路。

"春天翻浆,夏天水毁,冬天雪阻。那时候国省干线以砂石路居多,还有部分渣油路,夏天太阳照在路上,渣油容易晒化,人走上去直粘脚,汽车行驶到 60 迈就要飞了。"提到过去,季井满记忆犹新。

1995 年,"网化工程建设"正式启动,到 2005 年的十年间,大规模的路网改造、等级提高,让龙江国省干线得到了跨越发展。2008 年,随着全省公路建设"三年决战"启动,国省干线建设再获突破。到 2011 年,国省干线路面铺装率达到 89%。

"现在我省的国省干线已经达到 27900 多公里。道路的等级也以一级、二级、三级为主,从哈尔滨出发到任何地市级城市都可以当天到达。养护能力的提高,大型设备的使用,天气不好就放杆禁行的现象一去不复返了。"季井满笑着说。

与此同时,随着国家"一带一路"倡议的提出,省交通运输厅也加大了服务"一带一路"国省干线的建设。

曾经建设过饶河口岸公路的省公路局总工王牧告诉记者,2003 年,他和建设队伍来到饶河时,对俄口岸只有一条汽车压出的路。虽然道路不长,但由于都是沼泽地,山多取土难,工程进行了三年。"以前车经常陷进土里,我们建完后,笔直崭新的公路直接连到口岸边检大厅,俄罗斯车辆明显增加了。"王牧说。

在建设口岸公路的同时,跨境通道正助力龙江稳步迈向对俄发展前沿。

2016年12月24日,历经28年筹建的中俄首座跨黑龙江公路桥——黑河至布拉戈维申斯克黑龙江大桥正式开工。大桥建设项目在黑河市长发屯跨越黑龙江,终点位于俄罗斯布拉戈维申斯克市布哈公路,路线全长19.9公里,是我国北方高纬度寒冷地区第一座斜拉桥。大桥建设确定了中俄双方成立合资公司、由省州政府与合资公司签订特许合同的新模式,由合资公司负责大桥的统一设计、同步建设、共同运营。截至今年6月末,中俄双方境内工程进展顺利,中方境内工程累计完成投资3.2亿元,俄方境内工程累计完成投资8.3亿元。大桥整体累计完成投资11.5亿元,占大桥总投资的47%。预计2019年10月交工通车。黑龙江大桥项目总经理黄云涌告诉记者,黑龙江大桥建成后,将形成新的国际公路大通道。同时,中俄双方还将建立临桥、临港经济区,通过大桥国际共管段形成跨境经济合作区,加快形成全方位对外开放新格局。东宁、洛古河两座界河桥也在积极地推进中,建立了中俄定期会晤工作机制,成立了双方联合工作组,形成了建桥协定草案,以及建桥模式、融资方式等关键内容。

农村公路村村通
助力农村经济"加速器"

1991年,时任巴彦县天增镇副镇长的王广瑞要到天增镇庆盛村去了解农业生产情况。由于刚刚下过雨,泥泞的田间道在王广瑞的自行车胎上沾满了泥巴。无奈之下,王广瑞只能推着车走着去,20公里的乡间路,他走了7个多小时。

20世纪90年代,我省农村公路建设在全国一直处于落后地位,多数农村公路技术等级低、路面状况差,通达、通畅水平低。到2003年底,全省农村公路总里程3.3万公里,其中,等级公路2.97万公里,沥青水泥路4492公里,路面硬化率只有13.6%。

为尽快改变落后状况,从2003年开始,我省克服底子薄、基础差、里程长等不利条件,抢抓国家加快发展农村公路的历史机遇,采取有力措施,农村公路建设取得了较大发展。

经过10多年的集中建设,全省农村公路路网规模持续扩大,通达深度、覆盖广度稳步提高,路网结构进一步优化,服务"三农"成效进一步突出,农村公路成为全省三大路网的重要组成和基础支撑,成为全省新农村建设的突出亮点。

如今已是省公路局计划处副处长的王广瑞还是会想起当年走着下乡的往事，但更多的是感叹农村公路的变化之大之快。

据介绍，到2017年年底，我省农村公路总里程达到11.9万公里，较2003年新增8.6万公里，增长2.6倍。全省等级农村公路达到10.3万公里，比2003年增加7万公里；沥青水泥路8.52万公里，比2003年增加8.1万公里，路面硬化率由2003年的13.6%提高到71.4%。全省931个乡镇和9121个建制村全部实现通畅，提前完成全面建成小康社会的建制村通畅目标，跨入全国先进行列。

公路通，百业兴。王广瑞说，农村公路的建设促进了农村经济发展。没有公路，农产品就无法进入市场。路好了，农产品也卖上了好价钱。农村公路通达程度的不断提高，增强了城市对农村的辐射带动作用，拉近了农村与市场中心的距离，农业成本特别是运输成本降低，提高了农业综合效益。

凭借着不断升级的设计水平，省公路勘察设计院已经获得了安徽、广西、新疆、内蒙古等外省的设计订单；节假日里，王广瑞也会开车到庆胜村去看看，整洁的硬化路面、不时驶过的汽车，让他惊叹而兴奋；田林他们早已开始规划未来我省的路网结构，"两环、八射、六横、六纵"的省域高速公路网将助力龙江实现高质量发展。因改革开放而兴，因改革开放而强，40年来，龙江交通实现着跨越发展，并不断为我省经济注入源源活力，而下一个十年又会是怎样呢，他们已经开始期待！

原刊于《黑龙江交通》2018年7月24日1版

交通精准　井冈山先行脱贫"摘帽"

黄　金

5月29日,时值端午节假期,江西省井冈山市茅坪乡神山村游人如织。未到午饭时间,村民张成德家的"成德农家宴"已经客满,还不时有远道而来的游客主动提出要在院子外面加桌。张成德的女儿彭张芬告诉记者:"刚开始只是试试看,没想过生意会这般好,最多的时候,一天要接待100多人。"

"路通百通",昔日羊肠小道的罗霄山脉井冈山贫困地区"路无三尺宽",如今一条条宽敞的水泥路、沥青路伸向田间山头,打通经济社会发展的"任督二脉"……近年来,井冈山市交通运输部门整合利用有效资源,加快完善农村交通基础设施,积极探索"交通+旅游""交通+电商快递"等扶贫新模式,不断提升贫困户的自我造血能力,使脱贫攻坚真正获得群众认可、经得起历史检验。今年2月,井冈山市正式宣布在全国率先脱贫"摘帽",成为全国全面奔小康的新起点。

"没有交通的精准扶贫就没有神山村的今天"

神山村地处罗霄山脉中段,是毛泽东、朱德等老一辈无产阶级革命家创建的井冈山革命根据地中心地带,村庄四周高山环拱,状若城垣,故名"城山",后客家方言取谐音为"神山"。它与周边散落的茅坪村、社背村、坝卜村一样,交通、信息长期闭塞,资源优势没有得到有效发挥。2016年春节前夕,习近平总书记曾到这里看望慰问。

"盘山公路(茅坪村至神山村)彻底改变了神山村的命运,没有交通的精准扶贫就没有神山村的今天。"神山村村支书黄承忠坦言。2002年,村民自发组织修了一条人畜共用的"土坯路",但路面坑坑洼洼,高低不平,到就近的茅坪乡赶集来回需要一整天。2004年,江西省启动村村通水泥路建设工程。2005年,井冈山市交通运输部门采取政策补贴等方式,对进出神山村的2.5公里盘山公路进行了硬化。

2016年,为加快村民脱贫攻坚步伐,井冈山市交通运输局全面启动桃寮经神山到坝上旅游公路升级改造,助力构建大井冈山乡村一体化旅游经济圈。该工程路线全长约10公里(其中新修公路近7公里),按四级公路标准修建,路面宽度由原来的3.5米拓宽至4.5米,预计2018年下半年竣工。"随着桃寮村—神山村—坝上村的盘山公路互联贯通,神山村将与黄洋界、八角楼等热门景点串珠成链,形成两小时交通经济圈。"井冈山市交通运输局局长汤雪平告诉记者。

盘山公路的"盘活"作用已经开始显现:原来狭窄泥泞的盘山公路变成了干净整洁的水泥路,当年的21户贫困户中20户实现脱贫,村民人均年收入达1.18万元,37栋土坯房换上了具有当地建筑特色风貌的"新装"。"如今全村有47%的村民参与到旅游产业相关发展当中。"黄承忠告诉记者。该村有16家农户端上旅游饭碗,帮助全村年人均增收2000元,一年下来,全村可接待观光游客近10万人次。

兴产业促旅游,强化交通脱贫攻坚基础支撑

在井冈山市,类似神山村的交通扶贫脱贫攻坚案例还有不少。2016年12月18日,睦村乡社背村塘家源村小组10户村民终生难忘。这一天,他们盼望多年的水泥路终于修到了家门口。作为井冈山的西大门,睦村乡是当地最偏远的乡镇之一,全乡8个建制村57个村民小组都通了水泥路。睦村乡党委副书记邹伟男说:"以前没有路,群众卖杉木靠肩挑背扛,一天最多送出山半个立方米,现在有了路,一天二三十立方米也不在话下!"

"公路通,百业兴",同样适用于距离睦村乡约30公里的茅坪乡。"有了这条产业路,不仅上学就医方便多了,我们家种的水果也不愁运不出去了!"茅坪乡茅坪村源塘组村民钟福明激动地说。据该村村委会主任谢明泉介绍,茅坪村附近的一块荒山被打造成3000亩黄桃产业园基地,今年3月,交通运输部门因地制宜铺筑了3.5米宽、近10公里长的产业扶贫路,让黄桃物流运输车直接开

到了产业园区。据初步估算,未来3年的黄桃收益可使茅坪乡近102户贫困户的每年人均增收超过2000元。

路通了就要找准产业发展。"井冈山因地制宜选准产业,'十三五'期间将重点打造20万亩茶园、30万亩毛竹、10万亩果业种植加工基地。"井冈山市委书记刘洪告诉记者,建设"扶贫路"只是基础,发挥贫困户的种植、养殖技能优势,并帮助他们打通销售渠道解决后顾之忧,才是"致富路""小康路"。

为充分发挥交通基础支撑作用,2016年年底,江西省发展改革委、省交通运输厅、省扶贫和移民办联合出台《江西省关于进一步发挥交通扶贫脱贫攻坚基础支撑作用的实施方案》,提出到2020年,在贫困地区建成外通内联、通村畅乡、班车到村、安全便捷的交通运输网络,实现建制村通硬化路、通客车、通邮政,25户以上自然村通水泥路。

截至目前,井冈山市已提前完成了25户以上自然村通水泥路的目标,35个重点贫困村全面通水泥路,累计建成近200公里通村小组(入户)硬化路。2016年年底,井冈山贫困人口由2014年年初的4638户16934人减少到539户1417人,贫困发生率由13.8%降至1.6%,贫困户人均纯收入由2013年的2600元增长到4500元以上。

原刊于《中国交通报》2017年5月31日1版

人品　产品　作品

杨　燕　王仁忠

导语　2016年8月，贵州省公路开发有限责任公司（简称"贵州公路开发公司"）接过了贵州省打造高速公路"品质工程"的大旗，依托平罗高速公路这块"试验田"，贵州公路开发公司将"人品 + 产品""'产品'回归到'作品'"作为"品质工程"的创建理念，走出了一条内实外美更安全的"品质工程"创建之路，更为贵州的"品质工程"，提供了一个可学习借鉴的样板。

开启贵州"品质工程"建设序幕

贵州，山高谷深，沟壑纵横，高原山地居多，一条条路，一座座桥，不断挑战世界纪录，刷新人们对"黔道难"的认识。尤其是2015年贵州省实现县县通高速公路，更是确定了贵州交通发展史上新的里程碑，这一年也是贵州省公路开发有限责任公司高速公路建设战果丰硕的一年，特别是贵州高速公路建设"三年大会战"关键时期，全面完成了赤水、湄潭、思南、印江、平塘等18个县（区）通高速目标任务，为全省88个县（市、区）实现"县县通高速"目标打下了坚实基础。

回看贵州的交通发展之路，在逐步解决量的问题后，贵州正在面临如何提升内在质量、外在品味的现实问题。"品质工程"建设则很好地回答了这个问题。打造"品质品质"，不仅是交通运输部"十三五"期间的重点工作内容，同时，也对贵州省实施"质量兴省"战略、推进交通强国西部示范省建设具有重要的现实意义。

如果说高速公路建设"三年大会战"，使贵州成为西部第一个"县县通高速"的省份,那么,开启"品质工程"建设的大门,则将推动贵州高速公路建设由高速发展转向高质量发展。

2016年4月,由贵州省公路开发有限责任公司承建的平塘至罗甸高速公路(简称"平罗高速公路")、德江至务川高速公路(简称"德务高速公路")先后全线动工。其中,全长93.478公里的平罗高速公路,建设伊始就以全线打造品质工程,作为建设目标。

"一花独放不是春,百花齐放春满园。"贵州省交通运输厅党委委员、总工程师潘海以此来比喻平罗高速公路打造品质工程的重要性,"在贵州多山地区,全线打造品质工程具有天然难度,但通过平罗高速公路建设的示范引领,贵州省的高速公路发展将上一个新台阶。"

2016年8月8日,贵州省公路水运品质工程创建启动大会在平罗高速平塘特大桥施工现场举行,更是把贵州品质工程创建的旗帜交到了"平罗高速公路"的手中,在场300余名建设者庄严宣誓:"以实际行动奋力打造贵州公路水运优质耐久,安全舒适,绿色和谐的精品工程……"铿锵有力的誓词声回荡在茫茫的崇山峻岭间。

"创建'品质工程',功在当代、利在千秋。"贵州省公路开发有限责任公司党委书记、董事长袁泉说,品质工程创建是交通系统深化改革进入深水区的必经之路,是社会发展到新的阶段新的需求,只有顺应了时代,掌握了规律,才能赢得市场,实现公司跨越发展。

自此,贵州省公路开发有限责任公司依托平罗、德务高速公路建设项目,拉开了贵州的"品质工程"建设序幕。

"人品+产品" 内实外美更安全

面对"品质工程"这一新鲜事物,没有成熟的模式可以照搬照抄,贵州省公路开发公司以"摸着石头过河"的勇气,"开辟一条大道"的决心,率先开启了平罗高速"品质工程创建"这块"试验田"。

"品质工程说到底就是以人为本,是'人品+产品'创建理念的具体诠释。"贵州省公路开发公司副总经理、时任平罗项目办主任马白虎解释道,品质工程不一定是指标最高的工程,但一定是用心到位的工程。

贵州省公路开发公司遵循着这份初心,在建设之初,就严格按照贵州省交通运输厅"十三五"质量发展纲要要求,通过执行施工标准化、安全标准化、手段信息化,实现产品标准化,进而把平罗高速公路打造成品质工程。

在推进标准化建设的过程中,平罗高速公路项目并没有把标准化创建停留在拌和站、预制场、中心试验室等传统领域,而是全面推行工艺、工序标准化和管理标准化。

"品质创建必须打破常规建设管理模式,要按 PDCA 循环管理全要素、系统性策划项目各阶段创建目标、工作部署、检查考核、总结提升,要以科技创新为支撑,以智慧管理为手段,以微创新技术补齐短板为关键,全力做到全面开花、百花齐放。"马白虎介绍道,通过该管理模式,由多家单位参建的平罗高速公路,在创建工艺、工序标准化的过程中,各个标段均呈现出百花齐放的态势。比如,中国建筑第八工程局有限公司把安全教育培训体验馆建在一线工地,隧道坍塌如何逃生、受伤人员如何急救等都可以亲身模拟体验。类似这种好的经验做法,项目经过总结之后都会及时在全线推广。以人之长,补己之短,通过这种方式,整个项目避免了因标段实力之别而造成的"短板效应"。与此同时,项目建设者淘汰了落后的、不利于质量控制的工艺、工法,促使工程品质不断优化。

此外,在一些影响工程质量的工艺上,平罗高速公路项目以质量通病为抓手,以解决通病问题为目的,开展首件工作,并认真总结,固结工艺、工法。在实现首件先行、示范引领过程中,对于首件未完成的项目,绝不容许大面积施工。

提升对外观质量的认识,则是品质工程"品"的具体体现,也是各参建单位的管理水平和责任心的体现,贵州省公路开发公司要求平罗高速公路各参建单位用艺术、美与自然结合的理念提升工程外在形象,并制定了《隐蔽工程质量管理办法》,对隐蔽工程及关键工程实施有效"透明化"管理,尤其是对三背回填、隧道锚杆等隐蔽工程管控,并分析各类影响工程实体耐久性的主要因素,基于全寿命周期考虑工程的建设质量,提出解决方案和措施,确保工程耐久性,切实做到"内实外美"。

贵州省公路开发公司还加大创新力度,加强科研与设计施工联动,以质量通病为项目"痛点",采用"四新"技术,预防和治理质量通病;推行"智慧建设 +

最美高速"的大数据管理手段,助推品质工程上台阶。

平罗高速品质创建的两颗"明珠"

平罗高速公路项目全线桥隧比为47.9%,共有桥梁80座,隧道23座,其中,拥有两个"世界第一",即平塘特大桥和大小井特大桥。如果说平罗高速公路将成为贵州品质工程的引领,那么平塘特大桥和大小井特大桥必将成为贵州"品质工程"创建中两颗耀眼的"明珠"。

位于平塘县牙舟镇与通州镇之间的平塘特大桥,横跨槽渡河峡谷,全长2135米,采用当今世界前沿的"三塔双索面结合梁斜拉桥"技术修建,中间16号塔高328米,从塔底到塔顶高336米。这一高度为世界同类型桥梁的第一高塔,计划于2019年建成,建成后将成为当今"最高最美"的空间索塔、贵州又一地标性建筑。

在建设过程中,平塘特大桥以虚拟的施工载体全方位模拟施工,相继解决了实际施工中设计及施工碰撞等难题,展现了"大国工匠"的智慧和力量。为消除混凝土质量通病,平塘特大桥首次在贵州应用透水模板布,不仅提高混凝土表观质量,还进一步提高混凝土性能,改善混凝土耐久性、提高其耐磨性、抗冻性和表面抗拉强度……针对峡谷深、施工条件艰苦的特点,贵州省公路开发公司与设计单位、承建单位进行了一系列科研攻关,克服沿线重峦叠嶂、沟谷纵横、地质复杂、气候恶劣等重重困难,确保了平塘特大桥建设得以顺利施工。

为了保证平塘特大桥的建设品质,平罗高速公路项目还首次引入了"监理+代建"模式,充分发挥监管一体化管理的集约优势、优化管理流程、提高管理效率,并解决了建设中管理费用不足等问题。

在管理与建设工艺等的多重保障下,截至2018年10月9日,平塘特大桥16号主墩已完成第54模(314.6米),15号主塔已施工完成第57模(324.5米),17号主塔已完成塔柱第47模(265.27米)。

"不以牺牲环境为代价,是平罗高速公路在建设过程中始终坚守的生态底线,平罗高速公路开工以来,这已经成为各参建单位共同践行的理念。"马白虎介绍道,除了创新技术及管理理念,在施工过程中,平塘特大桥严格按照"环保施工留青山"的理念,把绿色公路建设摆在更加突出的位置,全力推行绿色、环保、生态公路建设,并做到边生产、边恢复,"行走在与平罗高速公路相邻的国道552线上,还不知道有条高速公路在修建。"沿线百姓的声音,是对平罗高速公路绿色公路建设的最大肯定。

特别是位于平塘特大桥附近的天空之桥服务区,原计划对山体挖方295万立方米,通过打破常规思维,对服务区施工图进行了优化,不但保持了原有地形2处山峰,减少挖方约134万立方米,降低了造价,保护了环境,还进一步突出"桥旅融合"的概念,以平塘特大桥为核心资源,将观桥、赏桥、旅游、户外运动等结合起来,进一步拓宽平塘特大桥价值和服务区经营业态、服务理念,努力将高速公路从单一的出行功能向交通、生态、旅游、消费等复合功能转变。

与平塘特大桥互为"双子星"的大小井特大桥,是我国典型的高山峡谷大跨度钢管拱桥和世界同类型桥梁之最,全长1500米,主桥主跨为450米,引桥采40米装配式组合T梁,大桥桥台所在山坡峰顶与河底相对高差约250米,是名副其实的空中"天路"。这也使大小井特大桥主桥钢结构复拼场,成为平罗高速公路打造"品质工程"的主战场,承担着主拱圈节段复拼施工的重任。

"山区建桥,首选拱桥。但拱桥的施工工艺比斜拉桥更复杂。"马白虎说,作为我国典型的高山峡谷大跨度钢管拱桥和世界同类型的桥梁之最,大小井特大桥结构、技术复杂,质量要求高,施工难度更大——拱座施工现场地形陡峭,边坡开挖高度高,开挖方量大,大体积混凝土温度控制技术难度大,拱脚预埋件安装精度要求高;缆索吊机安装施工主塔拼装高度高,主索安装跨度大,施工安全风险高;主拱安装施工拱肋纵向运输距离长,吊装重量大,主拱对接精度、线形及高程控制要求高,主拱悬拼施工时间长,斜拉扣挂施工难度高;山区机制砂C60自密实混凝土技术难度高,混凝土顶升度高……马白虎一口气数出一系列大小井特大桥的难点。

为保证主桥钢结构复拼质量,大小井特大桥强化技术交底及质量交底,包括地样放线、胎架制造、主弦管定位、腹杆定位、相贯线焊接、片体立拼施工、高强螺栓施工、油漆补涂……"悬"在空中的大小井特大桥主拱圈,共计58个吊装阶段,节段最大净吊重达160吨。通过高标准的施工作业,这个重达万钧的"天路",终于在2018年6月30日实现主拱圈顺利合龙,合龙精度精确到毫米级!

"行业标准是15厘米,我们把大小井特大桥主拱圈的合龙精度控制在了5

毫米以内。"马白虎指出,这一点,足以令人惊叹,"精准来源于每一个节段的严格控制。"主拱圈每一步的精准拼装,甚至可能因为早晚的细微温差造成不可纠正的偏差。

远眺大小井特大桥,一道美丽的人造彩虹已经横跨大小井两岸,布依族居住的大小井风景区内河水碧绿清澈,两岸古榕参天蔽日,翠竹亭亭玉立,农田阡陌纵横,还有鬼斧神工的溶洞,神秘莫测的天坑,大小井特大桥已然与景区相互衬托,遥相呼应,成为又一道风景。

把"产品"回归到"作品"

经过2年多的探索,面对"如何打造品质工程?"的疑问,贵州省公路开发有限责任公司总结出了一套切实可行的施工、管理等方法。贵州省公路开发有限责任公司党委书记、董事长袁泉说:"我们要把'产品'回归到'作品',将'品质工程'的相关标准研究透,执行下去,并非一味地追求创新。"

依照该套方法,贵州省公路开发有限责任公司承建的另一条高速公路——德务高速公路,以打造"品质工程"为核心,在建设过程中,将"品质工程"的相关评价体系、建设标准等落到实处。

作为德务高速的控制性工程——德江隧道是贵州目前已经建设的最长公路隧道,隧道左幅长 5505 米,右幅长 5425 米,质量、安全风险高、技术难度大。在建设过程中,德江隧道严格按照"早预报、管超前、短进尺、弱爆破、强支护、勤测量、早成环"的施工原则,以"三如"(如临深渊、如坐针毡、如履薄冰)、"三零"(零漏洞、零发生、零容忍)为主题,不断提高事故防控能力,全面严格按照标准化施工要求,推广成熟的施工工艺、施工方法;强化质量通病问题治理,确保施工质量;借助品质工程创建工作提升一线作业人员、现场管理人员的业务技能和管理意识,确保德江隧道各项工作稳步推进。

经过管理人员和施工队伍"三班倒"不间断作业,截至 2018 年 9 月 25 日,左右幅隧道已完成过半,最大程度促进项目安全生产,有力促进"施工工艺标准化、施工过程精细化",确保安全生产形势持续平稳有序,在又好又快施工中牢固把握建设"品质工程"的辩证法,努力实现建设持续向好,打造精品工程。

树立贵州的"品质工程"样板

引文 "贵州精心打造'品质工程''平安工地'的氛围非常浓厚,在理念、方法、措施、管理上均有创新、有提升。"

——2017年6月27日,交通运输部安全总监成平率队调研平罗高速公路"品质工程"创建和"平安工地"建设情况,并给予充分肯定和高度评价。

品质成就梦想,品牌铸就辉煌。2017年2月20日,全省高速公路建设攻坚决战调度会暨品质工程推进会在平罗高速公路召开;2017年6月27日,交通运输部安全总监成平率队专题调研平罗高速"品质工程"创建和"平安工地"建设情况,给予充分肯定和高度评价;2018年4月9日,全省高速公路品质工程创建推进会在平罗高速大小井特大桥建设现场召开……品质工程创建已然成为贵州省公路开发公司的一张靓丽名片。如今,车行在刚通过交工验收不久的平罗高速平塘至牙舟段、德务高速楠杆至务川段,建成即景,一路除了满眼绿色、千岩竞秀,还有小桥流水、飞鸟盘旋,笔直干净的路面,美观、方便的附属设施、服务设施,不时出现的温馨标识、宣传标语等同样让人心旷神怡。待平罗、德务高速公路全线建成开通后,不仅成为沿线独美风景的推介展示平台,更是成为助推地方经济社会发展的"主动脉",将沿线交通发展带进新纪元。

2018年6月30日,在大小井特大桥主拱合龙仪式上,贵州省公路局局长张胤代表贵州省公路开发公司向全体参会人员郑重承诺,贵州省公路开发公司即将建设的项目仁遵、纳六晴、普盘等高速公路,都将以平罗高速为标杆,努力超越平罗高速公路,贵州省公路开发公司有底气、有信心凡是该公司建设的项目,都严格按照"品质工程"理念进行打造。

初心如磐,使命如山;时不我待,只争朝夕。谈及贵州省公路开发公司未来的发展方向,党委书记、董事长袁泉说,公司将以打造"品质工程"升级版为目标,依靠科技创新支撑,做到精细化施工,科学化管理,规范化推进;努力营造人人重视品质,用真抓实干打造"优质耐久、安全舒适、绿色和谐"的品质工程;同时构筑决策科学的全寿命期养护模式,树立起贵州"品质工程"的样板。

原刊于《中国公路》2018年第20期总第528期

海岸,因坚守而青春
——记那些扎根海岛的舟山中远海运重工年轻人

孙臻稷

此时此刻,正在接受采访的夏斌挺显得略微腼腆。讲到有些方面的内容时,他的手时而攥紧,时而摊开,声调也是时缓时急。小夏是舟山中远海运重工某大客户冰级集装箱船项目建造经理,也是舟山中远海运重工这家企业里最年轻的项目经理。窗外阳光正好,不远处一艘即将完工的巨轮静静倚在泊位上,隐约可以看见船上工人们的忙碌身影。舷外的涂装基本完成,白色的CMA CGM字样表示该轮属于法国达飞。而夏斌挺负责的冰级船项目的第七艘,也是该项目的最后一艘船,离此还有很长一段距离。

坐落于浙江舟山六横岛的舟山中远海运重工拥有4060米的海岸线,总厂区面积达200万平方米,企业员工1319人,其中外地员工占60%。夏斌挺从施工船现场前来行政楼接受采访,即使骑车也需要段时间,更不用说步行。在采访中,夏斌挺多次说,"我应该是这里感觉路最近的人吧……"小夏是六横本地人,从家到厂不需要走太长的距离,比起那些来自五湖四海的同事,他感觉自己是幸运的,特别是在回家的时候。

2004年6月8日,舟山中远海运重工的前身——舟山中远船务工程有限公司成立,开始踏上建设大型船舶基地的征程。14年过去了,曾经的橘子地变成了设备先进、设施完善的现代化车间和厂房,曾经的海岸线成为停靠万吨级船舶的码头。

14年前,梦想在外面干一番事业的夏斌挺,从千里之外的大连回到了六横,吸引他的不仅是家乡,还有在家乡新建起的一座大型船舶和海工基地。学习船舶制造的夏斌挺当时就猜想这里应该可以学到很多新知识,积累很多实践经验,也很可能会让他实现成为一名修造船人的梦想。然而,他猜对了一半。

从当年的修船艰难起步,到2006年进入造船市场,再到2012年涉足海工,他们克服重重困难,实现了两次转型,形成了三业并举的产业格局。2017年11月15日,公司完成企业名称变更工商注册手续,正式更名为舟山中远海运重工有限公司。公司上下在生产经营、技术进步、民生建设等方面继续"创新前行",依然坚定地走在"打造世界一流造修船和海工装备基地"的追梦之路上。然而,船到中流浪更急、人到半山路更陡,更多、更大的困难正等待着包括夏斌挺在内的全体舟山中远海运重工人。

路文龙,舟山中远海运重工的团委书记,大学毕业后就进入当时的舟山中远船务的技术部门工作。出生于东北的他,也有过不适应,也有过彷徨,甚至迷茫,但最终耐住了寂寞。他在接受采访时谈起当年的自己,却只是看了看窗外,用了寥寥数语。而在谈起企业里的年轻人时,小路的话匣子一下子打开。"我经常和他们谈心,他们现在感受到的彷徨与迷茫也是我当年有过的,我感同身受。"路文龙说。

过去的一年多来,对舟山中远海运重工来说是风云变幻。与潮起潮落的市场形势相比,个人的拼搏与坚守犹如海中的礁石,时隐时现。像夏斌挺和路文龙这样,多年来始终坚守海岛的人有很多,正如夏斌挺多次提到自己是幸运的,毕竟家在六横。

14年前,中远海运重工人怀着激情和梦想,从五湖四海而来,扎根海岛,勇立潮头,开拓进取,在一片滩涂上建起了一座现代化船舶修造基地。

14年前,中远海运重工人带着家人的牵挂,放弃了城市的繁华,坚守海岛,竭尽智慧,奉献青春,在彼此的鼓励中,携手相伴,关心支持,在这片陌生的土地上打造了由一个不同姓氏、不同方言、不同习惯的人群组成的"海岛之家"。

行百里者半九十。

2017年12月28日,舟山中远海运重工召开第一次党代会,新当选的党委班子承载着370名党员、1000名干部职工和6000余名分承包方职工的殷切期望,在党旗下庄严承诺:"不驰于空想、不骛于虚声,脚踏实地、埋头苦干,共同开创企业更加灿烂辉煌的明天。"

深化改革再出发,谋篇布局、找准定位、解决症结,是企业领导班子和全体职工接续奋进的必然选择。2018年是舟山中远海运重工成立15周年,创业时挖掘机的轰鸣声已渐行渐远,但是凝练一代又一代舟山中远海运重工人心的"四特"传统却犹如被怒潮拍打的岛屿,岿然不动。

夏斌挺没有想到会遇见一个自己从未想到过的挑战——极为严苛的冰级集装箱船项目让他面临着"天大的压力"。在此之前,舟山中远海运重工也从未涉足集装箱船建造领域。"工程中,返工绝不是某个方面的原因,但是作为管理者,我们必须接受这样的严苛!"夏斌挺做出的承诺掷地有声。而在采访中他还说了一句:"做过了这个项目,我还怕啥?"

不是他一个人这么想。参与项目建造的干部职工每天早晨7点钟就要上船,晚上11点钟还经常不能下班;有的人连续半年没有休过假,每天睡觉没有超过5小时;有的人生病了上午打着点滴,下午继续上船工作,晚上还在加班整理船东的意见。他们都说,"完成了这个项目,以后还怕啥?"

"特别能吃苦、特别能战斗、特别能开拓、特别能奉献",这不仅适用于白手起家的艰苦创业,也适用于深化改革再出发的转型发展。对于企业来说,好的战略蓝图固然重要,但更重要的是如何执行,执行好坏关键在人。在一些重大项目逐渐打开瓶颈的同时,舟山中远海运重工生产现场的各项管理在不经意间也有了很多的变化。生产流程更顺了、现场沟通畅通了、工人素质提高了、质量意识增强了,这种潜移默化的改变,就是千锤百炼的意义。

作为第一位由公开竞聘成为团委书记的年轻中层干部,路文龙觉得自己还要更加努力。当选后,路文龙积极号召组织广大年轻人参加了企业许多结合海岛特色的文化活动,从"徒步大赛""职工文艺汇演"到"趣味运动会""单身青年联谊""爱心辅导站"等,目的就是要让职工特别是年轻职工更真切地感受到企业的关心关爱。从技术员到团委书记,路文龙觉得自己有了很大变化。除了业务方面的提高外,对企业的感情、对周围同事的感情也更加升华了。"我现在更加会倾听年轻人的声音了。"六横岛属亚热带海洋性季风气候,夏无酷暑,冬无严寒。今年12月份以来,雨量的充沛让来自北方的路文龙不适应,这恐怕也是他迄今唯一没有适应这座小岛的地方了。

无独有偶。党办主任郭秋旺也来自北方,也是而立之年。今年春节他没有回老家,他表示明年春节一定要回老家。可一谈到明年,郭秋旺开始滔滔不绝谈起各项工作计划来，末了不忘加上一句，"看看2018，我们的2019一定会好。"

从去年年底至今，舟山中远海运重工把"凝心聚力工程"当成增强干部职工队伍信心的重要途径，相继推行了"薪酬制度改革""职工晋升通道""提高探亲假标准""表彰先进职工"等近30项"民生工程""民心工程"。广大干部职工深切地感受到了企业以人为本的变化，职工满意度、幸福感大幅提升，领导班子以实际行动兑现了对广大职工许下的承诺。

舟山中远海运重工的"四特"传统承袭于集团和重工的文化理念，是企业核心价值理念的生动写照。2018年，舟山中远海运重工把传承"四特"传统作为凝心聚力的精神课题，推出了"劳模先进事迹报告会"专场活动。经过3个月的人物寻找和故事采写，5位劳模代表着企业不同岗位的职工在"劳模事迹报告会"上讲述着属于他们和身边人的故事。作为劳模代表的修船管理部经理苏宇也登上讲台，70后的他这样说，"成长，这一定是我们每个人必谈的话题。很荣幸，我见证了企业从无到有，从小到大的成长。而我，也在这14年里，从修船总管成为修船系统的部门负责人，成为丈夫和父亲。"报告会现场，劳模代表们的每个故事、每个情节，其实也都是属于每一个工作在这个海岛上，坚守在这个海岛上的舟山中远海运重工人的。

往事如烟。当年路文龙和他的13名应届毕业同学一起来到了六横，如今留下的没几个了。讲到坚持在海岛那么多年，他淡然得仿佛是在谈论昨天，而讲到正在进行的2018年团委及共青团工作的调查问卷的统计工作以及2019年的工作计划时，路文龙的语气却变得浓烈起来。

凡是过往，皆为序章。他们的故事还会有更多、更多……

冬夜的海岸，星月交辉。此时此刻，夏斌挺和伙伴们还没有下班，不过已有不少职工穿戴整齐，三三两两从厂区安检处有序离开，厂区里的灯光照在他们身上，映出一种暖暖的璀璨。

原刊于《中国远洋海运报》2018年12月28日第A01版

通讯类

蓝湾筑梦绘锦绣,木兰风情入画来

港口坝上情线牵
——集团驻张北县精准脱贫工作纪实

肖 瑶

3月27日一大早,秦皇岛春天的清晨还夹带着些许凉意,六公司职工杜宏波早早起床,默默地检查着昨晚就收拾好的行李,这个习惯性动作自从他参与到集团驻村扶贫工作以来就早已养成,不知重复了多少次。而这一次,他和自己的战友们将再次背起行囊,奔赴距离秦皇岛600余公里的张北县,开启精准扶贫攻坚的新征程!

光荣的"转场":命令就是责任

2016年,是全省打赢脱贫攻坚战首战之年,集团公司党委、集团公司积极响应省委、省国资委党委的号召,按照全省统一安排部署,选派了6个工作组、18名工作人员分别进驻到承德市围场县黄土坎村、海字村、要路沟村、托果奈村、杨树沟村与南杨树沟村6个贫困村实施驻村扶贫工作,条件艰苦、任务艰巨。一年来,驻村工作组的队员们在集团党委的正确领导下,发扬特别能战斗的港口精神,扎根基层、夙兴夜寐、察民情、解民意、筹资金、跑项目、抓党建、立制度,为贫困农户开拓了多条实实在在的"脱贫路",为当地实现脱贫致富发挥了重要作用、作出了重要贡献,赢得了当地党委政府和百姓的认可和称赞,展示了河北港口集团的良好形象。

"要认真贯彻落实中央精神和省委、省政府决策部署,勇于担起职责使命,全力奋战脱贫攻坚主战场,坚决打赢脱贫攻坚这场硬仗。"3月21日召开的全省精准脱贫驻村帮扶总结表彰暨动员部署会议对全省2017年扶贫工作提出了更高要求。

随后，按照河北省扶贫开发领导小组《关于重点支持张承坝上等深度贫困地区脱贫攻坚的推进方案》统一安排，集团公司驻围场县黄土坎村、海字村、要路沟村3个精准扶贫工作组作为全省精准扶贫驻村工作组的精锐力量，被统一调整到坝上地区扶贫工作最为艰难的地方——张北县公会镇，分别对盘城房村、落花营村、东号村进行定点扶贫。

任务就是命令，命令就是责任。涉及调整的3个工作组的9名驻村工作队员来不及回望他们为此奋斗了一年且发生了巨大变化的乡村，在最短时间内完成了工作交接。

要离开的那天，得到消息的村民们，一大早就自发相聚在驻村工作组办公室，依依话别，为帮扶组送行。

"带上点煮鸡蛋吧，路上吃。"

"拿点咱这的土豆吧。"

"这是我采的蘑菇，装到包里。"……

村民们你一言我一语，用他们最质朴的方式表达着对港口集团工作组的爱戴与感激，很多村民甚至热泪盈眶，不舍之情溢于言表。

婉拒了村民们相送的土特产，拭去眼角的泪水，带着村民们的留恋与不舍，9名队员背起行囊，在这个孕育希望的季节，转身以最快速度赶赴下一个战场，迎接更加艰巨的扶贫攻坚任务。

再难也要前行：从一张联系卡开始

近8个小时的车程足以让人疲惫。工作组队员到达张北县时已是下午5点多。一下车，坝上地区倔强的春寒，就狠狠地给了他们一个下马威。

张北县境内常年平均风速6米/秒，而在当地也流传着这样一句俗语"张北一场风，从春刮到冬。冬天白毛风，春天大黄风。"这是张北恶劣自然环境的真实写照，而更加严峻的是当地的贫困现状。

集团精准扶贫的三个村，在坝上深度贫困地区属于贫困程度较重的村子：人均千人的村子，常住人口只有200人左右，以老弱病残为主，劳动力基本在外打工且部分常年不回家,个别村民及党员失去联系;土壤贫瘠,耕种条件极差,以盐碱地为主;村里没有特色集体产业……

恶劣的自然环境与严重的贫困程度,还是让早有思想准备的工作组队员出乎意料,压力扑面而来。在去往村里的路上,队员们一直望着车窗外,都陷入了沉思,没有一个人说话。

万事开头难。解答坝上深度贫困地区脱贫攻坚的难题,还得从最基本、最原始的方法开始——挨家挨户走访,深入了解情况。

队员们一到驻地,简单收拾之后,就马不停蹄地开展了工作。而走访群众的敲门砖就是一张贴心的"帮扶联系卡"。在来张北之前,利用在秦皇岛家中短暂休憩的时间,3个工作组分别自行设计了本组的联系卡片,把"河北港口集团有限公司"的标识以及工作组成员姓名、电话、自我要求都清清楚楚地印在上面,一目了然,为的就是让老百姓明明白白走精准脱贫之路。

在走访中,队员们用笑脸化解着村民疑虑的眼光,把一张张"帮扶联系卡"双手递上,讲解来意、了解家庭情况、认真记录……虽然重复着相同的话语、相同的动作,但队员们却用心倾听着村民们的每一句话、记录着每一条信息。

为了共同的目标,前进!

党的十八大以来,以习近平同志为核心的党中央把扶贫开发工作摆在更加突出的位置,对全面建成小康社会具有决定性意义。因此,工作组队员们深知,做好驻村帮扶工作,是贯彻习近平总书记关于扶贫工作的重要论述的具体行动,是啃下脱贫攻坚"硬骨头"的关键举措。

通过大量的走访,3个工作组对收集到的信息做了深入细致的分析,了解到当前制约3个村实现精准脱贫的最大矛盾就是住房问题。他们发现,村里住房多为土坯房,因受地质下沉影响,危房即使得到修复,依然会随着时间推移出现断裂等情况,问题非常棘手。

在攻坚克难的关键之际,4月18日,集团主要领导曹子玉、刘广海、宋敬中到张北县公会镇,调研精准扶贫工作情况。在座谈会上,曹子玉针对工作组下一步重点工作提出突出精准、突出标准、突出时限的要求,直指精准扶贫中的最主要矛盾,要求想尽一切办法解决村民危房问题。

说了算、定了干、立马办。为了尽快拿出初步解决方案,工作组分别回到各自驻地,与村里干部商讨起来。18日下午,在结束对张家口市委领导的拜访后,曹子玉特地指派总经理助理李冠军同志从张家口市返回张北县,与当地县委县政府协调沟通这件关乎村民们精准脱贫的"要紧事"。

4月19日上午,正在采访集团精准扶贫工作的新闻中心记者接到集团驻盘城房村工作组组长郭少伟电话,通知县里组织港口集团3个驻村工作组就危房改造等问题召开办公会。听罢,记者放下手中的采访,跟随工作组来到了县委。在会上,李冠军、郭少伟、陈红利、李玉峰与张北县委领导充分沟通,洋洋洒洒谈了一上午,想办法、借经验、算成本、谈合作……凡是有利于推动村民危房改造的想法都被搬到了那个不大的会议室里。已过正午,会议还在继续,大家决定先走出去,借鉴兄弟县乡的先进经验与做法。简单吃过午饭后,集团驻村工作人员就驱车前往张北县油篓沟镇,参观学习"美丽乡村建设"。一下午的时间,他们走村串户,走到田间地头,走进项目现场,用心倾听、认真交流,时不时在随身携带的笔记本上记上两笔,直到太阳落山才匆匆返回驻地。

其实,天天如此的奔波早已成为集团驻村工作组的家常便饭,但只要在路上,他们就从来没有疲惫。村民们脱贫致富的决心和对小康生活的追求,一直激励着工作组成员激扬着工作干劲、行进在奋进的路上。

20日早晨,迎着坝上草原的晨光,工作组所有成员又集合到一起,准备驱车前往距离张北县100多公里的沽源县,学习解决贫困地区住房及人口迁移工作先进经验,港口精准扶贫之路在张北才刚刚开始……

在采访的3天中,记者观察到张北县的精准扶贫工作时间异常紧迫、任务异常艰巨,但工作组队员们深知中国共产党员的责任,深知省委、省国资委党委、集团党委的期许,更懂得自己承载的是集团16000名职工的重托,他们誓言要在张北开拓出一片烙有"河北港口集团"印记的蓝色天地,坚决打赢这场扶贫攻坚战!

原刊于《河北港口新闻》2017年5月10日1版

"互联网+"思维下的高速之路

——聚焦智慧高速公路

王 虹

"互联网+"火了,云计算、大数据、物联网、移动互联网等新一代互联网信息技术快速发展,"互联网+"思维融入各个行业,为各行各业都带来了便利,当然交通运输行业也不例外。2016年全国交通运输工作会议中提出要打造智慧交通;第三届世界互联网大会的"互联网+出行"论坛的主题为智慧交通,让出行更便捷,会上杨传堂书记发出倡议:推动"互联网+"与交通运输融合发展。高速公路作为交通运输行业的有机组成部分,在智慧交通蓬勃发展带动下,也迎来快速成长。智慧高速,第一次看到这个词的时候还真有些不适应,前些年不都是"数字高速"吗?怎么一下子高速公路都是"智慧"的了?"智慧高速"是什么?高速公路变"智慧"后,能给我们生活带来怎样的便利?2016年11月,由中国公路学会、浙江省交通投资集团主办、《中国交通信息化》杂志社承办的2016全国智慧高速公路发展论坛在杭州举办。结合此次会议上专家们的真知灼见,下面记者就来聊聊"智慧高速"那些事儿。

从何而来

追本溯源,智慧交通概念起源于"智慧城市",2009年9月,美国艾奥瓦州迪比克市宣布,与IBM公司合作,建设全世界第一个"智慧城市",2010年,IBM公司正式提出了"智慧的城市"愿景:智慧城市由关系到城市主要功能的不同类型的网络、基础设施和环境六个核心系统组成,这些系统不是零散的,而是以一种协作的方式相互衔接,智慧城市本身,则是由这些系统所组成的宏观系统。高速公路作为城市的组成部分,智慧高速的出现也就顺理成章了。

中国公路学会副理事长兼秘书长刘文杰认为,智慧交通就是在整个交通运输领域,充分利用空间感知、物联网、云计算、大数据、移动互联网等新一代信息技术,综合运用交通科学、系统方法、人工智能、实时挖掘等理论和工具,以全面感知、深度融合、主动服务、科学决策为目标,通过建设实时的动态服务信息体系,深度挖掘交通运输相关的数据,形成问题分析的模型,实现交通运输行业、资源优化配置的能力、公共决策能力、行业管理能力和公共服务能力,来推动交通运输更加安全、更加高效、更加便捷、更加经济、更加环保和更加舒适的运行发展,从而带动整个交通运输向相关产业的转型和升级。

一些成果

目前,随着信息经济、互联网等快速发展,在互联网快速发展的浪潮下,各省市在智慧高速的建设与投入方面力度不断加大,步伐不断加快,政策驱动、制度环境、资源条件等各类导向日益强烈,浙江省交通投资集团副总经理姜扬剑认为,智慧高速正迎来创新变革的新时期。

在浙江,"智慧高速"是浙江省启动的智慧城市建设试点首批13个项目之一,浙江省按照"顶层设计、分步实施、资源整合、信息共享、统一标准、业务协同、需求导向、注重实效"的原则和"8141"的总体思路,创新高速公路运行服务的体制机制和商业模式,整合资源,统一平台,共建共享,实现浙江省范围内的高速公路的协同管理和智慧服务。主要完成了指挥中心建设(含大数据平台和分析)、路网监测(可视、可测)、智能传输(PTN10G+OTN40G)、视频数据联网、智能综合管理平台、公众信息服务(呼叫中心、App)、逃费管理系统、路警联动等系统及平台的建设,并形成一套标准和书籍。

在云南,首先做好总体规划,分步分期建设智慧高速;并明确各级管理机构:公司运营管理中心→管理处区域中心→路段分中心→收费站、隧管站,统一路网管理及应急处置的业务流程,为系统建设奠定基础。编制了《云南省公路开发投资有限责任公司智慧高速建设总体规划》,涵盖了规划、设计、接口、运营、培训等方面。主要完成了基于GIS系统的智慧高速综合管理服务平台、云数据存储平台、大数据平台和分析、路网监测(高清可视)、智能传输(SDH40G+10G)、视频数据联网、公众信息服务(呼叫中心、App)、运营管理等平台和系统的建设。

在湖南,主要完成了智慧高速综合管理平台、部分路网监测(高清可视)、智能传输(OTN40G+PTN10G)、公众信息服务(呼叫中心、App)、应急指挥调度平台、高速交通广播、部分交警执法处置系统等平台及系统的建设。

在河北,从2010年开始,由河北高管局推进,每年平均投资约1亿人民币在智慧高速公路建设中。主要完成了智慧高速综合管理平台、路网监测(高清可视、可控、可测)、智能传输(ASON10G)、公众信息服务(呼叫中心)、应急指挥调度平台、高速交通广播(2016年年底开播)、大数据平台、云数据中心等平台及系统的建设。

除了上述省份以外,江苏、贵州等省市也在建设智慧高速上取得了一定的成绩,此外,BAT等互联网企业也纷纷在智慧交通建设上发力。例如:交通运输部与百度地图合作建设的综合交通出行大数据开放云平台——"出行云"已经正式上线,具备出行数据开放、决策服务支持、应用服务开发三大功能,已与15个省市的交通运输主管部门开展合作。阿里推出交通大数据云服务平台,基于实时交通信息和交通大数据能力,可以为相关交通机构提供交通决策依据,为车主提供实时出行信息服务,目前已与贵州交通厅和交管局、浙江交通厅等单位合作建设交通大数据平台。腾讯投资的滴滴出行发布"智能交通云计算平台",通过收集到的出行大数据,提供公共出行服务,同时帮助交管部门进行路网优化提供决策的依据,与上海、北京交通委、广东交通厅等单位开展"互联网+交通"战略合作。

几点思考

智慧高速的建成不是一蹴而就的,交通运输部科技司副巡视员邹力指出,虽然各省市在智慧交通的建设上已经取得了一些成绩,但是还存在不少问题,这些问题也是建设智慧高速过程中存在的问题。

政策体系尚不健全,跨部门协调机制亟须建立

从国家层面来看,智慧交通发展政策法规体系尚不健全,特别是在数据资源开放共享、政府购买服务等方面,具体法规尚未出台,开展相关工作存在协调难的问题。智慧交通不仅涉及交通运输行业,同时也涉及发改、工信、科技、公安、住建、气象、安监、测绘等多个部门,相关部门间缺乏在智慧交通领域的协作机制,成为影响智慧交通发展的重要因素。

新技术体系下基础设施建设尚不平衡

物联网感知体系尚不能与公路、航道等基础设施,以及车辆、船舶等运载工具同步建设,导致路修好了,车上路了,但信息却没有得到。物联网体系中"重监测、轻管控"的问题还比较明显,对高速公路、重点航道、重点营运车辆、重点船舶等交通要素的控制管理还显不够。基于物联网的交通要素感知及管控体系建设稍显滞后。

信息资源化程度不够,分析应用能力较弱

掌握的数据信息还不能覆盖全行业,相关数据采集还不充分,数据更新维护还未形成长效机制,行业成体系的数据信息还相对较少,行业数据信息亟须向着"信息资源"的方向深入发展。缺乏跨部门、跨业务、跨地域的信息资源交换共享渠道,还没有利用大数据技术手段实现数据分析和协同应用,存在"数据不够用、数据不可用、数据不好用、数据不会用、数据不敢用、数据不能用"问题,智慧交通数据价值还未充分体现。

行业网络与信息安全保障能力亟须加强

网络安全相关政策制度、标准规范不够完善,顶层设计和统筹谋划水平不高。网络安全技术资源完全处于劣势,核心技术产品受制于人,主动发现、主动防御能力差。大数据、云计算等新技术新应用带来新挑战。行业安全意识和敌情意识不强,资金投入和人员配备保障有限。安全防护策略不科学、等级保护等重要制度落实不深入、风险隐患整改不到位问题较为严重。

新一代信息技术的应用不够

物联网、车联网、无人驾驶已成为国际交通发展潮流,但在我国发展水平很低,很多在成熟的信息技术在行业的应用的深度、广度都非常有限。行业对大数据、云计算、移动互联网等新一代信息技术知识的学习明显不够。

智慧交通建设的政企定位尚不清晰

"越位":政府干了应该让市场和企业做的工作,开发的一些信息服务系统并没有收到良好的效果,社会不买账,群众不认可,造成了投资浪费、运营维护困难。"缺位":信息公开、信息服务市场监管、信用体系建设和网络与信息安全管理等方面,政府部门做的工作却还不到位。

智慧交通高素质人才建设仍显不足

从事信息系统研发的人员多集中在社会上的信息技术企业,但对业务并不熟悉;行业主管部门的人员对业务熟悉,但对信息技术的发展并不掌握;既精通行业业务知识,又精通信息化的复合型人才较为紧缺。

到 哪 里 去

从普通高速公路发展成为智慧高速公路,必须要经历三个过程:一是"全面感知",即各类交通要素的"数字化"过程;二是"智能管控",即各类交通运营组织方式的"信息化"过程;三是"自动适应",即不断减少交通运输过程中"人"的参与的过程,让交通运输系统自主学习、自动适应、自发调整。总结下来,这三个过程就是从"数字高速"到"智能高速",再到"智慧高速"。目前的高速公路已经部署了一些基础设施架构,也有一定的政策支撑体系,然而数据孤岛、数据挖掘分析能力较弱、网络安全等问题决定了我们还处于从"数字高速"到"智能高速"的阶段,只有解决了这些问题,智慧高速才能得到进一步的发展,从"智能高速"走向"智慧高速"。而从"智能高速"到"智慧高速",这是一个质变的阶段,这个阶段意味着高速公路拥有了一个大脑,会自己思考问题,自动解决问题,这就需要通过新一代互联网信息技术将传感器、通信、数据处理、运用于整个交通管理体系而建立起的一种实时、准确、高效的综合管理系统,使车与路、车与车、车与城市网络实现互相连接,从而实现"智慧高速"。由此可见,实现"智慧交通"我们交通人还有很长的路要走,路漫漫其修远兮,吾将上下而求索。

原刊于《中国交通信息化》2017年2月刊

2017,造船业决战去产能

胥苗苗

日前,工信部、发改委、财政部等六部门联合印发《船舶工业深化结构调整加快转型升级行动计划(2016—2020年)》。计划为进一步深化船舶工业结构调整和转型升级提出了明确目标。在这一目标下,如何平稳有序地去除过剩产能、加快产业结构调整转型升级、建设造船强国成为当前业界面临的重大课题。

去产能任务艰巨

当前,船舶行业正处于加速探底的结构调整期。根据克拉克森发布的最新造船市场分析报告,航运市场的低迷在2016年并没有得到缓解,正经历着金融危机以来最艰难的阶段。刚刚过去的2016年,造船企业面临的困难远比数字上表现的严重,支撑散货船订单量的,基本只有在中国船厂订造的30艘Valemax型矿砂船,这意味着多数船厂仍没有新订单。船舶行业的产能过剩问题仍然十分突出。

据中国船舶经济研究中心产业部高工夏晓雯介绍,目前国内2016年的具体数据还没有出来,我们初步预计2016年国内的船舶产能利用率在60%左右,按照国际惯例,85%的产能利用率是比较合理的,因此,我们当前的产能仍然处于过剩状态。另外,我们可以通过倒推的方式来计算一下产能过剩的情况,"十三五"时期,全球的新船成交量年均大约在6000万载重吨左右,中国实施转型升级、结构调整、产业优化,接3000万吨的订单已经非常不错了,按照国际惯例规定的85%的产能利用率来反推的话,也就3500万吨的样子,肯定不会超过4000万吨,也就是说4000万载重吨的这样一个产能就足以满足市场需求了,多出来的部分都属于过剩产能。夏晓雯表示,需要说明的一点是,我们按照2015

年的数据进行统计,测出了一个完工量,这个完工量将海工的完工情况也一并折算成船舶完工量,在这个基础上再测算产能利用率,这样计算出来的结果应该更精确一些。通过这个方式测算出来我国的产能利用率大概在65%左右。如果按照中国船舶行业协会统计的数据,截至2015年年底,我国5万载重吨以上造船产能是6500万载重吨,按照"十三五"市场需求测算,我国造船产能至少还有三分之一的压缩空间,意味着我国还需要去除2000万左右载重吨的造船产能。

事实上,最近几年,我国通过淘汰、消化、整合过剩产能,已将2012年的8000万载重吨的产能削减至2015年底的6500万载重吨,取得了一定的成绩。主要原因是一方面在市场的作用下,一些骨干企业主动削减产能;另一方面则是市场持续低迷,一些船舶企业破产倒闭。2016年的剩余产能应该在2015年的基础上有所减少。

进入2017年,船舶去产能任务会更加艰巨。据业内人士分析,虽然2016年去产能任务已完成,但去掉的产能中无效产能占比较大,也就是停产超一年的产能。2017年以来,钢铁价格持续上涨,增加了船舶行业的去产能难度。工信部在部署2017年重点任务时强调要坚定不移"去产能"。日前,工信部等六部委联合出台了船舶工业深化结构调整加快转型升级行动计划,围绕海洋强国的战略目标,确定了"十三五"期间的重点任务,包括化解造船产能过剩、推进军民融合等。随着国企改革从总体部署和顶层设计走向加速落地,船舶行业加速去产能、兼并重组的大势所趋,2017年毫无疑问将成为船舶去产能的攻坚年。

做大做强先进产能是关键

船舶行业去产能已成为当前行业发展的一项重要工作,那么,究竟应该如何去产能?去掉哪些产能?李克强总理在2016夏季达沃斯论坛会见企业家代表时表示,我们不能用行政化的手段说哪个企业要关,哪个企业不关,而是要用环保、质量、标准等来使这些过剩的,甚至落后的产能淘汰。我们既要坚定地淘汰落后产能,又要遵循市场化的原则,绝不能让落后产能挤占先进产能。

如何区别落后产能和先进产能?中国船舶行业协会副秘书长李正建一针见血地指出,环保安全标准不达标的都可以划入落后产能的范畴。只要是在环保(包括对大气、水的污染程度、排放能耗)超过了行业平均水平,事故率较高,存在安全隐患的产能都可以被认定为落后产能。夏晓雯认为，单纯定义落后产能不太容易，但是可以定义先进产能。我们可以近似地理解为白名单的船舶企业是比较先进的产能，但也并不意味着除了先进产能就是落后产能。国家要做的事情就是要优先扶持或者帮助先进产能进一步提高他们的市场竞争力，让更多的市场资源向先进产能集中，这样可以利用市场的力量来淘汰一些落后产能。市场是一块试金石，最终由它来检验哪些是先进产能，哪些是落后产能。

对于落后产能，李正建建议可以通过限时退出市场等方式来进一步去除。李正建认为中国船舶、中船重工和中远海运等央企集团都有自己的造船去产能的计划步骤，但是行业去产能主要通过市场的手来推进，这更符合中国特色造船产业的发展规律。关于如何划定去除落后产能的具体时间，李正建表示，目前钢铁和煤炭行业有具体的时间规定，船舶还没有具体时间规定，主要按市场进行调节。夏晓雯表示，船舶行业去产能步伐之所以不如钢铁、煤炭行业快，主要和船舶行业去产能的特性有关。举例来说，钢铁行业，它每个螺丝的产能基本上是固定的。而船舶工业产能则参差不齐，每个船坞能产出多少艘船舶和技术水平、效率、产品结构都有直接的关系。同样一个设施，给不同的企业用，产能数据有很大差别，因此船舶行业很难有一个明确的时间点来限定去除的产能量。

如何把先进的产能做大做强，国家已明确了方向。"中国制造2025"提出了中国到2020年初要迈进造船强国行列，主要就是要依托先进产能迈进造船强国。因此首先就要让先进产能实现转型升级，率先实现绿色化、智能化，包括升级现在的产品结构、效益化水平等，这些都是先进产能应该带头去做的事情。对此，工信部等六部委出台的船舶行业转型升级结构调整行动计划指明了中国船舶行业淘汰落后产能、调整结构、转型升级的方向：一方面鼓励和引导有实力的航企做大做强，加速兼并重组并努力提升技术与管理能力；另一方面加速技术水平低、管理差、实力弱的中小船企淘汰退出。除此以外，李正建认为，要做大、做强先进产能，除了政策引领，政府和企业要加大研发投入，通过围绕先进产能组建产业联盟，围绕纲要组织攻关等方式进行。最近，钢铁行业新出了一个标准，通过差别化的价格手段来推动产能淘汰，包括通过差别化电价、行政手段来增加落后产能的运营成本，使他们经营不下去。船舶行业可以借鉴其他行业类似清理落后产能，保留先进产能的做法。

在微光中寻找机遇

2017年的造船市场不见得会比2016年好。据业内分析人士介绍,2016年接单已经十分惨淡了,但还包括了1200万载重吨的特殊船舶订单。2017年,这1200万的订单肯定不复存在,在当前的经济形势和运力过剩的大环境下,2017年实在是看不到太多的利好因素,市场情况可想而知。

在如此惨烈的市场环境下,企业要如何求生存?夏晓雯表示,国家层面十分重视造船产业,不论是之前提出的"中国制造2025",还是最近出台的《船舶工业深化结构调整加快转型升级行动计划(2016—2020年)》,都密切关注和支持中国船舶行业的发展。在这种背景下,一些大型优势企业可以借助接单优势、融资优势、多元化经营优势占得先机,谋求发展。

而对于一些小型民营船企而言,他们大多都只有造船这一条路,在造船行情不好时,他们会越发被动。因此,在市场资源、融资条件等方面面临一系列困难。因此,对于这部分企业来说,提高自身的竞争力显得更为重要。夏晓雯表示,一是找准适合自己发展的细分市场,确保自己的产品定位清晰,专注造两到三种类型的船舶,有针对性地把产品做好,确保能接到订单;二是成本管控,规模较小的民营船企可以不去做一些像智能制造这种前期投入很大的项目,尤其是在当前船价很低的情况下生存是第一位的,但是船企的经营管理成本一定控制好,确保接到订单能够顺利完工。三是可以尝试发展一些和造船相关的业务。比如,能造船肯定就有很强的钢加工的能力,可以尝试着往这方面发展。或者,一些中小型民企可以去和一些大型的国企进行合作,这些对中小型民企继续生存下去是有帮助的。李正建议,行业组织在引导船企培育先进产能方面可大有作为,比如国家工信部在全国确定了七个新型工业化示范基地,目前处于各省各自为战的状态,在船市低谷中,不少地方流于形式。中国船协和造船学会等全国性行业组织,可在南通、舟山等国家基地上建立创新中心,把技术、市场、人才、基金、信息等资源聚集起来,发挥桥梁作用,细分输送到那里,注入给那些活跃船企。

最近,中国船舶经济研究中心正在做相关调研,准备推出"单个船坞的投入产出比"这样一个新的经济效益分析指标。这个指标大概就是计算某一个船坞在现有的生产条件下是继续运行对企业更好，还是直接关闭对企业的生存更好，看看通过压缩产能这种方式到底适不适合。目前，很多大型、业务范围较广的船企都想评估一下自己的船台到底是开着合适还是关了合适，开几个船台运营更为合适。如果说最后得出投入产出比表明经济效益没法支撑某一个或几个船台的运营，那么就不妨关掉或者封存，等待船市好转再重新启用。这种主动削减产能的办法不失为在当前市场低迷、运力过剩的情况下舍车保帅的一个好方法。

　　最后，被市场淘汰的落后产能该如何处置也是当前行业面临的一大难题。众所周知，每个船企的生产设施前期投入都比较大，并且设施的专用性也比较强，一旦该船企破产清算，退出市场，那么他们的生产设施肯定就会出现一定程度的闲置和浪费。记者在采访中了解到，目前的情况是，只有少数几家企业是通过破产重组继续从事造船的。大部分企业，重组完以后就不做造船了，彻底退出了这个行业。可以看出，在整个行业如此不景气的今天，被市场淘汰下来的剩余产能肯定不可能全部找到"接盘侠"，必然有一部分产能会彻底退出这个市场，如何有效地再利用这部分资源，尽可能减少浪费则是在 2017 船舶去产能攻坚年内需要业界各方有识之士共同解决这一难题。

原刊于《中国船检》2017 年 2 月刊

评 论 类

获奖名次：二等奖
标　　题：《四勇士　救助桑吉轮》
作　　者：陈华东
原 刊 于：《中国救捞》2018 年第 1 期

获奖名次：三等奖
标　　题：《中国试点并将全面开展 TIR 运输》
作　　者：高　兮
原 刊 于：《中国道路运输》2018 年第 6 期

获奖名次：三等奖
标　　题：《我国首座极不平衡转体桥成功转体创
　　　　　3 项世界纪录》
作　　者：杨　光
原 刊 于：《中国铁道建筑报》2018 年 2 月 8 日
　　　　　1 版

获奖名次：三等奖
标　　题：《高速动力》
作　　者：苗　地
原 刊 于：《安徽交通运输》2018 年 1 月

一等奖

携手画好中非合作"工笔画"
——中非合作论坛北京峰会系列评论之二

付涧梅

规模空前、举世瞩目的 2018 年中非合作论坛北京峰会即将拉开帷幕。

从提出"真实亲诚"的对非合作理念,到树立"义利相兼,以义为先"的义利观,从做强"五大支柱",到出台"十大合作计划",从建立全面战略合作伙伴关系,到构建更加紧密的中非命运共同体……近年来,中国同非洲各国真诚合作、共享机遇的"大写意"赢得满堂喝彩。在新的历史时期,作为大型跨国建设集团,中国铁建该如何画好中非合作的"工笔画",呈现出中非合作行稳致远的生动图景?

在项目建设上下功夫,以"硬实力"擦亮"金品牌"。2017 年 6 月,阿尔及利亚东西高速公路项目摘得中国土木工程领域的最高奖项——詹天佑奖,成为中国海外工程建设企业争相学习的典范。实际上,每一个海外项目不只是企业展示技术实力的舞台,更是树立中国品牌形象的窗口,珍惜并把握好机会,以工匠精神打造精品工程、放心工程才能赢得更大信任。然而,对品质的高标准追求,不仅仅体现在对技术、安全、质量等各个施工环节的精雕细琢、精益求精,更体现在对项目后期运营维护的重视,因为这直接关乎企业的品牌与信誉。只有大力推动在非工程"投建营一体化"进程,既"扶上马",又"送一程",这样才能让项目发挥出最大的经济和社会价值。

在市场开拓上下功夫,以"大情怀"实现"大发展"。2016年10月5日,由中国铁建承建的"新时期的坦赞铁路"亚吉铁路建成通车,开创了"亚吉模式",带动沿线工业园区、沿线经济开发和产能合作,为"一带一路"建设提供了新样本。中国铁建是国家"走出去""一带一路"建设的先锋队,紧跟国家战略,遵循共商、共建、共享原则,加强与非洲所在国政府的对接,把项目的筛选、策划与解决当地发展难题紧密结合起来,应其所盼、入乡随俗,多承揽雪中送炭、急对方之所急、能够让当地老百姓受益的民生工程。在加快海外工程承包业务拓展的同时,不断向投融资、规划研究、勘察、设计、监理、运营、维护等上下游产业链延展,积极推动勘察设计咨询、房地产、特许经营、物资物流、装备制造等产业板块的国际化拓展,促使中国铁建海外经营方式"由机会型向战略型转变",在更大范围、更广领域、更高层次、更深程度上融合发展。

　　在文化交流上下功夫,以"软联通"拉近"心距离"。作为进入非洲最早、产业门类最全、覆盖国别最广、品牌影响力最强的中资企业,中国铁建从修建坦赞铁路开始,跨越半个多世纪的风雨,累计雇佣非洲员工超过45万人次,培训非洲员工超过30万人次。庞大的数字背后,是一个个普通的非洲百姓,是一个个实实在在的非洲家庭,通过在工作、生活中的沟通与交流,一方面能帮助我们了解当地的政局情况、法律规章、宗教文化、风土人情等,及时降低商务风险;另一方面也可以通过与沿途百姓的交往,让当地人直接感受到中国智慧、中国经验和中国方案的魅力。其实,每一项在非工程都承载着促进人文交流、促进非洲人民了解中国的使命。在国家"对外开放的大门越开越大"的重要历史阶段,这是我们让非洲人民了解中华文化的良好契机,也是让非洲人民理解中华民族始终秉持的天下大同理念的绝佳时机,通过文化融通,让中非人民的梦想交相辉映,携手迈向新征程。

　　"一年好景君须记,最是橙黄橘绿时。"今天的北京城绿茵尽染、繁花似锦,千万株花卉热情迎接不远万里而来的非洲朋友,期待中非合作的"工笔画"成为"一带一路"建设"大写意"中最美的风景。

原刊于《中国铁道建筑报》2018年9月3日1版

温暖春运回家路

施 科 朱 海

随着春运大幕的拉开,归心似箭的人们一下子活跃起来:出发时的大包小包、抵达时的寒暄欢笑、站台上的美好祝愿、出站口的热切期盼,一幕幕场景描绘出动人心弦的春运画卷。在这个人类史上规模最大、一年一次的人迁徙里,人们脚步匆匆,交通车水马龙,行人在"出发—到达—再出发—再到达"的循环中疲于奔命却又乐此不疲。

在这个循环里,变化的是成百上千公里的物理距离,不变的是出发的车站、乘坐的班车,还有检票口的工作人员,他们在这个特殊的时间里仍然坚守岗位,这些累并快乐着的交通人,温暖着回家路上的你我他,让这个寒冬有了更多温暖和感动。

还记得几年以前,春节回家"路漫漫其修远兮"。农民工返乡,与学生流、探亲流形成多客流"叠加",人口流动规模呈几何级增长,交通运输供需矛盾突出。在春运这条路上,人们奔走得漫长而艰辛。捉襟见肘的交通运力,往往只能满足旅客"走得了"的需求,一旦遇到大范围的雨雪冰冻等自然灾害,脆弱的交通运输往往会陷入大面积瘫痪,可以说,那时候的春运,如同一场残酷的战争。

才短短几年时间,交通运输行业硬件、软件的高质量发展,便使春运这场最大规模的迁徙有了质的飞跃。人们出行有了更多样的选择和更高效的组合,公铁水空,各部门最大限度地提高供给效率、最大限度地加强运输衔接、尽最大努力保障路网畅通,从量和规模来讲,交通运力已从供给不足变成供给充足。

借助"互联网+"的东风,交通运输部门让旅客告别了在凄寒苦雨中排队购票的日子,顺风车、拼车等社会力量也成为春运的有益补充,空铁联运、巴铁联运、铁水联运以及多种运输方式之间的联程运输渐成趋势,连同传统的道路客运行业也从购票、信息发布、站务管理等方面全面升级，主动与铁路、民航、城市客运等对接，让"旅客苦等，交通苦撑"的画面成为前尘往事，让回家的路不再难走。

有人说，春运期间，旅途中"走得了"是一种幸运，"走得好"才是一种幸福，而江苏交通带给人们的不仅仅有幸运，还有更多的幸福。

今年春运开始前，江苏省交通运输厅提早召开了2018年"温暖春运 情满旅途"专题新闻发布会，通过各种媒介发布了春运出行预测和提醒，在全省大力开展"保安全、保畅通、强服务"即"两保一强"专项行动。同时，各地交通运输部门以"亲情伴春运、温暖在旅途"为主题，组织开展情满旅途活动，深入开展春运"暖冬行动"。高速公路服务区、客运场站配备应急保障人员，建立便民服务设施，设置"共产党员便民服务岗"，积极开展为老幼病残孕旅客导乘服务、绿色通道接力等。船闸为过往船民提供饮水等便民服务。交通服务热线通过增加服务座席、畅通服务渠道、扩大信息网络等方式强化热线服务，向公众提供及时有效的出行信息。

春运路上，有拥挤、有匆忙，有凛冽的寒风，但为了家中那为你留着的一盏灯，为了节日里父母操劳的脸上那一丝暖心的笑，人们选择风雨无阻。也是在这条路上，江苏交通不断实现飞跃发展，始终温暖相伴！

原刊于《现代江苏交通》2018年3月卷首语

技术趋势，本质上是人的潜在需求

刘传雷

现在，大数据、人工智能、云计算已成为交通领域的趋势或者显学。原因何在？是资本催生的结果？是技术发展的必然？想必这些都在其中，但最终的是交通发展，特别是城市交通发展的需求，最根本的是人的需求。当然，如果把这种需求理解为当下技术制造出来的需求，那也未尝不可。

以城市交通为例，从城市发展史来看，人与城市之间，特别是特大城市之间存在一种创造与破坏、向往与抗拒、融入与疏离的悖论关系。人依靠千百年来的智慧与努力，最终营造出来一座座盛大宫殿和城市——它们一直被视为人类文明的结晶，但结晶的另一面是冷冰冰的水泥森林，还得了"城市病"，城市管理者和身居其中的人都很郁闷。显然，人类本来就是从森林里走出来的，现在又迷失在这一片钢筋水泥的森林之中。

从修辞上讲，我们常提的"城市病"是拟人化的提法，那么顺着这个思路，城市能不能有大脑？交通能不能有"大脑"，或者"神经中枢"？在当下技术革命的大背景下，赋予钢筋混凝土、水泥、沥青路面以神经、感知，赋予交通、城市以感知、智能，甚至所谓的智慧，就成了人、城市发展到现阶段的一个必然需求，甚至本能需求。这种需求早就有之。举一个简单的例子，人类很早就有地图的概念，人把握不住的空间便把它简化成一张地图，现在有了导航，很多时候我们是生活在地图中——用地图把控城市，让导航引导路程。

目前，交通企业和行业都在努力架构"升维"的地图和城市大脑。升维后的地图兼备实时性、叠加功能和多维的地理信息系统，也是赋予城市、交通以智能，成为城市大脑、智能交通的一部分。浙江杭州萧山推动的"城市大脑"正在向城市拥堵宣战，据悉战果还不错。之于公路、之于交通、之于城市，"城市大脑"打开了很大的想象空间。

当然,新生事物有很多要改进和完善的方面,构建智能交通、城市大脑是一个十分浩大、烦琐的工作,我们的数据收集、处理,要解决城市个性化、出行个性化的问题,因地制宜的问题,当然还有精细化管理的问题,以及交通领域向其他城市或社会运营领域拓展的问题。

首先,是数据的碎片化问题。我们之前的信息化建设受到部门、行业、存储技术的影响,建立了不计其数的数据库,格式不一,主管部门不同,形成很多信息孤岛和无数碎片化数据,如何打通是个很大的问题。其二,目前,社会运行产生的数据量更加庞大,如何统一目前数据的标准,并适合城市大脑或智能交通应用,也是一个要面临的问题。当然,后两者的发展为整合这部分数据提供了契机。

其次,是如何让公众更有获得感。城市大脑、智能交通、大数据的发展动力,本质是人的需求。如何将成果与更多公众日常生活需求、应用场景紧密结合在一起,让城市大脑、智能交通更好地、更直接地服务于公众,进而更好地服务城市治理,是要面临的另一个问题。

再次,是数据安全的问题。对大数据、云计算、城市大脑的需求是必然的,甚至是一种潜在的本能需求。但是对数据安全的担心是心理层面的,这是一个底线,人们在享受新技术带来便捷的同时,公众、政府内心的担忧如影随形,这需要产业界替管理者分忧、解忧。

当然,问题很多,但是方向是正确的。据悉,科技部将依托阿里云公司建设城市大脑国家新一代人工智能开放创新平台,这是对现在的认可和未来的判断。我们相信在政产学研等各领域的共同努力下,城市大脑、智能交通发展将带来一个更美好的世界。毕竟,从某种程度上讲,技术趋势制造或者暗合了人类的潜在需求,或者本能需求。

原刊于《中国公路》2018年14期总第522期

二等奖

先守规则，再谈苦衷

潘永辉

烟花寂灭，爆竹声止歇。过了正月十五，热热闹闹的农历中国年就算彻底过完了。耐人寻味的是，鸡年一开年，抢镜的并不是鸡，而是一只老虎。

关于前段时间北京八达岭东北虎园一死一伤惨剧的全民讨论言犹在耳，大年初二，宁波雅戈尔动物园再传老虎伤人噩耗：一名男性游客近距离逗弄老虎遭到攻击，被拖入园中咬死，咬人老虎也被击毙。受害者的悲惨遭遇让人扼腕叹息，不过抛开情绪，单纯从事实角度来论述，情节简单，道理清楚：游客逃票，翻墙钻入虎园以身犯险。最终，破坏规则的人遭受损失，犯下错误的人承担后果。要真说无辜，大过年的，被一枪爆头的老虎才是本次事件中唯一的无辜者。

无独有偶，前两天，沪渝南线高速公路上，一男子为向女友求婚，竟单膝跪在行车道上。面对男友突如其来的危险举动，女友又惊又怒不愿下车，男子竟长跪不起。最终，在执法人员劝说下，女友勉强下车接受求婚，男子被罚款200元记6分。多么惊险，多么侥幸。在滚滚车流中胡闹，不但将自己和女友置于险境，更对公共安全造成巨大威胁。相对于虎口丧生的游客，好在这位先生的违规并没有酿成惨剧，但对这样不顾惜自己和他人安危的人，真心想送姑娘四个字："三思、慎嫁"。

令人无语的是，不知从何时开始，网络上总有一群"白莲花"对违规行为充满了理解和同情，不管是辱骂收费员、殴打路政员、冲撞收费杆、打砸收费站，还是通过ETC逃费，冒充"绿通车"浑水摸鱼，甚至在路上打场晒粮、在路边私搭乱建……"白莲花"们总会用圣母般的声音说："他们是弱势群体，不容易！"

宁波事件发生后，在网上流传很广的一个帖子里，作者悲天悯人地说："老虎吃人背后，谁看到一个中年男人的悲哀？"然后"脑补"出一段情境：一个不富裕的男人，努力满足孩子去动物园的愿望，为省下一点门票钱，悲壮地葬身虎口。并发出悠悠浩叹：动物园门票太贵，一般民众负担不起。感慨着"穷人的孩子也有去动物园的愿望，父母也有满足孩子愿望的压力。"

多么恶心的一碗"毒鸡汤"啊！相信当天动物园里不算富裕的人不只他一位，但翻墙进入虎园的却只有他一人。动物园的票价再不合理，也不会比他漠视规则、拿生命打赌的决定更不合理。他也许有他的难处，但我们绝对无法认同其做法。有人说"逃票罪不至死"，这话没错，事实上，并没有人判他死罪。如果他逃票遇到的只是动物园的工作人员，后果可能只是补票而已；可他翻越围墙遭遇了猛兽，判他死罪的是自然法则，他只是用一种惨烈的方式承担了越界的后果。

在很多语境里，"弱势群体"是一个伪概念，人生路漫漫，谁过得容易？谁没有一肚子苦衷和不得已？过度解读、过分体谅那些不得已，就是对犯规行为的变相纵容。如果人人都因为各种"不得已"而不守规则，这社会一定会乱套。

不管你愿不愿意，这个世界是有规则的：过马路要看红绿灯，走高速要交通行费，运输不能超载，高速公路上不能停车求婚，去动物园要买票，坐飞机不能携带危险品，喝了酒不能开车……也许多数时候这些规则显得冷硬甚至不近人情，但它确实捍卫了绝大多数人的公平和权益。

是的，规则有时候就是那堵坚硬的围墙，它限制你不能随心所欲地零距离观赏老虎，也保护你不被突然扑上来的庞然大物夺去性命。

所以，无论何时、何地、何事，人情不能凌驾于规则，苦衷不能侵蚀掉秩序。先守规则，再谈苦衷，毕竟，老虎也有它的不得已。

原刊于《中国高速公路》2017年第2期

在变革中前进

王丽梅

这注定是个不平凡的冬天,朔风激荡,新时代的钟声已经敲响,变革中的中国,变革中的道路运输行业,隆隆脚步踏雪迎春。

人们谈论最多的话题,是新时代里,探寻解决发展不均衡、不充分的路径,满足和彰显我们对美好生活的憧憬与追求。

国家对经济社会发展,提出了以政府加快"放管服"改革、降本增效、脱虚向实,助力实现两个一百年目标之中华民族伟大复兴的中国梦,唤醒并振奋了大国、强国、理想国的千古希冀。

行业正处于新旧动能的转换期。道路运输行业管理改革深入至体制机制,机构变革管理重建试点试新,职能内涵实施主体剥离再融,改革目标创新成效值得期待;道路运输企业转型升级内动外促,追逐量的扩张已走到尽头,质的提升已经事关存亡荣衰,消化快速技术迭代融合资本蝴蝶漫天狂舞,亦喜亦忧。

我们要冷静观察。本轮变革,政府推动和市场推动相互作用,内力内生和外力挟裹里应外合,主体和要素不同,目标都是进步。何为进步,见仁见智。

我们需要理性选择。道路运输为经济社会提供的运输服务,大部分为市场化服务,小部分如客运领域的城市公交、出租车、农村客运为基本公共服务。行业追求的理想局面,应该是该还给市场的还给市场,譬如逐渐名存实亡的线路审批系列管控尽快有序放开,企业真正成为市场主体配置资源适应市场和竞争需求,政府下大气力公平公正规范市场维护秩序;提供基本公共服务该定位的定好位,逐渐化解历史积弊,实现公共服务层次间分、配合有序、优质高效。解决不均衡问题,应该政府主导企业合作;解决不充分问题,应该企业担责政府监督。如此,久久为功。

我和你，亲爱的读者、作者朋友，身处历史变革关头，也许正为过去的一年取得的成绩骄傲，也许正为新的一年去哪里、做什么、怎么做筹谋，是行业前进见证人更是建设者，就让我们一起"面朝大海，春暖花开"。

愿新年的祝福伴随你！

原刊于《中国道路运输》2018 年 1 月

快起来和慢下来

王林水

修路的目的是什么？相信很多人会毫不犹豫地回答：不就是为了人和货物运输更加方便快捷吗？但如果我说修路的目的还是为了使驾乘人员"慢下来"，你可能会觉得匪夷所思。事实上，当前有一些旅游公路就是秉承这个理念进行设计改造，公众对此反应良好。

去年，南昌市公路部门就在湾里区修建了一条智慧旅游公路。这条全长20多公里的公路位于梅岭风景区内。公路部门除了对公路路面、路域环境整修一新外，还安装了一些信息化系统，可以通过超声波对交通量、公路环境进行监测，对公路结冰进行自动融冰除雪。更重要的是，公路部门和当地政府结合公路周边环境和旅游资源，沿着公路设置了游客自行车道和步行道，修建了一些景观长廊、园林小品和休憩观景平台，增添了服务驿站、停车场、旅游公厕等设施。不少游客将车开到停车场后再租自行车骑行或步行，边走边玩，边走边拍，走走停停，站站坐坐，本来开车一晃而过却因这条漂亮的路走上半天或一天。旅游公路本身成为一种旅游产品，发展成公路旅游。

过去很长一段时间，我们发展公路就只有一个目标：让公众快起来。于是，公路等级越修越高，路面越修越好，包括旅游公路。这在原来的时代背景下无疑相当正确。因为那个时候大家还在为温饱而奋斗，旅游的人少。即便是"先富起来"的那部分人，出去旅游基本都是直奔景点跟团观光。游客像赶集一样，由导游带着从这个景点赶到那个景点，做着"上车睡觉、下车尿尿、到景点拍照"的群体运动，巴不得在最短的时间到过最多的景点，收获就是拍张照片。旅游公路，也就是为了实现从一个景点到另一个景点最快位移的一种基础设施。

随着经济的不断发展，人民群众的腰包渐鼓，出去旅游的人越来越多。旅游的模式也不断转型升级,到了全民旅游和个人游、自驾游为主的全新阶段。在这种形势下,不少地方提出了从景点旅游向全域旅游、从门票经济向产业经济转变的思路。而作为旅游产业重要的基础性设施,旅游公路发挥基础性、先导性、引导性作用更加明显。大景区范围的旅游公路就要转变建设思路,由注重通畅向注重"畅安舒美"转变,由服务车辆为主向服务游客为主转变,由为了让游客走得快向为了游客慢下来、留得住转变。推进交通+旅游,实现交通与旅游的深度融合。

基于此,有必要对各种交通基础设施进行统一又详细的规划,可以参照国土部门划分主体功能区的做法,将公路根据当地人口分布、经济布局、城镇化格局划分不同的功能路段,按快速干线、货运通道、产业通道、旅游公路等不同功能制定不同的技术底线、标准和管理要求。服务过境货运的公路与服务全域旅游的公路,其等级、技术结构、服务设施等方面要有大区别,货运通道要畅通要轻重分离,旅游公路要美要设施完善要能讲故事,构建起"快进慢游"的旅游交通网络,打造一批如同美国66号公路、澳洲大洋路一样令人神往的公路旅游品牌。

有的路,要让公众走得快;有的路,要让公众慢慢品。但快也好,慢也罢,其核心都是更好地满足公众多样化需求,让公众生活得更美好。快和慢,是辩证统一的。

原刊于《江西交通》2018年4月30日

改革铸桨　开放扬帆

——庆祝新中国成立 69 周年

周国东

万物丰收的时节,我们迎来共和国 69 岁华诞。祝福您,伟大的祖国!

69 年,在人类历史长河中,只不过是沧海一粟,却能翻天覆地——凭借改革开放这一决定当代中国命运的关键一招,这个占世界人口 1/5 的国家在中国共产党领导下,不断打破束缚思想的桎梏、扫除阻碍发展的藩篱,开创了中国特色社会主义道路,让世界见证了"中国奇迹"。

改革开放的巨轮,搭载着中国驶向世界舞台中央。40 年风云激荡,作为我国改革开放的前沿和基础产业中开放程度最高的行业之一,水运在"有河大家行船、有路大家走车"的开放政策下,劈惊斩浪、一往无前——从 1979 年集装箱吞吐量仅有 2521 标箱,到上海港集装箱吞吐量连续 8 年位居世界第一;从内河没有一个万吨级以上泊位,到七个港口货物吞吐量位列全球前十;从艰难跻身国际海事组织 A 类理事国,到连续 15 次当选、世界海运大国地位岿然不动……

改革,是执着梦想的伟大觉醒。为了五星红旗在四海飘扬,我们敢于革新、勇于挑战,改革、优化、重组,使得不断壮大的中远海运横空出世,船队综合运力一举跃上世界第一。

开放,是拥抱世界的自信姿态。美国旧金山—奥克兰海湾大桥这个旧金山的"新地标",打下了"中国制造"的烙印,振华港机一骑绝尘,占据世界港机市场份额的 80%。

我们还以敢为天下先的气概创下多项世界第一:内河航道通航里程世界第一;注册海员数量世界第一;中国长江成为世界上运量最大、航运最繁忙的通航河流……

这些史诗般的辉煌巨变，是水运人坚持改革开放基本方针不动摇，以"为建设社会主义现代化强国当好先行"为己任，众志成城、砥砺奋进的心血结晶。是一个奋进的时代不可磨灭的记忆，它时刻坚定着我们与时代同行的信念。

站在中国特色社会主义进入新时代的新起点，交通运输作为兴国之器、强国之基，承担着"从交通大国迈向交通强国，为全面建设社会主义现代化国家提供战略支撑"的历史使命，"以改革为统领、向改革要动力、以改革增活力，奋力谱写交通强国建设水运篇"，是全体水运人新时代的新长征。

改革铸桨启航程，开放扬帆续新篇。面对新一轮改革开放的机遇与挑战，让我们紧密团结在以习近平同志为核心的党中央周围，坚持用习近平新时代中国特色社会主义思想武装头脑，坚定理想信念，勇于摆脱"条框"，敢于突破"禁区"，以"功成不必在我"的胸怀境界、"功成必定有我"的使命担当，扎扎实实地努力、锲而不舍地奋斗，争做时代的劲草真金，用每个个体的努力与奉献，在新一轮改革开放的伟大进程中，共同撑起中国水运业更加辉煌灿烂的明天。

原刊于《中国水运报》2018 年 10 月 1 日 1 版

改革开放天地宽　砥砺奋进正当时
——纪念改革开放 40 周年

张　涛

今年是中国改革开放 40 周年。40 年前,党的十一届三中全会吹响了改革开放的号角,交通水运事业也由此掀开了千帆疾进、百舸争流的新的一页。

40 年奋进征程,40 年沧桑巨变。据统计,改革开放之初,我国港口吞吐量仅为 2.8 亿吨,没有 1 个港口入围世界港口货物吞吐量排名前 20 位,没有 1 个港口入围世界港口集装箱吞吐量前 100 名,2018 年的今天,我国港口吞吐量达 126 亿吨,连续 14 年居全球第一,全球港口集装箱吞吐量排名,前 10 名中有 7 个在中国。海运船队运力规模从世界 40 多位跃居世界第三,中远海运集团成为全球运力规模最大的综合航运公司。港口作业现代化水平显著提升,主要集装箱港口的装卸效率屡创新高,部分主要港口已实现全自动无人作业,达到世界领先水平。

艰难困苦,玉汝于成。40 年来,中国走过了不平凡的历程,交通水运事业也几经风雨,破茧而生。从炸响于蛇口港的改革开放第一声春雷,到诞生于码头工地上的"时间就是金钱,效率就是生命";从计划经济时代"内河船不能跨省",到"有河大家走船"促成内河航运大发展;从长江 25 个干线港口下放地方,到全国港口政企分开成为独立市场主体逐鹿市场;从引航、理货体制改革,到航运央企的大整合……改革,突破了障碍;改革,释放了活力,交通水运事业在一次又一次创新助推下加速发展,成就今天的航运大国。

风劲帆满图新志,砥砺奋进正当时。对往昔的记忆,更是我们对未来的期冀。改革开放为我们开辟了新的天地,迈进新时代我们需要展现新的作为。党的十九大报告提出建设"交通强国"的宏伟目标,这既是一幅壮美的蓝图,更是份沉甸甸的责任。面对党和国家的重托,面对人民的殷切期望,交通水运广大干部职工责无旁贷,奋楫先行!我们要按照世界领先、人民满意、有效支撑我国社会主义现代化建设的要求,建设具有世界眼光、中国特色的交通强国,走出一条有中国特色的交通强国之路。要紧紧抓住高质量发展这个关键,推动交通运输发展质量变革、效率变革、动力变革,着力建设现代化交通。

成功属于勇毅笃行的人。我们有信心,有能力,去拼搏,去创造,以时不我待、只争朝夕的精神,在广阔的时代舞台上,在建设"交通强国"的实践中,交出合格的水运答卷!

中国水运的明天会更好!

原刊于《中国水运》2018年第11期

涓滴意念汇成河

谢博识

2015年,一篇《博士生返乡笔记:抹不去的乡愁》戳中万千异乡游子的内心,一时间,"每个人的故乡都在沦陷""故乡只是个名词和方向,灵魂已无法栖居""近乡情更怯"的"乡愁体"文章大量见诸各媒体,"故乡"在这些言说之中,变成了回不去的"根"。

8月23日,全国"四好农村路"养护现场会的现场,设在了山东省临沂市。其中,临沂市费县大田庄乡黄土庄村原是"无粮村",现在,通村乡道马田公路边就建有果品批发市场,樱桃、杏、葡萄、板栗……随时令上市、下市。农户门前的路,以旧修旧,取当地大青山、蒙山、塔山的石材铺筑,试图还原石板古道的遗风。许家崖水库,依山势建于沂水支脉温凉河上游,防洪、灌溉、发电、供水的同时,还用蒙山沂水造景。颜氏后人反哺县城,崇文重教,拙守耕读的家风犹存。

蒙山、温凉河、颜真卿,这是费县的山、河、故人,也是费县人心中的故乡。如今,公路已经通村通户,但城市化的摧枯拉朽并没有侵蚀故乡带给人的自我原宥和自我慰藉。

农村公路不像高速公路和国省道那样打破格局,直取目的,它更温润,"随风潜入夜,润物细无声"。道路尽头的故乡,少了些"浮生不易"的唏嘘,多了些"钱包鼓了点"的知足常乐。

超级工程要挑战的可能是千米跨径,可能是复杂水文,农村公路面对的则是荒远偏僻,形只影单;超级工程往往举世闻名,彰显大国崛起,农村公路有时只是抚平了两三户人家心头的皱褶,而这被抚平的心绪,就叫幸福感。费县大田庄乡面积96平方公里,相较960万平方公里陆地国土面积,不过点滴;大田庄乡人口2万多,相较13.8亿中国人口,不过涓滴。而乡路一通,万涓成水,汇流成河。

现在,全国的"四好农村路"建设,正在从"有"到"好"。解决出行问题的同时,还催生了物流、电商、旅游等产业。大田庄乡的另一个行政村——周家庄村,今年年初入选住建部第四批"美丽宜居村庄",这张"国字号"招牌立即引发乘数效应——采摘节、农家乐、饮食文化节、冰瀑游、苗木花卉种植、手工艺品、土特产大集……高速公路连接省道,辗转乡道直通村口,一路通途是周家庄村入选的重要原因之一。

乡道不再是建成通车那么简单,而是进得去、环得出;慢下来、停得住;出行易、增收入。乡道也并没有让这座山村朝着城市的模本飞奔而去,"乡而不俗,土而不粗"的形象依旧,公路、农家、乡土、经济之间在这时趋近均衡。就像用最少的步数解开了魔方,就像用最简单的词句解开了人间,不过聚散起止,一念无明,而念念相续的涓滴意念,总能汇成河。

原刊于《中国公路》2017年17期总第501期

三等奖

PPP 模式"婚恋障碍"

赵晓夏

截至 2016 年年底,全国公路总里程达到 469 万公里,高速公路总里程突破 13 万公里,铁路营业里程达到 12.4 万公里,内河高等级航道里程 1.19 万公里,颁证民航运输机场达 218 个。综合交通基础设施网络化格局逐步完善,各种运输方式衔接效率有效提升,现代综合交通运输体系建设将进入黄金时期。

黄金时期交通建设发展最缺的是钱。解决资金问题目前看来,似乎 PPP 模式是破题良方。国家发改委、财政部、交通运输部等部委频频发文支持,规范条例不断更新。PPP 模式鼓励社会资本投入国家基础设施建设领域,强调专业的人解决专业的问题,以政府信用为背书,发力点则在于实现项目全生命周期的效率提升,只有实现了全生命周期的收入增加或支出减少,政府推行 PPP 模式才能真正缓解财政压力,社会资本才能真正分享到收益。

都说 PPP 模式是一场"公私联姻",然而,我国 PPP 模式似乎遭遇了"婚恋难题",因为 PPP 项目大部分还是兄弟联手,即政府的合作伙伴不是国有企业就是国有持股企业。缺乏立法支持和政府公信力支持,"公私联姻"成为政府部门的"单相思"。

此前,财政部在没有获得全国人大立法计划认可的情况下,起草了《政府和社会资本合作法》(征求意见稿),但这部征求意见稿的内容与思路尚不成熟,与《行政许可法》《行政诉讼法》《政府采购法》等多部法律存在很多不一致和不衔接之处,并与十二届全国人大常委会关于《基础设施和公用事业特许经营法》的立法规划也有交叉和冲突,客观上形成了"两法打架"的局面。

　　同时,各个部委都在研究出台关于 PPP 模式的运作规范,但这些规范本身也有相互矛盾的地方,规范没有精确的细则,让 PPP 项目实际难以操作。法律法规均不完善,保障何在?这让社会资本的心里打鼓。

　　另外,对于社会资本来说,政府可能不是一个理想的、能携手多年的"伴侣"。下届政府不愿为上届政府买单的情况比较常见,政府公信力屡遭质疑,这让社会资本实在没有安全感。PPP 模式轰轰烈烈、大张旗鼓地走上前台,但真正的社会资本却依然观望、徘徊,根本原因是权力机构的责任缺失。

　　具有中国特色的 PPP 模式尚有不健全之处,但是只要权力机构敢于担当、大有作为、提升公信力,PPP 模式便一定能更好地服务社会。反之,如果仅仅是跟风"凑热闹",换汤不换药地穿上 PPP 的"外衣",那么社会资本将永远不可能进场,"公私联姻"就只是奢望。

原刊于《中国公路》2017 年 5 期总第 489 期

40 年奋斗谱华章

施 科 王海燕

40 年前,一场变革如春雷,万蛰苏醒。改革为浪,开放是风,成风起云涌,成浪奔涛啸,中华大地发生了翻天覆地的伟大变革。

"道路通,百业兴。"交通的发展,既是改革开放的产物,同时也是改革开放的条件和窗口。有了充分发展的交通设施和服务提升,经济发展才有足够的支撑,改革开放的成果和效应才能普惠民生。

回望改革开放之初,经济建设浪潮席卷全国,苏南乡镇企业逐渐崛起,城市间、城乡间交流大为活跃,而江苏交通条件滞后,人均公路里程低于全国平均水平,严重影响了全省投资环境。面对突出的交通制约"瓶颈",交通基础设施建设被放在全省发展大局中的重要位置。如何解决经济发展对公路运输的刚性需求,破题的第一步就是筹建省内第一条高速公路。历经 4 年艰苦拼搏,沪宁高速公路江苏段提前建成,大大改善沿线城市投资环境,苏南五市发展迅速跃入"快车道"。

此后,"经济社会发展,交通必须先行"的理念更加深入人心,江苏交通人抢抓机遇,乘势而上,掀起了一轮又一轮的交通建设高潮。从交通基础设施的跨越式发展到城乡面貌的日新月异,从科技创新成为经济社会发展第一动力到产业结构不断优化升级,从推动大江南北区域协调发展到形成东西双向开放新格局,从建设生态文明到文化全面繁荣……在改革开放的 40 年里,在这片仅占全国 1% 的土地上,江苏建成了名副其实的交通大省,综合交通运输发展水平全国领先。对于江苏交通来说,这是奋起拼搏的 40 年,是飞速发展的 40 年,是充满激情与梦想的 40 年,更是充满荣光的 40 年。

茶余饭后,当百姓感慨改革开放 40 年所发生的生活变迁时,也总会谈起交通建设带来的巨变。高铁世界领先、公路四通八达、航线越来越多,出行更加方便快捷,从"车马很慢,书信很远,路途很漫长"到"车马很赞,网络很快,长路不再漫漫",在时间和空间的交替转换中,每个人都有着说不完的故事,也有道不尽的喜悦。

40年,在历史长河中不过是短暂的一瞬。可正是在这短暂的一瞬间里,开启了中国历史发展进程中最波澜壮阔的一幕。此时,改革开放,这场历经40年的伟大变革,依然生动,焕发着活力。

原刊于《现代江苏交通》2018年11月卷首语

无人船的时代展望

张建林

当无人机漫天飞行,上帝视觉惊艳着所有人时;当无人驾驶汽车投入民用测试,聚焦着全球目光时;当无人智能时代由远及近,进入普罗大众的生活时,无人船的步伐也紧随其后,步步为营。这几天,挪威航运巨头威尔森集团(Wilhelmsen)和康士伯(Kongsberg)对外宣传,将联手在2018年8月全面投入运营全球首家无人船航运公司——"Massterly",这一几近能颠覆航运业生态的重磅消息如深水炸弹般震撼了整个业界。

航运行业源远流长,水上作业的环境历来异常艰辛。就涉水行业而言,无人驾驶技术需求比其他行业更加强烈。无论是海事、海测、航道,还是水运、水工等各种涉水工种,但凡需要在摇曳的水上作业,就会对船员的环境适应性、抗疲劳强度、自我调节等各方面能力提出近乎苛刻的要求。

事实上,在无人技术领域,有关无人船的研究探索一直在进行之中。早期无人船的身影更多是出现在军工、科研等领域,近年随着越来越多的无人船、无人货船投入研究、下水测试,无人船的神秘面纱逐渐褪去,商用的功能也越来越接地气。

在2017中国国际海事展期间,中国船级社、珠海市政府和武汉理工大学、云洲智能四方共同启动全球首艘小型无人货船项目。项目预计在2018年年底下水,2019年率先在全球范围内实现商业运营,开启全球无人货船航运之门。今年4月18日,武汉南华自主设计建造智能无人船下水……有业界人士预计,2019年全球无人船市场规模可达到大约100亿美元(约合人民币618亿元)。一系列的利好都在昭示着,无人船的时代即将来临。

回到珠江,近年来,打造智慧珠江的呼声越来越高,规划、政策、举措也逐一得到落实。实现内河高等级航道电子航道图、水位遥测遥报系统、桥梁净高尺度显示系统、船舶流量监测系统全覆盖,建成并投入运营西江船闸运行调度中心,通过"一次报到、全线过闸"提高船舶通航效率……用科技化手段服务珠江水运,实现水运发展更智能、更高效、更便捷的目标,一直都是珠江水运人孜孜不倦的追求。

随着无人船时代的来临,无人船在珠江水系的应用场景也越来越广泛。除了用于测绘、水文和水质监测外,无人船更多的水上作业场景亟待开发,未来包括各种危险或重复枯燥的工作,都将有望朝无人化发展。

此刻让人万分期待。

原刊于《珠江水运》2018年4月总第456期

邮政具有"颠覆性"力量

王楚芸

近年来,在政府的号召下,不少企业都在开展精准扶贫,贵州邮政精准扶贫的成功之处不仅在于他们契合实际、因地制宜,更在于他们将扶贫项目发展成为多方获利、可持续的事业。他们的探索路径也证明,在国家精准扶贫战略中,中国邮政可以释放出洪荒之力。

这股"绿色力量"能为农业经济带来新的思维方式。将互联网思维引入精准扶贫,说起来容易做起来相当难,中国邮政并非第一人,却是将其切切实实进行到底的第一人。贫困有时是由于资源受限,更多时候是由于思想受限,对于大山里的贫困户,后一个原因更加"致命"。邮政的电商体系一头系着贫困户、一头牵着有爱心、有需求的市民,通过电商平台给市民带去更好的购物体验,也授农民以渔,让他们自己"长肉"。运用遍布城乡的实体网络和强大的物流、人员优势,中国邮政主动设计业务模式,将新思维方式在运作中教给大山里的贫困户,不仅仅为农民带来收入,更帮他们走出了思想的困境。

这股"绿色力量"能重构市场格局。在中国工业化进程中,工农业产品价值的不等价交换长期存在,即剪刀差。农产品价值长期处于被低估的状况,而农民却没有选择权,正如挖笋农民只能接受商贩的压价。但是,邮政企业所开拓的新渠道、带来的新思维方式将彻底改变贫困人群"辛苦一整年,口袋没有钱"的状况,让大山里的农产品不仅卖得出去,更能卖个好价钱,从而真正实现精准扶贫。邮政携互联网利器介入农村经济,打破了传统的买卖格局,必将在产业升级过程中获得更多机会、承担更多责任、扮演更重要的角色。

这股"绿色力量"能为农产品进城开拓新的渠道。在精准扶贫之路上,邮政企业有能力、有责任,更有担当,开拓出"线上+线下"的农产品进城渠道。通过

"邮乐网+微信公众号"打开销路,用邮车将农产品运出大山,多重保护的包装,高效、安全的寄递服务,这样全链条、全方位的保障,解决了运输难、销售难等农产品销售的痛点。

原刊于《中国邮政报》2017年4月1日5版

"防劫板"与"玫瑰之盾"

陈 忠

近日,大众出租汽车公司成立了"玫瑰之盾"车队,专为女性单身乘客夜间出行提供服务,引来了媒体和市民的关注。

然而笔者突然想到,在出租车上,有一块已经安装了几十年的"防劫板",据说当时是为了防止驾驶员被不法歹徒抢劫。

不论从当年为保障出租车驾驶员安全而安装"防劫板",还是现如今为单身女性夜间出行安全企业成立"玫瑰之盾"车队,其原因都是为了"安全"两字。

从当年驾驶员怕乘客抢劫,到现在乘客怕驾驶员不轨,问题出在哪了?

依笔者愚见,自从网约车出现后,它给城市客运带来的另一种出行方式的同时,也由于这个行业的相关经营者缺乏社会责任、疏于管理、片面追求利益最大化等原因,导致这个行业的从业人员鱼龙混杂,各种危及乘客财产乃至生命的乱象不断见诸媒体。在交通执法部门持续整治下,依然我行我素。

市场经济的主体是企业,因此,企业就应该承担起相应的社会责任。任何漠视社会责任的企业,注定是走不远的。

好在相关管理部门已经发出声音,要求网约车经营企业严守相关法律法规,严守乘客安全和合法权益的底线。把人民群众的获得感作为检验网约车发展的标准笔者希望"玫瑰之盾"车队"门可罗雀",也期盼"防劫板"早日"寿终正寝"。

"天下无贼"是每个善良的人所向往的日子。

原刊于《上海交通》2018年5月23日1版

贵州水运人的"通江达海"之梦

马格淇

龙滩,这个因通航建筑物问题而困扰了珠江水运多年的干流枢纽,在近日取得重大突破。1月5日,龙滩枢纽通航建筑物通航标准由500吨级船舶调整为1000吨级船舶前期工作协调座谈会在贵阳召开,笔者有幸参与了会议全程。

这是业主单位和贵州省交通运输部门首次公开会面协商,原本想象中的唇枪舌剑,激烈对峙的会议场景,现实中却是一团和气,友好协商,最终在达成一致共识的情况下会议圆满结束。相谈甚欢的局面之下,是贵州水运人在背后付出了许多不为人知的努力。在会议上,笔者印象最深的,还是贵州水运人在会后,写在脸上的笑容以及溢于言表的激动之情。诚然,龙滩枢纽通航建筑物建设取得如此的突破和重大进展,值得所有为之奋斗了多年的贵州水运人深深感慨和骄傲一番。

贵州人对于通江达海的向往从来都是执着的。从古时通过长江、珠江两大水系迎接来自沿海地区的物产和文明,到如今提出"北上长江,南下珠江"的水运大通道规划。无论在什么时期,也无论是基于内陆地区对海洋天然的向往,或是对通达外界的江河天然的依赖。贵州人对于大海的憧憬与向往,与生俱来。这也使得贵州水运人,在进入工作之初,便肩负着与众不同的历史使命。

但贵州水运人通江达海的征程,却是艰辛的。贵州是我国唯一没有平原支撑的省份,素有"八山一水一分田"之称,闭塞的地理环境让贵州发出了"不是夜郎真自大,只是无路到中原"的无奈之叹。在水运方面更是呈现出基础条件较差、资金投入较低、协调难度较大等特点。在这样的背景之下,贵州水运人筚路蓝缕,披荆斩棘,用艰辛的努力缔造了一个又一个"水运奇迹"。2013年到2016年的贵州水运"三年会战"为贵州水运带来了诸多新变化:75.27亿元的固定资产投资将贵州省四级高等级航道提高到851公里,乌江得以复航,贵州第一条旅游航道工程——湄江旅游航运建设工程开启贵州"航运+旅游"产业的新探索,全国第一个内河航运博物馆—贵州航运博物馆提升贵州航运文化内涵。这一系列的成绩离不开贵州省航务管理局,贵州省交通运输厅以及所有的贵州水运人,这也值得我们为贵州水运人欢呼,值得整个珠江水系为之骄傲。

2017年的珠江片区"中国航海日"活动在赤水河畔的习水土城举行,这既是贵州水运"三年会战"以来成果的集中体现,也是贵州水运人整装待发,重新起航的重要标志。贵州水运人的步伐不曾有过片刻停顿,仅仅在这次活动半年之后,龙滩枢纽通航建筑物建设便取得了重大的突破和进展。在有关各方首次公开会面协调磋商并达成初步共识,形成多项具有实质成果的局面下,困扰贵州水运乃至珠江水运多年的龙滩枢纽通航建筑物建设向前推进了一大步。十余年的协商论证,终于得到了一个令多方都较为满意的成果。

以江河为养料,换黔地为沃土。在"十三五"期间,贵州着力建设的全省公路网已卓见成效。在"十四五""十五五"时期,贵州的交通基础设施建设将向水运领域全力倾斜。贵州水运,在可预期的将来大有可为。而贵州水运人依旧将脚踏实地,继往开来,开创出下一个"水运奇迹",向着通江达海之梦一步步迈进!

原刊于《珠江水运》2018年1月30日总第450期

从"云公交卡"看智慧公交未来

祁 娟

从超市到外卖、从打车到共享单车,当下移动支付的普及给人们生活带来的颠覆,可谓史无前例。

当移动支付巨头们将现有的高频交易场景瓜分殆尽时,公共交通领域高频、高黏度的交易场景似乎成为最后的"必争之地"。

支付宝早在2013年就打出"未来公交"的概念,试图用支付宝的便捷支付改变整个支付流程;今年4月,支付宝与广州羊城通全面合作,"羊城通"装进了支付宝,形成一张电子卡,从此后乘车无须再携带实体卡;8月下旬,支付宝又与天津公交集团合作,公交集团将陆续安装刷码设备,年内实现中心城区全覆盖;此外,支付宝还在杭州、武汉、南京等十余个城市开通扫码乘车服务。

腾讯布局公交领域稍晚。2017年7月30日,腾讯与羊城通正式宣布推出二维码乘车,通过腾讯乘车码小程序一键享受移动支付便捷乘车。此外,腾讯的乘车码还在青岛、驻马店、佛山、合肥、济南、淄博、莱芜、呼和浩特、常德、汕尾等多地的公共出行系统上线。

而在浙江省金华市,用手机端支付公交车票的场景从去年开始"上演",只不过,这个既不是支付宝也不是微信支付,而是由金华公交集团有限公司自主研发的金华行App扫码支付。乘坐公交车时,只需打开手机找到金华行App,选择"云公交卡",拿手机里的二维码对车上的扫码器一扫即可完成支付,整个过程不到1秒。

作为我国第一张数字化虚拟的线上公交卡,截至目前,云公交卡已开通3万多张,每日刷卡1.3万次,且已完成金华全部城区公交线路覆盖。而金华,也成为全国首个公交普及移动支付的城市。

支付行为是积累用户数据、提升用户黏性的重要一环。毕竟,在互联网新经济生态中,数据比什么都重要。由此,也可以理解金华公交为何执意自主创新,只有将大数据掌握在公交企业自己手中,才能够据此分析研判,实现与乘客需求的精准对接。

你以为掌握大数据、了解需求就结束了?不,金华的"野心"不止于此——以支付端为切入口,利用公交场景与资源的优势,将人、车、站、数据与服务进行连接,形成一个服务生态闭环,并最终产生一整套"互联网+公交"的解决方案才是他们的正解。

无论是行业巨头的频频发力,还是金华公交的主动出击,都预示着未来公交出行领域的移动支付即将硝烟弥漫。而作为公交企业,或许该更多关注那张"云公交卡",及其背后所体现的深刻的"互联网+"精神,这对整个处于转型升级的公交行业而言,意义或将更加深远。

原刊于《运输经理世界》2017年第8期

高质量发展需要工匠精神
向"时代楷模"张黎明同志学习

涂秋萍

正如他的名字那样,在每一次抢修完成后,他给人们带来了曙光,就像一轮红日闪烁着黎明般的光芒,他就是张黎明。国网天津滨海供电公司维修部配电抢修班长、滨海黎明工程党员服务队队长。他30多年扎根电力抢修一线,从一名普通工人成长为全国劳模、党的十九大代表,成为全国学习的"时代楷模",集技术型、专家型、学习型、创新型工人的先进典型,是"点亮万家的蓝领工匠"。

从工余时间巡线8万多公里,到亲手绘制1500余张线路图;从分析上万个故障,到形成50多个案例。在劳模创新工作室成立后,他带领团队完成技术革新200余项,更是在今年成功实现了机器人配网带电作业全部工作。张黎明精益求精、埋头苦干、勇于探索的精神,正是凝聚干事创业正能量的体现,也是对当代工匠精神的完美诠释。

工匠精神自古就是"中国气质",古代工匠匠心独运,先秦有鲁班、李冰,隋唐有李春、宋代有韩公廉、明朝有宋应星。纵观当代,钱学森、茅以升、袁隆平、屠呦呦皆为"大国工匠,"一代又一代的匠人创造出高山仰止的文明,也推动着社会不断前行。如今,中国正从制造大国迈向制造强国,在提升中国制造的质量上,不仅需要科技专家,更需要能工巧匠。弘扬精益求精、埋头苦干、勇于探索的工匠精神,是这个时代的呼唤,培养工匠精神,则是央企的担当。

工匠精神不仅体现在个人的职业技能上,更是体现在企业的内涵气质上。放眼三航60多年风雨兼程,从人挑肩扛到拥有3000吨大型起重设备,从踏浪跨洋到征服戈壁滩,从进军八纵八横高铁规划到投身美丽中国建设中,所到之处都留下了三航匠人的身影,所建之处都刻下了"三航,值得信赖"的品牌内涵。在每一座高高筑起的桥梁下,在每一辆高铁飞驰的铁轨上,在每一个迎风而展的风电桩上,无一不倾注着三航匠人的心血,无一不体现着三航匠人挑战自我,合作进取的精神面貌。

当前,随着"三航共识"不断深入人心,公司提出打造高质量高效益发展的企业理念也在实践中不断延伸。践行企业质量效益优先,就要聚三航匠人之心,汇三航工匠精神。在科技创新方面,要鼓励技术人员向高精尖领域突破,让钻研技术成为价值追求,助力企业提质增效;在人才培养方面,要鼓励员工向价值型员工方向发展,引导员工爱岗尽责、全力以赴的价值取向;在打造三航品牌方面,要将工匠精神作为构筑三航品牌的基石,要让政府、业主、合作伙伴对三航人的踏实、敬业、严谨、精益的品格竖大拇指。

质量是道德,质量是修养,质量是对客户的尊重,质量之魂,存于匠心。纵观世界,那些屹立百年的企业,都是追求极致的工匠企业;回望历史,那些传世经典的大师无一不秉承精益求精的职业追求。公司年中工作会提出"坚持高质量发展主线不动摇",需要弘扬工匠精神,在厚植工匠文化的土壤中,为三航的高质量高效益发展注入不竭的动力!

原刊于《三航报》2018 年 8 月 10 日 2 版

城市拥堵排名对不开车的人不公平

路红芳　张蕊　孙静

11月27日,高德地图发布了《2017年第三季度中国主要城市交通分析报告》(以下简称《报告》)。

关于这份《报告》,笔者认为,一是《报告》选取城市样本量的合理性存疑,不仅样本模糊不够明确,且不同级别城市统一进行大排名。二是关于城市路网评价范围和时间也存在问题,每个城市的规划范围和实际热点区域并非完全一致,不同类型的城市出行高峰的起止时间存在较大差异。因此,基本前提条件不一致的各城市间的对比是没有意义的。面对城市拥堵问题,不应只看到拥堵指数以及城市间的单向比较这一个侧面,而应该站到如何引导城市交通健康科学发展的角度,通过社会化的监督手段,更有效地推动各个城市交通向着更加科学、绿色、顺畅、美丽的方向发展。

退一步说,且不说这个排名是否科学靠谱,仅靠基于小汽车运行速度来计算的"拥堵延时指数",能够代表整体交通状况吗?一座城市的城市交通体系,除了小汽车外,还包括公共交通、货运物流、慢行系统等,单靠基于汽车本身的拥堵指数,并不能反映一座城市真实的交通状态。高德发布单靠基于小汽车的通行时间来排名的拥堵报告,这对其他交通方式参与者来说是一种不公。倘若交通管理部门因为来自高德拥堵排名的压力而将工作重点转移到解决小汽车拥堵问题上来,那更是本末倒置,对于其他交通方式的参与者,是一种歧视。

近年来,高德、百度这些和"互联网+"有着密切关系的新兴企业逐渐崛起,借助自身在大数据上的优势,时常发布一些让人眼花缭乱的评价和排名,吸引受众关注,制造舆论热点。在"互联网+"的时代背景下,这些大数据的应用、管理和使用,更应当去伪存真,严谨、诚实对待,万不可沦落为急功近利、吸引眼球的工具。

原刊于《都市交通报》2017年12月13日3版

今天,请为"她"礼赞

胡如月

生活中,女性永远是一道亮丽的风景:美丽、聪慧、勤劳、善良……正是因为有了她们,世界才变得如此精彩。

回首人类文明进步的历程,女性的身影从未缺席,她们撑起了半个"世界"。从我国女科学家屠呦呦,到勇敢进驻浩瀚太空的中国航天员刘洋,再到时隔12年重登奥运之巅的中国女排,无论是科研一线还是竞技赛场,到处都活跃着来自女性的奋斗,到处都洋溢着源自玫瑰的芬芳。

在中远海运集团,同样有很多女性同胞们活跃在各个业务领域中,脚踏实地工作,默默地在自己平凡岗位上做出了不平凡的业绩,赢得所有人的尊重。

你看,在中远海运集运全球信息支持中心合同管理部,一个女性占比高达85%的班组,细致、耐心、坚强、执着,是她们的代名词。2017年5月是太平洋航线的签约高峰,她们度过了一个真正意义上的劳动节,仅用了一个月时间就完成了1600多份的新约制作,相比之前有大幅度的提升,为集团、集运重组整合提供了坚实的支持保障。今年,她们班组还获得了"上海市巾帼文明岗"的荣誉称号。

你看,奋战在中远海运各修造船厂一线的女工们,和男同事们一样,下深舱,爬大桅,拿焊钳,举砂枪,在机器轰鸣的船舶修理现场挥洒汗水,奉献芳华。斑驳的油漆渍在她们厚实的工作服上绽放成一朵朵绚烂之花,被汗水濡湿的脸庞上,奉献和收获的喜悦是天底下最美的妆容。回家,她们是女儿,是妻子,是母亲;工作,她们是高级焊工、是喷砂好手、是门机驾驶员,她们是中远海运重工新时代的建设者。

一群群外表柔弱内心强大的铁娘子,一朵朵奋战在基层一线的铿锵玫瑰,困难面前不低头,用实际行动演绎着"巾帼不让须眉"的现代版本。

黄素虹是一名海嫂,为了支持丈夫的工作,孩子一出生她就甘愿做了"全职太太",十几年来,专心照料家庭。如今女儿上初中了,她经过强大的"心理建设"后,重新回归社会,找到了一份适合自己的工作,并取得了不俗的表现。如今的她变得更加阳光和自信,在她看来,这也是以实际行动为孩子做出榜样、为家庭创造更加美好生活的一种方式。

确实,由于海员把大部分的时间都献给了海运事业,因而海嫂成为最坚强的后盾,她们平凡地工作生活,默默坚守着对海员的那份爱,经营着那个温暖的小家。有时候,她们不得不成为坚强的"女汉子",但依然乐观积极地面对生活。有了她们,海员工作更有了动力,奋斗更有了目标。智慧、独立和坚强的海嫂是中远海运一笔宝贵的精神财富。

随着集团的不断壮大,海外网点的铺设越来越多、定点扶贫的扶持力度越来越大,外派干部们只身驻扎在异地工作,他们也需要家人的理解。正是有了这些家属的全力支持,"双城工作"便不再有后顾之忧。

今天,在草木初萌、万物复苏的美好时节,我们迎来了第108个国际劳动妇女节。请为女性朋友们送去一份节日祝福,请对身边的每一个她致以深深的敬意!

原刊于《中国远洋海运报》2018年3月9日第B03版

新时代,我们筑梦前行

赵诗雯

当钟声回响在清朗的夜空,当日历翻开崭新的一页,我们迎来了新的一年。自1987年创刊以来,本报走过了三十个春华秋实,1085期报刊融汇了一代又一代公交人的汗水与思考,展现着企业不断向前迈进的一个个坚实脚印,更记录了企业发展与变迁的光辉岁月。2018年首期《北京公交》报继往开来、全新改版,承载新的希望向新时代出发!

播种决定收获。刚刚走过的2017年,集团公司出色完成了确定的各项工作任务,在"十三五"规划实施的重要之年,迈出了坚实强劲的步伐。全体公交人心往一处想、劲往一处使,提高服务效率和能力,更多的市民主动优选公交出行;深化结构性改革知难而进,"改革创新、提质增效、推进重大项目、提高服务质量"成为今年分量最重的关键词;"一带一路"峰会、党的十九大等重大交通服务保障任务圆满出色地完成,映照出十万公交人的自信与担当;集团公司第三次党代会继往开来选出了新一届领导班子,发挥国企党的领导核心和政治核心作用,身体力行推进全面从严治党,坚持党建工作与中心工作深度融合,党风廉政建设"五大体系"全面推进,党建工作"五大机制"扎实落地。回顾刚刚过去的一年,集团公司紧紧围绕实现现代公交企业的目标平稳健康发展,精细管理日益彰显,改革红利逐步释放,广大职工实实在在的获得感是对这一年最好的总结。

在时间的叙事里,当下连接未来。盘点2017年度的共同记忆,有企业文化建设体系升级发布的全新开端,有涞水公交智造产业园正式建设的跨越步伐,有有轨电车西郊线开通运营的高光时刻,也有牵手启迪、中信战略合作的持续发力。一年里,工匠精神、创新思维刷新着企业风尚,企业文化、精神文明丰润着职工心灵。一年里,改革勇气引领企业发展的风向,廉洁正气书写人心的坚定。这些重大突破的力量凝聚,汇集成建设现代公交道路上砥砺前行的强劲动能。

时光如白驹过隙,新时代征程没有中场休息。站在新的起点,我们有"轻舟已过万重山"的快慰,也有"无限风光在险峰"的激动。奋进在建设国内领先、世界一流现代公交企业的关键一程,不可避免要"爬雪山""过草地",面对诸多矛盾问题叠加,各种风险隐患交汇的挑战,唯不忘初心者进,唯从容自信者胜,唯改革创新者强。

新时代,我们筑梦前行。2018年是实施"十三五"规划的关键之年,放眼全局,我们要以一个崭新的视角、创新的思维来明确目标、提高标准、改善服务,要在提高城市运营保障能力、服务首都发展中占据制高点,全面把握艰巨繁重的改革稳定任务,准备进行长期不懈的艰苦努力。面对大有可为的机遇与挑战,我们必须坚定信心,坚定实现现代公交企业这一目标毫不动摇,奋进新时代,践行新理念,激发新状态,展现新作为。

新年之始,瞻望未来,光阴似水,雄关如铁,任务繁重紧迫。站在新的历史起点上,集团公司正以新理念、新举措不断为建设现代公交开辟新的空间,让承载梦想的崭新公交再出发,动力更足,速度更快,驶得更远。让我们在新时代紧紧相依,筑梦前行,以党的十九大精神为引领,求真务实,锐意进取,用今天的努力浇灌明天的辉煌!

2018,我们一起出发!

原刊于《北京公交》2018年1月1日1版

经验主义要不得

赵庆富

最近重读《三国》,感触颇多。老谋深算的曹操在"赤壁之战"中,因何战船被焚败走华容道?身经百战的刘备在起兵伐吴中,因何营寨被"火烧连营"?细咀嚼之,他们都犯了经验主义之错误。

先说曹孟德。曹兵战船用铁链相连,最怕火攻,有谋士提醒曹操,曹操不以为然:"你们哪里知道,火攻要靠风力。现在是冬天,江东若用火攻,必被西北风吹散,那岂不是自己烧自己?"然而,天有不测风云,西北风突变东南风,曹兵因而战船被烧纷纷逃命,溃不成军。再说刘玄德。刘备起兵伐吴,因天气炎热,又见吴兵久不出战,便命移营四十寨于山林,留少数老弱残兵在外诱敌,欲秋后进兵。这时有人对移兵不大放心,提出请教一下军师诸葛亮,而刘备却说:"我也知兵法,何必再问丞相!"结果,也因经验主义作怪而导致了被吴军"火烧连营"。

由此,笔者联想到了我们施工生产中类似安全防范的问题。现实中我们总以为工龄长的老职工有较丰富的施工经验,安全有保障,不会出事故。然而,事实上,有经验并不等于无防范之弊。倘若经验主义从中作祟,一旦施工作业出现设防之纰漏,后果将不堪设想。翻一下企业的安全史,我们可以看到,老职工发生交通事故的并不在少数。血的教训告诉我们:事故不分人的年龄大小、工龄长短,关键还在于思想意识。

从《三国》字里行间,我们可以看出,曹操、刘备都是见多识广、办事老道而不毛草的人,有较丰富的实践经验。但是,"老马识途"不等于绝对不会"马失前蹄"。从另一个角度看,往往是越老道、越有经验的人,越容易产生自负心理,办事主观,看问题片面,越容易犯经验主义毛病。

就《三国》而言,岂止就一个关羽"大意失荆州"?老将黄忠不听人劝告,自恃老当益壮,盲目与人"单挑",结果陷敌阵于伏兵之中而中箭身亡。

现实中,企业的施工安全也如此。事故隐患猛如虎,如若大意,它不会因为你是老同志、老科班就退避三舍。无论你是姓曹还是姓刘、姓关还是姓黄,无论你是经验多还是少,谁放松了警惕、麻痹大意,谁就会"捅娄子",吃不了兜着走!因此说,施工安全防范上不能以人的施工经验多寡、丰富与否为转移,在安全管控上要一视同仁,在安全教育和培训上要同步,做到新老职工都一样。只要大家紧绷安全生产这一根弦,才能保人人平安无事,施工万无一失。

原刊于《中铁上海工程》2018年6月10日3版

副 刊 类

获奖名次：二等奖
标　　题：《救命绳索——救助失事油轮船员》
作　　者：周清国
原 刊 于：《中国救捞》2017 年 12 期封底

获奖名次：三等奖
标　　题：《4800 米海拔上的驮运》
作　　者：李彦龙
原 刊 于：《中国铁道建筑报》2018 年 1 月 13 日 2 版

获奖名次：三等奖
标　　题：《北三环马甸桥东天桥深夜换梁》
作　　者：侯永杰
原 刊 于：《都市交通》2018 年 1 月 11 日第 460 期

获奖名次：三等奖
标　　题：《山城满溢柑橘甜》
作　　者：范云兵　穆云波
原 刊 于：《中国邮政快递报》2018 年 12 月 23 日 1 版

一等奖

高原邮路阻且长

蔡玉贺

"世界屋脊"西藏,平均海拔4000米以上,南北最宽900多公里,东西最长2000多公里,边境线约4000公里,在这约120万平方公里的高原上,散居着约337万人,隶属于74个县(区)、697乡(镇、办事处)、5467个建制村(居、委)。"治国必治边、治边先稳藏",在加快推进西藏跨越式发展和长治久安、确保到2020年同全国一道全面建成小康社会的建设大军中,有一支纪律严明、敢打硬仗的邮政队伍。他们排除险阻,开通邮路,织就了一张以拉萨为中心、辐射全区地市县直至乡村的立体邮运网络。今年7月,记者有幸参加了"中央行业媒体西藏邮路行"主题采访活动,驱车到海拔5373米的普玛江塘乡、5200多米的珠峰大本营和亚东的边防哨所实地感受和采访,一路上同中国邮政集团公司西藏分公司的各级负责人和职工深入交流,聆听高原牧民、政府官员和边防官兵讲述邮递员们的故事,心中不断汇聚起感动和敬佩。

雪域鸿雁 生命坚守

一支2000多人的队伍,担负起了整个西藏的邮政服务重任。

中国邮政集团公司西藏分公司(简称西藏分公司),内设部室16个,直属单位3个,下辖7个地市分公司、68个县分公司,从业人员约2100人,其中藏族职工占比约70%。从1951年4月16日人民邮政在藏开办以来(注:1951年4月

16 日,昌都人民解放委员会和川西邮电管理局根据中央关于"解决西藏人民、入藏人员用邮问题"的指示,在昌都中心坝柳园子建立川西邮电管理局昌都邮局,这是西藏大地上第一个人民邮电机构),一代又一代西藏邮政人,时刻牢记"人民邮政为人民"的宗旨,栉风沐雨、砥砺前行,在"生命禁区"坚守,接力进行着一场没有尽头的极限挑战,谱写了一曲曲惊天动地、感人至深的生命赞歌,被广大农牧民和边防官兵称颂为雪域鸿雁。

次仁曲巴:海拔最高乡的邮递员。从海拔 4500 米的山南市浪卡子县城出发,到海拔 5373 米的普玛江塘乡,全程约 80 公里。次仁曲巴于 2005 年打开了这个号称海拔最高的乡的邮路,那一年他 19 岁,一干就是 13 年。普玛江塘藏语的意思是"世界之巅",空气中含氧量不足海平面的一半,年平均气温零下 7 摄氏度,冬季有 9 个月,从乡政府到下辖的 6 个村,海拔最高的地方在 7000 米以上。随着公路状况改善,他的交通工具从自行车、摩托车换成了现在的小货车。13 年来,他走过的邮路连起来近 20 万公里,头发越来越稀疏,右腿因静脉曲张鼓起鸡蛋大小的包。因为高原病,2015 年,他把从乡到村的邮递业务交给了更年轻的格桑次仁,自己仍负责从县到乡的投递工作。

亚林:国际高原邮路的独行者。从士兵口中的亚林哥到亚林叔,他用 28 年完成了这一称呼的改变,他就是日喀则市亚东县邮政分公司藏族国际邮件交换员,也是乃堆拉哨所和詹娘舍哨所官兵们的邮件代收人。在亚东县,亚林的邮件包裹最多,所有寄给边防哨所官兵的包裹,收件人都是亚林。乃堆拉山口位于中印边界,海拔 4400 米,距离亚东县城 38 公里,是连接中印贸易最短的通道,也是世界上海拔最高的陆路贸易通道。这里设有一个国际邮件交换厅,常年负责国际邮递业务的只有亚林一人。1998 年之前,这条邮路还是马班邮路,骑马单程需要一天。詹娘舍边防哨所比乃堆拉哨所海拔更高,达到 4655 米,路更为凶险,冬天的雪也更大。哨所官兵对采访团说,你们能到这里就已经很勇敢了。亚林要一个人开车在这条常年云雾缭绕的凶险山路上往返,给官兵们带去外部世界的问候与关心。

措姆:世界上海拔最高邮局的信使。2018 年 7 月,坐落在日喀则市定日县珠穆朗玛峰大本营、海拔 5200 多米、被称为世界上海拔最高的邮局"天上西藏——珠峰邮局"经过升级改造后亮相,26 岁的藏族姑娘措姆是唯一的工作人员。她每年要为数十万游客在明信片盖上珠峰纪念邮戳,热情地向游客介绍珠峰的自然风光、历史文化、生态保护、气象信息、安全知识等。为方便游客,珠峰邮局还增加了快递寄递业务,成了名副其实的游客之家。

除了上面三位采访对象,一路上陪同采访的西藏分公司各级负责人也给采访团一行留下了深刻印象。郑建华,西藏分公司办公室主任,乍一看,精瘦的身材、黝黑的皮肤,大家还以为是藏族。一问,原来是北京邮电大学计算机专业的成都籍毕业生。他2007年7月大学毕业后就进藏工作,目前女儿已经6岁,跟老人生活在成都。他已经4年未休年假,每年仅在春节和暑期与女儿短暂相聚不到一个月。就在我们结束第一阶段采访回到拉萨的当天,女儿刚刚被飞机"邮递"到拉萨。我们问他,计算机专业即使在今天仍是十分紧俏的专业,放弃天府之国创业挣钱的机会到西藏,不觉得可惜吗?他很平淡地回答:各有所得吧。与他情况相似的还有西藏分公司普服部主持工作的副主任孟云春。他虽是1978年出生的藏二代,但1998年参加工作那年父母就退休回宜宾老家了。两个孩子,大的一直在爷爷奶奶身边,已经读中学,父子见面少,沟通不畅;小的随母亲在成都上小学,从出生到现在与父亲在一起的时间不超过10个月,孩子见面都不愿意叫爸爸。因为常年在西藏工作,他因脑血管畸形,2015年以来已经做过3次手术。

类似的感人事迹可以用比比皆是来形容,他们共同构成了行走在世界屋脊的英雄邮政人群体。用生命谱写雪域赞歌的湖南省援藏干部郭达,2014年8月援藏期满,听从了难以割舍的情感和责任的召唤,选择了继续留守,2015年6月17日因患肝癌医治无效不幸去世,年仅39岁。双湖县邮政分公司的益西卓嘎,在"生命禁区"用生命履行普遍服务义务,巾帼不让须眉。2005年,年仅24岁的她来到了平均海拔5000米以上、被称为"生命禁区"的双湖县,从投递员到营业员,再到现在的副总经理,10多年来,她数次累倒在海拔5200多米的山路上,两次怀孕流产,车辆曾经在冬季投递途中被困雪中10多个小时,罹患严重的高原心脏病、慢性肾炎、胃炎、风湿性关节炎和高血脂等疾病。但这些都没有打败她,她带领双湖邮政职工因地制宜开展邮政业务,使双湖邮政从全区倒数第一、二名变成了名列前茅,打了一个漂亮的翻身仗。这个群体里还有"志在高原献身邮政、挥洒青春无怨无悔"的山南市扎囊县总经理田丰琴,"为新时代雪域高原邮政高质量发展注入新动能"的中国邮政速递物流西藏分公司副总经理强巴央金，执着的雪域信使、山南市隆子县分公司投递员嘎发，以邮为业、爱局如家、邮件似生命、时限抵万金的默默绽放的格桑花向永……

想起人们常说的一句话：能坚守在西藏，就是在作贡献！而邮政人所做的岂止是坚守，他们从未停止过奋斗、提升、创造、奉献，他们共同谱写了雪域鸿雁的赞歌。

牢记使命　负重前行

一直以来，西藏邮政人不忘初心、牢记使命，始终将忠实履行普遍服务和特殊服务义务作为企业的第一职责和使命，始终致力于满足人民群众日益多样化、个性化的用邮需求，为当地社会稳定和经济发展作出了积极贡献。但是，面对不断攀升的运营成本，不断提高的普遍服务和特殊服务标准，不断萎缩的普遍服务业务，人力物力投入越来越大，而财政补助却相形见绌，政策性亏损也就越来越大，西藏邮政人陷入了干得越多、干得越好，企业亏得越多、个人挣得越少的怪圈。在义和利面前，西藏邮政人没有丝毫犹豫，非常坚定地把普特服务的重任担了起来，同时他们还迎难而上、解放思想、开拓创新，力争蹚出一条融合转型发展的新路，实现社会效益与经济效益的统一。

这是一条充满险阻而又前途漫漫的求索之路。

普遍服务加大投入扩大覆盖仍任重道远。我们先看一组数据：全区 752 个邮政普遍服务网点分布在 120 多万平方公里的广袤土地上，服务着 337 万人，单个网点平均服务面积约 1600 平方公里、服务人口 4480 多人，平均每平方公里不足 3 人。这 752 个普遍服务网点中，城市网点 141 个，乡镇网点 611 个（实现了乡镇邮政网点全覆盖），但开全四项法定业务的网点仅有 387 个、占 51%。全区共有普特服务人员 1634 人，投入邮运及投递车辆 500 多辆，开辟省际干线邮路 18 条，其中航空邮路 15 条、汽车邮路 2 条、火车邮路 1 条；省会至地市邮路 8 条、单程 4567 公里，均达到逐日班，但也只有拉萨至周边四地市实现逐日二频次，达到普服新标准；地市至县邮路 31 条、单程 8529 公里，其中逐日班 2 条、周六班 3 条、周五班 26 条，有 29 条尚未达到普服新标准；县至乡（镇）邮路 285 条、单程 3.26 万公里，有 62 条未达到周五班普服新标准；乡至村投递条数共

1362 条、单程 7.6 万公里,其中 402 条未达到周三班普服新标准;全区共设城市(含县城)投递部(揽投部)79 个、投递段道 262 个,投递单程 8004 公里,其中实现日二频次 10 个、日一频次 26 个、周六频次 5 个、周五频次 38 个,有 43 个未达到日一频次的普服新标准。即便如此,2017 年全年业务收入 2.99 亿元,亏损 3.62 亿元,其中 611 个乡镇网点累计业务量 3.39 万件、业务收入 180 万元,单个乡镇网点年均业务量 55 件、年均业务收入 2946 元。自 1998 年邮电分营以来,西藏分公司长期处于亏损状态,随着普服标准的提升,"十三五"期间,西藏分公司每年大约需加大投入 2000 万元,亏损面仍将继续扩大。

普特服务特事特办不计投入确保完成目标任务。"十二五"以来,西藏自治区党委、政府提出了"寺庙九有""八到农家""强基惠民""基本服务均等化"等要求部署,提出了党报党刊村村通、寺寺通的目标,必须确保全区 5000 多个驻村点、1700 多座寺庙党报党刊全覆盖。同时,目前仅有 5 个地市所在地和 15 个县区实现了党报党刊当日见报,随着这个目标逐年提升,也需要不断加大投入。服务驻军部队和边防哨所的任务也越来越重,边界通邮的频次不断增加。西藏有边境县 21 个、边境乡 104 个,有 5 个国家陆路边境口岸。为了使边境驻军与居民能享受国家公共服务,实现服务均等化,西藏邮政持续加大投入,逐渐提高边境乡镇和建制村的服务水平,2017 年对 21 个边境县、73 个边境乡、254 个边境村的邮运和投递频次进行了提升,全区边境村基本保持至少每周一次投递频次。像收到习近平总书记亲自回信的玉麦曾在的"三人乡"以及西藏所有边防哨所,都有邮政人的身影,投递人员除了按规定执行投递任务以外,还帮助戍边官兵和村民捎带日常生活用品、药品等物品。

交通基础设施状况改善形成新的倒逼态势。"十二五"以来,西藏的公路交通状况得到了极大的改善,截至 2017 年年底,全区 697 个乡镇、5467 个建制村公路通达率分别达到 99.7% 和 99.5%,通畅率也达到了 77.6% 和 38.1%,这为提高邮政投递速度提供了极大的便利,但同时也提升了民众对邮政服务的预期,加大投递频次的呼声和需求日趋强烈,对提高普特服务水平形成新的倒逼态势。但是,许多自然村和农牧民居住点仍然不通公路,像上面提到过的普玛江塘乡和双湖县,海拔都在 5000 米以上,牧民经常更换草场,经常是上周还在路边的投递点,这周却不见了,乡邮递员只能带着邮件到处打听四处寻找,要花费比平常多两三倍的时间精力,克服更多困难、躲过更多危险,才能安全投递邮件返回驻地。西藏的寺庙多半分布在乡镇及以下地区,基本坐落于半山腰,距离交通干道较远,邮件仍然需要人背马驮,投递人员经常要溜索、涉水、爬山才能到达,有的地方一天只能投递一两个寺庙。察隅县直到去年才结束了马班邮路。

服务面越来越广,投递线路越来越长,投递点越来越多,但业务量并没有太多增长,再加上物价水平和人力成本逐年升高,西藏分公司需要投入的人力物力也必然越来越多。可以预见,公司的年亏损额也将越来越大,绩效工资和奖金也将相应减少。透过西藏分公司的普遍服务和特殊服务业务,我们才真正体会到"人民邮政为人民"的深切含义。

英雄的西藏邮政人没有被困难吓倒,他们根据西藏经济社会发展的新情况、人民群众的新需求,从供给侧入手,不断完善提升传统服务项目,大力开拓新业务,确立了"一核双擎、四轮驱动"的发展方略,在不断提升社会效益的同时,培育新的经济增长点,力争实现融合转型发展,取得社会效益和经济效益的两促进、双丰收。

2015年,西藏分公司确定了打造"网络代购+平台批销+农产品返城+公共服务+普惠金融"为一体的邮政农村电子商务综合服务平台的目标,经过几年的努力,探索出一条具有西藏特色的农村电商发展道路,即五个结合:线上与线下相结合、工业品下乡与农产品进城相结合、农村电商与邮政业务相结合、农村电商与政府对接相结合、农村电商与精准扶贫相结合。围绕五个结合,在电商服务平台上叠加金融服务、便民服务、寄递服务及商旅服务,逐步打造农牧区"购物不出村、销售不出村、金融不出村、生活不出村、创业不出村"的邮政农村电商生态,基本形成政府认可、群众满意的邮政特色农村电商发展格局。截至目前,全区共有邮政农村电商网点719处,其中邮政自营417处,商超加盟类302处,有550处网点深入农村,极大地推动了西藏农特产品的外销和品牌的形成,打造了多个西藏本地农特明星品牌,其中山南昌果红土豆、朗县核桃、那曲黄蘑菇、洛扎藏鸡蛋、岗巴羊等7个国家地理标志保护产品,一定程度上缓解了西藏农产品销售和运输环节的难题。此外,代理金融业务全面开花成效喜人,2017年实现收入8140万元,储蓄规模超过40亿元,代理保险实现新单保费

1.41亿元;包裹快递业务稳步发展,2017年完成收入5945万元(含结算收入),同比增长8.5%。

如此艰苦的环境,这么多人选择坚守,秘诀何在？西藏分公司总经理、党组书记李柏平告诉采访团:对外客户至上,对内员工为本,做好幸福邮政工程。首先是想方设法增加员工收入,2017年一线员工收入增加了16.5%;其次是大力改善基层单位办公居住条件,确保到2020年全部解决县域邮政职工如厕、生活用水问题及周转住房建设问题;三是以人为本抓民主建设,切实开好职代会,畅通民主渠道,增强员工当家做主的主人翁意识,同时帮助员工做好职业规划,加大业务培训力度,选派干部到内地省市交流学习,增强对职业的认同感和忠诚度;四是充分发挥榜样引领作用,积极开展先进典型选树培养,发挥示范作用,企业精神文明建设取得成效,一大批集体及个人获集团公司、各级政府表彰。

同时李柏平也非常沉重地告诉采访团,近年来先后有6位投递员因病英年早逝,平均年龄40岁,那些退休后回内地休养的,平均寿命也仅有62岁。他坦言,尽管采取了这些抓人心的人本工程,职工收入有所提高,但与西藏当地干部职工相比仍有不小的差距。同时,基层邮政单位编制不足,无法轮休,再加上工作压力大,工作条件、生活条件艰苦,人才流失的压力也是逐年凸显。公司正在根据新情况新问题,研究采取新的应对措施,力争稳住队伍,守好阵地,不负党和政府的重托、西藏军民的期望,把高原邮路开拓得越来越长、越来越通畅。

采访结束后,我一直在思考一个问题:为什么会有一代又一代的西藏邮政人,一边接受着高原"生命禁区"的挑战,旧病未愈又添新疾,一边忍受着亲人分居两地的离苦,在子女父母角色的轮换中均寻找不到"慰藉"这个字眼,但仍平静而坚定地坚守在高原邮路上,把党的声音、政府的温暖、亲人的问候、外界的联系,及时传递到西藏高原的每一寸土地,把西藏的人文、风光、特产和挂念,传送给外部的世界?！这时,我想起《诗经·蒹葭》中的著名诗句:"蒹葭苍苍,白露为霜。所谓伊人,在水一方。溯洄从之,道阻且长;溯游从之,宛在水中央。"我想,我找到了答案。

古有杜鹃啼血的传说,今有西藏邮政人用青春、热血和生命对高原邮路的坚守。他们是信使,更像是天使;他们是邮差,更是战士。他们就像遍布雪域高原的格桑花,不畏风寒冰雪,按时守节静静绽放,给雪域高原带来生机活力,给高原上的人们送去幸福吉祥。

原刊于《中国交通报》2018年12月3日4版

雪域云天映初心

薛彩云

静谧的跑马山上，几朵白云逍遥其间。伴随着悠扬的情歌，交通运输媒体采访团在四川省甘孜藏族自治州首府康定稍做休息后，便一路前行。翻过折多山，途经道孚县、炉霍县，最后到达甘孜县。

一路上，时而晴空万里，时而雨水淅沥，不一会儿又飘起了雪，一天便可体验四季；黑白牛羊点点、五彩经幡阵阵、绿色的草甸、红色的藏房、黄色的寺庙、白色的佛塔，也像一幅随着春夏秋冬不断变换的风景画。

9月10日~16日，中国交通运输报刊协会组织交通运输媒体采访团走近四川邮政。本报记者跟随采访团一行，历时7天走访了其美多吉和他所坚守的雪线邮路，感受到四川邮政人为普遍服务以及电商扶贫所做的努力。

给其美多吉当"副驾"

天苍茫、秋草黄、江水长。

白天，甘孜州全境美如歌。红苕花恣意盛开，牦牛优哉散步，格萨尔王的故事百听不厌。经过炉霍县时已经是黄昏，随着海拔的攀升，夜幕降临。顺着车灯打出的微光，采访团的车辆转弯攀升，再转弯再攀升。晚上，317国道的车辆很少，白天车窗外的美景到了晚上只剩置身荒野的孤寂。中国邮政集团公司甘孜藏族自治州分公司副总经理曲桂珍讲起了早些年该路段有土匪、歹徒出没拦路的故事。记者听了心里不禁一颤。10多个小时后，终于到了甘孜县，见到了雪线邮路的英雄信使。

"多吉大哥没什么变化。"采访团中有3名记者已经不是第一次见到甘孜县邮政分公司邮运驾驶组班组长其美多吉了，再见面觉得他还是那个"真诚、热情的康巴汉子"。

9月13日清早,一夜秋雨过后,甘孜县城变得格外清冷。记者登上其美多吉的邮车,随他一起执行甘孜县至新龙县的邮件运输任务。

新龙县地处峡谷地带,雅砻江从北至南纵贯全境。公路一侧是陡峭的山崖,一侧是波涛汹涌的雅砻江,因为地质地貌原因,即便布满了铁丝网,仍有落石"落网而逃"。每次经过危险路段,其美多吉都格外警惕。

"塌方滑坡是常事,有时只能单边放行。遇到小一点的落石,我会下车搬走,大的落石就只能等待养路工了。"车到转弯处,其美多吉提前按响了喇叭;会车困难,他下车帮忙协调。他告诉记者,印有"中国邮政"四个大字的邮车几乎是每天早上第一个开过这条路的车辆,邮车过了,其他车辆便得到"信号"——路是畅通的。

"近年来,川藏线吸引了大量自驾旅游的人,走走看看他们就回到了大城市。但对于邮运队伍来说,他们常年在川藏线上,需要耐得住寂寞。"曲桂珍对邮运团队充满了感情。

"你有一个花的名字,美丽姑娘卓玛拉。你有一个花的笑容,美丽姑娘卓玛拉。你像一只自由的小鸟,歌唱在那草原上。"其美多吉唱起了《卓玛》。

"现在压力也很大,不能像原来一样想唱就唱,想跳就跳。怕大家觉得我获得点荣誉就不得了。"其美多吉的事迹被广泛报道以后,他的顾虑更多了。

"多吉大哥还是那样负责、热心。他获得荣誉我们也光荣,是我们学习的榜样。"同事切热、林鹏提起其美多吉便话多了起来。

其美多吉介绍,网购多了,藏民的用邮需求大大增加了。除了党报、文件,现在邮车上装的主要是快递包裹。"这条邮路以前是3天一班,后又调整为间日班,现在是一天一趟。"他说。虽然运输频次增加了,记者从车载监控视频看到,邮车内的邮件仍然是满满当当。

邮运任务艰苦,有没有考虑换个岗位?"我从小就喜欢开车,能开上邮车算是实现了自己的梦,身体条件允许的话我会坚持开下去。"其美多吉不忘初心。

快乐康巴人　暖暖邮政情

农历七八月,甘孜州气候宜人。在婆娑的古树下、绿茵茵的草地上,到处都可以见到热情豪迈穿戴鲜艳整洁民族服装的康巴人阖家而出,或邀亲约友,或以村为单位,一边喝酒,一边唱民歌。"这是藏区的'耍坝子'活动,虽然条件艰苦,藏区百姓好像有寻找快乐的基因。"曲桂珍说。

获得荣誉后,其美多吉走出藏区的机会多了起来。"以前没觉得,走出去看看后发现藏区的条件确实比不上大城市,但我们都很快乐知足。"他笑哈哈地告诉记者。

"越是在艰苦环境中工作的职工,他们越不计较个人得失,工作起来越认真,也更加乐观。"曲桂珍说,"他们就是简单地认为拿了工资,就要做对得起公司、对得起良心的事情。"64年来,几代邮政人扎根高原、敬业奉献,用青春和热血守护藏区通信安全和畅通。

藏族人不可一日无茶。"汉白大洋换来的茶,驮夫逍桑翁姆驮来的茶。渡过了大江小河的茶,翻过了高山峻岭的茶。"藏族民间歌谣形象地唱出了古代茶叶运输的艰难。在川藏公路通车前的漫长岁月里,进入藏区的产品必须经得起长途和长期的严酷运输条件的考验。那时,通往藏区的茶叶基本靠人力背运,背运人被称为"脚夫"。现在在素有"川西咽喉""民族走廊"之称的雅安仍然能看到"茶背子"群塑像。这些塑像在纷纷洒洒的雅雨中挺立,唤起人们对那段历史的记忆。

1954年川藏公路开通后,这条连通西藏与祖国内地联系的邮路也随即开通。从此,邮运人往返在这条邮路上,每天不论是谁执行运输任务都是一路奔波。

甘孜州邮政分公司网运中心驾驶员施建勋是"邮三代"、甘孜县邮政分公司的总经理益登灯真是"邮二代"……他们每个人都有自己的不易,却依然有最阳光的笑容。

"老一辈邮政人经常教导我要好好工作。邮车代表着国家,路上碰到需要帮忙的不能不管。"其美多吉时刻牢记老邮政人的教诲。

"曲总能记得我们每一位员工的名字,也清楚地了解每位员工的家庭情况。"切热说。一路上,曲桂珍讲了不少邮运人生活中的趣事,像是在说自己家的事。

"在邮政这样一个大家庭,一家有难大家帮忙,我们觉得很暖心。"其美多吉、切热、林鹏等对公司的关爱表示感谢。

2016年,其美多吉的儿子扎西泽翁结婚。藏族婚礼的前一天,需要准备的事情太多。当天,厨房忙碌的主厨是甘孜县邮政分公司网运部主任达瓦绒波,办公室主任黎琳布置婚房,其他同事搭帐篷、搬柴火、摆桌子、择菜、切菜……一切有条不紊。

去年雀儿山隧道通车,邮运人不用再翻越"川藏第一险"。9月的"康巴第一关"折多山已经开始飘雪,而此时折多山隧道正在加紧建设。建成后,翻越折多山也将成为历史。

"邮路越来越好走,藏区的生活也越来越好,想想就开心。"林鹏说。

"价值高的东西交给邮政才放心"

"没见过这么丑的苹果!"中国邮政集团公司四川省分公司副总经理刘晓泉第一次见到盐源的苹果不禁惊叹。咬了一口,刘晓泉又惊叹:"没尝过这么好吃的苹果!"

"甘孜的松茸一般都销往国外。今年我们将'川货出川'工程与当地精准扶贫工作结合起来,打造'一县一品',开展产品扶贫绿色通道,把邮政农村电商扶贫工作做得更加扎实有效。"四川省分公司渠道平台部总经理郭嘉说。

他们都是很好的"营销家"。听他们介绍完,记者马上登录"易邮铺"去选购。近年来,四川邮政线上服务平台和功能不断完善,"邮掌柜""邮乐小店"等适应电商形态的工具不断完善。

"部分乡与乡之间的距离比较远,开车可能要走上一两个小时。"曲桂珍介绍,甘孜州平均投递里程为151公里,其中德格县扎科乡距县城往返距离达到560.1公里。邮运沿途高山纵横,峡谷险峻,海拔在4500米以上的大雪山就有近10座,山上终年积雪覆盖,气候变化莫测,路况复杂难料,如遇塌方路阻绕道远路,在雪山上堵几天几夜是常事。

近年来,随着四川省农业产业化的快速推进,许多具有甘孜特色的农产品局限在州内或者县市区域内自行销售,不能大面积流通、也无法进入外地市场。

"价值高的东西,只有交给邮政来运才放心。"当地农牧民告诉记者。百姓的信任和需要,让甘孜邮政服务好藏区群众的信心更加坚定。

通过近几年的摸索,未来甘孜邮政将围绕综合服务平台(村邮站)促使电子商务进军农村市场,村邮站同时实现业务功能叠加,具有金融服务、邮件寄递等业务,确立了"互联网+邮政"的发展模式,为藏区村民提供"购物不出村、销售不出村、生活不出村、金融不出村、创业不出村"的五不出村服务。推动农产品外销,促进物流、金融等现代化服务业加快发展,带动传统产业和实体经济转型升级,实现农民增收、创收,未来邮车穿行的邮路将成为藏区发展的"致富路"。

从新龙返回甘孜已是下午了。第二天清晨5点,睡梦中的甘孜县寂静一片。其美多吉已经装好了车准备出发前往石渠县。这天是要去北京参加全国邮政系统"双先"表彰大会的前一天。石渠县距离甘孜县316公里,往返需要13个小时。对其美多吉来说,这不过是平常的一天。

"扎西德勒!"这是采访团初见其美多吉时收到的祝福。微微晨光中,记者们也将祝福送给他,祝他一路平安。

原刊于《中国交通报》2018年10月18日4版

山安水延　圣地新颜

林　芬

这里有中华文明的精神标识——黄帝陵，三万余株千年以上的古柏树诉说着根脉绵长，乾坤湾、壶口瀑布留下了伏羲演绎八卦、大禹导流治水的传说；这里是中国革命的落脚点和出发点，党中央和毛泽东等老一辈革命家在此度过了13个春秋，领导全国人民取得了抗日战争和解放战争的伟大胜利，奠定了新中国的基石；这里，黄土高原的儿女，在贫穷和患难中领悟黄土地的学问，十多年来造林1970万亩，使大地基色由黄变绿，并打造"世界苹果之都"，栽培出了全国九分之一的苹果……

8月16日~18日，由中国报业协会和延安市委、市政府主办的第六届中国报业党建工作座谈会在陕西延安举行，并开展了"百名社长总编红色圣地延安行"采风活动。记者作为采风团一员走进延安，探寻民族根脉，瞻仰精神高地，感受宜居、宜业、宜游的现代新延安。

苹果"上户口、论个卖、带皮吃"

此次延安行彻底颠覆了记者对黄土高原的印象。

想象中的黄土高原，会突然刮起一阵铺天盖地的大黄风，天昏地暗，甚至大白天都要点灯。千山万岭光秃秃的，看不见一点绿色，空气中满含着土味。

而这里，黄土高原的夏日，处处是一片清新的绿，有蓝天还有悠悠的白云。经过1999年以来近20年的退耕还林，这里的林草覆盖率已经达到67.7%，山川大地实现了由"黄"到"绿"的历史性转变。

南端，黄龙山挺拔高耸；西部，子午岭绵延千里；北部，白于山阻挡毛乌素沙漠；东部，晋陕黄河大峡谷激流滔滔。山安水延，带来生态红利，如今的延安是国家现代农业示范区,苹果种植面积占全国的9%,产量占全国的九分之一。洛川苹果更是打出了"带皮吃、论个卖"的高端品牌。

除了洛川会议这张红色名片外,洛川还有另一张金光闪闪的名片——最"懂"苹果的地方。8月18日,雨淅淅沥沥,青山间氤氲着雾气,田野里滋润着甘霖,采风团走进洛川。公路两旁的苹果树结着沉甸甸的果实,所有的果子都被精心套上了"防护袋"。在西北农林科技大学苹果试验站,早熟的嘎啦果已露出红彤彤的脸庞。

洛川是陕西唯一的"一县一业"示范县,64万亩总耕地面积中有50万亩种了苹果,一半左右还"上了户口",实现质量追溯。手机一扫果盒上的二维码就知道是谁种的、施什么肥、喷什么药,谁进行检验。"带皮吃"的苹果,农药残留低于欧盟标准。未来一两年,50万亩苹果都将建立电子档案。

洛川苹果为什么好吃?为什么能获得一百多项国家和省部级大奖?除了日照、降雨、海拔等天然的条件外,每一颗苹果都凝结着科技人员、农户的智慧和汗水。细长纺锤形、高纺锤形、V字形……树形多种多样,都是科技人员多年研究出的适合黄土高原的高光效树形。有的合作社,每棵苹果树一年"吃套餐"要"吃"掉40斤羊粪、12斤生物有机肥、3斤复合肥,还要"尝海鲜"(虾肽素)。苹果们还享受着"互联网+气象技术"服务:空气扰动防霜、水雾防霜、烟雾防霜试验系统,138门高炮、126个火箭组成的防雹网等"黑科技"呵护着苹果生长。

据了解,洛川年出口鲜果突破10万吨,远销30多个国家和地区,高端苹果每个至少能卖6元。3.9万农户中,年收入10万元以上的超过65%,几乎家家户户都有汽车。所有乡镇通了沥青(水泥)路,今年年底将实现所有建制村通沥青(水泥)路。纵贯南北的210国道和304省道,穿境而过的包茂高速公路、青兰高速公路、西延铁路为苹果外运创造了便利。

临走时,西北农林科技大学苹果试验站工作人员建议大家可以认养一棵苹果树,摄像头会定期向"主人"远程汇报果园动态,保证都市人吃到绿色放心的延安苹果。认养苹果树,这种新鲜的营销方式正在成为风尚。

黄土地上的学问

8月17日,采风团来到延川县文安驿镇梁家河村,这里曾是习近平总书记插队7年的地方,离作家路遥的故居也只有几公里。

习近平总书记说,他人生第一步所学到的都是在梁家河。不要小看梁家河,这是有大学问的地方。

20世纪60~70年代的陕北黄土高原——这块和阳光同色的土地,却是一个"穷窝子"。当地老百姓经常说:"肥正月,瘦二月,半死不活三四月。"根据习近平总书记的回忆,当时,要饭现象是普遍的,有的大队还给出去要饭开证明。刚开始,知青觉得要饭的都是不好的,有的还放狗去袭他们。后来,自己沦落到快去要饭的地步了,才明白是怎么回事。

"毛眼眼流泪祆袖袖揩,咱穷人把命交给天安排。"路遥这样描述黄土高原的贫穷——空旷的山野里,只有一支忧伤的"信天游"在高原上飘荡。"信天游"不是歌,而是劳动者苦难而深沉的叹息。

生存之难、稼穑之艰、沟壑纵横、刀削斧劈……都在磨炼着黄土高原人的意志。习近平与知青们同住窑洞、睡土炕,打坝挑粪、修公路、建沼气,在这里加入中国共产党,担任大队党支部书记……15岁来到黄土地时,他也曾迷惘、彷徨;22岁离开黄土地时,他已有着坚定的人生目标,充满自信:要为人民做实事!

从患难中获得领悟,《平凡的世界》中,孙少平也在一次次的磨难中尝到了生活的另一种滋味。"不管什么样的人,或者说不管人在什么样的情况下,都可以活得多么好啊!在那一瞬间,生活的诗情充满了他16岁的胸膛。"

在贫瘠中创造丰富,陕北多种多样的美食也是黄土地的学问。勤劳的婆姨们把黄米做成"四牙牙、金花花"的馍馍,提取完麻子油之后的汤渣舍不得丢还能做成麻汤饭,洋芋擦擦、抿节、碗砣……粗粮细作的美食都是心灵手巧的创造。正如路遥感叹的:"在我们普通人的生活中,在这平凡的世界里,也有多少绚丽的生命之花在悄然开放而不为人知!"

如何让人的生命力在磨砺中强大起来?如何在困难重重中还能做些实事?如何通过创新完成"不可能的任务"?这些都是需要我们思考探索的黄土地上的学问。

2015年,习近平总书记回到梁家河村,看到"梁家河修起了柏油路,乡亲们住上了砖瓦房,用上了互联网,老人们享有基本养老,村民们有医疗保险,孩子们可以接受良好教育"。依托便捷的交通条件,如今的梁家河村已成为生态休闲旅游示范区。

1974年时任大队党支部书记的习近平带领梁家河村民建成的陕西第一口沼气池,用北京奖励的三轮摩托车换来的东方红干扶拖拉机、磨面机等老物件,富有陕北特色的滚水坝、淤地坝……吸引着游客驻足。

昔日,梁家河晚上黑灯瞎火,沿河道亮着的几盏煤油灯,"一灯如豆";如今,在平坦的通村路上立着不少太阳能路灯。村里还大力推广苹果种植,发展专业化养殖,家家户户也都通上了自来水和互联网。

梁家河是延川县农村发展的缩影。乾坤湾、路遥故居、千年古驿文安驿……日益完善的交通运输网为延川全域旅游提供了保障。据延川县委常委、副县长王海臣介绍,今年延川将建成324公里通村沥青(水泥)路,实现建制村"村村通",为精准扶贫提速增效。

中疏外扩　上山建城

巍巍宝塔山,滚滚延河水,革命圣地延安的魅力历久弥新,延安市委、市政府提出"把延安打造成一个大'景区'"。近年来,延安游客数量年均增长率约20%,年游客量三四千万人次。

然而,延安的造访者、观光者、谋生者、创业者、朝圣者、过境者对老城都有一个深刻的感受——三山对峙、二水交流的这么一点平川,30多平方公里要容纳下50万规模的城市人口,不要说发展经济了,居住下来,连转个身都难。更重要的是,延安作为革命圣地,有上百个革命遗址需要保护,而现在的一些简易房、危房已经盖到了当年的遗址上……

怎么办?延安随后提出"中疏外扩,上山建城",疏解老城人口,在革命旧址保护区范围内只拆不建,努力恢复原貌。经过四年多的建设,在旧城100米的"头顶"上,一座新城正迅速崛起。延安新区的北区进展最快,控制面积达38平方公里,规划人口20万。目前,六条连接新区旧城的道路、28条市政道路、综合管廊已经建成;小学、初中、高中三所学校已经开始办学;延安大剧院、学习书院、为民服务中心等场所已建成并投用……

目前延安一年旅游综合收入约200亿元,旅游业已成为支撑经济转型发展的重要支柱产业。新区的建成,破解了"线形"城市的空间制约,宜居、宜业、宜游的新延安将吸引更多游客。

延安机场相关负责人告诉记者,机场共开通了至北京、西安、上海等 8 个城市的国内航线,年旅客吞吐量 30 万人次,但远远满足不了需求。新机场正在加紧建设,计划 2018 年建成。一些地方政府和航空公司正与机场协商开通新航线,积极性非常高。

公路网、铁路网也在不断完善中。目前,延安 13 个县区中有 10 个县区已开通高速公路,乡乡通沥青(水泥)路,建制村通畅率达 89.7%。延安火车站开行客货列车总数为 70 对,其中客车 25 对;在建铁路 2 条,包海线高铁西安至延安段建成后,最快可从现在的 2 小时缩短到 1 小时。

延安市部分革命旧址简介

杨家岭革命旧址——1942 年 5 月,延安文艺座谈会在杨家岭召开,号召有作为的文学家艺术家到群众中去,到火热的斗争中去。1945 年 4 月,中共七大在杨家岭中央大礼堂召开,确立了以马克思列宁主义与中国革命实践相统一的毛泽东思想作为全党一切工作的指针。

清凉山——党报的发祥地,又称"新闻山",曾是中共中央党报委员会、新华通讯社、解放日报社、延安新华广播电台等新闻单位的所在地。中央的战斗号令、抗日前线的捷报等通过红色电波和一张张报纸,传向四面八方。

陕甘宁边区银行旧址——1939 年到 1945 年,日本登户研究所伪造生产的中国货币超过 40 亿元。陕甘宁边区银行发行自己的货币,把法币、伪币从市场上逐步收回,让法币、伪币在根据地无法流通。

鲁迅艺术文学院旧址——鲁艺于 1938 年 4 月在延安成立,是中国共产党创办的一所综合性艺术学校,现保存有天主教堂一座和石窟洞数十孔。鲁艺培养了大批革命文艺工作者,被称为"新文艺圣殿"。

南泥湾——1939 年 2 月,中共中央发出了"自己动手,丰衣足食"号召,八路军 359 旅奉命开赴南泥湾屯田垦荒,将荒无人烟的南泥湾变成了"到处是庄稼,遍地是牛羊"的陕北好江南。

原刊于《中国交通报》2017 年 8 月 25 日 4 版

二等奖

百岁老人与指甲花

孔文婕

有句话:老爱胡须少爱发。我母亲爱的是染手指甲。邻居的大门口种了几种花,月季花、步步登高花、鸡冠花和指甲花等,长得旺,开得艳。我用轮椅推着母亲上街时,小花园是必经之地,我总是在这里停下一会儿,和母亲一起赏赏花,看蝴蝶翩翩飞,听鸟儿悦耳唱。她往前指了指,我们来到几株指甲花(别名凤仙花)跟前。夜里刚刚下过一场雨,花鲜艳,干净,母亲盯着它们看,往前探探身子,用手轻轻地摸了摸离她最近的几朵花,右手的食指指着左手的指甲盖:"染染。"我立刻明白了母亲的意思。"娘,我给您染染吧!"母亲仰头看看我,微笑,点头。"好的,我给娘染指甲喽——娘从头到脚,穿的戴的都是花的,就缺染手指甲了。"母亲一百岁了,能为她做事我倍感幸福,比做什么事都有意义。这事母亲喜欢,操作起来又简单,好,说干就干。母亲心细,指了指邻居家,意思是要跟邻居说一声。邻居很友好:"摘吧,摘吧,尽管摘,用多少摘多少!一百岁老奶奶染指甲,太稀罕了,太有趣了,俺的老奶奶啊,您越活越年轻了!"母亲微笑,双手合十。我回家挑了一盘薄而软的胶带,拿了剪刀。母亲慢慢地扯起衣襟轻轻地擦着手,静静地等着我。我弯下腰,轻轻地将盛开的花朵摘下来,在手里轻轻揉搓,让花片变成黏糊状。母亲先伸出右手,手背朝上。"盐——白矾——"嗨,姜啊,还是老的辣!没想到母亲心里如此清楚!正是:家有一老,如有一宝啊!指甲花里放点盐或者白矾,上色效果会更好。白矾是母亲治病的法宝,她总是随身带着。受母亲的影响,我们兄妹七个的家里都有白矾(口腔溃疡、牙疼时含化)。我回家拿出了白矾和盐,母亲指了指盐。好的,就用盐,放一点点就行。正在精心地为母亲染着,邻居婶子看到了:"嗨,都到什么时代了,还费这个事干吗,进城啊,城里染得油光发亮的,什么色都有!"母亲呵呵笑了,摆着手:"别——别——妖精了——咱这个——养皮肤。""哎哟,我的寿星嫂啊,您什么时候才能糊涂点儿啊!"婶子笑弯了腰。

　　我知道,指甲花是母亲最喜欢的花之一。母亲年轻时就喜欢用它染手指甲。我们家残缺的盆盆罐罐里每年都种指甲花,大红、粉红、紫红等好几个颜色的花相互映衬,美丽娇艳,给贫穷单调的院子增加了浓浓生机。来串门的女性亲戚邻居一进大门就被吸引到花前。"摘点儿拿走吧,回家染染指甲!来,要不现在我就给你染染?"母亲总是这么热情。但来的人几乎都是只看不染:"哎呀,你看我这手,又粗又黑,染了更难看了。"有的则说:"哼,饭都吃不饱,还累得要死,哪有心弄这玩意!"母亲多次想给我染手指甲,我怕被老师和同学看见引起麻烦,坚决不染。而母亲每年都要染,而且在中秋节前后再补染一次。母亲染指甲时总是避着父亲,总是在晚上偷偷地染,早晨起来染好了,照常干活儿,什么都不耽误。母亲染的时候,先用指甲花的叶子盖在揉搓好的花泥上面,然后再用布条裹好,用嘴咬住线的一头,另一只手往上缠线,把布扎好。因为母亲染手指甲,父亲还和她吵架。母亲常给人说笑话、讲故事,被人说成散布牛鬼蛇神;母亲染指甲被说成贪图享乐,有封、资、修的腐朽思想,地主婆心不死,想变天,给父亲惹了祸,让他又多了一条挨斗的罪状。"哼,你朝脸上贴黄瓜片,贴就贴了,在家里别人也看不到。现在,又神经病,染手指甲盖子。你不出门了?让别人看见像什么话!充什么洋相!"害怕挨斗的父亲,只要看到就对母亲发火,好几次要去拔花,硬是让哥哥们给拉住了。母亲实在憋不住了,举了村里几个喜欢染手指甲的例子。父亲更加生气了:"人家都是家庭成分好的,都没什么心事,还都比你小得多!你别整天这事那事了!"而母亲却不这样认为:"愁啊、烦啊,有用吗!女本柔弱,为母则刚。我要是整天唉声叹气、愁眉苦脸的,孩子们能高兴吗?这日子还怎么过!"从20世纪50年代到70年代,在地主成分的重压下,母亲从没在孩子们面前说过一句泄气的话,总是鼓励我们:"一分精神一分福,都长起精神来,把该做的事做好!"那时的母亲"心像黄连,脸在笑"。她把一切苦都埋在了心里,化作带领全家奋进的力量。年年岁岁,岁岁年年,院子里开满了红红的指甲花,这是一个家庭奋发向上的气象;母亲执着于红手指甲则是她乐观、豁达、坚强的一种体现,是她意志坚韧、面对任何艰难困苦从不气馁的彰显。一次,因为母亲"散布牛鬼蛇神",大队责令父亲陪着母亲在全村大会上挨斗。弯腰站了两个多小时的母亲,进家竟然直接去给花儿浇水,把花盆都端到了太阳地里。正是母亲心里有红花和绿茵,从未在我姥姥家人面前伤心,从未在家人面前埋怨,从未在外人面前哭穷。面对好心人沉重的叹息,母亲总是平平静静:"只要孩子们都上进、都走正道,日子就好过!难处想多了就被压垮了!"

  我从外出上学直到今天,几十年过去了,期间忽略了母亲是否染手指甲的事。关键也是因为生活条件的改善,所有人都活得自由轻松幸福,彼此都不必担心这个担心那个了,也就疏忽了亲人们的生活细节。我敢断定,这期间母亲肯定坚持染着。因为日子好过了,母亲心情更好了,现在的染,与挨着斗也染,内涵不一样啊!

  当晚,母亲要休息了。我轻轻地把母亲指甲上的胶带取开。"嘀——好哎,红红的,效果很好!"母亲伸着手看了又看,充满浓浓爱意,她微笑着,进入了香甜的梦乡。

原刊于《中国铁道建筑报》2018年12月29日8版

闲话赣州水运史之码头风云

罗 帅 刘 航

看过赣州古地图的人都知道,赣州三面环水,古时物资全靠水运。那么问题来了,每天过往的船只那么多,在哪儿建码头停靠?就算建了,码头数量也是有限的,谁先停靠?还有,大家来自五湖四海,互相不见得那么熟,如何保证在码头上做生意时不被坑?码头上各色人等为了抢生意会产生纷争,谁来出面解决?这些围绕码头而产生的问题引发了一系列风云事件,至今听来仍令人感慨。

记者查阅资料得知,以前赣南各县的民船来赣州,还有船帮公所这个码头要拜。根据记载,所谓船帮,就是各帮到赣州的船户,就是各县驻赣州办事处,"公举老于船业、熟悉赣州地方情形者,充当本帮代表,常驻本帮船帮公所",职责是担保到赣州的船只"向各船行、转运栈承揽商货装运,承装船户则提供报酬给船帮代表"。清代时称这些人为船长,这个所谓的船长与现在人们熟知的船长,含义可是差了十万八千里,现在的船长是一艘船的主驾驶和当家人,而清代这个"船长"是指中介,20世纪中期才改称经理。

虽然船帮公所听起来是一个组织,其实里面分了很多帮派,每个帮派在不同码头有相应的势力范围。据记载,20世纪30~40年代,赣州港共有船帮公所28个,对应赣州的28个码头。看起来似乎是一对一的势力范围,但这些船帮公所内还分有四大帮、八中帮、十六小帮,可谓帮派林立。可以想象,那样的格局是经过一番怎样的争斗才形成的。虽然现在难以打听当年的情况,但老船工们口中曾流传过一个巧取地盘建码头的故事,从古老的故事中,我们可以想象船帮公所之间为了争码头而如何进行明争暗斗的。

一次狱事促成宁都码头建成

在20世纪80年代,赣州一些老船工们口中还流传着赣州港宁都码头的建成故事,后来被有心人整理记录下来,并被载入赣南航运史料。故事说的是明朝末年,宁都县关湖村(清光绪年间,该村被洪水冲毁)村民李翠花与小布脑村的村民李大汉都靠撑船为生。两个人颇为投缘,结为义兄弟。是的,李翠花这名字听着属于女性,其实属于一个大男人。李翠花性格如何、长相如何,故事都没有描述,他在故事中的作用就是成为"导火索"。

一天,李翠花从宁都撑船来到赣州,停靠在了某个码头,然后就被捕入狱了。具体原因如今无从详考。记者根据后面情节猜测,也许是李翠花在码头为了抢占好的停船位置而与人发生了争斗。这事传到了他的结义兄弟李大汉耳中。李大汉听说义兄被捕的事后,即刻撑船赶往赣州,还带了一些东西去探监。

然而,狱卒看见李大汉衣着褴褛,一看就是穷得叮当响的主,知道他肯定没有好处孝敬,加上李大汉没有官府允许探监的批条,所以,狱卒不管李大汉如何哀求,不肯放行。李大汉被激怒了,他环顾左右,看到监狱旁边有一块约400公斤重的石臼,便走过去,一把举起石臼一扔,把狱门给砸开了,然后走进去探监。狱卒吓得半死,把事情报告给了自己的直接领导——狱吏。狱吏一听,居然有这样大胆的人,跑出来怒斥李大汉。李大汉不卑不亢陈述了自己砸狱门的前因后果。狱吏观察发现,李大汉力大如牛、声若洪钟,显然,拼武力他们不是李大汉对手,便把事情报告给自己的上司——府爷。府爷不相信有这样的事,便亲自出来查看。一看,李大汉果然是身高八尺、膀大体粗,且气宇不凡,府爷于是说道:"你不是力气大吗?如果你可以把江中的船驮到岸上来,我就赦免你砸狱门的罪,否则,你就等着一块坐牢吧。"

李大汉也是个心思灵活的人,他想起宁都到赣州的船只非常多,偏偏没有属于他们的码头可以停靠(记者正是通过这一情节猜测,李翠花是为了在码头靠岸的事与他人发生争斗而入狱的),于是请求府爷,若他能驮起江中的船到岸上,请府爷在赣州港赐一箭之地供宁都人建码头,以作靠船歇脚之用。府爷认为李大汉肯定不可能完成赌约,便满口答应了,表示:"官无戏语。"

当时,一千多民众站在赣江河堤围观,只见李大汉运足一口气,真的把船驮起来,一鼓作气扛到了岸上。围观人群先是目瞪口呆,继而连连叫好称赞。

关于故事此时的发生地——赣江河堤,赣州港航分局的工作人员在研究了多种史料后提出不同观点:根据现有资料,当时赣州码头河堤主要环城区而建,赣江那会儿离城区很远,而且从宁都来的船只主要停靠在贡江下游段,赣江段当时尚未建河堤。所以,此时故事的发生地应在贡江河堤。

孰是孰非,留待更多的专业人士进行考证。

让我们说回故事。由于李大汉完成了赌约,府爷便令人取来弓箭给李大汉。李大汉如果在陆地上射一箭之地,那地盘当然不够建码头。谁料李大汉把箭射向了江水中,箭矢顺流而下,直漂出百八十丈之遥才靠岸停下。府爷真的把这"一箭之地"划给了宁都人建码头。但是经营维护码头所费颇大,宁都码头渐渐入不敷出,只得把地盘租给于都、石城、兴国、瑞金等地的船只共用。最后,宁都码头的地盘渐次缩小,直至仅存立石。而现在,记者连立石也无处寻了。

缺乏说服力的"穿铁靴"争码头

根据史料记载,传说中江西还有一种争码头的方式,叫"穿铁靴"。据说,数百年前,码头上卖苦力为生的人越来越多,渐渐形成帮派,大家都想抢地盘,抢生意。抢来抢去终归影响所有人做生意,大家决定分码头,谁分到哪块地盘,上面的生意就归哪个帮派做。

然而,所谓的分码头不是大家通过协商丈量界限,而是由各帮派各选一名代表,给这名代表穿上刚烧红的铁靴,然后由本帮派的两个人扛着这名代表快速行走。穿铁靴的代表一旦气绝身亡,则扛的人不再前进,所到之处就是该帮的地盘。

在记者看来,这个"穿铁靴"争码头的方式如此残酷,就算真的存在过,也根本不可能维持下去。而且,近代有专家考证认为,找不到一个可以印证的例子或人证,这种争码头的方式并不足信。在考证专家眼中,江西"开化甚早"、工商业发展日趋显著,大家争码头是为了求财,不是为了送命,不太可能用杀伤力如此大的手段争地盘。

唐江港码头靠推举强人争地盘

除了上述两种争码头的方式,还有一种顺其自然形成各自地盘后,再推举强人出面稳固码头势力的方式。以南康唐江港码头为例,19世纪20年代,唐江沿河一带的市民为了谋生,就主动出击,只要船老板(据赣州现在世最老的滩师——90岁的张宗彬老人回忆,船老板当时也被称为"客"。记者查阅资料得知,唐江港的船老板主要来自上犹、崇义一带,他们就被称为上山客)行船到岸,他们就涌到船上帮忙搬运货物,送到船老板指定的字号商店,最后推举出一人找船老板结账,把钱分给搬运货物的人。

依据唐江的地形,久而久之形成了上中下三个码头:潭边上码头,灰院里码头,窑湾里码头。货船停靠在哪个码头,该船货物就由守在这个码头的人负责搬运装卸。这种方式看起来很和平,但仍无法避免各种纠纷不断出现。为此,三个码头的人就各自找来有钱有势的强人压阵,形成类似船帮公会的组织,互相谈好条件,各不侵犯。

不过,强人们不可能白白出面,得按股份抽成获利。根据记载,上码头有股份的人有28个;中码头的人专门搬花生,全村人一起上阵入股;下码头则有37个人有股份。

总之,码头的重要性不言而喻,但奇怪的是,赣州港于都码头居然是赣县人郭生海先划下势力范围的。记者查阅史料发现,清光绪年间,大约1901年,赣县人郭生海带领一干人等,在赣州半边街(现赣江路)建"于都码头",郭生海自任理事,管辖于都籍船只在赣州港的航运事宜,于都船只从此开始在赣州有了停靠装卸点。或许是不乐意被外县人管理,1910年,于都的邹鸿春等人发起成立"赣州于都船帮公所",推举本县人丁永福为理事。1937年,丁永福病逝,其侄子丁良荣接任至1949年8月。

赣州将新建水西综合码头

从故事中也可以看出,码头并非建好就完事,船帮公会也并非挂牌成立就成事大吉,争到了地盘,还得经营好才能长久。20世纪30~40年代的船帮公所如何营利呢?根据史料中的记载,有一个例子或许可以让读者比较直观地了解。1932年,一个名叫郭代先的人花60块大洋在赣州涌金门外创办了"标准船帮公所",通过为货主和船民介绍装运货物,从中获得佣金。由于有中介担保,货主对于找的船装货更放心。这样一来,标准船帮公所生意很不错,得利甚多。

其他船帮公所也纷纷效仿。当然,中介生意拉得好,货主和船民也各有收益,码头自然繁忙不歇,可以形成比较好的良性循环。

但是,船只之间为了抢占码头上更便利的卸运位置,仍时不时发生纠纷。直到中华人民共和国成立后,当时的赣南航运局有了专门的调度部门,指挥船只靠岸,码头上的风云才变了新气象。而且,记者从赣州港航分局了解到,赣州市正在规划建设新的现代化码头——赣州港水西综合码头,地点位于储潭乡白涧滩。目前项目正在论证中,一旦建成,将与南昌港、九江港一起成为江西三大港口。

水上风云更胜码头争斗

相比码头上的人事风云,水上航行时遇到的自然界风云更为惊心动魄,那是生命财产都押上的风险,而且"天有不测风云",很多时候,面对水上突变的天气和莫测的航道,人力毫无办法。过去,赣州老船员当中传唱着一首关于水上航行风险多的歌谣:

一进滩,白头公,水花散天是青龙。
凉伞石上利锋锋,水口石面上水攀弓。
龙耳蛇背走内风窝,金鸡落网水朝东。
鸭婆石山钻禾龙,丝线槽上水涌涌。
廖村渡下请头工,鲤鱼石,背弓弓。
圩尾下,放一舵,小心闯过至脱靴。
上坰子,走横口,上中下三岁更难走。
上下剪刀窖,四处无让靠,狗肠狗肚分左右。
一心放过仙人翁,白沙角,走倒角。
牛根村下三只口,灵牌石山黄泉口。
篙篙点过老鸦口,老鸦缠腰口连口。
青草湖边略好走,下面又是江坑口。
王坑口又是几只口,枫树角,棺材石,门钎石。
锅板石,油槽口,过了这些口,路程就好走。

还有"船过十八滩,如过鬼门关,十船过滩九船翻"的歌谣。真可谓风险一重又一重,船工代代唱不完。

那时,每逢枯水期或者洪水期,所有船只不雇请滩师,自己万万不敢过滩。而且,就算请了滩师,也不能保证不翻船出事。老滩师张宗彬在接受记者采访时,仍记得自己做滩师时的一件事。他说,有一次,一名船老板在丰城购了满满一船的豆子,装运完毕准备出发时,从北面鄱阳湖上刮来大风,"整个水面几十里都是大风",浪也又高又急,大家来不及卸货,只能匆忙把船拴好,上岸躲避。只见一个大浪打来,那艘船瞬间就翻了,一船豆子也沉入水中。就算这样,大家还要感到庆幸,毕竟没有出人命。或许大家现在不知道,赣州那时的江面上"无风也有三尺浪",很危险。鄱阳湖上的微风足以将一艘几十吨的船掀翻,何况是丰城离鄱阳湖才几十公里。

过去的货物、旅客运输主要靠的还是船只。有些事故发生时,不光有财物损失,还有生命危险。据记载,1941年,一艘名为"平安"号的船从赣州顺流而下,进入滩险前,乘客们聚在船头虔诚地烧香叩头,乞求神明保佑。但在过天柱滩时,一个浪头打向"平安"号,船当即出现偏航,并因此触礁,造成翻沉,船上80余名乘客落水,50多人不幸遇难。

除了因地形、天气造成的风险,当时水运还存在另一种危险——酒驾。是的,就算不开车,行船也存在酒驾问题。记者查阅资料时发现这样一件事,20世纪30~40年代,江西省水警总队排查了赣江万安至赣县段的水路,发现这段的险滩达36处,一遇到水浅季节,就经常发生触礁事件,而原因大多是当地领江不负责任,在船上酗酒或失手导致的。每次事件一发生,领江就一跑了事。江西省水警总队不得不发函给万安和赣县的领江工会,严禁领江在执行职务时喝酒。所以,不管驾驶什么交通工具,喝酒都误事!

中华人民共和国成立以后,当时的赣南航管处专门对赣南河道滩险进行勘查,作出整治计划,炸掉了妨碍航行的礁石,让急流变缓了。加上万安电站的建成,赣江十八滩被沉在了江底,风高浪急滩险在历史上终于终结。站在岸边,记者看着宽阔平静舒缓的江水,难以相信这里曾经滩险浪急。如今,赣州境内三条江上更多的是"水上执法风云""航道维护风云"。比如,在千里赣江第一航标站——赣州港航分局下属单位赣州航道处储潭航标站,工作人员去年就在管辖水域发现两起违规采砂作业，然后将船舶劝离。

为了航道安全，这里的工作人员经常要巡查赣州至万安段的岸标、浮标，确保它们在原位发挥作用，引导船只正常通行。航标员肖瑞江2016年巡查时发现，大湖江航段的岸标由于山体塌方出现倾斜。肖瑞江便在塌方的斜坡上挖了一个个洞，手脚并用爬到岸标处，重新粉饰受损航标，并将其位置校正。他也曾为了岸标不被遮挡，站在山冈上砍树枝，结果不小心撞到马蜂窝，被蜇得脸上肿了4个大包。但提起这些工作中遇到的"风云"，大家都云淡风轻地一笑而过。他们更为激动和期待的是，江西省政府已出台文件，到2019年底，赣江按规划将建成三级通航标准，可通行1000吨级船舶。那时，赣州将实现水、陆、空立体综合大交通，这里也会出现另一番景象，让人重新看到"赣州城外赣水旋""江水涨时高百尺，开窗平看往来船"的繁华盛景。

原刊于《江西交通》2018年5月31日

苟富贵，勿相妒

吴　烨

周末开车去学校接女儿，见到她时，她脸上表情淡然，眉头皱着，目光低垂着，失去了以往开心的笑容，也不雀跃着跟我"叽叽喳喳"述说学校的新鲜事了，拎着书包沉闷不语。我猜她一定是遇到了什么不顺心的事。

回家的路上，我关切地询问缘由，没想到她先是委屈地哭了，过了好久才跟我说了实话。

原来，这学期她们学校的学生会要改选，她作为班长表现一直不错，班主任就推荐了她，可是当她的闺蜜听说了这个消息之后，突然当着她的面质问她："凭什么推荐你？我觉得我去最合适！"闺蜜不但当面对她质疑，还跑去找班主任理论。当然，名单已经报上去了，推荐结果不变。班主任只是象征性地对这位同学讲了一些道理，事情就这样了。但女儿的闺蜜却从此与女儿翻脸了，两人不但不说话，闺蜜还在同学间散布女儿的坏话。女儿的世界观非黑即白，她感到与自己朝夕相处、心心相通的闺蜜背叛了她，感到再深的友谊还是经不起人善妒的心，她就是因此而伤心。

听到这里，我已经明白了。妒忌是人的天性，友情最大的敌人就是妒忌，一段珍贵的友谊经常会毁于妒忌，明智的人会见贤思齐，放下妒忌，平和心态，为对方高兴；糊涂的人心智迷乱，精神偏执，内心会被妒忌的猎焰烧得千疮百孔，于人于己都无益处。

我对孩子说："妈妈给你讲一个发生在我身上的故事吧。"

我1998年参加工作，被分配到了某工程处下属的段级单位，那一年分到段里的学生里，共有13个，其中两名女生。于是，我和那位女生自然成了相依相伴的好朋友。

我们那个工程段，下面设四个队，段机关在某市郊区的一个村庄里，说是村庄，其实离真正的村庄还有五六里地，前不着村后不着店，三条铁路相交围成的一片偌大的空旷场地，就是段机关所在地。那里除了一栋三层小楼用作办公之外，还盖着几排红砖简易平房，其他地方则荒着长满野草，那就是段里职工的生活和工作的场所。

我和那个女孩被分到最里面最末尾的一套红砖房子里，一人分到一张木板床，一个铁皮桶，一把铁锹，几十块红砖，没有桌椅板凳，加上我们各自带来的一口箱子，这就是我们所有的生活物资。

这套房子分里外间，从未住过人，地面积着厚厚的黄土，破败而荒凉。有一个不大不小的院子，院子里有一棵白杨树，其他地方则长满了一人多高的极其茂盛的蒿草，淹没了人行的小径。总务一位姓郭的师傅把我们领到地方，交代了几句，转身走了。我们放下行李，来之前憧憬的美好全部破灭，像鲁迅先生所说的一样，开始"直面惨淡的人生"。我们哭过之后，两双手握在一起，开始在这个条件艰苦、物资匮乏的地方建设自己的"小家"。

她叫小薇，个子比我高，也比我胖一些，干活力气很大，我们借来了笤帚簸箕等清洁工具，将房间打扫干净，将窗户擦拭干净，将木板床支好，将箱子用红砖支好，再用剩余的红砖垒了两个半米高的平台，铺上报纸，就可以当椅子坐了。忙完这些，天已经黑了，我们铺好被褥，洗洗睡了，正是暑期，没有想到这个荒凉的院子里因为草木茂盛而蚊虫肆虐，傍晚时分，成群的蚊子从草丛里升腾起来，像一团团浓得化不开的烟雾，扑向没有纱窗和竹帘的屋内，将我们团团包裹！大个的蚊子吹着喇叭像一架架战斗机一样凶狠地朝我们进攻，我们惊慌失措地用被子盖了全身，用衣服遮了头脸，但在那样炎热的天气里，依然不能抵御蚊子的进攻。那一夜，到了后半夜，用手挠着遍身的红肿块，我们两个都哭醒了。

躺在黑暗里，我们同时醒悟到，"蚊灾"的根源就是院子那一大片生长葳蕤的杂草，彻底清除它是当务之急。第二天，我们用尽力气，用铁锹铲了大半天的时间，才铲出一条小路，两只手上已经打起了血泡。剩余的杂草我们去请求段里的男同志帮忙才铲完的。

那时候刚分到段上，人们最常问的一句话就是："你是路内的还是路外的？"

起初我有点纳闷,过了几天我才明白过来,路内的就是指铁路子弟,路外的就是指非铁路子弟,我自然是"路外"的,而小薇,是"路内"的,她的父亲是铁路系统医院的医生。她说,父亲告诉她,到了新单位,首先要和人事部门的人搞好关系,这决定着你的职位升迁,其次要和财务部门的人搞好关系,这决定着你的工资收入,第三要和食堂、总务的人搞好关系,这关系着你的一日三餐和生活物资的领取。她父亲还告诉她,没有永远的敌人,也没有永远的朋友,只有永远的利益。听了她的一番话,初入社会懵懵懂懂的我对她立刻刮目相看,觉得她好"高深"。

虽然段上有食堂,但是饭菜总是不合口味,我们开始自己动手,丰衣足食。我们买了两盒烟,请来段上的门卫曹师傅给我们屋子砌了一个红砖火炉子,从段上领回来小半车煤块,置办了锅碗瓢盆,案板刀具,借了一辆自行车,去附近的村庄集市上买来食品原材料,自己开始开灶做饭。我们两个配合默契,你烧火我打水,你切菜我煮饭,做好的饭菜常常引来男生的羡慕和光顾——他们一日三餐吃的总是食堂的炒苦瓜,而我们今天烧条鱼,明天拉条子(兰州美食),后天包顿饺子,日子过得有滋有味。我们的生活充满了虽苦犹甜的快乐和成就感。

我们同吃同住,相依相伴,彼此心有灵犀,志趣相投,成了形影不离的好闺蜜。

在男多女少的工程队,每年分来的女孩子总会很快被男生追求。我们也不例外,开始收到来自男生的书信。我们这一批学生中,一个当时文凭最高的男生在追我,下班后经常来找我,在生活上帮助我们,还为我打了一口木箱子。小薇看在眼里,对我说,这个人条件不行,家是农村的,为人太精明,你不好把握。听了她的话,我不置可否。

因为我经常在报纸上发表文章,很快引起了领导的注意,组织上派我去参加局里的通讯员培训班,为期一个月。当我再次回来的时候,那位男生已经变心了,不再来找我,断了联系。我不知就里,希望问个明白,那男生却没有勇气告诉我,用沉默为一段感情画上了句号。我沉浸在伤感中,是小薇安慰了我。

关于谈朋友,小薇不愿意在段机关里找,她说,要找就找个家庭条件好的,家里有房子的,最好在处机关上班,能把你调回处机关的,她朝着这个方向努力,四处打听处里的未婚男士,终于打听到了一位本科生,两人没有见过面,没有介绍人,是她主动给那位本科生写了一封信,由我出差去处里时带给了那位本科生,开启了一段女追男的恋情。后来没过多久,她们领了证,办了婚礼。我为他们送上真诚的祝福。

我后来也找到了心仪的人,就是现任的老公,虽然当时他的条件非常不好,家境贫寒,没有背景和房子,也不在处机关上班,更没有能力把我调到处机关,但我看上了他的大气、正直、善良、坦诚和勤奋好学、积极向上的乐观心态,我没有受外界"好心人"的干扰,(他们都提醒我要找"路内"有背景有关系的,能把我调回处机关的)和他牵起了手,并肩共同奋斗、共同创造我们的未来。

后来,小薇果然由偏远的段机关调回了处机关的下属单位,这个下属单位虽然不是真正的处机关,但和处机关同属一地,也算是通过婚姻完成了人生的一次"华丽转身"。不久,她们就在处机关分了一套小面积的老房子,过起了我们在段机关艰苦岁月里曾经无比向往的"城市生活"。我为她高兴,同时也有点暗自伤感,因为那时候,我和老公还在项目上两地分居、聚少离多地"飘"着呢。我和小薇的联系渐渐少了。

若干年后,一次偶然机会,我遇到了当年段里的一位姓许的工程师,他问我,你知道你和××分手的原因吗?我一听愣住了,尘封的往事渐渐涌上心头,我迷惑地摇摇头,他微笑着告诉了我缘由。原来,小薇妒忌那男生追我,在我走后找到那男生,编造了一些关于我的子虚乌有的坏话,而那男生信了,断绝了与我交好的念头,生命的轨道擦肩而过。

听到这话时,我已经调到了上级单位机关工作,老公也已经在某公司干得风生水起,事业蒸蒸日上。虽然许工程师的话解开了我多年的疑惑,但是我没有恨小薇,我甚至感谢她当年的那个动机不纯的心机,正是它使我有机会认识并接受现在老公的爱情,才有了后来志同道合幸福的N年婚姻。

小薇和她老公的事业后来一直没有发展,原地踏步了20多年,期间因为家庭经济纠纷两人闹过矛盾,小薇在半夜的电话中向我哭诉,我作为倾听者对她进行了安慰,并鼓励她自强自立,发展自己的事业,说这些话的时候,我是诚心诚意,好像我们之间从来没有发生过什么不愉快一样。后来,还有几次她找我帮些小忙,我都尽力去帮了,我们仿佛又回到了二十多年前在段机关那段清苦岁月里的彼此扶持的时光,那些纯净的青葱岁月,真好!而小薇并不知道我已经知道事情真相的事,我想,只要她能幸福心安,但愿她永远不知道。

  我的故事讲完了,女儿似懂非懂,却又好像一点即透,她若有所思地说,妈妈,我知道我该怎么去做了。

  人心这东西最容易被蛊惑、被蒙蔽,我们往往更愿意去同情别人不幸的遭遇,却并不愿意学会心平气和地去分享别人的成功,因为你常常看不到别人的努力,你只觉得他们仅仅是比你幸运而已。嫉妒大概是人性里最可怕的东西了吧,它会将纯洁和善良变成冷漠和虚伪;它会蛊惑我们挖空心思地去破坏别人的幸福;它会摧毁你的良知,诱导你用流言蜚语重伤曾经亲密的人。这世间所有的相遇都是难得的缘分,而无论在顺境还是逆境里的陪伴,都是我所能想象的最美的故事,那么此生,苟富贵,勿相妒吧。

原刊于《铁路建设报》2018年11月21日4版

家门口的国际竞争

程志虎

"在中国经济发展进程中,没有一个行业像监理这样:实现了如此快的迅猛发展,引起过如此多的期待、关注和非议,承受过如此多的压力、磨难和迷茫。"这是十年前笔者在本刊发表《在激情与理智的交叉点上》文章中的一句感慨。

一晃,十年时间已经过去。感叹逝去的岁月,把握现在的规律,应对未来的挑战,是人类社会发展的必然,监理行业当然也不例外。

与十年前相比,随着我国经济的腾飞和国力的不断增强,中国已经成为拉动世界经济前行的一个重要引擎。国家"一带一路"倡议的实施,如同长风浩荡,为我国企业"走出去"起到了强大的引领和支撑作用,创造出了难得的国际化机遇。放眼望去,跨地域、跨行业、兼具多种业务模式于一体的国际工程承包业,早已风生水起,业已成为国际项目管理人才沟通与交流的重要平台。国际化,早已不再是一个新名词。

按照经济学的定义,"国际化"的概念,是指企业有意识的追逐国际市场的行为体现。值得指出的是,"国际市场"并不等同于"国外市场","国际化"也不仅仅是指国内的企业"走出去"。或许,发生在"家门口的国际竞争",更加精彩纷呈,更加惊心动魄。

港珠澳大桥工程,是当今世界上规模最大、技术要求最高,也是施工和项目管理难度最大的超级工程。在港珠澳大桥工程,笔者作为SB01标的总监理工程师,亲身经历、亲眼见证了这场发生在"家门口的国际竞争"。

港珠澳大桥工程是典型的国际化超级工程项目。事实上,自2001年12月11日正式加入世贸组织(WTO)开始,中国已经全面融入了世界经济市场、完成了与国际接轨。国内企业"走出去",国外企业"走进来",中国市场业已成为国际市场的一个重要组成部分。不久前,在瑞士达沃斯召开的世界经济论坛2017年年会上,国家主席习近平发表了题为《共担时代责任,共促全球发展》的主旨演讲,强调推动经济全球化已成为中国的国家战略。无疑,中国已经成为经济全球化的中流砥柱。

在国际化背景下,尤其是面对"发生在家门口的国际竞争",中国的监理咨询企业的机会在哪里?又将面临什么样的挑战?进一步说,在国际化背景下,中国的监理咨询企业该如何把握机遇、顺势而为,及早做出关乎企业长远发展的战略抉择?又该如何应对挑战、化解风险,实现创新发展?

先看一看来自港珠澳大桥超级工程简要介绍与几组数据。

港珠澳大桥工程是中国迈向桥梁强国的里程碑项目,代表了现代桥梁工程的发展方向,是中国交通人的骄傲与梦想,它跨越伶仃洋,东接香港特别行政区,西接广东省珠海市和澳门特别行政区,是"一国两制"框架下、粤港澳三地首次合作建设的超大型跨海交通工程,工程总投资超过1000亿元。

港珠澳大桥工程集岛、隧、桥于一体,是一个超级集群工程,包括珠海、澳门接线,珠海澳门口岸,海中桥隧主体工程,香港接线及香港口岸,总长约56公里,建成后将成为世界最长的跨海大桥。海中桥隧主体工程长约29.6公里,其中沉管隧道长约6.7公里,两个海中人工岛面积各10万平方米,海中桥梁全长约22.9公里。

港珠澳大桥工程的自然条件复杂、工程技术难度高,所在伶仃洋海域通航条件复杂、环保要求高,海中隧道、人工岛、钢结构工程都具有世界级难度。在项目管理方面,建设管理需要融合三地,建设工期紧迫、建设质量保障存在挑战,参建方众多,管理协调、信息沟通难度极大。

港珠澳大桥工程的核心理念,包括全寿命周期规划,需求引导设计,大型化、标准化、工厂化、装配化,立足自主创新,整合全球优势资源,以及以合同履约为基础的一桥各方关系。新材料、新方法、新技术、新工艺、新装备、新手段的交叉融合与成功运用,极大地推动了桥梁行业的技术进步。关键技术创新包括海中人工岛快速成岛技术、沉管管节工厂化制造技术、钢箱梁的工厂化制造与安装技术、120年耐久性保障技术等。

据不完全统计,港珠澳大桥的参建单位超过100家,被称为"百团大战"。

国内知名的企业,包括中国交通集团(一航局、二航局、三航局、四航局、天航局、广航局、一公局、二公局、公规院、上海振华等)、中国中铁集团(大桥局、大桥院、铁四院、桥科院、港航院、山桥集团、宝桥集团、中铁建物资等)、来自全国各地的著名企业(广东长大集团、广东交通集团、广州地铁院、上海市政院、上海隧道院、上海城建、北京交科院、江苏交科院、江苏法尔胜、江苏蓝舶、武船重工、武桥集团、成都新津新筑等)等数十家。

来自国外的国际知名咨询公司,包括美国AECOM、丹麦COWI、美国奥雅纳工程顾问、美国林同炎国际、荷兰隧道工程咨询、英国莫特麦当纳、日本长大株式会社、英国合乐集团、日本神钢、日立造船株式会社、德国隔而固、挪威佐敦涂料、德国毛勒、意大利科尼特钢、中远关西涂料、瑞士埃施利曼、美国联邦公路署、台湾世曦咨询、韩国三星集团等二十余家。

来自国内的著名监理企业,包括中铁大桥院咨询监理公司、中国船级社实业公司、中铁大桥局桥科院监理公司、铁四院(湖北)工程监理咨询有限公司、广州南华工程管理有限公司、西安方舟工程咨询监理有限责任公司、广东华路交通科技有限公司、重庆中宇工程咨询监理有限责任公司、广州港水运工程监理公司、广州市市政工程监理有限公司等十数家。

国内的交通建设市场,也是国际竞争的舞台。港珠澳大桥正在发生的"家门口国际竞争",是一个典型的案例,具有很强的示范性和导向性,给我们带来了巨大的冲击和感悟。通过对港珠澳大桥工程的解剖分析,能够帮助我们准确把握"国际化"背景下工程项目的特点和要求,相信也能够为监理企业的创新发展提供借鉴和引领。

如何跨过更加规范、更加透明、更加严格的"国际招标"门槛,在"国际竞争"中脱颖而出,是监理企业能否参与国际项目遭遇的第一个难题。长期以来,某些监理企业之所以能够实现超越自身能力的"激情扩张",更多是因为"经营手段"和"人脉关系",再就是因为"条块分隔""行业保护"甚至是"暗箱操作"。更有甚者,扯一面旗帜作为挂靠,凭特定关系揽项目,也能够帮助某些监理企业完成"跨越式发展"。在国际化背景下,企业发展最重要的因素,早已从人脉关系和行业保护,提升到战略眼光、管理水平、核心技术、品牌形象、人才队伍等核心竞争能力的培养和运用上来了。要想在国际化竞争中免遭淘汰,如何全方位提升核心竞争能力,是监理企业不可或缺的功课。

国际化背景下,监理企业如何在项目实施过程中,切实履行合同职责,提高服务质量,必须按照国际标准、合同文件、国际惯例开展工作,必须经得起来自各方的严格监督与考评。港珠澳大桥所谓的"百团大战",相互之间究竟在比什么呢?答案是,比人才、比技术、比管理、比装备、比质量、比安全、比履约、比诚信、比创新……

目前,国际工程项目的规模日益大型化、复杂化,涉及利益相关方不断增多,参建各方来自世界各地,都是通过国际招标进入,人员组成也日趋多元化,跨文化的沟通与管理,难度大大增加。类似于港珠澳大桥按照"就高不就低"原则取用三地标准,国际工程项目的技术标准越来越高。建设中涉及的技术、规范等越来越细化、多样,技术标准的规范同一难度加大。国际工程项目的建设周期长、可变因素多,使用的货币种类和支付方式多,再就是政治、经济、文化、宗教、自然、经营管理等方面的风险因素也普遍存在,需要增强防范风险的意识,加大风险管控和资金投入。另外,国际工程项目强调以人为本、绿色环保和可持续发展的理念,对于安全质量的控制要求也更加严格。

在国际化背景下,监理企业要"走出去",首先要能够赢得"家门口的国际竞争"。限于篇幅,笔者用以下八对关键词,提出一些应对之策:"道法术器,竞争能力""准确定位,锁定目标""业务转型,高端创新""资源整合,合作共赢""改造重组、资本运作""与众不同,特色鲜明""安全质量,风险管理""诚实守信,国际惯例"。

有专家预言,"2017年注定将成为动荡之年、磨难之年、迷茫之年"。难道说,这就是监理企业的宿命?笔者当然不敢苟同。心中的回答是,数风流人物,还看今朝!

原刊于《中国交通建设监理》2017年第2期

速度中看变化 变化中显速度

吴 敏

提起凤阳,说到改革,人们的第一印象是,这里是农村改革的滥觞地。

是的,1978年的一个寒夜,简陋的土坯房,粗糙的小木桌,一盏煤油灯,几个矮木墩,一方红泥印,凤阳县小岗村18户村民在这里,立下生死状,摁下"红手印"。连他们自己都没有想到,在暗夜擦亮的一根火柴,原本只想相互取暖,竟然引发燎原之火,不但温暖了凤阳的百姓,照亮了中国的天空,更开启了中国农村改革的时代大幕。

我祖籍凤阳,工作在省城合肥。作为一名交通行业媒体记者,我深深地感受到,改革不仅唤醒了这块沉睡的土地,也激发了交通事业的发展活力。

很多年里,我用时间的长短和速度的快慢来判断路途的远近。我儿时生活在林场,20世纪70年代末,场里添置一台拖拉机,每周一次送职工子女去学校。当时只有二十多公里的距离,拖拉机却要在坑洼不平的土路上跳蹦两三个小时。

父辈们说,70年代,凤阳至合肥要走一天的时间。当时,客运班车是老解放,车速每小时40迈左右。早晨6时从凤阳府城出发,驶上唯一通往省城的道路,颠簸成了主题,身体像随风扬起的麦粒,一锹一锹,抛起又落下,傍晚时分才到合肥,为了省钱还要准备途中午餐。

90年代初我调到合肥工作,此时省道101等级提升,路也平坦了许多,班车车型已更换成东风牌,同样6时从凤阳出发,11时就能到合肥,车速提高了,时间也缩短了一半。

2001年,G3高速公路建成,这时班车已更新为凯斯鲍尔、宇通等高档大巴,运行时间在2个小时内;2016年G36高速凤阳支线的贯通,一下子缩短了合肥至凤阳的时空距离,疾驰在宽展的高速公路上,轿车如一叶扁舟,穿梭于繁茂的花木丛中,宛如星际中划过的一道亮丽彩虹,这悠扬和缓的节拍和涓涓不息的汽笛声不禁让人沉醉于"速度"盛宴,令人心旷神怡、感慨万千!

满眼生机转化钧,天工人巧日争新。从合肥到凤阳,从普通干线到高等级公路,路网的绵延交织和日新月异,早已颠覆了我儿时心目中时间、速度或距离的认知。现实中的风物星移,总是飞速超越着固有观念。现在回家,不仅乘车轻松便捷,还有一种更惬意的走法,那就是自己驾车,一个小时也就到了。

时异世移,如今凤阳交通可谓斗转星移。合徐、宁洛、蚌淮、徐明高速公路和京沪高铁、京福高铁、水蚌铁路、津浦铁路穿境而过,现有高速出入口5个,蚌埠高铁南站距离县城仅16公里。

跨越时空阻隔,交通网络不断扩容。时间和空间,全部被压扁。漫长与遥远,转瞬在眼前。过去,面对路途的遥远和交通的艰难,古人只能空叹"行路难,行路难!多歧路,今安在?",如今,依靠便利的交通工具,行驶在通衢大道上,将一日千里、"关山度若飞"变为现实。

我工作所在城市——合肥,由40年前的交通"孤岛"发展成为全国性综合交通枢纽。"米"字形高铁网络基本形成,新桥机场通航国际,合肥港通江达海,"一环八线"高等级公路网不断完善。城市快速路网加快构建,主城区与各组团基本实现"一刻钟快速交通"。拥有G206国道、G312国道等9条高速公路和合武高铁、京福高铁等9条高铁及在建的商杭高铁合肥段、郑合高铁等4条高铁线。

这些年来,我沿着密集的交通网采访,走遍了安徽16个市60多个县区和上千个乡镇村,亲眼见证了安徽交通运输翻天覆地的变迁,交通建设年投资量从1978年的不足亿元跃升至2017年的842亿元,交通基础设施总量快速增长,交通网络不断健全,通达深度大幅提高,综合运输能力显著增强,交通瓶颈制约有效缓解,全国综合交通枢纽地位确立巩固。

今日安徽,以高速公路为骨架,以国省道干线公路为支撑,以农村公路为基础的综合交通网络基本形成,干支相连,纵横交织,与水路、铁路、航空衔接有序,南北6小时,东西3小时过境,公路路网结构明显改善,服务水平大幅提高,有力提升了安徽经济社会发展速度。

速度不仅来自交通基础设施的完善,也源于交通工具的日新月异。交通强弱与国运兴衰息息相关,国家发展变迁和个人家庭命运紧密相连。40年来,交通工具的变化巨大。家庭由自行车、摩托车,逐步变成小汽车;出远门,由乘长途汽车变成坐绿皮火车、新型空调列车、动车,然后是高铁乃至飞机。

　　如今,我回家乡凤阳基本上是自驾。驾车让你感受到一种速度的动感,让人为这个时代心跳加速,这是车子的速度,是日子的速度,更是国家日新月异发展的速度。

原刊于《安徽交通运输》2018年10月

一个邮递员的记者梦

郭建国

送信上桥,桥下面铺着铁轨,"三个轱辘""四个轱辘""五个轱辘"的蒸汽机车拽着客车、货车时常从桥洞穿过,"乞力咣当、乞力咣当——呜!"喷出的蒸汽瞬间吞没桥面,腾云驾雾一般,很是刺激。北京丰台一直是京广、京沪、京山铁路的咽喉要道。

我家住在丰台火车站对面,一路之隔。"有去往长辛店、良乡、窦店、琉璃河、涿州、松林店、高碑店、徐水、保定、定县、石家庄、邢台、邯郸、安阳、新乡、郑州方向的旅客请注意,现在开始检票了。"进站上车的高音广播始终陪伴着我进入梦乡。上地理课时,老师让我们背诵京广铁路站名,我举手仰头脱口而出,着实让老师从上到下看了我一遍。

1978年,我高中毕业后,在北京丰台邮电局穿上绿色标志服,开始骑车送信。1980年,集邮爱好者记忆犹新,首轮生肖第一枚猴票面世,而我们邮递员记住的却是《北京晚报》正式复刊,邮发到户。那天回班交差,见投递室内灯火辉煌,邮递员们都在加班做"报路子"(按投递路线排序),分到我投递的就有100多散户。之后,"文革"时期停办的各种报纸、期刊犹如雨后春笋进入百姓生活。我原来送一趟信只用一个多小时,后来增加到两个多小时,一辆加重自行车已经捆不下了,码起来一人多高,好在每月有奖金了,领导也给我们减少了投递面积。我离开丰台邮电局时,投递道段从二十几个增加到三十多个。

我的前半生注定要分享邮政的红利,年轻时体弱,骑车送信等于健身,走街串巷时认识了我的漂亮妻子,从事记者职业更是得益于邮政发行的文学期刊。

投递回班,格口已经堆满第二天要送的报刊,翻找到我喜欢的《十月》《收获》《小说选刊》便坐下来欣赏,偌大的投递室变成了我的图书阅览室,直到有师父走过来对我说,要锁门了。《班主任》《孽债》《今夜有暴风雪》等伤痕文学之后,就是有关国企改革的文学作品,直到1983年湖南作家彭见明的小说《那山 那人 那狗》的出现,才唤起我的创作欲望,我们邮政人也可以成为文学作品的主人公。

那时没有电脑,写作都是在稿纸上爬格。第一篇小说《晾绳》被《北京邮政报》发表,后来的《三角地》还被《人民邮电报》转载。更幸运的是1988年,短篇小说《走出卧狼谷》获得《人民邮电报》新芽杯文学作品征文一等奖。后来创作的散文《褪褓》,报告文学《感谢上帝》,分别在《人民邮电报》征文中获得一、二等奖。

邮递员不仅是我的职业,也是我文学作品中的主人公。1988年,我被调到北京南区邮电局做宣传,后又在《北京邮政报》干采编,从此步入邮政行业记者生涯。

没想到,2000年我去《中国邮政报》社报到的时候,竟被安排在摄影摄像部,负责摄像和编辑"中国邮政电视光盘"。

河南平顶山邮政局门口,一位架着双拐的中年男子缓慢地挪动着双腿,豆大的汗珠往下掉。我在不远处扛着摄像机拍摄,画面不太理想,想拍第三遍,可是于心不忍,怎能再折腾这位双侧股骨头无菌性坏死的病人。他就是王德武。

世纪之交,与电信分家独立运营的中国邮政奋力向扭亏目标进军。这支大军中的一支小分队——河南平顶山市邮政局竟然发生了震惊全国邮政的"汝州案件",党委书记兼局长王德武临危受命,关键时期又因公摔伤,但他放弃治疗,全力投入到扭转局面的工作中,以至于病情加重。

2002年,《中国邮政报》推出了《撑起双拐冲锋》长篇通讯和电视专题片后,立即在全国邮政引起强烈反响,王德武被誉为"焦裕禄式的邮政局长"。3年扭亏作为中国邮政的战略之举,唤起广大干部职工为之奉献拼搏。中国邮政不仅实现了扭亏,而且还在2018年《财富》世界500强排行榜中排名第113位,与去年相比上升6位。

这是我第一次拍摄专题片,一个人担任编导、摄像、后期编辑和撰写解说词。在企业做宣传就要十八般武艺样样精通,在干中学、在学中干,中国邮政舞台这么大,你就放手干吧!那时我也明白了当初报社为什么没让我码文字,而是拍电视。

与邮车司机同行,你会忽略崎岖的山路;站在南京邮件集散中心自主停机坪上,你会忘了深夜;跟随邮储银行信贷员下乡,你会生出感动;聚焦"廖奶奶咸鸭蛋",你会惊叹邮政的精准扶贫,创出一个闻名全国的商标。

从早先的"寄信去邮局",到邮发报刊、存贷款、速递物流、邮乐购、电商扶贫、金融扶贫,中国邮政一直在变,不变的是忠实履行普遍服务和特殊服务。邮政联系千家万户、各行各业,有人的地方就能看见邮递员的身影,有邮递员的身影就会有我们记者的跟进报道。

站在5373米的高原上想抽烟,无奈打火机打不着。这是在我国海拔最高乡——西藏浪卡子县普玛江塘乡拍摄,空气含氧量不到平原的一半。29岁的格桑次仁是这里的邮递员,看上去黝黑沧桑。这让我想起以前拍摄过的"深山信使"王顺友、坚守海岛30年的谢坚,还有许许多多默默无闻的邮政英雄。

近几年,我从新疆北部的可可托海、塔城,辗转南疆的红其拉甫中巴口岸、神仙湾边防哨所,再到西藏的阿里、日喀则、山南、林芝和昌都,见证了我们的军人和邮递员的坚守,每一个工作生活在这里的人都是祖国的坐标。我用摄像机表现的不过是他们的只言片语,却无法记录他们长期在极其恶劣环境中的感受。

那天,我在北京西四环看见丰台邮递员们骑车出班,有说有笑。曾几何时,上桥送信变成了钻洞送信,洞上铺了铁轨,"和谐号"高铁一闪而过,就像我在邮政,一晃——40年。

原刊于《中国邮政报》2018年12月15日4版

三等奖

走在奋进的路上

马建忠

过去五年,中国使用频率最高的词莫过于"中国梦"。

中国梦,每一个中国人心中绚烂出的幸福之花。

中国梦,从全面建成小康社会的铮铮誓言萌芽破土。

中国梦,从精准扶贫释放人文情怀的冲锋号中拉开帷幕。

党的十八大以来,扶贫开发工作被纳入"四个全面"战略布局,全面建成小康社会,实现第一个百年奋斗目标,农村贫困人口全部脱贫是一个标志性指标。新时期脱贫攻坚的目标集中到一点上,就是到2020年确保农村贫困人口实现脱贫,确保贫困县全部脱贫摘帽。全面建成小康社会,关键是要把经济社会发展的"短板"尽快补上;全面建成小康社会,最艰巨的任务就是脱贫攻坚。

扎根这块土地
——海子村精准扶贫工作组是干什么的

"这些年来,我跟几个扶贫工作组有过工作上的联系,他们工作的基本工作方式就是依照国家政策制定执行一些优惠政策,然后接待来访,跟村民们讲解传达相关的信息,再给贫困村民发放一些扶贫款物。听说又有精准扶贫工作组入驻海子村,我当时心里想,这次扶贫工作组又能干什么呢?会不会换汤不换药,还是老一套,但几天接触下来,我被来自河北港口集团驻村工作组务实的工作态度感动了……"海子村村监会主任、第六组组长宋国军中肯地说。

别无选择的任务

2016年春节刚过,亿万人仍沉浸在与亲朋好友欢聚一堂其乐融融的氛围中,欢度中国人心目中最盛大的传统节日时,一纸调令送到了秦港股份铁运分公司党委书记(时任)郭少伟、六公司综合队队长(时任)杜洪波、河北港口集团党委组织部领导人员管理科科长(时任)周鹏的手上,三位在秦皇岛港蓝色沃土有着丰富工作经验的劳作者,被赋予一项全新的工作任务——河北港口集团派驻承德市围场县海子村对口扶贫。

北国初春,一片苍茫,冷风瑟瑟,乍暖还寒。此刻三个人的心境如同春天的季节,盎然着希望,迸发着激情,也有对这份陌生工作的担忧,他们知道这次精准扶贫的工作任务意味着什么,可以说这种担当的压力是前所未有的。

面色凝重的郭少伟问道:"你们哥俩有过在农村生活或者工作的经验吗?"

杜洪波和周鹏几乎是异口同声说:"没有。"

作为承德围场县黄土坎乡海子村精准扶贫工作组组长的郭少伟坚定地说:"没关系,没有农村生活工作的经验不可怕,经验都是一点点积累起来的,关键看我们三个人有没有完成这项任务的信心和决心。"三个人面面相觑,目光中除了果敢和坚毅,更多的是信任和鼓励,他们都清楚有一种目标叫勇于进取。

几天后,在河北省精准扶贫工作组培训班上,省委明确了精准扶贫的工作任务:调研摸底,建立台账;抓产业,培育"造血"功能;抓班子,协助乡镇党委完善班子配备;带队伍,发挥党员示范带头作用;规范党组织生活,纯洁党员队伍,及时处理不合格党员;宣传政策法规,凝聚人心,化解矛盾。

工作这么多年来,三个人参加的培训班不胜枚举,但这三天关于怎样做好精准扶贫工作的培训班对他们心灵的触动最为强烈。是啊,小康不小康,关键看老乡。

落脚海子村的第一个动作

汽车奔驰在燕山山脉中波浪起伏的承秦高速上,郭少伟的心难以平静,他的脑海中一遍遍回想着省委领导在河北省精准扶贫工作组培训班的重要指示,如今扶贫路的方向与终点已经确定,可是选择什么样的起点,从哪项工作入手呢?看着汽车玻璃窗上蒙蔽的雾气,他思索着,在纷繁的头绪中剥茧抽丝般梳理着思路。他缓缓地用手擦擦玻璃雾气,公路两旁连绵起伏的山上依旧一片枯黄,这时他想起了习近平总书记在《知之深,爱之切》一书中饱含深情的一句话:"要热爱自己的家乡,首先要了解家乡。深厚的感情必须以深刻的认识作基础。唯有对家乡知之甚深,才能爱之愈切"。或许这个曾经为皇家狩猎服务的围场县真的会成为自己的第二故乡,至少在内心要把海子村当作故乡。此去围场县黄土坎乡正可谓:山一程,水一程,身向海子村。

走进海子村的第一个落脚地是村委会。在黄土坎乡工作人员的联络安排下海子村村委会书记祁海龙闻声迎了出来,这个面色黝黑,身材适中的年轻人看上去憨厚老实。郭少伟和祁海龙两双温暖的手紧紧握在了一起,融化了冰冷的凉意。郭少伟真诚地说:"今天是 2016 年 3 月 7 日,从现在开始我跟杜洪波、周鹏就是海子村村民啦。"

祁海龙拉着郭少伟的手边往屋里走边说:"我们这里条件差,尤其是冬天又长又冷。"

"这里的冷跟秦皇岛海洋性气候的冷是不太一样,调节一下就会好的。"郭少伟说。

进屋后祁海龙给他们到了三杯水说:"农村没有暖气,住宿跟市区相差太远。"

"人的适应能力最强啦,你们能适应,我们也没问题。"郭少伟坚定地说。他喝了口水接着说:"据说海子村是乾隆皇帝来此钓鱼后命名的。"

"您来过海子村?"祁海龙有些纳闷。

"没有,我来过围场县,对满蒙文化多少了解一些,对海子村几乎一无所知,是通过百度搜索粗浅地了解一些,你给我们介绍一下这里的情况吧,也好让我们入乡随俗。"

"那好,我先简单说一下海子村的情况吧,海子村位于围场县南部,这里的村民是庙宫水库的整体移民村,刚才你们进村已经看到了村里公共基础设施建设十分落后。"

"村里有多少贫困户。"

"年收入不及两千元的共计1310人。"

"咱们这儿经济收入主要来源于什么呢?"郭少伟边问边想着该给村民找一条怎样适应他们脱贫致富的路。

"海子村耕地都是旱田,绝大多数是山坡地,村民基本上靠粮食种植来生活,有少数人外出务工或者在村里搞些养殖。"

"听说咱们村面积很大,村民是不是住得比较分散。"

"嗯,咱们村共分成15个村民小组,每个小组的村民都不是很集中。"

"我想明天咱们从一组开始挨门挨户的走访,我们三个人跟村民认识一下,方便以后开展工作和了解实际情况。"郭少伟思索了一下说。

凛冽的风,席卷着荒芜的野草。厚厚的棉衣挡不住他们轻快的脚步,走在干裂的土地上,这种风冷沁入骨髓,吹得人张不开嘴。祁海龙轻车熟路地走在前面,他们三个人紧紧地跟着,左右睨顾着海子村的路况,不多时来到了村民侯占青家中,听说扶贫工作组的人来访,侯占青很热情地把他们迎进屋里,一番交谈后,侯占青告诉他们,海子村目前生产模式落后,由于包产到户,仅有的成片耕地也被"分割殆尽",最少的只有三、四垄地,每户都守着自己的一亩三分地,手工劳作,生产效率低,个别种植户的蔬菜大棚、果树、杂粮等生产由于科技含量不高,产量低、效益低,缺少经济带动,因此组织发展商品生产,发展优势资源产业难度很大。

这是他们不曾想到的。历史的车轮驶入21世纪,快速发展与日新月异相互追逐在时光的跑道上,可是在海子村竟然还有这样的住房,干裂的黄土混杂着泥灰包裹着坚硬的石头,几乎刮破的塑料布遮掩着窗户,透出几抹微光。当他们看到刘淑红家里这样的场景有些不敢相信自己的眼睛,骤然间在心底泛起悲悯之情,三个有着丰富阅历的男人眼眶有些发酸。他们站在屋子前,看着,看着,从早已失去的某个角落里搜索着尘封的记忆。

房子虽然破烂不堪,但收拾的干净利索,从中能够看出刘淑红积极生活的态度。祁海龙在路上说明了她困难的原因有两个,其一是丈夫借钱做生意亏本,其二是大女儿上大学。刘淑红谈的最多的是,我就没啥文化,不能让孩子再没文化,只要孩子愿意学,我们两口子就得供,现在苦点是暂时的,慢慢会好起来的。

在时代发展进程中想成为弄潮儿，文化力是赶海者的利器。张力伟在这一点上是幸运的，他是海子村中为数不多的大学生。河北科技师范学院毕业后，他曾在石家庄应聘工作，后来他与妻子商议后决定回家乡创业。起初，他试着地养殖林蛙，没有成功，后来他结合实际情况改变了原有想法，养起了林蛙的食物链所需的饵料——黄粉虫，逐渐成为海子村年轻人的榜样。

没有月亮的夜晚，漆黑一片，微弱的灯光如萤火虫飞进工作组的屋内。周鹏在电脑前制作调查表表格，郭少伟和杜洪波口述着一天走访村民了解的情况。

历时半个月，白天走访，夜晚登记；白天走访，夜晚登记。郭少伟、杜洪波、周鹏，忙碌于熟悉、了解、掌握海子村的客观条件，以及思索如何调动村民主观能动性，于是四百份调查表跃然纸上。

"周鹏，党员的人数统计的怎么样了？"郭少伟问。

"现有党员63人，占全村人口的3%，人数本来就不算多，作为基层党组织细胞的党小组组织生活和日常活动大部分处于自然休眠状态，近半数的外出党员无法正常参加党组织活动。"

"我觉得，还是要发挥党员先锋模范带头作用和党支部战斗堡垒作用。"杜洪波说。

"干工作总要找个支撑点突破口，咱们就从恢复党组织功能入手，马上联系各个党员，用党员的积极性带动周围村民。"

夜，太黑；夜，很漫长；海子村扶贫工作组屋内柔和的灯光温暖，如春日里和煦阳光普照着大地。

在鲜红的党旗下

那一天，那一段时间，海子村扶贫工作组小院内手机声不绝于耳。河北、河南、山东、内蒙古、江苏……一时间这里成为海子村乡情频闪的情感空间。交谈的内容非常简单，征求外出党员的意见建议，重新划分党小组成员。"今天大家提出的意见建议，我们村委会整理好后会给你们反馈，不管问题能不能得到解决，都会给大家及时答复。"祁海龙在通知时承诺着。

这是海子村普通的一次党支部会议，却又是不一样的一次，这次参加会议的人员多了三个人,郭少伟、杜洪波和周鹏。正是在他们三个人一再坚持下,才找到合适时间把村里的党员凑在一起的。

"今天大家在一起,就如何激活党小组活动,切实发挥党小组作用,提点意见建议,大家尽管提。"在郭少伟耐心引导下,党员们结合亲身感受,畅所欲言。

"目前咱们村每个村小组发展党员不均衡,少的不够一个党小组,建议这样的党员直接划分给附近的村党小组。"

"可不可以确立党小组长兼村小组长,这样方便工作。"

"他们外出党员均匀编入党小组,可以通过电话联系征求意见,让他们感到有组织的关怀。"

……

面对党员们的诚恳意见和建议,工作组表示,驻村工作组和村委会尽快将大家的想法进行梳理,并分近期、中期、远期三个阶段予以解决。自那以后,党小组工作会便有声有色地开展起来,许多在平时摆不上台面的家长里短,甚至陈芝麻烂谷子的事,都会被党员们翻出来说个明白,讲个究竟。党小组工作会更像一个诉求和民意公布大会,来参加会议的党员们不分高低,针对当前村里热点、难点问题敞开话匣子,直抒己见。党员的想法和意见来自群众,群众想说什么,党员就收集起来,统一汇报。

郭少伟说:"党小组工作会就像一座桥,一头连着党员干部,一头连着老百姓。有了这座桥,党员群众不仅对村上大小事知情,间接地还有了发言权和参与决策的权利。"

寻　　路
——打开思想的阀门

黄土坎乡党委书记杨瑞民激动地说:"今天我们能够参观学习关于农业的先进经验和管理模式要感谢驻村工作组多方联系。回去后,我一定要层层传递,向村民介绍我所看到的,引导村民发展种植业和养殖业,提高老百姓的收入。"

学他山之石

海子村离四合永镇很近,但不到十公里的距离,老百姓们之间的生活水平却有着天壤之别。除了客观存在地理区位劣势，更重要的是人的主观因素。

海子村扶贫工作组通过近一个月地实地走访、观察，已经非常熟悉这里的自然条件：人均耕地不足一亩，植物生长周期短，水利资源短缺。人们常说：尺有所短，寸有所长，凡事总有它的双重性，工作组的三个人在观察中恰恰看到了海子村有待挖掘的发展潜力。海子村全村的山区面积将近30平方公里，重峦叠嶂，植物种类丰富，土地肥沃，适合种植的经济作物较多，其周边村落有着丰富的满蒙文化底蕴和新奇民间传说都可以作为旅游文化资源的一部分。

穷则思变，可是人最难改变的恰恰是思维习惯。要想让面朝黄土背朝天的海子村村民转变观念，冲破保守思想的束缚，唯有用事实范例开拓村民眼界，激发村民魄力。

工作组几经商讨，决定因地制宜，通过发展绿色有机产品种植、畜牧养殖带动农产品加工和农业旅游观光。多方比较后，他们选择了秦皇岛市几个比较熟悉的农业观光示范园作为参观学习的榜样。

承德、秦皇岛，两个闻名遐迩的避暑胜地，凉爽的气息有着不一样的韵味，承德属季风气候区，秦皇岛则是海洋气候区，海因容纳各种涓涓细流而博大。一路行来，波浪的翻涌，敲打着沉寂的海滩，也触摸着每一位代表海子村出来考察的村民，这是他们关于春天别样的记忆。

这个春天，他们走进山海关望峪山庄，看见满目绿树红花，如同一幅意境悠远的水墨画；弥漫在空气里的瓜果香气，让人心旷神怡。在碧色尽染的大棚里，鲜红的草莓散发出浓浓香味，沁人心脾。

这个春天，他们走进北戴河集发农业观光园，细看番茄藤上挂满果实，大蒜、生姜、香菜绿叶随风而舞，黄瓜藤上挂满了瓜，到处是一派勃勃生机。目睹了每个园区内各种名特优新的蔬菜、花卉、种子种苗、食用菌争奇斗艳，欣赏了无土栽培、先进设施栽培、立体栽培、滴灌栽培、植物组培先进技术。

这个春天，他们走进绿色有机农产品种植、畜牧养殖、农业休闲观光、农产品加工和销售于一体的秦皇岛亿科农业开发公司，每到一处都详细了解农产品种植、畜牧养殖的品种、规模以及附加值产品，对感兴趣并适合山区种植和养殖品种进行了翔实的探讨，其中村里的项目带头人张力伟与亿科农业开发公司就黄粉虫养殖达成合作意向。

思攻玉之道

精准扶贫、脱贫攻坚要取得实实在在的效果,关键是要找准路子,在精准落地上见实效。秦皇岛考察学习归来后,海子村工作组每个人的脑海中都闪现这几日所见所闻的画面,从中寻找开启扶贫智慧之门的钥匙。

"虽然扶贫任务迫在眉睫,但我们一定要负责任,绝不能为了扶贫盲目引进项目,要立足提高农民抗市场风险能力。"郭少伟说。

"这里的村民世代种植玉米,让他们改种其他植物不易。"周鹏说。

"可以理解他们的担忧,毕竟种玉米每年还有一些收成,改种其他植物他们也不知道能不能成功。"杜洪波说。

为了消除村民顾虑,工作组确立了"突出特点,适地适种,现试后种,带动示范"原则,对引进适宜的植物物种选择甄别。

号称铁杆庄稼的油用牡丹具有耐干性、耐贫瘠、耐严寒特性,在平原、山地和丘陵环境下都能生长。

中华钙果,土地贫瘠的荒漠亦可正常成果,极易管理,无须投入大量人力物力财力,非常适合农户联合进行规模种植。

树莓,栽培管理简单,抗寒性强,树丛寿命长,一般可存活20年左右,丰产稳产可以保持15年以上。

……

在确立引进八种经济作物基础上,他们以村里产业带头人创业为依托,采取一户带多户,富户带贫困户的方式,吸引贫困户参与,从而带动贫困户集体增收、脱贫致富。目前,海子村已经成立八个种植、养殖合作社,带动一百余户建档立卡贫困户参与其中。

海子村工作组推进发展经济农作物的同时,一直在寻找一种能够与经济同步发展的建设美丽乡村的文化载体。对文化产业来讲,找到人们所接受的载体,就能让地下的东西走上来、书本的东西走出来、死的东西活起来、静的东西动起来,旅游就是这样的载体。

人们常说,有文化的旅游才有魅力,有旅游的文化才有活力。海子村处在河北和内蒙古过渡地带,清幽如画的自然风光,浓郁的文化底蕴,到海子村旅游就是体验满蒙文化的熏陶。海子村驻村工作组曾多次在走访村小组沿途中被峰峦叠嶂、色彩斑斓、鸟语花香的环境深深吸引,一股股清新的空气扑面而来,让他们置身于世外桃源和天然氧吧中。于是,一幅在沟门内围水建设垂钓园,修建登山甬路,沿沟门山脚安装木质栈桥,潺潺溪谷两岸,美丽花田之中,连片的农家小院,清净悠然,白墙黛瓦的美丽乡村农家乐旅游形象画面逐渐浮现出来……

放我的真心在你的手心
——爱是人间最美的情感

"我没有多少文化,不会说什么大道理,可我能看出来谁是真心,谁是假意,工作组的人与我们非亲非故,他们处处为我们村里人着想,想办法为我们分忧。"村妇女代表委员会委员刘海燕深情地说。

真情助学暖人心

2016 年 7 月 12 日,河北省北部坝上地区仍透着一丝凉意,在围场黄土坎乡海子村一个待建的厂房内,一股股爱的暖流却涌进每一个参与者的心中,驻村工作组开展的"一帮一"精准捐资助学活动正在这里启动。

自 2016 年 3 月份河北港口集团驻海子村工作组开展帮扶工作以来,发现部分贫困家庭维持孩子的学业成为全家最大的经济困难。

百年大计,教育为本;时代发展,教育为先。集团公司驻海子村工作组在同情中思索着,采用什么样的方式尽快帮助这些即将失学的孩子呢?他们出主意想办法,几次商量讨论后,达成一致:采用最具人性化的"一帮一"帮扶资助方式,这种方式资助方不仅提供经济支持,还可以和受助学生结识,长期联络交流。可是,到哪里寻找资助方?他们想到了人们十分关注且传播迅速的微信平台。为了让"一帮一"捐资助学活动真正帮助那些最需要帮助的孩子,驻海子村工作组成员多次走访贫困家庭,通过大量调查核实,从全村 200 多名学生中挑选 50 多名品学兼优的贫困学生,同时向社会上发出了《"一帮一"爱心捐资助学倡议书》。短短一个月时间,社会各界爱心人士、志愿者家庭、集团基层党组织积极响应工作组倡议,通过工作组交流平台提出希望捐资助学的愿望,一颗颗爱心裹挟着温暖飞向承德围场县大山深处的人家。

这一天,待建的厂房在感恩和惜福的氛围中发挥了意想不到的功能。14名小学生、8名初中生、6名高中生在长辈的陪同下详细的阅读着《"一帮一"捐资助学协议书》明确的学生职责——履行学生义务、遵守规章制度、努力学习、尊重师长、孝敬老人,按时向捐助方汇报自己的思想状况、学习情况以及在校表现。来自集团公司及秦皇岛各界爱心团队的爱心人士也在详读着《"一帮一"助学协议书》中他们的职责——每年向贫困学生提供1000~2000元的助学款,直至该学生小学、初中、高中毕业。

当一份份捐资助学协议书签写上资助方和受助方名字时,一个孩子激动地说:"我一定牢记恩情,珍惜机会,好好学习,成为对国家有用的人才,以优异的成绩回报社会,将来如果我有能力了也会把这份爱心传递下去。"有一位资助者用一句大实话对这一行为做了最好的总结:穷啥不能穷教育,帮人就要帮到底!

看着孩子们一张张阳光灿烂的笑容和懂得感恩的心,工作组成员心里暖融融的,他们给贫困家庭送去了温暖,给孩子们撑起了希望。

雨天探危

雨一直下。

天似乎被捅漏了,雨不停地下了三天。

广播气象台说,这是华北地区今年遭遇的最大降雨量。

杜洪波很早就起床了,他床上面的房顶漏雨了,半夜起身挪床找来水盆接雨水,滴落的雨水声使得他很难入眠。有些疲倦的他洗漱完毕后站在窗前看雨,院子旁边的庄稼地吸吮雨水已经撑的难以承受,高高地玉米潮湿了眼睛。杜洪波转过头突然发现对面村民家部分院墙倒塌了,这种泥石混合的墙体最怕的就是雨水不停地浸湿。那些登记危房改造的村民家会不会有危险?

郭少伟放下电话从屋里走出来说,刚接到县里电话想了解一下危房户的情况。

"郭书记,你看对面的房墙倒了一截。"杜洪波用手指着那个方向说。

"事不宜迟,给祁海龙打个电话,咱们马上接他去看看危房村民家的情况。"

雨水浸泡中的山路愈加泥泞,洼水处松软的土质非常容易陷住车,他们小心翼翼在山间行驶。此刻郭少伟心急如焚,他牵挂着危房中村民的安全,"宋大爷家不会有事吧"他问祁海龙。

"来前打电话联系过,宋大爷刚从县医院回来,目前家里没事,只是房子有几处漏雨。"

汽车驶出没有硬化的道路盘旋在崎岖的山路上,没多久就无法前行了,四个人下车撑起伞拨开丛生的杂草缓缓前行,随着细雨中呼叫的犬吠声越来越近,一座土坯房出现在眼前。雨水阴湿了大半个房子的黄泥,裸露出坚硬的石头,或许是听见狗的呼喊,一位步履蹒跚的黑衣老人颤抖着手走到门口,郭少伟疾步走向前去,搀扶留下脑血栓后遗症老人回到屋内。

祁海龙介绍说,郭书记代表县委来看看咱们村的危房户。

宋大爷的眼泪顿时泛起泪花,不一会泪水顺着脸颊流了下来,他含糊不清地说,你们还想着我、想着我。

原本狭小房间的地上摆着几个塑料盆,顺着房顶滑落的雨水连续发出滴答声响,宋大爷老伴说:"这房子太老了,算一算快70年了。"

郭少伟仔细环顾着屋内,炕上和锅台附近没有漏雨状况,他想无论如何也要保证贫困户家人在屋里能做饭、有地方睡觉,确保正常生活不受影响。他跟祁海龙相视了一下,祁海龙说:"宋大爷,您要不先到隔壁的老刘家住两天吧,他那有闲着的房子,我跟他说一声。"

"谢谢你们的关心,以前也有过大雨天,现在没啥事,我们还是不麻烦人家啦。"宋大娘说。

郭少伟看着老人不愿离开的样子说,"安全第一,您还是听海龙的吧。"

宋大爷摆摆手,他老伴说,"如果雨还一直下我们再去老刘家吧。"

车子在盘山路上颠簸前行,急弯一个接着一个,狭窄的道路有时只容单车行驶,大约过了半个小时他们来到了李万春老汉和相依为命的痴呆儿子李仁所住的危房。衣衫褴褛的爷俩斜风细雨中在当院菜地里摘着黄瓜,看着破烂不堪泥巴墙上大片的水印,郭少伟有些心酸。

在漆黑狭小的屋子里,有好几处摆着接雨的盆子。郭少伟看到靠近窗户几根低垂裸露的明线电线,他找了根柴火棍把电线挑离渗雨的地方,然后担忧地说:"这种电线防水性能差,容易漏电,千万别让雨水淋湿它,如果电线上方有漏水,要踩着凳子用干的棍子挑一挑,换个地方,别触电喽,注意安全。"

祁海龙说:"他家屋顶的瓦片还行,可能是风刮的,或者上房踩的,瓦片错位了才漏雨,现在下雨没法弄,等天晴了,收拾一下漏雨情况会减轻很多。"

那个40多岁的李仁憨乎乎地点着头。

从屋里出来后,郭少伟用门外的超长竹竿挑着倾斜出原有位置的瓦片,经过他重新搭接后的屋顶有两三处不再漏雨了。

在半年多的帮扶工作中,河北港口集团驻海子村工作组用真心与行动赢得了村民的信任和尊重。海子村悄然间发生了变化,有四个人口相对集中的村民小组实施了亮化工程,安装太阳能路灯55盏,增设垃圾池和公共厕所,道路硬化和砂石路铺设即将竣工。符合满蒙文化特征的文化展示宣传牌让村民更好了解国家政策号召,传递正能量,传承中华传统文化。村民刘国珍说:"工作组给我们村做了不少实事,特别是爱心助学一下子解除了好多人的后顾之忧。"在外面打工多年的张先生中秋节回家团圆,看到故乡村子的变化感慨地说:"我是过完春节外出打工的,没想到这次回来变化这么大,我相信两年后我们海子村一定能脱贫,我们村一定能建设成美丽乡村。"

金杯银杯不如老百姓的口碑。从海子村村民的话语中可以听到他们对河北港口集团驻承德市围场县黄土坎乡海子村帮扶工作组工作的肯定、赞赏和感谢。

结束语:最重要的扶贫是思维的扶贫

时光飞快地驰过半年,海子村精准扶贫的开篇注脚着河北港口集团人求真务实的精神。

它贯穿着一条清晰主线,就是不断地予以海子村村民思维模式,不断地赋予他们思想以新的内容。因为最重要的扶贫是思维的扶贫,是人的思想解放和素质提升。

"咱们村越来越干净了!是的,咱们村越来越干净了!"

几个孩子沿着村里清洁的水泥路边走边说。

河北港口集团驻海子村扶贫工作组的三个人仰着头眺望远处空蒙的山峦,满眼的翠绿葱茏,那绿是生机勃勃之绿、那绿是辛勤根植之绿。他们想起来海子村的路上,周围山上那一片片荒芜,而今褪黄呈绿,一片生机盎然,到处充满了活力。他们相信等到离开海子村时,这里一定会脱贫。不只是脱贫,甚至是致富。

这时,有一个声音缓缓传来,这是郭少伟的声音,没错,是他的。

他在朗诵一首诗,《走在奋进的路上》:大潮奔涌,击水中流,我们负重在路上;风雨同舟,劈波斩浪,我们奋进在路上;我们放声歌唱,在奋进的路上,精准扶贫的道路越走越宽,越兴越旺。

微风徐徐,把朗诵声传得很远,很远……

原刊于《河北港口》2017年1月总第126期

"家庭成分"的变迁

草 坪

我国改革开放40周年,成效卓著,沧桑巨变。笔者切身感受的巨变之一,是"家庭成分"的变迁。

回溯40多年前,正是笔者的青少年学生时代,尽管我出生于"贫农"家庭,也算"根正苗红",但"社会关系"一栏中,舅父的家庭成分为"地主",我和家人因此受到过难以言表的心灵打击,欣逢"改革开放"才算获得"新生"。

我们现在无论南方人、北方人,城里人、农村人,党员还是群众,基本身份都是合法公民,除了违法犯罪分子,政治上大致是平等的。但40多年前可不是这样,那时讲"阶级"和阶级斗争,每个人的出身都以"家庭成分"划线,与此相关的"社会关系"也成为个人成长的关键因素。

那时候,上学期间的各类填表,我总是格外自卑、恐惧。舅父的"地主"成分,成了我人生历程最大的"污点",也成为我青少年成长过程磨不去的阴影。

虽然当时党的政策说道:"有成分但不唯成分,重在个人表现",但在实际生活中,在与同学和乡亲的交往中,我总被认定为"地主后代",是一个有"问题"的人。就因"社会关系"的问题,我在加入共青团、考高中、参加民办教师应聘等等,都受到很大的阻力。妈妈也经常流泪向我自责,说是她耽误了娃的前途。

当时强调"出身不由己,道路可以自己选择",要求我们与地主分子前辈"划清界限"。有时放学路上,迎面看到舅父走过来,我绝对不敢叫一声"舅舅",只能绕道或低头躲过。因为如果与舅父打了招呼,被人向学校告状,第二天将在全校做检讨、受处分。逢年过节更不敢去舅父家走动看望。

舅父是当时村子里唯一读过中学的读书人,出于对知识的好奇和亲情的难舍,我只好经常趁傍晚村子里没人的时候,装着玩耍散步,偷偷溜到舅父家里,要他教我做算术、打珠算,学写毛笔字,后来初学唐诗宋词,涉猎四大名著"三水西红",等等。

在年幼的我看来,舅父怎么也不像"阶级敌人",因为他在教我知识的同时也告诫我:学好文化本领,永远不会错的。但在一些公开的场合,我还是不敢与舅父家有任何的交往。如此人伦亲情的异化,扭曲着我年幼的心灵。

转折大约发生在1977年年底,当时我在家乡的民办学校任教,某一天,校长让我填一张评先的表,我连连婉拒说我不够资格,主要担心"政审"难以通过。但校长郑重地告诉我:上级已有决定,地主富农分子可以"摘帽"了。校长指点我说,你的"家庭出身"现在可以填写"农民","社会关系"栏中,舅父的家庭成分也不必再填写"地主",可以填人民公社"社员"。

校长的一番话让我震惊、难以相信,我拿着笔不敢写字,但从校长真诚的眼神里,我知道苍天有眼、"世道"有变!我因受政治背景的压抑太久,当时不敢有高兴地表示,但内心里奔涌着"奴隶被解放"的欣喜。

当我回家把这一消息告诉妈妈时,以为她会满心高兴,可她愣着半天不说话,反而伤心地流下了眼泪。因为新中国成立前夕划定"阶级成分"时,妈妈只有十一二岁,完全是个不懂事的未成年人,可后来跟着受了那么多的苦和罪,每逢政治运动外公挨斗时,她和舅父都在旁边"陪斗",她的少年和中青年时期,完全是在屈辱的眼泪中度过。到我们这一辈人,从一出生也被惯性地确定了阶级成分,我们对此一无所知,起初还天真地认为生在新社会,长在红旗下,对党和国家有着绝对的忠诚,为何把我们排斥在"良民"之外?

这一政治身份的改变,使我得以相继参加国家恢复招生考试,光荣加入中国共产党,并成为央企基层单位的党员干部。此后的每一次填表,我都可以理直气壮地填上:家庭成分或社会关系都是"农民",本人成分"学生或工人"。到我的孩子一辈填表时,已经没有了"家庭成分"的栏目。我庆幸,从此以后,不会因为祖上社会关系的"污点"影响后辈的前程。

后来参加工作才了解到一些内情,大约是在1978年党的十一届三中全会前后,我们党作出了一系列拨乱反正、改革开放的重大决定,回看1979年人民日报的元旦社论,题目即为:《把主要精力集中到生产建设上来》。而"阶级成分"的废除、社会关系的厘清,为我国从"以阶级斗争为纲",转向"以经济建设为中心",提供了"人"的保障、政治保障。

40年弹指一挥间,改革开放使我国国力全面提升,综合成效有目共睹,笔者感受最大的是,民主政治的进步和全民思想的解放与激活,所有公民获得政治地位的平等,获得免于恐惧的人身自由,获得创新创业的同等机会,大家都成为平等、合法而有梦想的公民,成为中国特色社会主义事业的见证者、参与者和建设者。

"家庭成分"的变迁,正是时代进步的写照,而那些历史进程的曲折与教训,终将成为过眼烟云。

原刊于《寰球物流报》2018年7月13日4版

等你回家

方 坚

太阳偏西,深秋的风吹来了浓浓的凉意。他和小伙伴们背着沉重的测量仪器,气喘吁吁地翻过一座山梁。刚要坐下休息,爹来电话了,告诉他,娘一早出村往南走了,找了一天也没见人,让他处理一下手头上的工作,赶紧回老家一趟。

挂了父亲的电话,他一屁股坐在地上,立马觉得天昏地暗。好半天,他才反过神来,嘴里一个劲地自言自语:娘丢了,娘丢了……

给小伙伴交代完工作,他狂奔下山,在路边搭了一辆顺风车,直接赶到了火车站。

车站很小,经停且到老家的车次一天才两班。他买了晚上八点多钟的票,到老家得5个多小时,下车就是后半夜了。

上车了,天也黑下来了,肚子很饿,但他却没有半点胃口。和爹一直保持着联系,娘一直没找到。他在想娘,想娘去哪儿了。

他是家中的老幺,也是爹娘的骄傲。十年前,他以优异的成绩考上了省城的一所重点大学,成为小山村里为数不多的大学生。参加工作他选择了筑路这个行业,一头扎进深山,一干就是五六年。

按照项目部的休假规定,每三个月他能回趟老家看望爹娘。这次因为赶工期,算下来已有接近半年没回去了。

上次回去还是春节,他突然感觉到娘苍老了许多,饭量小了,人瘦了,不爱说话了。爹告诉他,娘患了轻微的老年痴呆,平时出门得有人跟着,要不经常找不到回家的路,有好几次是被别人给送回来的。

下车已接近凌晨两点,他匆匆走出车站,准备打辆出租抓紧往家赶。

车站很小,路上几乎没有什么行人,等了半天也没见到一辆车。站得实在累了,他看到不远处有一长椅,便走过去想坐下休息一下。

长椅上蜷缩着一个人,看模样是位老年妇女。昏黄的灯光下,他看到老人的外套搭在身上,头下枕着一个装着东西的塑料袋。

他想靠长椅的一角坐下,就在要坐下的那一刹那,他喊出了声来:娘,娘……

是的,他看的没错,躺在长椅上的是自己的娘。

娘醒了,也许她根本就没睡。他赶紧坐下,一把搂住了娘。

娘看着他,眼光有些迷离,还含着一丝恐慌。过了好一会,娘笑了,还伸手摸了摸他的脸。

他哭了,不知是悲是喜。

他带着哭腔问娘,怎么一个人跑到车站来了。娘说:等你回家。

车站在家南边五里多路,每次他都是从这里离家和回家。前些年娘身体好时,还经常到车站接送他。小小的车站,承载了娘太多的期盼和希望。

他给娘穿上外套,又把自己的外套脱下,也给娘穿上。车打不上,他想一会就这样搂着娘,让她睡到天亮。

娘把塑料袋递给他,他打开,泪水再次涌出,袋子里装着几个包子,不用吃他就知道肯定是鸡蛋韭菜馅的,这是小时候他的最爱。

娘看着他,笑着说:吃吧,吃完我们就回家。

他让娘吃,娘说不饿。他于是狼吞虎咽起来,一会工夫,几个包子就吃完了。

回家,他背起娘,一身的力气,大踏步走向家的方向。

一路上,他和娘聊天,开始娘还附和着,后来娘不接话了。他知道,娘睡了。

他放慢脚步,怕惊醒了娘。他想起小时候经常赖着娘背他,娘背着,他睡了,娘的后背是那么温暖。

回家的路走了两个多小时,娘就一直那么睡着,睡得很香。

原刊于《筑港报》2018年9月11日4版

忆 江 南

陈章良

江南风景美如画，
渲染着小巷的古朴无华。
青石白墙覆黛瓦，
圈禁了谁家的青丝长发。
翘檐雕梁逐新芽，
驱离了谁人的身心疲乏。

小桥流水绕人家。
还有那乌篷船随波而下，
惊起的老树寒鸦，
呼喊着初秋的落日残霞，
卧看溪边两岸花，
亦曾是梦中盛开的芳华。

烟雨楼前饮清茶，
品诗论画故作端庄娴雅。
柳枝江边话桑麻，
拂笛折柳嗟叹海角天涯。
雨巷撑起的伞花，
轻盈多姿入寻常百姓家。

绿水碧波笼轻纱，
随秋风醉品花雕扮文雅。

金树落叶合蒹葭,
仿古人游吟月下悲白发。
江南风景旧时家,
是心间安静流淌的文化。

原刊于《中铁上海工程》2018年9月30日4版

半个世纪的守候

何振男　宋盛君

83岁的杜建锷用颤巍的双手轻声将魏榕光的被角掖上，2014年的那次胃阻梗差点夺走了妻子的性命，从那以后，杜建锷对魏榕光的衣食起居更加注意了。

结婚61年，杜建锷照顾瘫痪在床的妻子53年。

如果没有那一场意外，他们会像大多高级知识分子一样，恋爱结婚生子，事业有成，家庭美满。然而1964年9月26日的那次意外砸断了魏榕光的腰椎，改变了他们的生活轨迹。

那天下午，本应是杜建锷休班的时间。当时，他正在写总结，本想写完总结就去找多日未见的妻子，然而当报告还没收尾时，航道处的冯书记疾匆匆地赶来，神情严峻地告诉他，魏榕光出事了。

现在的扬洪发只能依稀回忆起当年的某些片段，当时，进入海河工程局工程科还不到一年的他正在办公室写转正报告。突然一条消息在局里传开了，新港出事了。农场在拆房子时发生了意外，有三人受了重伤，里面有扬洪发的熟人——老领导杜建锷的妻子魏榕光。

扬洪发见到魏榕光时，已是在医院的病房里。数月不见，躺在床上的魏榕光形如枯槁。因为抢救措施不当，魏榕光被压迫到脊髓神经，造成半身瘫痪，以后的生活只得躺在病榻上度过。为了照顾魏榕光，杜建锷调离了一线，去工程科成了扬洪发的同事。

陪着妻子度过最难熬的三个月，杜建锷还没来得及喘口气，主治医生告诉他，"像魏榕光这样的情况，今后只能与床榻为伍，无论再怎么照顾周到，各类并发症随时有可能威胁到她，至多能有20年……"杜建锷的心跌入了谷底，他的妻子被判了"缓刑"。

他没有回应大夫的话,只是默默地拿出纸笔,向大夫讨教护理高位截瘫病人的注意事项,又跟着护士学习了护理病人的注意点,尽管白天有人看护帮忙照顾,但一旦有空,照护魏榕光的日常起居他从不假手于人。

"经常一个翻身就骨折了,骨折了她还感受不到,只有发现肿了红了才知道,类似褥疮这样的疾病更是不断,由于长期不运动,浑身的器官、四肢都衰退了。"提起妻子受过的苦楚,杜建锷有些黯然。长时间的卧病在床,让魏榕光曾一度丧失了对生活的希望,她为了不拖累杜建锷,提议离婚。

杜建锷拒绝了妻子荒唐的请求。"没有病是不能治好的。治好你是我最大的愿望,而在治好你之前我一定要照顾好你。"

杜建锷在工作之余,不停为妻子寻药延医,穿梭于各个医院。天津冬日温度低至零下,他仍背着妻子去到离家数公里远的南市医院进行针灸按摩,经过治疗,魏榕光逐渐恢复了上半身的知觉。

魏榕光病情好转后,杜建锷背着妻子回到她的娘家福建福州,在此之前,为了不让老人担心,杜建锷夫妻愣是把魏榕光受伤的事情瞒了近10年。

五十多年后,当杜建锷带着魏榕光再次前往天津医院时碰到了当年做手术时的医生助手,他已经从一个实习生变成了业界新一代权威。

"您怎么还在,真是一个医学史上的奇迹!"对于魏榕光的现状,他认为这是一个了不起的成就。

"他是个很硬气的人,调过来以后,每天还是正常工作,他就没有因为妻子的事情请过一天假。"扬洪发回忆:"尽管当时照料妻子牵扯了他大部分精力,但他对工作仍抱有极大热情,为了看懂荷兰、美国等地技术标准,我们还一起去到夜校学习英语。"

20世纪80年代,杜建锷在烟台港安装水下排泥管线时,凭借多年经验,大胆革新,提出一个新的水上安装方案,提高接口的牢度,整个安装过程仅用时7个小时就完成了。时至今日,这项技改技革仍被广泛应用。2002年,在西湖底泥疏浚中,杜建锷作为顾问,指导安装了22.6公里长的排泥管线,创造了最长纪录。

1985年,杜建锷与魏榕光的事迹被选为"两个文明建设"在全局进行贯宣,效果之好令扬洪发至今记忆犹新,"讲完都是全场鼓掌,尤其是讲到他照顾妻子的时候,大家都泪流满面。"那时的杜建锷已经是天航局的副总工程师了。

1983年,杜建锷参与海外项目建设,妻子在娘家由家人照料。那段时间,魏榕光内心很忐忑,杜建锷事业重新起步,他还愿意接纳自己吗?结果杜建锷回国后如约出现在魏榕光床头,见面第一句就是,"你怎么变胖了,我背你都不好背了。"想起这个场景,魏榕光忍不住笑了。

有人问杜建锷,照顾瘫痪在床的妻子53年,错过了人生很多精彩,后悔吗?杜建锷思索片刻,给出了这样一个答案:"要说后悔,也只能后悔这么多年来我没有替她承受身体的痛苦。"

如今的魏榕光和杜建锷,在一套60平的房子里安静地生活着,翻翻相册,看看新闻,偶尔接待几个来访的老朋友,尽管家居简陋,但他们还是微笑着,坚定而用力地呼吸着。

原刊于《天航报》2017年12月1日4版

大 港 口

杨晓光

在共和国的版图上，
在碧波荡漾的渤海岸边，
一座百年大港口，
如诗如画，如梦如歌。
渤海明珠，风姿乍现，
昂首眺望新世纪的波澜。

那是一个世纪的经典，
那是一个世纪的宣言，
那是一个世纪的浪花翻卷，
那是一条世纪的新航线。

我听见空旷的海上潮声滚滚，
冲破云天，那是一个雷霆的呼喊，
当清亮的船笛飘飘若仙，
亿吨大港，百年梦圆。

百年的历史珍藏，数不尽的积淀，
百年沧桑是一份沉甸甸的资产，
多少预言，犹如天机，
用了一个个生命来铺垫和积淀。

遥望 20 世纪那一百年，
清廷开埠，未曾摆脱屈辱命运的纠缠，
那一代老码头的血和汗，
兑换成洋人响当当的金钱，
锅伙沐风雨、泪眼望苍天，
中华民族的苦难，无边无沿……

新中国在东方挺起威严，
苦海里的老码头挺起腰杆，
站成铮铮硬汉、巍巍铁汉，
为了祖国的建设、民族的复兴，
将责任和荣誉挑在双肩，
古铜色的脊背弯成希望的彩虹，
悠悠颤颤的跳板，
拱起连接世界沟通未来的桥涵。

那是一股银冬的暖流，
吹绿中华大地，
捂暖港口人渴望的心田。
十一届三中全会的春风，
使高潮迭起的蓝土地，春意无限、生机盎然！

这里秦皇曾祈寿，
这里魏武曾挥鞭，
这里养育慷慨壮士，
这里谱写热血诗篇，
这里浮云常消常涨，
这里大潮连接云天，
这里长天开海岳，

这里吐纳万里船!

崛起的大港口、神奇的渤海湾,
百舸争流、万类竞雄,
时代的洪流惊涛拍岸。
请重新给我们以质朴,
请重新给我们以勇敢,
请重新给我们以关爱,
请重新给我们以召唤,
请重新给我们以色彩、露珠和瀑布,
请重新给我们以潮起、潮落,沉浮与浩瀚。
我们将以怀念的方式铭记已往,
我们将以永恒的进取叩拜明天。

一座又一座簇新的码头,
在渤海之滨连成翡翠的珠串,
带来时代的机遇、带来历史的变迁。
那些付出青春、智慧乃至生命的建设者,
那些工地上此起彼落的吊机、桅杆,
那些白天穿梭的车辆,
那些深夜不眠的灯盏,
那些不同语言的声声赞美,
那些自豪、那些激情闪烁的镜头,
都是独立成章的不朽诗篇!

曾经留下曹妃传奇的沙汀小甸,
不再是孤岛,不再是寂寞荒滩。
曾经承载 5500 年历史的曹妃甸,
已是一片承载梦想和希冀的热土。

昂首眺望世纪波澜，
日益崛起的曹妃甸港，一片神奇港湾，
引来百舸争流、万类竞雄，
大时代的洪流惊涛拍岸。

濒临渤海而得名的古老沧州，
一代又一代英雄辈出。
镇海铁狮钩沉千年文化积淀，
背倚晋、陕、蒙能源腹地，
沟通鲁西北、冀中南，
位于环渤海、京津冀都市圈，
沧州黄骅综合大港，
成为河北南部增长极的重要棋盘，
五亿吨沧州大港的宏伟蓝图，
即将崛起于一片茫茫盐碱滩。

21世纪海上丝绸之路，
京津冀一体化协同发展。
如今的河北港口雄立于中国北方，
渤海竞秀、沧海争雄，
鹏程万里、迎风扬帆。
在这里：
水流的方向、手指的方向，
阳光的方向、往事的方向，
皆以一种虔诚、一种信仰，
指向碣石，指向惊涛巨澜
指向长城，指向血脉渊源
指向青春，指向未来，
指向实现中国梦的金航线！

原刊于《河北港口》2018年3月总第132期

与驸马长江大桥的心灵对话
——报告文学《一座桥 一群人》创作体会

陈洪胜

就在我构思这篇创作体会的时候,心头悠然闪现的,依然是高高耸立在长江碧波上的驸马长江大桥雄姿。她庄严巍峨,雍容高贵,如同一座集聚建筑艺术成果、散发着建筑才华魅力的宫殿,雄踞在奔流不息的万里长江之上,成为我们无数次仰望的丰碑。

这自然是我下意识的一种心理暗示、思维惯性,与过去3年间无数次走进大桥的怀抱有关。3年中,我与建造她的人交谈,努力想读懂她,忠实守护她。久而久之,从陌生到熟悉,我们深情对视,无话不谈,相见恨晚,她渐渐成了我的朋友、恋人、亲人。

如今,曾经为大桥建设筚路蓝缕,开拓创新的建设团队,因为新的使命召唤,早已各奔东西。我不知道,当离别就在眼前,他们回望驸马桥的那一刻,有多少人百感交集,泪眼婆娑……

过去几年间,时常挂在大伙嘴边最多的就是"驸马桥"三个字吧。言语中,他们内心的自豪与骄傲可见一斑。一座桥就是一个共同梦想的舞台。就这样,驸马桥成为一个精神磁场,吸引着志同道合、激情澎湃的一干能工巧匠,齐聚万州,隔江相望,干事创业,追逐梦想,开始激动人心的创造。

每一个人的辛劳付出不可或缺,每一阶段的建设成果交相辉映。驸马桥千米主跨,一跨过江,是三峡库区、长江上游跨度最大桥梁。能够有幸参建,一定是他们今生建设生涯里最精彩的篇章之一。

"天下没有不散的筵席",驸马桥也是如此。当她横空出世,建成通车之日,便是建设主力并肩奋战缘尽告别之时。建设者向来都是"革命同志是一块砖,哪里需要哪里搬。"相信他们中的不少人，在有些夜晚一定是带着对驸马桥的思念进入梦乡，清晨从与驸马桥的梦里邂逅中悄然醒来。

第一次近距离走进驸马桥建设工地，始于 2015 年 9 月份的一次劳动竞赛。其时我还在万利高速其他项目部工作，在日常宣传过程中，早已明显感受到驸马桥得天独厚的优势。因为她的建设规模、技术含量和艺术魅力，在所有建设者心目中，一直占据着极其重要的位置，无疑是全线重点控制性工程的"首席"。

万利项目总部专门为"得万千宠爱于一身"的驸马桥，量身定制了专题彩色简报，重点反映她的进展动态、创新内涵、品牌特色，每月一期，从万州寄往重庆、北京及全国各地，向每一个关注她的领导、专家汇报。

也就是那次的劳动竞赛，我见到了 10 年前就认识的重庆高速公路建设战线宣传"老兵"李林阳，还通过他结识了驸马桥一分部项目书记顾跃强。

顾书记为人谦和，抓党建搞宣传很有一套。他父亲当年从部队转业后就来到素有"马路局"之称的中交一公局工作，一直坚守在基层项目一线。顾跃强大学毕业后就"子承父业"，十几年来从现场技术员干起，一步步成长为项目书记。如何当好项目书记，顾跃强还从他父亲那里得到不少真传。

2016 年 3 月，由于受命跟踪策划央视大型纪录片《超级工程Ⅱ》拍摄，我被调到万利项目总部工作。从此之后，与顾跃强有了更多工作交流的机会。后来又一起在驸马长江大桥上，共同策划开展"青春三峡、驸马爱情"主题婚纱摄影派对，这让我对驸马桥、对顾跃强以及他所在的项目部有了更深的了解。

正是那次成功的宣传策划活动，不仅使 8 对青年建设者实现在大桥上穿着礼服婚纱、漫步"猫道"的愿望，更重要的是将驸马桥送进国人的视野。新华社编发的组图通稿，在《人民日报》《光明日报》等数家中央级媒体刊发。后来在 2016 年 10 月播出的央视大型纪录片《超级工程Ⅱ》里，驸马桥的建设盛况再次生动展现在大家面前，驸马桥成为一张重庆交通以及中交一公局的建设名片。

当然，围绕驸马桥建设的宣传远远不仅于此。2017 年，我去北京参加新闻培训，和中交一公局三公司党群部邢焦焦交流时，我第一次将关于驸马桥的报告文学写作计划和盘托出。

我告诉她，驸马桥应该有一本报告文学，全面记录大桥建设过程，解读技术创新精髓，展示建设者的芳华情怀。

邢焦焦对报告文学应该说没有太明确的概念，但还是表现出强烈的好奇。我说字数大概在 5 万字，她瞪大眼睛，良久无语，可能在盘算相当于多少篇通讯的篇幅。

写报告文学，是我在部队服役期间最后几年的一种写作方式。《嘎隆拉，最后的嘎隆拉》《徘徊独龙江》《背炸药的兵》等作品，都是我以报告文学的体裁反映部队官兵的战斗故事。尤其是《背炸药的兵》一文，记录了芦山地震期间武警交通官兵抗震救灾的战斗经历，在人民武警报星期特刊头条刊发后，总部首长还特地打电话到编辑部予以高度赞扬。

正是这样的创作经历，也使我对于后来采写《一座桥 一群人》这篇报告文学有了足够的信心。只是随着时间的推移，有一段时期我竟然将报告文学一事给淡忘了。

万利路、驸马桥在 2017 年年内建成通车的总体安排早已确定，围绕通车宣传的计划，也渐渐随之浮出水面。有一天我突然想起来自己对邢焦焦的报告文学"承诺"。

应该说，到万利项目总部工作一年多来，耳濡目染、感同身受，我还是掌握了驸马桥不少素材。但是围绕驸马桥建设，写一篇系统、有深度、有味道的报告文学，还是有较大的素材缺口。换言之，写作灵感还没完全找到。

位于万州双河口龙宝山脚下的万利项目总部，周日孤寂静谧，我独自一人坐在偌大的办公室里，点燃一根烟，思索着关于驸马桥的一切。

一项伟大的工程的诞生，离不开一群坚定勇敢的建设者主动将个人追求与大桥建设融为一体，并夜以继日地追逐着梦想。从这个意义上说，驸马桥是一面在长江上空高高飘扬的精神旗帜。我想，报告文学离不开人的建设经历、家庭故事、情感体验。此前一直在驸马长江大桥南岸负责技术创新工作的李鸿盛总工程师，在 2017 年 9 月已经接到上级让他到万利项目总部担任副总经理的任命通知，可他因为大桥收尾工作原因，一直迟迟未来报到。

李鸿盛是驸马桥快进入上部施工时，才于 2016 年 5 月从北京三公司的技术中心匆匆赶来。那时，他刚和同事们完成甘肃刘家峡黄河大桥建设及后续技术资料整理任务。他姗姗来迟，却不影响他自此后的担当与奉献。

从黄河到长江，从刘家峡到驸马，变化的只是跨度，不变的一颗颗敢于迎接挑战、勇于突破自我的雄心。面对无数亟待解决的技术难题,李鸿盛和他的同事焕发出昂扬的精神状态,集中智慧才干,层层推进,稳扎稳打,确保每一个工序的有序衔接。

我决定就以李鸿盛这样一名默默无闻的典型人物入手。

写作过程中,我注重以李鸿盛、何晓军、曾雄星等一大批工程技术管理人员的日常工作生活为主线,采取点面结合、夹叙夹议的方式,全景式展示驸马长江大桥在各个关键阶段,一群人为之攻坚、奉献的过程。既有技术创新的专业化解读,也有家常故事的亲情化讲述,突出显示领导专家的魄力决心和普通建设者的质朴情怀。

于白天长夜,忙里偷闲,数易其稿,终成定稿,然才疏学浅,瑕疵难免。重要的是,我尽力了!

通车前夕,《中国报告文学》(时代报告)11月号,以《一座桥 一群人》为题、近5万字的篇幅,刊登了反映驸马长江大桥建设先进事迹的报告文学。

那一刻,我如释重负,特地给邢焦焦打了电话,让她和编辑部取得联系,提供地址,邮寄刊物。

大桥胜利建设,本身就是一个了不起的突破。而关于大桥的全过程宣传,《人民日报》、新华社、中央电视台等中央级媒体分阶段轮番上阵,以及刚刚出版的报告文学,无不在持续释放着驸马桥的建设品牌效应和思想文化震撼。

任何溢美之词于我而言,心如止水,都无法在心湖里荡出涟漪。

我深知,遍布英雄传说的重庆交通建设主战场,和敢打硬仗的中交一公局优秀团队,再一次发生了美妙的现代建设"化学反应",成了我写作无尽的源泉、宝藏!我很幸运,很感恩,很知足,能够一如既往地从事文字创作工作,去讴歌勇敢的建设者,向平凡的劳动者致敬。

原刊于《重庆交通》2018年第11期

遇见"12328"叔叔

师苛馨

傍晚时分,车驶出了服务区,很快进了一条昏暗的隧道,我躺在车后座上,睡眼惺忪中感觉到了一种舒适的宽敞,奶奶不在,我正好伸伸腿,"咦,车在走!"我猛然惊醒,"奶奶呢?"前排正在专心开车的爸爸和拿着手机订酒店的妈妈同时回过头来,大吃一惊,"你奶奶什么时候下车了?"很显然,是在刚才的服务区,已连续开车几个小时的爸爸下去接了一杯开水的当口,奶奶下车了,睡梦中的我和专注搜索酒店信息的妈妈竟都浑然不觉。

"赶紧打电话!"爸爸明显急躁起来,自责自己上车后没往后看就直接开走了。

奶奶的电话通了,可刺耳的铃声却在座位上响起,奶奶下车时没带手机!"这咋办?奶奶根本就记不住你们的电话号码!"听到这,爸爸妈妈更加焦躁,车速也明显变快了,导航显示,前方最近的出口还有几十公里。

就在妈妈手忙脚乱搜索服务区电话的时候,车子驶出了隧道,高速公路边一块蓝底白字的大牌子映入眼帘,那上面正写着"12328,交通运输服务监督电话"的醒目字样。

妈妈赶紧拨打了电话,那一头传来了一个叔叔的声音:"您好,需要什么帮助?"妈妈赶快把事情简略地说了一遍,希望他能帮我们联系那个服务区,找到落下的奶奶。"好的,您放心……"

车子依然在快速前进,各种猜想萦绕在心头,短暂而又漫长的几分钟后,妈妈的电话响了,"老人已经找到!请你们安全驾驶。"一块石头落地,车子掉头后,飞速行驶在返回的路上。

十几分钟后,我们的车回到了马路对面的服务区,下车后,按照电话指引,我跟着妈妈穿过一个仅容一车通过的涵洞，又爬上一个小陡坡，终于回到了那个奶奶下车的服务区。远远就看见奶奶坐在一张椅子上，手里端着一杯水，满脸笑容地和一个叔叔聊天。

看到我们过来，那个叔叔转过身来，我才正面看到他。他个子不高，黑黑瘦瘦，眼睛虽不大却笑眯眯的，穿着一身工作制服，十分和蔼可亲！我心想就叫他"12328叔叔吧！"妈妈忙说："多亏有12328，太感谢你了！"叔叔忙摆着手说："没事没事，这是我应该做的，12328就是帮助大家的！"说着，叔叔看看我们身后，"你家车呢？""在对面服务区！"叔叔听完，径直向公路边走去，过了不一会，爸爸开着车出现在我们面前，原来是"12328叔叔"指挥他开过涵洞，开上陡坡，来到这边的服务区。

停好车，爸爸赶紧掏出一根烟，满怀感激地递向叔叔，可叔叔却忙摆手，"您的烟我不能要！帮助大家都是应该的，应该的！"爸爸点点头，把烟又放回了口袋，刚想说点什么，"12328叔叔"倒先说话了，"既然找到了老人，那我也不打扰你们赶路了，祝你们一家旅途愉快！有事再打12328！"

看着他真挚的眼神，12328在我的眼中又有了不一样的感觉，因为它不仅仅是一个号码，更是一种精神，一种善良、无私、朴实的正能量。

汽车再次行驶在那个幽长的隧道里，不同的是车里原本紧张烦躁的气氛已被轻松愉快取代，爸爸、妈妈和奶奶不时互相调侃一下，"以前只听说过大巴车在服务区丢下过乘客，咱四个人的小车居然也丢了一个人，真是糗大了！"

晚霞中，时不时有一块12328的大标志牌从我眼前一闪而过，想起那个叔叔，我不知他姓甚名谁，却感受到了一种精神，一种力量，一种温暖。遇见12328，遇见那位叔叔，遇见一份美好！

原刊于《中国道路运输》2018年12月

西港怀想

李海成

秋高气爽的早晨,天刚放亮我就沿着山崖边新修的柏油路向南走进了西港花园,眼前的一切让我惊叹!那些熟悉的老建筑旧貌换新颜,在绿荫的辉映下若隐若现,道路两旁芳草萋萋,花团锦簇。站在开埠地码头上,海浪轻轻拍打着护堤,港池中一群海鸟在嬉戏。放眼东港区,一轮红日正冉冉升起,巨大的装船机披着万道霞光高高耸立。整个秦皇岛港沐浴在金色的朝阳中。

眼前一排整齐的展牌告诉我,占地1200亩的西港花园是由港区部分区域改建而成,花园主要景观皆由港口废弃的设施重新设计和改造而成。其中,游船码头由开埠码头大码头改造而成,港口历史遗址公园原为乙码头,铁路公园原为1号楼调车场,文化艺术展馆由大仓库南栈房改造而成。

来到南栈房,它建于1905年,新中国成立后改称一货区,6000多平方米的大库房保留外部原始风貌,内部经过简单修饰成为文化艺术展馆。库房外部那被岁月剥蚀的墙体和栈台下铁道边写着KMA的开滦缸砖诉说着百年沧桑的故事。我曾在这里劳动,那时里面装满了上海运来的日用百货和五金用品。从古巴进口原糖,由中东进口的伊拉克蜜枣都是从这里装上火车,运往四面八方的。这里承载着港口人甜蜜的回忆。

在老码头,两条造型新颖、风格独特的游轮正准备起航,游人脸上洋溢着笑容。几声轻柔的起航笛声响过,"寻仙1号"在欢声笑语中驶出了天使湾港池。据史料载,光绪三十年(1904年)这里还是刚刚建成的木质简易码头,3年多的时间里,英国垄断资本家伙同南非兰德金矿主,欺骗引诱大批华人劳工去南非开采金矿。运往南非的华工,必须签订雇佣契约书,称"契约华工"。他们在南非阴暗潮湿的矿坑里,在洋人资本家的皮鞭下从事艰苦的劳动。合同期满时,输出时的 43000 多人,返回时只有 41000 多人,大批劳工葬身异国他乡。遥想当年,那些河北、山东一带走投无路的灾民,怀揣卖身的"契约",身无分文,在这里上船驶入茫茫大海……想到这里,看看眼前百姓丰衣足食,一派太平盛世欢乐景象,想说的话太多,千言万语化作一句话:"祖国强大了,人民享安康。"

对面码头凸起的混凝土机座上,一个螺旋卸车机的绞龙机头端坐在那里,向人们讲述着大码头 7 号泊位的故事。这里从开港到新中国成立初期,煤炭装船一直靠人抬肩扛。旧社会,工人在把头的斥骂声中,抬着 200 多斤重的大筐,晃晃悠悠地走在二尺多宽的翘板上,稍有不慎就会跌落海中。新中国成立后,翻身做了主人的码头工人广泛开展"技术双革"活动,1959 年开始对 7 号泊位进行机械化改造攻关,1964 年实现了以螺旋卸车机为龙头的"五机"联合作业。这是新中国成立后秦皇岛港最大的一次技术改造,工班效率提高 1.5 倍。到 1966 年 7 号泊位年核定通过能力由 100 万吨提高到 185 万吨,占全港煤炭吞吐量的 61%,成为秦皇岛港第一座机械化装煤专用泊位,为保证上海和南方各省市用煤做出了巨大贡献。这个螺旋卸车机绞龙机头像一枚闪闪发亮的奖章,彰显了秦港工人的奉献与担当。

大、小码头之间的老港池有了一个温馨浪漫的名字——天使湾,一湾碧水波光粼粼。新建的山海旅游观光火车开埠地站就在她的旁边,百年港区铁路和地方铁路紧密相连,一列盛装待发的"小火车"挽起了高山大海。旁边的海誓花园是西港花园的核心区,这里树影婆娑,芳草如茵,简陋的维修车间变成了高端婚礼的殿堂。看今朝,这里对对新人在碧海蓝天的见证下,做出海誓山盟的承诺;忆往昔,这里焊花闪闪,机床飞转,机修工人立下确保装船不间断的誓言。

徜徉在西港花园,美景一个连着一个,即将完工的铁道公园花海一片,条条钢轨隐没其间,三台退役的内燃机车昂首挺立,雄风犹存。这里刚柔相拥,昨天和今天相连,令人浮想联翩……

如织的游客或驻足在开埠地站合影留念,或流连于山盟海誓的礼堂,或手持船票兴高采烈地登上即将起航的"寻仙"游轮……

这里就是秦皇岛西港花园!刚刚走过 120 年华诞的秦皇岛港,也由此开启了转型升级的崭新历程。

原刊于《河北港口》2018 年 4 月总第 133 期

"老王头"的"党员情怀"

王俊玲

周末闲暇,带着父母参观了乌鲁木齐爱国主义教育基地——新修建的烈士事迹陈列馆。

陈列馆内,父母从新中国成立前的烈士简介认真看到近几年的烈士事迹,一边看一边交流感受,看到父母庄严崇敬,我也耐心陪同并时不时给他们念一下事迹简介,将自己所知略讲一二。两层楼的陈列馆,父亲说:我今天应该佩戴党徽来。

在人民英雄纪念碑前,适逢一阵风将碑前的两个花圈吹到了台阶下面,我赶紧上前拿起一个,走上台阶摆放一侧,一转头,79岁的老父亲用力举着另一个花圈迎风走了上来。满脸肃穆,满眼敬仰,我深深理解这名老党员对先烈的尊崇和对自己党员身份的自豪。

我的父亲身高只有160厘米,在我们四姊妹的心里,却是高大挺拔的。父亲5岁丧父,13岁丧母,17岁就投奔哥哥来到了新疆,幼年所经受的种种磨难使父亲对中国共产党有着刻骨铭心的感恩,步入工作岗位后,父亲养成了独立自主、吃苦耐劳、艰苦朴素的质朴品格,并在知天命的年龄光荣地加入了中国共产党。父亲对我们的教育,由于受文化所限,只能通过言传身教指导我们,我们从小就深深知道:幸福生活来自无数共产党员前赴后继的牺牲。看到我们四姊妹先后加入共产党,父亲的心是雀跃和自豪的,父亲对我们的勉励始终都是:"踏实做人,好好工作,做优秀的共产党员。"为了不影响我们的工作,父亲退休之后和母亲先后为我们四姊妹带大了孩子,使我们都能心无旁骛地投身工作,在本职岗位上做出贡献。

我们年少时,父亲培养我们学习文化、学习技能、自力更生,培养我们不畏困难、珍惜生活的品格；这些年，家里生活好了，我们都渐渐步入中年，四姊妹轮流带父母出去旅游，每到一地，父亲最喜欢的就是红色基地，参观革命老区、伟人故居、历史博物馆，他总在回忆历史中感慨幸福生活得之不易，告诉我们做人的根本。

常有邻居打趣父亲："老王头，你家党员多，你是老王书记吧！"父亲老了，耳朵背了，一说"老王书记"，他倒是能一下就听到，每次都会乐呵呵自豪地笑着只回复一个字："好！"我知道，父亲骄傲的不是"书记"这个官职称呼，他发自内心的骄傲是他的儿女都知党恩、听党话、跟党走。

我以平凡质朴的父亲为荣，以对党忠诚的父亲为傲。

原刊于《乌鲁木齐公交》2018年7月1日4版

匆匆交院

李燕汐

今年,学校的银杏好像黄的格外早,望着这一树树的金黄,心中尽是怅惘,明年银杏再黄时,我已经不在此处。

初到这里时,怎么都不会想到,离别会来的那么凶猛,就像这冬天一样猝不及防,昨日还阳光明媚,今早的寒风就吹落了一地金黄。清晨独自一人走在校园里,看着熟悉的景物都略带萧瑟,心中竟生出怜惜,方才明白自己不舍离去。于是,独自一人慢慢地在学校里面走了一圈,脚下是自己曾经一直熟悉的道路,如今每走一步都带着些珍惜。

初见交院时,目之所及的一切都是新奇,心中虽忐忑却也还是难掩激动。两年的时光不仅让我有了改变,校园的很多地方也换了新模样,那时的操场是一片绿茵草地。我们的开学典礼就是在那里进行的,所有的新生一排排地坐在那儿,一眼望去大家都坐得很端正,一个个都是青涩的模样,但眼神里有光。关于开学典礼我深刻记住的是院长让我们在大学除了学习之外还要交两个朋友,一个是图书馆,一个是训练场。如今想来,除了好好学习这条,图书馆和训练场这两个朋友我算是交下了。

好像每个人都会在大学里经历一段迷茫,而我认为大学伊始的那段时间对整个大学都影响重大,就好像很多事在一开始就注定了一样。那时候我的状态莫名其妙地从生气勃勃变得死气沉沉,对所有的事情都没有任何兴趣,像一粒微尘在大学里踽踽独行。

唯有图书馆能让我安定,我觉得图书馆就像一个遗世独立的小世界,任由外界如何喧闹它都安安静静地伫立在那儿,里面的书能把孤独照亮。

大一那一年我几乎所有的空闲时间都是在那里度过的,我想在交院度过的最美好的时光就是——在一个阳光悠长的午后,选一本书坐在图书馆的自习室,刚好有阳光透过碧绿的树叶照在桌上,旁边新泡的茶叶还在杯子里翻腾,手上翻着的这本书刚好是我最爱。一个人、一本书、一杯茶、一地的阳光,造就了一下午的美好。

刚开始总是喜欢在二楼的借阅室看书,因为那时二楼的书不可以外借,看到好的书只能在里面阅读,这对于无处可去的我来说倒是正中下怀。慢慢地没有那么多时间待在图书馆了,便换了地方去三楼寻书外借出来看。很多人看到我捧着书的时候都有些不能理解的样子。他们认为,在科技网络发达的今天,随时随地都可以用手机进行碎片式的阅读,为什么还要去图书馆?为什么还要看厚的像砖头一样的纸质书?我不能回答这些疑问,但是我想说图书馆是大学给你的礼物,要好好对待它,它会给你惊喜的。

也可能是念旧吧,木心在诗中写:"从前日子过得慢,车、马、邮件都慢。"我很向往那个日子过得缓慢而美好的年代,大家都有时间沉下心来好好地读完一本书,慢慢地看一朵花开。在花事荼蘼的人生街市,我是那个带一本书独自走入无人甬径的人,所以最能品味与书独处之美。

个人认为图书馆是一所大学里最重要的存在之一,它的书香弥漫于校园的每一个角落,是它让求知的学子在里面汲取知识,是它照亮了在校园中独行者的孤独。我很感谢交院为我提供了这样安静的一隅可以静心思考,让我读懂了:"大学之道,在明明德,在亲民,在止于至善。知止而后有定,定而后能静,静而后能安,安而后能虑,虑而后能得。"

即将告别交院,最不舍的就是图书馆了,不知道我三年读完两百本书的目标是否完成,但我知道你会一直在这里继续散发书香浸润校园。

岁月悠长,时光流淌,衰微只及肌肤;
书香四溢,情怀留长,积淀来自阅读。

你好啊,交院图书馆。再见了,我的好朋友。

除图书馆外我还有一个打发时间的好去处:运动场。

我并不是一个有毅力的人,但是跑步这件事情倒是一直都在进行。高中的时候就很喜欢在课间的时候去操场溜达,大学的操场好像比高中的更大更有吸引力,所以基本每天我都会准时出现在操场上。

好像做什么都是独行的我,其实很享受独自跑步的过程。我认为那是自己跟内心对话的过程,也是不断挑战和超越自己的过程,更是放松的好方法,对于我而言跑步和读书一样更多的是能让我避免自己囿于眼前的困境和自怨自艾。就像万能的青年旅店在歌里唱的一样:"是谁来自山川湖海,却囿于厨房与爱,你可以用无限适用于未来的方法,置换体内的星辰河流。"我在通过跑步这件事情体验着这个世界多元的生活方式,看到更广阔的世界。

学校的运动场每晚都很热闹,有许多在那儿排练各种节目的小伙伴、有手拉手着围着小音箱跳舞的朋友们、也有抱着吉他自弹自唱的文艺青年。我想这就是大学校园该有的样子吧,整个操场上都洋溢着青春的气息,热烈,而美好。

就要告别了,那些这里挥洒的汗水、在跑道上奔跑的身影、在球场上奋力拼搏的模样、活动中心的羽毛球一来一往、乒乓台旁不断更替的声影,以后我再也看不到了。

你在盛夏的阳光里蒸腾,我在四季的风雨里奔跑。

再见了,交院运动场。再见了,我的好朋友。

很遗憾我在交院交的"朋友"不多,如今细细的在校园里走一圈才发现别处还有许多可爱的风景。可惜我与它们相处的时光不多了,可我会记得无言湖的涟漪,会记得弘毅馆的灯光,会想念食堂的饭菜,会想念宿舍的床……

我的交院啊,时光匆匆,你也匆匆,但是感谢你为我提供的一切,让我的记忆可以在这里安放。

匆匆交院,就要走了,为你唱首歌吧:

　　你在鱼凫的甲板上极目远望,
　　我在无言的湖畔旁浅吟低唱。
　　如果三年之间来得及,
　　我要握住青春时光,
　　昔我往矣,
　　来不及诉衷肠。
　　他说在银杏逐渐落满的梦里,
　　已找寻不到你的踪迹,
　　流年似水匆匆,

对错何妨。
如果所有时光拼凑梦想，
敬德修业，
不负三年长，
积攒多少力量，
远方。
他看见风经而走不沐哀愁，
吹散记忆里飘摇零落的光阴，
喃喃地描述交院时光，
行歌此校中，
热泪盈眶。
你在三马的广场前青春飞扬，
我在励学楼教室里沉思过往。
如果三年之间来得及，
我要握住青春时光，
拓道致通，
去完成梦想。
博学馆、
弘毅馆，
多少灯光起，
西门西，
北门北，
一别难再望。
经流光、岁月长，
一别难再望。
一别难再望！

原刊于《四川交通职业技术学院报》2017年3月15日3版

媳妇儿到工地来探亲

康三虎

晚上七点,白洋淀站外细雨蒙蒙,刚下火车到了出站口的小飞将肩上的背包放下,再一次确认了特意带来的衣物。

"两双运动鞋,三件短袖T恤,四条薄裤。"这些应该够春冉接下来的一个多月换洗的了吧,小飞心想。

小飞和春冉是夫妻。自丈夫王春冉被调到截洪渠一期工程以来,已经近一个月时间了。此前,由于从秦皇岛出发时走得匆忙,春冉带了几身春装便赶到了项目上。如今,天气渐热,长袖衣服已然不合时宜,而脚上的运动鞋也在每天20000起步的运动量中光荣"牺牲"。小飞常听他念叨项目上施工计划是按小时排的,没时间出去,就张罗着要亲自到工地上给丈夫送衣物。

这是小飞第一次来到容城县,人生地不熟的她望着外边阴沉沉的天气有些发慌,可春冉却告诉自己临时要研讨施工方案,得晚一会儿才能接站。这让她心中很是抱怨,想着春冉来了一定要责怪他一番。

半小时后,春冉终于出现在了小飞面前,可小飞却几乎不敢认了。蓬头垢面、胡子拉碴,整个人还黑瘦了一圈,这哪儿还是春冉走之前的模样,原先准备好生的气怎么也调动不起来了。

"怎么成了这样?跟进监狱了似的。"小飞心疼地问道。

"忙呗。"春冉摸着头笑呵呵地说,"走,我先带你去住的地方。"说着,就提着行李带着小飞上了项目部派来的车。

途经施工现场,春冉仿佛找到了自己的"主场",不停地向小飞介绍着沿线的情况。"你看,从这儿到前边路口围挡内是我们干活儿的地儿,我每天就在里边待着。我们干的这个截洪渠是个防洪工程……"

后边春冉说的什么,小飞也没听懂,只是之前就听说过雄安新区建设"高标准""高起点"之类的几个词。可小飞真正想听的不是这些,但看着他兴奋的样子又不忍打扰,苦笑着想:这个呆子,说情话不行,聊起工程上的事就滔滔不绝。

到了宾馆,简单吃了便饭,还没聊上几句,春冉告诉小飞:"待会儿困了你就睡吧,我还得加班写个方案,明天早上现场就要用。"加班、加班……来之前春冉就常因为加班没能关心自己,现在自己到了这边他心思还是在工作上,小飞心里委屈。可看着春冉加班的身影,想到自己欣赏的可不就是他负责任这一点,看着看着,不知不觉进入了梦乡。

第二天早上六点半,雄安的天色刚亮没多久。小飞迷迷糊糊地看到春冉蹑手蹑脚地起了床,像是害怕吵醒自己。春冉看到小飞醒了,不好意思地说道:"多睡会儿吧,我去现场了,晚上忙完后会早点回来。"

春冉走后,小飞心里空落落的,看到房里堆放的脏衣物,就想着洗洗衣服打发时间。而当她拿起那些衣服仔细看的时候,不觉大吃一惊。"天呐,这都经历了些什么?"只见衣服上下满是厚厚的黄泥点子,伴随着的还有一阵阵馊臭味。春冉之前告诉过自己,76天的紧张工期下,所有人白天黑夜连轴转,即使是雨天,也得披着雨衣趟着泥道奔走在现场,回来后只想瘫在床上,完全提不起洗衣服的兴趣。

忙活完杂事,小飞就眼巴巴地瞅着时间,在一分一秒地流逝中期盼着春冉能早点从现场回来。而春冉也总想着没事的话就早点往回赶,可事实上也总没能实现,调度会、验收、研讨方案……所有人都在忙活,春冉实在是不好意思提前离开。

然而,即使是好不容易等到春冉,春冉的电话也还是一直不断,处理着现场的各种问题。小飞意识到,自己在这里不仅帮不上春冉的忙,还容易让他分心。于是决定在第三天就返程。

临走时,春冉心中有愧疚,因为几天下来陪小飞的时间实在是不多,答应一起吃的烤鱼也因现场的工作而作罢。小飞像是看出了春冉的心思,也知道他已经尽力抽出时间了,笑着安慰道:"好好照顾自己,等工程结束了,你再带我来雄安好好转转。"

春冉整理下心情,回道:"一定!"

原刊于《筑港报》2018年7月11日4版

论 文 类

获奖名次：二等奖
标　　题：《"天路"秋韵》
作　　者：乐建平
原 刊 于：《安徽交通运输》2018 年 1 月

获奖名次：三等奖
标　　题：《专业救助直升机紧急出动，
　　　　　成功救起全部5名船员》
作　　者：秦俊超
原 刊 于：《中国交通报》2018年8月10日1版

获奖名次：三等奖
标　　题：《国产首台铁路大直径土压-TBM
　　　　　双模掘进机下线》
作　　者：黄星霖
原 刊 于：《中国铁道建筑报》2018年4月21日

获奖名次：三等奖
标　　题：《北京依法大力打击非法客运》
作　　者：马　力
原 刊 于：《中国道路运输》2018年第8期

论 文 类

一等奖

小行业呈现大情怀的路径选择

陈克锋

党的十九大作出重大判断,我国经济由高速增长阶段转向高质量发展阶段。高质量发展不仅仅是针对经济发展而言,也对行业文化建设提出更高要求。这必然促使文化事业产业进一步转型升级,文化软实力的硬支撑功能因此凸显。

交通建设监理是我国交通运输领域较小的行业之一,鲜为人知,甚至还被相关主管部门和建设单位所误解。工程监理制作为我国建设工程领域的"四项基本制度"之一,强制推行三十年,对加强交通建设工程质量、确保施工安全、控制投资进度,推动项目管理向专业化、社会化、现代化模式转变发挥了重要作用。由此涌现的一批优秀的监理咨询人才,为行业树立了良好形象。

然而,面对小行业,媒体要想挖掘从业者的大情怀,从而让更多人了解、认识进而尊重、支持监理咨询,并非易事。

个人奋斗史也是行业成长史

人物通讯报道似乎是老生常谈的话题,想熟练驾驭却很难。尤其面对一个并不广为人知的行业,要想充分挖掘从业者的闪光点,必须先在思想认识上达到一定高度。

笔者认为,采写某个人物或团体,不能仅仅停留在他们个人或团队的奋斗史上。苏东坡说,古之成大事者,不唯有超世之才,亦有坚韧不拔之志。探寻监理咨询优秀人才的心路历程、成长感悟,既是个人奋斗史,也是行业的成长史。每个人都有一串不同寻常的故事,亲切生动、可敬可爱,读来令人感佩,催人奋进。这些故事,在一定程度上折射出了行业大情怀,与目前倡导的"工匠精神"不谋而合。

品牌栏目打开大窗口

十年前,我们尝试开辟了大型人物系列报道"数风流人物"。栏目名称取自毛泽东同志的经典诗词"数风流人物,还看今朝",寓意书写今天光辉灿烂历史的是当代的劳动者。

每篇人物通讯在5000字左右,每期6个页码,其中一个整页码为人物特写照片并配精炼的简介,突出人物的文化作为和行业地位。由于对稿件要求较高,所有人物都是杂志记者亲自采访。每次采访,除了与被采访人物面对面深入交流外,还从主管部门领导、业主代表、施工单位项目经理及同事等外围全方位、立体式了解。

"数风流人物"一经推出,很快成为读者第一时间必读栏目,也成为《中国公路》杂志社每月评刊获得好新闻最多的栏目之一。广大从业者和其他建设各方,从这些人物故事中借鉴他们的管理思路和经验,学习先进的创新做法,并记住了他们经历的感人故事。

在历届全国交通运输优秀新闻作品推选展示活动中,"数风流人物"栏目的人物报道都有作品分别获得通讯类一等奖、二等奖。2013年5月,我们将这些通讯结集为《数风流》,时任交通运输部副部长冯正霖欣然作序。他深情地写道:"杂志历时五年,对优秀管理者、专家、总监进行了系列访谈。通过对监理优秀人才生活、工作、学习的描写与记录,整体反映了监理行业的发展与进步,为监理行业树立了群英谱。该书的结集出版,是监理行业的一件大事,也是交通文化建设的一项成果,更是数十万监理人长期积累的精神财富。"

五年前,为了响应中宣部更多地贴近一线的号召,我们将栏目名称改为"在一线",紧密结合交通运输系统提出的"品质工程"创建、"智慧监理"和"全过程咨询"推行等热点话题,让读者感觉更可信、更亲切、更难以忘怀。

2017年11月,原交通运输部副部长、时任中国公路学会理事长翁孟勇欣然为人物通讯集《数风流》姊妹篇《在一线》作序:"这是监理这一英雄团体的又一次集体形象展示。他们留给监理发展史的,不仅是个人的行业记忆,还是一个行业的缩影。该书的出版,是对我国交通建设工程监理制实施30周年的纪念。这枚文化标签,是特殊的、有温度的,是让人怦然心动的,也是令人回味的。"

小细节展现大精神

小行业能够凝聚起如此感人而巨大的力量,绝非偶然。这与记者们的艰辛付出密不可分。

我们在采访过程中,不提倡仅限于工作的泛泛而谈或浮光掠影,而是深入人物灵魂深处,找到引发读者共鸣的诸多"痛点"。我们发现,能够给人留下深刻印象的,往往是一些看似微不足道的小细节,尤其是与人物个性特色有着必然关联的小细节。这些小细节展现的,往往是具有无限张力的大精神、大情怀。

江西省公路工程监理公司总经理占劲松在沪瑞高速公路做监理办负责人时,获得了流动红旗。一位员工忙着镶钉子,打算将流动红旗挂在墙上。占劲松看到了,大声说道:"不是挂,你要把它钉在墙上。"员工顿时愣住了:"钉在墙上,很难取下来啊?"占劲松语气肯定地说:"钉上去,就是鼓励大家好好干,我们不能让红旗再流动到其他地方去!"鲜明的个性特色,一下子就从"钉"流动红旗这个动作上呈现,也一下子吊起了读者的胃口,促使大家一口气读下去,看看这个"另类人物"到底有何新作为。

中国船级社实业公司总经理程志虎为了企业利益,在征得党组同意的前提下,毅然辞去令人艳羡的总经理职务,到港珠澳大桥担任总监理工程师。他在做事和做官间的理性抉择,引起行业内外一片哗然,很多人觉得他傻得让人不可理喻,他却撰写诗词抒怀。港珠澳大桥连接香港、珠海和澳门,是一项世界级大工程。中国船级社实业公司满足业主总监要求的,只有总经理程志虎一人。在集体大利益面前,他选择了牺牲个人小利益。在他的带动下,中国船级社实业公司鏖战七八年,在我国水运监理领域刮起了强劲的"白色飓风"(工装为白色),其本人也被业界赞誉为"水中龙""陆地虎"。2018年初,程志虎因对行业作出突出贡献,被提拔为中咨公路工程监理咨询有限公司董事长。

荣耀36岁担纲江西省交通科学研究院隧道与轨道中心主任、重庆交通大学硕士生导师，我们写了他高难度成就"新舞王"的故事：

2018年春节前夕，一场别开生面的文艺晚会在江西省交通科学研究院隧道与轨道中心举行。节奏明快激昂的音乐响起，身着黑色舞蹈服的荣耀和同事闪亮登场。他踏着节拍，灵活地移动着舞步，跳起了舞蹈，大家不由拍掌叫好。在大家的印象中，荣耀虽然温和但是很严谨。能够在晚会中选择跳舞，其实对他的挑战也不小。荣耀报名时却说："大家来自五湖四海，一年难得一聚。既然寻开心，我就来个高难度的。"难度最大的，是当时荣耀的伤口尚未痊愈。这是一个很多人并不知道的秘密。那次，荣耀忍受着伤口的疼痛，先是刻苦排练，后是圆满地完成了节目表演。他跳舞的照片传到朋友圈，很多熟悉他的人惊呼："这是比国家大赛冠军还酷的'新舞王'啊。"

行业人物报道容易走入误区，也容易把大活人写"死"，让人读不下去，很重要的原因之一，就是过多关注粗枝大叶，而缺乏鲜活饱满的细节。要想凸显个性，写活风采各异的人物，必须从细节上多动动脑筋，下苦功夫。

小角色也有大舞台

无论从收入还是权力等方面来看，交通建设监理咨询从业者都要远远逊色于设计、施工等其他建设工种。然而，他们顶着沉重的压力，坚守行业一线，吃苦耐劳、不计得失，展现了"匠心"与"情怀"。对于这样一个伟大的群体，我们媒体是否可以为他们搭建一个更好的展示舞台呢？

在几经酝酿和筹划后，2011年3月，我们创办了首届全国交通监理文化建设研讨会，为行业文化建设交流搭建了平台，得到了交通运输部、中国交通建设监理协会和各省份交通运输厅的热切关注和鼎力支持。大家围绕"行业文化建设与可持续发展""文化让行业更自信"等主题，充分展示监理行业文化建设成果、交流行业树新风活动经验、探讨监理行业文化建设新路径、新方法，很多一线监理人物走向前台，在绚丽的灯光下和气势恢宏的全国舞台上接受检阅，一种职业尊严和自豪感油然而生。

2016年4月，我们在第六届全国交通监理文化建设研讨会上推出重磅新闻——16位精英人物获得"交通监理文化建设创意人才"荣誉称号，每位获奖者都配有简明扼要的颁奖词。民政部考察中国交通建设监理协会,对历届文化会和相关文化建设给予高度评价。他们认为:"文化建设抓得实,有效果,由此引领行业发展是一种行之有效的好路子。"

2018年6月,第二批16位精英人物获得"交通监理文化建设创意人才"荣誉称号,甘肃省交通运输厅副厅长秦雪滨深有感触地说:"文化是一个国家、一个民族的灵魂。同样,文化也是一个行业持续健康发展、长久兴盛不衰的根本。全国交通监理文化建设研讨会已成功举办七届,历次大会均取得丰硕成果,体现了主办单位和监理行业同仁对行业文化建设的高度重视,也展示了监理行业文化建设强大的生命力和感召力。我相信,在优秀文化的引领下,监理行业一定能在创建品质工程和建设交通强国中发挥重要作用,写下浓墨重彩的一笔。"

在32位"交通监理文化建设创意人才"获得者中,除了监理咨询从业者外,我们还评选了4位省级交通建设质量监督站(局)站长(局长)和省级交通建设监理协会理事长,彰显了杂志的影响力,进一步提升了媒体的社会地位与价值。

人物通讯写作与报道永无止境,尤其是在新时代对高质量发展的要求下,我们更应该看到,高质量发展不是迎合高收入、高水平的高端要求,而是兼顾社会公平的全方位的文化需求。高质量的文化发展,需要媒体人的坚守与突围。提供高水平的人物通讯,留下时代的文化足迹,可以以文化人,提高文化生产力和效益,凝聚人心,进一步提升行业文化自信,从而为企业走出国门,扩大行业影响力提供有力的硬支撑。

原刊于《青年记者》2018年9月

"三驾马车"推进媒体转型发展

施 华

如果将新闻传播比喻成了一个人体的话,那么,内容就是大脑,媒体融合就是四肢,而服务就是人的作为。媒体人的目标就是:让大脑思维能力更优,让四肢协调运转更快,让服务经济社会发展的能力更强。当下,我们必须深入贯彻落实新发展理念,加快推进供给侧结构性改革,以"内容提升、融合提速、服务提质"为重点,让内容、融合、服务"三驾马车"并驱前行,全力打造服务型主流媒体。

坚持"一个核心" 做优传播内容这个"主龙骨"

新闻内容是媒体的"生命线",不管媒体形态怎么变、舆论格局怎样变,内容和思想始终是其生存和发展的关键。优质的内容能以德育人,以文化人,凝聚共识;能启示人谋全局,虑长远,思进取;能清除思想之障,认识之惑,情绪之淤。通过内容建设,让读者耳朵竖起来,眼睛亮起来,心灵抖起来,产生无穷无尽的正向力量。因此,我们必须抓住内容这个核心,牢牢把握做优传播内容这个"主龙骨",用思想和创意统领媒体融合发展。

一是选题策划做到"精严新"。做优内容不是漫天撒网也不是四面出击,应悉心盘点梳理自己的优势资源,在自己"最拿手处"发力。首先,围绕中心,精选重点。要紧跟上情,围绕中心、服务大局,从时度效着力,把新闻宣传工作与行业发展高度对接、深度融合。要在实现重大改革发展上做专题报道,在凸显重点工程、重要节点、重要时段上做系列报道,在推进工作重点、工作落实上做重点报道,在选典树标,营造工作氛围上做典型报道,在凝心聚力、创业创造上做深度报道,在聚焦形势任务,安全生产成效上做经验报道,多发"好声音",多讲"好故事"。其次,开放生产,严审选题。高度重视与行业记者通讯员、智库机构和专家队伍合作,通过建立全天候记者通讯员QQ、微信聊天群和定期召开专家选题审查会,形成严格的选题审批机制,调动一切创意与策划资源为新闻生产服务。其三,深耕行业,创新特色。从不同侧面深刻分析和科学归纳行业工作,展示权威性、指导性和知识性;以新的视角努力挖掘题材的深层价值,打造新面孔、新风格和新形式,做到"人无我有、人有我特",让宣传入眼、入脑、入心。

二是主题宣传做到"独重深"。信息泛滥的时代也是注意力稀缺的时代。首先,报道要做到独家。以独家权威报道回应社会关切,为改革发展稳定创造良好舆论环境;突出观点和立场,为读者提供立场观点和专业判断;在前期策划和后期制作中对新闻资源进行整合和"二次创作",使其成为"独到"的独家报道。其次,内容要做到重头。要"高上去",充分了解大局大势和基层实际,既要"一览众山小""仰望星空",又要"让一滴水见太阳",锁定上至党中央、下至基层都关注的重大选题,释放新闻价值;要"跳出去",从固有思维跳到时代前沿,在谋篇布局、遣词行文上求新,担起"引领者"角色;要"融进去",改变纯粹的新闻记录者、旁观者角色,以创造者、参与者的角色参与,以记者问题为"中心",采访互动"走心",彰显新闻灵魂。其三,研究要做到深入。不仅在"后台"、更要在"前台",坚守"记者在现场"的新闻专业主义传统,强化现场新闻、原创新闻、视觉新闻生产,让新闻在源头"吸氧",在传播中"吸睛";不仅要挖选题、还要形成课题,将严肃重大的主题宣传与读者关注的现实问题结合起来,以问卷调查、互联网调查、面对面采访等形式在行业进行调查,形成体现时代性、具有前瞻性、拥有专业性的调研报告。

三是议程设置做到"稳爆准"。议程设置可以突出宣传亮点,强化宣传效果。一是稳定舆情。通过对议题的选择、版面的安排设计、顺序的排列组合等方式来实现议程设置,以主流媒体的权威性来引导和主导舆论,及时疏解公众郁积的非理性情绪和认知,讲清利弊,引导公众理性权衡得失。二是引爆舆论。在网络上进行议程设置,并促使其上升为"公众议题",引爆社会对该问题的关注并最终使问题得到解决。如25名中国船员被困秘鲁,中国水运报通过在网络上开展议程设置,数十家国内权威媒体全面跟进声援,有力促成了该事件的圆满解决。三是把准议题。进一步提高专业水准,提升对虚假议题的识别能力,采用敏感词屏蔽、培养"把关人"和"意见领袖"等方式进行信息的把关与舆论的引导;牢牢抓住"内容+"这个关键,把讲导向、有温度的优质议题"加"到一切端口上,传递主流价值、体现媒体责任,做"有灵魂的行业主流媒体"。

握紧"两个拳头"推进媒体深度融合这个"主引擎"

媒体转型发展如何"冲出亚马孙"?必须牢牢把握媒体深度融合这个"主引擎",坚定融合定力,突破融合瓶颈,握紧"创新"和"技术"两个拳头,从过去的"你就是你、我就是我"到"我中有你、你中有我",最终,实现"我就是你、你就是我"的深刻转变。

一是要高度注重创新。当前,新媒体发展已形成"长江后浪推前浪"之势,对传播媒体造成巨大冲击。不创新就要落后,创新慢了也要落后。创新,成为媒体生存之基、发展之道、活力之源。

第一,要创新理念。始终以创新的姿态、合作共赢的风范、"拥抱互联网"的胸怀,把产品和用户作为融合发展的重中之重,不断了解用户、吸引用户、聚拢用户,不断创新产品、优化产品、做强产品,最终,实现从"你就是你、我就是我""我中有你、你中有我"走向"我就是你、你就是我"的深度融合。

其次,要创新产品。创新"移动新闻",主动融入"网络文化"元素,实现从"宣传我"到"打动你"的转变,生产出适应不同受众特点和习惯的新闻产品;以优质内容为资本,与用户基数大、活跃度高的平台合作,实现"一次生成、多点落地、立体传播"的集群效应,提供强大的品牌宣传产品;大力开发"渠道内容",建立水运新闻线索库、宣传报道库和热点问题口径库,为用户提供舆情、咨询、评价等服务,打造"人无我有、人有我优"的拳头产品。

第三,要创新人才。从根本上讲,没有融合型人才就不可能有融合发展。我们将加强人才培养,对现有人员分层分类开展系统培训,既要培训一线采编人员,又要培训媒体负责人,为融合发展的技术创新提供智力支持和人才保障;改革人才工作机制,把各类人才纳入统一管理,在内部统一调配使用,合理分工,努力建设一支既懂新闻传播规律又懂新媒体发展规律、既懂传媒政策又懂市场运作的复合型全媒体"集团军"。

二是要持续推进技术应用。纵观传播发展史,在告别了"铅与火"走入"光与电"之后,"数与网"的技术革新,带来了信息传播更加深刻的变革,而这每一次升级都以创新驱动、技术进步为标志。因此,我们必须加大技术攻关,充分发挥重点战略、项目和研发的带动作用,力推媒体深度融合发展。

第一,要确立重点战略。读者在哪里,受众在哪里,宣传思想工作的着力点和落脚点就要放在哪里。当前,网络特别是移动终端已经成为获取信息的第一入口。我们要顺应信息传播移动化大趋势,实施"移动优先"战略,以移动端建设为重点,进一步加强移动媒体建设,推动资源、技术、力量、政策等向移动端倾斜,形成载体多样、渠道丰富、覆盖广泛的移动传播矩阵,让新媒体呈现出多内容、多平台、全屏介质输出的新态势。

第二,要突破重点项目。要完善以微博、微信、微视频和新闻客户端等"三微一端"为代表的新媒体项目建设,发挥新媒体舆论场主流效应;完善"中央厨房"建设,建立以指挥调度中心为核心、无缝衔接、联动高效的采编发单元为平台,管理扁平化、功能集成化、产品全媒化的立体传播体系;利用国家文化产业基金,全面建成包括内容生产、传播渠道、数字化平台、经营模式等在内的媒体融合发展项目库。

第三,是要开展重点研发。要将"媒体融合发展"作为报社重大科研计划,委托有关方面就媒体融合发展理论、组织构架、运行机制、技术创新等方面进行专项研究,为推动融合发展提供借鉴和参考;探索依靠大数据、云计算等信息技术深层挖掘信息内容,将不同媒介形态集中到一个多媒体数字平台上,实现多屏分发;密切关注物联网、可穿戴设备等前沿技术发展动态,积极谋划和布局运用移动传播新终端、新技术等,为实现报社产品内容、技术创意、运营渠道的协调发展打下坚实基础。

强化"三个转型"实现高品质服务这个"主航向"

提升服务能力是媒体融合发展的关键。我们要牢牢扭住服务这个"主航向",以服务催生发展驱动力,努力提高服务能力、提升服务价值,全面推进服务型主流媒体建设,坚定不移释放媒体转型发展的改革红利。

一是拓展服务对象,从零散服务转向系统服务。一方面,做大存量,集中优势资源,深挖政府服务项目潜力,做大、做好"政府蛋糕";另一方面,做强增量,依托行业垂直系统,科学布局人力和资源,延伸服务触角,将服务对象向子系统和地方分支单位拓展,实现服务的系统全覆盖。从运作上,将过去多部门零散服务进行集中整合,形成整体打包、集中兵力、一个窗口对外的"一站式"服务。要紧紧抓住用户需求,建立生产需求反馈机制,不断了解用户、吸引用户、聚拢用户,强化数据化、图表化、可视化呈现,让优质内容彰显价值。

二是拓展服务内容,从单一服务转向多元服务。把过去单一的广告及信息传播服务,向综合信息咨询服务、调查和统计分析服务、课题研究、绩效评价、信息化建设与维护、业务培训、技术咨询评估(审查)以及政策宣传和舆情监测务等服务拓展。第一,充分运用数据抓取、大数据分析等技术,分析用户阅读习惯,再根据受众的兴趣与需求变化随时调整资源配置、生产安排,让捕捉新闻热点和传播新闻信息从"大海捞针"到"精准前置",实现个性化新闻订制和精准化定向传播;第二,探索依靠大数据、云计算等信息技术深层挖掘信息内容,将不同媒介形态集中到一个多媒体数字平台上,实现多屏分发;第三,以"簇打法"呈现多内容、多平台、全屏介质输出态势,万箭齐发,集中引爆,在碎片化信息中博得眼球。

三是拓展服务半径,从单点服务转向全链条服务。要从根本上改进"跑腿打杂"的"低水平服务",拓展服务的深度和广度,针对用户的直接需求或潜在需求,积极提供主动的前期介入、周全的中期促进、完备的后期保障以及个性化、人性化、专业化的服务体验,形成一个全程的闭环服务链,把服务做到极致。首先,要建立新闻线索库、宣传报道库和热点问题口径库,为用户提供舆情、咨询、评价等服务,不断扩大主流舆论阵地;其次,要通过全案营销、立体营销、直达营销等方式,为客户提供全流程、个性化服务,增强市场认可度和依存度;第三,要结合新媒体传播形式,推出有影响力的视频、3D 动漫、音频、H5、GIF 动态海报、歌曲、RAP 等新媒体产品,并与行业的发展、大众的情感深度绑定,做综合性行业智力服务提供商。

作为舆论传播的重要平台,我们肩负着"壮大主流思想舆论"的责任与担当,就必须着眼基础、整体和长远,坚定不移推进媒体深度融合。当前,公众对媒体如何担当发展"推进器"、行业"粘合剂"、道德"风向标"的作用充满期待,对媒体更加有效提升新闻舆论工作的传播力引导力影响力公信力充满期待。我们将始终牢记使命,始终保持定力,承担起我们应当承担的政治责任和社会责任,为共同培育和树立文化自信、献力百年小康梦想作出新的更大贡献!

二等奖

政务微信公众平台运营策略分析与借鉴
——以"重庆交巡警"微信公众号为例

李素琴

自2011年以来,微信作为一种全新的移动社交媒介在全球得到爆发式发展。目前微信用户量已突破6亿,微信公众账号已超过200万个。

一、"重庆交巡警"运营现状

2013年4月,重庆市公安局交通巡逻警察总队开通了官方微信,主要发布交巡警工作动态、最新交通安全法律法规、车驾管业务知识和公众服务信息。同时,开通了"重庆李sir"微信,以一个普通交巡警的身份与网民互动,迅速拉近与市民的距离。2014年11月,"重庆交巡警"微信公众平台全面升级,拥有"信息发布""违法查询""便民指南"三大功能项目,提供车辆交通违法查询和主城实时路况查询服务,通过互动,为公众揭供点对点的咨询、解答、提示服务。2017年3月,"重庆交巡警"官方微信中搭建了"违法举报"功能,市民可以实名举报部分交通安全违法行为,微信公众平台逐步实现"服务交管、提升形象、服务群众、沟通互动"的服务定位。

目前,"重庆交巡警"微信公众号依托重庆公安网站、微博、一点资讯、企鹅平台、今日头条等平台,每天发布动态信息1~3条,推出《微讲堂》《警花小帮办》等特色栏目,定时推送信息,在重大节假日推出《致青春》《寻情记》等专题活动,累计发布文字、语音、视频信息4000条,粉丝量超过160万。

二、"重庆交巡警"微信公众号运营经验

纲举目张、明确思路。"重庆交巡警"微信公众号将服务功能定位为"服务交管、提升形象、服务群众、沟通互动",自身定位明确,彰显了本土化特色,锁定本地区的目标人群,定位于双向的互动与服务,而非单向的信息发布。同时,重庆交巡警部门自觉梳理自身职能,从单纯服务信息发布到违法查询举报,深挖用户潜在需求,注重微信平台的二次技术开发,在微服务、个性服务、零距离服务上做文章,打造与自身职能相匹配的新型综合服务平台,走特色化匹配型的政务微信发展之路。

多手段推广,传递正能量。根据重庆交巡警的工作特性,"线上+线下""传统+新媒体",全面吸粉,增加粉丝活跃度,提高粉丝黏度。依托政务微博等新媒体、联合报纸广播等传统媒体,线上开展"全国交通安全日—重庆在行动"、文明出行摇一摇抽奖活动、"平安春运巡游题示"答题送流量活动等,吸引粉丝,提高粉丝活跃度;线下善用评选活动、回馈活动,举办《巡情记——感动重庆交巡警人》等特色活动,站在官方角度讲好故事,为用户提供良好的阅读体验,培养有忠诚度、活跃度的用户群。

内容为王,创新形式。坚持图文音频并茂,组建优质的通讯员、编审队伍,在内容策划、编辑和审核三个方面严格把关,相继推出《致青春·警服蓝》《巡情记·走基层》等优秀原创文章,迅速引发网友围观。创新发布形式,采用语音播报、微视频、视频直播等方式,丰富信息发布形式,卖萌版《春季预防狂犬病小提示》被粉丝改编成8个不同版本,既科普了知识,又实现了与粉丝的良好互动。

沟通互动,打造矩阵。立足自身职责,注重研究用户心理,在发布政务类和政策解读类信息时,用浅显易懂的语言表达,同时推出了"谣言粉碎机",成为维护信息真实的"利器",科学划分栏目版块,优化实时路况、违法查询、停车导航等服务功能,有效互动,及时稳定回复,累计回复网页咨询、建议共计20万余条。通过"新媒体+传统媒介""网上+网下"方式,整合交巡警类微信资源,鼓励各县区交巡警部门开通政务微信公众号,并与已开通微信公众号的12个县区合作,打造纵向政务微信矩阵;联合交通、安监、市政等多个办事部门,发布权威民生服务信息,打造横向政务微信矩阵。

三、政务微信公众号运营建议

新媒体环境下,新闻不仅仅是一段文字、一个画面、一种声音,更重要的是一种体验。他山之石,可以攻玉。当下,各交通运输主管部门都开通了政务微信公众号,交通运输行业政务微信平台正茁壮成长,要做的还有很多。基于对"重庆交巡警"微信公众号运维策略的研究,笔者认为应该重点做好以下四点。

多手段推广,培养忠诚用户群。交通运输行业政务微信公众号在推广阶段,可以借鉴"重庆交巡警"线上＋线下、新媒体＋传统媒介的推广方法,善用评选活动、巧用学习活动、多用地推活动、活用回馈活动,全方位吸粉。吸粉阶段过后,粉丝好奇心红利消退,粉丝需要从"受众"向"用户"转变,用户的质量比数量更重要,政务微信必须追求有忠诚度、活跃度的用户群。要尊重用户,为用户提供良好的阅读体验,信息发布控制好数量和字数,避免失语或刷屏,根据用户特点精心筛选信息,增加信息的服务性、本土化和人性化,控制普适性信息的数量,尽量避免为显示存在感而推送心灵鸡汤类信息。

做好内容建设,发挥"富媒体"特性。政务微信运营,内容依旧为王,要站在官方角度讲好正能量故事,借鉴"重庆交巡警"政策"翻译"做法,及时准确、通俗浅显地解读各类公共政策和服务信息。优化栏目和排版,微信信息发布要符合移动阅读时代碎片化阅读的习惯,不照抄平面媒体,合理利用插图,能用图片尽量不用文字,能用动画尽量不用图片,同时,要善用超链接"阅读原文",链接到外部信息内容,及时补充微信内容。媒介的丰富性是微信的一大特色,要充分发挥微信的"富媒体"特性,有策略地使用音频、视频等发布方式,比如,可以与区域内的广播、电视进行合作与资源共享,播报方言版语音交通新闻,发布交通微视频、专题片,进行专题交通视频直播等,给微信用户营造"逐步带入"的互动体验。

及时有效互动,完善信息数据库。微信是私密空间内的闭环交流,适合做O2O的闭环,应该把虚拟的线上互动与实实在在的线下活动有机结合,将用户通过二维码引入微信中,在通过招募活动等手段引回到线下,让用户养成使用二维码的习惯,适度引入调查性内容,邀请用户参与讨论表达观点。在有效了解用户需求的同时,增加其忠诚度与活跃度。对于用户的咨询建议等,要及时、稳定、真诚回复,可开发"关键词自动回复"功能,不断完善关键词信息数据库,对职责内的现实利益诉求做到"有限回应",对于职责外的利益诉求,指导其通过正常途径反映问题、解决问题,不必大包大揽。

整合部门资源,打造政务微信矩阵。借鉴"重庆交巡警"联动各县区交巡警微信公众号的做法,鼓励各市区开通交通政务微信,并积极整合部门类微信资源,实现实时联动,互相推广,打造垂直型微信矩阵;联合公安、城管、安监等政府部门,辐射多个市民办事部门和民生服务事项,打造横向型微信矩阵,形成"横向到边、纵向到底"新格局,产生"航母集群"作战效应。此外,应巧妙借助外力甚至选择部分内容适度服务外包,与网站服务平台进行合作,借力其专业资源和技术,将政府权威性与网站的灵活性和微信的私密性完美结合。

原刊于《中国道路运输》2017年8月运政栏目

交通新闻舆论工作的现状及建议

潘庆芳

2016年2月19日,习近平总书记主持召开党的新闻舆论工作座谈会时指出:"党的新闻舆论工作是党的一项重要工作,是治国理政、定国安邦的大事。"

2017年10月18日,习近平总书记在十九大报告中也指出,"高度重视传播手段建设和创新,提高新闻舆论传播力、引导力、影响力、公信力。"11月8日,习近平在致中国记协成立80周年的贺信中指出,在新时代,希望中国记协深入学习贯彻党的十九大精神,牢记党的新闻舆论工作职责使命。

交通新闻舆论工作事关干部职工的精神风貌,反映着行业上级决策部署在基层的贯彻落实情况,是干部职工队伍状态、工作状态和市场状态的"晴雨表"。从事交通运输管理、服务的单位较多、从业者众多,但交通新闻舆论工作发展极不均衡。

一、交通新闻舆论工作的现状

笔者在基层调研发现,一些交通单位积极主动宣传,有效提升了行业形象,实现了政府满意、社会认可、行业发展、职工受益的局面。

一些单位新闻舆论工作的机构人员不全,新闻舆论时有时无,落入"新闻舆论工作说起来重要,抓起来次要,忙起来不要"的旧套。有的基层单位连网站都没有开通,新媒体时代的"两微一端"更无从谈起,新闻一周更新一条,其他内容常年不变,有的被中央、省网信办通报。也有的单位对新闻舆论工作有恐惧心理,"不敢宣传,不会宣传,不愿宣传"的事在一些地方较为严重。思路方法欠妥,突发事件应对乏力,也有用错宣传渠道,坑了自己、坑了单位、坑了领导、坑了行业的现象不同程度存在。八项规定出台后,发表稿件的奖励政策取消了,尤其是年轻人不愿"爬格子"写稿、从事新闻舆论工作,"睡得比别人晚,加班比别人多,收入比别人低,提拔比别人慢"。

有些单位"平时不烧香,临时抱佛脚",更有甚者是"临时抱佛脚"都不知道如何抱。平时不注重新闻舆论工作,不与媒体记者联系打交道,本区域内突发事件发生时,不知道如何去应对,出现"至于你信不信,我反正信了"的不好局面,如何与媒体打交道,如何联系媒体记者,还原事实真相,澄清交通行业没有失职失责行为等。

二、加强交通新闻舆论工作的建议

新闻舆论工作处在意识形态斗争最前沿,历史和现实告诉我们,舆论的力量绝不能小觑,加强交通新闻舆论工作具有很强的重要意义。

1. 牢固树立新闻舆论工作是一种政治行为的理念

2016年2月19日,习近平总书记主持召开党的新闻舆论工作座谈会时,总结了48字的新闻舆论工作职责使命,即"高举旗帜、引领导向,围绕中心、服务大局,团结人民、鼓舞士气,成风化人、凝心聚力,澄清谬误、明辨是非,联接中外、沟通世界。"中央要求各级领导干部有意识地把媒体作为推动科学发展的载体。这对一直以来怕媒体、烦媒体的领导干部,对轻视媒体、回避媒体的领导干部,对乱用媒体、通过舆论搞一言堂的领导干部,都是一种很好很及时的警示。

2017年2月7日,交通运输部党组书记、部精神文明建设指导委员会主任杨传堂主持召开部精神文明建设指导委员会专题会议时,强调"新闻宣传也是实事",提升软实力树立好形象,提高新闻舆论引导工作水平。

仅以政务公开、新闻宣传为主要内容的网站为例,不管是行业主管部门,还是地方党委政府,每季度都会对以对各省市、政府组成部门的网站,通过一系列的绩效考核制度,进行考核打分排名,但各省市交通主管部门对各地市州、县市区的网站管理考核都还没引起市州交通运输主管部门的重视。

2. 切实提升交通新闻舆论工作的认识

思想决定行动,高度决定深度。对交通新闻舆论工作的重要性认识越到位,工作上就会越主动。与交通运输相关突发事件发生后,有的媒体错误引导,导致了一些不必要事情的发生;也有的交通运输系统单位面对突发事件,在新闻舆论工作方面"只处理、不报道"或"先处理、后报道",有的单位存在"不愿发布、不会发布、不敢发布"的现象,反而增加了突发事件的应对成本。

要切实把思想和行动统一到中央和省委要求上来,真正重视起来、担当起来、行动起来,牢牢掌握党对新闻舆论工作的领导权。要立足交通实际,坚定自觉地站在第一线,直面新闻舆论工作的问题,积极谋划战术,履行好党和人民赋予的重要政治责任,做到"守土有责、守土负责、守土尽责"。要结合交通运输行业特色,努力开创新闻舆论工作新局面。

新媒体时代下的交通新闻舆论工作,不是"令出多门",而是协调规范。各单位要健全各项管理制度,实行严格规范管理。认真严把质量关和出口关,以完备的制度保障新闻宣传工作规范、协调推进。在尊重媒体、善待媒体,同媒体形成良性互动上下功夫,构建适应时代发展和行业发展要求的新型媒体关系。

3. 唱响主旋律,为交通发展提供坚实的舆论保障

交通作为关系国计民生的社会性、服务性公益事业,与老百姓的生活息息相关。加强新闻舆论工作是行业发展的需要和发展水平的体现,直接关系到交通运输行业的社会形象,关系到构建团结和谐稳定的交通运输发展环境,关系到交通运输的改革发展稳定。与此同时,习近平总书记就做好新形势下宣传工作做出了一系列重要论述。结合我省交通运输行业特点来看,就是要把围绕中心、服务大局作为基本职责,胸怀大局、把握大势、着眼大事,找准工作切入点和着眼点,做到因势而谋、应势而动、顺势而为,进一步做出新探索、取得新突破,坚持唱响行业发展主旋律,开创我省交通运输新闻宣传工作新局面,为湖北交通运输发展提供坚实的舆论保障。

4. 切实落实新闻舆论工作的主体责任

认清形势抓突破,要求全省交通运输新闻舆论工作要紧紧把握大局,为推动交通运输行业科学发展充分发挥新闻舆论保障作用。一是切实加强领导。形成"主要领导亲自抓、分管领导重点抓、其他成员配合抓"的领导体制和"职能部门牵头做、业务部门协同做、全体职工参与做"的工作机制,最大限度地协调用好各方各类宣传资源,发挥各自优势,不断拓展新空间、开创新局面。二是完善体制机制。要进一步探索巩固行之有效的协作配合、行业联动、信息共享、舆情监控和媒体合作体系,从体制机制上保证新闻宣传的健康运作。要把握新闻规律，提高传播技巧，使交通运输部门决策的权威性与新闻报道的影响力相结合，提升公众对交通运输新闻事件的思考判断能力，化解各种影响交通运输发展的社会矛盾，正确引导社会舆论，吸引多种社会力量凝聚成交通运输发展的向心力。三是把控难点热点。紧紧抓住关系全局、影响全局、推动全局的交通运输发展的重大关键问题和涉及群众切身利益、社会广泛关注的难点热点问题，精心策划，主动出击，扩大影响，服务全局。加强与媒体的沟通合作，针对电视、广播、报刊、网络等新兴媒体的不同特点，发挥各自优势，综合利用，高度重视网络舆论，搭建网络平台，扩大网络宣传影响力。四是突出亮点特点。坚持政治性、政策性、真实性和时效性的原则，增强舆论导向的主动性和鲜明性，以交通运输部门的公信力赢得媒体舆论的认同和老百姓的赞誉，充分展示我省交通运输部门的良好形象。

5. 切实注重关心新闻舆论工作人员的成长

一流的交通新闻舆论工作，需要一流的队伍来保障。当前，交通运输系统需要一批忠诚、干净、担当，懂政策、会宣传的新闻舆论工作人员。要么自己单位招聘有能力水平、有坚守清贫、肯吃苦耐劳、敢勤奋钻研的人员，负责新闻舆论工作，要么通过政府购买服务的方式，选择有能力的单位、个人帮助本单位从事新闻舆论工作，提升本单位的对外形象。要建立健全定期培训、稿件指导、稿件报送、考核奖惩等运行机制，加强调度指导，层层压实责任，指导、协调、督促通讯员主动采写稿件，增强稿件时效，提高稿件的写作质量，提高通讯员写作信心；打造骨干通讯员队伍，主动给他们压担子，促其历练水平、提升能力，更好地学习、成长和进步。加强行业网络评论员队伍建设，强化网上舆情信息的监管和引导，切实提高新闻舆论引导能力。新闻舆论工作只有进行时，没有完成时，新闻舆论工作永远在路上，只有通过纳入目标考核、与各级领导职务的升迁和待遇相挂钩等方式，才能从根本上扭转新闻舆论工作不落实，或落实不到位的局面，才能为整个交通运输行业的发展创造更有利、更和谐的新闻舆论环境，这或许也是整个行业发展必不可少的一项重要工作。

6. 要善用媒体力量、善待记者

做好交通本职工作是基础，把做的事、干的工作，需要社会支持的事，实事求是地宣传出去，让社会多了解交通人的辛勤劳动，多认识交通运输行业的服务属性,多支持交通运输事业的发展。要适时组织当地和行业媒体记者,以及新闻爱好者、文学创作者、摄影摄像者,经常走进交通运输系统的基层单位、工程建设现场、服务窗口采访写稿。必要的交通新闻舆论工作资金投入、必要的新闻舆论工作人员配备,都是值得的,也是有价值的。只要不带有任何私心地把新闻舆论工作经费用足用活,平时多把媒体记者请到本单位本行业采访,情况了解的深入,他们会第一时间借助媒体的力量澄清事实,还行业真实、正常的面貌。

7. 不断健全交通新闻舆论工作长效机制

湖北交通每年几百亿的投资,但真正用于宣传的经费不多。要从机构人员的设置配备到从事新闻舆论工作所需要的正常工作经费,从新闻舆论工作所需要的照相机、摄像机等设备的购置到列支外出采访所发生的交通费、住宿费等费用,同时,也要明确新闻舆论工作当然不是"特区",开展新闻舆论工作,自然要遵守八项规定等规章制度,在不违反政策和原则的情况下,多为新闻舆论工作人员采访提供便利,多为从事新闻舆论工作的人员参加业务知识培训、提高素质创造条件,多为新闻舆论工作人员到交通建设、管理一线体验生活、撰写稿件创造条件。

我们生活在新兴媒体时代,做好交通新闻舆论工作责任重大,要紧紧围绕建设"五个交通",创造良好的舆论环境,打造湖北交通发展升级版,为加快"建成支点、走在前列"、谱写中国梦的湖北篇做出新的更大贡献!

以信息化建设为抓手 实现江西交通运输转型升级

雷茂锦

"十二五"以来,江西交通运输信息化建设取得了较好的成绩,体现在五个"明显增强"上:一是行业运行掌控能力明显增强,信息化已在基础业务领域实现了基本覆盖。二是协同能力明显增强,公路、桥梁、长大隧道、航道及船舶、客运站及车辆等重点区域,实现有效监测和调度。三是公众服务能力明显增强,全省二级及以上客运站实现了联网售票,高速公路顺利加入全国ETC联网,公路水路交通信息服务体系初步形成。四是分析决策能力明显增强,初步形成了两级数据中心及智能型综合交通监控指挥中心,行业经济运行分析和决策能力得到了提高。五是发展动力明显增强,信息化标准规范、信息安全保障和建设运营保障等体系逐步完善,发展理念显著提升,重视程度越来越高,发展环境越来越好。

"十三五"是交通运输基础设施加速成网、现代综合交通运输系统加快构建、交通运输行业加快转型升级的黄金时期,同时交通运输行业也面临着增速换挡期、结构调整阵痛期、前期刺激政策消化期"三期叠加"的严峻挑战。在这个时期,发展机遇与挑战并存,改革红利和转型风险同在,有利条件和不利因素交织,整个交通运输行业是否能迎难而上、破解难题、补齐短板,从而迈入形态更高级、结构更合理、资源更丰富、服务更全面的阶段,关键是要找到并紧紧抓住突破点。国务院印发《"十三五"现代综合交通运输体系发展规划》指出,信息化建设正是交通运输行业转型升级发展的真正突破点,是打造交通运输升级版,引领和推进"四个交通"建设的重要抓手,它必将为行业的发展注入新的强大动能。江西交通运输系统要当好经济社会发展的先行官,并获得持续发展的主动权,就要对信息化建设精准施策,顺势而为。

必须清醒认识到信息化工作的重要性

习近平总书记指出:没有信息化,就没有现代化。信息化工作是培育交通运输发展新动力的重要引擎,是迈向交通运输现代化的有力支撑。可以说,只要牵好信息化这个"牛鼻子",就能在迈向现代化道路上找对方向、实现超越。

第一,信息化是补发展短板的"强心剂",做好交通运输信息化工作,必须深入分析形势。

从江西省情分析,省第十四次党代会和全省经济工作会议作出了"三个仍然"的省情判断,即"发展不足仍然是江西的主要矛盾,欠发达仍然是江西的基本省情,相对落后仍然是江西的最大现实",非常符合实际。在江西交通运输发展过程中,也存在着基础设施发展结构不合理、各种运输方式衔接和协调不够顺畅等矛盾。从江西交通信息化现状分析,仍然存在发展不平衡、不协同、不共享、不深入、不持续等问题,如基层部门信息化建设与应用相对滞后,信息化与业务未能"连成片、串成线",公众难以有效、便捷、快速地获取所需信息资源,顶层设计相对滞后,信息化架构缺乏统筹,队伍力量不足,高精尖人才匮乏等。从服务群众角度分析,到2020年,江西将与全国同步全面建成小康社会,居民交通出行总量将迅猛增加,这对行业加强内部管理、强基固本,大力推动信息服务向基层、边穷地区延伸,服务于全面建成小康社会的大局,都提出了严峻挑战。

要补齐这些短板,实现行业转型升级,必须走信息化的发展道路。基于省情特征,省委省政府明确提出了"提高公路网络化水平,加强航道、港口、码头建设,完善现代化综合立体交通运输体系"的要求,省交通运输厅也明确表示,要按照中央和省委、省政府要求,当好发展先行官,做大增强,提高质量,大力推进结构调整和转型升级,大力做好信息化的文章。

第二,信息化是推进落实"四个交通"的"融合器"。推进落实"综合交通",要求利用信息技术,推动多种运输方式之间信息高效共享、高效衔接,实现运输服务的在线组织和联程联运,提升运输效率和服务水平。推进落实"智慧交通",要求以信息化智能化引领提升管理效能,促进现代信息技术在行业领域的深度应用。推进落实"绿色交通",要求发挥环境监测和大数据分析功能,为优化交通基础设施结构、运输装备结构、运输组织结构和能源消费结构提供基础支撑。推进落实"平安交通",要求发挥信息化手段加强动态监测和应急处置决策支持作用,提升行业安全应急处置和综合治理能力。

随着"一带一路"、长江经济带、赣南等原中央苏区振兴发展、赣江新区建设等国家、省级战略的深入实施,江西交通运输行业迫切需要利用信息化手段推动区域交通一体化发展。《江西省人民政府贯彻国务院关于依托黄金水道推动长江经济带发展的指导意见的实施意见》也提出了交通先行,提升江西省综合交通枢纽地位的发展思路。这都要求利用信息化保障各种运输方式间、运输通道的有效衔接和业务协同,带动人流、物流、资金流、信息流集聚,为全面扩大开放,构建开放型经济新机制提供有效支撑。

第三,信息化是提升行业管理和服务能力的"加速器"。随着交通运输政府职能的进一步转变和简政放权,江西交通运输行业管理必须走"权利下移,信息上浮"的发展道路,通过信息技术推动法治政府和服务型政府建设,提高行业管理规范化和服务便利化程度。同时,新技术应用爆发式增长催生全新业态,全新的交通服务模式将给行业管理带来新挑战,要求利用信息化思维、"互联网+"构建创新性的管理机制和引领行业发展,加快推进交通运输向现代服务业转型发展。

必须从顶层设计描绘好发展蓝图

在江西交通运输信息化的顶层设计中,要以构建现代综合交通运输体系为宗旨,把五大发展理念贯彻其中,做到崇尚创新、注重协调、倡导绿色、厚植开放、推进共享,实现信息化从支撑行业发展向推动、引领行业转型升级发展转变,建设立足于时代发展前沿的"智慧交通",使交通运输真正成为全省经济社会发展的先行官,成为全省人民共奔小康幸福大道的有力保障。到2020年,全省形成一张安全畅通的交通运输网络,打造公众满意的服务体系和高效可靠的保障体系,信息化水平处在全国同行业前列——这是"十三五"信息化建设要努力实现的总体发展目标,同时,也是对信息建设和管理部门的鞭策,更是贴近民生、服务群众、展示形象、凝聚人心的行业承诺。

要实现这一目标，必须围绕提升信息化支撑保障能力，扎实推进政务管理与服务、运行监测与应急处置、公众出行与物流信息服务等工作，重点打造"一个中心、三大平台"。

第一，建设智慧交通大数据中心。构建以省交通监控指挥中心为核心的省、市、县三级信息网络骨干网，开展交通云平台建设，形成架构统一、扩展灵活的信息化支撑保障体系；健全和完善数据资源，实现跨地域、跨领域数据资源互联互通，初步形成行业大数据应用体系；推进交通公共数据开放，完善网络安全保障体系。

第二，建设智慧交通政务管理与服务平台。建设交通政务综合管理平台，有效支撑综合行政管理、在线协同办公、网上教育培训等工作；构建交通运输综合行政执法的协同执法与联网监管体系，推进执法案件（文书）标准化、数字化管理和在线共享，实现行政许可一站式服务；完善公路综合业务功能，实现公路建管养运的综合管理；完善公路超限运输联网管理，形成现场、非现场结合的治超模式和治超监管体系；整合水上交通各类感知信息，完善水上交通安全监管电子化手段；完善道路运政管理、城市客运监管等功能，开展城市公交生产营运智能调度示范；完善交通工程质量环境监督现场执法、质监管控和隧道施工安全应急管控功能；开展智能化养护管理应用试点，实现养护过程化、规范化、科学化管理。

第三，建设智慧交通综合监管平台。试点开展地市级平台建设和实现城市层面综合运输信息的集聚共享，形成省市两级综合交通管理和应急体系，开展交通运输运行监测智能感知体系研究和建设，推动区域间的交通信息系统互联互通，积极与公安、安监、气象、国土等部门协调联动。

第四，建设智慧出行与物流信息服务平台。引导和规范新兴服务业态，完善交通"一网通""一号通""一卡通"服务，开展综合交通服务大数据平台建设，促进交通旅游融合发展，开展智慧公路试点示范建设，搭建省内外交通运输物流公共信息平台，建立汽车电子健康档案，开展高速公路货车ETC及ETC车道标准化改造，完善高速公路联网收费和服务区信息服务功能，提升信息服务便捷性和安全可靠保障能力。

必须精准发力，狠抓落实

江西省交通运输信息化发展的蓝图已经绘就，任务已经明确。下一步，要全力攻克"执行难"，保障信息化建设蓝图得到有效实现。

第一，提高认识，加强领导。切实转变观念，从战略高度认识到信息化建设的重要性和紧迫性，强化信息化的引领作用，提升信息化工作的全局意识和创新意识；建立健全信息化管理组织机构，贯彻好"一把手"原则，明确主管领导和责任机构，建立考评和问责机制，加强统筹协调，明确各层级、各部门在信息化发展中的协作关系，为行业信息化的整体筹划、统一安排、协调推进提供保障，确保各项任务落实到位。

第二，固本强基，行稳致远。加强信息化建设资金的管理，保证信息化建设经费的常态化、持续化的投入。多渠道筹措资金，积极争取部补资金、各级政府及部门的财政性资金、科技专项资金和技改资金，拓宽投融资渠道，吸纳更多社会力量参与交通运输信息化发展，探索信息资源社会化有偿增值服务的模式和机制，推进信息服务领域产业化进程。以人为核心，通过聘请顾问、专项咨询、课题合作等多种形式，培养外围专业技术队伍；通过各种信息技术和应用技能的培训，强化行业内部从业人员的业务能力，使创新型、骨干型、复合型的信息化人才大有可为。

第三，改革创新，满足需求。转变交通运输信息化政府大包大揽的发展方式，以改革的思路、用创新的方法，进一步完善政企合作机制，激发市场主体活力，为满足需求和持续发展创造双动力。强化信息资源顶层设计，突出基础设施信息化提升、深度融合、高效运用等信息化发展最紧迫、最关键的任务。统筹建立信息资源技术体系，创新资源开发共享应用模式，推动业内信息资源的有效共享以及与业外间信息资源的相互开放，科学利用约束与激励机制，形成实效为先、包容并蓄、长效运行的信息资源开发利用的新格局。

第四，安全可控，统筹推进。加强统筹规划和顶层设计，把智慧交通和全国、全省经济社会发展相关规划统筹衔接。遵照国家信息安全战略部署，统筹协调网络信息安全和信息化发展，组织行业网络与信息安全风险评估、安全评测工作；完善行业网络与信息安全保障体系，强化责任制度，建立安全通报工作机制,制定安全应急预案;采用自主可控的技术、产品和服务,提升安全监控、感知预警和态势分析能力,增强网络信息安全整体防护能力建设,提升智慧交通安全可控水平。

发挥党的"喉舌"作用　助推交通事业发展

——浅谈行业新闻宣传在思想政治工作中的作用

刘　静

思想政治工作是经济工作和其他一切工作的生命线,而新闻宣传工作作为其组成部分,发挥着重要的引导、沟通、激励和监督作用。搞好新闻宣传工作,将对稳定思想、正确引导、凝聚共识、汇聚力量,服务"四个全面"战略布局具有重要意义。作为行业新闻宣传媒体,如何更好地运用好宣传阵地,当好"喉舌",加强全行业思想政治工作,助推各项事业持续健康发展?笔者结合从事的行业报纸——《甘肃经济日报·交通运输》周刊新闻宣传工作,浅谈几点认识。

1. 坚持党性原则,增强看齐意识

作为交通运输行业报纸,《甘肃经济日报·交通运输》周刊严格遵循这一原则,紧跟党的工作部署,宣传党的理论方针政策,宣传党的思想教育活动在行业内的开展情况,在思想上政治上行动上始终向党中央看齐。2016年2月,党中央在全体党员中组织开展以"学党章党规、学系列讲话,做合格党员"为内容的"两学一做"学习教育。活动开始后,我省交通运输系统各单位按照省里的安排部署和厅里的实施方案,广泛动员,列出时间表和任务书,多形式加强党员的日常性、经常性教育,涌现出了富有特色的多种教育手段。如高速公路管理部门基层收费所,有的在楼道内建起了廉政文化走廊,将"两学一做"学习内容以文、图、漫画、表格等形式装裱上墙,方便职工学习;有的组织职工学唱"两学一做"歌曲,将学习内容入脑入心。公路部门有的单位还组织职工开展手抄党章硬笔书法比赛,制作微视频,弘扬主旋律、传播正能量。除了形式多样地助"学",各单位还结合实际推"做"。7月中旬以来各地持续高温,敦煌更是持续40℃左右的高温,党员们冒着酷暑,奔赴生产一线,抓紧文博会交通基础设施项目建设,

将"学"的成果付诸行动,在生产岗位上发挥典型引领和示范引导作用。围绕这些鲜活的事例,《甘肃经济日报·交通运输》周刊通过开辟"两学一做""交通助力文博会"专栏,策划"两学一做"学习教育专题,采用文图形式刊登一线职工的生产、学习情况及业内有关人士的优秀研讨文章,在全行业掀起了比、学、赶、超的良好氛围,发挥了良好的舆论引导作用,增强了行业内职工的"四个意识",展现了行业良好的精神风貌。

2. 加强政策宣传,凝聚思想共识

根据我省"十三五"公路发展规划,到2020年,我省高速公路将突破7500公里,普通国道达到9600公里,普通省道达到1.7万公里,县区通高速公路、乡镇通国省道、建制村通硬化路比例实现100%,建设任务十分繁重。与此同时,随着公路网的日趋完善,公路养护、管理压力急剧加大,面对这一新形势,加强有关政策、目标任务、思路举措宣传,为由基础设施建设为主向建设、养护、管理、服务并重转变新阶段提供思想指导、凝聚发展共识就显得格外重要。《甘肃经济日报·交通运输》周刊紧跟新形势,在2016年初全省交通运输工作会议召开期间,策划专题报道,就"十三五"和2016年的全省交通运输工作的总体思路、目标任务详细报道,明晰行业发展方向;6月全国公路养护管理工作会上提出了"改革攻坚、养护转型、管理升级、服务提质"的构建现代公路养护管理体系的重要指针,周刊结合省交通运输厅的会议报道,宣传16字方针,统一行业发展共识;8月,甘肃省公路养护管理工作会议召开,周刊采取"会议消息+侧记"组合报道形式对"十三五"交通运输工作重点任务进行报道,为全行业各项工作开展"掌好舵"。全面建成小康社会,关键在农村,道路作为农村经济发展的"先行官",必须下好"先手棋"。按照"四好"农村路要求,甘肃抢抓国家加大六盘山集中连片特困等片区扶贫力度的机遇,加速革命老区、贫困地区、边远山区农村路建设。周刊及时报道政策机遇及14个市州在农村路建设中涌现出的典型经验、典型做法,专题报道农村公路建设走在前列的地州市的先进做法,供行业内各单位学习借鉴。

3. 加大典型宣传,培育行业文化

培养共同的价值追求,是促进行业发展的不竭动力和思想保证。以社会主义核心价值观和"人便于行、货畅其流、服务群众、奉献社会"的交通运输行业核

心价值体系为引领,周刊积极贯彻 2015 年底中宣部开展的"行进中国·精彩故事"主题采访活动精神和甘肃的"行进陇原·精彩故事"活动要求,结合行业实际,开辟"行进陇原·交通故事"专栏,对获得省级先进工作者荣誉称号的交通职工和一线先进人物展开报道,唱响全行业奉献交通、发展交通的主旋律。去年五一,我省交通运输系统多个单位和个人荣获全国和甘肃省五一劳动奖状、奖章和工人先锋号称号。周刊开辟"最美交通人"专栏,对他们的先进事迹展开连续报道,讲好交通故事,弘扬"爱岗敬业、争创一流,艰苦奋斗,勇于创新,淡泊名利、甘于奉献"的劳模精神,激励交通职工建设人民满意交通,推进行业核心价值体系深入践行。

4. 开发群众资源,坚持党性和人民性相统一

"坚持党性和人民性相统一,把党的理论和路线方针政策变成人民群众的自觉行动,及时把人民群众创造的经验和面临的实际情况反映出来,丰富人民精神世界,增强人民精神力量。"交通运输行业涉猎面广,铁路、公路、水路、民航都是大交通的重要组成部分,群众资源丰富,开发好群众资源,调动好群众积极性,让广大从业人员共同参与,反映基层声音、描述基层情况,讲好交通故事、传播交通声音,是行业媒体使命所在。作为行业报纸,在多年建立的通讯员队伍基础上,通过培训加强和所属各单位联系,进一步巩固稳定通讯员队伍,在行业媒体自身人力有限的情况下,充分发挥通讯员的作用,做好行业新闻宣传。同时,面对智能手机的普及和人人都是"报道者"的新形势,不仅仅局限于原有通讯员提供的信息,凡是行业内从业者发来的信息,在核实的基础上,广泛采用,拓展了行业从业人员参与新闻宣传工作的渠道,丰富了报道的内容,让新闻宣传上接"天线"下接地气的良好沟通作用得以充分发挥。

当下,正是传统媒体和新媒体两种业态融合发展的关键阶段,行业媒体也面临转型发展。值得注意的是,行业媒体在创新传播手段、转变机制的同时,不能放松阵地意识和舆论引导,要利用好传统媒体和新媒体两个大平台加强新闻宣传工作,防止出现"真空"地带,始终坚持以新闻宣传工作加强全行业思想政治工作,以强大的软实力加速"四个交通"建设,让交通始终当好经济社会发展的先行。

三等奖

学哲学 用哲学 把握工程管理方法论

何 光

关于哲学,每一个人都会有不同的理解。同样对于认识哲学、应用哲学、体会哲学,每一个人由于不同的经历和不同的阅历,看法也肯定不一样。但是有一点,可以肯定地说,在我们实际的工程管理中,哲学的思维、哲学的方法虽然无处可见,但是无处不在。

认识哲学

大多数工程技术人员知道哲学的概念都是从课本开始的。哲学给人留下最深的印象,就是"两个概念三大规律":即世界观和方法论,唯物辩证法的对立统一规律、量变质变规律、否定之否定规律。简单地说世界观是指"怎么看世界",方法论是谈"怎么做事情"。总而言之哲学是一门学科,它是研究和揭示整个事物发展一般规律的学问,为人们认识世界和改造世界提供方法论的指导。

应用哲学

正确地应用哲学一般是从实际出发、从问题出发,从解决实际工作中遇到的困难开始。

【案例1】 被誉为"安徽经验"的施工现场安全生产管理方法

我国进入21世纪后,各地各行业都在紧抓发展战略机遇期,轰轰烈烈的进行大建设、大发展、大跨越。建设的高峰期就是事故的多发期,2008 年,我省安全生产形势严峻,安全事故频发,其中某条高速公路建设项目一个月内就发生 3 起事故,死亡 5 人。据统计当年我省交通建设平均每百亿投资伤亡率是 5.97%,当时全国平均每百亿投资伤亡率是 1.32%。反思我国这些年来安全生产管理的方法和措施,基本上就是发通知、开大会、搞检查。习惯于对单个事故的处理,缺少运用系统意识全面分析事故的致因与预防措施;习惯于使用行政手段开展安全管理活动,缺少从技术层面研究安全生产管理的模式与方法。

我们通过有关文献的学习,以及对我省交通建设工程情况的分析和研究,提出了用"一个理念、两个并举"的思想,即科学方法的理念、技术手段和行政手段并举,开展安全生产管理。

第一步,我们对全省安全生产事故开展调查与分析:从事故发生的工程地点看,桥梁建设项目、山区建设环境多发;从事故发生的时间看,第一季度和第四季度多发;从事故发生的类型看,高空坠落、触电、交通事故较多;从伤亡的人员看,95% 以上都是农民工,年龄在 40—50 岁。在调研中,我们发现在工程项目建设的参建单位中,建设单位"厌倦"的情绪、监理单位"麻痹"的情绪、施工单位"侥幸"的情绪普遍存在且相互交织。第二步从解决人主要是农民工的安全意识和安全技能问题入手,提出了做好施工安全管理的"一校一会一志"工作。"一校"就是一线工人业余学校,要求每个项目部都要建立,并规定学校的硬件和软件标准,一般学校与项目部会议室(或图书室)合并。"一会"就是班前会,每个班次在开工作业前由班组长召开的会议,主要介绍本班组当前工点的危险源及其安全生产注意事项。"一志"就是施工安全工作日志。"一校一会一志"试行半年,安全生产形势就有了一定的好转。2009 年,我们又开始了第三步,从解决施工环境安全问题入手,推出安全生产"单元预警法"。单元预警法就是将在建工程根据作业内容、作业地点的不同,将安全管理的对象划分为若干单元。通过对单元内的施工工序、施工环境、施工气候等方面,进行安全隐患源的排查分析,用一定的形式给作业人员提出相应的安全风险超前警示。

通过推行上述管理方法,以及有力的安全监管,我省交通建设工程安全生产形势明显好转。2009 年,我省交通建设平均每百亿投资伤亡率是 2.40%,当时全国平均每百亿投资伤亡率是 1.11%。2010 年,我省交通建设平均每百亿投资伤亡率是0.89%,当时全国平均每百亿投资伤亡率是0.76%。我省2010年平均每百亿投资伤亡率与2008年纵向比较,下降了4.08个点;与全国横向比较,平均每百亿投资伤亡率仅高了0.13个点。2011年6月,全国公路水运工程"平安工地"建设现场推进会在我省召开。会上,交通运输部将誉为"安徽经验"的"一校一会一志""单元预警法"等一系列安全管理方法推向全国。

这些有效的措施来自对经验规律的总结。经验规律不是科学规律,从经验规律向科学规律和科学理论的转变,大致要经过感性认识和理性认识两个阶段,感性认识阶段主要是对经验规律进行总结、分析、概括,理性认识阶段主要是在经验规律概括的基础上,运用科学方法再系统研究,从而形成能够反映事物发展规律的理论体系。

【案例2】 马鞍山长江公路大桥梁施工安全与管理成套技术研究

2009年,交通运输部联合安徽省交通运输厅,以马鞍山长江公路大桥建设工程为依托,围绕特大型桥梁施工安全问题,对施工安全控制与管理相关技术进行了全面、深入、系统地研究(见图1),立项并开展了马鞍山长江公路大桥施工安全控制与管理成套技术研究项目。

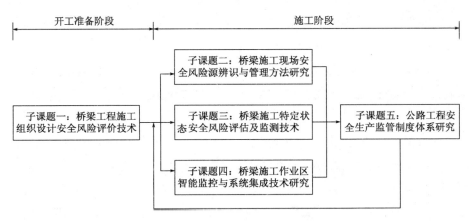

图1 项目研究总体技术路线(各子课题关系图)

针对国内外桥梁建设工程中群死群伤的安全事故频发、施工安全控制与管理技术不足这一行业急需解决的难题,本项目提出了"预案管理规范化、风险源辨识与防控制度化、一校一会一志常态化、安全检查格式化、管控平台信息化、安全防护标准化"的施工现场本质安全实现路径,开发了桥梁施工特定状态安全风险评估及监测技术,构建安徽省公路工程安全生产监管制度体系等,形成了成套的桥梁施工安全控制与管理技术。

研究过程中,始终坚持科学思想、科学态度、科学方法,从提出的"三阶段安全风险分析与预防"方法、编著的《马鞍山长江公路大桥施工特定状态安全风险评估及监测技术》著作可见一斑。

"三阶段安全风险分析与预防"方法,就是从全员、全过程的安全管理角度,以施工现场风险分析为主要形式,以预防为主要目标,结合工程建设进展情况,突出事前预案、过程预控、现场预警,按照防范措施时效的不同,将对事故的预防分为预案、预控、预警三个阶段。同时规定了建设、施工、监理等单位,以及工程管理人员和一线作业人员在每个阶段应该履行的程序和工作要求。其实质是将大系统解构为微观单系统,从而使整群系统风险得以识别、可控,将风险降低到最小。

《马鞍山长江公路大桥施工特定状态安全风险评估及监测技术》著作,主要是将矛盾分析方法与工程风险评估理论相结合,在马鞍山长江公路大桥海量般的施工工序中,把深水桩基和深水围堰施工、锚碇沉井施工、钢塔柱安装施工、高索塔爬模施工、悬索桥上部结构施工、斜拉桥上部结构施工、大型临时工程施工等,确定为对大桥施工安全生产最具影响的 7 种"特定状态"。这些"特定状态"在工程建设中,具有分部或分项工程规模大、施工作业难度大、受自然环境影响大等特点,而且一旦发生安全事故,极易造成群死群伤的作业环境和作业工序。

通过多年的安全生产管理的研究与实践,我们更加认识到人们对生活或工作方式的思索,到对它的科学分析,总是采取同实际生活或工作发展相反的道路。这种思索一般是从事后开始的,就是说,是从发展过程完成的结果开始的。安全生产管理是这样,工程质量管理也是这样,这条道路就是"实践——理论——实践"。

【案例3】 "安徽精度"与芜湖长江公路二桥工程项目管理

芜湖长江公路二桥是安徽省长江段的第八座跨江桥梁。桥路比高,全线共有大桥/特大桥 13 座,总长度达 34.7 公里,桥路比达 62.5%。主桥采用双分肢柱式塔同向回转鞍座式锚固斜拉桥,同向回转鞍座整体吊装,是在大跨度桥梁中首次运用同向回转拉索体系,定位工艺复杂,精度要求高。引桥采用轻型、薄壁、大悬臂节段梁预制、架设,节段梁预制数为20034榀,安装1602跨;特种设备多,施工高峰期全线塔吊、门吊、架桥机等大型施工机械设备90余台,给现场工程管理带来挑战。

芜湖二桥在建设之初,项目建设办公室就以铸就百年大桥为总体建设目标,认真分析我国特大型桥梁建设与管理现状,坚持问题导向与目标导向相结合,把在桥梁施工中管理粗放、工艺粗糙、精细化不足以及科学化程度不高等突出问题,作为施工管理的突破口。2014年夏,项目建设办公室借鉴国内外桥梁施工的经验与教训,结合二桥工程2万多片节段梁的预制、安装需要精度高的特点,以及目前我国工程施工中管理粗放的弱点,用哲学思维的方法提出一个概念或者是一个不断提升的工作目标——"安徽精度"。"安徽精度"不是狭义的一个指标或者一套指标体系,这就是:勇于挑战的创新精神,精益求精的严谨态度,操作行为严于规程、质量指标高于标准的执着追求。"安徽精度"其实就是传统工匠精神在当代的新传承,是交通运输部要求公路水运建设打造品质工程的具体化。"安徽精度"的实质是积极推行精心设计、精细施工、精准管理,让标准成为习惯、让习惯符合标准。"安徽精度"已经成为芜湖长江二桥建设的精神,鼓舞和引领芜湖二桥的建设者铸就百年大桥的信心和行动自觉。

工程项目管理是一个老生常谈的问题。基于工程管理内容,是质量、安全、进度和造价等"四控"管理。基于现代工程管理理念,是"发展理念人本化、项目管理专业化、工程施工标准化、管理手段信息化、日常管理精细化"的"五化"管理。随着桥梁工程建设工业化、标准化和信息化水平越来越高、管理也越来越强,现代工程管理的聚焦点或者是项目管理的核心应该是"四工"管理,即工人、工点、工艺和工序的管理。"四工"问题实际上是工程项目管理中一直存在的问题,只不过是由于现在施工作业时空的复杂度,工人对工作环境的关注度,新工艺新技术发展的速度,使得工程管理中的"四工"问题尤为突出,如果我们运用哲学中系统的整体性、关联性、层次结构性的概念分析,可以将"五化"理念视为宏观层、"四控"管理视为中观层,"四工"管理就是微观层或者核心层。"四工"问题是从工程项目管理的四个方面提出的,在实际管理中必须要一体化考虑。芜湖二桥项目建设办公室提出:人本化的工人管理、工厂化的工点管理、精细的工艺管理、规范化的工序管理。这是用哲学观对现代工程项目管理的探索,进一步丰富和完善了现代工程管理理论。

2017年全国交通运输工作会议上,我省践行"安徽精度",打造品质工程作为工程建设管理经验在会上介绍,同时得到了交通运输部党组书记杨传堂、部长李小鹏的充分肯定,并作出重要批示。批示中指出:"近年来,在省委、省政府的正确领导下,安徽省交通运输厅以打造品质工程为目标,以践行'安徽精度'为载体,加强制度设计,注重品牌培育,建成一批施工精细、质量优良、技术创新、环保节约的品质工程,提升了交通运输发展质量和水平"。

体 会 哲 学

从"安徽经验"到"安徽精度",在这期间有一个非常重要的阶段——科学研究阶段。回头看所做的工作与成绩,好似偶然、实则必然。"偶然"的是我们在实际工作时,并没有想到哲学的理论与原理;"必然"的是在实际工作中,我们始终秉持着发现问题——寻找规律——研究方法——科学论证——提出措施——指导工作的总体思路。这个思路与实践的灵魂,就是方法论的应用。

(一)学哲学用哲学,要正确认识哲学的大众性

由于"哲学"的概念晦涩难懂,以至于对哲学的学习与应用增添了一种"神秘化"。现实中对哲学的学习和研究大体上分为三种人,第一种是创建了新体系、改变了哲学史的哲学天才,就是被人们称作的哲学家。第二种是以哲学为职业,在哲学这门学科内从事学术研究,并做一些知识的总结与推广。第三种是爱智慧者,也就是把哲学当作一种生活方式,不断思考一些世界和人生的问题。毛泽东在1963年指出:要"学习马克思主义的认识论,使之群众化,为广大干部和人民群众所掌握,让哲学从哲学家的课堂上和书本里解放出来"。对哲学既不能"神秘化",也不能"世俗化"。我们要善于从方法论角度破解工程管理中最直接、最关键的现实问题,用解决工程管理的成果,验证科学管理规律,进一步加深对哲学特别是马克思主义哲学的认识与理解。

(二)学哲学用哲学,要读经典、悟原理、勤思考

学哲学不能盲从,要读经典、悟原理、勤思考。客观事物是复杂多样的,要想真正的认识一个事物,正确地处理一个问题,不是一个哲学观点所能解释和

指导的,可能涉及通常我们所说的唯物论、辩证法和认识论等,所以我们学哲学就是应该学习它的最一般规律,深悟其原理,运用其原理去观察、分析和处理问题。

学哲学用哲学,学是基础,用是关键。以知促行、知行合一,是马克思主义认识论和实践论的重要观点。要用唯物辩证法的原理去分析问题、确定原则、启迪思路。通过现象到本质,举一反三,发现事物之间的联系和规律性的东西,形成自己独立、科学的判断。

(三)学哲学用哲学,要把握工程管理方法论。

工程建设项目化,项目管理科学化。当代工程建设的设计、施工与管理等虽然没有哲学词语,但是一切工程活动都蕴含着哲学的原理、充满着辩证法。工程项目管理是一项复杂的系统工程,方法论是一种以解决问题为目标的体系或系统,提出对问题、任务、工具、方法或技巧的论述。方法论是对一系列具体的方法进行分析研究、系统总结并最终提出较为一般性的原则。把握工程管理方法论,用科学思维、科学方法,不断有效增强工程管理的系统性、预见性、创造性,向着打造品质工程的目标科学有序地推进。

习近平总书记曾在中共中央政治局集体学习时强调,要推动全党学习历史唯物主义基本原理和方法论。有了科学的方法论,我们认识工程、管理工程就有了强大思想武器,在万纷复杂的事物发展中就有了"指南针"。我们从事工程管理的同志,应该充分认识到坚持运用辩证唯物主义世界观和方法论,提高解决工程管理的本领,是我们的一个职责、一种态度、一项任务。

工欲善其事,必先利其器。工程管理的任务越是繁重,我们越是需要加强学习、改善心智模式,把握工程管理方法论,用科学思维、科学方法,不断有效增强工程管理的系统性、预见性、创造性,向着打造品质工程的目标科学有序地推进。

原刊于《安徽交通运输》2017年11月

"红色引擎"引领乌鲁木齐公交跨越式发展

——乌鲁木齐市公共交通集团有限公司40年发展纪实

陈 卉

40年栉风沐雨,40年辉煌跨越!站在新时代的起点上,乌鲁木齐公交集团领导班子及广大干部职工将勇担重任,凝心聚力,砥砺奋进,坚持"公交优先,就是百姓优先,企业优秀,必须为民谋福祉"的发展目标,同心协力把乌鲁木齐公交集团打造成为"全国领先,西部一流"的现代城市公交企业,为乌鲁木齐描绘更加美丽的画卷。

回首,历史长卷波澜壮阔。从1953年新疆迪化公共汽车站应运而生,时至今日,公交集团公司下辖经营一、二、三、四、五部,公交出租汽车公司6个营运单位;设置了车辆维修服务中心、后勤保障部、公交技校(培训部)、信息中心、物业公司、燃料公司、龙人房地产开发公司、公交旅行社等8家辅业单位,成为乌鲁木齐城市客运市场中服务功能齐全,专业技术力量雄厚的大型国有公交企业。

开启梦想 狠抓党建固根铸魂

乌鲁木齐公交集团在历史的沧桑巨变中磨砺了坚强意志,打造了过硬团队,取得了斐然成绩,谱绘了殷实篇章。而这些,都离不开党建的保驾护航。

人无精神不立,企业无精神不兴。党建是国有企业的根和魂,乌鲁木齐公交集团是首府社会公益性服务类大型国有企业,集团公司始终坚持把抓实党建摆在深化企业改革的突出位置,切实发挥企业党委议大事、谋全局、管方向作用,把党的组织优势转化为企业改革发展的推动力,充分发挥好党的政治、思想、组织作用,并有效转化为核心竞争优势。

火车跑得快,全靠车头带。集团公司领导班子紧紧围绕企业改革发展稳定工作,注重突出政治引领,不断健全和完善党组织建设,强化国有企业党委参与重大问题决策的制度机制,夯实党组织建设"四个必须":

一是必须每年将党建考核列入企业"四合一"综合管理责任目标,以企业改革发展成果检验党组织工作和战斗力,坚持服务生产经营不偏离。二是必须坚持完善"三重一大"决策监督机制,凡涉及职工的大事必通过职代会审议,推行企务公开制度,确立了横向到边、纵向到底的三级公开网络体系,切实做到企业决策管理、职工切身利益、党风廉政建设等公开透明。三是必须结合企业《惩治和预防腐败体系建设实施方案》,由党风廉政建设和反腐败工作领导小组进行全程监督,严格落实中央八项规定,开展收受"红包"、会员卡清理等专项治理工作,狠抓党风廉政建设和作风建设。四是集团班子成员必须深入基层,走访联系点职工,听取、妥善处理职工反映的热点、难点问题,切实为职工排忧解难。2012年集团党委被乌鲁木齐市委评为"创先争优"先进党组织。2011－2015年,连续五年获得了"群众满意好班子"的殊荣。

一、实施民生工程建设

民生所在,就是政之所行。长期以来,乌鲁木齐公交集团党委持续探索党组织与企业管理发展的有机融合,紧紧围绕"把方向,管大局、抓落实"的领导核心和政治核心作用,以"职工群众利益无小事"为着力点,致力于将重视、尊重、关心和爱护职工融入工作的点滴之处,通过层层传导压力、层层落实责任,真正做到把党建责任和民生建设扛在肩上,抓在手上。

在乌鲁木齐公交集团有这么一项硬性规定:职工是企业的主人,企业对职工"办实事、实办事"的承诺一经确定,年底必须兑现。年度责任目标签订后,按照季度实施考核。为更好地践行党的群众路线,2012年初,公交集团党委新届领导班子第一次公开承诺为干部职工办理的13项暖心实事,贴近民意,掷地有声。

一点一滴、一枝一叶,贴近职工、温暖职工、关爱职工,让职工更有尊严地工作、生活,公交集团党组织"全覆盖"工作正在一步步努力深入。

公交集团把开展教育实践活动与团结稳定、与营运服务、与民生建设结合起来,给职工办的每一件实事,都落实得更为具体更具时效性。

2014年,公交集团向政府申请了解决困难职工公租房政策。8月21日,首批公共租赁房摇号分配工作圆满完成,150套公租房落户到人。

2017年,乌鲁木齐公交集团开展凝心聚力活动。坚持职工生病住院、丧事难事、情绪波动"三必访"制度。对困难职工家庭子女实施全程"金秋助学"帮扶,对市总工会帮扶的困难职工家庭子女实行各学龄段"金秋助学"帮扶。关注职工身体健康,在各公交站点设置"女职工保健箱"。免费为6883名职工进行体检,为一线调度站和职工休息室安装空调。不仅为职工提供工作、生活的基础设施,还更加注重职工的精神需求,从工会拨付专款为职工购买图书、文体、娱乐设施设备,构建包含图书阅览室、文化活动室、职工学习培训室等丰富职工业余生活的"职工之家",对职工的重视、尊重、关心和爱护融入到点滴之处,增强了职工对"企业大家庭"的归属感。这件件承载职工群众心声的好事和实事兑现后,极大改善了职工工作环境,大幅提高了职工生活水平。

党建工作做好了是生产力,做实了是战斗力,做细了是凝聚力,做强了是竞争力。乌鲁木齐公交集团着力加强和改进企业党建工作,实现党建与经营同部署、同推进、同落实,在持续不断的民生工程建设中,在由衷倾注的人本关怀下,在企业自强不息的奋进中,正在形成一种无形的力量,内敛企业凝聚力的同时,让市民感受到公交企业与时俱进,诚信经营的脚步,更让干部职工切身感受到了企业的新变化、新气象。

二、健全党建制度体系

人心齐,泰山移,乌鲁木齐公交集团以习近平新时代中国特色社会主义思想为指导,紧紧围绕学习宣传贯彻党的十九大精神这条主线,进一步聚焦落实以习近平同志为核心的党中央治疆方略,特别是社会稳定和长治久安总目标,抓好"三件大事",建设"六个首府",从公交集团全局谋划党建工作,构建以能力体系为标准,以组织、责任、制度、考核体系为基础的党建工作体系,增强党组织的政治引领力,发展推动力,民生服务力和稳定骨干力,提升党组织的科学化水平,引领全体干部职工团结一心,奋发向上,为建设美丽边城作出了自己的贡献。

目前,集团共有68个党组织,其中:一个党委,7个党总支,60个党支部,

1131 名党员。乌鲁木齐公交坚持党管干部原则,认真抓好党委中心组学习,健全党建工作支撑体系,始终围绕企业中心工作,负责对党建工作进行扎口管理,坚持党管干部的原则,严格落实班子成员分工联系点制度,抓好各级领导干部的选拔、培养,夯实了党建工作的组织基础。

2013 年 3 月 13 日,公交集团党委启动党员干部下基层活动,目的就是把身子沉下去,让问题显出来,让公交管理服务工作更贴近民意。随着友谊路 1 号职工集资住房摇号分配到户,到公交第六停车场、军培公交综合调度站的投入使用;从温泉等公交场站的装修和完善,到公交集团 300 余名管理人员接受技能学习培训……让公交员工工作生活环境有了明显的改善,职工工作积极性空前高涨,企业处处充满温馨和谐。

按照市委"访民情、惠民生、聚民心"要求,公交集团扑下身子切实做好对口扶贫点月牙湾村的帮扶工作。结合月牙湾村实际情况,集团以"扶贫先治脑、脱贫先创收"为工作思路,从加大科学畜牧养殖入手,积极协调两级政府为该村规划养殖用地 44 亩,多方筹集资金 183 万元,成立村首个"润达养殖合作社",并援建完成 5 座暖圈(2500 平方)。

2014 年,通过前期项目研究和规划,筹集 32 万元扩建可容 5000 立方水的蓄水大坝,提高用水资源;2018 年,为了保证月牙湾村 1888 亩地有足够的用水浇灌,又新修水渠 10 米,清理老旧水渠 20 米,挖渠 180 米。每年少数民族开斋节前夕,集团和工作组都要对月牙湾村 39 户低保户进行慰问,共投入资金 1.9 万元,为贫困户发放大米、清油等慰问品……这一件件为民、务实的好事、实事,不仅推动了公交集团对口扶贫的力度,工作成果也得到群众和上级领导的肯定。2017 年,荣获自治区"访民情惠民生聚民心"驻村工作先进工作队和市民族团结大院荣誉。

与此同时,公交集团把开展教育实践活动与团结稳定、与营运服务、与一线管理结合起来,每一项工作都落实得更为具体更具时效性。2014 春节刚过,对查找出民族职工增加,民族干部培养力度不足的问题,出台《集团范围副队(科)级干部公开竞聘》文件,放宽民族职工报考条件。当年 5 月 21 日,集团公开招聘一线副队(科)级管理人员工作,经过笔试、面试、民意测评三个环节后,51 名职工最终从 197 名竞聘者中脱颖而出,走上公交车队管理岗位。据统计,从

1988年至今,通过公开选拔竞聘,上百名职工走入公交管理者岗位,同时也为企业发展建立起了数量充足、结构合理的后备干部人才库。

三、党建创新亮点纷呈

40年的发展中,乌鲁木齐公交集团一直坚持以诚信教育和职业道德教育为主线,将"以人为本,服务社会"的服务理念渗透到每一个岗位,着力在企业中建设厚重的服务文化。通过进一步开展创建文明车厢、和谐公交活动,积极打造公交优质服务品牌,促进公共交通服务质量全面提升。其次以培育企业文化、增强企业活力为主题,突显两个带动,即:以党建带动工建、以党建带动团建,通过加强对群众工作的领导,充分发挥出工会、共青团等群众的桥梁纽带和生力军作用,并重视发挥先进典型的示范效应。开展了"最美公交人""星级驾驶员"等评选活动,实施推进"职工创新工作室"创建活动,2018年4月启动"党建云"信息化管理,自集团互联网+党建云平台建立以来,基层60多个党组织1100多名党员在互联网上开展各项党建活动,使系统党组织学习交流更为密切,党员管理服务更加有效。打破了原来面对面的传统组织生活模式,使更多的党员同志融入组织、回归组织生活,做到"离岗不离党、流动不流失"。公交集团互联网+党建云平台的启动实施,不仅促进了"三会一课"制度的落实,而且有效提升了全体党员干部的学习热情和工作责任感,让每一次点击和阅读,都成为改进作风、激发活力、引领党建发展新常态的正能量。

为了在企业内营造创先争优、积极进取的工作学习风貌,2007年起,公交集团利用电视台、报纸、广播电台等公众新闻媒体,宣传报道公交实时动态和企业好人好事,拉近市民和企业的联系纽带。对内则加大企业的宣传力度,通过乌鲁木齐公交报、企业信息网等平台,及时宣传企业动向和职工心声,同时,对企业信息宣传稿件作者进行奖励,在集团领导班子重视和企业文化宣传信息报道奖励政策的双重鼓励下,各单位涌现出一大批优秀稿件和作品,影响和鼓励公交人团结拼搏、兢兢业业,在各自的岗位上挥洒汗水,发挥着自己的聪明才智。

四、党建工作离不开民族团结

民族团结是企业稳定发展的基石,民族团结是企业和谐发展的根本保证。

公交集团高度重视民族团结工作,始终把民族团结作为事关企业发展全局的大事来抓,大力宣传党的民族政策,教育全体职工牢固树立"少数民族离不开汉族,汉族离不开少数民族,各民族之间也相互离不开"的思想,在企业内部营造出团结互助、和谐稳定的良好局面。

为深入开展"民族团结一家亲"活动,推进各族职工交往交流交融。集团连续举办了"民族团结一家亲 共唱幸福和谐歌"联谊活动;组织文化下基层演出活动18场;来自基层单位的百余名各民族职工朋友及结对认亲对象的代表们欢聚一堂,一同欣赏各单位职工利用工余时间自编自排的精彩节目,在说说唱唱、聚聚聊聊中促进交往交流交融,共唱、共谱公交集团"民族团结一家亲和谐幸福歌"。2017年6月,公交集团深入推进向"三股势力"发声亮剑,同"两面人"作斗争活动,先后组织开展发声亮剑活动65次,企业全员参与,用铮铮誓言和如铁行动捍卫民族团结。按照自治区党委和市委关于开展"民族团结一家亲"和民族团结联谊活动决策部署,广泛发动了6089名干部职工参加"结亲周"活动,安排干部职工开展"两个全覆盖"入住工作,向各族群众赠送十九大等各类宣讲材料1130本(册),开展各类民族团结联谊活动289次,为亲戚办好事、解难事768件。

在企业暖人育人、大力弘扬公交正能量的浓郁氛围中,集团民族团结之花常开长盛,成为各族职工学习的楷模和典范。阿斯哈尔.托乎提是一名普通的310路公交司机,在6年多的时间里,一直默默资助着20多个不是亲生,胜似亲生的孩子们,他用无声大爱感动了不同民族、不同地域千千万万个陌生人,被边城百姓尊称为"26个孩子的爸爸"。2017年6月,阿斯哈尔·托乎提被中共新疆维吾尔自治区委员会、新疆维吾尔自治区人民政府授予"自治区民族团结进步模范个人称号",并当选市第三届道德模范,成为全疆乃至全国宣传民族团结的典范。

跨越之梦　提升服务树形象

从成立之初的艰涩到一路走来的艰难,从持续奋斗的坚持到开拓创新的执着,乌鲁木齐公交集团始终坚持着一个梦想。

跨越之梦,提升服务树形象。乌鲁木齐公交集团作为政府惠及民生、公交服务市民的连心桥,担负着"政府放心、市民满意"的重要使命。长期以来,公司坚持以百姓满意为第一衡量标准,多措并举,实施了"公交优先,企业优秀""创先争优,创建文明公交企业"大公交品牌战略。

一、共筑"百姓公交"之梦

公交不仅要优先,还要优秀,努力提升公交服务,打造品质公交,一直是乌鲁木齐公交集团追求的目标。作为首府最大的城市公交企业,40年来,乌鲁木齐公交集团始终秉持"以人为本、乘客至上"的服务理念,用优质服务打动乘客,用规范管理凝聚员工感情,竭尽全力为广大乘客提供安全、便捷、环保、舒适、优质的乘车条件,构建文明和谐的乘车环境。

乌鲁木齐公交集团着眼于城市"美化""亮化"工程,先后投资40多万元,在市区为30多条主要线路,设计制作了310个不锈钢三角形站牌,并喷绘了公交线路网图,扮靓了公交站点,美化了城市,为乘客出行提供了方便。

同时,为解决乌鲁木齐百姓"最后一公里"的乘车问题,开通了社区巴士服务线路,购置的面包车首次驶进巷道窄小、人口密集的商住小区,为公交线网没有覆盖到的小区居民提供便捷的出行服务。相继推出907路"雪莲花女子车队"、501路"咱爸咱妈敬老专线"、10路"好巴郎"、"暖心1路"、308路"石榴花民族车队"、921路"微笑向日葵"等特色线路。今年6月29日,首批4条乡村公交线路上线运营,极大方便了镇、乡村农牧民乘车,让乌鲁木齐县乡村公交全部进入"公营"时代。

为了更好实施公交民生交通延伸服务,为驻扎在经济开发区的大型企业开通定制班车服务,此外还推出了市郊小客专线、河滩路大站快车、环线快客等便民线路,实行"公交出租车预约叫车服务"等,不仅提升了市民对公交服务的满意率,也让公交服务逐渐走向多样化、人性化、特色化,也是落实党的群众路线教育实践活动要求,解决百姓难题、着力满足群众"最后一公里"出行需求的具体举措。此外,公交集团作为国有大型企业,通过实施驾驶员"三检"制度及落实风险控制措施,以及认真执行老年卡、爱心卡、学生卡等优惠的票制票价、各类公益宣传、应急疏散等相关工作,提升了公交服务水准,几年来圆满完成了亚欧博览会、冬运会等各类重大活动和节假日期间的公交服务保障工作。在第三方对公交满意度测评中,公交服务质量满意度由2012年59.19%提升到2015年

83.81%,2017 年达到 85.18%,得到了市民的认可。

二、共筑"平安公交"之梦

围绕新疆实现长治久安和社会稳定总目标,乌鲁木齐公交集团把维护稳定作为压倒一切的硬任务,不折不扣、坚决打好维稳组合拳,公交集团主动转变服务职责,把安全稳定作为各项工作之首,从抓制度、建机制入手,健全安全维稳机制,完善安全维稳制度,落实驾驶员"一岗三责"责任制,夯实"一把手"责任制,建立了横到边、纵到底的安全智能管理网络体系,推进了以"3G 视频监控系统""场站视频监控系统"和"BRT 运营智能系统"为子系统的公交 GPS 智能调度指挥平台建设,全面提升"全员参与、全面排查、全过程控制"工作格局。

为了进一步细化完善安全维稳责任,使职能与责任相对应,集团公司结合公交线路运营实际,制定和完善公交车辆安全运营恐怖突发事件应急预案和公交安全生产反恐应急预案,修订、出台了《安全防突应急防范机制》及一系列应急办法;层层签订《安全生产责任书》,编印《驾驶员安全行车手册》5000 套,将安全与维稳信息网络延伸至所属各单位、各部门。

2012 年 6 月 25 日下午,公交集团成立应急中队,应急中队在提高公交突发公共事件预警处置能力的同时,还担负公交 53 个场站和 108 个 BRT 站台重点区域的防卫、巡逻等工作。同期展开的还有集团班子领导每个工作日带领机关部室人员,进行安全生产、反恐维稳措施督查。42 名副处以上管理干部对夜间停车场、住宅小区安保情况进行不定期巡检。集团所属各级单位实行 24 小时领导带班,严格落实双岗值班制度。除了巡查重点区域安全防范等工作外,还对安保人员进行反督察,确保公交安全防范无间隙。

经过前期实际操练和维稳工作的开展,2014 年 6 月 13 日,乌鲁木齐公交集团成立首支公交应急大队,应急大队下辖 3 个中队,人员由原来的 40 人增加到 120 人。公交安全应急大队的成立,标志着公交对场站、运营线路等场所的安全督察、安全巡检和安全布控已经步入正轨。

为提高应对突发公共事件的指挥协作能力,加大安保检查防范力度,督查驾驶员认真履行"一岗三责"要求,在社会敏感期和重大活动节点,加大对公交车内、公交场站安保措施,做到"一车一保",对预防意外和突发事件发生起到了积极作用。

公交集团加强安全生产标准化建设工作,通过了《安全生产认证体系》及《安全生产标准化》一级达标的验收,通过一系列卓有成效、点面结合的安全生产措施,确保公交集团安保维稳工作状况良好,安全管理体系运行正常。

围绕新疆实现长治久安,确保社会持续稳定的发展要求,坚守"公交安全职责为天"的信念,乌鲁木齐公交大力构建企业治安防范监控系统,以为市民提供"安全、优质、舒适、方便、快捷"的出行环境为准则,加大对公交车内、公交场站、BRT 站台的安保防范和安全督察,全面做好公交安全"三前五防六不准"工作,时刻掌握公交一线安全维稳工作主动权,确保了安全生产责任的落实,通过基层单位属地管理、单位和员工三个层面的共同努力,筑牢了公交安全维稳防线。

三、共筑"绿色公交"之梦

作为乌鲁木齐市的骨干公交企业,公交集团积极承担起了蓝天工程和节能减排工程的社会责任。自 1994 年起,开始对公交车进行油改气工作,近年来,对符合国家报废标准的老旧车进行淘汰更新。特别是进入 21 世纪后,集团紧紧抓住历史发展机遇,推出了智能公交管理系统理念,合理建立信息化建设,并于 1998 年 4 月 5 日,驶出首批"绿色公共汽车",同年 8 月,改装成功的 100 辆"绿色公共汽车"驶向街头。

为了配合市政府"蓝天工程"计划,2002 年公交集团将 80% 的车辆改用了环保清洁的"天然气"燃料,并自筹 1600 多万元资金建造了三座 CNG 加气站。在环保清洁的燃料应用上,乌鲁木齐公交走在了全国的前列。2002 年 11 月 11 日,乌市公交总公司推广的以天然气的"绿色汽车""绿色环保蓝天工程",喜获由国家经贸委和中国科协联合颁发的"国家优秀成果奖"。

2011 年 8 月,具有高信息化、高标准化、高安全性、高人性化"四高"之称的 BRT 公交车在乌鲁木齐隆重登场,让乌市人民感受到新一轮公共交通科技创新带来的惊喜与舒适。2014 年 9 月 19 日,经营一部新修缮改建的车间正式启用;11 月 6 日上午,位于花儿沟路的乌鲁木齐规模最大具有"4S 店"的公交车辆维修服务中心红二电修理车间正式运作,随着"掌上"公交绿色修理模式的运用,公交车开始有了自己最为专业的修理"医生"。

2016年圆满完成了更新150辆插电式混合动力公交车招标采购工作,并确保车辆在2017年元旦投入线路运营。截至目前,所有运营的公交车、出租车100%使用清洁燃气,极大地降低一氧化碳和碳氢化合物的排放量,从源头上实现节能环保目标。为此,获得了建设部"中国城市公交科技创新"称号。

近年来,乌鲁木齐公交集团本着"绿色环保公交先行"的先进理念,积极选用安全舒适、节能环保和美观实用的车辆,淘汰污染严重、技术条件差的车辆,多方面筹集资金,平均每年购入车辆250台左右,为建设绿色、高效城市公共交通环境作出了公交人的贡献。

四、共筑"智慧公交"之梦

随着"互联网+"时代的到来,市民对公共交通的需求已不再单一,而是多层次的,不仅有安全可达的要求,更有快速、便捷、舒适、准时的要求,鉴于城市道路交通日益拥堵严重的现状,必须大力发展运用先进智能科技进行运调组织管理的现代化大运量快速公交系统,实现"智慧公交"的一大飞跃。

从2007年年底至今,乌鲁木齐公交集团坚定地迈出了企业智能信息化建设的步伐,紧抓机遇,成功利用世界银行贷款和政府资金现货实施建设了"GPS智能调度系统"、"3G车辆监控系统"和"公交场站安防监控系统"三大智能科技系统。可视化、智能化、网络化等优势功能的融合互补,提升了企业运营调度指挥管理水平、管理效率、知情力和快速应急指挥能力,彻底改变了传统管理模式和管理手段,实现了由经验管理向科学管理的转变,标志着乌鲁木齐公交集团在管理创新和科技进步方面实现了新的跨越。2001年12月28日,乌鲁木齐公交智能收费系统经运行取得成功。2007年8月底,乌鲁木齐公交GPS智能调度系统项目开工建设,项目投资750多万元。2007年12月建成了公交GPS智能可视化调度信息系统,提升了现有公交运调管理方式,使科技信息技术在企业中发挥了优势。

2009年,公交实施科技兴企"三大工程",即公交GPS智能调度信息系统、智能IC卡收费系统、公交天然气技术引用与改造。同年10月,13条公交线路的500余辆公交车开始陆续安装GPS系统,随着GPS智能可视化调度信息系统的实施推广,不仅改变了乌鲁木齐公交传统管理模式,提升了公交运调管理方式,还让乌鲁木齐公交在智能信息化的建设规模和技术起点上位居全国公交同行前列,彻底改变了乌鲁木齐公交几十年的传统管理模式和管理手段,实现了企业由经验管理向科学管理,从定性管理向定量管理,从静态管理向动态管理,从事后管理向实时管理的历史转变。

截至目前,已经实现了在公司 2000 多辆公交车,100 余条线路上大规模可视化管理模式;"GPS 智能分段限速"更是成功实现了公交运营安全的动态管理和运营秩序的自动监督;"F8 一键报警"功能也为更好地强化公交车辆安防管理,保障各族市民出行安全起到了积极作用。

为方便乘客智能出行,2016 年又研发了基于企业微信平台的"手机定制公交系统",并上线测试。同年,《"互联网+"大数据时代下的公交出行智能查询系统建设与实践》荣获了新疆企业管理现代化创新成果一等奖。为提高信息化管理效率和运行服务质量,2017 年 9 月推出了第一个版本"公交智慧云调度软件",在 507 路卡子湾调度站进行试点,由调度人员利用掌上 ipad,首次完成了与驾驶员及车辆的面对面云调度。同年,《打造智慧公交"云调度"平台体系助力公交运能及服务全面提高》创新成果课题,荣获了"第 24 届全国企业管理现代化创新成果一等奖"。与此同时,为加快企业"公交物资维修智能系统"的推进力度,又逐层开展了绿色公交汽修车辆进车间、进站点、到车队二级维护工作"无纸化"办公,实现了"单车单档"维修记录,将信息化技术与传统修理有机融合,挖掘增加了"公交维修故障诊断知识库"的"智能学习"和"自主丰富"子模块,在打造"绿色汽修、智能汽修"的道路上又迈上了一个新台阶。

腾飞之梦　挖潜增效促发展

新时期,乌鲁木齐公交集团众志成城,励精图治,续写了奋勇崛起的恢宏篇章,让梦想在跨越中不断升华。

奋进、拼搏、共勉。以"稳中求进"为发展理念的乌鲁木齐公交集团,将乘着新时代的暖风,感召着中国梦的期冀,继续奋发昂扬,携手前行。

乌鲁木齐公交集团充分认识到,在取得现有成绩的同时,还需要解决诸多不可忽视的问题,诸如解决好主业经营管理模式的同时,必须打破辅业一条腿走路的管理套路,拓宽经营渠道,放水养鱼,壮大辅业。同时,还需要争取更多切实可行的政策措施出台,这样才能做到服务好百姓群众,惠及干部职工。

2018年7月,集团深化企业改革,健全内控管理体系,完成了《内部控制管理手册(2018版)》的编制发布试行工作。加强内控管理的宣贯,提高全员内控管理意识,合法合规地推进各项工作的落实,营造和谐内控环境。强化业务流程执行规范化,进一步构建组织高效、管理自律、风险自检的长效内部控制体系。同时,继续推进公交行业供给侧结构性改革工作,逐步形成公司服务社会的公益性公交板块和经过整合的经营性投资、发展公司板块为"两翼"的"一体两翼"发展模式,利用吸收合并、合资新设、资产重组和授权经营等方式,拓宽公交大数据、线网资源、公交出租、公交广告、气瓶检测和尾气治理、财产租赁的产业格局,逐步扩大资产内涵和外延并有效升级转型,适度降低对主业的依赖程度,积极培育独立的市场竞争实力。充分发挥绩效考核杠杆作用,从经营管理、职业道德和服务技能等方面有计划、有侧重点的开展绩效考评工作,激活管理体制,提升管理人员素质与水平。不断拓展、做强、做优公交车辆维修服务中心及各车间对外维修业务,并持续加大专业高级修理技师的培养力度,力争将乌鲁木齐公交集团的"4S"维修品牌推广出去。

主动作为,因企施策,持续攻坚。乌鲁木齐公交集团还将提高自身造血功能,实现企业价值最大化时的最佳资本结构。并增强银企联合,积极争取政府的扶持政策,最大限度地利用好银行信贷资金,不断提升企业自身造血机能,降低对财政资金的过度依赖,减轻政府的负担。

运筹帷幄,才能绘就宏图。公交场站建设一直制约着公司的发展,近几年来,随着政府大力发展公交举措的落实,公交场站建设也有了较大改观。2018年初,乌鲁木齐公交集团还与城交投公司签订了公交场站立体综合开发合作意向。下一步将致力于围绕城市公交运营、车辆停放和乘客聚散的核心功能,打造出城市中集公共交通、商业、办公和娱乐等多元一体的公交综合体,从单一、简单逐步向集约、高效的复合型模式过渡,可以说是首次尝试和探索,这也为今后公交场站综合系统的开发提供了有力支撑。

奋蹄疾驰　敦行致远创佳绩

历史从不等待一切犹豫者、观望者、懈怠者、软弱者,主动作为才能赢得抓住机遇,主动作为才能赢得人心,主动作为才能铸就辉煌。

企业先后获得全国城市公共交通系统优质服务竞赛优胜企业、全国公用行业规范化服务优秀单位、"中国城市公交科技进步企业"、自治区"天山杯"竞赛先进单位、新疆城市交通系统优质服务竞赛优胜企业,乌鲁木齐市民族团结进步模范单位,并荣获了全国城市公共交通十佳先进企业称号和全国"厂务公开民主管理"先进单位等殊荣。

1963年至今,荣获市级以上劳模23人,全国劳模2人。2014年5月,集团全国劳模赵延昌得到习近平总书记的亲切接见,让公交人无比自豪。2015年4月,艾山江·卡地尔、朱丽娜分别荣获乌鲁木齐市劳模称号;2015年12月驾驶员郭刚获得"中华人民共和国交通运输部""中华全国总工会"授予的"爱岗敬业驾驶员楷模"称号。2017年4月,自治区劳模李新民获全国总工会授予的全国"五一劳动奖章"荣誉。

一段勇于担当的历史,一种舍我其谁的精神,让乌鲁木齐公交集团公交人懂得了这样的道理:没有务实,梦想就只能是"充饥的画饼";没有创新,目标就只能是"纸上的蓝图"。乌鲁木齐公交集团公交人深知,只有树牢"以人为本、服务社会"的核心价值观,才能引领企业再创辉煌。

放眼未来,乌鲁木齐公交集团志在必得。发展的蓝图承载着企业健康快速发展的美好愿景,奋进的号角吹响了全集团公交人的集结号。在"红色引擎"引领下,站在新时代的起点上,乌鲁木齐公交集团领导班子带领全员上下,信心百倍,不忘初心,牢记使命,砥砺奋进,将向更高、更远的蓝天展翅腾飞翱翔,以和人之心为公交梦添彩,以和众之力将公交梦筑圆!

发挥企业文化引领作用
谱写"筑梦景婺黄"新篇章

陈本华

江西省高速集团景德镇管理中心所辖景婺黄(常)、德上两条高速公路,位于赣东北地区,北连安徽黄山、南接上饶三清山、东有中国最美乡村—婺源、西靠中国瓷都—景德镇,具有丰富的旅游和文化资源。该中心成立12年来,先后荣获"全国文明单位""江西省企业文化建设示范单位""第十二届全省职工职业道德建设先进单位""全国交通运输企业管理现代化创新成果二等奖""江西省直机关文明单位""江西省文明单位"等称号;获得8个"国家级职工书屋"、3个"全国五一巾帼标兵岗"、2个"全国青年文明号"、2个"全国交通运输行业文明示范窗口",并获得"全国公路交通系统模范职工小家""全国工人先锋号""全国青年安全生产示范岗""全国模范班组"。其中,江湾收费所2015年获得"江西省女职工茶艺技能大赛"一等奖,江湾所党支部被省直机关工委授予"党建基层党支部规范化建设示范点"。

续地方民俗　展示地域文化风情

中心党委将千年瓷都文化和中国最美乡村文化引入高速所站,将地方文化和高速所站文化相溶,打造了赋有路段特色的高速文化。如景德镇北收费所将景德镇特色瓷文化中的青花元素融入所站文化建设中,打造了独具特色的瓷文化品牌,提高了职工的知识素养和人文修养,成立"青花女子瓷乐队",购置一整套景德镇特色瓷乐器,音色清雅脱俗,洗涤心灵;设立了陶瓷制作室,购置陶瓷制作设备,聘请专业老师教授职工陶瓷制作及绘画技巧,让员工亲手体验景德镇千年瓷文化的独特魅力;同时成立了"青花韵"读书学社,为职工搭建了一个"读书、感悟、交流"的平台。江湾收费所则将赋有婺源特色的茶文化引入所里,组建了一支由5名女职工组成的"茶艺表演队",并邀请专业的茶艺老师指导训练;该所种植茶园,设立了茶艺表演室和制茶室,让大家在工作之余学习采茶、制茶、泡茶。她们将茶文化中的"敬、和、俭、静"的精髓深入心扉,融入高速公路收费管理的各个环节,为单位发展凝神聚力、强基固本,赣皖界塔岭收费所则结合安徽黄梅戏文化,组建了一支黄梅戏表演队,一个个赋有地域特色文化队伍,进一步丰富了所站文化,营造了一个"健康、积极、向上"的生活氛围,凝聚了单位的发展内动力。

进景德镇管理中心各基层所站,庭院内绿树成荫,没有一片荒芜的空地,园林化的蔬菜基地,果树上硕果累累,各种时令蔬菜清脆鲜嫩,鸡鸭成群的叫声绘就了一个个美丽动人的"农家庭院"式风光。多年以来,中心倡导生态种养,将所站养的畜禽粪便及秸秆等用微生物发酵,或做果蔬地的肥料,或做养鱼的饲料;废弃的蔬菜叶则用来喂养猪、鸡、鸭、鹅等。在"农家庭院"式所站,动物、植物、土地、水与空气,构成了一个完整独立的生态系统,自给自足,形成了种养结合良性循环经济的生态健康种养模式。同时,该中心各所站依据各自实际,有效地整合了空闲的土地资源,将原来的蔬菜种植区规划到果树种植区,开辟出了禽类区、畜类区,实行蔬、果、禽、畜分区种养。如婺源养护所用自然石垒成菜地的花边把菜地分成几何块来增强视觉。三清山所则用花草、小灌木作为背景,配以石景,一眼望去既漂亮又清晰。白沙关所则利用田间小道和不规则的圆形来修饰,塑造原始美感。

如今,在"农家庭院"式"一种三养"的新模式下,既美化了所站环境,提升了员工们的生活水平和幸福指数,同时,通过寓教于乐的方式使员工参与到种养活动中来,让员工在业余时间体验劳动的乐趣,增强了员工队伍凝聚力和向心力,更有效激活了高速公路企业文化,培养了职工热爱劳动、勤俭节约的优良品德。

享业余生活　推进群众文化发展

针对高速公路基层所站大多地处偏远,远离城镇,文化生活相对比较单调的实际情况,该中心班子主动作为,把文化活动作为提升单位发展"软实力"的重要途径,大力加强基层文化建设,结合新时代形势和自身实际,以江西高速集团企业文化为引领,通过打造富有特色的高速群众文化,使每名职工都在积极向上的氛围和活动中耳濡目染,形成优良的工作作风。

  为广泛收集职工对开展文化活动的意见和建议,多年来,中心领导及有关部门深入基层研究探索文化活动形式,结合青年职工的心理成长特点和兴趣爱好,精选职工喜闻乐见和贴近高速行业特色的文化活动,积极开展了丰富多彩的群众性文体活动。同时,顺应新媒体传播形势,结合"党建+"活动,整合宣传资源,建立了"筑梦景婺黄"微信公众号平台,进一步拓展宣传覆盖面,营造良好网络舆论环境。如信息分中心组建多彩兴趣班,开设了葫芦丝、绘画、舞蹈等专业。婺源所则利用职工书屋改造了一个"微型家庭影院",定期开展企业文化宣传和红色革命教育。此外,该中心挤出经费对中心及各收费所站的篮球场、网球场、健身房进行了改造升级;结合"两学一做",持续开展"党员示范岗""党员奉献日"活动,大力开展了"书香景婺黄"读书活动和企业文化小故事征集,并相继出版了《书香景婺黄悦读分享》笔会作品集,切实讲好企业自己的故事,展现真实、立体、全面的高速公路人的形象,提升单位文化软实力,以坚定的文化自信,汇聚战胜"四大考验""四种危险"的强大精神力量。

附　录

获奖名次：二等奖
标　　题：《党代表寄来了明信片》
作　　者：范　磊
原 刊 于：《中国邮政报》2017年12月13日4版

获奖名次:三等奖
标　　题:《龙王庙立交桥,见证中国效率》
作　　者:王有星　卢建建　霍燕芝
原 刊 于:《铁道建设》2017年7月12日1版

获奖名次:三等奖
标　　题:《一二三,茄子!》
作　　者:霍　赛
原 刊 于:《筑港报》2018年1月1日4版

获奖名次:三等奖
标　　题:《太行山高速公路建设》
作　　者:樊连贵
原 刊 于:《河北交通》2017年5月3日Z1版

"温馨巴士杯"
第七届交通运输优秀新闻
作品及优秀编辑推选结果

消 息 类

| 奖项 | 推荐单位 | 作者 |

一等奖(3篇)

"悬崖村"有了无人机邮路　　　　　《中国邮政报》　　　　　　　何勤华

中国造:西非首条城铁启程　　　　　《中国铁道建筑报》　　　　　刘英才

国家水上应急救援重庆长航队三天三夜全力以赴

"10·28"重庆坠江公交车打捞出水　《寰球物流报》　　敬基学　陈春旭　皮志高

二等奖(6篇)

上海打捞局连续奋战590天

"世越号"沉没近三年后重见天日　　《中国救捞》　　　　　　　　单　兴

港珠澳大桥正式通车运营

　　习近平接见公司员工在内的大桥建设者并称赞:你们功不可没,劳苦功高!

　　　　　　　　　　　　　　　　《筑港报》　　　　　　　　　刘志温

中铁一局四公司承建

我国高海拔地区首座转体桥梁合龙

　　——格库铁路格东特大桥"跨越"青藏铁路

　　　　　　　　　　　　　　　　《铁路建设报》　　　　史飞龙　黄　建

铁四院启动福厦铁路56个智能化项目、25项科研课题研究

智能化设计引入全国首条跨海高铁　《中国铁道建筑报》　　　　　刘新红

中欧班列服务再升级　集装箱实现全程监测

　　——连云港箱厂为汉欧国际安装首批集装箱定位装置

　　　　　　　　　　　　　　　　《中国远洋海运报》　　　李琳　掌磊

| 奖　项 | 推荐单位 | 作　者 |

和田皮西那乡首个扶贫车间开工了！
　　让留守妇女家庭解困是脱贫攻坚战的重中之重、坚中之坚，
　女工激动哽咽：感谢南航和人民政府
　　　　　　　　　　　　　　《南方航空报》　　安韵婷　张思维　夏迪力

三等奖(12篇)

"中国制造"开启东非铁路交通新里程
肯尼亚蒙内铁路正式建成通车
　　——二航局承建全程约四分之一的路段
　　　　　　　　　　　　　　《二航人》　　　　　　　　　黄伟锋
我国首次生产使用 F 级桥梁钢
　　——黑龙江大桥可耐零下 60℃极寒温度 《黑龙江交通》　　狄　健　陈晓光
生态施工：建海上"移动防护网"　《铁路建设报》　牛荣健　第五明辉　樊其正
天津南港打通京津冀燃气输送通道　《天航报》　　　　　李悦来　赵小康
中铁一局承建的新疆第一铁路长桥
格库铁路台特玛湖特大桥贯通　　　《铁路建设报》
　　　　　　　　　　　　　　　　　黄　斌　王　维　李创新　王　伟　雷　昊
"可算找到'娘家'了！"
　　——482 名农民工加入杭临城际铁路车辆段项目工会
　　　　　　　　　　　　　　　《中铁上海工程》　　　　　　汪　顺
亚洲最大绞吸挖泥船"天鲲号"成功下水　《天航报》　　张政民　赵小康
我省融入"一带一路"建设再获重大突破
　　——龙运集团成我国首批参与 TIR 国际道路运输企业
　　　　　　　　　　　　　　　《黑龙江交通》　　　　　　　陈晓光
小鸟儿，请自由自在地飞翔吧　　《铁道建设》　　　　程　娣　简　敏
省内最大乘用车充电站建成使用
　　可同时满足 42 台纯电动乘用车充电需求，日充电 400 辆车次
　　　　　　　　　　　　　　　《温馨巴士》　　　　詹海林　林振钟
严格执行"实名制购票"长途车驾驶员协助警方揪出嫌犯
　　　　　　　　　　　　　　　《交运·崛起》　　　　　　　张文杰
路遇火情 四次冲入火海　　　　　《乌鲁木齐公交》　　　　　邵月珍

通 讯 类

| 奖　项 | 推荐单位 | 作　者 |

一等奖(7篇)

大会战！决战韩国西南海
　　——"世越号"整体起浮作业纪实　　《中国救捞》　　　　　　　　　　单　兴
万人大转运：一场生命的接驳之旅　　《四川交通》　　吴　丹　梁晓明　朱姜郦
芦苇花儿会唱歌
　　——记江苏省淮安市洪泽区地方海事处马浪岗海事所
　　　　　　　　　　　　　　　　　《中国交通报》　　　　　　周献恩　施　科
4856个"夫妻桩"撑起云中高速　　　　《中国交通报》　　　　　　田　园　周爱娟
邓艾民：用自己的命挽救十四名乘客　《中国道路运输》　　　　　　　　　黄　博
身受重伤还安全转运12名乘客
好司机赵双用生命诠释"以人民为中心"《云南交通》　　　　　　　　　　赵学康
世纪工程里的"交通担当"　　　　　　《中国水运报》　　　　　　梁宗盛　龙　巍

二等奖(14篇)

党员先锋　勇往直前　不忘初心　无畏挑战
　　——四勇士26分钟"桑吉"轮生死搜寻《中国救捞》　　　　　　　　　董权慧
云上筑路旅游兴　四海友人赏黔景
　　——"黔"程似锦系列报道之一　　《中国交通报》
　　　　　　　　　林　芬　马士茹　韩　璐　姜久明　李黔刚　刘叶琳
争分夺秒的26分钟
　　——记"桑吉"轮火场救援中的中国打捞人
　　　　　　　　　　　　　　　　　《中国水运报》　　　　　　潘洁沣　胡　逢
选线穿过7个5A级景区、50多个4A级景区、10多个国家级森林公园
绿色设计为杭黄高铁"深度美颜"　　《中国铁道建筑报》　刘新红　陈桂芳　孙樱齐
为路而生：沙漠中的"骆驼刺"
　　——记吐小高速工程建设项目指挥部指挥长
　　　　　　　　　　　　　　　　　《交通建设与管理》　　　　邓长忠　汪　旸
使命，当日必达
　　——邮政助力《人民日报》十九大开幕喜讯传遍全国
　　　　　　　　　　　　　　　　　《中国邮政报》
　　　　　　　　　吕　磊　杜　芳　韩静桦　李青芳　梅　雪　孙亚南

| 奖　项 | 推荐单位 | 作　者 |

精准扶贫的"水文章"　　　　　　　《中国水运报》　　朱　婧　张　巽　王　强

铁路正在改变安哥拉　　　　　　　《中国铁道建筑报》　　　　　　　庞曙光

为乘客"终身"一线"牵"
　　——"高考热线"承载乘客"终生嘱托"20年
　　　　　　　　　　　　　　　　《上海交通》　　　　　　　　　　韩　菁

当"红色热土"遇上"绿色邮政"
　　——江西邮政电商扶贫"星火"渐"燎原"
　　　　　　　　　　　　　　　　《中国邮政快递报》　　　　　　　范云兵

勇于担当　主动作为
　　——广东海事公安侦办"10.15"船撞西江大桥案纪实
　　　　　　　　　　　　　　　　《珠江水运》　　　　　张建林　何武锋

任何成功都是天人合一的结果
　　——访上海振华重工集团原总裁管彤贤
　　　　　　　　　　　　　　　　《中国交通报》　　　　　　　　　林　芬

劈开"山门"、打通"山路"，构建全域通畅的综合交通网络
平昌县：路好带来百业旺　　　　　《四川交通》
　　　　　　　　　　　　　　白能国　张　力　李洁心　扎西美朵

"我喜欢出发"
　　——访中国交通建设股份有限公司总工程师林鸣
　　　　　　　　　　　　　　　　《中国交通报》　　　　　　　　　廖西平

三等奖(30篇)

大漠深处有绿荫
　　——邮储银行甘肃省张掖市分行信贷员速写
　　　　　　　　　　　　　　　　《中国邮政报》　　　　　　　　　张　焯

怒放的生命定能创造奇迹
　　——记贵州省交通脱贫攻坚队队员吴秀实
　　　　　　　　　　　　　　　　《贵州交通》　　刘叶琳　潘先阳　张家富

中美贸易战对航运业的影响　　　　《中国水运》　　　　　　　　　　张　涛

营销委加德满都办事处党支部
在喜马拉雅山谷书写党员故事　　　《南方航空报》　　　　　　　　　王　丹

| 奖　项 | 推荐单位 | 作　者 |

是取消省界收费站,更是重构管理体制!
　　　　　　　　　　　　　《中国高速公路》　　　　　　　　冯　涛
大凉山邮路变迁:从无人"天路"到无人机"天路"
　　　　　　　　　　　　　《快递》　　　付　嘉　付莉丽　彭　辉
人回乡、钱回流、企回迁,"归雁经济"规模日增
安徽"四好农村路"引得游子归　《中国交通报》　　　　　　　吴　敏
追忆驻俄罗斯工作15年的无悔青春,见证改革开放和南航的发展变化
我看过太多的赴俄倒爷和票据　走过无数次伊尔库茨克的夜雪地
　　　　　　　　　　　　　《南方航空报》　　　　　徐晓彤　侯　芳
客从五洲来　欢聚进博会　《中国交通报》　杨　雷　王晓萌　马士如
一张薄薄的"纸片"让多方共赢　《上海交通》　　　　　　　　陈　忠
手工版"导航神器"诞生记
14本绝版"手抄本"见证40年来出租汽车调度室的变迁
　　　　　　　　　　　　　《上海交通》　　　　　　张灵芝　韩　菁
钢铁之路的现在和未来　　　《中国公路》　　　　　谢博识　刘传雷
越来越"短"的回家路　　　《宁夏交通》　　　　　梅宁生　米宁平
绿动八闽路
　　——福建省20年建设生态高速公路速写
　　　　　　　　　　　　　《福建交通》　　　　　　　　　　池舒婕
守护好一草一木
　　——写在张承高速荣获"2017年度国家水土保持生态文明工程"称号之际
　　　　　　　　　　　　　《河北交通》　　　邢莫冉　郭文辉　田　洲
中国海事:改革中前行　探索中奋进
　　——记中华人民共和国海事局成立20周年
　　　　　　　　　　　　　《中国海事》　　　　　　崔乃霞　林泊舟
2018,京秦大决战!　　　　《中国高速公路》
　　　　　　　　　　　　陈　露　徐广德　史　诗　张　雷　刘　芳
砥砺奋进40年　交通先行谱新篇
　　——改革开放40年宁夏公路交通运输事业发展成就不凡
　　　　　　　　　　　　　《宁夏交通》　　　　　　　　　　毛永智

| 奖　项 | 推荐单位 | 作　者 |

发扬蹈厉　踵事增华　谱写航海保障事业高质量发展新篇章
　　　　　　　　　　　　《中国海事》　　　　　　　　　张孟熹
荣耀：像恋爱一样去工作　《中国交通建设监理》　　陈克锋　习明星
PPP模式为宁海城乡公交一体化注入新活力
　　　　　　　　　　　　《运输经理世界》　　　　祁　娟　熊燕舞
前车之覆　后车之鉴
　　——保护公交方向盘　防范万州悲剧重演
　　　　　　　　　　　　《中国交通报》　　　　　韩光胤　郭一麟
28公里的"生命速递"　　《二航人》　　　　　　　　　　　李红红
龙江交通　镌刻加速度的时代坐标《黑龙江交通》　狄　婕　陈晓光
交通精准　井冈山先行脱贫"摘帽"《中国交通报》　　　　　黄　金
人品　产品　作品　　　　《中国公路》　　　　　　杨　燕　王仁忠
海岸，因坚守而青春
　　——记那些扎根海岛的舟山中远海运重工年轻人
　　　　　　　　　　　　《中国远洋海运报》　　　　　　　孙臻稷
蓝湾筑梦绘锦绣，木兰风情入画来
港口坝上情线牵
　　——集团驻张北县精准脱贫工作纪实《河北港口新闻》　肖　瑶
"互联网+"思维下的高速之路
　　——聚焦智慧高速公路　《中国交通信息化》　　　　　王　虹
2017，造船业决战去产能　《中国船检》　　　　　　　　　胥苗苗

评　论　类

一等奖（3篇）

携手画好中非合作"工笔画"
　　——中非合作论坛北京峰会系列评化之二
　　　　　　　　　　　　《中国铁道建筑报》　　　　　　　付涧梅
温暖春运回家路　　　　　《现代江苏交通》　　　　施　科　朱　海
技术趋势，本质上是人的潜在需求《中国公路》　　　　　　刘传雷

二等奖（6篇）

先守规则，再谈苦衷　　　《中国高速公路》　　　　　　　潘永辉

奖　项	推荐单位	作　者
在变革中前进	《中国道路运输》	王丽梅
快起来和慢下来	《江西交通》	王林水
改革铸桨　开放扬帆 　　——庆祝新中国成立69周年	《中国水运报》	周国东
改革开放天地宽　砥砺奋进正当时 　　——纪念改革开放40周年	《中国水运》	张　涛
涓滴意念汇成河	《中国公路》	谢博识

三等奖(12篇)

PPP模式"婚恋障碍"	《中国公路》	赵晓夏
40年奋斗谱华章	《现代江苏交通》	施　科　王海燕
无人船的时代展望	《珠江水运》	张建林
邮政具有"颠覆性"力量	《中国邮政报》	王楚芸
"防劫板"与"玫瑰之盾"	《上海交通》	陈　忠
贵州水运人的"通江达海"之梦	《珠江水运》	马格淇
从"云公交卡"看智慧公交未来	《运输经理世界》	祁　娟
高质量发展需要工匠精神		
向"时代楷模"张黎明同志学习	《三航报》	徐秋萍
城市拥堵排名对不开车的人不公平	《都市交通》	路红芳　张蕊　孙　静
今天,请为"她"礼赞	《中国远洋海运报》	胡如月
新时代,我们筑梦前行	《北京公交》	赵诗雯
经验主义要不得	《中铁上海工程》	赵庆富

副　刊　类

一等奖(3篇)

高原邮路阻且长	《中国交通报》	蔡玉贺
雪域云天映初心	《中国交通报》	薛彩云
山安水延 圣地新颜	《中国交通报》	林　芬

二等奖(6篇)

百岁老人与指甲花	《中国铁道建筑报》	孔文婕

奖 项	推荐单位	作 者
闲话赣州水运史之码头风云	《江西交通》	罗 帅 刘 航
苟富贵，勿相妒	《铁路建设报》	吴 烨
家门口的国际竞争	《中国交通建设监理》	程志虎
速度中看变化　变化中显速度	《安徽交通运输》	吴 敏
一个邮递员的记者梦	《中国邮政报》	郭建国

三等奖（12篇）

走在奋进的路上	《河北港口》	马建中
"家庭成分"的变迁	《寰球物流报》	草 坪
等你回家	《筑港报》	方 坚
忆江南	《中铁上海工程》	陈章良
半个世纪的守候	《天航报》	何振男 宋盛君
大港口	《河北港口》	杨晓光
与驸马长江大桥的心灵对话 　　——报告文学《一座桥 一群人》创作体会	《重庆交通》	陈洪胜
遇见"12328"叔叔	《中国道路运输》	师苛馨
西港怀想	《河北港口》	李海成
"老王头"的"党员情怀"	《乌鲁木齐公交》	王俊玲
匆匆交院	《四川交通职业技术学院报》	李燕汐
媳妇儿到工地来探亲	《筑港报》	康三虎

论 文 类

一等奖（2篇）

小行业呈现大情怀的路径选择	《中国交通建设监理》	陈克锋
"三驾马车"推进媒体转型发展	《中国水运报》	施 华

二等奖（4篇）

政务微信公众平台运营策略分析与借鉴 　　——以"重庆交巡警"微信公众号为例	《中国道路运输》	李素琴

| 奖 项 | 推荐单位 | 作 者 |

交通新闻舆论工作的现状及建议　　　　《湖北交通》　　　　　　　　潘庆芳
以信息化建设为抓手　实现江西交通运输转型升级
　　　　　　　　　　　　　　　　　《江西交通》　　　　　　　　雷茂锦
发挥党的"喉舌"作用 助推交通事业发展
　　——浅谈行业新闻宣传在思想政治工作中的作用
　　　　　　　　　　　　　　　　　《甘肃经济日报—交通运输周刊》　　刘 静

三等奖(3篇)

学哲学　用哲学　把握工程管理方法论　《安徽交通运输》　　　　　　何 光
"红色引擎"引领乌鲁木齐公交跨越式发展
　　——乌鲁木齐市公共交通集团有限公司40年发展纪实
　　　　　　　　　　　　　　　　　《乌鲁木齐公交》　　　　　　　陈 卉
发挥企业文化引领作用　谱写"筑梦景婺黄"新篇章
　　　　　　　　　　　　　　　　　《江西交通》　　　　　　　　陈本华

好 策 划 类

一等奖(4个)

创新之路,足尺领航
　　——足尺环道研究成果专题策划　《公路交通科技》
　　　　　　　　　　　　　徐 凌　张艳丽　唐思杨　刘成莺　柏 青
四好农村路　关注每一个人的幸福　《中国公路》
　　　　　　　　　　　　　张 俭　张 波　谢博识　赵晓夏　杨 燕

| 奖 项 | 推荐单位 | 作 者 |

水监体制改革20周年成就巡礼（系列策划）
　　　　　　　　　　　　　　　　　《中国海事》
　　　　　　　　　任 超　童翠龙　崔乃霞　赵 晨　庞 博　张孟嘉
高瞻远瞩
　　——回顾改革开放40年来行业改革发展历程
　　　　　　　　　　　　　　　　　《中国道路运输》
　　　　　　　　　　　　　　　王丽梅　胡志仁　刘云军　马 力

奖项	推荐单位	作者

二等奖(8个)

大山深处的一抹红	《交通建设与管理》	汪旸 王楠楠 崔丽媛 陈楠枰
凌晨四点 无声守护	《中国交通报》	王博宇 梁微
新时代 新担当 新作为 ——南航新疆扶贫特刊	《南方航空报》	叶扩 任春山 安韵婷 邵平 孟俊 曹志岩 贺雯璟 李诺 刘峰 黄志敏 孙磊 黄卓 薛清涛
邮政榜样	《中国邮政报》	吕文礼 肖克鑫 张焯 赵伟
网约车管理新政出台 一周年回顾与反思	《上海交通》	陈文彬 王梅 董翌
西江之上	《珠江水运》	王锐丽 张建林
三大攻坚战之污染防治《知机识变 绿才能赢》 三大攻坚战之精准脱贫《知机识窍 行走在希望的田野上》 三大攻坚战之防范化解重大风险《知机识时 安不忘危》	《快递》	戴元元 郭荣健 付嘉 武琪 曹丹
加快四好农村路建设，助力乡村振兴发展	《吉林交通》	李丹

三等奖(16个)

优化公交网，助力便民行	《公路交通科技》	张艳丽 徐凌 刘成莺 唐思杨 柏青
6600kW绞刀功率自航绞吸挖泥船 "天鲲号"下水仪式宣传策划方案	《天航报》	陈越山
讲述	《汽车维护与修理》	于开成 李东江 王红银 贾丹
船舶岸电推广使用系列调查	《中国水运报》	陈俊杰
聚焦我国港口国监督30年发展历程	《中国海事》	王海潮
阵痛？剧痛！	《中国交通建设监理》	陈克锋

| 奖项 | 推荐单位 | 作者 |

智慧交通　智博会上好风景　　　　　《重庆交通》
　　　　　　　　　刘正林　文　灿　拓跋凯琳　刘　洋　张　秦　张泽梅
移动支付，是机遇还是挑战？　　　　《中国高速公路》　　　　　　　冯　涛
高学历人才系列报道　　　　　　　　《筑港报》
　　　　　　　　　　　刘志温　陈　聪　孙一鸣　程广昌　刘大卫
交通线路串起全域旅游示范区　　　　《福建交通》　　　　　　　　廖丽华
大数据在超大城市及城市群综合交通体系研究中的应用
　　　　　　　　　　　《上海交通》　　陈文彬　王　梅　董　翌
此行此路此桥……　　　　　　　　　《中国交通报》　　杨红岩　王姗姗
"先行"
　　——庆祝改革开放40周年"特别报道　《广西交通》　　蔡柳媚　韦胜珍
免拆诊断　　　　　　　　　　　　　《汽车维护与修理》　　　　　汤多顺
河北交通报创刊20周年纪念特刊　　　《河北交通》
　　　　　　　　　　李建国　邢莫冉　张　伟　许　璐　林凯亚
"服务上合，我们是认真的"
　　——服务上合组织青岛峰会的那些难忘瞬间
　　　　　　　　　　　《交运·崛起》　　　　　　　　　邢　路

新闻图片类

一等奖(4件)

吊送救助人员登"桑吉"轮搜寻遇难者　《中国交通报》　　　　　　　陈华东
龙胜：农村公路建设助力乡村振兴　　　《广西交通》　　刘凌辉　潘志祥
2018中俄界河应急联合演习
　　——B-200飞机喷洒灭火二等奖8件　《中国海事》　　　　　　　李洪文
黑龙江(阿穆尔河)大桥冬季施工忙　　《黑龙江交通》　　　　　　　姜久明

二等奖(8件)

东海"开渔节"千帆竞发　　　　　　《中国海事》　　　　　　　　沈　磊
风雪中的坚守　　　　　　　　　　　《贵州交通》　　　　　　　　李贵江

奖　项	推荐单位	作　者
仁怀市高大坪乡银水村美如画	《贵州交通》	刘叶琳
患病渔民被吊运上直升机	《中国交通报》	王　克
四勇士救助桑吉轮	《中国救捞》	陈华东
救命绳索	《中国救捞》	周清国
"天路"秋韵	《安徽交通运输》	乐建平
党代表寄来了明信片	《中国邮政报》	范　磊

三等奖(16件)

奖　项	推荐单位	作　者
雄安新区造林项目再创"中交速度"	《天航报》	刘天野
4800米海拔上的驮运	《中国铁道建筑报》	李彦龙
舟山海域围堵套牌内河船	《中国海事》	刘继波
"天鲲号"成功完成首次海试	《天航报》	黄少康
我国首座极不平衡转体桥成功转体创3项世界纪录	《中国铁道建筑报》	杨　光
高速动力	《安徽交通运输》	苗　地
专业救助直升机紧急出动，成功救起全部5名船员	《中国交通报》	秦俊超
风雪公路人	《安徽交通运输》	韩琦富
北三环马甸桥东天桥深夜换梁	《都市交通》	侯永杰
山城满溢柑橘甜	《中国邮政快递报》	范云兵　穆云波
国产首台铁路大直径土压/TBM双模掘进机下线	《中国铁道建筑报》	黄星霖
中国试点并将全面开展TIR运输	《中国道路运输》	高　兮
北京依法大力打击非法客运	《中国道路运输》	马　力
龙王庙立交桥、见证中国效率	《铁道建设》	王有星　卢建建　霍燕芝
太行山高速公路建设	《河北交通》	樊连贵
一二三，茄子！	《筑港报》	霍　赛

微视频类

奖项	推荐单位	作者

一等奖(2个)

阿福的福　　　　　　　　《四川交通》
　　　　　　吴丹　徐航　刘凯　陈龙　李星宇　吴妍妍　刘应玲　邓蕾
一路有你　　　　　　　　《贵州交通》　姜凯　宗涛　苟云　王杨

二等奖(4个)

我的爸爸是机长　　　　　《南方航空报》　　　　　　　孙壮　邹成路
改革开放四十载 我将芳华献公交　《北京公交》　　　　　　王志
28年的相守,终于迎来了这一天　《中国邮政报》
　　　　　　张巨睿　陈颢月　王勤东　毛志鹏　万多多
月光　　　　　　　　　　《二航人》　　李学超　徐立　曾成泷

三等奖(9个)

摆渡人生　　　　　　　　《福建交通》　　陈勤思　林劼　林锐
爱在传递　　　　　　　　《交运·崛起》　　董景舜　赵翔　藏云飞
巨变·奉献　　　　　　　《中国道路运输》　王丽梅　刘云军　马力
幸福在路上　　　　　　　《铁道建设》　　汪德义　孙鹏　钱长龙
梦想的旅途　　　　　　　《筑港报》　　　　　　杭保国　王盛运
24小时　　　　　　　　　《温馨巴士》　　　　　范喜慧　袁灵秀
缘"定"京生　　　　　　　《北京公交》　　　　　　　　　孟涵
车票　　　　　　　　　　《天航报》　　　　　　　　　　李颖
《甘肃交通运输改革开放40年》系列短片
　　　　　　　　　《甘肃经济日报——交通运输周刊》
　　　　　　关亮亮　张宾　刘静　李瑶　邓倩　杨甜

第七届交通运输报刊优秀编辑奖(13名)

1.《公路交通科技》　　　张艳丽
2.《中国交通建设监理》　陈克锋
3.《中国高速公路》　　　潘永辉

4.《铁道建设》　　　　　　尹传才
5.《中国水运报》　　　　　朱　婧
6.《湖北交通》　　　　　　潘庆芳
7.《江西交通》　　　　　　黄　金
8.《中国交通报》　　　　　柯愈友
9.《天航报》　　　　　　　魏新亚
10.《四川交通职业技术学院报》罗　超
11.《交运·崛起》　　　　　邢　路
12.《快递》　　　　　　　　曹　丹
13.《河北交通》　　　　　　邢莫冉